एकता के देवदूत

शंकराचार्य

डॉ. दशरथ ओझा

राजपाल

यह पुस्तक सर्वप्रथम सन् 1988 में
राजपाल एण्ड सन्ज़ से प्रकाशित हुई थी।

ISBN : 9789393267054

EKTA KE DEVDOOT : SHANKARACHARYA (Biographical Novel)
by Dr. Dashrath Ojha

राजपाल एण्ड सन्ज़
1590, मदरसा रोड, कश्मीरी गेट, दिल्ली-110006
फ़ोन : 011-23869812, 23865483, 23867791
e-mail : sales@rajpalpublishing.com
www.rajpalpublishing.com
www.facebook.com/rajpalandsons

दो शब्द

राम, कृष्ण के उपरांत भगवान महावीर और बुद्ध ऐसे अवतारी व्यक्ति हुए और सामान्य मानव के जीवन-स्तर को देखते हुए उन्हीं की जनभाषा में प्राचीन ऋषि परम्परा को आधार मानकर मानव-कल्याण के लिए नया मार्ग सुझाया। उस पर चलकर कोटि-कोटि व्यक्तियों ने अपना जीवन सुधारा। पर कुछ काल में वह मार्ग पतित अनुयायियों के भ्रष्टाचरण से इतना दूषित होने लगा कि उसमें सुधार की आवश्यकता जान पड़ी। ऐसे समय में आचार्य शंकर ने बाल संन्यास ग्रहण कर वैदिक, बौद्ध, जैन, शाक्त, कापालिक आदि अनेक मत-मतान्तरों का जिस प्रकार पुनरुद्धार किया, उसकी झाँकी तत्कालीन इतिहास के परिप्रेक्ष्य में दिखाने का प्रयास इस पुस्तक में किया गया है।

आठवीं शताब्दी के अन्त और नवीं शताब्दी के प्रारंभिक वर्षों के अन्तर्गत इस देश में अनेक राजनैतिक, धार्मिक, शैक्षणिक, सामाजिक क्रान्तियाँ हुईं। केवल भारत में ही नहीं, विश्व के अनेक देशों में नयी-नयी हलचलें मचीं, नई-नई राष्ट्रीय भावनाएँ जन्म लेने लगीं। उन्हीं के परिप्रेक्ष्य में आचार्य शंकर का जन-कल्याणकारी योगदान स्पष्ट करने का प्रयत्न इस ग्रन्थ का मूल उद्देश्य है।

शंकर के बाल्यकाल में जनता का घोर दारिद्रय, जाति, वर्ण का विकट कलह, संघर्षशील राज्यों का देशविनाशक वैमनस्य, मादक द्रव्यों का उत्पात, धर्म के नाम पर स्थान-स्थान पर युद्ध, विदेशियों का नित्य प्रति बढ़ता हुआ प्रभाव, मानव मूल्यों का पूर्णतया विघटन, धर्म परिवर्तन के नये प्रश्न पिशाच की भाँति मुख फैलाये समूचा भारत निगलने को तैयार बैठे थे। उस एकाकी संन्यासी ने किस प्रकार सारे देश में ऐसा नव जागरण उत्पन्न किया कि समूचा भारत लगभग चार सौ वर्षों तक अपनी स्वतंत्रता और संस्कृति को बचाते हुए विदेशी आक्रमणों से देश को सुरक्षित रख सका। उस काल के जन सामान्य से लेकर अभिजात्य वर्ग के सुख-दुःख, आशा-आकांक्षा, प्रेम-घृणा, राग-द्वेष आदि की मनोरंजक घटनाएँ इतिहास सम्मत हैं।

सभी प्रधान भारतीय एवं अभारतीय अभिलेखों के आधार पर आर.सी. मजूमदार लिखते हैं—

कन्नौज नामक महानगरी में महाराज महिपाल को उत्तर भारत का सम्राट स्वीकार करने वाले तत्कालीन राजन्य वर्ग थे : भोजराज, मद्रराज, कुरुराज, यदुराज, यवनराज, अवन्तिराज, गान्धारराज और कीरराज। अर्थात् कुभा (काबुल) नदी से लेकर ब्रह्मपुत्र

तक और हिमगिरि से विन्ध्यगिरि तक का सम्पूर्ण राज्य ऐसा सुसंगठित हुआ कि सभी राजा-महाराजा प्रसन्नतापूर्वक देश-रक्षा के लिए संगठित होकर जूझने को तैयार हो गए।

आचार्य शंकर के प्रयास से दक्षिण भारत के भी सभी धार्मिक नेता और राजन्य वर्ग परस्पर वैमनस्य भूलकर ऐसे सुसंगठित हुए कि विदेशी आक्रमणकारियों को भारत पर आक्रमण करने का साहस ही नहीं हुआ। कहने का तात्पर्य यह है कि उत्तर भारत में महाराज महिपाल और प्रतिहार राजा नाग भट्ट, कश्मीर राजा जयपीड़ की सम्मिलित शक्ति से सिन्ध-मद्र देश विदेशी शासन से मुक्त हुआ। दक्षिण भारत में विदेशी आक्रमण से विघ्न के जो बादल चेरामन पेरुमल के कारण उमड़ रहे थे वे राष्ट्रकूट महाराज गोविन्दराज, चालुक्य, चोल, केरल, आदि राजाओं के सैन्य झंझावात से देखते-देखते विलीन हो गए।

इन प्रमाणों के आधार पर तत्कालीन भाषाओं का उल्लेख करते हुए प्रो. मजूमदार यावनी भाषा को यमन प्रदेश (अरब) की भाषा मानते हैं। इसी सूत्र के सहारे इस ग्रन्थ में सप्रमाण यह स्पष्ट किया गया है कि सिन्ध-मद्र भ्रमण के समय जब आर्त्त जनता ने शंकराचार्य से विदेशी सत्ता से स्वतन्त्र होने का मार्ग पूछा—''महाराज,—किं स्मर्तव्य ?'' आचार्य ने उत्तर दिया—''हरेर्नाम सदा न यामिनी भाषा''। यही नव जागरण का मंत्र था जो घर-घर उसी प्रकार व्याप्त हो गया होगा जिस प्रकार गाँधी जी ने विदेशी भाषा, विदेशी संस्कृति, विदेशी वस्त्रों के बहिष्कार से देश में स्वतंत्रता की सुप्त भावना जागृत की।

आचार्य के इस नव जागरण का परिणाम यह हुआ कि सभी धर्मों, सम्प्रदायों एवं वर्गों ने मिलकर उन्हें सर्वज्ञ पीठ पर बिठाया। कुमारिल भट्ट के आत्मदाह से बौद्ध गौड़राज धर्मपाल का हृदय पहले ही पिघला हो तो आश्चर्य क्या है? इस प्रकार धर्म-दर्शन, राजनीति, समाजनीति में आचार्य के त्याग, तप और आत्मबलिदान से जो नव जागृति आई उसी को आधार बनाकर इस उपंन्यास का आतान-वितान (ताना-बाना) तैयार किया गया है। अधिकांश पुरुष पात्र इतिहास-सम्मत हैं। सभी नारी पात्रों की कल्पना किसी-न-किसी आधार पर की गई है। ईरान के शाह रजा की नई फ़ारसी पुस्तक, *इंडो-ईरान कल्चर* की गोष्ठियों, अरब के भारत यात्री एवं इतिहासकारों, पं. नेहरू के लेखों से भी सामग्री संकलित की गई है। सबका विवरण देना यहाँ सम्भव नहीं।

कश्मीर से कामरूप और केदारनाथ से कालड़ी-कन्याकुमारी तक की यात्रा करते हुए स्थान-स्थान पर जिन अनेक विद्वानों, महात्माओं, इतिहास लेखकों से समय-समय पर सहायता मिली है, उनकी विस्तृत सूची है। उनका मैं हृदय से आभारी हूँ। अन्त में अपने पूज्य गुरु महामण्डलेश्वर महेशानन्द गिरि को यह कृति समर्पित करते हुए इतना ही कह सकता हूँ—''त्वदीयं वस्तु गोविन्दं तुभ्यमेव समर्पये—''

शंकर द्वादश शताब्दी दिवस **—दशरथ ओझा**
21 अप्रैल 1988

प्रथम उल्लास

लगभग डेढ़ सहस्र वर्ष पूर्व एक बार कर्नाटक देश में बड़ा भयंकर अकाल पड़ा। कई वर्ष तक उचित समय पर वर्षा न होने के कारण पृथ्वी ने अन्न देना, जलाशय और कूपों ने जल देना, वृक्ष और वनस्पतियों ने फल-फूल प्रदान करना, यहाँ तक कि पत्र-पुष्प देना भी छोड़ दिया। कृषि-बल पर जीविका चलाने वाले कर्मकाण्डी पुरोहितों ने बाध्य होकर कर्नाटक छोड़ दिया, और विवश हो जीविका की खोज में पश्चिमी तट सह्याद्रि पर्वत की गोद में आश्रय ग्रहण किया। कई परिवार पूर्णा नदी के तट पर आकर बस गये। जहाँ नारियल वृक्षों का वन-सा खड़ा था। काली मिर्च बेलों से लटकती हुई झूम रही थीं। चतुर्दिक् हरियाली, खेती के योग्य उर्वरा भूमि, समतल मैदान, दूर-दूर तक फैले हुए थे। पर्णकुटी बनाने के योग्य तृणराशि की प्रचुरता थी। इस प्रकार अपनी-अपनी रुचि के अनुसार उस वन्य प्रदेश में कर्मकाण्डी पंडितों ने अपनी-अपनी कुटिया बनाई। वहाँ के मूल निवासी क्रिया-कर्म, पूजा-पाठ, यज्ञ-हवन कराने लगे। धीरे-धीरे एक बस्ती बस गई। छोटे-मोटे शिवालय भी बना लिए गए, जहाँ पंच देवों की पूजा होने लगी।

वाल्मीकि रामायण के प्रेमी विद्वानों ने राम, लक्ष्मण, भरत, शत्रुघ्न और सीता की भी उपासना आरम्भ की। इन पण्डितों की सन्तान आस-पास के गुरुकुलों में शिक्षा पाने लगी। गुरुकुल की व्यवस्था कोई संन्यासी-महात्मा गाँव से चुटकी माँग-माँग कर करते थे। अन्न पकने पर प्रत्येक कृषक कुछ-न-कुछ अन्न गुरुकुल के लिए दिया करता था। इस प्रकार वैदिक साहित्य का पठन-पाठन भी समाज के बल पर चलने लगा। कालान्तर में एक ऐसे परिवार में, जहाँ पंच-महायज्ञ नियमित रूप से सम्पन्न किए जाते थे, एक प्रतिभावान् शिशु विद्याधर का जन्म हुआ। उचित शिक्षा-दीक्षा के उपरान्त उन्होंने विधि-विधान से अपना वैवाहिक जीवन बिताया। फलस्वरूप एक पुत्र-रत्न पैदा हुआ जिसका नाम शिवगुरु रखा गया। शिवगुरु को अध्ययन के लिए वृषाचल त्रिचूर[1] भेज दिया गया। जहाँ वेद-वेदांत आदि विविध विद्याओं का अध्ययन होता था। कभी-कभी शिवगुरु ब्रह्मचारी अपने साथियों को संग लेकर भिक्षा संग्रह

1. वृषाचल मन्दिर से सम्बद्ध एक गुरुकुल चल रहा था।

कर लाते। नित्य-नियम के अनुसार संध्या-पूजन और हवन का क्रम चलता रहता। वेद-मंत्रों को कंठस्थ करना सबसे बड़ा कर्त्तव्य माना जाता था। नित्य-निरंतर वैदिक-मंत्रों का पाठ करने से वैदिक मंत्रों पर गंभीर चिंतन करने का अवसर मिला। योग्य गुरु के चरणों में बैठकर अपनी-अपनी शाखा के अनुसार अध्ययन करने से प्रत्येक ब्रह्मचारी को श्रुति, स्मृति, पुराण का तात्पर्य समझने का पूरा अवसर मिला। इस प्रकार शिवगुरु सब विद्याओं में पारंगत हो गए। तब भी उनका चित्त घर लौटने को न चाहता था। उनकी यही इच्छा थी कि आजीवन अध्ययन-अध्यापन करते रहें। श्रुति, स्मृति, पुराण आदि का रहस्य जन-जन को समझाया जाए, ताकि बौद्धों के फैलते हुए प्रभाव को किसी प्रकार रोका जा सके। अन्यथा वैदिक प्रक्रिया किसी-न-किसी दिन विलुप्त हो जाएगी और श्रुति-स्मृति, राम-कृष्ण का नाम लेवा भी कोई न रह जाएगा। किन्तु पिता के आग्रह से इनके गुरुजनों ने इन्हें समझाया कि गृहस्थ धर्म सफल जीवन के लिए अत्यन्त आवश्यक है।

प्रत्येक माता-पिता यही चाहते हैं कि उनकी योग्य संतान विधिवत् गृहस्थ आश्रम में अपने कर्त्तव्यों का पालन करती हुई जीवनयापन करे, क्योंकि पुत्र ही अपने अभिभावकों का श्राद्ध कर सकता है। श्राद्धतर्पण किए बिना पूर्व पुरुषों की मुक्ति नहीं होती। अत: प्रत्येक वैदिक धर्मावलम्बी के लिए वैवाहिक जीवन बिताना अत्यन्त आवश्यक है। शिवगुरु ने गुरुकुल के अधिकारियों को अपने हृदय की अभिलाषा समझानी चाही। उन्होंने कहा, ''गुरुवर, आप जो कह रहे हैं वह सर्वसामान्य नियम है; सभी को पालन करना चाहिए। पर कुछ विशेष स्थितियाँ होती हैं जिनमें कुछ लोगों को सर्वसामान्य से हटकर तपस्या भी करनी होती है। आज देश की जैसी विषम परिस्थिति है उसमें कुछ लोगों को अपने सुख, अपने परिवार की सुविधा की तिलांजलि देनी पड़ेगी।'' पर इस तर्क से न तो विद्याधर और न गुरुकुल के आचार्यों को संतोष हुआ। अन्त में शिवगुरु को बाध्य होकर पिता के साथ लौटना पड़ा और वैवाहिक जीवन में पड़ने को विवश होना पड़ा।

कालड़ी के समीप पूर्णा के तट पर एक शिवमन्दिर है। शिवगुरु, अपने पिता के साथ गुरुकुल से लौटने पर पहले उस मन्दिर में गए। माता अन्नपूर्णा, भगवान् शंकर की स्तुति की। तदुपरांत अपने घर लौटे। शिवगुरु की माता द्वार पर खड़ी बेटे का मार्ग जोह रही थी। दूर से आते देख उसकी प्रसन्नता का ठिकाना न रहा। शिवगुरु के साथियों से माँ को यह आभास मिल चुका था कि बेटा गृहस्थ के जंजाल में पड़ना नहीं चाहता। वह देश, जाति और धर्म के लिए अपना जीवन अर्पण करना चाहता है। इस कारण उसके मन में संदेह था कि शिवगुरु स्नातक बनने पर घर आएगा या नहीं। बाप-बेटे को एक साथ देखकर माता की प्रसन्नता का ठिकाना न रहा। शिवगुरु ने समीप पहुँचकर माँ को दण्डवत् प्रणाम किया। माता की आँखें भर आईं। बरबस बेटे को उठाकर छाती से लगा लिया, और उसका मुख चूमने लगी। गाँव की आस-पास की स्त्रियाँ सब एकत्र हो गईं। घर के सामने पीपल का पेड़ था। उसकी छाया में सब बैठ गईं। एक-एक करके सबको शिवगुरु ने प्रणाम किया। सबका हार्दिक आशीर्वाद

पाकर शिवगुरु को बड़ी प्रसन्नता हुई। छोटे-बड़े सभी शिवगुरु के मुख को देखकर चकित रह गए। गाँव का कोई ऐसा युवक नहीं था जिसके मुख पर ऐसी कांति हो, जिसकी आँखों में ऐसी ज्योति हो, जिसके होंठों में ऐसी लालिमा हो, जिसके मस्तक पर तेज दीपक की तरह जगमगा रहा हो। माता ने बड़े प्रेम से पति और पुत्र को भोजन कराया और गुरुकुल की बातें पूछने लगी।

शिवगुरु के गुरुकुल से लौटने की चर्चा सर्वत्र बिजली की तरह फैल गई। गाँव के कितने ही भद्र परिवार अपने संबंधियों से शिवगुरु के विवाह-संबंध की चर्चा कर चुके थे अत: संध्या होते-होते कितने ही धनी-मानी ब्राह्मण परिवार के विद्वान् अपनी कन्या के संबंध के लिए कालड़ी आ पहुँचे। अपने-अपने संबंधियों के यहाँ सबने डेरा डाला। कई वृद्धाएँ अपने-अपने संबंधियों का प्रस्ताव लेकर शिवगुरु की माता के पास पहुँचीं। सबके हाथों में कन्या की जन्म-पत्री थी। शिवगुरु के पिताजी स्वयं अच्छे ज्योतिषी थे। उन्होंने कन्याओं की जन्म-कुण्डली अपने पास रख ली। और सबसे हाथ जोड़कर यही कहा कि अभी शिवगुरु विवाह के लिए तैयार ही नहीं हैं, मैं किसी को क्या उत्तर दूँ। विद्याधर कुछ बड़े-बूढ़े लोगों के साथ पूर्णा नदी तट पर मन्दिर में आरती के लिए पहुँचे। आरती के उपरांत सबने अपनी-अपनी इच्छानुसार स्तुति की। भक्त मण्डली मन्दिर के चबूतरे पर एक ओर बैठ गई। घूमते-घूमते शिवगुरु भी पूर्णा नदी के तट पर पहुँच गए। सबने प्रेम से उन्हें प्रवचन करने को आमंत्रित किया। शिवगुरु ने इस प्रकार प्रवचन प्रारम्भ किया—

''मानव जीवन पूर्णा नदी के प्रवाह के समान निरंतर प्रवहमान है। जल की ये लहरियाँ उठ-उठकर आती हैं किधर चली जाती हैं? देखते-देखते इन लहरियों पर नाचने वाला बुलबुला कब बनता है कब फूट जाता है? और फूटकर फिर उसी जल में मिल जाता है जिससे बना था। इसी प्रकार यह मानव जीवन जिस ब्रह्म से बना है, जिसमें स्थित है उसी में कुछ समय के बाद विलीन हो जाता है। यही जीवन का रहस्य है। संसार के माया-मोह में पड़कर मनुष्य अपने को भूल जाता है। काम-क्रोध, लोभ-मोह ऐसे शत्रु हैं जो मानव के पवित्र जीवन को पशु से भी निष्क्रिय बना देते हैं। इसलिए भगवान् में विश्वास करके जगत् के कल्याण के लिए अपने जीवन को अर्पित कर देना ही मानव जन्म की सबसे बड़ी सफलता है,'' विद्याधर पंडित को गुरुकुल की बातें स्मरण हो आयीं। उन्होंने समझा था कि शिवगुरु विवाह के लिए तैयार हो जाएगा। शिवगुरु के माता-पिता ने अपने कितने ही मित्र-बंधुओं को विवाह संबंध का आश्वासन दे रखा था। गाँव में तरुणों का एक ऐसा वर्ग था जिसकी ऊँची शिक्षा नहीं हुई थी, जो गृहस्थ जीवन को ही सर्वश्रेष्ठ समझता था। उन युवकों ने प्रवचन के उपरांत शिवगुरु से शास्त्रार्थ का अनुरोध किया। गृहस्थ जीवन में फँसे हुए शिवगुरु के समवयस्क युवकों के नेता योगधर ने प्रश्न पूछा, ''धर्मशास्त्र कहता है कि समाज की धुरी गृहस्थ जीवन है। यदि गृहस्थी न हों तो साधु-अभ्यागतों, दण्डी ब्रह्मचारियों को भिक्षा कौन देगा? मनु बार-बार इस बात पर बल देते हैं कि ब्रह्मचर्य, गृहस्थ के बाद बानप्रस्थ और संन्यास का विधान है। यदि परिवार न हो तो मनुष्य किसके लिए

श्रम करे ? यदि श्रम करके अन्न, वस्त्र, फल-फूल पैदा न करे तो निर्वाह कैसे हो ?''

शिवगुरु ने समझाना प्रारम्भ किया, ''गृहस्थ धर्म या वैवाहिक जीवन ऐसे व्यक्तियों के लिए अनिवार्य है जिनमें तप और त्याग की शक्ति तो है पर वैराग्य और निस्संगता नहीं। जिनमें देश की विषम स्थिति की मर्मान्तक पीड़ा नहीं। जिन्हें अपनी जाति, अपने समाज के कल्याण की तीव्र उत्कंठा नहीं। गुरुकुल में अध्ययन करते हुए हम सब ब्रह्मचारी एक बार गुर्जर देश में पहुँचे। विदेशी अरबों ने सिंध को जीत कर गुर्जर राज्य पर आक्रमण किया था, और बरौज[1] तट का भू-भाग उन्होंने अपने राज्य में मिला लिया। उस वीर जाति एवं धर्म-प्राण विदेशी अरबों से देश की रक्षा करना हम सबका कर्त्तव्य है। हमें कुछ ऐसे तरुण युवक चाहिए जो गाँव-गाँव घूमकर जनमत तैयार करें। धन-संग्रह से सैन्य बल बढ़ाएँ। चालुक्यों और पल्लवों में जो नित्य कलह मचा हुआ है, उसका निवारण करें। जब तक सारी जाति, सारा राजन्य वर्ग, सारे सैनिक, सारा भारत एकता के सूत्र में नहीं पिरो लिया जाता, किसी का जीवन सुरक्षित नहीं रहने वाला है। अरे योगधर! सचेत हो जाओ, देश पर विषम परिस्थिति आ गई है। अपने ही घर को घर मत समझो। अपनी ही माँ की तरह सारे देश की माताओं का आदर करो। भारत माता बिलख रही है, हम युवकों को पुकार रही है, उठो वीरो! सावधान हो जाओ।

''मेरी इच्छा थी कि दण्ड-कमण्डल, मृगचर्म लेकर वेद-मंत्रों का पाठ करता हुआ गाँव-गाँव घूमूँ और वहाँ की जनता में राष्ट्र-धर्म, जाति-धर्म की भावना जागृत करूँ। वैवाहिक जीवन का प्रारम्भ बड़ा ही आकर्षक जान पड़ता है किन्तु परिवार के बढ़ जाने पर, नाना प्रकार के जंजालों में फँस जाने से विवाह की सारी प्रसन्नता, प्रारम्भ का सारा सुख-भोग, देखते-देखते कहाँ विलीन हो जाता है। नाना-जंजाल में फँसा व्यक्ति फिर पश्चाताप करता है और विपदा में रोते-रोते संसार से सदा के लिए चला जाता है।''

एक तरुण ने शिवगुरु की उक्तियों का खंडन करते हुए कहा, ''धर्मशास्त्र कहता है गृहस्थ जीवन में यज्ञ-हवन करने से मनुष्य को संसार में सुख तो मिलता ही है, मृत्यु के उपरांत उसे स्वर्ग की प्राप्ति होती है। इस प्रकार वैवाहिक जीवन आधि-भौतिक और आधिदैविक दोनों प्रकार के सुखों को देने वाला है। इस जीवन में आनन्द और मृत्यु के ऊपर स्वर्गीय-सुख। इससे बढ़कर जीवन की सफलता क्या है ? दण्ड-कमण्डल लेकर द्वार-द्वार भिक्षा माँगना भी कोई जीवन है ? भिक्षा मिली तो खाया नहीं तो पेट भूख की ज्वाला से जलता हुआ मानव को तड़पाता रहता है। पृथ्वी पर शयन, वर्षा-शीत-धूप का सहन। भला इस शरीर को संताप देना यह कहाँ का धर्म है ?''

तरुण-मण्डली ने करतल ध्वनि से इस युवक की वाणी का समर्थन किया। ताली का स्वर शान्त होने पर शिवगुरु ने कहा, ''मेरे तरुण भाइयो! यज्ञ का बड़ा महत्त्व है, इसे मैं भी जानता हूँ। यज्ञ और हवन, देवपूजन और आराधन, मानव-मन को पवित्र

1. आजकल उसे भड़ौच कहते हैं।

बनाते हैं। पर इसमें दो बाधाएँ आने की संभावना रहती है—पहली : यज्ञ का विधि-विधान कितना जटिल है कि उसका पूर्ण रीति से प्रयोग बड़ा ही दुष्कर है। यह सत्य है कि यज्ञ-हवन यदि विधिवत् सफल जो जाएँ तो उनका अदृष्ट फल अवश्य मिलता है। पर तनिक-सी चूक हो जाने से यज्ञ अपूर्ण रह जाता है और अल्प-सी त्रुटि अथवा विधि-विधान की स्वल्प अवहेलना भी भयंकर दुष्परिणाम लाने वाली होती है। जिस प्रकार वर्षा होने पर पृथ्वी फल-फूल प्रदान करती है किन्तु बादल हवा में उड़ गए तो शुष्क भूमि बंजर-सी बनी पड़ी रहती है। ठीक इसी प्रकार यदि यज्ञ की परिपूर्ण वर्षा हो गई तो फल अवश्यंभावी है। पर त्रुटि का पवन उसे उड़ा ले गया तो यज्ञकर्ता का सारा प्रयास उस बंजर भूमि की तरह व्यर्थ रह जाता है। इतना ही नहीं विधि-विधान के विरुद्ध यज्ञ, कर्मकाण्ड, श्राद्ध, तर्पण किया गया तो उसके भयावह परिणाम भी हो सकते हैं। दूसरी समस्या दरिद्रता की है। गृहस्थ जीवन में परिवार बढ़ जाने पर यदि सबकी सुख-सुविधा के अनुरूप सामग्री नहीं जुटाई जा सकी तो परिवार में दिन-रात के कलह से यह गृहस्थ जीवन नारकीय बन जाता है। यदि आवश्यकताओं की पूर्ति हो भी गई तो प्रत्येक व्यक्ति में प्रतिस्पर्धा का भाव ऐसे ज़ोरों की हिलोरें लेने लगता है कि वह अपने साथियों, पड़ोसियों से आगे बढ़ने के लिए नाचने लगता है। तृष्णा का कोई अंत नहीं। तृष्णा से उत्पीड़ित गृहस्थ कितना भी धन-संग्रह करता जाए, उसके मन को कभी संतुष्टि होती ही नहीं। यह भी देखा जाता है कि आज का बड़े से बड़ा समृद्ध व्यक्ति कल किन्हीं कारणों से भिखारी बन जाता है, आप सोचिए फिर उसके दुख का अंत कहाँ?''

उपस्थित मण्डली शिवगुरु के तर्कों से निरुत्तर हो गई। गाँव में सर्वत्र यह चर्चा फैल गई कि शिवगुरु विवाह के पक्ष में नहीं है। शिवगुरु की माता को भी कुछ वृद्धाओं ने यह सूचना दी। शिवगुरु के घर पहुँचने के पहले ही कन्या पक्ष का जमघट लगा हुआ था। शिवगुरु के पिता विद्याधर बड़ी चिन्ता में पड़े थे, पर उन्हें विश्वास था कि बेटा माँ की बात कभी नहीं टालेगा। विद्याधर ने कन्या पक्ष वालों को आश्वस्त किया और गोष्ठी दूसरे दिन के लिए स्थगित कर दी गई। शिवगुरु ने पिताजी के साथ भोजन किया। दिन-भर के थके हुए थे। अपनी मित्र-मण्डली के तर्कों को मन-ही-मन सोच रहे थे। कुछ निर्णय नहीं कर पा रहे थे कि क्या किया जाए? भगवान् का चिन्तन करते हुए सो गए। प्रातःकाल एक प्रहर रात रहे ही स्नानादि से निवृत्त होने के लिए पूर्णा नदी के तट पर पहुँचे। स्नान-संध्यावंदन करते-करते सूर्योदय हुआ। सूरज को अर्घ्य देकर घर लौटे। माता के चरणों में प्रणाम किया। माँ ने बड़े प्यार-दुलार से अपने पास बिठाकर कहा, ''बेटा जानते हो, संतान के बिना पितरों को पिण्ड-दान नहीं मिलता। अपने पूर्वजों के क्रम को आगे बढ़ाना, उस परम्परा की रक्षा करना, वंश को लुप्त न होने देना, यह प्रत्येक व्यक्ति का परम धर्म है। तुम्हारे पिता अब वृद्ध होते जा रहे हैं। हम सबकी यह इच्छा है कि अपने घर में पुत्रवधू लाकर हम लोग निश्चिंत हो जाएँ। मैं कब तक भोजन बनाती रहूँगी। अब आँखों से दिखाई भी कम पड़ता है। खेती का काम, गऊ-पालन, अतिथि-सेवा के लिए यह आवश्यक है कि घर में नववधू

आ जाए। तुम्हारे गुरुश्री का भी यही आदेश है, ऐसा तुम्हारे पिताजी कह रहे थे।'' शिवगुरु मौन भाव से आँखें नीची किए हुए माँ के आदेश सुन रहे थे। उन्हें चुप देख माँ समझ गई कि बेटा विवाह के लिए प्रसन्नतापूर्वक तैयार नहीं है। अंत में माँ को हार कर कहना पड़ा, ''बेटा मैं लड़की के पिता को वचन दे चुकी हूँ। मैं उस परिवार से पूर्ण संतुष्ट हूँ। माघ पंडित ब्राह्मण कुल के शिरोमणि हैं, उनकी विदुषी कन्या आर्या सर्वगुण सम्पन्न है। उनके परिवार से हम लोगों का पुराना संबंध भी रहा है। इसलिए यह कार्य तो तुम्हें करना ही होगा। तुम जानते हो, प्रत्येक गृहस्थ को गार्हपत्य अग्नि, आहावनीय अग्नि, दक्षिण अग्नि जलाना हम लोगों का कर्त्तव्य है। इसके बिना कोई वैदिक यज्ञ होता ही नहीं।'' अंत में शिवगुरु ने हाथ जोड़कर माँ से निवेदन किया, ''माँ, मैंने जीवन का कुछ और चित्र खींचा था। नहीं जानता था कि आप इतना आग्रह करेंगी। आपकी आज्ञा टालना, मेरे लिए सम्भव नहीं! इसलिए आप जो आदेश देंगी, मैं उसका पालन करूँगा।'' इस प्रकार माघ पंडित की विदुषी कन्या आर्या के साथ एक प्रकार से विवाह संबंध निश्चित हो गया।

दक्षिण भारत में आठवीं शताब्दी बड़े उथल-पुथल की शताब्दी थी। पल्लव राजा नन्दी वर्मा द्वितीय को चालुक्य विक्रमादित्य द्वितीय ने आठवीं शताब्दी के मध्य में कांची वरम पर पराजित किया। कांची पल्लवों की राजधानी थी। विजय के उपरांत नन्दी वर्मा प्रथम ने मन्दिरों और गुरुकुलों को प्रचुरदान दिया था। कहा जाता है इसी पुण्य फल और अपने पुरुषार्थ से उसने चोल, केरल, पाण्डय वंशी राजाओं को पराजित किया। इसी गुरुकुल में कालड़ी के कई परिवार वंश परम्परा से शिक्षा प्राप्त करते आ रहे थे। त्रिचूर का एक-एक परिवार वैदिक शिक्षा के साथ-साथ वेदांत के किसी एक शास्त्र में पारंगत होने का प्रयास करता। कालड़ी से शिवगुरु नामक ब्रह्मचारी अध्ययन करने आया था जो षट्शास्त्री नाम से प्रसिद्ध था।

शिवगुरु के पड़ोसी परिवार का एक युवक ब्रह्मदत्त इसी गुरुकुल में ज्योतिष विद्या का विशेष अध्ययन कर रहा था। जिसके यहाँ गुरुजन पीढ़ियों से ज्योतिष विद्या में विख्याति प्राप्त करते आ रहे थे। कहा जाता है कि ब्रह्मदत्त के पूर्वज वशिष्ठ गौत्र धारी थे, जिनके पूर्वपुरुष वशिष्ठ को ब्रह्मा ने साक्षात् ज्योतिष का ज्ञान दिया था। विष्णु ने ज्योतिष का ज्ञान सूर्य भगवान को प्रदान किया। वही ज्ञान सूर्य सिद्धान्त के नाम से विख्यात हुआ, जिसकी आज तक ज्योतिष जगत् में अपूर्व मान्यता है। यह भी प्रचलित है कि किसी कारण से सूर्य को शापग्रस्त होना पड़ा इस कारण यवन जाति में जन्म लेकर उन्होंने ज्योतिष के एक नये रमल-सिद्धान्त का आविर्भाव किया। आगे चलकर इस सिद्धान्त को अधिक प्रस्फुटित करने वाले आर्यभट्ट वराहमिहिर, ब्रह्मगुप्त और भास्कराचार्य हुए। आठवीं शताब्दी में ज्योतिष की प्रसिद्ध कृतियाँ *अरब से असन्धिहिन्द* और *अल अरकंद* नाम से अरबी में अनूदित हुईं।

दीक्षांत समारोह के बाद छात्र अपने-अपने संबंधियों को साथ लेकर घर लौटने को उत्सुक थे। प्रत्येक छात्र बारी-बारी गुरुकुल के गुरुजनों से विदा लेकर घर आने

की तैयारी में लग गया। ब्रह्मदत्त अपने ज्योतिष के आचार्य के पास विदा लेने गया। उसने गुरु चरणों की छाया में ज्योतिष का विधिवत् अध्ययन किया था। अध्ययनकाल में एक शंका उसके मन में सदा बनी रहती थी, जिसका निराकरण अब तक नहीं हो पाया था। आज उसने गुरु चरणों में बैठ कर उसके निराकरण का प्रयास किया। उसने कहा, ''गुरुवर, मैं आपकी इच्छानुसार अरब में जाने का संकल्प कर चुका हूँ। आशीर्वाद दीजिए कि मैं ज्योतिष विद्या को देश कल्याण में प्रयुक्त कर सकूँ। मेरे मन में बार-बार यह प्रश्न उठता है कि क्या फलित ज्योतिष सत्य है? क्या ग्रह-नक्षत्रों का वास्तव में मानव जीवन पर प्रभाव पड़ता है? यदि मुहूर्त और लग्न-फलप्रद हैं तो वशिष्ठ जैसे ऋषि का निकाला हुआ मुहूर्त दुखदायी क्यों सिद्ध हुआ? यदि मुहूर्तों का कुछ फल नहीं है, एक केवल अटकल मात्र है तो क्या हम फलित ज्योतिष के द्वारा जनता को धोखा नहीं दे रहे हैं?''

गुरु ने समझाते हुए कहा, ''ब्रह्मदत्त, ज्योतिष वेदांग है और वेद भगवान के छह अंग हैं। छन्द वेद भगवान के पद स्वरूप हैं और कल्प हाथ! ज्योतिष आँखें हैं और निरुक्त कान, शिक्षा नाक है और व्याकरण मुख। यदि केवल ज्योतिष को ही पूर्ण मानकर फल का निर्णय किया गया तो वह पूर्ण सत्य कैसे होगा? ज्योतिष की बड़ी विशेषता यह है कि वह गणित पर आश्रित है। गणित विज्ञान है, ग्रह-नक्षत्रों की चाल, गति, प्रभाव समझना खेल नहीं। जितने ग्रह-नक्षत्र हमें आँखों से दिखाई पड़ रहे हैं या यंत्रों के द्वारा ज्ञात हैं उनसे हज़ारों-लाखों गुना अधिक ग्रहमंडल अभी हम देख नहीं पाये हैं। इतने बड़े विश्वब्रह्मांड के रहस्य को समझना अभी सम्भव नहीं हो पाया है। मानव शक्ति अपरिमेय है। हो सकता है कि आगे चलकर अन्य सूर्यमण्डलों का हमें ज्ञान हो। तब आज का ज्योतिष न जाने कितना पिछड़ा हुआ जान पड़ेगा। इसलिए अंतिम सत्य क्या है, कौन कह सकता है? अत: जो विद्या, कला, दर्शन उस अनन्त सत्ता को केन्द्र में रखकर अपनी प्रगति करेगा वही देश के लिए कल्याणकर होगा। मुझे ऐसा प्रतीत होता है कि अरबों ने उसी सर्वव्यापक सत्ता को मूल में रख कर अपने धर्म, दर्शन, कला, ज्ञान, विज्ञान को प्रगति देना प्रारम्भ किया है। आशा है कि तुम लोगों को अरब के इस नये ज्ञान-विज्ञान के अध्ययन का अवसर मिलेगा। प्रकृति का नियम है कि जब कोई नया धर्म विश्व में आविर्भूत होता है तो उसके अनुयायियों में विचित्र उत्साह बढ़ता है। वे प्राणों की बाज़ी लगाकर अपने धर्म-प्रचार के लिए मर मिटने का संकल्प लेते हैं। आज आवश्यकता है, अरब की इस नयी संस्कृति के मूल तत्त्वों को समझ कर अपने देश में उनका प्रचार करने की। ब्रह्मदत्त मेरा आशीर्वाद है कि तुम अपने संकल्प में पूर्ण उतरो और तुम्हारे द्वारा देश-जाति का उद्धार हो सके।''

ब्रह्मदत्त गुरु चरणों में यह संकल्प लेकर अपने पिता के पास लौटा। अन्य छात्रों के साथ सबने पैदल यात्रा प्रारम्भ की। कुछ दिनों में कालड़ी पहुँच गया। जहाँ उसका बड़ा अभिनन्दन हुआ। कर्मकाण्डियों का यह गाँव है, कर्मकाण्ड के प्रत्येक यज्ञ कर्म के प्रारम्भ और विसर्जन के लिए मुहूर्त देखने की प्रथा भी थी, अत: सारा गाँव इस नये विद्वान की प्रतीक्षा करता था। शिवगुरु के द्वारा ब्रह्मदत्त का सामूहिक अभिनन्दन किया गया।

दीक्षान्त से पूर्व एक बार ब्रह्मदत्त के पिता भी आचार्य के दर्शन करने गये थे। आचार्य ने उन्हें समझा दिया था कि ''ब्रह्मदत्त किसी-न-किसी दिन भारत वर्ष का सबसे प्रसिद्ध ज्योतिषी बनेगा। घर वालों को चाहिए कि उसके संकल्प को पूर्ण करने में किसी प्रकार की बाधा न डालें। वह बड़ा ही चरित्रवान युवक है। उसके हृदय में देश की लगन है, यह ज्ञान का पिपासु है, साधु-महात्माओं का भक्त है, ईश्वर में उसकी पूर्ण निष्ठा है। इसलिए वह कहीं पथ-विचलित न होगा। आप निश्चिन्त रहें। वह मेरे साथ बीस वर्ष तक गुरुकुल में अध्ययन करता रहा है। मैं उसकी प्रवृत्तियों से पूर्णतया परिचित हूँ। आप प्रतिज्ञा करो उस युवक को ज्ञानार्जन से रोकोगे नहीं।''

ब्रह्मदत्त के पिता ने आचार्य के चरणों में झुक कर प्रणाम किया और उन्हें यह वचन दिया कि मैं यथाशक्ति ब्रह्मदत्त के संकल्प को पूर्ण करने में सहायक बनूँगा। आचार्य ने एकांत में ब्रह्मदत्त को बुलाकर पिता के शब्दों को दोहराया और उसे प्रोत्साहन, प्रेरणा, आशीर्वाद देते हुए विदा किया था। अत: ब्रह्मदत्त को पूरा विश्वास था कि पितृदेव मेरे मार्ग में बाधक नहीं बनेंगे।

ग्रामीण परम्परा के अनुसार गुरुकुल से विधिवत् अध्ययन करके लौटने वाले युवकों के विवाह के लिए कन्यापक्ष के लोग एकत्रित होने लगे। ब्रह्मदत्त के पिता बेटे से बिना परामर्श किए किसी को आश्वासन नहीं देना चाहते थे पर ब्रह्मदत्त के चाचा ही घर के मालिक थे। सम्मिलित परिवार था। उन्होंने अपने संबंधियों में एक के साथ विवाह की बातें बहुत आगे बढ़ा दी थीं। एक प्रकार से पूरा आश्वासन दे दिया था कि उनकी कन्या का विवाह ब्रह्मदत्त के साथ इसी वर्ष होगा। चाचा ने ब्रह्मदत्त के पिता से अपनी वचनबद्धता की चर्चा की। पिता अवाक् रह गये। वह जानते थे कि ब्रह्मदत्त ज्योतिष के अनुसंधान में देश-विदेश यात्रा करने वाला है। वह विवाह के लिए स्वीकृति दे या न दे। कई दिन तक इसी प्रकार घर में वाद-विवाद चलता रहा। ब्रह्मदत्त विवाह के पक्ष में बिलकुल नहीं था, वह गृहस्थ जीवन में फँसना नहीं चाहता था। गाँव के वृद्धजन एकत्र हुए। सबने मिल कर परामर्श किया और यह निश्चय हुआ कि इस कन्या से विवाह संबंध तो मान लिया जाए, पर विवाह की तिथि ब्रह्मदत्त के अनुसार ही निश्चित की जाए। ब्रह्मदत्त पहले तो आनाकानी करता रहा, पर सारे परिवार का आग्रह होने पर उसे इतना समझौता करना पड़ा कि अभी तो आप लोग मुझे विदेश जाने दें, लौटने पर विवाह का मुहूर्त निश्चित किया जाएगा। चाचा और चाची की यह राय थी और गाँववाले भी इस पर ज़ोर दे रहे थे कि विवाह करके ब्रह्मदत्त भले ही विदेश चला जाए पर द्विरागमन विदेश से लौटने पर रखा जाएगा। ब्रह्मदत्त इसके लिए भी तैयार नहीं हुआ। संयोग की बात, केरल महाराज का संदेश ब्रह्मदत्त के पास आया। गणित में विद्वान होने के कारण यह ग्रह-नक्षत्रों की चाल विधिवत् समझता था। केरल राज को अपने जलपोत के लिए ऐसे व्यक्ति की बड़ी आवश्यकता थी जो अक्षांश-देशान्तर के द्वारा महासागर में जहाज़ की स्थिति का पता लगा सके। केरल से जलपोत अदन को जा रहा था। दो दिन के अंदर विदेश जाने की तैयारी हो गई। अपने ज्योतिष के ग्रन्थों को लेकर ब्रह्मदत्त घर से विदा होने लगा। माता-पिता, चाचा-चाची

परिवार वालों के चरण स्पर्श कर सबसे आशीर्वाद लेकर भगवान शंकर के मन्दिर में पहुँचा। महादेव की स्तुति की। उन दिनों विदेश यात्रा से लौटना पुनर्जन्म सा माना जाता था। न जाने तूफ़ान में कैसे और कहाँ जलयान फँस जाए, कौन जानता है। प्रस्थान के समय सबकी आँखों में आँसू थे। कन्यापक्ष के अभिभावक बेटी शुभ्रा के साथ जलद्वार पर ब्रह्मदत्त को विदा करने पहुँचे। समुद्र की उत्ताल तरंगें तटप्रदेश को ऐसे पीट रही थीं, समुद्र पोत को ऐसे थपेड़े मार रही थीं जिनसे प्रतीत होता था कि ब्रह्मदत्त साक्षात् यमराज के मुख में जा रहा है। उसका लौट कर आना परमात्मा की एकमात्र कृपा पर ही निर्भर है। उस काल की परम्परा का विरोध करते हुए ब्रह्मदत्त की भावी पत्नी शुभ्रा अपनी माँ के साथ ब्रह्मदत्त का दर्शन करने आ पहुँची थी। उसका संकल्प था, चाहे जो भी हो मेरा पाणिग्रहण इसी कर्मठ, ज्ञानपिपासु युवक के साथ विधाता ने लिखा है। यद्यपि उसकी सखियाँ उससे बार-बार अनुरोध करती थीं कि ''अरी पगली! तू यह क्या कह रही है? पता नहीं वह कब लौटे, तू जानबूझकर अपने जीवन को अंधकार में क्यों डाल रही है?'' पर शुभ्रा ने संकल्प किया था कि मेरा विवाह ब्रह्मदत्त के साथ ही होगा अन्यथा मैं अविवाहित ही रह जाऊँगी।

विशाल जलयान पर सामूहिक शंख घोष हुआ जो प्रस्थान का संकेत था। जयघोष होने लगा। आकाश में राज पताका फहरा रही थी। नाविक अपनी-अपनी जगह सँभाल कर बैठ गये थे। हवा के अनुसार पाल की दिशा निर्धारित कर दी गई। लंगर उठा दिया गया और जहाज़ समुद्र की लहरों को चीरता हुआ द्रुतगति से चल पड़ा। जब तक आँखों के सामने उस जलयान की पताका दिखायी पड़ रही थी सभी लोग विशेषकर शुभ्रा टकटकी लगाये उसी ओर देख रही थी। देखते-देखते जहाज़ आँखों से ओझल हो गया। संबंधियों की आँखें आर्द्र हो गई थीं। पर शुभ्रा ने बड़े साहस से काम लिया। किसी भी संबंधी या उसकी सखी को यह आभास न मिला कि वह नैराश्य के कारण दुखी हो रही है। शुभ्रा की यह पहली परीक्षा थी।

पाँच वर्षों तक ब्रह्मदत्त का कोई समाचार नहीं मिला। एक बार व्यापारियों से ज्ञात हुआ कि उसे बसरा विश्वविद्यालय में बन्दी बना कर रखा गया है। शोकवश शुभ्रा के वृद्ध माता-पिता दिवंगत हो गए।

संबंधियों के मना करने पर भी शुभ्रा ने यह निश्चय किया कि मैं ब्रह्मदत्त की वाक्दत्ता पत्नी हूँ अत: मेरा उन्हीं के माँ-बाप के परिवार में रहना उचित होगा। ब्रह्मदत्त के माता-पिता बड़े वृद्ध थे। उन्होंने शुभ्रा को बेटी की भाँति रखा। शुभ्रा भी गुरुकुल की स्नातिका थी। वेद-वेदांत का उसने भी अध्ययन किया था। शिवगुरु की विवाहिता पत्नी आर्या गुरुकुल की उसकी सहेली थी। दोनों में बड़ी मैत्री थी। ब्रह्मदत्त के वृद्ध चाचा और चाची भी शुभ्रा को अपनी बेटी की तरह मानते थे। याज्ञिकों का यह परिवार था। गाँव के आस-पास के विद्यार्थी पठन-पाठन के लिए ब्रह्मदत्त के घर आया करते थे। शुभ्रा ने छात्र-छात्राओं के लिए एक पाठशाला खोल दी, जहाँ निर्धन वर्ग के बच्चे अध्ययन के लिए आते। शुभ्रा उन्हें बड़े प्रेम से पढ़ाती। उनके खान-पान

की भी व्यवस्था करती। धीरे-धीरे शुभ्रा की ख्याति दूर-दूर तक फैल गई। छोटे बच्चे अपनी माता की तरह शुभ्रा को प्यार करने लगे। समाज के कामों में शुभ्रा सबसे आगे रहा करती थी। गाँव में कोई साधु अभ्यागत आता तो शुभ्रा को ही पहले पूछता क्योंकि घर-घर से चुटकी लेकर वही साधु अभ्यागतों का सत्कार करती। इस प्रकार घर की खेतीबाड़ी का काम देखते हुए छात्र-छात्राओं को पढ़ाना, साधु-अभ्यागतों का सम्मान करना, पवित्र पर्वों पर देवालय में सामूहिक आयोजन करना, विद्यार्थियों को शास्त्रार्थ करने की शिक्षा देना, यही शुभ्रा की जीवन चर्या बन गई। रामकृष्ण, गणेश, स्वामी कार्तिक, हनुमान आदि के जन्मदिन का उत्सव ज्योतिष के अनुसार मनाया जाने लगा। इन अवसरों पर दूर-दूर के गाँवों से जनता उमड़ पड़ती। उत्सव की सारी व्यवस्था शुभ्रा और उसकी सहेलियाँ किया करती थीं। पूर्णा नदी के तट पर बड़ा मेला लगा करता था जिसमें साधु-महात्मा प्रवचन किया करते थे। देश-विदेश की नयी संस्कृति का आभास ग्रामीण जनता को इन्हीं महात्माओं के प्रवचनों से मिलता।

भड़ौच और कोचीन पर मिश्र, अरब, रोम के जलयान आया करते थे। विदेशी विद्वानों का आदर-सत्कार इन्हीं पवित्र अवसरों पर विशेष रूप से होता। उन्हें पहले से ही आमंत्रित किया जाता था। और उनके निवास, भोजन आदि की व्यवस्था का सारा भार शुभ्रा पर होता। कालड़ी के आस-पास गाँव में जब किसी पर कोई संकट आता, गाँव में रोग आता, व्याधि फैल जाती, कोई अनाथ परिवार धनाभाव से दुखी हो जाता तो शुभ्रा अपनी सहेलियों, गुरुजनों के साथ सहायता को पहुँच जाती। उस लक्ष्मी को कभी धन की कमी नहीं पड़ती। समय पड़ने पर जनता धनराशि लेकर स्वतः पहुँच जाती। धनी-मानी स्त्रियाँ अपने आभूषण तक स्वेच्छा से प्रदान कर देतीं ताकि शुभ्रा को सेवा कार्य में कोई असुविधा न हो। एक अविवाहिता युवती का इस प्रकार युवा वर्ग में खुल्लमखुल्ला काम करना कुछ लोगों को अखरता था। जहाँ-तहाँ गुप-छुप उसके चरित्र के विरुद्ध बातें उठने लगीं पर उस निर्भीक महिला को अपने मन पर इतना विश्वास था कि वह कभी विचलित न होती और निन्दा के शब्द सुनने पर भी वह कभी किसी के साथ वैमनस्य का भाव नहीं रखती।

2

गाँव की दादी जानकी अम्मा, शुभ्रा, तथा कतिपय अन्य समाजसेविकायें आचार्य शिवगुरु के घर पर आर्या अम्मा के साथ पहुँचीं। आचार्य शिवगुरु नित्य पंचयज्ञ किया करते थे। किसी-न-किसी अतिथि-अभ्यागत को भोजन कराकर ही यह दम्पति अन्न ग्रहण करते। वैदिक यज्ञों में इनका पूर्ण विश्वास था। देव-यज्ञ, ऋषि यज्ञ, पितृ-यज्ञ; अतिथि-यज्ञ और भूत-यज्ञ के द्वारा वह पूरे समाज की सेवा करना अपना धर्म समझते थे। आर्या अम्मा ने शिवगुरु की माता के साथ अतिथियों के लिए भोजन सामग्री थालों में सजायी और मन्दिर में रात्रि निवास करने वाले स्वामी जी के लिए थाल सजाकर जानकी अम्मा के साथ मन्दिर पहुँची। उन्हें भोजन कराने के उपरांत प्रसाद रूप में

कुछ फल लायीं। जानकी अम्मा ने शिवगुरु को स्वामी जी के आशीर्वाद की कथा सुनायी और यह निश्चय हुआ कि प्रात:काल त्रिचूर में विराजमान वृषांचल महादेव के दर्शन करने जाना है और वहाँ पर स्वामी महेशानन्द का आशीर्वाद प्राप्त करना है। शिवगुरु और उनकी माताजी ने बड़ी प्रसन्नता प्रकट की। पंडित शिवगुरु की माताजी की अभिलाषा थी कि पौत्र का मुँह देखकर अपने जीवन को सफल करूँ क्योंकि यदि वंश न चला तो पितरों को जल कौन देगा, श्राद्ध कौन करेगा? यदि पिण्डकोदक दानादिश्राद्ध क्रिया नष्ट हो जाएगी तो इस प्रकार धर्म का ह्रास होगा।

जानकी अम्मा का घर शिवगुरु के बिलकुल समीप था। संध्या की आरती से पूर्व जानकी अम्मा ने सास-ससुर और सबके लिए भोजन बना दिया था। रात्रि में वे सब जानकी अम्मा की प्रतीक्षा कर रहे थे। उन सबके मन में यह पूरा विश्वास था कि देव-पूजन समाप्त होते ही जानकी अम्मा घर लौट आएगी और हम लोगों को ठीक समय पर भोजन कराएगी। जानकी अम्मा को देखकर सबकी आँखें खिल उठीं। सब भोजन के लिए बैठ गये। जानकी अम्मा ने पैर धोकर पाकशाला में प्रवेश किया। भोजन तो पहले ही बना हुआ था। उसने भूमि पर चटाई बिछा दी। सामने केले के पत्ते और थाल कटोरियों में भोजन परोस दिया। सास-ससुर ने स्वामी जी के प्रवचन की चर्चा प्रारम्भ की। भोजन के साथ-साथ भगवत् भजन का क्रम चलता रहा। जानकी अम्मा ने सास-ससुर से निवेदन किया कि त्रिचूर के वृषांचल के मन्दिर में एक बहुत बड़े सिद्ध-महात्मा ठहरे हुए हैं। वे त्रिकालदर्शी हैं। मृतकों को जीवित करने की उनमें सामर्थ्य है। संतानहीन को उनके आशीर्वाद से पुत्ररत्न देखने का सौभाग्य मिलता है। हो सकता है कि उनके दर्शन से हम लोगों का भी कष्ट दूर हो। आचार्य शिवगुरु और आर्या अम्मा कल त्रिचूर जा रहे हैं। वह सिद्ध महात्मा केवल दो-चार दिन एक जगह ठहरते हैं अत: हम लोग भी उनका दर्शन करने चले चलते तो कैसा रहता? ब्रह्मदत्त के पिता और माता पुत्र के विरह में आठ वर्षों से अधीर हो रहे थे; मानो डूबते हुए को सहारा मिला। बड़े प्रसन्न होकर बोले, ''जानकी, हम लोगों को भी उन स्वामीजी का दर्शन कराओ, वृद्धावस्था आती जा रही है। पता नहीं भगवान ने हम लोगों के भाग्य में क्या लिख रखा है? ब्रह्मदत्त न जाने कहाँ और कैसा है! चलो स्वामी जी से पूछें हमारा लाल कहाँ है? कैसा है? कब लौटेगा? क्या हम इस जीवनकाल में उसका मुख फिर देख पाएँगे? जानकी, अवश्य चलो। शीघ्र यात्रा की तैयारी करो, कल ही सूर्योदय से पूर्व प्रस्थान किया जाए, कल दशमी का शुभ मुहूर्त है। रामचन्द्रजी दिग्विजय करके इन्हीं दिनों लौटे थे, कहीं भाग्य में हम लोगों के भी विधाता ने लिखा हो कि हमारा बेटा विश्वभ्रमण करके शीघ्र लौट आएगा।'' जानकी और उसकी माँ की आँखों से अश्रुधारा बह चली, मानो पुराना घाव हरा हो गया हो, किन्तु उसके भर जाने की पूरी आशा वैद्यराज दे रहे हों।

सूर्यदेव के उदय होते ही जानकी शुभ्रा सोकर उठ गई। नित्यक्रिया से निवृत्त हो माँ को साथ ले पूर्णा नदी में स्नान किया। शंकर भगवान को जल चढ़ाया; भगवान राम के चरणों में फल-फूल अर्पण किया। और स्तुति करके घर लौटी। ब्रह्मदत्त के

पिताजी भी स्नान, संध्या-तर्पण और हवन से निवृत्त हो चुके थे। जानकी ने शिवगुरु, आर्या अम्मा को भी साथ लिया और दोनों परिवार त्रिचूर की ओर चल पड़े। मार्ग में ही जानकी अम्मा का पितृ-गृह पड़ता था। मध्याह्न के समय पूरा समाज मार्तण्ड-पंडित के घर पहुँच गया। जानकी ने माता-पिता को वृषांचल की यात्रा का संदेश सुनाया। स्वामी महेशानन्द जी की कीर्ति का वर्णन किया। जानकी के माता-पिता भी शोक-सागर में डूब रहे थे, मानो उन्हें एक नौका मिल गई हो, वे बड़े ही प्रसन्न हुए। पूरा समाज त्रिचूर की ओर चल पड़ा। रात्रि को एक गाँव में ठहर गये। गाँववालों को स्वामी महेशानन्द की चमत्कार भरी कहानियाँ सुनाई गईं, कितने ही संतप्त परिवार महात्मा के दर्शन करने को आतुर हो उठे। इस प्रकार यात्रियों का एक बहुत बड़ा समाज चैत्र पूर्णिमा को त्रिचूर पहुँच गया। प्रात:काल नदी में स्नान करके यात्रियों ने वृषांचल मन्दिर में दर्शन करने वाले यात्रियों के साथ पंक्ति बना ली। पूर्णिमा के कारण यात्रियों की बड़ी भीड़ थी और स्वामी महेशानन्द की कीर्ति दूर-दूर तक फैल चुकी थी। अत: सहस्रों व्यक्ति दर्शन को लालायित थे। स्वामी जी ने प्रवचन प्रारम्भ किया। जनता चुपचाप शान्त भाव से उनकी वाणी सुनती रही। स्वामी महात्मा ने कहना प्रारम्भ किया, ''भगवान् शंकर के दर्शनार्थियों! आप सब लोग जानते हो कि भगवान् सबके घट में निवास करते हैं वही सबके अन्तर्यामी हैं, वही सबकी चेतना को चेतनता देने वाले हैं। वही सबके प्राणों के प्राण हैं। यह सारा विश्व ब्रह्मांड उनकी माया के बल से नाना प्रकार के खेल दिखा रहा है। उसी की खोज में संसार के सभी धर्म लगे हुए हैं। बौद्ध हों या जैन, वैदिक हों या अवैदिक, शाक्त हों या वैष्णव, भारतीय हों अथवा अभारतीय, सभी जीवन में आनन्द की खोज करते रहते हैं। वह आनन्द मन की शान्ति से ही सम्भव है; मन की शान्ति मानसिक विकारों के रहते हुए सम्भव है ही नहीं। जब तक रागद्वेष, काम-क्रोध, लोभ-मोह, ईर्ष्या-मदमात्सर्य बसे रहते हैं तब तक शान्ति देवी पास फटकने नहीं पाती। सभी धर्म यह समझाते हैं कि विषयों में पड़ा हुआ प्राणी दुख-सुख के चक्कर में फँसता ही जाएगा। इसलिए शान्त मन होकर कुछ देर तक उस परमतत्त्व परमात्मा की आराधना करनी होती है जिसकी कृपा से मानव मन माया के खेल को समझ पाता है। एक बार माया का रहस्य समझ में आ गया तो फिर मन विकारों में नहीं फँसता और कर्त्तव्यबुद्धि से अपना नियत कार्य करता हुआ सुख और शान्ति की ओर बढ़ता ही जाता है। सभी धर्म, सभी मत, सभी समाज इस विषय में एक मत हैं कि वह परम तत्त्व परमात्मा सबके अन्त:करण में निरन्तर निवास करता है। मानव की आन्तरिक और बाह्य गतिविधियों को देखता रहता है। यह प्रकृति उसी के अनुसार फल देती है।

''पाप कर्म के दण्ड से कोई बच नहीं सकता। चाहे वह कितनी ही युक्ति लगाये। सभी महात्मा एक स्वर से यही कहते हैं। 'सर्वे भवन्तु सुखिन: सर्वे सन्तु निरामया सर्वे भद्राणि पश्यन्तु मा कश्चित् दुखभाग भवेत्'।'' प्रवचन समाप्त हुआ। त्रिचूर के महाविद्यालय में शिवगुरु, ब्रह्मदत्त वर्षों तक अध्ययन करते रहे। अत: गुरुकुल के आचार्य वर्ग से इन लोगों का पुराना संबध था। अपने यात्री वर्ग को लेकर

गुरुकुल के आचार्य के चरणों में पहुँचे और अपने मित्र ब्रह्मदत्त ज्योतिषी की घटना सुनायी। अपने माता-पिता और पत्नी का परिचय कराया। सबने आचार्य के चरणों में साष्टांग प्रणाम किया। इसी प्रकार मार्तण्ड पंडित ने अपनी बेटी और उसके सास-ससुर का परिचय कराया। उन लोगों ने भी अभिवादन किया।

गुरुकुल के आचार्य भी शिवगुरु और ब्रह्मदत्त ज्योतिषी पर बड़ी कृपा करते थे। उन्हें पुराने दिन स्मरण हो आए। उन्होंने दोनों परिवारों की पूरी कथा सुनी, कुछ देर तक मौन रहे। ब्रह्मदत्त के साथ की हुई उनकी वार्ता ने ब्रह्मदत्त को विदेश भ्रमण के लिए बाध्य किया था। उन्हें स्मरण हो आया कि मैंने ही अरब देश में जाकर वहाँ के ज्योतिष ज्ञान और अरबों की नयी संस्कृति, सभ्यता, शक्ति का अध्ययन करने को भेजा था। आज आठ वर्ष हो गये, उसका कुछ पता नहीं। उसे लौटाने का क्या उपाय किया जाए? प्राचीन ग्रन्थों में ऐसी स्थिति में जो उपाय बताए गये हैं क्या उनका प्रयोग, उनकी वाक्‌दत्ता पत्नी को सिखाया जाए? कुछ देर तक ध्यानमग्न होने पर उन्हें सहसा सूझ पड़ा कि वृषांचल मन्दिर में जो योगेश्वर महाराज आए हुए हैं, जो आजकल शंकर की पूजा में निमग्न रहने के कारण महेशानन्द कहलाते हैं, उन्हें सिद्धि प्राप्त हो चुकी है। उनके आशीर्वाद से इन दोनों परिवारों का कल्याण सम्भव है। अतः शिवगुरु, आर्या अम्मा, मार्तण्ड पंडित, जानकी अम्मा शुभ्रा तथा उसके सास-ससुर को लेकर आचार्य स्वामी महात्मा के पास पहुँचे। जिन विशेष आर्तजनों से स्वामी मिलने का समय दिया करते थे, उनका कार्यक्रम गुरुकुल के आचार्य ही बनाया करते थे। स्वामी प्रातःकाल के पूजन के उपरांत दिव्य भावों से भरे हुए शान्तिपूर्वक बैठे हुए थे। उसी समय आचार्य इन आर्तजनों को लेकर पहुँचे और उनसे इनकी-दुख-गाथा सुनायी।

हिमालय की उपत्यका में महर्षि चरक की शिष्य परम्परा का एक संन्यासी वैद्य उन्हें एक बार मिल गया था। जिसके साथ कुछ दिनों रहकर स्वामी जी ने आयुर्वेद-विज्ञान का भी अध्ययन किया था। जड़ी-बूटियों का इन्हें अच्छा ज्ञान था। उन्होंने अपने मन में यह पक्का संकल्प कर लिया कि इस दम्पति को यदि विधाता ने संतान दी तो देश का बड़ा कल्याण हो सकेगा।

महात्माओं के संकल्प के अनुसार भविष्य में घटनाएँ घटती हैं ऐसी जनश्रुति है। शिवगुरु की ओर देखकर बोले, ''भगवान शंकर की लीला समझना कठिन है। पर वे अवढरदानी अवश्य हैं। उनकी पूजा, उपासना, स्तुति से मनोकामना पूरी होती दिखाई पड़ती है। अतः नित्य-प्रातःकाल स्नान के उपरांत शंकर की पूजा इस भावना से करना जैसी मैं आज समझा रहा हूँ। और यहाँ से चलकर यह भगवत् प्रसाद लेते रहना (कृष्णा-गऊ के दूध का सेवन करते रहना) फिर उन्होंने आर्या अम्मा को एक मंत्र बताया जिसका पाठ वे नित्य किया करें।

भगवान शंकर की कृपा से तेजस्वी पुत्र पैदा होगा। पर यह बताओ, यदि तुम दीर्घजीवी पुत्र चाहते हो तो वह सामान्य बुद्धि का, अति सामान्य कोटि का हो सकता है। और यदि तेजस्वी, अत्यंत प्रतापी, यशस्वी पुत्र चाहते हो तो वह दीर्घायु नहीं

होगा। दोनों में से एक चुनना होगा। संसार में सारे सुख विधाता किसी एक को नहीं देता। इसलिए अपने मन में जैसा निश्चय करोगे वैसी ही तुम्हारी सन्तान होगी। इतना कहकर उन्होंने भोजपत्र पर चंदन से 'ओ३म नमः शिवायः' लिखकर आर्या अम्मा को पकड़ा दिया। और कहा, ''नित्य एक सहस्त्र बार शान्त मन से इसी का जाप करती रहना।'' तदुपरान्त उन्होंने जानकी अम्मा शुभ्रा, मार्तण्ड पंडित तथा वृद्ध सास-ससुर की ओर दृष्टि डाली। जानकी अम्मा, शुभ्रा के मुखमण्डल पर एक दूसरी प्रकार की तेजस्विता नाच रही थी। जगत् कल्याण की तीव्र अभिलाषा और पति-वियोग की तीखी व्यथा दोनों मिलकर मुख-मुद्रा, नेत्र की ज्योति को नये-नये रंग प्रदान कर रही थी। योगेश्वर स्वामी को इस नारी की भावी गति का कुछ-कुछ आभास मिल गया। उन्होंने ध्यानावस्थित होकर जो विचार किया तो उन्हें स्पष्ट दिखाई पड़ा कि ज्योतिषी ब्रह्मदत्त अरबों की तरह लम्बी दाढ़ी बढ़ाये हुए लम्बा चोगा पहनकर अपने गुरु के चरणों में बैठा हुआ ज्योतिर्विज्ञान का अध्ययन कर रहा है। उन्हें कुछ-कुछ ऐसा आभास हुआ कि गुरु कन्या उनसे विवाह करने को लालायित हैं क्योंकि ब्रह्मदत्त के शील स्वभाव, रहन-सहन, जीवन-व्यवहार में वह आकर्षण है जो किसी भी युवती को आकृष्ट किये बिना रह नहीं सकता। गुरु और युवती के आग्रह पर भी ब्रह्मदत्त का मन उसी प्रकार अटल बन रहा है जिस प्रकार कामी के वचन को सुनकर सती का मन अडिग रहता है। ब्रह्मदत्त के सम्मुख बार-बार जानकी अम्मा शुभ्रा की वही मूर्ति नाचती रहती है जो विदा के समय उसने देखी थी। उस ज्योति की एक ही झाँकी ने उसके हृदय से निराशा के अन्धकार को सदा के लिए मिटा दिया था। वह बार-बार उसी ज्योति को पुनः देखने को लालायित था। अतः गुरु और गुरु कन्या के संतुष्ट होने पर भी वह निश्चल बना हुआ था। ओ

स्वामी योगेश्वरानन्द ने ब्रह्मदत्त की जो छटा अपने अंतःकरण में देखी थी उसका तद्वत् वर्णन करते हुए उनकी आँखें सजल हो गईं। उन्हें विश्वास हुआ कि भारत की संस्कृति की रक्षा करने वाला ब्रह्मदत्त सकुशल लौटेगा ही। उन्होंने जानकी अम्मा शुभ्रा को आश्वस्त करते हुए कहा, ''देवी, जगन्नियंता तुमसे बहुत महत्त्वपूर्ण कार्य कराना चाहता है। धैर्यपूर्वक अपने संकल्प पर दृढ़ रहो। समाज कल्याण में लगे हुए व्यक्तियों को निंदा से चिंतित नहीं होना चाहिए। तुम्हें भी एक मंत्र बताता हूँ। इसी का जाप करती रहो। सब प्रकार से भगवान शंकर तुम्हारी रक्षा करेंगे। भगवान स्वयं कहते हैं, 'नहि कल्याणकृत् कश्चित् दुर्गति तात् गच्छति।' '' तदुपरांत शिवलिंग की पूजा का रहस्य समझाते हुए स्वामी महात्मा ने कहा, ''यह देखो, यह जो तुम शिवलिंग देख रहे हो वह उस व्यापक निर्विकार, निराकार पुरुषतत्त्व का प्रतीक है जिसकी महाशक्ति प्रकृति के रूप में सारी लीला रच रही है। यह अर्घा या योनि ही प्रकृति है। न केवल पुरुषतत्त्व सृष्टि कर सकता न अकेली प्रकृति। पुरुषतत्त्व कूटस्थ है प्रकृति जड़ और ज्ञानरहित। इसीलिए भगवन कहते हैं—

मम योनिर्महद्ब्रह्म तस्मिन् गर्भं दधाम्यहम्।
सम्भतः सर्वभूतानां ततो भवति भारत॥ (गीता 14/3)

''प्रकृति रूपी योनि में प्रतिष्ठित होकर इसी पुरुष लिंग के द्वारा सारे भूतों की सृष्टि होती है। इतना अवश्य समझ लेना है कि यह लिंग और योनि अस्थि, मांस और चर्ममय सामान्य मानव के रूप में नहीं, वह सर्वव्यापक के रूप में है। यह शिवशक्ति ही लिंग-योनि शब्द से विवक्षित हैं। चैतन्य रूप लिंगसत्ता और प्रकृति से ही सम्पूर्ण ब्रह्माण्ड की रचना हुई है और उन्हीं के द्वारा मोक्ष भी सम्भव है क्योंकि उन्हीं के सहारे लय की स्थिति में मनुष्य पहुँच सकता है। प्रणव मंत्र भी इसी सिद्धान्त का प्रतिपादन करता है। प्रणव का अकार शिवलिंग है, उकार अर्धा है, मकार शिवशक्ति का सम्मिलित रूप समझा जाता है। निर्गुण रूप का चिंतन करने वाले को सम्पूर्ण ब्रह्मांड, लिंग रूप में दिखाई पड़ता है। यदि आप किसी मैदान में खड़े होकर देखें तो पृथ्वी पर टिका हुआ समस्त आकाश-मण्डल अर्ध अण्डाकार दिखाई पड़ता है। पृथ्वी के ऊपर जैसे आकाश है वैसे नीचे भी है। दोनों को मिला देने से आकाश पूरी तरह अण्डाकार बन जाता है। आत्मा से ही आकाश उत्पन्न होता है। यही ज्ञापक लिंग उसका निराकार ब्रह्म स्थूल शरीर है। पंचतत्त्वमयी प्रकृति उसकी पीठिका है। उसी का सूचक यह भावमय गोलाकार शिवलिंग है। शिवलिंग (ब्रह्म) निराकार होते हुए भी विश्व का सर्वस्व है। इसीलिए वेद कहता है कि यह अण्डाकार तत्त्व ही सब अंकों को उत्पन्न करने वाला है। यह जगत जो शून्य रूप है, उसी अण्डाकार की तरह दिखायी पड़ता है। एक शिव के आगे यह शून्य लग जाने से यह दस गुणा अर्थ का सूचक बनता है।''

अनादिमत्परं ब्रह्म न सत्तन्नासदुच्यते। (गीता 13/12)

3

त्रिचूर में वृषांचल के दर्शन, स्वामी योगेश्वरानन्द के आशीर्वाद और गुरुकुल के आचार्य से आश्वासन पाकर यात्री दल कालड़ी लौटा। वे मार्ग में, जहाँ-जहाँ शिवमन्दिर मिलते, उनकी अर्चा-पूजा करते हुए चले। तीर्थयात्रा का अपना ही महत्त्व है। सामान्य देशाटन और तीर्थयात्रा में बड़ा अन्तर होता है। देशाटन में नगर-ग्राम, नदी-पर्वत, वन-सरोवर के सौन्दर्य की ओर ध्यान रहता है। मार्ग में मिलने वाले जनपदों के नर-नारी, बाल-वृन्द के रहन-सहन, उनकी जीवनचर्या के अवलोकन की ओर दृष्टि रहती है। पर तीर्थयात्री सब कुछ देखते हुए सम्पूर्ण प्रकृति के सौन्दर्य में उस जगन्नियंता की छवि देखता है जिसकी कृपा से यह सम्पूर्ण सृष्टि चल रही है; जिसकी शक्ति से शक्तिमान बनकर सूर्य-चन्द्रमा, ग्रह-नक्षत्र, पृथ्वी, आकाश, वायु, समुद्र सब नियमों में बँधे हुए अपने-अपने कर्त्तव्यपालन में लगे हुए हैं। यह यात्री दल उसी शिव तत्त्व रूपी लिंग और महद्योनि रूपी प्रकृति की लीला देखते हुए घर की ओर लौट रहा था। इस यात्री दल में कुछ ऐसा आकर्षण आ गया था, महात्माओं के ज्ञानोपदेश से इनमें ऐसा आत्मबल निखर रहा था कि जो भी इनके सम्पर्क में आता इनसे आकृष्ट हुए बिना नहीं रहता। ग्राम-वधुएँ, जानकी अम्मा शुभ्रा और आर्या अम्मा को अलग ले जाकर यात्रा का समाचार जानने का प्रयत्न करतीं। संतानरहित युवतियाँ आर्या अम्मा

की गाथा सुनकर त्रिचूर-दर्शन के लिए ललक उठतीं। मार्तण्ड पंडित और शिवगुरु से वार्तालाप करते हुए पुरुष वर्ग गुरुकुल के आचार्य और स्वामी योगेश्वरानन्द की कहानी सुनकर उत्फुल्ल हो उठता। ऐसा प्रतीत हो रहा था कि गृहस्थ में रहते हुए भी यह यात्री दल साधु-महात्मा, यति-संन्यासियों की तरह समाज को नवजीवन प्रदान करता हुआ चला आ रहा है। यह यात्री दल जहाँ पहुँच जाता वहीं तीर्थ बन जाता। इनसे बातें करके दुःखी प्राणी आश्वस्त हो जाते। ऐसा जान पड़ता था कि कोई साधु-समाज जगत्-कल्याण के लिए तीर्थयात्रा कर रहा हो।

तीन दिन-रात मार्ग में बीत गए। चौथे दिन ये तीर्थयात्री कालड़ी में पहुँच कर पूर्णा नदी में स्नान करने गये। स्नान के उपरांत शिवमन्दिर में पूजन किया—'ओ३म नमः शिवाय' का एक सहस्र बार जाप करके मन्दिर से बाहर आए। गाँववालों को पता चला तो नारी-समाज ने आर्या अम्मा और जानकी अम्मा शुभ्रा को घेर लिया। शिवगुरु, मार्तण्ड पंडित तथा ब्रह्मदत्त के माता-पिता एक जगह बैठ गये। पुरुषों ने यात्रा का वृत्तान्त पूछा। इन तीर्थयात्रियों की सबने अभ्यर्चना की। ऐसा प्रतीत होता था कि कुछ समय के लिए ग्रामीण जीवन के राग-द्वेष, ईर्ष्या, द्रोह आकाश में विलीन हो गए हों। जानकी अम्मा शुभ्रा से पढ़ने वाली लड़कियाँ उछल-उछल कर उनके चरण स्पर्श करने लगीं। बहुत छोटे बच्चे ललक कर उनकी गोद में उछल पड़ते। जो स्त्रियाँ ईर्ष्यावश जानकी अम्मा की लुकछिप कर निंदा किया करती थीं आज उनके मुख का तेज देखकर चकित रह गईं। जो अवस्था में छोटी थीं और ईर्ष्यावश उनसे बोलती भी नहीं थीं वे आज उछल-उछल कर जानकी अम्मा के चरण चूम रही थीं। यह कैसा प्रेममय वातावरण बन गया था। पर, कुछ पुराने, कट्टर कर्मकाण्डी, कूपमंडूक पण्डित, त्रिपुंडधारी, जानकी अम्मा का अविवाहित रूप में शिवगुरु के समीपवर्ती ब्रह्मदत्त के घर में रहना अनुचित समझते रहे। इस प्रकार ग्रामीण जीवन के विभिन्न पक्षों का अध्ययन करते हुए जानकी अम्मा शुभ्रा और आर्या अम्मा ने अपना-अपना घर सँभाला। और नित्य की तरह खेती-बाड़ी, पशुपालन, अतिथि सत्कार, पंच महायज्ञ के काज में लग गईं।

स्वामी योगेश्वरानन्द और आचार्य के कथनानुसार दोनों परिवारों ने विधिवत् पूजा-अर्चना का क्रम चलाया। एक वर्ष होने को आया। बैसाख का महीना आ गया। वसन्त ऋतु अपने यौवन पर अद्भुत सौन्दर्य दिखाने लगी। भगवत् कृपा से बैसाख शुक्ल पंचमी रविवार के दिन भगवती आर्या अम्मा ने पुत्र रत्न उत्पन्न किया। स्त्रियों ने मंगलगान से घर को गुंजरित कर दिया। जन्म के समय प्रकृति की अद्भुत छटा दिखाई पड़ी। शिवगुरु स्वयं भी ज्योतिषी थे। उन्होंने पंचांग निकालकर बच्चे का जन्म मुहूर्त देखा और अपने मित्रों को शुभ संवाद सुनाया। पंडितों ने जन्म-कुंडली तैयार की। बालक के जन्म के समय वृषभ लग्न था। मेष राशि में सूर्य और बुध थे। शुक्र वृषभ में था। और चन्द्रमा पुनर्वसु नक्षत्र में। शनि तुला में, गुरु वृश्चिक में और मंगल मकर राशि में। जन्म-कुंडली के अतिरिक्त बच्चे के शरीर के चिह्नों को देखकर ज्योतिषियों ने यह अनुमान लगाया कि यह विलक्षण बालक पैदा हुआ है। इसके मस्तक पर चन्द्रमा जैसी ज्योति खेल रही है। मस्तक के मध्य में शिव की तरह तृतीय

नेत्र जैसा चिह्न बना हुआ है। इसके कंधों पर त्रिशूल विराजमान है। शरीर की कान्ति स्फटिक मणि के समान निखर रही है। हो न हो स्वयं शिव भगवान ने अवतार धारण कर मानव जीवन का कष्ट निवारण करने का संकल्प किया है। शास्त्र कहता है :

मूर्धनि हिमकर चिह्ने, निटिलेकहता नयनाडंक।
अंसयोः शूलम् वपुषे स्फटिकसवर्ण, प्रज्ञास्तं मेनिरे शुभम्॥

पुत्र की शुभ जन्म-कुंडली से शिवगुरु बहुत ही प्रसन्न थे। उन्होंने अपनी मित्र-मण्डली में कहा, ''मैंने स्वप्न में भी यही दृश्य देखा था कि स्वयं शंकर हमारे घर में जन्म ले रहे हैं।'' जानकी अम्मा शुभ्रा ने शिवगुरु से निवेदन किया कि पुत्र-जन्म का शुभ समाचार अपने ससुर और सास को भी सुनाने का उपक्रम कीजिए। वहाँ संदेश भेजिए ताकि मामा, नाना को भी यह शुभ समाचार जानकर प्रसन्नता हो। प्रसूति-गृह का सारा भार जानकी अम्मा शुभ्रा सँभाल रही थी। अतः इतना कह कर वह पुनः आर्या अम्मा की परिचर्या में पहुँच गई।

शिवगुरु ने अपनी वंश-परम्परा के अनुसार नापित को ससुराल भेजा। माघ पंडित तथा उनकी पत्नी को बड़ी प्रसन्नता हुई। नापित से यह भी संवाद मिला कि आर्या अम्मा की सेवा में स्वतः जानकी अम्मा दिन-रात लगी हुई है। शिशु और माता दोनों स्वस्थ हैं। इससे उन्हें बड़ा आश्वासन मिला। माघ पंडित ने जानकी अम्मा के पिता ज्योतिष आचार्य विश्वनाथन को सूचना दी। विश्वनाथन भी अपनी पुत्री के लिए चिंतित रहा करते थे कि पता नहीं ब्रह्मदत्त अरब से लौट कर कब आयेगा। यद्यपि उन्हें स्वामी जी के आशीर्वाद से यह भरोसा हो चुका था कि ब्रह्मदत्त कभी-न-कभी लौटेगा अवश्य। पर उनकी पत्नी उन्हें दिन-रात कोसा करती थी कि मैं ब्रह्मदत्त के साथ विवाह करने के पक्ष में नहीं थी। तुमने मेरी बेटी को कुएँ में ढकेल दिया। इसने एक दिन भी ससुराल का सुख नहीं भोगा। अब विश्वनाथन को यह विश्वास हो गया कि स्वामी जी की भविष्यवाणी यदि शिवगुरु के विषय में सत्य निकली है तो जानकी अम्मा शुभ्रा की विपत्ति को भी दूर करने में समर्थ होगी। वे पत्नी को समझाते रहे कि देखो न, आठ वर्ष के बाद स्वामी जी के आशीर्वाद से आर्या अम्मा को पुत्र-रत्न की प्राप्ति हुई है। धीरज धरो, ब्रह्मदत्त भी बहुत बड़ा ज्योतिषी होकर अरब से लौटेगा और देश-देशान्तर में तुम्हारे दामाद की धूम मच जाएगी। इतना समझाकर विश्वनाथन भी माघ पंडित के साथ कालड़ी पहुँचे।

जानकी अम्मा ने दोनों अतिथियों के लिए भोजन आदि की व्यवस्था की। शिवगुरु के माता-पिता पहले ही चल बसे थे। अतः घर में किसी स्त्री के न रहने के कारण पड़ोसिन होने के नाते जानकी अम्मा को ही सारी व्यवस्था करनी पड़ती। माघ पंडित ने शिवगुरु से गृह की सारी व्यवस्था जाननी चाही और यह इच्छा व्यक्त की कि आवश्यकता हो तो आर्या अम्मा की माता को यहीं भेज दूँ। जानकी अम्मा ने मार्तण्ड पंडित और अपने पिता जी से निवेदन किया कि यह विलक्षण शिशु, हो न हो कोई अवतारी पुरुष है, इसके शरीर पर शंकर भगवान के अनेक लक्षण दिखाई पड़ रहे

हैं। जिस समय इसका जन्म हुआ, रात्रि में ही एक अद्‌भुत ज्योति कमरे में जगमगा उठी। दैवी संगीत जैसे वैदिक मंत्र सुनायी पड़ रहे थे, सारा वातावरण अलौकिक सा बन गया था। इस शिशु के विलक्षण प्रभाव से आकृष्ट होकर कितने ही दर्शनार्थी आ रहे हैं। अतिथियों की सेवा के लिए यदि कोई आप लोगों के यहाँ से स्त्री आ जाती तो बड़ी सुविधा होती।

माघ पंडित दूसरे ही दिन अपने गाँव लौट गये। और अपनी पत्नी तथा जानकी अम्मा की माता को साथ लेकर कालड़ी आ पहुँचे। इधर दर्शकों की भीड़ की भीड़ एकत्र होने लगी। माघ पंडित और शिवगुरु उस महात्मा को, जिनके आशीर्वाद से पुत्र-रत्न मिला है, सूचना देने चले। साथ में फल-फूल, द्रव्य, संन्यासियों के लिए वस्त्र आदि ले लिये। जानकी अम्मा के पिता विश्वनाथन ने भी दर्शन करने की इच्छा प्रकट की ताकि अपने दामाद के लौटने के विषय में उनसे निवेदन कर सकें। चलते-समय जानकी अम्मा ने नवजात शिशु की कुण्डली और एक पत्र स्वामी महात्मा को देने के लिए पाथेय के साथ रख दिया। पत्र में नवजात शिशु के जन्म के समय की विलक्षणता और शरीर पर विशेष चिन्हों का विवरण था। उसने अपने संबंध में पत्र में कुछ भी नहीं लिखा। तीनों यात्री त्रिचूर की तीर्थयात्रा करने चले। लगभग ठीक एक वर्ष पूर्व इन यात्रियों ने उसी वृषांचल मन्दिर का दर्शन किया था, जहाँ स्वामी योगेश्वरानन्द—जिन्हें महेश शंकर के अनन्य उपासक होने के कारण महेशानन्द भी कहा जा रहा था—के दर्शन को पहुँचे।

स्वामी जी ने भी स्वप्न में यह देखा था कि शंकर भगवान आर्या अम्मा की कोख से आविर्भूत होकर विलक्षण ज्योति फैला रहे हैं। उन्हें अपने स्वप्न के सत्य होने पर प्रसन्नता हुई। विशेष विवरण उस पत्र से ज्ञात हुआ, जो जानकी अम्मा ने स्वामी महात्मा को लिखा था। शिवगुरु, माघ पंडित और विश्वनाथन को स्वामी के दर्शन से बड़ी ही शान्ति मिली। स्वामी ने थोड़ी देर के लिए आँखें बन्द कर लीं। ध्यानावस्थित होकर उन्होंने ब्रह्मदत्त के विषय में चिंतन प्रारम्भ किया। घंटों समाधि में पड़े रहे। दर्शक मण्डली अवाक् रह गई। उनके मुख-मुण्डल पर एक विचित्र प्रकार का तेज फैल रहा था। अर्धनिमीलित नेत्र खुले से रह गये थे। वह अद्‌भुत योगी थे। उन्हें समाधि लगाते बिलकुल देर न लगती और घंटों समाधि में बैठे रह जाते। कभी-कभी तो सारी रात समाधि में ही बीत जाती। दर्शक टकटकी लगाये उनकी मुख-मुद्रा देख रहे थे। उस आकर्षण में कितना प्रभाव था। अर्ध-रात्रि के समय उनकी समाधि खुली, बोले—

''यह असामान्य बालक अपने परिवार, गाँव, समाज, जनपद का ही नहीं सारे देश का संकट दूर करेगा और इतना बड़ा विद्वान बनेगा कि शास्त्रार्थ में इसे कोई पराजित नहीं कर पाएगा। यह एक नया जीवनदर्शन संसार को सिखायेगा। इसे सर्वज्ञ की उपाधि सभी विद्वान् मिलकर देंगे। जब तक मानव जाति है तब तक इसके जीवन दर्शन का आदर होगा। यह सामान्य मानव नहीं पूर्ण मानव है। इसकी आत्मा सारे प्राणियों की आत्मा है। सारे संसार का दुख यह अपना दुख समझेगा। वेद के

अद्वैत दर्शन को यह अपने जीवन में चरितार्थ कर दिखायेगा। इसकी जन्म-कुंडली, जन्मकाल के समय, वातावरण की परिस्थिति, और शरीर के विलक्षण चिह्न इस तथ्य के प्रमाण हैं कि विभिन्न धर्मों, मतों, तंत्रों में विभाजित यह जरा-जीर्ण जर्जर भारत पुनः अखण्ड रूप से एक राष्ट्र बन सकेगा। और एक ऐसे जीवन-दर्शन का अनुसरण करेगा जो मानव समाज को एकता के सूत्र में बाँधकर तीनों प्रकार के तापों से संसार का उद्धार कर सकेगा। इससे अधिक मैं क्या कहूँ।''

शिवगुरु और माघ पंडित को स्वामी जी के दिए हुए आशीर्वाद की स्मृति हो आयी। उन्होंने उस समय कहा था कि यदि दीर्घजीवी पुत्र चाहोगे तो वह मन्द बुद्धि वाला होगा, पर यदि तुम्हारी अभिलाषा चमत्कारी बुद्धि वाले बालक के जन्म की होगी तो बालक अल्पायु होगा।

शिवगुरु और मार्तण्ड पंडित को स्वामी जी की वे बातें याद हो आयीं। दोनों ने हाथ जोड़कर कहा, ''स्वामिन्, बच्चे की आयु के संबंध में जानने को हम लोग अत्यन्त व्यग्र हैं।'' स्वामी महात्मा ने मौन धारण कर लिया। वे जानते थे कि बालक दीर्घजीवी नहीं होगा। उन्होंने समझाया कि ''जीवन में आयु का महत्त्व उतना नहीं है, जितना सत्कर्म का। ईश्वर मनुष्य को संसार में इसलिए भेजता है कि वह प्राणियों के दुख-निवारण में अपना सर्वस्व लगा दे। योगीजन यदि चाहें तो अधिक-से-अधिक दीर्घजीवी हो सकते हैं पर वे अपना कार्य पूर्ण करके शीघ्र-से-शीघ्र इस जंजाल से छूट जाना चाहते हैं। इसलिए तुम लोगों को बच्चे की आयु के संबंध में चिन्ता करने की आवश्यकता नहीं। यह पूर्ण पुरुष स्वयं निर्णय करेगा कि इस संसार में कितने दिन रहना है।''

माघ पंडित ने निवेदन किया, ''महात्मन्, इसके जन्म-ग्रहों को देखने से तो अल्पायु ही जान पड़ती है। क्या कोई उपाय है? यज्ञ-हवन, पूजन का कोई ऐसा विधान है जिससे बच्चा दीर्घजीवी हो सके?''

ज्योतिषाचार्य विश्वनाथन ने भी गणित करके यह देखा था कि यह शिशु अल्पायु होगा। उन्होंने भी निवेदन किया, ''ज्योतिष-ग्रन्थों के साथ कुछ ऐसी ज्योतिष पद्धतियाँ हैं जिनका अनुसरण करने से मारण-योग टल जाता है। क्या हम लोग ज्योतिष के अनुसार यज्ञ-हवन अभी से प्रारम्भ कर दें? या जीवन पर संकट आने के समय उनका प्रयोग किया जाए?''

स्वामी महात्मा ने हँसते हुए कहा, ''आप सब लोग जानते हैं गुरु वशिष्ठ सर्वशास्त्र ज्ञाता थे। उन्होंने रामचन्द्र की जन्म-कुंडली बनायी। राजा दशरथ ने सब प्रकार के विधि-विधान का पालन किया पर क्या राम को वन नहीं जाना पड़ा? विवाह का मुहूर्त न जाने कितने पंडितों ने ज्योतिष ग्रन्थों का मंथन करके निकाला था। पर क्या सीता का हरण नहीं हुआ? अरे भाई, विधाता का लेख कौन मिटा सकता है? पर यज्ञ, दान और तप कभी व्यर्थ नहीं जाते। इनसे धन-सम्पत्ति, आयु, आरोग्य, यश-प्रतिष्ठा मिले या न मिले पर यज्ञ, दान, तप करने से मन कल्मष रहित होता ही है। मन के पवित्र होने से बुद्धि निर्मल बनती है। निर्मल बुद्धि जो निर्णय देती है उसका

अनुसरण करने से कल्याण तो होता ही है। इसलिए केवल दीर्घजीवी होने के लिए नहीं अपितु परमेश्वर की प्रसन्नता के लिए कर्त्तव्य कर्म समझकर ज्योतिष के अनुसार पूजन, अर्चन, यज्ञ, हवन, तीर्थाटन करना यह तो अपना धर्म ही है, इससे श्रद्धा बढ़ती है। भगवान स्वयं कहते हैं :

श्रद्धावान् लभते ज्ञानम् तत्पर: संयतेन्द्रिय: । गीता 4/39

''अर्थात्, यज्ञ तपादि से इन्द्रियों पर संयमी अपने आप ज्ञानी हो जाता है। यही जीवन की बहुत बड़ी उपलब्धि है।'' इतना कहकर स्वामी ने मौन धारण कर लिया। उन्हें स्मरण हो आया कि विश्वनाथन के साथ जानकी अम्मा शुभ्रा भी आयी थी, जिसने यह पत्र लिखा है। उनका करुणा से भरा हुआ हृदय यह जानकर आर्द्र हो गया, कि जानकी अम्मा ने अपने संकट के विषय में एक शब्द भी नहीं लिखा है। समाज सेवा की उसकी कहानियाँ दूर-दूर तक फैल चुकी थीं। जो भी साधु-संन्यासी कालड़ी आता उसके ठहरने, भोजनादि की व्यवस्था जानकी अम्मा ही करती थी। उसके कर्मठ आदर्श जीवन से स्वामी स्वयं परिचित थे। उन्हें इस बात से प्रसन्नता हुई कि आज भी ऐसी नारी है जो अपने पति को ही परमेश्वर समझकर उसकी स्मृति में डूबी रहती हुई भी समाज सेवा का इतना बड़ा बोझा सँभाले चल रही है। उनकी मुख-मुद्रा एक-एक क्षण में बदलती जा रही थी। मानो ब्रह्मदत्त के जीवन की कठिनाइयों को वह अपनी दिव्य दृष्टि से देखने का प्रयास कर रहे थे। ज्योतिषाचार्य विश्वनाथन और माघ पंडित ने हाथ जोड़कर निवेदन किया, ''महात्मन् जानकी अम्मा शुभ्रा का कष्ट निवारण कब होगा? उसकी माता दिन-रात रोया करती है। घर में नित्य का कलह मचा है। वह कहती है कि तुम सब ने हमारी बेटी को कुएँ में डाल दिया है। महाराज! ब्रह्मदत्त कब तक लौटेगा? उसके लिए क्या कोई पूजा का विधान है?'' स्वामी महेशानन्द ने हँसकर कहा, ''आप लोग बड़े-बड़े ज्योतिषी हैं—

दैवज्ञ समाज में जो गंभीर विषय निर्णीत नहीं हो रहा है उसे मैं कैसे सुलझा सकूँगा! मैं तो ज्योतिषी भी नहीं हूँ।'' पर तीनों व्यक्तियों ने स्वामी के चरण पकड़ लिए। अधीरता के कारण इन लोगों की आँखों से आँसू बह रहे थे।

स्वामी जी ने समझाया, ''मुझे ऐसा आभास मिल रहा है कि ब्रह्मदत्त ज्योतिष का विशेष ज्ञान प्राप्त कर लौटेगा। समय तो लगेगा क्योंकि उसके मन में अरब, ईराक, ईरान, मंगोलिया, चीन आदि देशों की विविध ज्योतिष विद्या के अध्ययन की लालसा बसी है। इतना बड़ा ज्ञान समय की अपेक्षा रखता है भाई! क्यों घबराते हो? शुभ्रा को कोई घबराहट नहीं, तुम लोग इतने व्याकुल क्यों हो रहे हो? उसके पत्र से यह स्पष्ट होता है कि वह अपने कर्त्तव्यपालन में प्रसन्न है।'' प्रेम का रहस्य समझाते हुए उन्होंने ब्रजभूमि की कहानियाँ सुनायीं। वैवाहिक जीवन का आदर्श समझाते हुए सबको आश्वस्त किया और समझाया कि जानकी अम्मा के सामाजिक, धार्मिक और शैक्षणिक कार्यों में आप लोग सहायता करें। यही उसकी प्रसन्नता का आधार बनेगा। ब्रह्मदत्त ज्योतिष का प्रकाण्ड विद्वान होकर अवश्य लौटेगा। यही मेरा संदेश जानकी

अम्मा को सुना देना। इतना कहकर स्वामी उठ खड़े हुए और मन्दिर की ओर चल पड़े। यात्री त्रिचूर से कालड़ी लौट आये।

शिवगुरु के घर में विलक्षण शिशु के जन्म की कहानी दूर-दूर तक फैल चुकी थी। भीड़ की भीड़ जनता कालड़ी दर्शनों के लिए पहुँच रही थी। पुरुषों के त्रिचूर चले जाने पर घर के भीतर-बाहर का सारा भार जानकी अम्मा शुभ्रा पर था। उसके सास-ससुर अत्यन्त वृद्ध थे अत: उनकी भी सेवा जानकी अम्मा को ही करनी पड़ती थी। यह विलक्षण नारी विद्युत गति से सारा कार्य ऐसे समेट रही थी मानो कोई दैवी शक्ति स्वत: सब कुछ सँभाल रही हो।

स्वामी महात्मा के संकेत और जन्म-कुंडली के अनुसार नव शिशु का नामकरण किया गया। शंकर की तरह शरीर पर चिह्न होने के कारण भी बच्चे का नाम शंकर रखा गया। स्वामी ने बच्चे का गुण बताते हुए कहा था कि वह संसार को सुख देने वाला कल्याणकारी बालक होगा। इसलिए उसका नाम शंकर—सबका कल्याण करने वाला रखा गया।

बच्चा जब कुछ बड़ा हुआ और तोतली बोली बोलने से पूर्व घुटनों के बल सरकने लगा, तभी दर्शकों की भीड़ और भी बढ़ने लगी। जानकी अम्मा शुभ्रा को नित्य-प्रति एक निश्चित समय पर बच्चे को बाहर लाकर दर्शनार्थियों की जिज्ञासा तृप्त करनी पड़ती। ज्यों-ज्यों बच्चे की विलक्षणता की कहानी फैलती जाती त्यों-त्यों भीड़ बढ़ती जा रही थी। जनता देखकर आश्चर्यचकित रहती कि शंकर जहाँ-जहाँ पैर रखता है वहाँ की भूमि पर पदचिह्न की शोभा निराली है। उसके तलवों से चन्द्रमा की तरह ज्योति निकलती थी। कुछ विद्वानों तथा साधु-महात्माओं को उसके घुँघराले बालों में कृष्ण की झाँकी दिखायी पड़ती। मस्तक पर शंकर के तृतीय नेत्र की तरह ज्योति जगमगाती। कंधे पर त्रिशूल अब चमकने लग गया था। और सारा शरीर श्वेत मणि की तरह दमदमा रहा था। ऐसी शोभा देखने वाले एकटक लगाये उसकी ओर देखते ही रह जाते थे। किसी-किसी को तो उसके वक्षस्थल पर क्रीड़ा करने वाला सर्प भी दिखायी पड़ जाता। तलवों में चमर के चिह्न बने हुए थे। और हथेली पर डमरू की आकृति बनी हुई थी।

कालड़ी में इस प्रकार का अलौकिक दृश्य देखा जा रहा था और उधर सारे भारत में हाहाकार मचा हुआ था। अरबों के आक्रमण से त्राहि-त्राहि मची थी। मूलस्थान तक अरबी झण्डा लहरा रहा था। एक-एक करके छोटे-छोटे भारतीय राजा युद्ध में प्राण अर्पण करते जा रहे थे। उत्तर भारत की राज्य-शक्तियाँ आपस में वैर-विरोध के कारण इतनी क्षीण हो गई थीं कि विदेशियों को भारतीय राजशक्ति को पराजित करने में कहीं किसी प्रकार की बाधा ज्ञात ही नहीं हो रही थी। दक्षिण भारत में राष्ट्रकूट, चालुक्य, पल्लव, चोल राजा दिन-रात आपस में लड़-लड़कर शक्तिहीन होते जा रहे थे। अरबों की शक्ति गुजरात तक पहुँच चुकी थी। उनकी धाक ऐसी जमती जा रही थी कि छोटे-छोटे राजा बिना युद्ध के ही या तो हार स्वीकार कर लेते या देश छोड़कर वन में भाग

जाते। अनाथ जनता बर्बरों के हाथों मृत्यु का शिकार बन रही थी। विदेशी सैनिक सिन्ध प्रान्त को रौंदते हुए गुजरात पार करके उज्जैन तक पहुँचने का प्रयास कर रहे थे।

धार्मिक कलह का तो कहना ही क्या? शैव-शाक्त, वैष्णव, बौद्ध, जैन, आदि बहत्तर सम्प्रदायों में देश बँट चुका था। धार्मिक गुरुओं, पंडित-पुरोहितों, मठ संघारामों का ऐसा चारित्रिक पतन हो गया था कि वे विदेशियों की सहायता करते हुए अपने प्रतिद्वंद्वी को पराजित करके एक प्रकार का सुख अनुभव कर रहे थे।

देश की आर्थिक स्थिति दिन-रात के कलह, संघर्ष और युद्ध के कारण बिगड़ती जा रही थी। प्रकृति भी देशवासियों की आचारहीनता से क्रुद्ध होकर अकाल की स्थिति पैदा कर रही थी। ऐसी विषम स्थिति में इने-गिने महात्मा ऐसे थे जो ईश्वरीय शक्ति में विश्वास कर जनता को आश्वासन प्रदान कर रहे थे और धर्म का सच्चा स्वरूप समझाने के लिए दिन-रात प्रयत्नशील थे। जो धार्मिक जनता शंकर-जन्म की अद्‌भुत घटना का परिचय पा लेती थी उसे भरोसा होता था कि भगवान की वाणी सत्य होने को आ रही है कि जब-जब धर्म की हानि होती है तब-तब कोई अवतारी पुरुष प्रकट होकर धर्म की रक्षा करता है।

4

सामान्य बालक एक वर्ष का होने पर माता-पिता से तोतली बोली में बोलने लगता है पर शंकर तो असाधारण बालक थे। आर्या अम्मा और शिवगुरु की गोद में बैठ कर जो वेद-मन्त्र सुनते वह एक बार ही सुनकर अपनी तोतली बोली में ज्यों का त्यों सुना देते। परिणाम यह हुआ कि दो वर्ष में ही इन्हें न जाने कितने श्लोक कंठस्थ हो गये। आर्या अम्मा और शुभ्रा का एक काम और बढ़ गया। दूर-दूर से जो साधु-समाज आता वह शंकर के मुख से वेद-मंत्रों को सुनने को लालायित रहता। उन साधु-अभ्यागतों का सत्कार करना, उनका आशीर्वाद लेना और शंकर के मुख से वेद-मंत्रों को सुनना यह नित्य का कार्य बन गया। जो भी शंकर की वाणी सुनता, उनके मधुर सस्वर वैदिक मंत्रों को ध्यान से श्रवण करता, वह टकटकी लगाए उनके मुखारविंद को ही निहारा करता। गाँव की कुछ स्त्रियों ने आर्या अम्मा और शुभ्रा को बार-बार सावधान किया कि "अरे, बच्चे पर कुदृष्टि पड़ गई तो यह बीमार हो जाएगा। इसलिए इसके माथे पर काला टीका लगाकर और कुदृष्टि वर्जित करने वाला मंत्र बोलकर तब बच्चे को जनता के सामने लाया करो।"

यद्यपि आर्या अम्मा और शुभ्रा को इस व्यर्थ विवाद में पड़ने की आवश्यकता नहीं जान पड़ती थी पर शिवगुरु के आग्रह और हितैषी पड़ोसियों की आज्ञा से शंकर के निर्मल चंद्र जैसे बदन पर चंद्रमा की कालिमा की तरह काला टीका नित्य लगता रहा। आश्चर्य की बात तो यह है कि इन काले टीकों से वह ज्योति और निखर उठती क्योंकि प्रकाशमय अंग टीका की कालिमा के कारण और ज्योतिष्मान् हो उठते हैं।

तीसरी जन्मतिथि आने वाली थी। इसके पूर्व ही घर का सारा आनन्दमय वातावरण

विषाद में बदलने लगा। शिवगुरु अचानक रुग्ण हो गये। उन्हें अपनी अस्वस्थता की उतनी चिंता नहीं थी जितनी शंकर की शिक्षा की। अक्षर ज्ञान दो वर्ष की अवस्था में ही करा दिया गया। अक्षर ज्ञान होते ही शंकर वैदिक मंत्र इस द्रुतगति से पढ़ जाते मानो गुरुकुल का परिपक्व विद्यार्थी हो। तीसरा वर्ष लगते-लगते वे वेद-मंत्रों का अर्थ भी समझने लगे। वेद के बड़े-बड़े विद्वान् जब उनसे मंत्रों का अर्थ सुनते तो दाँतों तले उँगली दबाते। शिवगुरु की बड़ी इच्छा रहती कि हमारा बालक गुरुकुल में विधिवत् अध्ययन करके पूर्ण पंडित बन जाए। उन्होंने शंकर का उपनयन-संस्कार करना आवश्यक समझा क्योंकि गुरुकुल जाने से पूर्व घर पर यह संस्कार होना ही चाहिए पर भगवान की इच्छा को कौन जानता है ? विधाता किसी की सारी अभिलाषायें कहाँ पूर्ण होने देता है। शंकर की तृतीय वर्ष वृद्धि (जन्म दिवस) की पूजा सम्पन्न हुई। तदुपरान्त शिवगुरु रुग्ण हो गए। रोग बढ़कर असाध्य-सा हो गया। बालक शंकर पिता के समीप बैठकर कोई स्त्रोत गुनगुनाया करते थे। भगवत्कृष्ण से रोग का प्रकोप कुछ समय के लिए कम हो गया। चारों ओर इसकी चर्चा फैल गई। शिवगुरु अपने सामने शंकर का उपनयन संस्कार देखना चाहते थे। नाना आचार्य माघ, शुभ्रा के उद्योग से शंकर का उपनयन संस्कार विधिवत् सम्पन्न हुआ। शंकर को पिता की इच्छानुसार ग्राम गुरुकुल में भेज दिया गया। प्रवेश के एक वर्ष के अंदर ही इन्हें भाषा, व्याकरण पर पूरा अधिकार होने लगा। द्वितीय वर्ष में प्रमुख काव्य और विविध पुराणों पर इन्हें अधिकार-सा प्राप्त हो गया। इनकी विलक्षण स्मृति थी, काव्य और पुराण के प्रारंभिक एक-दो श्लोकों को पढ़ते ही पूरे सर्ग और अध्याय का इन्हें ज्ञान हो जाता। अनपढ़ ग्रन्थ भी कभी पढ़ा-सा प्रतीत होने लगा। अध्यापक और इनके साथी यह देखकर चकित रह जाते कि यह नन्हा-सा बालक व्याकरण, काव्य, पुराण शास्त्र सब पर साधिकार चर्चा कर लेता है। इतना ही नहीं, गुरुजनों ने अपने छात्रों को पढ़ाने का कार्य भी शंकर को सौंपना प्रारम्भ किया। राग, द्वेष, रजोगुण और तमोगुण से विशुद्ध मन सम्पूर्ण विद्याओं पर अधिकार पाने लगा।

शंकर विधिपूर्वक गुरुकुल में वेदों का अध्ययन करने लगे। वेद और वेदांत तर्क-शास्त्र पर भी इनका अध्ययन गहन होता गया। इनकी विद्वत्ता की धाक चार-पाँच वर्ष ही की आयु में इतनी जम गई कि बड़े से बड़ा विद्वान् भी उनसे शास्त्रार्थ करने में झिझकने लगा।

5

पंडित शिवगुरु की मध्य युवा अवस्था थी। छत्तीस वर्षीय यह युवक अपने कर्मठ जीवन, शील, सदाचार के कारण सम्पूर्ण केरल और मालाबार में प्रसिद्धि पा रहा था। मालाबार उन दिनों महाराजा चेरामन पेरुमल के अधीन था। राजा इस्लाम धर्म स्वीकार कर चुके थे। पंडित शिवगुरु सदा इस प्रयास में रहते कि किसी प्रकार भारत की प्राचीन संस्कृति पर भी विदेशियों का आक्रमण उसी निर्दयता के साथ न हो पाए जिस क्रूरता से उन्होंने सिंध पर अपना राज्य फैला लिया है। वह गाँव-गाँव, नगर-नगर जनता को विदेशी दुष्प्रभाव से बचने के लिए सावधान करते रहते थे।

केरल में अकाल पड़ा। वह इस प्राकृतिक विपत्ति से बचने के लिए यज्ञ करके एरनाकुलम (कोचीन) से लौट रहे थे। रास्ते में घोर वर्षा हुई। उनका शरीर निरन्तर कई दिनों तक यज्ञ, उपवास के कारण कृशकाय हो गया था और कभी-कभी ज्वर भी हो जाता था। पर उन्होंने यज्ञ-अनुष्ठान नहीं छोड़ा। विधिविधानपूर्वक यज्ञ करने से जनसाधारण का कष्ट तो दूर हुआ, किन्तु पूरे समाज के पाप का फल उन्हें भोगना पड़ा। घर पहुँचते-पहुँचते उनका रोग इतना बढ़ गया कि अपनी यात्रा का विवरण भी घर वालों को सुना न सके। पिता को देख आश्चर्यचकित शंकर लपक कर उनके कन्धे पर चढ़ बैठे। पिता की आँखों से आँसू बह चले। कितने दिनों के बाद बच्चा गोद में आया। मैं उससे दो प्रेम भरी बातें भी न कर पाया हूँ। पिता को रोता देख बालक शंकर की भी आँखें भर आयीं। रोते हुए उनका मुँह चूमने लगे। पंडित शिवगुरु ने साहस कर बच्चे को गोद में ले लिया। थोड़ी देर में उनकी शारीरिक व्यथा जाती रही। किसी तरह शंकर को बहला-फुसला कर वह शय्या पर लेट गए। ज्वर का प्रकोप बढ़ता ही गया। सिर की भयंकर व्यथा से कराहने लगे। आर्या अम्मा, जानकी अम्मा शुभ्रा के आस-पड़ोस के लोग इकट्ठे हो गए। बूढ़ी माताएँ घरेलू उपचार करने लगीं। पर उससे कुछ लाभ न हुआ। ज्वर का वेग बढ़ता ही गया। अर्द्धरात्रि तक पड़ोसी बैठे रहे। सभी घरेलू उपचार व्यर्थ सिद्ध हुए। जानकी अम्मा शुभ्रा ने जब देखा कि यह ज्वर साधारण ताप नहीं था यह तो विषम ज्वर है। अथवा कहीं पानी में भीगने से सन्निपात हो गया है। यह बक-झक क्यों कर रहे हैं? वह दौड़ी-दौड़ी एक ग्रामीण वैद्य के घर गई। वैद्यराज तो कुछ दिनों पूर्व मालाबार राजा के आग्रह पर अरब चले गए थे। उनका बेटा वैद्य बन रहा था। दौड़ा हुआ वह जानकी अम्मा शुभ्रा के साथ शिवगुरु के घर आया। उनकी दशा देखकर कहने लगा, ''मेरी समझ में नहीं आया कि रोग क्या है। मैं निदान ही नहीं कर पा रहा हूँ। उपचार क्या करूँ? यह किसी अनुभवी के बस की बात है।'' अनुभवी वैद्य सब के सब जलयान में बिठाकर अरब भेज दिये गए थे। अरबी व्यापारियों ने केरल की प्रसिद्ध जड़ी-बूटियाँ भी जलयानों द्वारा फ़ारस, यमन और अरब भेज दी हैं। बसरा में आयुर्वेद का बहुत बड़ा केन्द्र बन गया है। आयुर्वेद के ग्रन्थों का अरबी भाषा में अनुवाद किया जा रहा है। मैं विवश हूँ।''

परिणाम वही हुआ जिसकी आशंका थी। पंडित शिवगुरु सभी के दुख में हाथ बँटाते। साधु-महात्माओं, अतिथि-अभ्यागतों, विरक्त संन्यासियों की सेवा और सत्कार करते थे। इस कारण समग्र ग्राम शोक निमग्न हो उठा। सबने मिलकर पूर्णा नदी के तट पर चिता सजाई। वेदध्वनि के साथ बाल शंकर ने पिता का दाहसंस्कार किया। कालड़ी की नारियाँ माता आर्या को नाना प्रकार से समझाने लगीं। सबने मिलकर एकमत हो शुभ्रा (जानकी अम्मा) को शंकर बालक और उसकी माता के संरक्षण का दायित्व सौंपा। चतुर्वर्षीय बाल शंकर ने साहस कर माता को धैर्य धारण कराया। उनकी अमृतमयी वाणी सुनकर सारा समाज विस्मय-विभोर हो उठा।

कालड़ी जनपद शीत ऋतु में भी उष्ण बना रहता है। ग्रीष्म में तो तपने ही लगता है। मध्याह्न से पूर्व ही सूर्य रश्मियाँ आग बरसाने लगती हैं। पूर्णा नदी का जल प्रवाह

गर्मियों में कालड़ी से बहुत दूर चला जाता है अतः बालुका राशि में बहुत दूर तक चलना पड़ता है। तब कहीं नदी का जल मिलता है। बाल शंकर स्वयं माता को साथ लेकर नदी स्नान कराने ले जाते। पर एक दिन प्रातः कतिपय ब्रह्मचारी उनसे मिलने आ गए। अतः माता आर्या को एकाकी पूर्णा नदी जाना पड़ा।

ग्राम गुरुकुल में ही शंकर की विद्वत्ता का सौरभ चारों ओर फैल चुका था। इस बाल योगी के अनुग्रह की अनेक कहानियाँ गाँव-गाँव गायी जा रही थीं। इसी कारण कितने ही पंडित इनके यहाँ नित्य ज्ञान वर्धन के लिए और दीन-दुखी कष्ट निवारण के लिए आते रहते। उस दिन आगतों के स्वागत-सत्कार और शंका निवारण में मध्याह्न का समय हो गया पर माता आर्या नदी-स्नान करके लौटी नहीं। शंकर को बड़ी चिंता हुई। वह द्रुतगति से भागते हुए नदी तट पर पहुँचे। उन्हें दूर तक कोई व्यक्ति आता हुआ दिखाई नहीं पड़ा। अब उनको आशंका होने लगी कि माँ कहाँ रह गई। वह चारों ओर दृष्टि दौड़ाते चलते गए-चलते गए। जल जलाती बालु के प्रदेश में नंगे पाँव चलने से आर्या अम्मा इतनी थक गई थीं कि घर पहुँचना दुष्कर हो गया था। अतः अर्ध चेतना की स्थिति में पड़ी हुई थीं। शंकर माता को इस दुर्दशा में देख कर माता के गले लिपट कर रोने लगे। उनके अश्रु-जल से माता को शीतलता का आभास मिला। आँखें खुल गईं। सामने शंकर को देखकर साहस बढ़ा। शरीर में शक्ति आ गई। उठकर खड़ी हो गई। चलने की शक्ति तो आ गई।

शंकर को माता की पीड़ा असह्य हो उठी। उन्होंने माता को पीठ पर उठा लिया और उस भूभुर जैसे बालुका प्रदेश में इस प्रकार चलने लगे मानो कोमल दूर्वादल के ऊपर पैर रख रहे हों। माता को घर पहुँचाकर शंकर पुनः नदी तट पर पहुँचे। वहीं बैठ कर ईश्वर आराधन में स्तोत्र गान करने लगे। मध्याह्न का भोजन भी भूल गए। इधर माता आर्या अम्मा भोजन बनाकर शंकर-शंकर पुकार रही थीं। शंकर को ध्यान आया कि माता मुझे खोज रही होगी। स्तवन समाप्त कर घर लौट आए। आकर भोजन किया और माँ से निवेदन किया कि जब तक नदी का जल घर के समीप तक न पहुँचे वह एकाकी स्नान करने न जाएँ।

अब नित्य माता के साथ ही शंकर पूर्णा नदी में स्नान करने जाते। माता को स्नान करा कर तट पर बिठा देते, तदुपरान्त स्वयं स्नान करते। इस प्रकार स्नान करके मातृ चरणों के समीप बैठकर ईश्वर की आराधना करते।

बाल शंकर बार-बार माता से कहा करते थे, '' 'माँ' विश्वनियन्ता की लीला अपार है। वह कब क्या दृश्य दिखाता है और क्यों ऐसी क्रीड़ा करता है कौन जानता है। माया का रहस्य बड़ा निगूढ़ है। बड़े-बड़े योगी-यती, त्यागी, संन्यासी विद्वान् पंडित उसी रहस्य की खोज में जीवन बिता रहे हैं। फिर भी समझ नहीं पाते। इसीलिए कहा जाता है—

एकमात्र ईश्वर के अनुग्रह से ही सत्य ज्ञान सम्भव है। अतः प्रत्येक स्थिति में धैर्य रखकर ईश्वर अनुग्रह के लिए ही प्रयत्नशील रहना धर्म है।''

माता को क्या पता था कि यह वाणी उसके भावी जीवन की भूमिका है। इसी समय कालड़ी के कई बालक त्रिचूर गुरुकुल में पढ़ने जा रहे थे। सबके आग्रह से माता आर्या ने शंकर को साथ भेज दिया।

6

त्रिचूर गुरुकुल की पाठशाला में शंकर की प्रतिभा को देखकर गुरुजन आश्चर्यचकित रहा करते थे। गुरुओं ने जो ज्ञान गुरु परम्परा से तीस-बत्तीस वर्ष की अवस्था में प्राप्त किया था, वह शंकर ने छह वर्ष में ही अपने गुरुओं से प्राप्त कर लिया। सभी गुरु एक स्वर से कहने लगे कि इस नन्हे बालक ने वेद का ज्ञान ब्रह्मा के समान सीख लिया। वेदांत का ज्ञान गर्ग ऋषि के समान इसे प्राप्त हो गया। काव्य तथा अन्य वर्णनात्मक साहित्य में यह बृहस्पति के समान हो गया। जैमिनी के समान इसने कर्मकांड साहित्य में प्रवीणता प्राप्त कर ली और बादरायण ऋषि की तरह उत्तर मीमांसा का पंडित बन गया। बालक की विद्वत्ता देखकर ऐसा प्रतीत हो रहा था कि मानो स्वयं व्यास भगवान पृथ्वी पर पुनः अवतरित हो गए हैं। अल्प प्रयास से ही अपने आप इसने न्याय-शास्त्र, सांख्य दर्शन, मीमांसा पर पूरा अधिकार प्राप्त कर लिया। इनके अतिरिक्त अद्वैत दर्शन में इसकी इतनी रुचि है और इसका ऐसा ज्ञान-ध्यान प्रगाढ़ हो गया है कि अन्य सारे शास्त्रज्ञान मानो जलकूप के समान हैं जिसकी उपयोगिता गंगा नदी के प्रबल-प्रवाह से घिरी हुई भूमि में तुच्छ जान पड़ती है।

सहपाठी शंकर को प्राणों से अधिक प्यार करते थे। गुरुगृह में रहते हुए वे सब एक साथ गाँव में भिक्षा माँगने जाते। एक दिन अपने साथियों के साथ शंकर एक अति निर्धन ब्राह्मणी के द्वार पर पहुँचे जिसके घर में एक मुट्ठी भर भी अन्न नहीं था। उस दुखिया ब्राह्मणी ने बड़ी दीनता से कहा, ''ब्रह्मचारियो! वह व्यक्ति बड़ा भाग्यवान है जिसे ब्रह्मचारियों को भिक्षा देने का अवसर मिलता है। पर मेरे ऊपर दरिद्रता का ऐसा भयंकर अभिशाप लगा हुआ है कि खाने को कौन कहे। आगत ब्रह्मचारी को देने के लिए एक दाना भी नहीं है। हमारा जीवन व्यर्थ है। भगवान ने मुझे न जाने क्यों पैदा किया। दरिद्रता से बढ़कर कोई दुख नहीं। ब्रह्मचारी को भिक्षा न देने से बढ़कर कोई पाप नहीं। पर मैं क्या करूँ।'' इतना कहकर वह फूट-फूट कर रो पड़ी और सँभल कर बोली, ''भइया, कई दिनों से भूखी हूँ। गाँव में या बाहर कोई काम भी नहीं मिलता, कितने दिनों से बेकारी में जीवन बिता रही हूँ। भिक्षा माँगना एक गृहस्थ के लिए धर्म-विरुद्ध समझकर भूख की ज्वाला सहती जा रही हूँ। भगवान से प्रार्थना करती हूँ कि मुझे जल्द उठा ले चले। ब्रह्मचारी को भिक्षा न देने वाले प्राणी की मृत्यु ही जीवन से श्रेष्ठ है।'' कहते-कहते वृद्धा ब्राह्मणी पुनः रोने लगी। वृद्धा ब्राह्मणी को रोते देख कर शंकर का हृदय करुणा से द्रवित हो उठा। बोले, ''माता आपके घर में और कोई नहीं? आपकी जीविका कैसे चलती है?'' वृद्धा की सोई हुई प्राचीन स्मृतियाँ कोलाहल मचाने लगीं। मानो एक-एक स्मृति तीखे बाण के समान उसके हृदय को बेध रही हो।

रोते हुए बोली, ''ब्रह्मचारी, मेरा एक ही पुत्र था जो महाराज राष्ट्रकूट की सेना

में किसी ऊँचे पद पर आसीन था। एक बार सिंध के अरबों ने गुर्जर प्रतिहारों पर हमला किया। वे उज्जैन के महाकाल मन्दिर में एकत्र यात्रियों पर आक्रमण करना चाहते थे। उनकी योजना थी कि यदि सौराष्ट्र के प्रतिहारों को अधीनता में ले लिया जाए तो उज्जैन के महाकाल मन्दिर तक सरलता से पहुँच जाएँगे। यह वह समय था जब उत्तर भारत पर अधिकार के लिए, प्रतिहारों और राष्ट्रकूटों में प्रतिद्वन्द्विता चल रही थी। प्रतिहारों को पराजित करने के उद्देश्य से राष्ट्रकूटों में प्रतिद्वन्द्विता चल रही थी। प्रतिहारों को पराजित करने के उद्देश्य से राष्ट्रकूटों ने सिंध के अरबी शाह को सौराष्ट्र पर आक्रमण के लिए आमंत्रित किया। राष्ट्रकूट राजा यह सोचते रहे कि सिंध के अरबी सैनिक सौराष्ट्र को लूटपाट कर लौट जाएँगे। इस प्रकार प्रतिहारों के दुर्बल हो जाने पर हम सम्पूर्ण भारत के अधिपति बन जाएँगे। पर गुर्जर प्रतिहारों ने सिंध के अरबों की बढ़ती सेना को युद्ध क्षेत्र में ऐसा पछाड़ा कि वे अवंती में उज्जैन से पहले ही भाग खड़े हुए। राष्ट्रकूट और प्रतिहारों के युद्ध में मेरा बेटा मारा गया। मैंने राज्याधिकारियों के सामने कितनी बार अपनी विपत्ति सुनाई पर किसी के हृदय में दया न आई। दुर्भाग्य से इधर अकाल पड़ गया इसलिए खेतों में काम भी नहीं मिलता। मैंने पड़ोसिन श्रेष्ठि पत्नी से अपनी सेविका के रूप में, रखने का भी आग्रह किया पर उसने भी मेरी बात अनसुनी कर दी। मुझे अपनी भूख की ज्वाला से उतना कष्ट नहीं हुआ जितना आज एक ब्रह्मचारी को भिक्षा दिए बिना निराश लौटाने में हो रहा है।'' बाल शंकर के आग्रह पर उसने घर में सूने रिक्त पात्रों को टटोलकर एक सूखा आँवला निकाला जिसे संकोच और श्रद्धा भाव से भिक्षा-पात्र में डाल दिया।

शंकर ने लक्ष्मी-स्तोत्र का स्वयं निर्माण करके देवी की आराधना की। प्रसाद रूप में आँवले का भोग लगाया। तदुपरांत उसके छोटे-छोटे टुकड़े करके चबाते रहे। माता से पीने का जल माँगा। जल पीकर इतने संतुष्ट हुए कि उनका रोम-रोम खिल उठा। माता को आश्वासन देते हुए बोले, ''भगवती लक्ष्मी की दया अपार है माता, कब वह किस पर कैसे कृपा करती हैं कौन जानता है ? आप लक्ष्मी की उपासना किसी रूप में करती रहें। वही आपका कष्ट निवारण करेंगी।''

ब्रह्मचारी शंकर दूसरे दिन उसी गाँव में मध्याह्न के समय भिक्षा लेने पहुँचे। आज एक ऐसी उच्च अट्टालिका दिखाई पड़ी जिसके परिसर में हाथी, घोड़े, रथ विद्यमान थे। पंक्तिबद्ध बैल घूम रहे थे। शंकर नित्य प्रति की भिक्षा में प्राय: धनिक वर्ग के द्वार पर नहीं जाया करते थे। सामान्य कृषक बालायें इस तेजस्वी ब्रह्मचारी के आगमन की प्रतीक्षा किया करती थीं। कृषक कुमारियों और गृह पत्नियों की श्रद्धा परिपूरित आँखें इस बाल ब्रह्मचारी को बरबस खींच लेती थीं। पर आज न जाने कैसे वे उस श्रेष्ठि के द्वार पर अनायास पहुँच गए जिसकी पत्नी तरसा करती थी कि यह तेजस्वी ब्रह्मचारी किसी दिन हमारे यहाँ भिक्षा लेने आए। दो वर्षों के गुरुकुल, निवास-काल में वह एक बार भी उस द्वार पर भिक्षा लेने नहीं गए थे। श्रेष्ठि की पत्नी का विवाह हुए पन्द्रह वर्ष हो गए पर वह अब तक संतान-विहीन थी। शंकर की चमत्कार भरी कहानियाँ चारों ओर फैल चुकी थीं। श्रेष्ठि की पत्नी के मन में विश्वास जम गया था कि यदि बाल

शंकर ब्रह्मचारी आशीर्वाद दे देगा तो मैं अवश्य संतानवती हो जाऊँगी। वह शंकर को अपने द्वार की ओर आज पहली बार आते देख पुलकित हो उठी। वह स्वर्ण-थाल में नाना प्रकार के पकवान, मिष्ठान्न और भाँति-भाँति के फल सजाकर 'भिक्षां देहि' माँगने से पूर्व ही द्वार पर खड़ी हो गई। आचार्य के यह कहते ही, ''माता माम् भिक्षां देहि'' वह एक रजत पीठ पर स्वर्ण थाल रखकर हाथ-जोड़े हुए बोली—

''ब्रह्मचारी, मैं नित्य आपकी प्रतीक्षा करती रहती हूँ पर आपने कभी दर्शन नहीं दिए। मैं गुरु आश्रम में कई बार आपके दर्शनों को गई पर आपने मेरी ओर कभी कृपा-दृष्टि नहीं की। ब्रह्मचारी, मैं आपकी क्या सेवा करूँ।'' शंकर कुछ देर तक मौन भाव से खड़े रहकर उच्च अट्टालिका और उसका वैभव निहार रहे थे। मन-ही-मन सोचने लगे, 'अपने पुत्र को देश की बलि वेदी पर बलि चढ़ाने वाली माता भूख से तड़फड़ा रही है। दूसरी ओर उसी के पड़ोस में स्वर्ण-रत्न-जटित यह विशाल अट्टालिका खड़ी है। यह ईश्वर की क्या लीला है।' यह सोचते-सोचते शंकर ध्यानावस्थित स्थिति में पहुँच गए। श्रेष्ठि पत्नी उनके चरणों में लेट गई। उसके मन में ऐसा दृढ़ विश्वास हुआ कि भगवान शंकर आज स्वयं कृपाकर मुझे संतान का वर देने के लिए आ गए हैं।

बाल शंकर ने जब आँखें खोलीं तो देखा—रत्न-आभूषण से अलंकृत गृह-स्वामिनी उनके चरणों पर गिरी पड़ी है। शंकर को दया आ गई और बोले, ''क्यों माता! धन-धान्य, रत्न-आभूषण से सम्पन्न आप इतनी दुखी क्यों हैं ?'' श्रेष्ठि पत्नी शंकर की मधुर वाणी सुन और उनके करुणा-पूरित नेत्रों से दिव्य ज्योति निकलते देख कर चकित सी रह गई। बोली, ''भगवन्! इस घर में धन-सम्पत्ति, यश-वैभव , दास-दासियाँ सब कुछ हैं। पर यह सब किस काम का! मुझे जब सब वन्ध्या कहकर पुकारती हैं मुझे तब बड़ी वेदना होती है। उसे सह भी लूँ तो इस विशाल वैभव का कोई उत्तराधिकारी न होने से सब कुछ सूना-सूना लगता है। पन्द्रह वर्ष तक सुखपूर्वक वैवाहिक जीवन बिताने पर भी संतान-रहित होने के कारण मन में निरंतर व्यथा बनी रहती है।''

बाल शंकर को उस अनाथ वृद्धा की व्यथा का सहसा ध्यान हो आया, जिसने भिक्षा में एक आँवले का फल दिया था। उन्हें ऐसा प्रतीत हुआ मानो भगवती ने कृपा कर आज उस वृद्धा का दुख दूर करने का मार्ग दिखाया है। श्रेष्ठि पत्नी की दैन्य दशा पर उन्हें दया आ गई। बोले, ''माता, मैं ब्रह्मचारी हूँ भिक्षा पर निर्वाह करता हूँ। कल आपकी इस पड़ोसिन वृद्धा ब्राह्मणी के द्वार पर भिक्षा माँगने गया। दो दिन की भूखी वह वृद्धा एक आँवला लेकर आई, जिसे खाकर मैं तृप्त हो गया। वह कितनी बार आपके घर दासी के रूप में भी सेवा कार्य की भीख माँगती रही पर आपने उसकी ओर कभी भी ध्यान नहीं दिया। दीनबंधु दयानिधि की कृपा उसी पर होती है जो बेबस, दीनों की पुकार सुनते हैं। सम्भव है, दीनों पर दया करने से दीनबंधु भगवान् आप पर प्रसन्न हों और आपका कष्ट निवारण कर दें। उनकी महिमा कौन जानता है!''

श्रेष्ठि पत्नी का रोम-रोम आनंद से पुलकित हो उठा, मानो शंकर ने उसे मुँह माँगा वरदान दिया हो। हाथ जोड़कर बोली, ''ब्रह्मचारी, आप यहीं बैठकर भिक्षा

पालो। इस रजतपटल पर बैठकर आप भोजन कर लेंगे तो मेरी मनोकामना अवश्य ही पूरी हो जाएगी।'' बाल शंकर बोले, ''माता, ब्रह्मचारी भूमि पर शयन करता है, पत्तों पर रूखा-सूखा अन्न रख उन्हें खाकर संतुष्ट होता है, नदी-सरोवर का जल पीकर तृप्त होता है। जो दीन-दुखी-असहाय पड़ोसिन का दुख दूर नहीं करता वह भगवान, से अपना दुख कैसे दूर कराने की आशा कर सकता है? दे दो माता, मुझे दो रूखी रोटियाँ! मेरे लिए वही पर्याप्त हैं।'' शंकर ने देखा कि स्वर्ण थाल में नाना प्रकार के व्यंजन रखे हुए हैं। उनकी दृष्टि सहसा दूसरे थाल में रखे फल की ओर गई। उन्होंने भिक्षा में कुछ फल ग्रहण किए और गुरु आश्रम की ओर चल पड़े।

संध्या समय गृहपति श्रेष्ठि स्वर्ण-मंजूषा लेकर नगर से लौटा। गृहलक्ष्मी ने बाल शंकर के भिक्षा ग्रहण की कथा सुनाई। श्रेष्ठि ने सोचा कि यह विशाल स्वर्ण-राशि संतान बिना किस काम की? दोनों ने परामर्श कर यह निर्णय लिया कि जिस वृद्धा को हमने अपने द्वार पर बार-बार अपमानित किया है उसके घर में यदि स्वर्ण आँवलों की वर्षा कर दी जाए तो हो न हो भगवान की करुणा-कादम्बिनी हमारे घर में कृपा की वर्षा कर दे और हमें संतान प्राप्ति का सुख मिल सके। इसलिए उसने आज की सारी स्वर्ण-मंजूषा-राशि को कनक आँवलों में बदल दिया।

अमावस्या की रात्रि थी। आकाश में बादल घिरे हुए थे। संध्या से ही लोग अपने घरों में बंद हो गए थे। गाँव में श्रेष्ठि के घर के अतिरिक्त दीपक की ज्योति भी दिखाई नहीं दे रही थी। सर्वत्र सुनसान देख पति-पत्नी स्वर्ण आँवले एक पात्र में भरकर वृद्धा ब्राह्मणी के द्वार पर पहुँचे जहाँ, खड़े होकर शंकर ने भिक्षा माँगी थी। दोनों ने हाथों से उछाल-उछाल कर वृद्धा के आँगन में स्वर्ण की वर्षा कर दी। उधर वृद्धा ब्राह्मणी शंकर निर्मित कनक स्तोत्र का ज़ोर-ज़ोर से पाठ कर रही थी। पाठ करते-करते सो गई।

प्रात: उठकर आँगन में आई तो देखती है कि भगवती लक्ष्मी ने कृपा कर स्वर्ण आँवलों की आँगन में वर्षा कर रखी है। वह आश्चर्यचकित रह गई। शंकर की कृपा से स्वर्ण आँवलों की वर्षा की कहानी गाँव और आस-पास एक घड़ी में फैल गई। वृद्धा ने कनक आँवलों को मिट्टी के एक घड़े में भरकर सबको दिखाया। आपस में परामर्श होने लगा कि इनका क्या किया जाए। इस झोंपड़ी में इतनी स्वर्ण राशि चोरों से भला बच कैसे पाएगी? किसी ने कहा, ''इसका मन्दिर बनवाओ,'' किसी ने कहा, ''दीन-दुखियों में बाँट दो'' और किसी ने कहा, ''राजा के पास ले चलो।''

अंत में यही निर्णय हुआ कि जिस शंकर की कृपा से यह स्वर्ण-राशि मिली है, उन्हीं से चलकर पूछा जाए कि इनका क्या हो? सारा गाँव वृद्धा ब्राह्मणी के साथ स्वर्ण भरा कलश लेकर आश्रम पहुँचा। आश्रम के आचार्य से वृद्धा ने निवेदन किया—''आचार्य, बाल ब्रह्मचारी शंकर-रचित कनक-स्तोत्र का पाठ करने से मेरे घर में स्वर्ण आँवलों की वर्षा हुई है, जिन्हें लेकर आपकी सेवा में आई हूँ। बताइए, इनका उपयोग कैसे हो?'' परामर्श करने पर सर्वसम्मति से यह निश्चय किया गया कि आस-पास

के गाँवों में दीन-दुखियों की जीविका के लिए गायें वितरित कर दी जाएं और जल का कष्ट निवारण करने के लिए इन गाँवों के बीच में एक जलाशय का निर्माण करा दिया जाए, जहाँ इतना जल इकट्ठा होता रहे जो वर्ष भर के लिए पर्याप्त हो। पर समाज कल्याण का इतना महत्त्वपूर्ण कार्य किसे सौंपा जाए। ग्राम श्रेष्ठि पत्नी ने देखा कि कोई भी इस कार्य का भार वहन कहने को तैयार नहीं तो उसने गुरु चरणों में निवेदन किया, ''आचार्यवर, इस कलश के स्वर्ण से क्रयकर दूध देने वाली नागौरी गायें निर्धन परिवार में बाँट दी जाएँ। मैं एक विशाल सरोवर का निर्माण भार स्वयं अपने ऊपर लेती हूँ।'' श्रेष्ठि परिवार की ऐसी उदार दानवृत्ति देखकर सबको प्रसन्नता हुई। सरोवर खोदने, घाट निर्मित करने में दस महीने लग गए। जिस दिन सरोवर पर यज्ञ हवन होने वाला था उसकी पूर्व संध्या पर श्रेष्ठि पत्नी ने पुत्र-रत्न उत्पन्न किया।

सर्वत्र शंकर की तेजस्विता, वृद्धा ब्राह्मणी की श्रद्धा, और श्रेष्ठि परिवार की उदारता, श्रमिकों की कर्मठता का यशगान गूँज उठा। दूर-दूर से यात्री सरोवर में स्नान, मन्दिर में पूजन, गुरुकुल के आचार्य और शंकर के दर्शन के लिए आने लगे। ब्रह्मचारी शंकर ने केवल दो वर्षों में सम्पूर्ण वेद शास्त्र, उपनिषद्, *गीता* आदि ग्रन्थों का विधिवत् अध्ययन कर लिया था। अब आश्रम के आचार्य के आदेशानुसार अपने जन्म स्थान कालड़ी लौट आए। उनकी माता अपने पितृगृह से कालड़ी आ पहुँची थीं। माता के आने से पूर्व ही केरल महाराज राजशेखर के राज्य में शंकर की यशगाथा सर्वत्र फैल चुकी थी। सभी लोग शंकर और उनकी माता के दर्शनों को आतुर हो उठे। इस प्रकार बाल-शंकर का गुरुकुल अध्ययन सम्पन्न हुआ।

7

शंकर की विद्वत्ता का सौरभ दूर-दूर तक फैल चुका था। बड़े-बड़े विद्वान व्याकरण, तर्क-शास्त्र, दर्शन, उपनिषद्, वेद आदि का अध्ययन करने के लिए इनके चरणों में आकर बैठने लगे। इनकी शिक्षा प्रणाली बड़ी विलक्षण थी। दूर-दूर से आए जिज्ञासुओं को इस रूप में ऊँची शिक्षा प्रदान करते जिसके द्वारा वे लोग स्वयं शास्त्रों का अर्थ समझने में समर्थ हो जाते। राजन्य वर्ग से सम्मानित होने के कारण इनकी प्रतिष्ठा और भी बढ़ गई थी। कुछ दिनों के उपरांत उनके मन में संन्यास की इच्छा प्रबल हुई। शंकर ने मातृ-सेवा से अपनी माता को प्रसन्न कर रखा था। वे यही कहा करते थे, ''माँ, तुम्हीं मेरी रक्षक हो और मैं ही तुम्हारा सेवक हूँ। मेरा तुमसे दूर होना बड़ा दुखदायी होगा।''

इसी मध्य चार बड़े संन्यासी उपमन्यु, दधीचि, गौतम और अगस्त्य भी शंकर का दर्शन करने कालड़ी आ गये। शंकर ने साष्टांग दण्डवत् करते हुए प्रणाम किया। मधुपर्क अर्पण किया। और उचित आसन पर बिठा कर दोनों हाथ जोड़ कहने लगे, ''महात्मन् आपने बड़ी कृपा की। कहिए क्या आज्ञा है ?'' इन चारों साधुओं ने अपने-अपने विषय पर गंभीर विचार प्रारम्भ किया। बहुत देर तक उत्तर-प्रत्युत्तर का कार्यक्रम

चलता रहा। अतिकाल होते देख माँ ने यह प्रार्थना की, ''महात्मा गण आप लोगों के आगमन से हम लोग अत्यन्त सम्मानित हुए। इस कलियुग में आप जैसे विद्वान अभी विद्यमान हैं।''

माता ने हाथ जोड़कर प्रार्थना करते हुए यह जानना चाहा कि ''इस बच्चे को इतनी कम अवस्था में वेद-शास्त्र का ऐसा ज्ञान कैसे प्राप्त हो गया! इसका रहस्य कृपा करके हमें समझाइये।'' महात्मा ने कहा, ''माता! पूर्व काल में तुम्हारे पति ने बड़ी तपस्या की थी, उन्होंने शिव की उपासना की थी, उन्होंने शिव को प्रसन्न किया था जिसके परिणामस्वरूप यह बालक उनको मिला है। भगवान ने तुम्हारे पति से पूछा था कि तुम दीर्घजीवी, मूर्ख पुत्र चाहते हो या अल्पायु विद्वान। तुम्हारे पति ने अल्पजीवी किन्तु विद्वान पुत्र की इच्छा प्रगट की थी। तदनुसार इस बालक की आयु केवल सोलह वर्ष की है। किन्तु तुम्हारी प्रार्थना से इसे सोलह वर्ष की आयु और मिल सकती है। उन्होंने अन्य महात्माओं को इस रहस्य का उद्घाटन करने से वर्जित किया। आर्या अम्मा को महात्मा की ऐसी वाणी से ऐसा धक्का लगा कि वह मूर्छित सी हो गई।''

शंकर ने माँ को आश्वस्त करते हुए कहा, ''माँ, तुम अभी से इतनी चिंतित क्यों हो गई हो? भविष्य को कौन जानता है? जो जन्म लेता है वह एक दिन अवश्य ही मरता है। मूर्ख से मूर्ख व्यक्ति यह जानता है कि शरीर नश्वर है। यह संसार एक धर्मशाला की तरह है। जन्म-जन्मांतर से हम न जाने कितनी बार जगत में आ चुके हैं, पर कभी सुख की प्राप्ति नहीं हुई। संसार में फँसकर कभी कोई सुखी हो नहीं सकता। अत: मानव धर्म है कि वह मोक्ष के लिए प्रयत्न करे। मेरी बड़ी इच्छा है कि मैं संन्यास ग्रहण करूँ, जिससे बार-बार संसार के आवागमन से छूट जाऊँ।''

शंकर की यह वाणी सुनकर माता का हृदय और भी दुखी हुआ। आर्या अम्मा बोली, ''बेटा, तुम यह क्या कह रहे हो? मेरी बड़ी इच्छा है कि तुम वैवाहिक जीवन व्यतीत करो और गृहस्थ धर्म के अनुसार विविध यज्ञ क्रिया सम्पन्न करके वृद्धावस्था में संन्यास ग्रहण करो। यही वैदिक धर्म-पद्धति है। सोचो तो सही, तुम संन्यासी बन जाओगे, मुझे अकेला छोड़ दोगे तो मेरी क्या गति होगी? तुम्हारे संन्यास लेने पर दुखों के कारण यदि मेरी मृत्यु हो गई तो तुम्हें संन्यास का क्या फल मिलेगा? इतना ही नहीं, मेरी अन्तिम दाह-क्रिया भी कौन करेगा? तुम तो सर्वज्ञ हो। एकमात्र तुम्हीं मेरे पुत्र हो। तुम्हीं मेरे आधार हो। तुम्हारे संन्यास लेने पर मेरे जीवन का क्या होगा? मुझे ऐसी दीन अवस्था में छोड़कर जाते समय क्या तुम्हें दया नहीं आयेगी?''

शंकर अभ्यागत महात्माओं को विदा करने चले गये और दुखी माता आँसू बहाती हुई घर के भीतर चली गई। संन्यासियों को विदा कर शंकर ने देखा कि माँ, निरन्तर रोती जा रही है। उन्होंने माता को समझाते हुए कहा, ''अम्बे! इन सांसारिक व्यवहारों में मेरा तनिक भी मन नहीं लगता।'' इतना कहकर वह बाहर आ गये और सोचने लगे कि बिना माता की आज्ञा के संन्यास लेना उचित भी तो नहीं। इसी सोच-विचार में कुछ दिन बीत गये। दैवयोग से एक दिन विचित्र घटना घटी। माता

के साथ वह भी पूर्णा नदी पर स्नान करने गये। माता को स्नान कराकर किनारे बिठा दिया। स्वयं नदी में तैरने लगे। संयोग से एक मगरमच्छ ने उनका पैर पकड़ लिया, वह चीत्कार करके बोले, ''माँ, मुझे मगर ने पकड़ रखा है।'' माँ यह सुनकर बहुत रोने और विलाप करने लगी। माँ ने देखा कि बेटे का सारा शरीर पानी में डूबा है केवल उसका सिर ऊपर दिखायी पड़ रहा है। माता की वेदना का ठिकाना न रहा। बोली, ''पतिदेव पहले ही चले गये, हे भगवान! एकमात्र बेटा इस विपत्ति में पड़ा है, यह तुम्हारी क्या लीला है?'' शंकर ने चिल्ला कर कहा, ''माँ, मुझे संन्यास लेने की आज्ञा दो, मुझे पूर्ण विश्वास है कि भगवान् मेरी सहायता करेंगे। और मैं मगरमच्छ के पंजे से छूट जाऊँगा।'' माँ को विवश होकर संन्यास की आज्ञा देनी पड़ी। वह अपने मन में सोचने लगी कि संन्यासी होकर यदि बेटा जीवित रहा तो कम-से-कम उसके दर्शन का अवसर तो मिलेगा। यदि उसकी मृत्यु हो गई तो वह अवसर भी हाथ से जाता रहेगा। यह सोचकर माँ ने तुरन्त आज्ञा दे दी। मगरमच्छ के मुख से शंकर छूट गये, पर उन्हें भयंकर घाव हो ही गया था। नदी से बाहर निकल कर शंकर ने माँ से कहा, ''माँ मैं तुम्हारा सेवक हूँ। आज्ञा दो यह नया संन्यासी आपके लिए क्या करे? आपकी आज्ञा का पालन मेरा कर्त्तव्य है। मेरे संबंधी जिन्हें मेरी पैतृक सम्पत्ति मिलेगी, तुम्हारी सेवा करेंगे। तुम्हें भोजन-वस्त्र और निवास की कभी कोई कठिनाई नहीं होगी। तुम्हारी रुग्ण अवस्था में वे तुम्हारी देखभाल करेंगे और मृत्यु होने पर वे तुम्हारा अंतिम संस्कार भी करेंगे। तुम पैतृक सम्पत्ति की देखभाल के संकट से भी बच जाओगी।'' माता बोली, ''बेटा, तुम जीवित बच गये यह मेरे लिए बड़े भाग्य की बात है। तुम्हें संन्यासी बनने की अनुमति दे चुकी हूँ, पर एक बात मेरी अवश्य मानो कि मेरी मृत्यु के समय तुम मेरे पास रहोगे और तुम्हीं मेरा अंतिम संस्कार करोगे।'' शंकर ने प्रसन्नतापूर्वक वचन दिया कि ''माँ, तुम जब चाहोगी मैं तुम्हारे चरणों में उपस्थित हो जाऊँगा। रुग्णावस्था या अंतिम काल में दिन या रात जब भी तुम मुझे अपने पास बुलाने की आकांक्षा करोगी मैं स्वत: उपस्थित हो जाऊँगा। कृपा करके मेरे संन्यास लेने के कारण आप दुखी न हों। प्रसन्नतापूर्वक मुझे आप अपना आशीर्वाद दें। इतना विश्वास दिलाता हूँ कि मुझे घर में रखकर विवाह करने की अपेक्षा मेरे संन्यास लेने से आपको जीवन में अधिक सुख मिलेगा।'' इतना कहकर उन्होंने अपने संबंधियों को एकत्र किया। और अपनी पैतृक सम्पत्ति के साथ माता की रक्षा का भार उनको सौंप दिया। आर्या अम्मा के रुग्ण होने पर शुभ्रा ही बाल शंकर की देखरेख करती थी। उन्होंने शुभ्रा पर माता की सेवा का दायित्व समर्पित किया।

इन्हीं दिनों एक और विचित्र घटना घटी। शंकर ने माता की सुविधा के लिए पूर्णा नदी को गाँव के समीप पहुँचा दिया था। अब नदी में बाढ़ के कारण तट पर कृष्ण का मन्दिर गिरने लगा। मन्दिर और मूर्ति की यह दशा देखकर भगवान कृष्ण ने शंकर से स्वप्न में कहा, ''तुम तो यहाँ से जा रहे हो। तुम्हीं ने पूर्णा नदी को मेरे मन्दिर के समीप लाने की स्तुति की थी। अब पूर्णा नदी मेरे ही निवास स्थान को नष्ट करने पर तुली है। अब यहाँ रहना मेरे लिए सम्भव नहीं।'' यह सुनकर शंकर ने निश्चय

किया कि भगवान कृष्ण की मूर्ति को यहाँ से हटाकर किसी सुरक्षित स्थान पर पहुँचा देना चाहिए। शंकर ने नए स्थान पर कृष्ण की मूर्ति स्थापित की। और माता के साथ मन्दिर में कृष्ण से भी आशीर्वाद लेकर अपनी यात्रा प्रारम्भ की। उस समय संन्यास लेने के तीन कारण थे—एक महात्मा गण जीवन के लक्ष्य और कर्त्तव्य का ज्ञान कराते हुए उन्हें संन्यासी बनने की इच्छा प्रकट कर चुके थे। दूसरे, भगवान श्रीकृष्ण ने उन्हें संन्यास की अनुमति दी थी। तीसरे, उनकी हार्दिक इच्छा संन्यास ग्रहण करने की थी ही। शंकर स्वयं शिव के उपासक थे। काम को विध्वंस करने वाले शंकर के भक्त का कामदेव क्या बिगाड़ सकता है? अब संन्यास धर्म के पालन करने के लिए शास्त्रानुसार जीवन बिताना शंकर ने प्रारम्भ किया। शम, दम, उपरति आदि के नियमों का पालन करने लगे।

8

शंकर एक दिन कतिपय पंडितों की शंकाओं का समाधान समझा रहे थे कि द्वार पर हाथी आते दिखाई पड़े। शंकर की ऐसी ज्ञान-महिमा देख और उनके विविध गुणों की प्रशंसा सुन केरल के महाराज को उनके दर्शन की इच्छा हुई थी। शंकर को राजदरबार में ले आने के लिए राजा ने अपने मंत्री भेजे। मंत्री बहुमूल्य भेंट के साथ कई हाथी लेकर शंकर के यहाँ पहुँचे, और निवेदन किया कि मेरे बड़े भाग्य हैं कि आपके दर्शन हुए। मेरे पूर्वजन्म के पुण्य से केरल महाराज ने मुझे आपके पास भेजा। हमारे महाराज युद्धक्षेत्र में जितने शूरवीर हैं उतने ही वेद-शास्त्र आदि के ज्ञान में भी प्रवीण हैं। महाराज ने अपनी राजसभा में बड़े-बड़े विद्वानों को स्थान दिया है। वे स्वयं शास्त्रार्थ में अपने अकाट्य तर्कों और मधुर वाणी से राजसभा में सम्मानित होते रहते हैं। महाराज की बड़ी इच्छा है कि वे आपके दर्शन करें और आपकी चरण-रज को अपने मस्तक पर धारण करें। उन्होंने अपने श्रेष्ठ हाथियों में से चुनकर कतिपय हाथी आपकी सेवा में भेजे हैं। आप कृपा करके महाराज की राजसभा को सुशोभित करने चलें।

शंकर ने बड़े विनम्र भाव से कहा, "मैं एक ब्राह्मण बालक हूँ। वस्त्र के रूप में केवल चर्म धारण करता हूँ। भिक्षा द्वारा मेरी जीविका चल जाती है। वैदिक नियमों के अनुसार धार्मिक क्रिया में लगा रहता हूँ। ब्रह्मचारी को अपना कर्त्तव्य सदा पालन करना होता है। यदि ब्रह्मचारी हाथी-घोड़े, धन-सम्पत्ति के लालच में आ गया तो उसकी क्या गति होगी? मुझे इस बात का दुख है कि मैं आपको निराश कर रहा हूँ क्योंकि राजा की इच्छा पूर्ण करना मेरे लिए सम्भव नहीं। राजा का इतना ही धर्म है कि वह अपने राज्य में चारों वर्णों और चारों आश्रमों के अनुसार आचरण करने वाली प्रजा की रक्षा करे। जिस राज्य में चारों वर्ण, चारों आश्रम के लोग अपने-अपने धर्मानुसार अपना कर्त्तव्य पालन करते हैं वह राज्य सदा सुखी होता है। ब्राह्मण को धन-सम्पत्ति देकर उसे धर्म विमुख करना राजा का धर्म नहीं।"

अमात्य निराश होकर अपने राजा के पास लौटा। शंकर की ऐसी नि:स्पृह वाणी

सुनकर और उनकी धर्मनिष्ठा देख कर राजा चकित रह गया। अन्त में उसने यही निश्चय किया कि मैं स्वयं उनके यहाँ चलकर उनकी चरण-रज अपने मस्तक पर धारण करूँ। राजा कतिपय सेवकों के साथ कालड़ी पहुँचा। उसने देखा कि बड़े देव के समान शंकर ने कृष्ण मृगचर्म धारण कर रखा है। और मुंज घास की करधनी धारण कर रखी है। शरीर पर उपवीत चमक रहा है। शंकर की ऐसी ज्योतिर्मयी आकृति देखकर राजा चकित रह गया। उनके मुख की मृदु मुस्कान से भला कौन आकर्षित न होता? वह बार-बार शंकर के चरणों में प्रणाम करने लगा। और उन्हें साक्षात् देव रूप समझ कर भेंट के रूप में स्वर्ण भरा बर्तन अर्पण करने लगा। राजा ने स्वयं तीन नाटक भी रचे थे। उसने शंकर को एक-एक नाटक स्वयं सुनाया। राजा की साहित्यिक रुचि और काव्य निर्माण की शक्ति देखकर शंकर बहुत ही प्रसन्न हुए। और उन्होंने राजा से वरदान माँगने को कहा। राजा के कोई संतान नहीं थी, अत: उसने प्रार्थना की कि मुझे एक तेजस्वी बालक संतान रूप में प्राप्त हो जाता तो मैं अपने जीवन को धन्य समझता। ब्रह्मचारी शंकर ने आशीर्वाद देते हुए कहा, ''राजन्, किसी प्रकार की चिंता मत करो, अब तुम घर जाओ। यह स्वर्ण-राशि लेकर मैं क्या करूँगा, इन्हें अपने साथ लेते जाओ। इनके द्वारा अपनी दीन-दुखी प्रजा का पालन करो। घर जाकर पुत्रेष्टि-यज्ञ कर डालना।'' राजा को बड़ी प्रसन्नता हुई। राजा ने शंकर का दर्शन करके अपना जीवन सफल समझा और घर लौट आया।

9

गुरु-चरणों की खोज में निकलने से पूर्व शंकर ने माता की देखभाल के लिए परिवार वालों को नियुक्त किया। धर्मनिष्ठ माता श्रीकृष्ण की नित्य पूजा किया करती थी और कृष्ण-मन्दिर घर से बहुत दूर था। माताजी को दूर पूजा करने जाने में कष्ट होता था। अत: शंकर ने मन्दिर-स्थित कृष्ण जैसी दूसरी मूर्ति अपने घर के समीप एक नये मन्दिर में स्थापित कर दी। प्राचीन मन्दिर पूर्णा नदी के इतने समीप था कि बाढ़ के दिनों में यह डूब जाया करता था। अत: डूबती मूर्ति की रक्षा के लिए शंकर ने एक नए मन्दिर की स्थापना की। जिसमें आज तक कृष्ण की मूर्ति विराजमान है।

भगवान ने प्रसन्न होकर उन्हें स्वप्न में एक अद्भुत दृश्य दिखाया। भगवान अच्युतदेव साक्षात् प्रगट होकर स्वप्न में शंकर को आशीर्वाद देते हुए कह रहे हैं कि ''तुम ओंकारनाथ के आश्रम में विराजमान योगेश्वर गोविन्दपाद का शिष्यत्व ग्रहण करो; सारे देश और विश्व का कल्याण हो जाएगा।''

आचार्य गोविन्दपाद के आश्रम की खोज में निरन्तर चलते रहे। मार्ग में किसी ने बताया कि नर्मदा नदी के तट पर आचार्य गोविन्दपाद एक गुफ़ा में समाधि लगाए बैठे हैं। शंकर की अवस्था केवल आठ वर्ष की थी। कालड़ी से उत्तर की ओर एकाकी चल पड़े थे। प्रतिदिन अपने दैनिक कार्य, पूजा-उपासना, ध्यान-धारणा का क्रम चलाते जा रहे थे। प्रात: और संध्या की नित्य पूजा-आरती होती रहती थी। मार्ग में मध्याह्न के

समय जो भी गाँव दिखाई पड़ जाता, किसी घर से भिक्षा माँग लेते और रात्रि बेला में या तो किसी धर्मशाला या मन्दिर में सो रहते। और जहाँ विश्रामगृह उपलब्ध न होता वहाँ एक वृक्ष के नीचे रात बिता लेते। गुरुचरणों के दर्शन की तीव्र लालसा थी। अत: कितना भी पैदल चलते उन्हें क्लांति न मालूम होती। सदा प्रसन्न मुख रहते हुए यात्रा करते जा रहे थे। मन में दृढ़ विश्वास था कि गुरुचरणों का दर्शन होगा ही, क्योंकि स्वप्न में भगवान अच्युतदेव ने आशीर्वाद दे रखा है।

निरन्तर यात्रा करते-करते एक दिन ऐसे घने जंगल में पहुँचे जहाँ किसी मानव का प्रवेश नहीं था। मध्याह्न के समय सूरज की ज्वाला से बचने के लिए एक वृक्ष के नीचे बैठ गए। निर्जन वन में शान्ति का अनुभव करते हुए थोड़ा विश्राम कर रहे थे त्यों ही एक विलक्षण दृश्य दिखाई पड़ा। वृक्ष के समीप एक छोटा-सा पोखर था जिसमें से निकल कर मेंढक उस दोपहरी में पेड़ के समीप प्रचंड धूप में तप रहे थे। एक विशाल कोबरा नाग पहाड़ की एक चट्टान से निकल कर अपने फन से उन पर छाया कर रहा था। मध्याह्न के समय धूप में इतनी गर्मी थी कि मेंढक व्याकुल हो रहे थे। सर्प का अचानक मेंढकों पर छाया करना और मेंढकों की कोबरा से अगाढ़ मैत्री देख शंकर को बड़ा आश्चर्य हुआ। यह दृश्य देख कर शंकर मन-ही-मन सोच रहे थे कि हो न हो यह किसी ऋषि का आश्रम है जहाँ न कोई किसी का शत्रु है और न किसी का कोई भक्षक। जहाँ साँप और मेंढक प्रेमपूर्वक एक साथ निवास कर रहे हैं। मेंढकों ने नाग की ओर प्रेम भरी दृष्टि से देखा और थोड़ी देर के बाद मानो उसे विदा करते हुए उसका धन्यवाद देकर नदी में कूद पड़े। देखते-देखते कोबरा ने अपने फन को समेट लिया और क्षण भर में न जाने कहाँ अन्तर्धान हो गया।

शंकर को विश्वास हो गया कि पास में कोई-न-कोई महात्मा अवश्य रहते हैं, जिनकी तपस्या के बल से यहाँ के जीव-जन्तु सब के सब आनन्द कर रहे हैं। संयोगवश थोड़ी दूर चलने पर उन्हें एक साधु की कुटिया दिखाई पड़ी, जिसके द्वारा उन्हें ज्ञात हुआ कि महर्षि ऋषि श्रृंगे का यह आश्रम था जहाँ किसी समय महर्षि, राजा दशरथ के समय, यहाँ निवास करते थे। शंकर को बड़ा ही आनन्द हुआ। उन्होंने यह निश्चय किया कि समय आने पर इस स्थान को किसी मठ या आश्रम में बदल दिया जाएगा। दस वर्ष के बाद जब शंकराचार्य भ्रमण करते हुए इस स्थान पर पहुँचे तो अपने शिष्यों और वहाँ के समृद्ध व्यक्तियों की सहायता से इसी स्थान पर उन्होंने एक मठ की स्थापना की, जिसको कालान्तर में श्रृंगेरी मठ कहने लगे।

दो महीने की कठोर पदयात्रा के उपरांत शंकर नर्मदा नदी के तट पर पहुँचे जहाँ ओंकारेश्वर का प्रसिद्ध तीर्थ विद्यमान था। मन्दिर में ठहर कर उन्होंने वहाँ के निवासियों से आचार्य गोविन्दपाद के आश्रम की जिज्ञासा प्रकट की। आश्चर्य यह है कि वहाँ के निवासियों में किसी को भी गुरु गोविन्दपाद का स्थान ज्ञात नहीं था। वहाँ कतिपय महात्मा निवास करते थे जो एक गुफा के समीप अपना आश्रम बनाकर रहा करते थे। शंकर उन महात्माओं के समीप पहुँच कर गुरु गोविन्दपाद की गुफा का पता लगाने लगे। उनमें से एक महात्मा ने इतना संकेत दिया कि इस गुफा के अंदर एक

महात्मा न जाने कितने दिनों से समाधिस्थ पड़े हैं। सभी महात्माओं ने एक स्वर से कहा कि अरे, आगन्तुक, हम सब उस दिन की प्रतीक्षा कर रहे हैं जब इस महात्मा की समाधि खुलेगी और उनका दर्शन कर पाएँगे। लेकिन उस गुफा में इतना गहन अंधकार, विषैले जन्तुओं का ऐसा आवास है कि किसी महात्मा का साहस गुफा में प्रविष्ट होने का नहीं हो रहा है। शंकर ने गुरु की स्तुति प्रारम्भ की, जिसे सुनकर महात्मा गोविन्दपाद की समाधि खुल गई और अपने अर्धनिमीलित नेत्रों से शंकर को देखते हुए गुरु ने उनका परिचय पूछा?

शंकर ने संस्कृत में कहा, ''न मैं पृथ्वी हूँ, न जल, न अग्नि हूँ, न वायु; न ही आकाश हूँ। और उन सभी के सम्मिलन से बना हुआ भी कोई तत्त्व नहीं हूँ। ये पंचतंत्र निरन्तर बदलते रहते हैं पर मैं वह शिव हूँ जिसमें कभी परिवर्तन नहीं होता; शिवोऽहम्, शिवोऽहम्, शिवोऽहम्।''

शंकर की प्रतिभा उस समय इतनी विकसित हो चुकी थी कि उन्होंने दस श्लोकों में सम्पूर्ण वेदांत का सार गुरु गोविन्दपाद के सम्मुख रख दिया। महात्मा आश्चर्यचकित होकर शंकर की ओर पूरी तरह आँख खोलकर देखने लगे। यही थे गुरु गोविन्दपाद जिनकी खोज में शंकर महीनों से भटक रहे थे। शंकर पर प्रसन्न होकर उन्होंने आने का उद्देश्य पूछा। शंकर ने बताया कि आपके चरणों में बैठकर ब्रह्मविद्या सीखना चाहता हूँ। आप कृपया मुझे संन्यास आश्रम में दीक्षित कीजिए। तीन वर्ष तक शंकर वहीं रहकर महात्मा गोविन्दपाद से वैदिक साहित्य, योग प्रक्रिया तथा विभिन्न शास्त्रों का अध्ययन करते रहे। तीन वर्षों में सब विद्याओं पर उन्हें पूरा अधिकार हो गया।

इन तीन वर्षों में एक बार भीषण वर्षा से नर्मदा नदी में भयंकर बाढ़ आई। नर्मदा का जल कगार को तोड़ता हुआ गुरु गोविन्दपाद के गुफा-द्वार पर पहुँच गया। गुरुवर उस समय पूर्ण समाधि में थे। उनके अन्य शिष्य अत्यंत व्याकुल हुए कि समाधिस्थ गुरु को यदि नर्मदा का जल बहा ले गया तो हम लोग क्या कर सकेंगे? शंकर ने सब महात्माओं को आश्वस्त किया और अपना कमण्डल लेकर गुफा के द्वार पर बैठ गए। नर्मदा का जल बढ़ते-बढ़ते जब उनके कमण्डल में आ गया तो अचानक नर्मदा का जल पीछे हटने लगा और थोड़ी ही देर में नर्मदा अपने पूर्व रूप में विराजमान हो गई। दर्शक आश्चर्य में डूब गए, उन्होंने ऐसा चमत्कारी दृश्य कभी नहीं देखा था। आश्चर्य विभोर महात्मा भागते हुए गुरु गोविन्दपाद के चरणों में पहुँचे। उस समय वे समाधि से उठ गए थे। शंकर की यह चमत्कारमयी घटना सुनकर गुरु को बड़ी प्रसन्नता हुई। उन्होंने आशीर्वाद देते हुए कहा, ''शंकर जिस प्रकार तुमने अपने कमण्डल में नर्मदा की बाढ़ का पानी भर लिया है अर्थात् जिस प्रकार नदी की मूल शक्ति तुम्हारे कमण्डल में समाविष्ट हो गई है उसी प्रकार तुम सम्पूर्ण वेदों का सार समेट कर ऐसा भाष्य लिखो जिससे मानव जाति का कल्याण हो। वेद का यही भाष्य तुम्हारे यश को अनन्त काल तक जीवित रखेगा।'' शंकर गुरु के चरणों में साष्टांग दण्डवत् करते हुए

मौन हो गए। कहा जाता है कि कठिन परिश्रम से की हुई साधना ऐसी सफल हुई कि उन्होंने विष्णु-सहस्रनाम् की अद्वितीय टीका गुरु की आज्ञानुसार तैयार कर ली। इस ग्रन्थ के द्वारा शंकर का औपनिषदिक ज्ञान सबको आश्चर्य में डालने वाला सिद्ध हुआ। तीन वर्ष पूरे होते-होते एक दिन गुरुजी ने शंकर को अपने पास बुलाया और उनसे पूछा कि तुम्हारी क्या हार्दिक इच्छा है? शंकर ने विनम्र भाव से हाथ जोड़कर कहा, ''गुरुवर, मैं ध्यानावस्थित रूप में इस प्रकार निमग्न रहना चाहता हूँ ताकि पूर्ण ब्रह्म ज्ञान की स्थिति मुझे प्राप्त हो जाए।''

गुरु ने कुछ देर मौन धारण किया। उन्हें देश की दुर्दशा, विभिन्न सम्प्रदायों का परस्पर द्वेष, कलह, विदेशी आक्रमण, कर्मकाण्ड का विकृत रूप, मन्दिर और आश्रमों की दुर्व्यवस्था, तीर्थों की अपवित्रता का पूरा ज्ञान था। सम्पूर्ण देश के महात्मा गुरु गोविन्दपाद के दर्शन करने आते रहते और कश्मीर से कन्याकुमारी तक की देश की स्थिति का उन्हें ज्ञान कराते रहते। हिन्दू राजाओं का परस्पर वैमनस्य, राजाओं की विलासिता और कायरता, धनियों का निर्धनों के प्रति क्रूर भाव, सिन्ध के अरबों का राज्य स्थापन, विदेशी संस्कृति का भारतीय जीवन पर प्रबल आक्रमण, इन सबको सोचकर गुरु गोविन्दपाद का हृदय कल्याण का मार्ग ढूँढ़ने में लगा हुआ था। भगवत् कृपा से उन्हें एक ऐसा योग्य शिष्य मिल गया जिसमें विलक्षण ज्ञान की शक्ति थी। राजा-प्रजा सबका सम्मान जिसे प्राप्त था। जिसकी तेजस्विता से विरोधी स्वत: नतमस्तक हो जाता था। ऐसे योग्य शिष्य को पाकर गुरु गोविन्दपाद को मानव जाति के कल्याण की आशा बँधी। उन्होंने कहा, ''शंकर, भगवान शंकर ने तुम्हें जिस महत् कार्य के लिए भेजा है उसे पूर्ण करके ही महासमाधि में विलीन होना होगा। अपनी शक्ति को दीन-दुखियों के कल्याण में लगाना होगा। इसके लिए काशी बद्रीनारायण आदि में भ्रमण करना होगा।''

10

संन्यासी शंकर अन्य परिव्राजकों के साथ ग्रामवासी विद्वानों के आग्रह पर गुरु आज्ञा-वश कभी-कभी जनपद में जाया करते थे। उन्होंने सुन रखा था कि ऋष्यशृंग नामक महात्मा इसी विन्ध्य प्रदेश में एक गुफा में तप किया करते थे। जिसकी आकृति कमण्डल की तरह थी। उनकी तपस्या के बल से किसी समय सूखाग्रस्त मगध राज्य में वर्षा हुई। उन्होंने नर्मदा की बाढ़ से तटवर्ती प्रदेशों को डूबने से बचाया था। उन्हें उस विशाल कमण्डलाकृति गुफा का ज्ञान हो गया था जिसकी पतली चट्टानों को तोड़कर बाढ़ के प्रबल प्रवाह को दूसरी ओर मोड़ा जा सकता था।

संन्यासी शंकर पर्वतीय जनता के साथ प्राय: विन्ध्याटवी में भ्रमण किया करते थे। एक बार घूमते-घूमते उन्हें एक ऐसी गुफा सूझ पड़ी जिसका पृष्ठभाग तोड़कर नर्मदा जल की धार को मोड़ा जा सकता था। उन्होंने सूखाग्रस्त कृषकों को एकत्र किया। जनसामान्य के हृदय में यह विश्वास बैठ गया था कि शंकर के अभिषिक्त जल

में अपूर्व शक्ति है। उससे मृतक भी जीवित हो जाता है, निर्धन धनी बन जाता है, रोगी नीरोग होता है। यदि उनका आशीर्वाद मिल जाए तो नर्मदा की बाढ़ का जल इस गुफा के द्वारा हमारे सूखे खेतों को सींचकर उर्वर बना सकता है।

भक्त जनता शंकर की अनुमति से कठोर चट्टानें तोड़ने लगी। ग्राम निवासी पत्थर तोड़ने की कला जानते थे। शंकर अपने कमण्डल के जल को मंत्र से अभिषिक्त कर जहाँ छिड़क देते वहाँ की कठोर चट्टान मानो मिट्टी के ढूहे की तरह टूटती चली जाती।

वर्षा में नर्मदा का जल उमड़ रहा था। आश्रम में आचार्य गोविन्दपाद की गुफा को नर्मदा जलमग्न करने ही वाली थी कि उत्साही ग्रामवासियों ने ऋष्यश्रृंग आश्रम के समीप स्थित कमण्डल गुफा का पृष्ठभाग तोड़ दिया। उसी के नीचे किसी समय झील बन गई थी जिसमें ऋष्यश्रृंग के प्रताप से नर्मदा की बाढ़ का जल प्रतिवर्ष सूखाग्रस्त भूभाग को सिंचित करता रहा। सायं होते-होते आचार्य से शिलाभंजकों ने कहा कि अब आप आश्रम जाइए नर्मदा की बाढ़ अब गुफा के मध्य होकर हमारे सूखे प्रदेश में पहुँचने ही वाली है। संन्यासी शंकर ने कमंडल उठाया। बड़ी द्रुतगति से गुरु गुफा के पास पहुँचे। गुफा जल-निमग्न होने ही वाली थी। शिष्यगण त्राहि-त्राहि पुकार रहे थे। शंकर को देखते ही सबका हृदय उल्लास और उत्साह की तरंगों से भर उठा। शिष्यों का विश्वास था कि शंकर ही इस विपत्ति से हमारी रक्षा कर सकता है।

शंकर के जो सहपाठी उनकी खोज में स्थान-स्थान पर भटक रहे थे वे भी ऋष्यश्रृंग आश्रम के समीप स्थित कमंडल गुफा तक पहुँच गए। उन्होंने नर्मदा जल को गुफा की ओर मुड़ते देखा। तब तक शंकर अपने कमंडल में नर्मदा का जल भर चुके थे।

गुरु गोविन्दपाद की समाधि खुली तो उन्होंने शंकर को अपने चरणों के समीप प्रणाम करते पाया। गुरु ने समाधि में, नर्मदा का प्रवाह और शंकर के प्रयास एवं मंत्र बल को देख लिया था। इसी समय अन्य शिष्य जल प्रवाह का दिशा परिवर्तन देख आए थे। उन्हीं के साथ कुल्या निर्माताओं का दल आ पहुँचा। उन्होंने गुरु गोविन्दपाद को शंकर के चमत्कार की कहानियाँ सुनाईं। गुरु को बड़ी प्रसन्नता हुई।

संध्या समय आश्रमवासियों ने नर्मदा की पूजा-अर्चना की। शंकर ने वही स्तोत्र सुनाया जिसका स्तवन करके वह पूर्ण विश्वास के साथ चट्टानों पर अपना अभिषिक्त कमंडल जल छिड़कते जाते थे। संध्या-वन्दन के उपरान्त जन आग्रह पर गुरु गोविन्दपाद ने प्रवचन प्रारम्भ किया। उन्होंने शिष्यों को समझाते हुए कहा—

''मैंने शंकर के साथ ही सभी शिष्यों को प्रथम वर्ष में हठयोग सिद्धि का, द्वितीय वर्ष में राजयोग सिद्धि का प्रयोग कराया था। पर केवल शंकर ही जनकल्याण के लिए उन सिद्धियों का सदुपयोग सीख पाया। शंकर ही दूरश्रवण, दूरदर्शन, सूक्ष्म देह ग्रहण, आकाश गमन, देहान्तर संचरण आदि अलौकिक शक्तियों का सम्यक् अधिकारी बन पाया है। मैं देख रहा हूँ कि इसने इच्छामृत्यु रूपिणी शक्ति भी प्राप्त कर ली है। मानव जाति विशेष कर इस विश्रृंखलित देश का उद्धार यही कर सकेगा। सिन्ध-मद्र देश पर विपत्ति की उमड़ती घटाओं को यही तपोबल रूपी पवन वेग से उड़ा सकेगा। तुम सब

छात्रों से पूर्व यहाँ के शिष्यगण देश के भिन्न-भिन्न भागों में राष्ट्रीय एकता का प्रयास कर रहे हैं। स्वामी रामानन्द सिन्ध में गाँव-गाँव घूम रहे हैं। तुम लोग भी शंकर का साथ देना। इस वर्ष मैं तुम लोगों को ज्ञानयोग की शिक्षा देकर विदा करूँगा।'' कुछ कालोपरान्त एक दिन गुरु गोविन्दपाद ने शंकर को एकान्त में बुलाकर कहा, ''शंकर, तुममें वह शक्ति आ गई है कि तुम स्वतः अपरोक्षानुभूति का मार्ग दूसरों को बता सकते हो। मैं देख रहा हूँ कि तुम्हारी देह में ब्रह्म ज्योति प्रस्फुटित हो चुकी है! तुम्हारे मुखमंडल पर स्वर्गीय ओज और अलौकिक तेज झलक रहा है। तुम्हें ब्राह्मी स्थिति प्राप्त हो चुकी है। अब तुम काशी जाकर अद्वैत मत का प्रचार करो। मैं तुम्हारे ही आगमन और ज्ञानार्जन के लिए अब तक जीवित रहा। वत्स, तुम्हारा जन्म भगवान् शंकर के अंश से हुआ है। तुम्हें इस धरा पर वैदिक धर्म संस्थापन के लिए भेजा गया है। तुम देश में घूम-घूमकर अद्वैत ब्रह्मज्ञान का उपदेश करो। इसी से मानव जाति का कल्याण सम्भव होगा।''

शंकर ने मौन सम्मति द्वारा गुरु की आज्ञा शिरोधार्य की। गुरु आज्ञा से शंकर काशी यात्रा पर चल पड़े।

शंकर ने अभी तक दक्षिण भारत की ही तीर्थयात्रा की थी अब उनका ध्यान गुरु के आदेशानुसार उत्तर भारत के तीर्थों की ओर आकृष्ट हुआ। उस समय काशी विद्वानों का केन्द्र था। कोई भी नया जीवन दर्शन जब तक काशी के पंडितों के द्वारा समर्थित नहीं होता था, देश उसे स्वीकार नहीं करता था। शंकर ने सोचा कि गुरु चरणों में जिस वेदान्त दर्शन का हमने अध्ययन किया है, उसकी परीक्षा काशी में ही हो सकती है। नर्मदा तट से काशी पहुँचने के लिए विंध्याचल की दुर्गम घाटी पार करनी पड़ती है। शंकर के ज्ञान, योगाभ्यास, चमत्कार और तेजस्विता की धाक उत्तर भारत में भी फैल चुकी थी। राजा-महाराजा आपस में भले ही लड़ते रहे हों पर इस संन्यासी के दर्शन के लिए सभी लालायित होते थे। शंकर पहले हेहेय राज्य में पहुँचे। वहाँ से चेदी और कौशाम्बी होते हुए यमुना तट पर पहुँचे। यमुना के किनारे चलते-चलते वह एक दिन प्रयाग पहुँच गए। और वहाँ से गंगा तट का सहारा लेते हुए पदयात्रा के द्वारा काशी पहुँच गए। काशी में विश्वनाथ का मन्दिर सारे देश में प्रसिद्ध था जो मणिकर्णिका घाट के समीप स्थित था। शंकर घाट पर पहुँचकर गंगा का दर्शन करते हुए समाधिस्थ हो गए। घाट के समीप ही एक कुटिया में वह निवास करने लगे। शंकर के काशी पहुँचने पर पंडित समाज में हलचल मची। इनके नये जीवन-दर्शन की चर्चा पहले ही काशी में पहुँच चुकी थी। और काशी के पंडित किसी भी सिद्धान्त को शास्त्रार्थ के बिना स्वीकार करने को तैयार नहीं होते। काशी के चारों वेद, वेदांत षटशास्त्र, उपनिषद्, ब्रह्मसूत्र, में से एक-एक के अपने को दिग्गज समझने वाले पंडित विद्यमान थे। बिना शास्त्रार्थ के वे शंकर के किसी भी सिद्धान्त को ग्रहण भला कैसे करते? धीरे-धीरे शास्त्रार्थ में प्रवीण पंडित एक-एक करके उनसे शास्त्रार्थ करने लगे। उनकी प्रतिभा वाक्‌शक्ति, त्याग, तपस्या, अकाट्य युक्ति और नवीन व्याख्या से पराभूत होकर कई युवा पंडित उनके शिष्य बन गए और

उनके चरणों में बैठकर वेदांत का अध्ययन करने लगे। काशी में देश के भिन्न-भिन्न भागों से विद्यार्थी शास्त्र का अध्ययन करने आते थे जिनको काशी में सम्मान मिल जाता वे अपने जनपद में जाकर राजा-प्रजा सबमें प्रतिष्ठित होते और धार्मिक कृत्यों का प्रचार करते हुए शास्त्रीय मर्यादा की रक्षा किया करते थे। इन शिष्यों में चोल राज्य से आए हुए सनन्दन नाम के एक विद्यार्थी बड़े ही प्रतिभा सम्पन्न थे। वह अपने गुरु शंकर के परम भक्त हो गए। गुरु चरणों में रहकर जो उन्होंने ज्ञानार्जन प्राप्त किया, योग प्रक्रिया का अभ्यास किया, अपने शुद्ध आचरण से शंकर के शिष्यों में सबसे अधिक प्रतिष्ठा पाई। उन्हें शंकर ने पद्‍म पाद की उपाधि देकर अपने पास रहने का आदेश दिया। पद्‍म पाद की कहानी अंत में दी जा रही है। वह किस प्रकार गुरु की सेवा में गंगा नदी की बाढ़ में जल पर पैर रखते हुए तुरंत पहुँच गए थे जहाँ-जहाँ उनका पैर पड़ा वहाँ कमल का फूल खिल गया। इस कारण उन्हें पद्‍म पाद की उपाधि मिली। काशी में रहकर शंकर को इतनी प्रतिष्ठा मिली। प्रत्येक शास्त्र के विद्वानों ने मिलकर उन्हें आचार्यत्व प्रदान किया और तब से संन्यासी शंकर आचार्य शंकर बन गए।

शंकराचार्य नित्य-प्रति गंगा में स्नान करके तर्पण किया करते थे। सूर्योदय से पूर्व उनकी संध्या-पूजा पूर्ण हो जाती। एक दिन सूर्योदय होते-होते वे पूजा समाप्त करके विश्वनाथ मन्दिर जा रहे थे, उन्होंने देखा कि गली में एक चाण्डाल चार कुत्तों को चारों दिशाओं में बिठाए हुए रास्ता रोके खड़ा है। शंकराचार्य ने बड़े नम्र भाव से कहा, ''आप एक ओर हट जाएं तो मैं विश्वनाथ जी का दर्शन करने चला जाऊँ।'' चाण्डाल ने शुद्ध संस्कृत में उनका प्रतिवाद करते हुए कहा, ''ओ संन्यासी! तुम मार्ग से किसे हटा रहे हो? इस चाण्डाल के शरीर को या इसकी आत्मा को? हमने तुम्हारा शास्त्रार्थ सुना है। तुम्हारा सिद्धान्त है कि वह पूर्ण ब्रह्म सर्वत्र सबमें, तुममें और मुझमें एकसमान विद्यमान है। पर तुम मुझे इस तरह दूर भगा रहे हो मानो मैं तुमसे भिन्न कोई और हूँ? यदि तुम इस शरीर को हटाना चाहते हो जो अन्न से बना हुआ है तो जो मांस-मज्जा तुम्हारे शरीर में है वही मेरे में। यदि तुम शुद्ध चैतन्य को अलग करना चाहते हो तो वह तो यहाँ-वहाँ सर्वत्र है। फिर तुम किसे हटाना चाहते हो? क्या इस पवित्र गंगा में प्रतिबिम्बित सूर्य की आभा उस बिम्ब से अलग है जो किसी चाण्डाल के निवास स्थान के समीप एक गंदे तालाब में पड़ती हुई दिखाई पड़ रही है?'' चाण्डाल की अकाट्य युक्ति सुन कर और संस्कृत भाषा का शुद्ध व्यवहार देखकर शंकर स्तंभित रह गए। उनकी आँखें आश्चर्य से विस्फूरित हो उठीं। उन्होंने चाण्डाल को प्रणाम किया। उन्हें यह देखकर बड़ी प्रसन्नता हुई कि इस नगरी के सबसे निम्न वर्ग चाण्डाल में भी वेदांत की ध्वनि गूँज रही है। उन्होंने चाण्डाल की स्तुति में पाँच श्लोकों की रचना की। और उसे गुरु रूप में स्वीकार करते हुए कहा कि ब्रह्म सच्चिदानन्द है, वह सर्वत्र विद्यमान है। अत: ब्राह्मण और चाण्डाल में कोई भेद नहीं। उनके मनीषा पंचक नामक स्तोत्र में ब्रह्म की विलक्षण व्याख्या की गई है। ज्यों ही मनीषा पंचक के पाँचों श्लोक समाप्त हुए वह चाण्डाल न जाने कहाँ अन्तर्धान हो गया। उसके स्थान पर भगवान शिव स्वयं प्रकट हो गए। उन्होंने आचार्य शंकर

को आशीर्वाद देते हुए यह आज्ञा दी कि जनता में और विशेषकर पण्डे-पुजारी समाज में जो अंधविश्वास फैला है शास्त्र का मर्म बिना समझे यज्ञ-हवन, कर्मकाण्ड की जो प्रक्रिया जनता को भ्रम में डाल रही है जिसके कारण देश अज्ञान के अंधकार में डूबता चला जा रहा है और उसकी सारी राजनीतिक, धार्मिक, सामाजिक और आर्थिक शक्तियाँ धीरे-धीरे विलुप्त होती जा रही हैं। उनका संस्कार करने के लिए वेद-शास्त्र का बुद्धिसंगत अर्थ करना होगा। आध्यात्मिक दृष्टि का इतना लोप होता जा रहा है कि अंधविश्वास को ही जनता शास्त्र का प्राथमिक अर्थ मानने लगी है।

भगवान शंकर के दर्शन से आचार्य शंकर को बहुत बड़ा बल मिला। शंकराचार्य को आदेश देकर भगवान शंकर अन्तर्धान हो गए। शंकराचार्य भगवान शंकर की उस दैवी मूर्ति का ध्यान करते हुए अपनी पर्णकुटी में लौट आए।

11

काशी में रहते हुए अनेक युवा शिष्य इनके चरणों में बैठकर वेदाध्ययन करते रहे। आचार्य की विद्वत्ता, आध्यात्मिकता, निष्ठा और योगशक्ति से शिष्य सम्प्रदाय इतना प्रभावित हुआ कि वे सभी इनके साथ बद्रीनारायण की यात्रा को उद्यत हो गये। शंकराचार्य ने इतने बड़े समुदाय को साथ लेकर बद्रीनारायण में रहना उचित नहीं समझा। जितना बड़ा शिष्य सम्प्रदाय होता है उतनी अधिक समस्याएँ गुरु के सामने आती रहती हैं। वहाँ एकांत में बैठकर भाष्य तैयार करना था। अतः शंकराचार्य ने कुछ चुने हुए शिष्यों को साथ लेकर पदयात्रा प्रारम्भ की। काशी से बद्रीनारायण तक मार्ग में अनेक छोटे-बड़े राजा-महाराजा मिलते गये। इस समय तक शंकराचार्य की अलौकिक प्रतिभा का, मृतक को जिला देने की उनकी शक्ति का प्रचार हो चुका था। अतः मार्ग में अनेक समृद्ध व्यक्ति इनकी सेवा में चलने को तैयार हो जाते।

शिष्य वर्ग अपनी आँखों से आचार्य की चमत्कार भरी घटनाएँ देख चुका था। मार्ग में जो भी राजा-महाराजा या विद्वान-मण्डली मिलती, वह आचार्य के जीवन के संबंध में जिज्ञासा प्रकट करती ही थी। जिन शिष्यों ने निकट संपर्क में रह कर आचार्य की घोर तपस्या, अगाध विद्वत्ता का अनुभव किया था वे भगवत् पाद शंकराचार्य की चमत्कार भरी कहानियाँ सुनाकर यात्रियों को मुग्ध करते चले जा रहे थे। सारे उत्तराखण्ड में आचार्य शंकर की जय-जयकार हो रही थी। काशी की विद्वान-मण्डली शास्त्रार्थ में जिसको अपना गुरु स्वीकार कर ले वह तो सारे भारत का गुरु बन जाता है। आचार्य की इस प्रकार पदयात्रा का जनता पर बड़ा प्रभाव पड़ा। आचार्य शंकर दैनिक चर्या, रहन-सहन, खान-पान, पूजन-शयन में शास्त्रानुकूल नियमों का इस तरह पालन करते कि कभी एक दिन का भी व्यतिक्रम नहीं हो पाता। प्रातःकाल एक प्रहर रात रहे, उठ कर नित्य क्रिया से निवृत्त हो गंगा के शीतल जल में स्नान करते। शंकर संध्या-पूजा, आराधना के लिए बैठ जाते। सूर्योदय होते-होते शिष्य वर्ग नित्यक्रिया से निवृत्त हो अध्ययन के लिए इनके पास पहुँच जाता।

आचार्य कभी शैय्या पर शयन नहीं करते, भूमि पर थोड़े से पुआल बिछा कर एक सामान्य चादर के द्वारा रात्रि बिता लेते। शीत और ग्रीष्म का उन पर कोई प्रभाव नहीं दिखाई पड़ता। किन्तु अपने सह-यात्रियों की सुविधा का पूरा-पूरा ध्यान रखते। अतः समृद्ध व्यक्तियों, राजा-महाराजाओं के सहयोग से यह यात्री दल निरंतर सुविधापूर्वक यात्रा करता गया। आचार्य दिन में केवल एक बार भिक्षाटन करते। चलते-चलते मार्ग के समीप जो भी गाँव मिल जाता उसमें किसी एक घर से भिक्षा माँग कर क्षुधा तृप्त कर लेते। किन्तु शिष्य गण तथा अन्य यात्री अपनी-अपनी आवश्यकता के अनुसार भोजन की व्यवस्था कर लेते। मध्याह्न में थोड़ा विश्राम करके यात्री-दल पुनः आगे चलता।

स्थान-स्थान पर आचार्य के दर्शन के लिए पर्वतीय प्रदेशों से भीड़ एकत्र हो जाती। यत्र-तत्र दर्शनार्थियों को उपदेश देते हुए आचार्य आगे बढ़ते जाते। संध्या समय पुनः अपने नित्य के नियमित कार्य में लग जाते। सामूहिक प्रार्थना होती, जिसमें आस-पास के लोग सम्मिलित होते। प्रार्थना के उपरांत आचार्य ईश्वर, जीव, माया, ब्रह्म के संबंध में चर्चा करते हुए ज्ञान और उपासना, धर्म और कर्म का महत्त्व समझाते चलते। कहीं-कहीं दर्शक जब देश की दुर्दशा का, मन्दिरों में कुप्रबन्ध का, पण्डित और पुरोहितों के भ्रष्टाचार का, काली-पूजा में पशु के अतिरिक्त नर बलि की भी घटनाएँ सुनाते तो आचार्य का हृदय करुणा से ओत-प्रोत हो जाता।

शंकराचार्य को कालड़ी से लेकर बद्रीनारायण तक की यात्रा का अवसर मिला। इस प्रकार सम्पूर्ण देश की शक्ति और दुर्बलता, समृद्धि और निर्धनता का दृश्य देखने का उन्हें सुयोग मिला। प्रार्थना के उपरांत प्रवचन समाप्त होने पर उपस्थित जनता अपनी व्यथाएँ सुनाती और धर्म, कर्म, विवाह, सामाजिक प्रथा, राज-व्यवस्था आदि के विषय में प्रश्न पूछती। आचार्य शंकर सबका संतोषजनक उत्तर देते हुए समाज में एक नयी व्यवस्था, एक नये जीवन-दर्शन की आवश्यकता पर बल देते। इस प्रकार निराशा से तड़पती हुई जनता में नया उत्साह जागृत होता।

12

हिमगिरि क्षेत्र सम्पूर्ण भारत का सर्वोच्च तीर्थस्थल बना रहा। अनेक शताब्दियों से समग्र भारतीय जनता बद्रीनाथ, केदारनाथ आदि पावन स्थलों का दर्शन करते हुए अपना जीवन सफल मानती रही है। आचार्य शंकर के पावन चरण जब से इस क्षेत्र में पड़े हैं तभी से इनके साथ तीर्थाटन करने वाले यात्रियों की संख्या में उत्तरोत्तर वृद्धि होने लगी है।

इस क्षेत्र में पहुँचने पर आचार्य शंकर प्रायः अन्तर्मुख दिखाई पड़ते हैं। ऋषिकेश से चलकर लक्ष्मण झूला के समीप गंगा नदी पार हुए। व्यासाश्रम का दर्शन किया। अलकनन्दा और भागीरथी के संगम स्थल देवप्रयाग में राम-सीता, शिव-पार्वती, गणेशादि देवमन्दिरों का दर्शन करते हुए विल्व केदार पहुँचे। आगे चलने पर श्रीनगर (श्रीक्षेत्र) में कमलेश्वर शिव और श्री विष्णु मन्दिर का दर्शन हुआ।

13

एक दिन आचार्य शिष्यों सहित बदरी क्षेत्र के मन्दिरों का दर्शन करने जा रहे थे। तप्तकुंड में स्नान करके बदरी विशाल के मन्दिर का दर्शन करना था। उस दिन सनन्दन के मन में अचानक प्रेरणा जगी कि राजसेतु से उस पार जाकर अलकनन्दा के तटवर्ती हिमाच्छादित पर्वतों का दृश्य देखा जाए। आचार्य से अनुमति लेकर वह प्रात: ही चल पड़े। वह यह कह कर गये थे कि मध्याह्न पूजन के पूर्व ही लौट आऊँगा। आचार्य शिष्यों सहित तप्तकुंड में स्नान करने जाने लगे तो शिष्यों में सनन्दन नहीं दिखाई पड़ा। अत: आचार्य शिष्यों को साथ लेकर अलकनन्दा के तट पर चल पड़े। उन्होंने एक बार सनन्दन को इसलिए पुकारा ताकि वह उनकी वाणी सुनकर तुरन्त आ जाए। पर सनन्दन तो अलकनन्दा के उस पार सेतु (राजपथ) द्वारा चले गए। अलकनन्दा के उस पार का दृश्य देख कर वह इतने मुग्ध थे कि मध्याह्न तक लौटना भूल ही गए।

आचार्य ने इस पार सनन्दन को पुकारा तो यह ध्वनि दैव गति से उनके पास पहुँच गई। शीघ्रता से पहुँचने की व्यग्रता इतनी प्रबल हुई कि दूर सेतु से नदी पार करने की जगह वहीं नदी में कूद पड़े। हिम-सा शीतल जल, पर्वतीय प्रदेश की वेगवती धारा, स्थान पर प्राण विनाशक आवर्त जहाँ कोई वन्य पशु भी तैरने का साहस न कर सके। हिमाच्छन्न खरस्रोत में सनन्दन बाण की तरह सनसनाते, तैरते हुए, क्षण भर में आचार्य के समीप आ पहुँचे। संतरण के समय जब सनन्दन के कमलवत चरणतल जल से ऊपर सूर्य-रश्मियों से चमकने लगते तो ऐसा प्रतीत होता मानो श्वेत कमल खिला हो, जिस पर दौड़ता हुआ कोई संन्यासी दूसरे तट पर जा रहा हो।

अलकनन्दा को प्रणाम कर सनन्दन आचार्य के चरणों पर लेट गए और विलम्ब के अपराध की क्षमा माँगने लगे। आचार्य ने सनन्दन को छाती से लगा कर आशीर्वाद दिया। सनन्दन को दूसरे वस्त्र पहनाकर साथी तप्तकुंड की ओर आचार्य के पीछे-पीछे चल पड़े। सबने तप्तकुंड में स्नान किया और वहाँ से बदरी विशाल के मन्दिर में पहुँचे। आचार्य ने देखा कि मन्दिर में प्राचीन ऋषि-प्रतिष्ठित चतुर्भुजी नारायण का विग्रह है ही नहीं। नारायण विग्रह के स्थान पर शालग्राम शिला थी। उसी के पूजन-अर्चन के उपरांत अर्चकों से इसका कारण पूछा गया। एक वृद्ध अर्चक को इसका रहस्य ज्ञात था। उसने रोते हुए कहा, ''महात्मन् समय-समय पर यहाँ चीनी दस्यु और अन्य विदेशी उपद्रव मचाते रहते हैं। एक बार उन्होंने अर्चकों को मारपीट कर मन्दिर की सम्पत्ति लूट ली और धमकाया कि इस बार देव विग्रह नहीं लूटते हैं पर यदि यहाँ तारा की मूर्ति स्थापित न हुई तो यह विग्रह भी लूट ले जाएंगे। इसी भय से हमारे पूर्वज अर्चकों ने श्री विग्रह को इसी कुंड में छिपा दिया था। हम लोगों ने अनेक बार प्रयास किए पर चतुर्भुजी विग्रह का कहीं पता नहीं चला।''

आचार्य ने यह जिज्ञासा प्रकट की कि यदि कहीं नारायण विग्रह उपलब्ध हो जाए तो क्या उसकी पुन: प्रतिष्ठा और पूजा-अर्चा आप लोग यथाविधि सम्पन्न करने को उद्यत हैं ?

अर्चक गण एक साथ आनन्दित हो बोल उठे, ''अपने को हम धन्य समझेंगे। पूरे विधि-विधान के साथ उसकी पुनर्स्थापना करके नित्य पूजन-अर्चन द्वारा हम कृत-कृत्य हो जाएँगे।''

आचार्य ने ध्यानावथित होकर नारदकुंड की ओर पग बढ़ाया। विशाल जनसमूह पीछे-पीछे चल पड़ा। नारदकुंड के समीप कुछ समय तक मन-ही-मन स्तवन करते रहे। तदुपरांत जब कुंड जल में पैर रखने लगे तो अर्चक गण और पुजारी हाहाकार करते हुए बोले—

''महात्मन्, यह सामान्य कुंड नहीं है। आप क्या कर रहे हैं? कुंड में उतरने वालों को अलकनन्दा की प्रखर धारा इसके स्रोत से खींचकर नदी गर्भ में विलीन कर देती है। अगणित व्यक्तियों के प्राण इस कुंड में विनिष्ट हो चुके हैं।''

आचार्य ने सबकी प्रार्थना अनसुनी कर दी और नारदकुंड में कूद पड़े, गोता लगाया। थोड़ी देर में चतुर्भुजी नारायण की एक मूर्ति, जिसके दक्षिण हस्त की उँगलियाँ खंडित थीं, लेकर ऊपर आ गए। उसे खंडित समझकर विसर्जित कर अखंडित मूर्ति की खोज में पुनः डुबकी लगाई। पुनः वही विसर्जित मूर्ति मिली। उसे फिर जल में विसर्जित किया पर तीसरी बार भी वही मूर्ति निकली। पुजारियों ने आग्रह कर उसी भग्न विग्रह को तब स्वीकार किया जब यह आकाशवाणी सुनाई पड़ी, ''शंकर, कलियुग में इसी भग्न विग्रह की ही पूजा होगी। तुम संशय मत करो, दुविधा में मत पड़ो।''

संन्यासी शंकर का हृदय ईश्वरानुग्रह से भक्ति भाव परिपूरित हो उठा। विलक्षण आनन्द का उद्रेक हुआ। विग्रह कन्धे पर रखकर नारदकुंड से बाहर निकले। विग्रह की शोभायात्रा का आयोजन हुआ। देश के कोने-कोने से आये हुए राजा-महाराजा, श्रेष्ठि सामन्त, बौद्ध-जैन, शाक्त-वैष्णव, यांत्रिक-तांत्रिक, कृषक-व्यवसायी, धनी-निर्धन, विद्वान-अनपढ़, साधु-संन्यासी आचार्य के पीछे-पीछे उसी प्रकार किसी आकर्षण शक्ति के बल पर खिंचे चले जा रहे थे जिस प्रकार सूर्य देव के चतुर्दिक ग्रहनक्षत्र गण स्वतः चक्रवत चलते रहते हैं। बद्रीधाम का वायुमंडल जयध्वनि से मुखरित हो उठा। यात्री-दल मन्दिर पहुँचा। अर्चक और पुजारियों ने वेदमंत्रों से अभिषेक कार्य सम्पन्न किया। प्रसाद वितरण के पश्चात् यतिवर शंकर से प्रवचन करने का आग्रह किया गया। शंकर भक्तिभाव निमग्न थे।

सहसा एक बौद्ध तांत्रिक खड़ा होकर बोला—

''यतिवर, इस समय समस्त बद्रीधाम में आपके शिष्य सनन्दन की योग सिद्धि की चर्चा है। सब लोग यही कह रहे हैं कि वह अलकनन्दा के खिले पद्म पुष्पों पर भागते हुए आपके पास क्षण भर में पहुँच गए। आप तांत्रिकों का खण्डन करते हैं और आप ही अपने शिष्यों को आकाश गमन, जल संचरण का चमत्कार सिखाते हैं? क्या संन्यासी का यही धर्म है?''

संन्यासी शंकर ने इसका उत्तर देने के लिए सनन्दन की ओर संकेत किया। सनन्दन सभा में खड़े हुए। गुरु के चरणों में प्रणाम किया और सभा को सम्बोधित

करते हुए बोले, ''कैतव लीला और योग विद्या एक नहीं है। कैतव लीला (जादूगरी) धोखाधड़ी, छल विद्या द्वारा धनार्जन का मार्ग दिखाती है किन्तु योग विद्या शारीरिक शक्ति, मन:स्फूर्ति, संकल्प सिद्धि की प्रेरणा देती है। तांत्रिक उपासना जब आत्मोन्नति और समाज-संस्कृति का उद्देश्य सामने रखकर सम्पन्न होती है तो ग्राह्य और उपादेय बनती है। जब रागद्वेष, काम-क्रोध, लोभ-मोह के वशीभूत होकर सिद्ध की जाती है तो साधक अपना विनाश तो करता ही है अपने परिवार और समाज को भी ले डूबता है। मैंने कोई चमत्कार नहीं किया। पूज्य गुरु ने मेरा नाम लिया, मैं सद्य: उन्हीं का ध्यान करके अलकनन्दा में कूद पड़ा। मैं नहीं जानता किस संतरण शक्ति ने इस शरीर को पार किया। हम तांत्रिकों के समर्थक हैं पर धन, मान के लोभ से इस प्रदर्शन के विरोधी भी। उपस्थित विद्वत समाज सनन्दन की नम्रता, बुद्धिमत्ता और यतिवर की प्रसन्नता से प्रभावित होकर शंकर के पास पहुँचा। उनसे आग्रह किया कि ''आज ही इस संन्यासी को पद्म पादाचार्य की उपाधि से विभूषित किया जाए ताकि गुरु की अगाध भक्ति से असम्भव को भी सम्भव बना देने की शक्ति शिष्यसम्प्रदाय में सदा आती रहे।'' शंकर को शिष्य प्रसिद्धि पर बड़ी प्रसन्नता हुई। अधिकारियों ने शंकर के हाथ में भगवा रंग का शॉल दिया। आचार्य ने सनन्दन के मस्तक पर तिलक लगाया और शॉल भेंट किया। जन समाज एक स्वर से पद्म पादाचार्य की जय-जयकार करने लगा। बद्रीविशाल की जय ध्वनि से आकाशमंडल गूँज उठा। समग्र भारत के यात्री इस चमत्कारपूर्ण घटना की कहानी गाँव-गाँव सुनाने लगे। देश में आचार्य का यश-सौरभ फैलने लगा।''

आचार्य शंकर ने यह संकल्प किया था कि बारह उपनिषदों, *श्रीमद्भगवत् गीता, ब्रह्मसूत्र* और *सनत सुजातीयम्* इन पंद्रह ग्रन्थों पर भाष्य लिखूँगा। *ब्रह्मसूत्र* उपनिषद् और *भगवत् गीता* को प्रस्थानत्रयी के नाम से पुकारा जाता है। *ब्रह्मसूत्र* को न्यास प्रस्थान कहते हैं और उपनिषद् श्रुति प्रस्थान के नाम से विख्यात हैं। श्रुति प्र-स्थान की तरह *भगवत् गीता* को स्मृति प्रस्थान कहा जाता है। जिसका अर्थ है परम्परा से आया हुआ प्रस्थान। उपर्युक्त ग्रन्थ इतने गंभीर, क्लिष्ट और परस्पर विरोधी तर्कों वाले माने जाते हैं कि किसी एक व्यक्ति के लिए इन सब पर भाष्य लिखना उसके पूरे जीवन में भी सम्भव नहीं। आचार्य शंकर की अद्भुत महिमा है कि उन्होंने केवल चार वर्षों में इन सभी ग्रन्थों का ऐसा विशद भाष्य तैयार किया कि आज तक उनके सामने दूसरा भाष्य नहीं बन पाया।

केदारनाथ से उत्तरकाशी आते हुए मार्ग में उन्हें एक विलक्षण वृद्ध ब्राह्मण मिला जो नित्य इनके साथ यात्रा के समय शास्त्रीय विषयों पर विचार-विमर्श करता। *ब्रह्मसूत्र* की व्याख्या के संबंध में दोनों में प्राय: देर तक चर्चा चलती। तीसरे अध्याय के पथ खण्ड के प्रथम सूत्र पर कई दिनों तक विचार-विमर्श होता रहा। आचार्य शंकर को ऐसा आभास होने लगा कि यह वृद्ध ब्राह्मण असामान्य व्यक्ति है। इतनी विद्वत्ता, धर्म में इतनी निष्ठा, अतीत, वर्तमान और भविष्य का इतना विशाल ज्ञान किसी सामान्य विद्वान में नहीं हो सकता। हो-न-हो यह कोई अलौकिक व्यक्ति है।

आचार्य के प्रिय शिष्य पद्म पाद को यह सन्देह हो गया कि कहीं स्वयं वेद-

व्यास जी अपने सूत्रों (*ब्रह्मसूत्र*) का वास्तविक अर्थ समझाने के लिए आचार्य के पास तो नहीं आ गये हैं। एक दिन शंकराचार्य ने विचार-विमर्श के समय यह जानने की जिज्ञासा प्रकट की कि वह वृद्ध ब्राह्मण है कौन? उस वृद्ध ने अपना ऊपरी वेष दूर फेंक दिया और उनके सामने वेदव्यास के रूप में बैठ गये। भगवान् वेदव्यास का साक्षात्कार होने पर आचार्य को जो आनन्द प्राप्त हुआ उसका वर्णन कौन कर सकता है। वह सम्पूर्ण गुरुओं के गुरु वेदव्यास के चरणों पर लोट कर गलदश्रु हो उठे। वेदव्यास ने आचार्य के अन्त:करण को मानो पढ़ लिया हो। आचार्य जानना चाहते थे कि उन्होंने *ब्रह्मसूत्र* पर जो भाष्य लिखा है उपनिषदों *भगवत्गीता* पर उन्होंने जो विचार प्रकट किये हैं क्या वे भगवान् वेदव्यास के मतानुकूल हैं? भगवान् वेदव्यास ने गद्‌गद कण्ठ से आचार्य को आशीर्वाद दिया और उन्होंने यह आदेश दिया कि "वैदिक साहित्य का तात्पर्य बिना समझे यज्ञ, कर्मकाण्ड, देव पूजन का जो मिथ्या रूप देश में प्रचलित हो रहा है उसको सुधारने का उपाय करना अति आवश्यक है। उन्होंने आचार्य को आदेश दिया कि "सबसे पहले कर्मकाण्ड के कट्टर समर्थक कुमारिल भट्ट और उनके अनुयायियों को वैदिक प्रक्रिया, धार्मिक कर्मकाण्ड का वास्तविक रहस्य समझाया जाए और वैदिक ज्ञान का वास्तविक रहस्य बताते हुए उसके प्रकाश में यज्ञ, हवन, पूजा-अर्चन आदि क्रियाओं का अनुसरण किया जाए।" आचार्य शंकर की इस समय केवल सोलह वर्ष की आयु थी। कहा जाता है कि विधाता की ओर से उन्हें इतनी ही आयु मिली थी। पर वेदव्यास भगवान् ने उन्हें यह आशीर्वाद दिया कि "यद्यपि तुम्हारा अंतकाल आ पहुँचा है तथा सोलह वर्ष की अवधि तुम्हें इसलिए दी जा रही है कि तुम सम्पूर्ण देश में सच्चे वैदिक धर्म को प्रचारित कर पाओ। जनता में फैले अंधविश्वास को मिटा सको। यज्ञ कर्म में होने वाले हिंसा कर्म का निवारण कर सको।" आचार्य शंकर के शिष्यों को भगवान् वेदव्यास के इस आशीर्वाद से बड़ा ही विस्मय हुआ और उन्हें यह जानकर अति प्रसन्नता हुई कि आचार्य के साथ कम-से-कम सोलह वर्ष रहने का हम लोगों को और भी सौभाग्य मिला। शंकराचार्य के जीवन की यह ऐसी घटना है जिसने उनको अपने संकल्प को पूर्ण करने में पूरी सहायता की।

शंकराचार्य पर्वतीय प्रदेश से नीचे उतरे। चार वर्ष तक उत्तराखण्ड में विचरण करते हुए उन्होंने अपने सिद्धान्तों का प्रचार और प्रसार कर दिया था। उत्तराखण्ड वह स्थल है जहाँ से सम्पूर्ण भारत के तीर्थयात्री प्रतिवर्ष दर्शनार्थ जाया करते हैं। उस पावन भूमि में पहुँच कर कुटिल अन्यायी, पापी का चित्त भी कुछ काल के लिए निर्मल बन जाता है। शंकराचार्य का चार वर्षों का तप-स्वाध्यायमय जीवन इस भूमि को और भी पवित्र बनाता गया।

14

विक्रम नवीं शताब्दी के मध्य सन् 800 के आस-पास भारत में दो आचार्य शंकर और कुमारिल प्रमुख जाने जाते थे। कुमारिल भट्ट सम्भवत: बाणभट्ट के वंशज थे। जिस प्रकार बाणभट्ट को बाल्यकाल में वण्ड अर्थात् पूँछ कटे बैल की तरह लड़ाका,

साथियों से अकारण झगड़ा करने वाला, उद्दण्ड स्वभाव का होने के कारण वण्ड उपाधि से पुकारा जाता था। उसी प्रकार कुमारिल खेल में दिन बिताने के कारण बड़ी अवस्था तक कुमार (क्रीड़ाप्रिय) कहलाते रहे।

कालान्तर में उन्होंने घोर परिश्रम करके नाना प्रकार के शास्त्रों का गम्भीर अध्ययन किया। शास्त्रार्थ में अनेक पण्डितों को हराया। इस कारण उन्हें आचार्य की उपाधि मिली; और वे अपने युग के बहुत बड़े विद्वान् माने गए। शास्त्रार्थ में बौद्धों को पराजित करने की घटना बड़ी रोमांचकारी और रोचक है। इससे पूर्व उनकी वंश-परम्परा के विषय में जानना आवश्यक है।

कुमारिल का गोत्र मित्र था। उनके पूर्वजों का यह गोत्र एक हज़ार वर्ष से अविच्छिन्न रूप में चला आ रहा था। इतिहास इसका साक्षी है कि सम्राट पुष्यमित्र और अग्निमित्र नामक शुंगवंशी राजा तक्षशिला से कामरूप तक एकछत्र शासन करते रहे। उन्होंने युद्ध-भीरु और कायर मगध सम्राट वृहद्रथ को मार आक्रामक क्रूर शकों का सामना किया और उन्हें गन्धर्व देश से बाहर निकालकर छोड़ा। लगभग दो सौ वर्षों तक शुंग और कणव वंशी ब्राह्मण राजाओं ने विदेशियों से देश की रक्षा की और विदेशियों को समय-समय पर आक्रमण करते समय जीतकर अश्वमेघ यज्ञ के द्वारा यह घोषणा कर दी कि शत्रुओं पर जीत केवल ईश्वर की कृपा से हुई है—

'यज्ञो वै विष्णुः'

यज्ञ ही विष्णु है। विष्णु ने ही हमें युद्ध करने की शक्ति दी है। इसलिए यह राज्य हमारा नहीं विष्णु भगवान का ही है। हम तो उनके प्रतिनिधि रूप हैं। भगवान ही मित्रदेव अर्थात् हमारे पूर्व पुरुष हुए हैं। इसी कारण मित्र गोत्र वाले ब्राह्मण अपने को पुष्यमित्र, अग्निमित्र के वंशज मानते थे। ऐसा प्रतीत होता है कि उनका राज्य समाप्त होने पर उनके अमात्यों, सामन्तों ने उत्तर भारत में अपनी बिखरी सम्पत्ति सँभाल ली और उसके द्वारा संस्कृत-विद्या, वैदिक धर्म, आश्रम, धार्मिक स्थलों, तीर्थों की रक्षा में जीवन यापन करने लगे।

सम्भवतः पाटलीपुत्र (पटना) से अनति दूर सोन नदी के तट पर सोनपुर नामक ग्राम में कुमारिल का जन्म हुआ। इनके पूर्वज बाणभट्ट लगभग एक सौ वर्ष पूर्व देश में ख्याति प्राप्त कर चुके थे। महाराज हर्षवर्धन के राजकवि होने के कारण उन्हें अपार सम्पत्ति प्राप्त हो चुकी थी। वंश परम्परा से चली आयी विशाल भू-सम्पत्ति के अतिरिक्त इन्हें इतनी धनराशि मिल चुकी थी कि केवल कुमारिल के पास एक सहस्र घोड़े, पाँच सौ हाथी, सैकड़ों सेवक रहते थे। कोसों तक फैले धान के खेत इनके ऐश्वर्य के द्योतक थे।

इनके पूर्वजों की संस्कृत पाठशाला थी, जहाँ ग्रामीण छात्र और छात्राएँ प्रारम्भिक शिक्षा प्राप्त करती थीं। कुमारिल इन्हीं ग्रामीण भाइयों के साथ बाल्यकाल में शिक्षा ग्रहण करते रहे। तदुपरान्त उन्हें काशी भेजा गया जहाँ मीमांसा के आचार्य दूर-दूर से आये हुए छात्रों को विविध शास्त्रों की शिक्षा दिया करते थे। कुमारिल भट्ट व्याकरण,

निरुक्त, वेद, धर्म शास्त्र का अध्ययन समाप्त करके पूर्व मीमांसा में विशेष योग्यता प्राप्त करते रहे।

एक बार इनके आचार्य देव अपने शिष्यों सहित सारनाथ पहुँचे। नालन्दा विश्वविद्यालय के कुलपति धर्मकीर्ति के प्रशिष्य बौद्ध भिक्षु वैदिकों के साथ प्राय: शास्त्रार्थ किया करते थे। कुमारिल ने बौद्ध भिक्षुकों को शास्त्रार्थ के लिए आमन्त्रित किया। सारनाथ के बौद्ध भिक्षुओं में एक भिक्षु नालन्दा के कुलपति धर्मकीर्ति की शिष्य परम्परा में शिक्षित दीक्षित होकर आये थे। और उन्हीं की तरह अपने समय में दिग्विजयी माने जाते थे। अत: उन्हें काशी सारनाथ का द्वितीय धर्मकीर्ति घोषित किया गया था। इस प्रकार वह धर्मकीर्ति द्वितीय कहलाते थे।

कुमारिल भट्ट ने उन्हें जब शास्त्रार्थ में पराजित कर दिया तो वह बौद्ध विहार छोड़कर लज्जा के मारे लुप्त हुए कि पुन: सारनाथ आए ही नहीं। कालान्तर में सारनाथ के बौद्धों-भिक्षुओं ने यह प्रचार किया कि धर्मकीर्ति द्वितीय ने कुमारिल के कारण आत्महत्या कर ली। अत: कुमारिल ही उसका हत्यारा माना जाएगा।

कुमारिल भट्ट के सहपाठी इस विजय से प्रसन्न होकर उत्सव मना रहे थे, किन्तु कुमारिल का चित्त अशान्त और उद्विग्न था। उनके सहपाठी गुरु आश्रम में लौट आये, किन्तु कुमारिल सारनाथ के समीप स्थित विशाल जलाशय के रम्य घाट पर बैठकर भावी योजना बनाने लगे। वहाँ से उठकर चैत्य विहार में आये। भगवान बुद्ध की प्रशान्त मुख-मुद्रा को टकटकी लगाए बड़ी देर तक देखते रहे। अचानक उन्हें एक ज्योति दिखायी पड़ी। उन्हें ऐसा आभास हुआ कि मेरी समस्या तभी सुलझेगी जब मैं नालन्दा विश्वविद्यालय में बौद्ध भिक्षु बनकर कुछ काल तक वहीं निवास करूँगा। यह सोचकर वह गुरु आश्रम लौटे। अपने पूज्य गुरु से आशीर्वाद लिया और काशी से प्रतिष्ठानपुर विद्यापीठ चल पड़े, जिसकी स्थापना उनके पितृदेव ने उस समय की जब पाल राजा ने दूसरे बौद्ध विश्वविद्यालय विक्रम शिला का निर्माण कराया। प्रतिष्ठान बालिका-विद्यापीठ में उनकी बहन भारती कभी अध्ययन करती थी।

कुल में कुमारिल और भारती यही दो सन्तानें जीवित थीं। पिता ने कुमारिल को बहुत समझाया था तो भी वह विवाह करने को प्रस्तुत न हुए थे। वे आजीवन ब्रह्मचारी रहकर वैदिक धर्म की रक्षा करना चाहते थे। अत: पण्डित विश्वामित्र ने अपनी अधिकांश सम्पत्ति—मृत्यु से पूर्व—प्रतिष्ठानपुर के विद्यापीठ (विश्वविद्यालय) को अर्पित कर दी थी। गंगा तट पर कई कोस की भूमि उस विद्यापीठ के अधिकार में थी। इस विद्यापीठ में विशेषकर बालिकाओं को उच्च शिक्षा प्रदान की जाती थी। इसी विद्यापीठ में सम्पूर्ण भारत के वैदिक राजा अपनी राजकुमारियों को उच्चशिक्षा के लिए भेजते रहे हैं। यहाँ के निर्मल, स्वस्थ वातावरण में परिपालित राजकुमारियाँ, श्रेष्ठि सार्थवाह कन्यायें अपनी-अपनी रुचि और अपने कुल की मर्यादा के अनुसार शिक्षा प्राप्त करने को स्वतन्त्र थीं।

सिन्ध से आयी हुईं अनाथ महिलाओं को यहीं शरण मिली थी। इस विद्यापीठ

की इतनी ख्याति थी कि उच्च शिक्षा के लिए बौद्ध राजा एवं बौद्ध, जैन धर्मानुयायी गृहस्थ भी अपनी-अपनी बालिकाओं को यहीं भेजा करते थे। इसी विद्यापीठ में राष्ट्र कूट के महाराज गोविन्द राज तृतीय की कन्या चंचला, मगध महाराज धर्मपाल की कन्या मागंधी, सौराष्ट्र के प्रतिहार राजा नागभट्ट की कन्या विजया, श्रेष्ठि कन्या प्रभा आदि की शिक्षा-दीक्षा हुई थी।

इस विद्यापीठ की बड़ी विशेषता यह थी कि यहाँ सभी प्रकार की शिक्षा की व्यवस्था थी। ब्राह्मण से शूद्र तक सभी को शास्त्र ज्ञान के साथ-साथ विविध अस्त्र-शस्त्र चलाने का अभ्यास कराया जाता था, ताकि संकट के समय अत्याचारियों से अपनी रक्षा स्वयं कर सकें। विभिन्न धर्मावलम्बी बालिकाओं को उनकी धर्म शिक्षा भी दी जाती थी। छात्राओं में भारतीय संस्कृति की ऐसी भावना भर जाती थी कि वे सम्पूर्ण राष्ट्र को एक इकाई मान देश के लिए त्याग बलिदान का संकल्प लेकर निकलती थीं। कुमारिल ने विद्यापीठ और गुरुकुल के आचार्यों से वार्तालाप किया और अपनी शेष सम्पत्ति उनको प्रदान कर दी। तदुपरान्त अपनी बहन भारती से मिलने माहिष्मती नगरी चल पड़े।

भारती, वर्षों के बाद भाई से मिलकर बहुत देर तक रोती रही। उनका बदला हुआ वेष देखकर उसे आशंका हुई कि वह संन्यासी न बन जाएं। उसकी आशंका सत्य ही निकली। कुमारिल ने बौद्ध भिक्षु बनने का दृढ़ निश्चय कर लिया था। अतः उन्होंने बहन का आग्रह स्वीकार नहीं किया। बहन ने बहुत समझाया, "भैया, बौद्ध भिक्षुओं को यदि पता चल गया कि तुम उनकी विद्या उन्हीं को हराने के लिए सीख रहे हो तो तुम्हारे प्राण संकट में पड़ जाएँगे। वैदिकों को तुमसे बहुत बड़ी आशा है। आर्य जनता आपकी सदा ही प्रशंसा करती है। धर्मपाल स्वयं तो वैदिकों के परम हितैषी हैं किन्तु उनके कई अमात्य वैदिकों का इसलिए विरोध करते हैं कि कहीं वीर वैदिक योद्धा राज-शासन पर अधिकार न जमा लें। अतः वैदिक और बौद्ध को लड़ाने में उन्हें सुख मिलता है।" कुमारिल अपने निश्चय पर डटे रहे। अब भारती अपने को सँभाल न सकी और बोली, "भैया, पिताजी चले गए, माता भी अब नहीं रही। मेरे पितृकुल में आपके अतिरिक्त मेरा न कोई भाई है न कोई भ्रातृज। अतः मुझ पर दया करके बौद्ध भिक्षु मत बनिए।"

कुमारिल ने कहा, "मैं सोचकर बताऊँगा।" कुछ दिनों तक बहन के घर रहकर भी अपने निश्चय पर डटे रहे। उन्होंने बहन को समझाया कि "मैं अपने गुरु और विद्यापीठ के आचार्यों का आशीर्वाद लेकर आया हूँ। वेद भगवान रक्षा करेंगे। अब तुम भी आशीर्वाद दो कि मैं अपने संकल्प में सफल रहूँ।" इतना कहकर कुमारिल ने विदा ली।

15

नालन्दा विश्वविद्यालय में बौद्ध भिक्षु बनने से पूर्व आचार्य कुमारिल भट्ट प्रयाग विद्यापीठ में भारतीय इतिहास पर भाषण दे रहे थे। वे छात्र-छात्राओं को सम्राट अशोक की अतिशय अहिंसक नीति का दुष्परिणाम बता रहे थे। उन्होंने बड़े स्पष्ट शब्दों में

समझाया कि सम्राट अशोक यदि दूरदर्शी सम्राट होता तो सम्राट चन्द्रगुप्त मौर्य की भाँति सैन्य शक्ति द्वारा सीमावर्ती ग्रीक आक्रमण का सामना करता। वह शक्तिशाली था। भारत में एकता स्थापित कर सकता था। पर उसकी दुर्बल समर नीति का दुष्परिणाम सारे देश को भोगना पड़ा। सैन्य शक्ति बेचकर वह भिक्षु-भक्ति खरीदने लगा था। उसने देश के सीमावर्ती भारतीय भू-भाग में लक्ष-लक्ष भिक्षोपजीवियों के लिए संघारामों में राजकोष की अपार सम्पत्ति देखते-देखते लुटा दी। सीमावर्ती योद्धा कवच, अस्त्र-शस्त्र फेंक लाल चीवर और कमण्डल लेकर अहिंसक बौद्ध धर्म का प्रचार करने लगे। परिणाम यह हुआ कि ग्रीक वैक्ट्रिया के सम्राट पुत्र ड्रेमेट्रियस ने आज से लगभग एक सहस्त्र वर्ष पूर्व भारत पर आक्रमण किया।

उस समय अशोक का वंशज वृहद्रथ मगध पर राज्य करता था। जिसके सेनानी अमात्य हमारे पूर्वज पुष्यमित्र थे। सम्राट वृहद्रथ अतिशय अहिंसा और युद्ध विराम में विश्वास करता था। रक्त देखकर काँपने वाला शासक बर्बर शकों, से भयभीत हो उठा और युद्ध बिना ही भारत का विस्तृत पश्चिमोत्तर भाग प्रदान कर सन्धि के लिए लालायित हुआ तो सेनापति पुष्यमित्र ने प्रजा प्रतिनिधियों और राजकीय शासनकर्ताओं के परामर्श से दुराग्रही कायर बृहद्रथ को पदच्युत कर देश को मुक्ति दिलाई और विशाल सैन्य शक्ति के बल पर वैक्ट्रिया के आक्रमणकारियों को मार भगाया। इस प्रकार भारत देश की रक्षा हो पाई।

एक छात्रा ने पूछा, ''आप कब लौटेंगे?''

''हम आपके आगमन की कब तक प्रतीक्षा करें?''

कुमारिल भट्ट बड़े संकोच में पड़ गये। बोले—

''नालन्दा विश्वविद्यालय जा रहा हूँ। वहाँ के कुलपति का आशीर्वाद भी मिल जाएगा तभी लौटना उचित होगा। ईश्वरेच्छा कौन जानता है और भविष्य की चिन्ता छोड़ वर्तमान का सामना निर्भय भाव से करते रहना अपना धर्म है। फल भगवान के हाथ में है। यदि वर्तमान न्याय धर्मपूर्वक सँभाल लिया तो भविष्य स्वतः अपनी चिन्ता कर लेगा। विगत पर शोक करना व्यर्थ है। इसीलिए आर्यधर्म वर्तमान पर सबसे अधिक बल देता है।'' विदा माँग चल पड़े। प्रयाग से विदा लेकर कुमारिल विभिन्न बौद्ध महाविहारों, संघारामों में दर्शन करते हुए कन्नौज पहुँचे। महाराज हर्षवर्धन महादान से समृद्ध यह बौद्ध विहार तपस्या, संयम त्यागकर विलासिता में डूब रहा था। इस कारण बौद्ध विहारों से सामान्य जनता की श्रद्धा हटती जा रही थी। कई स्थानों पर भगवान बुद्ध के अवतार बोधिसत्व और अवलोकितेश्वर की पूजा-अर्चा भी होती दिखाई पड़ी। कन्नौज बौद्ध विहार में कुछ दिन रहकर उन्होंने भिक्षु वेष धारण किया। बौद्ध विहार के सामान्य जीवन से परिचित हो वह नालन्दा महाविहार को चल पड़े।

बड़गाँव नामक ग्राम के समीप पहुँचने पर उन्हें गगनचुम्बी ऊँचे प्रासाद सदृश भवनों की पंक्ति दिखाई पड़ी। इस महाविहार के मुख्य द्वार पर प्रवेश के अभिलाषी विद्यार्थियों की कठोर परीक्षा ली जाती थी। प्रवेश मार्ग के दोनों ओर दो कक्षों में

विराजमान द्वार पंडित दिखाई पड़े। कुमारिल के पूर्व आठ विद्यार्थियों में केवल एक को ही उस दिन प्रवेश मिला था। कुमारिल की परीक्षा बड़ी देर तक होती रही। उनसे व्याकरण हेतु, विद्या (तर्क), अध्यात्म योग, तंत्र, चिकित्सा आदि विषयों पर अनेक प्रश्न पूछे गये। कुमारिल की विद्वत्ता से प्रभावित हो द्वार पंडित ने इन्हें धर्मकोष (चांसलर) के निजी छात्रों के साथ रखा पर उनके पास अधिक छात्रों के लिए स्थान नहीं था अत: स्थविर की सेवा में रहने का सुयोग कुमारिल को प्राप्त हुआ।

प्रत्येक संघाराम के स्थविर के पास दस भिक्षु रहा करते थे। भिक्षुओं और छात्रों को नि:शुल्क भोजन, वस्त्र, आवास और अध्ययन सामग्री मिलती थी। प्रत्येक संघाराम में शताधिक कक्ष थे। प्रत्येक कक्ष में सोने, वस्त्र रखने, पुस्तक पढ़ने की सुविधा थी। प्रस्तर शैय्यासन निर्मित थे। पुस्तकों के लिए ताखे बने थे। स्नानागार की सुचारू रूप से व्यवस्था की गई थी।

कुमारिल को प्राचीन छात्रों ने पूरा महाविहार घुमाकर दिखाया। भोजनागार में वृहद् आकार के चूल्हे, खाद्य भंडार बने थे। संघारामों की पंक्तियाँ दूर तक विस्तृत दिखाई पड़ीं।

घूमते-घूमते महाविहार के उस भाग में पहुँचे जहाँ विशाल पुस्तकालय था। इस भाग को धर्म गंज कहते थे।

इसकी रत्न सागर, रत्न दधि और रत्न रंजक नामक तीन उच्च अट्टालिकाएँ थीं। उन्हें देखकर छात्रों का मन स्वत: अध्ययन के लिए लालायित हो उठता।

पुस्तकालय के उपरान्त बौद्ध भिक्षु कुमारिल को भगवान् बुद्ध की प्रतिमा दिखाने ले गये। इस मन्दिर की ऊँचाई दो सौ हाथ (तीन सौ फुट) है। इसमें नव (नौ) मंज़िल हैं। नीचे से ऊपर जाते हुए चौड़ाई कम होती जाती है। सर्वोच्च मंज़िल से देखने पर नालन्दा महाविहार का दृश्य किसी राजप्रासाद की तरह मनोहर और दिव्य दिखाई पड़ा। कुमारिल को बड़ी ही प्रसन्नता हुई पर कौन जानता था कि इस महाविहार को छोड़ने के दिन कुमारिल को इसी स्थान से भूतल पर गिराया जाएगा।

कुमारिल भट्ट ने भिक्षुओं की भाँति प्रार्थना, अर्चन-पूजन एवं बौद्ध धर्म ग्रन्थों का अध्ययन प्रारम्भ कर दिया। दो भिक्षुओं वाला कक्ष इन्हें मिला था। इनके इस कक्ष में करुणमित्र नामक एक भिक्षु रहता था। यह भिक्षु चीन से था, जो भारतीय धर्म और दर्शन में अनुसंधान कार्य कर रहा था। दोनों घनिष्ठ मित्र बन गए थे। करुणमित्र वेद-वेदान्त के भी प्रेमी थे। कुमारिल के संस्कृत ज्ञान से वह बड़े प्रभावित थे। दोनों भिक्षु मित्र विश्व के विभिन्न धर्मग्रन्थों का भी अध्ययन करते रहते। नालन्दा विश्वविद्यालय के विशाल पुस्तकागार में अनेक धर्मग्रन्थ विद्यमान थे। दोनों भिक्षुओं की विद्वत्ता से प्रभावित हो पीठ स्थविर ने इन्हें अपना निजी शिष्य बना लिया था।

लगभग दो वर्ष तक वे विधिवत अध्ययन करते रहे। बौद्ध धर्म के प्राय: सभी प्रमुख ग्रन्थों का गुरुचरणों में बैठकर मर्म समझ लिया। उनकी गणना प्रमुख बौद्ध विद्वानों में होने लगी। नालन्दा विश्वविद्यालय का नियम था कि एक सर्वश्रेष्ठ छात्र

को विशेष उपाधि प्रदान की जाती थी। राजगृह का अमात्य पुत्र इन्हें अपना प्रतिद्वंद्वी समझता था। अत: किसी प्रकार इनकी प्रतिष्ठा गिराना चाहता था। एक दिन उसे अवसर मिल ही गया।

एक दिन हीनयानी विदेशी बौद्ध भिक्षु वेद की इतनी कटु और वीभत्स व्याख्या करते हुए वैदिक ऋषियों की निन्दा कर रहे थे कि कुमारिल का अन्त:करण रो पड़ा। असह्य पीड़ा के कारण नेत्रों से लगातार आँसू टपकने लगे। अमात्य पुत्र पीठ-स्थविर से कहने लगा, ''मैंने आपसे कितनी बार कहा कि यह वैदिक कृत्रिम बौद्ध भिक्षु बनकर हमें पराजित करने के उद्देश्य से हमारे धर्मग्रन्थ पढ़ रहा है। इसे मृत्युदण्ड देना ही होगा।'' स्थविर बड़े असमंजस में पड़ गए। अमात्य पुत्र को प्रसन्न करने के लिए उन्होंने एक बौद्धाचार्य को नियुक्त किया। वह स्वयं कुमारिल की विद्वत्ता से बड़े प्रभावित थे।

16

आचार्य ने कुमारिल भट्ट को बुलाकर गुरुद्रोह का आरोप लगाते हुए उनकी बड़ी भर्त्सना की। और उन्हें निर्णय के अनुसार यह दण्ड सुनाया कि ''तुम्हें छत से नीचे गिराया जाएगा।'' इसलिए तुम तैयार हो जाओ। कुमारिल भट्ट की आकृति पर एक प्रकार का तेज चमकने लगा। उन्हें इस बात की प्रसन्नता हुई कि मुझे सामान्य दण्ड दिया जा रहा है। इससे मेरे पापों का प्रायश्चित होगा। मैंने जिस अमात्य पुत्र के साथ गुरु के चरणों में बैठकर बौद्ध धर्म का रहस्य समझा, उन्हीं के प्रति मेरे मन में ईर्ष्या-द्वेष का भाव कैसे उत्पन्न हुआ! और गुरु से मैंने अपना वास्तविक रहस्य क्यों छिपाया कि मैं यहाँ बौद्ध धर्म का खंडन करने के लिए ज्ञानार्जन करने आया हूँ। इस प्रकार मैंने जो दुष्कर्म किया है मन में यदि दुर्भावना संचय कर रखी है तो उसका दुष्परिणाम मुझे अवश्य भोगना ही चाहिए।

कुमारिल भट्ट ने प्रसन्न मुद्रा में गुरु चरणों को स्पर्श किया और हाथ जोड़कर बोले, ''भन्ते, आपकी आज्ञा शिरोधार्य है। मेरा अहोभाग्य होगा कि अपने गुरु का दर्शन करते हुए मेरे प्राण पखेरू उड़ जाएँगे। आत्मा अजर और अमर है, शरीर का विनाश भले ही हो पर आत्मा न तो कभी जन्म लेती है और न मरती है।'' इतना कहकर वह बधिक के साथ सौध के नवम् तल के ऊपर चढ़े। बौद्ध-विहार की सबसे ऊँची छत के शिखर से उन्हें ज़ोर से धक्का देकर नीचे गिरा दिया गया। गिरते हुए ही उन्होंने भगवान् का स्मरण करते हुए कहा, ''हे भगवान्, यदि वेद सत्य है तो मेरे प्राणों की आप रक्षा करोगे ही।'' कुमारिल भट्ट लड़लड़ाते हुए ऊपर से धड़ाम पृथ्वी पर क्षण-भर में गिर पड़े। बौद्ध भिक्षु खड़े होकर यह दृश्य देख रहे थे। कुछ की आँखों में आँसू भरे थे। एक बोला, ''भले ही कुमारिल भट्ट छद्म भेष में हमारे साथ रहता रहा हो, भले ही वह वैदिक धर्म का अनुयायी हो, पर उसका सुशील स्वभाव, उसका प्रेम-व्यवहार ऐसा आकर्षक था कि सभी उसे प्राणों से प्रिय मानते थे। बौद्ध धर्म की कैसी कठोरता है कि एक ऐसे सज्जन वैदिक की निर्मम हत्या आचार्य के द्वारा की

जा रही है।'' आपस में कानाफूसी होने लगी कि यदि बौद्ध धर्म करुणा के स्थान पर मानव के साथ इतनी निर्दयता दिखा सकता है तो पशु-पक्षियों पर करुणा करके उनकी प्राण-रक्षा का प्रयास ढोंग नहीं तो क्या है ?''

कुमारिल भट्ट के कई बड़े ही घनिष्ठ मित्र थे। जब वे रोदन सँभाल न सके तो अन्य भिक्षुओं का साथ छोड़कर दूर चले गए। उन्होंने सोचा कि यदि हम लोगों के नेत्रों को आचार्य ने कहीं सजल देख लिया तो हमें भी ऐसा ही कठोर दण्ड न मिल जाए। पर भगवान् की विलक्षण लीला है। सबसे ऊँची छत से गिरने पर भी कुमारिल भट्ट का केवल एक नेत्र तो घायल हुआ किन्तु शेष अंग किसी भी प्रकार के आघात से बचे रहे, क्योंकि गिरते समय कई छज्जों से टकराते हुए उन्हें नीचे गिरना पड़ा। दण्ड विधायकों ने सोचा था कि कुमारिल भट्ट की मृत्यु अवश्यंभावी है। इतनी ऊँचाई से और कई छज्जों से टकराता हुआ कोई भी प्राणी जीवित बच नहीं सकता। पर सबको यह देखकर इतना विस्मय हुआ और स्थल कुलपति ने भी दाँतों तले उँगली दबाई। वह बोले, ''यह वैदिक क्या चमत्कार जानता है कि इसके प्राण इतनी ऊँचाई से गिरने पर भी बचे रहे ?'' तब संघाराम के अधिकारियों ने आपस में परामर्श किया कि अब क्या किया जाएगा; अब इसे दूसरा दण्ड दिया भी जाए तो इसके प्राण निकल ही जाएँगे इसका निश्चय कैसे होगा ? अन्त में यह निर्णय लिया गया कि इसे बौद्ध विहार से निष्कासित किया जाए। इसके मुख पर कालिख पोत कर गधे पर बिठाकर, सारे राजगृह नगर में घुमाया जाए ताकि जनता को यह ज्ञात हो जाए कि बौद्ध धर्म का विरोध करने पर क्या दुष्परिणाम भोगना पड़ेगा।

कुमारिल भट्ट ने आचार्य की आज्ञा स्वीकार की। कुमारिल भट्ट के अध्ययन काल में उनके सहपाठी और सहवर्ती करुण मित्र भी बौद्ध भिक्षु के रूप में चीन से आकर नालन्दा विश्वविद्यालय में छात्र बने थे। मगध में महाराज धर्मपाल का शक्तिशाली राज्य स्थापित था। उनके साम्राज्य में राजगृह का प्राचीन दुर्ग वहाँ के एक भुक्तिपति के अधिकार में नालन्दा विश्वविद्यालय का संचालन-सूत्र सौंपा गया था। जिन दो सौ गाँवों की आय से लगभग दस हज़ार भिक्षु, छात्रों और प्राध्यापकों को खान-पान, रहन-सहन की सुविधा प्रदान की जा रही थी, उनका पूरा अधिकार भुक्तिपति को प्राप्त था।

नालन्दा विश्वविद्यालय में जब से वैदिक और बौद्ध शास्त्रों की अतिरिक्त[1] व्यावसायिक शिक्षा दी जाने लगी थी तभी से गृहस्थ बौद्धों के नवयुवक भी प्रतिष्ठा समझकर विश्वविद्यालय में वेतनभोगी प्राध्यापक बनने लगे थे। जो विद्यार्थी अपने-अपने विषयों में सर्वश्रेष्ठ घोषित किए जाते थे उन्हें प्राध्यापक नियुक्त कर लिया जाता था। कुमारिल भट्ट और करुणमित्र का प्रतिद्वन्द्वी भुक्तिपति (कमिश्नर) का पुत्र था। उसकी हार्दिक अभिलाषा थी कि मैं स्थविरवाद अथवा विभाज्जिवाद का सर्वश्रेष्ठ छात्र घोषित किया जाऊँ जिससे प्राध्यापक बन सकूँ। किन्तु न तो उसमें विद्वत्ता थी और न ही आचरण की पवित्रता। वह अपने पिता के प्रभाव से लाभ उठाकर महाविहार की आन्तरिक व्यवस्था में हस्तक्षेप किया करता था। इसी से अन्य गुरुजन भी उससे अप्रसन्न रहते।

शास्त्रार्थ या प्रतियोगिता में असफल रहने पर वह सदा कुमारिल भट्ट और करुणमित्र से ईर्ष्या-द्वेष किया करता था। वह अध्ययन की अपेक्षा गुरुकुल की षड्यंत्रकारी उस राजनीति में अधिक रुचि रखता था जो राजशक्ति के बल पर विश्वविद्यालय को अपने अधिकार में रखने के लिए प्रयत्नशील थी। कुमारिल भट्ट के ऊपर दोषारोपण करने वाला यही भुक्तिपति पुत्र था, जिसकी ईर्ष्याग्नि कुमारिल भट्ट को महाविहार के नवम् तल से नीचे फेंककर भी शान्त न हुई थी। यह उसी का दुरभिसन्धिमय प्रस्ताव था कि कुमारिल भट्ट का मुख काला कर उसे गर्दभ पर बिठाकर राजगृह नगरी में घुमाया जाए।

उधर कुमारिल भट्ट सबसे आगे गर्दभ पर सवार हुए। उनके पीछे तथागत की जय-जयकार वैदिक धर्म का विनाश मनाते हुए उद्दंड छात्रों के दल को अश्वारोही बन, रथ पर सवार और गजारूढ़ होकर चलना था। दर्शकों में जिन्हें पथ के दोनों ओर खड़े होने का स्थान नहीं मिला वे पेड़ों या ऊँचे टीलों, कोठे-अटारियों पर खड़े होकर यह कल्पनातीत दृश्य देख रहे थे। नालन्दा बौद्ध विहार से लेकर राजगृह दुर्ग तक दर्शकों की भीड़ लगी हुई थी। महिला-समाज, वैदिक बाल वृन्द युवक भी भुक्तिपति के भयवश बांस-वन के झुरमुट में छिप-छिपकर बौद्धों की कुकृत्य लीला देखने के लिए पहुँच रहे थे। (सप्तम उल्लास में जब आचार्य शंकर चीनी भिक्षु करुणमित्र के साथ तिब्बत यात्रा पर जाएँगे तो तब तिब्बत सम्राट खीस्त्रोनइदेप्तसन-कुलपति पद्मसम्भव उनका स्वागत करने आयेंगे।)

कुलपति आचार्य पद्मसम्भव की मन:स्थिति साँप-छुछून्दर की गति जैसी थी। नालन्दा महाविहार आचारहीनों के हाथों में समर्पित करने का अपयश सहने के लिए वह तैयार नहीं थे। वह बार-बार यही सोचकर चिन्तित होते रहे कि क्या आचार्य नागार्जुन, आर्यदेव, असंग, वसु बन्धु, दिड्नाग, धर्मपाल, शीलभद्र धर्म कीर्ति शान्तिरक्षित जैसे तपस्वी कुलपतियों के रक्त से सींचित इस यशवृक्ष का कुठार होना मेरे ही दुर्भाग्य में लिखा था। जब दुर्विनीत छात्रों का दल कुमारिल भट्ट के पीछे-पीछे वैदिक धर्म का पुतला निकालने को उमड़ रहा था, आचार्य पद्मसम्भव छिपछिपकर तिब्बत जाने की योजना बना रहे थे।

तिब्बत सम्राट खीस्त्रोनइदेप्तसन के कई निमंत्रण पत्र लेकर राजदूत उन्हें अपने देश में आमंत्रित करने आ चुके थे किन्तु नालन्दा महाविहार की स्थिति सुधारने के उद्देश्य से वे भारत छोड़ना उचित नहीं समझते थे। कुमारिल कांड के कुछ दिन पूर्व ही सम्राट का अनुनय-विनय भरा पत्र मिला था, जिससे ज्ञात हुआ था कि तिब्बत के तांत्रिक बौद्धों ने उनके परम पूज्य गुरु भिक्षु शान्तिरक्षित की हत्या कर दी है। कारण यह था कि भिक्षु शान्तिरक्षित ने तांत्रिकों, कापालिकों आदि को शास्त्रार्थ में पराजित

1. भिक्षुगण बौद्ध साहित्य के अतिरिक्त ब्राह्मण धर्मग्रन्थ हेतुविद्या, शब्दविद्या, चिकित्सा शास्त्र, अर्थ-विद्या, सांख्य दर्शन का भी अध्ययन करते थे। केवल 9 या 10 विद्यार्थी एक शिक्षक के पास रहते थे। कर्मदान नामक अधिकारी इस विहार की आवश्यक सामग्री संकलन का निरीक्षक होता था।

कर दिया था। इससे क्षुब्ध होकर उन्होंने पद्मसम्भव के गुरु का छल से वध कर डाला था। जब से उन्हें यह संवाद मिला था उनका चित्त तिब्बत जाने को लालायित हो रहा था।

राजगृह के भुक्तिपति तथा महाविहार के उद्दंड भिक्षुओं, छात्रों, कर्मचारियों के दुर्व्यवहार से वे इतने खिन्न हो गए थे कि अपने अत्यन्त प्रिय बौद्धविहार, संघाराम को सदा के लिए त्याग देना अनिवार्य समझने लगे। अन्त में उन्होंने भारत छोड़ने का निर्णय कर ही लिया। तिब्बत पहुँचकर उन्होंने एक नए लामा धर्म का आविर्भाव किया। (आचार्य शंकर और भिक्षु करुणमित्र के साथ वैदिक यात्रियों का दल सम्राट, के निमंत्रण पर जब तिब्बत पहुँचा तो आचार्य पद्मसम्भव ने किस प्रकार उनकी सहायता की जिससे भारत और तिब्बत की मैत्री दृढ़ हुई इसका विस्तृत विवरण सप्तम् उल्लास में दिया जा रहा है।)

कुमारिल को गर्दभासीन देखने वालों की भीड़ नालन्दा से राजगृह तक फैल चुकी थी। कुमारिल जिस संघाराम के नवम् तल से गिरकर जीवित बच गए थे, वहाँ से जुलूस प्रारम्भ हुआ। कुमारिल को गर्भ–गृह–स्थित प्रज्ञापारमिता और सरस्वती दर्शन की अनुमति मिल गई थी। वह बुद्ध भगवान की वन्दना के उपरांत गर्दभ पर सवार हो प्रसन्न मुख मुद्रा में हँसते हुए चल पड़े। तीन कोस का मार्ग कब, कैसे कट गया उन्हें पता ही नहीं चला। राजगृह आ गया।

राजगृह का दुर्ग सप्त पहाड़ियों से घिरा था। उन्हें पहले वेणु वन में घुमाया गया। सहस्त्रों की भीड़ में अश्रु बहाने वाली वैदिक जनता बाँसों के झुरमुट में छिपकर यह वीभत्स दृश्य देख रही थी। वहाँ से कुमारिल को वैभार की पहाड़ी सप्तपर्णी गुफा होते हुए मणिनार मठ जाना था। वह मार्ग में महावीर स्वामी का दर्शन करना चाहते थे पर उन्हें अनुमति नहीं दी गई। मनियार (मणि नाग) उत्तर–पश्चिम की ओर सोन भंडार गुफाओं में उन्हें घूमते हुए जीवक के आम्रकुंज की ओर जाना पड़ा। वहाँ गर्दभ से उतरकर कुमारिल ने बुद्ध भगवान की वन्दना की। जीवक ने अपना यही आम्रवन बुद्ध को अर्पित किया था। वहाँ से गृद्ध कूट होते हुए उदयगिरि और सोनगिरि दर्रे के बीच में पहुँचे। वह सप्तधारा के तप्त जल के स्त्रोत में स्नान कर सूर्य को अर्घ्य देना चाहते थे पर उन्हें अनुमति नहीं मिली। भुक्तिपति भी वहाँ पहुँच चुका था। उसको अपने पुत्र के इस कृत्य पर संतोष नहीं था पर अब करता क्या? बाण तो धनुष से छूट चुका था। पुत्र ने व्यंग्य करते हुए कुमारिल से कहा, ''तुम्हें सप्तधारा के निर्मल जल से मुख का कलंक (कालिख) धोने नहीं दिया जाएगा। इसी प्रकार का कालामुख लेकर तुमको मगध राज्य से निकलना होगा। समझे, सुन लो कान खोलकर सुन लो।''

पिता–पुत्र के कुकृत्यों से बौद्ध जनता भी क्रुद्ध हो उठी। बौद्ध गृहस्थ कुमारिल भट्ट के प्रशंसक बन गए। अनायास ही चारों ओर का वातावरण कुमारिल की जय–जयकार से गूँज उठा। धार्मिक सहिष्णुता और राष्ट्रीय एकता का जो कार्य वाद–विवादों, शास्त्रार्थों से बार–बार असफल रह जाता था, वह कुमारिल के धैर्यपूर्ण कष्ट

सहन के द्वारा गर्दभ की सवारी से सफलता के द्वार पर पहुँचने लगा।

दूसरे दिन प्रात:काल बुद्ध-वन्दना के समय अधिकांश छात्रों, भिक्षुओं और प्राध्यापकों की अनुपस्थिति से यह स्पष्ट हो गया कि कुमारिल भट्ट की दुर्गति की प्रतिक्रिया विश्वविद्यालय के परिसर में झलक रही थी। पाटलिपुत्र नगर और समीपवर्ती गाँवों में अनेक वैदिक परिवार निवास करते थे। उनमें विशेषकर, वैदिक विद्वान कुमारिल के इतने अपमान से राज्य के विरुद्ध आंदोलन की चर्चा फैल रही थी। इस प्रकार संघाराम, बौद्ध विहार, चैत्य, वैष्णव-देवालय, जैन श्रावण संघ में भुक्तिपति की शासन-पद्धति के विषय में विवाद छिड़ गया। सर्वत्र यही चर्चा होने लगी कि ''क्या इस राज्य में एक विद्वान वैदिक को वेद निंदा सुनकर रोने का भी अधिकार नहीं? कुमारिल भट्ट किसी को वेदाध्ययन के लिए बाध्य तो कर नहीं रहे थे फिर उन्हें मृत्युदण्ड क्यों? विरोध के अधिकार की तो बात ही कहाँ, क्या वैदिक को अपनी पीड़ा और अन्याय पर आँसू बहाने का भी अधिकार नहीं? कुमारिल क्या किसी का रक्त बहाने का प्रयास कर रहे थे कि उन्हें मृत्युदण्ड दिया गया?''

बुद्ध-वन्दना काल में नित्य कुलपति या तो स्वयं प्रवचन किया करते थे अथवा उनका सन्देश उपकुलपति पढ़कर सुना दिया करते थे। आज न तो कुलपति स्वयं आए न उनका कोई सन्देश आया। पूछताछ करने पर पता चला कि पूरे परिसर में उनका कहीं पता नहीं। कुलपति आचार्य पद्मसम्भव तो चुपके से तिब्बत की ओर प्रस्थान कर चुके थे। भिक्षुओं ने देखा कि करुण मित्र का भी कहीं पता नहीं, कुमारिल भट्ट को रात्रि के समय कब, कहाँ, कैसे राज्य से निष्कासित किया गया यह भी किसी को ज्ञात नहीं था। छात्रों के दो वर्गों में भिक्षुओं की तरह कलह प्रारम्भ हो गया। नगर में भी वैदिक जनता भुक्तिपति की शासन दुर्बलता और पुत्र के प्रति अन्धमोह, दुर्विनीत छात्रों की महत्त्वाकांक्षामयी क्रूरता, कुलपति की अतिशय विवशता, कुमारिल भट्ट की नितान्त सहिष्णुता, सत्तालोलुप अविनीत छात्रों और भिक्षुओं की अवसरवादिता से विश्वविद्यालय की स्थिति बिगड़ती ही गई। बौद्ध विहार के परिसर और नगर में इसकी प्रतिक्रिया होनी स्वाभाविक थी। यत्र-तत्र कलहाग्नि सुलगने लगी। मारपीट, धर-पकड़ की स्थिति आ गई जिसका अतिरिक्त संवाद केवल मगध राज्य में ही नहीं अपितु दूर-दूर के जनपदों में भी फैलने लगा।

राजगृह कांड की प्रतिक्रिया काशी, प्रयाग, कान्यकुब्ज (पांचाल) आदि स्थानों पर भीषण रूप धारण करने लगी। मगध सम्राट महाराज धर्मपाल ने भुक्तिपति को बुला भेजा जिसने अपने पुत्र को निर्दोष सिद्ध करने का बहुत प्रयास किया पर महाराज को सन्तोष न हुआ। वे स्वयं गुरुकुल की ह्रासोन्मुखी स्थिति से कुछ-कुछ परिचित थे। इसी कारण राज्य में शिक्षा सुधार की व्यवस्था के लिए उन्होंने एक दूसरे विश्वविद्यालय और विक्रमशिला संघाराम को प्रोत्साहन देना उचित समझा था। महाराज धर्मपाल हृदय से वैदिक धर्म के प्रशंसक थे किन्तु अपने राज्य की अधिकांश बौद्ध जनता को भी प्रसन्न करना वे अपना कर्त्तव्य समझते थे। अत: बाह्य रूप से बौद्ध धर्म का ही अधिक सम्मान करते थे। यद्यपि वे अहिंसा को वर्तमान युग के लिए

कल्याणकारी नहीं मानते थे। प्रतिहारों, राष्ट्रकूटों और विदेशी अरबों से समय-समय पर संघर्ष लेना ही पड़ता था। जिससे युद्ध अनिवार्य हो जाता था किन्तु खुलकर अहिंसा का विरोध भी नहीं करना चाहते थे।

कुलपति पद्मसम्भव के सहसा लुप्त होने की घटना से उनको बड़ा क्लेश पहुँच रहा था पर भुक्तिपति को दंडित करके बौद्धों के एक वर्ग को अप्रसन्न भी नहीं करना चाहते थे। इसी अवधि में उनकी पुत्री मागधी का संवाद लेकर पांचाल से एक राजदूत आ पहुँचा। मागधी, पांचाल-महाराज चक्रायुद्ध की पत्नी थी। वह प्रयाग (प्रतिष्ठानपुर) के बालिका विद्यापीठ में आचार्य कुमारिल भट्ट की शिष्या रह चुकी थी। उसने रो-रोकर अपनी दारुण वेदना पिता के पास पत्र रूप में लिखकर भेजी थी। उनसे आचार्य कुमारिल भट्ट की खोज करने का भी आग्रह किया था। उसने वैदिक और बौद्ध कलह का दुष्परिणाम बताया था। सिन्ध की बदलती स्थिति पर प्रकाश डालते हुए लिखा था कि अरबी साम्राज्य सम्पूर्ण उत्तर भारत पर अधिकार जमाने की योजना बना रहा है। यदि राष्ट्रकूट प्रतिहार और आप परस्पर का राग-द्वेष छोड़कर सम्मिलित शक्ति से कश्मीर महाराज को साथ लेकर सिन्ध शाह वसर को पराजित नहीं करते तो देश के दुर्दिन समीप हैं। एकमात्र कश्मीर महाराज ललितादित्य ने पैंतालीस वर्ष पूर्व अरबों को सीमा से मार भगाया पर अब कश्मीर की वेश्या महारानी के पुत्र राज्याधिकार के लिए परस्पर लड़ रहे हैं।

विगत पच्चीस वर्षों में देश की राजनीतिक स्थिति बिलकुल बदल गई है। जिस समय आपने मेरे पति (चक्रायुद्ध) को इस प्रसिद्ध नगरी कान्यकुब्ज (कन्नौज) में सिंहासनासीन किया था। जिस उत्सव में भोज, मत्स्य, मद्र (मध्य पंजाब और उत्तरी सिन्ध) कुरु, यदु, यवन (सिन्ध मूल स्थान राज), अवन्ति गांधार (पश्चिमोत्तर प्रदेश काबुल तक) कीर (कांगड़ा घाटी) आदि राज्यों के अधिपति सम्मिलित होकर आपको सम्पूर्ण उत्तर भारत का एक प्रकार से अधिष्ठाता घोषित कर गए थे वे दिन अब नहीं रहे। इस समय आचार्य शंकर और कुमारिल भट्ट ही वैदिक और बौद्ध, श्वेताम्बर तथा दिगम्बर, वैष्णव और कापालिक का वैमनस्य मिटाने के लिए प्रयत्नशील हैं। देश के बड़े-बड़े आचार्य वर्तमान धार्मिक और राजनीतिक विषम परिस्थितियों से चिंतित हैं। सुनते हैं कि आचार्य गौड़पाद और भगवान अनादि शंकर ने स्वयं प्रकट होकर शंकराचार्य को आशीर्वाद देते हुए कुमारिल भट्ट से मिलने का आदेश दिया है। इसी उद्देश्य से स्वामी शंकराचार्य आचार्य भट्ट से मिलने प्रयाग आ रहे हैं। मैं, महारानी कर्नाटी तथा अन्य राज महिषियों को प्रयाग पहुँचने का आमन्त्रण भेज रही हूँ। यदि आपकी ओर से कोई राज्याधिकारी कुमारिल भट्ट का पता लगाकर हम लोगों को सूचित कर देता तो हम आचार्य शंकर के प्रयाग पहुँचने से पूर्व आचार्य कुमारिल भट्ट को प्रयाग बालिका विद्यापीठ में ले आने का प्रयास करते।

यही दो महात्मा इस देश की आशा का केन्द्र हैं। सम्भव है इन दोनों के सम्मिलन से भारत में नव-चेतना का संचार हो सके। इस समय हमारे जनपद में भी

कलहाग्नि सुलगने की सम्भावना दिखाई पड़ रही है। इसी नगरी में महाराज हर्षवर्धन ने आज से डेढ़ सौ वर्ष पूर्व सहस्रों बौद्ध भिक्षुओं को एक-एक सहस्र स्वर्ण दीनार देकर विरक्त सम्प्रदाय में धन संग्रह का जो प्रलोभन बीज बोया था वह आज विष वृक्ष बनकर सम्पूर्ण देश को विनष्ट करने योग्य हो गया है। आप ही के प्रयास से देश बच सकता है।

आपकी आज्ञाकारिणी पुत्री, मागधी

इस प्रकार अपमानित करते हुए कुमारिल भट्ट को अर्धरात्रि के समय नगर से बहुत दूर एक वन्य प्रदेश में यह सोचकर छोड़ दिया गया था कि हिंसक पशु इसका शिकार कर डालेंगे। ईश्वर की लीला कौन समझ सकता है? जंगल में समीप ही टिमटिमाता हुआ दीपक दिखाई पड़ा। कुमारिल भट्ट ने भगवान् का स्मरण करते हुए उसी प्रकाश की ओर पग बढ़ाया। चारों ओर हिंसक पशु चिंघाड़ रहे थे। पर ईश्वर का दृढ़ विश्वासी-वैदिक धर्म का पक्का अनुयायी कुमारिल भट्ट निर्भय भाव से भगवन् नाम स्मरण करता हुआ उस गाँव में पहुँच गया। ग्राम निवासियों को, एक संन्यासी का इस प्रकार से बच आना, हिंसक पशुओं से बच जाना, भगवन् नाम के भरोसे सारी आपदाओं को सहन करना—देखकर बड़ा विस्मय हुआ। कुमारिल भट्ट की इच्छानुसार स्त्रियों ने अपने हाथ के कते हुए सूत का कपड़ा पहनाकर उनका बौद्ध विहार वाला वस्त्र पृथक् रख दिया।

प्रात:काल हुआ। गाँववालों में कुमारिल भट्ट के प्रति न जाने क्यों अपार श्रद्धा उमड़ रही थी। सबने उन्हें विधिवत् भोजन कराया। कुछ युवक कुमारिल भट्ट के साथ प्रयाग की ओर चल पड़े। कुमारिल भट्ट ने अपनी विगत कहानी पूरी तरह से गुप्त रखी। वे केवल इतना ही कहते रहे कि "मैं घूमते-घूमते इस जंगल में भटक गया और आप ग्रामवासियों की सहायता से मेरे प्राण बच गए।" अपना आभार प्रकट करते हुए उन्होंने युवकों को विदा किया और एकाकी प्रयाग का मार्ग पकड़ा।

कुछ ही दिनों में पदयात्रा करते हुए कुमारिल भट्ट प्रतिष्ठानपुर के गुरुकुल में, जहाँ वे आचार्य पद पर कार्य कर रहे थे, पहुँच गए। गुरुकुलवासियों को कुमारिल भट्ट की भीषण दुर्दशा का संदेश पहले ही मिल चुका था। लोगों ने समझा था कि हिंसक जन्तुओं ने उन्हें निर्जन वन्य प्रदेश में खा डाला होगा। अचानक आचार्य को देखकर सारा गुरुकुल प्रसन्नता, उल्लास, उमंग से उछल उठा। चारों ओर से आचार्य कुमारिल भट्ट की जय-जयकार होने लगी। संध्या होते-होते पूजन-अर्चन के उपरान्त कुमारिल भट्ट ने गुरुकुल के प्राचार्य से निवेदन किया कि मैंने अपने गुरु के प्रति बौद्ध विहार में जो दुर्भाव रखा था उसके प्रायश्चित स्वरूप मैं कल तुषानल में यह शरीर भस्म कर दूँगा। यही मेरे पापों का प्रायश्चित हो सकता है।

गुरुकुल में शोक का वातावरण छा गया। यह दुखद संवाद रात-भर में चारों ओर फैल गया। गुरुकुलवासियों के आग्रह पर कुमारिल भट्ट ने एक दिन तक और जीवित रहने की बात स्वीकार कर ली। उन्होंने सोचा कि आज दिन-भर उपवास

करके भगवान् का अर्चन-पूजन करूँगा। गंगा माता की गोद में बैठकर अपने पापों के प्रक्षालन के लिए स्तुति कर सकूँगा। गुरुकुल के आचार्यों ने एक दिन का अवसर पाकर काशी, प्रयाग आदि नगरों से वैदिक विद्वानों को आमंत्रित किया। देश के बड़े-बड़े वैदिक विद्वान एकत्र हो गए। सबने बहुत समझाया पर कुमारिल भट्ट अपने निश्चय से तनिक भी न डिगे। अन्त में विवश होकर वेद-मंत्रों के मध्य तुषानल की चिता सजायी गई। वेद मंत्रों का उच्चारण करते हुए आचार्य कुमारिल भट्ट उस चिता में प्रविष्ट हुए। धीरे-धीरे अग्नि सुलगने लगी। सबसे पहले उनके पैर झुलस उठे। धीरे-धीरे कमर तक ज्वाला फैल उठी।

जिस समय वक्षस्थल उस विकट आँच में सुलग रहा था भगवान शंकराचार्य को त्रिवेणी स्नान करते हुए यह दुखद संवाद किसी ने सुनाया। त्रिवेणी तक भीड़ लगी हुई थी। सर्वत्र वेद मंत्रों का पाठ हो रहा था। सबने आचार्य शंकर से निवेदन किया कि किसी प्रकार कुमारिल भट्ट के प्राण बचाइए। शंकराचार्य आगे-आगे चल रहे थे। एक हाथ में त्रिदण्ड और दूसरे में कमण्डल। शिष्य मण्डली के हाथों में *ब्रह्मसूत्र* का शारीरिक भाष्य चमक रहा था। भीड़ की भीड़ प्रतिष्ठानपुर के गुरुकुल में पहुँची जहाँ कुमारिल भट्ट तुषानल में क्रमशः जल रहे थे। शंकराचार्य ने कमंडल से जल निकाला। कुमारिल भट्ट के ऊपर वेद-मंत्रों के साथ छिड़कते हुए अनुरोध किया कि वे अब भी आत्मदाह का विचार त्याग कर तुषानल से बाहर निकल आएँ। अब भी उनके प्राण बच सकते हैं। उन्होंने समझाया, "आचार्य इस शरीर पर केवल तुम्हारा ही अधिकार नहीं है। यह शरीर सारे देश की रक्षा करने के लिए तुम्हें दिया गया है। यह तुम क्या कर रहे हो? बाहर निकलो। तुम्हारा शरीर थोड़े दिनों में स्वस्थ हो सकता है। मैं तुम्हारे परीक्षण के लिए अपना *ब्रह्मसूत्र भाष्य* लाया हूँ। स्वस्थ होकर इस पर अपनी सम्मति दो। आत्मदाह वैदिक धर्म में वर्जित है।"

कुमारिल भट्ट ने दोनों हाथ जोड़कर आचार्य शंकर को प्रणाम किया और बोले, "योगेश्वर, वैदिक धर्म के अनुसार गुरुद्रोह से बढ़कर कोई पाप नहीं है। धर्मशास्त्र के अनुसार इसका प्रायश्चित आत्मदाह के अतिरिक्त और क्या हो सकता है? आप मुझे संकल्पच्युत न करें, आशीर्वाद दीजिए। आपके भाष्य पर सम्मति देने अथवा वार्तिक लिखने का योग्य अधिकारी मेरा शिष्य विश्व रूप है, जो अपने पाण्डित्य के कारण मण्डन मिश्र के नाम से प्रसिद्ध है। नर्मदा तट पर वह निवास करता है। उसके यहाँ जाकर अपने नये सिद्धान्त की परीक्षा कीजिए। शास्त्रार्थ में आज तक उसे कोई नहीं जीत पाया है। उससे शास्त्रार्थ कीजिए। ईश्वर से यही प्रार्थना करता हूँ कि आपके द्वारा वैदिक धर्म की रक्षा हो जिससे भारत का कल्याण हो सके और भारतीय संस्कृति अपने वास्तविक रूप में पुनः जीवित हो जाए।" यह कह कर कुछ समय मौन रहे।

शंकराचार्य कुमारिल भट्ट से पुनः गम्भीर स्वर में बोले, "आचार्य! आत्मदाह के द्वारा आप भारतीय जनता के सम्मुख कौन-सा ऊँचा आदर्श स्थापित कर रहे हो? अब

भी समय है बाहर निकलो। ईश्वर को अभी तुम से बहुत कार्य लेना है।'' कुमारिल भट्ट ने पुनः दोनों हाथ जोड़कर निवेदन किया, ''यतीश्वर, यदि मैं अपने धर्म से विचलित होता हूँ तो नवयुवकों के सामने एक निन्द्य उदाहरण बन जाऊँगा। लोग यही समझेंगे कि गुरुद्रोह कोई अपराध नहीं है और उसके लिए दण्ड सहन करना सर्वथा अनावश्यक है। भारतीय जनता के सम्मुख यह आदर्श सुरक्षित रहने दीजिए कि गुरुद्रोह से बढ़कर दूसरा कोई पाप नहीं और गुरु सेवा से बढ़कर दूसरा कोई धर्म नहीं।'' इतना कहते-कहते उनका कंठ अवरुद्ध हो गया। कंठ तक का सारा अंग झुलस चुका था। प्राण-पखेरू उड़ गये। मुखमण्डल फिर भी एक विलक्षण ज्योति से जगमगा रहा था। ऐसा प्रतीत हो रहा था कि कोई दिव्य ज्योति आकाशमण्डल से नीचे उतरकर उनके मुखमण्डल को अपनी गोद में समेट रही है। चारों ओर कुमारिल भट्ट की जय-जयकार होने लगी। वेदमंत्रों की ध्वनि गूँज उठी। न केवल वैदिक अपितु महायानी बौद्ध संन्यासी भी कुमारिल भट्ट के अंतिम दर्शनों को उमड़ पड़े। जब अग्निज्वाला शान्त हुई तो राख हटाकर उनका अस्थि पंजर बाहर निकाला गया। गंगा तट पर अंतिम संस्कार हुआ। देश के बड़े-बड़े राजा-महाराजा, विद्वान पंडित, साधु-संन्यासी, कर्मकाण्डी, गुरुकुल के विविध आचार्य एकत्र हुए। सबने आचार्य शंकर का आदर-सत्कार किया। गुरुकुल के प्राचार्य ने कुमारिल भट्ट के अंतिम संस्कार की क्रिया को सम्पन्न किया।

आचार्य शंकर अपने शिष्य वर्ग के साथ प्रयाग से माहिष्मती चलने के पूर्व स्थानीय वैदिक विद्वानों, बौद्ध भिक्षुओं, जैनाचार्यों आदि के विषय में जानकारी प्राप्त कर लेना चाहते थे। इस कारण वहाँ कुछ काल तक निवास करना निश्चित हुआ। वहाँ के इतिहास प्रेमियों ने महाराज हर्षवर्धन के समस्त राजकोष को बौद्ध भिक्षुओं में इसी स्थल पर वितरण करने का विवरण आचार्य से निवेदन किया। एक ने कहा, ''यतीश्वर, जिस समय अरब में हजरत मुहम्मद के अनुयायी प्रबल सैन्य शक्ति द्वारा मिस्त्र, सीरिया, रोम, आर्यवान (ईरान) पर आक्रमण करके देश पर देश जीतते जा रहे थे, हमारे भारतीय बौद्ध शासक भिक्षुओं को धन लुटाते हुए परस्पर संघर्षरत थे। जिसका दुष्परिणाम सिन्ध की जनता भोग रही है। दूसरी ओर जो वैदिक विद्वान् हर्ष से सैन्य शक्ति संगठित करने का अनुरोध कर रहे थे, उन्हीं के वंश के आचार्य कुमारिल भट्ट बौद्ध विहार की सबसे ऊँची छत से फेंके गए। जब कुमारिल भट्ट के प्राण बच गए, तो उनके तप की चर्चा, उनकी दृढ़ता, वैदिक धर्म के लिए कष्ट सहने की क्षमता का संवाद सम्पूर्ण उत्तर भारत में विद्युत गति से फैलने लगा। वैदिक धर्मावलम्बी राजा-महाराजा, धर्मशास्त्री, कर्मकाण्डी, मीमांसक आदि आचार्य के दर्शनों के लिए प्रतिष्ठानपुर के गुरुकुल में एकत्र हो गए थे। जिस समय आचार्य भट्ट तुषानल में गुरुद्रोह का प्रायश्चित कर रहे थे उस समय उत्तर भारत के प्रत्येक भाग से धनी-मानी संभ्रांत जनता एकत्र होकर उनका जय-जयकार कर रही थी'' आचार्य शंकर देश की जागृति देखकर सन्तुष्ट हुए पर मौन रह गए। वह अपने शिष्यों सहित तीर्थाटन करते रहे।

17

आचार्य शंकर की विद्वत्ता, तपस्या की कहानी गाँव-गाँव, घर-घर पहुँच चुकी थी। शंकराचार्य के चमत्कार की घटनाएँ जन-जन के हृदय में उनके प्रति अगाध श्रद्धा जगा रही थीं। विधवा के एकमात्र पुत्र को मृतक से जीवित कर देना यह सामान्य तपस्वी के लिए सम्भव नहीं है। निर्धन वृद्धा के घर में स्वर्ण आमलक की वर्षा कराना सामान्य तपस्वी के वश में नहीं। इतनी अल्प आयु में सम्पूर्ण वेद, उपनिषद, *ब्रह्मसूत्र, गीता* आदि का अल्पकाल में भाष्य प्रस्तुत करना, यह किसी दैवी शक्ति का ही सूचक है। न केवल वैदिकों में अपितु उदार विचार वाले महायानी बौद्ध समाज में भी शंकर को बुद्ध भगवान का अवतार माना जाने लगा। जन-कल्याण के लिए अपने प्राणों को हथेली पर रख गाँव-गाँव, बन-बन, अगम पर्वतों में भ्रमण करते हुए वैदिक संदेश सुनाना किसी दैवी शक्ति की प्रेरणा से ही सम्भव हो सकता है। इसी कारण सारे देश में कुमारिल भट्ट और आचार्य शंकर की जयगाथा व्याप्त हो रही थी।

जनसमाज में कुमारिल के दृढ़ संकल्प की गाथा गाई जा रही थी। स्थान-स्थान पर यही चर्चा होती कि शंकर के अनुरोध पर भी कुमारिल भट्ट ने अपने प्राणों की रक्षा नहीं की। यह जानते हुए कि यदि मैं अब भी तुषानल से बाहर आऊँ तो आचार्य शंकर मुझे स्वस्थ और नीरोग बना सकते हैं। पर, नवयुवकों के सामने यह उदाहरण रखने के लिए कि 'गुरुद्रोह से बढ़कर दूसरा कोई पाप नहीं' उन्होंने आत्मदाह को ही अधिक महत्त्व दिया।

जब से आचार्य कुमारिल भट्ट ने शंकराचार्य को पंडित मण्डन मिश्र से शास्त्रार्थ करने के लिए प्रेरित किया है सारी जनता का ध्यान आचार्य मण्डन मिश्र की ओर आकृष्ट हुआ है। अपने पूर्व गुरु आचार्य कुमारिल भट्ट के अंतिम दर्शन के लिए गुरुकुल की छात्राएँ एकत्र हो गई थीं। कश्मीर से लेकर कामरूप तक के वैदिक राजा-महाराजाओं की राजकुमारियाँ प्रतिष्ठानपुर के गुरुकुल में अध्ययन किया करती थीं। भारती के शील सौजन्य उसकी गंभीर विद्वता और शालीनता से सभी राजकुमारियाँ उसका बड़ा आदर करती थीं। भाग्यवशात् भारती का विवाह एक ऐसे समृद्ध परिवार में हुआ, जिसकी सम्पत्ति कश्मीर, काशी, प्रयाग, मगध और मध्य भारत में फैली हुई थी। मण्डन मिश्र और भारती दोनों के पूर्वज किसी समय अग्निमित्र के वंशज थे।

ईसा से लगभग 150 (डेढ़ सौ) वर्ष पूर्व आक्रमणकारी शकों को पराजित करने वाला पुष्यमित्र बाह्लीक से लेकर कामरूप तक और चीन के कई प्रदेशों का अधिपति बन गया था। वह अद्भुत विजेता था। ब्राह्मण वंश में जन्म होने पर भी उसने परशुराम की तरह देश की रक्षा के लिए विदेशी आक्रामकों को पराजित किया। चीन के शासक ने भी उसका लोहा मान लिया। यह मित्रवंश पूरे भारत में शान्ति स्थापित कर स्वेच्छा से राज्य त्याग पुनः अपने ब्राह्मण धर्म, तपकर्म, में संलग्न हो गया। अग्निमित्र के वंश में बड़े-बड़े योद्धा, उद्भट विद्वान, शूरवीर, कर्मकाण्डी उत्पन्न होते रहे। मण्डन मिश्र के पूर्वज उन्हीं शूरवीरों में एक थे। राज्य की ओर से उन्हें भारत के विभिन्न भूभागों से

अचल सम्पत्ति मिली हुई थी। मण्डन मिश्र के पिता कश्मीर से लेकर माहिष्मती नगरी तक अपनी सम्पत्ति का प्रबन्ध किया करते थे। इसी कारण मण्डन मिश्र को शिक्षा-दीक्षा के लिए तक्षशिला से लेकर गुरुकुल प्रतिष्ठानपुर तक के शिक्षालयों में अध्ययन करने का अवसर मिला था। इस समय वह नर्मदा तट पर माहिष्मती नगरी में एक विशाल राजप्रासाद के अधिपति थे। इनके पास 500 घोड़े, कई सौ हाथी, एक हज़ार नौकर-चाकर विद्यमान थे। मण्डन मिश्र अपने समय के सबसे बड़े विद्वान् मीमांसक और प्रसिद्ध वैदिक कर्मकाण्डी माने जाते थे। वैदिक राजा-महाराजाओं के यहाँ जब भी कोई धार्मिक कार्य होता मण्डन मिश्र आमंत्रित किये जाते थे। उन्होंने शास्त्रार्थ में अपने समय के सांख्यवादी, नैयायिक और मीमांसकों को पराजित करके पंडित समाज के मण्डनकर्त्ता का यश प्राप्त किया था।

प्रयाग भ्रमण के उपरान्त आचार्य शंकर ऐसे दिग्गज विद्वान् के साथ शास्त्रार्थ करने के लिए चल पड़े। मण्डन मिश्र की पत्नी भारती को जब यह ज्ञात हुआ कि आचार्य शंकर मेरे पति के साथ शास्त्रार्थ करने के लिए माहिष्मती नगरी जा रहे हैं तो वह अपनी सखियों के साथ आचार्य के आश्रम में पहुँच गई। और बिना अपना परिचय दिये हुए उनसे निवेदन किया कि आपकी यात्रा के लिए हम लोग वाहन की व्यवस्था कर रहे हैं। आप पदयात्रा न करें। विध्यांचल के विकट जंगलों में आपके ये कोमल पद कुशकंटकों से बिद्ध जाएँगे। हम लोगों के रहते हुए आप इतना घोर कष्ट उठायें, यह हम लोगों के लिए बड़ी लज्जा की बात है।

आचार्य और उनके शिष्य भारती के तेजस्वी मुखमण्डल को देखकर यह अनुमान लगाने लगे कि यह महिला असामान्य तेज से परिपूर्ण है। हो न हो इसके द्वारा वैदिक धर्म का पुनरुद्धार हो सकेगा। शंकर ने अन्तःकरण से आशीर्वाद देते हुए भारती और उसकी सहेलियों को इस प्रकार संबोधित किया—

''हम लोग संन्यासी हैं, पदयात्रा हमारा धर्म है। कम-से-कम वस्त्र धारण करना और पैदल यात्रा करना संन्यासी का कर्त्तव्य है। पदयात्रा से ग्रामीण जनता के साथ सम्पर्क का अवसर प्राप्त होता है। इस प्रकार जनता के सुख-दुख, राग-विराग तथा अन्य भावों को समझने का अवसर मिलता है। महिलाओं को वैदिक धर्म की रक्षा के लिए बलिदान करना होगा।'' इतना कह आचार्य मौन हो गए।

भारती की सखियों में विशेष कर चंचला, सरस्वती, सैन्धवी, अवन्ती, मागधी आदि ने आचार्य से विविध प्रकार से प्रार्थना की। नाना प्रकार के वाहन गुरुकुल के द्वार पर लाकर खड़े कर दिये गए। भारती के साथ उसकी सखियाँ आचार्य शंकर और उनके शिष्य वर्ग के पीछे-पीछे कुछ दूर तक पैदल चलती रहीं। द्वार पर एक-से-एक अच्छे घोड़े, हाथी, रथ आदि वाहन के रूप में तैयार खड़े थे। शंकर ने किसी की ओर आँख उठाकर देखा तक नहीं और तीर की तरह द्रुतगति से सबको चीरते हुए आगे बढ़े। दूर तक गुरुकुल वालों ने उनका अनुसरण किया। नौका पर बिठा कर नदी पार कराई। त्रिवेणी के संगम पर पहुँच कर आचार्य और उनके शिष्यों ने पुनः स्नान

किया। और शंकर भगवान् का स्तोत्र गाते हुए पैदल चल पड़े। शंकर इतनी तीव्र गति से पदयात्रा कर रहे थे कि उनके साथ चलने वालों को दौड़ना पड़ता था। महिलाएँ निराश होकर त्रिवेणी संगम से पुनः गुरुकुल लौट आईं पर एक विशाल जन-समुदाय उनका अनुसरण करते हुए संध्या तक चलता गया। जब आचार्य एक सरोवर के तट पर स्थित एक शिवालय में ठहर गए तो प्रयागवासी गाँववालों को आचार्य और उनके शिष्यों का दायित्व सौंप पुनः प्रयाग को लौट आए।

भारती और उसकी प्राचीन सहतीर्थ्या सहेलियों ने एक गोष्ठी आयोजित की। उन्होंने अपनी 80 वर्षीया वृद्धा आचार्य से अनुनय-विनय कर गोष्ठी में सम्मिलित होने और उसका संचालन करने की स्वीकृति प्राप्त कर ली। आचार्या एक ऊँचे आसन पर लेट गईं। उनके चतुर्दिक उनकी प्राचीन और वर्तमान छात्राएँ घेर कर बैठ गईं। देश की वर्तमान दशा, वैदिक धर्म की दुर्दशा पर विभिन्न महिलाओं ने अपने-अपने जनपद की कहानियाँ सुनानी प्रारम्भ कीं। सिन्धु देश की राजकुमारी सैन्धवी और राजा दाहर के वंशज ने अरबों के द्वारा महिलाओं पर होने वाले नाना प्रकार के अत्याचारों की करुण कहानियाँ सुनाईं। उसने रोदन स्वर में बताया कि किस प्रकार अरबी आक्रामक सिन्धी महिलाओं के साथ बलात्कार कर रहे हैं। माता के सामने बेटी के साथ व्यभिचार का ताण्डव नृत्य हो रहा है। जननी के सामने उसके बच्चों को उछाल कर विषाक्त खण्ड से टुकड़े-टुकड़े करने की जो भीषण प्रक्रिया देश में चल रही है उसका वर्णन करते-करते सैन्धवी का कण्ठ अवरुद्ध हो गया। नेत्रों से अश्रुधारा बह चली। सारा उपस्थित महिला समाज शोक निमग्न था। आचार्या के नेत्रों से निरंतर अश्रुधारा बहने लगी। उन्होंने अपनी युवावस्था में स्वतः अरबों का अत्याचार सिन्ध देश में भोगा था। वहाँ से भाग कर उन्होंने प्रयाग के गुरुकुल में शरण ली थी।

इसी प्रकार मूलस्थानपुर (मुलतान) की निवासिनी मद्र ने अरबों की बर्बरता की क्रूर कथाएँ सुनाईं। उसने महिला समाज को यह आश्वासन दिलाया कि हम मद्र देश निवासिनी महिलाएँ जमकर बर्बरों का सामना कर रही हैं। प्रत्येक महिला के हाथ में अस्त्र-शस्त्र है। हम निर्भीक होकर उनका सामना कर रही हैं। हमारा शौर्य देखकर अब अरबी आक्रामक पराजित होते जा रहे हैं। उनका साहस खो गया है। अब वे मद्रदेश से पलायन कर सिन्धु नदी में नौका के द्वारा पुनः सिन्ध प्रदेश को लौट रहे हैं। अब ऐसी युक्ति करनी है कि पुनः आक्रमण का साहस उन विदेशी सैनिकों को न हो। मैं आचार्या को मद्रदेश की महिलाओं की ओर से यह विश्वास दिलाती हूँ कि हम सब बौद्ध और वैदिक के भेदभाव को भूल अपने पति, भाई, संतान को देश की रक्षा के लिए प्रोत्साहित करेंगी और एक-न-एक दिन यह भारत देश बर्बर विदेशियों से मुक्त होकर रहेगा। माद्री की ओजस्विनी वाणी से शोक में डूबा हुआ समाज करतल ध्वनि से उल्लासित हो उठा। भारत की जय-जयकार की ध्वनि चारों ओर गूँज उठी। भारती ने माद्री की पीठ ठोंकी। सबने उसे साधुवाद दिया।

आचार्या ने उसे आशीर्वाद दिया कि भारती और कर्नाटी के नेतृत्व में हमारी प्राचीन और वर्तमान छात्राएँ देश रक्षा के कार्य में जुट जाएँ और भारत में वैदिक धर्म का पुनः उत्थान हो सके। उन्होंने आचार्य शंकर की महिमा का वर्णन करते हुए बड़ी श्रद्धा-भाव से उपस्थित समुदाय को समझाया कि स्वयं भगवान् शंकर आचार्य शंकर के रूप में अवतरित हुए हैं। देश में जब-जब धर्म पर विपत्ति आई है भगवान अवतार धारण करके वैदिक धर्म की रक्षा करते आए हैं। भगवान् बुद्ध ने कर्मकाण्डियों के पाखंड का खंडन करके वैदिक जनता को स्वप्नावस्था से जगा दिया था। अब बौद्ध धर्म इतना पतन की ओर जा चुका है कि उसकी रक्षा करने के लिए वैदिक धर्म का शौर्य, तप, त्याग, बलिदान आवश्यक है। आचार्य शंकर जन-जन को तप का यही नया संदेश सुना रहे हैं। वैदिक और बौद्ध का भेदभाव भूलकर समस्त भारतीय समाज को एक हो जाना है। परस्पर के द्वेष, ईर्ष्या, मात्सर्य ने देश को टुकड़ों में बाँट दिया है। हमारे आचार्यों ने सत्य ही कहा है कि कलियुग में शक्ति केवल संगठन और संघ में बची रहेगी। जहाँ फूट है, वैमनस्य है, वहाँ पर विभाजन है। दुख है, पराजय है। 'कलौ संघे: शक्ति।' महिला समाज के अंदर अपूर्वशक्ति है। राक्षसों का विध्वंस सिंहवाहिनी दुर्गा ही कर पाती है। मेरी प्यारी छात्राओं। देश पर बलिदान के लिए तैयार हो जाओ। मेरे जीवित रहते यदि तुम लोगों ने विदेशी दुष्टों को मार भगाया तो मैं अपना जीवन सफल समझूँगी। वैदिक धर्म का संदेश है—'सर्वे भवन्तु सुखिनः, सर्वे सन्तु निरामया। सर्वे भद्राणि पश्यन्तु, माकश्चित दुःखभाग्भवेत्।'

वैदिक धर्म ही एक ऐसा धर्म है जो शत्रु का भी कल्याण चाहता है। हम शत्रु को इसलिए दण्डित करते हैं कि उसके चरित्र में विकास का अवसर मिल पाए। पाप का प्रायश्चित करना ही होता है। अन्यथा दण्ड भोगना ही पड़ेगा। यह विधि का विधान है। कोई भी व्यक्ति, कोई भी जाति अपने दुष्कर्म के भयंकर परिणाम से बच नहीं सकती।

18

भारती का अनुरोध स्वीकार कर नालन्दा विश्वविद्यालय से पधारे भिक्षु करुणमित्र भी मंच पर आ गए। उन्होंने नालन्दा विश्वविद्यालय में घटित दुखद घटना संक्षेप में सुनाई। भिक्षु करुणमित्र भारत के धार्मिक और राजनीतिक कलह के दुष्परिणामों की चर्चा करते-करते करुणार्द्र हो उठे तो चुपचाप बैठ गए। चंचला के हृदय में प्राचीन स्मृतियाँ जाग उठीं। जब इसी श्रीनिकेतन और वैदिक गुरुकुल में बौद्धों के साथ शास्त्रार्थ करना पड़ा था। उसने खड़े होकर पूछा, "भिक्षुराज, युवराज और कुमारिल भट्ट के शास्त्रार्थ का विषय क्या था? क्या हिंसा-अहिंसा की समस्या उठाई गई थी।"

करुणमित्र बोले, "शास्त्रार्थ में बौद्ध धर्म के चारों सम्प्रदाय—सौमान्तिक, वैभाषिक, सर्वास्तिवादी और योगाचारी सम्मिलित थे। आत्मा-अनात्मा-जीव, जगत की नित्यता-अनित्यता पर मूलतः विचार चल रहा था। युवराज तो गांधार, चीन, जापान आदि देशों में व्याप्त नए बौद्ध चिन्तन से अनभिज्ञ थे। पर आचार्य कुमारिल भट्ट को

आचार्य असंग के सर्वथा नवीन होते हुए भी भारतीय परम्परा से जुड़े सिद्धान्तों का पूरा ज्ञान था। युवराज और उनके साथी आत्मा को गहराई से समझना अनावश्यक समझते थे पर आचार्य कुमारिल भट्ट देश कालानुसार की गई असंग की आत्मा संबंधी नवीन व्याख्या और चीन के ध्यान सिद्धान्तों पर विशेष बल देते रहे। निर्णायकों में चार नालन्दा से बाहर के थे। उन्होंने आचार्य भट्ट के तर्कों से सहमत होने के कारण कुमारिल भट्ट को ही विजेता घोषित किया। केवल नालन्दा विश्वविद्यालय के कुलपति तटस्थ रहे। अतः युवराज को प्रथम पुरस्कार नहीं मिल सका। इस पर वह आगबबूला हो उठा।''

आचार्य कुमारिल भट्ट का अकाट्य तर्क यह था कि अन्य बौद्ध सम्प्रदाय वाले आत्मा के अस्तित्व-अनस्तित्व का समाधान प्रस्तुत करने के स्थान पर इससे बच कर निकल जाना चाहते हैं। पर असंग महात्मा का कथन है कि जो लोग न दिखाई पड़ने के कारण आत्मा का अस्तित्व नहीं मानते, उन्होंने क्या आत्मा का अनस्तित्व देखा है? दृष्टि में कोई अवरोध आने के कारण भी कोई वस्तु सामने होते हुए भी नहीं दिखाई पड़ती। इसलिए कोई निश्चित रूप से कैसे कह सकता है कि आत्मा है ही नहीं। भगवान बुद्ध ने अभिधम्म विनय में केवल इतना ही कहा है—'समय की पुकार है कि अभी इस झगड़े में न उलझा जाए।' इससे प्रमाणित होता है कि कभी अनुकूल समय आने पर भावी विचारक इसे सुलझाना चाहें तो मुझे कोई आपत्ति नहीं। इस व्याख्या के द्वारा हमारा बौद्ध धर्म चीन, जापान आदि में प्रचलित योगाचार और ध्यान सिद्धान्त को आत्मसात् करने से व्यापक बनता है।

चंचला ने कहा, ''तब तो बौद्ध धर्म न केवल विदेशी बौद्ध सम्प्रदायों से साम्य रखने जा रहा है, अपितु आत्मा-परमात्मा संबंधी वैदिक मान्यता का भेदभाव भी मिटाने वाला है। हम सब की अभिलाषा है कि भिक्षु करुणमित्र अपने साथियों को लेकर माहिष्मती नगरी चलें जहाँ मण्डन मिश्र और आचार्य शंकर का शास्त्रार्थ होने जा रहा है। हम सब आप लोगों की यात्रा की व्यवस्था करती चलेंगी।''

19

आचार्य कुमारिल भट्ट के श्राद्ध का आज अन्तिम दिन है। उनकी समाधि पर वैदिक, बौद्ध, जैन, शाक्त, तांत्रिक, कर्मकाण्डी, मीमांसक, संन्यासी, वैष्णव सबने अपनी श्रद्धांजलि अर्पित की। तदुपरांत प्रत्येक वर्ग के गणमान्य आचार्यों की एक बड़ी सभा हुई जिसमें 72 सम्प्रदायों के प्रतिनिधि सम्मिलित थे। प्रतिष्ठानपुर के गुरुकुल में शिक्षित कितने ही राजा-महाराजा, सिद्ध-सामंत भिन्न-भिन्न भागों से एकत्र हुए थे। जो प्रतिनिधि सिन्ध देश से आए थे, उन्होंने कुलपति से अपने जनपद की दुर्दशा सुनाने के लिए समय माँगा। यह गोष्ठी देश के विभिन्न मतों में एकता स्थापित करने के उद्देश्य से आयोजित की गई थी जिसमें भारती और उसकी सखियों का विशेष योगदान था। जिस धार्मिक सहिष्णुता और एकता के लिए आचार्य ने आत्मदाह किया था उसकी रक्षा कैसे हो, इस गोष्ठी में इसी पर विचार करना था। इस सम्मेलन की

आवश्यकता बतलाते हुए भारती ने देश के भिन्न-भिन्न भागों से आए हुए प्रतिनिधियों से परामर्श करने के उपरान्त एक प्रस्ताव बनाया था। उसी को आधार बना कर विभिन्न आचार्यों के मत जानने का प्रयत्न किया गया। भारती का प्रस्ताव था, ''जिस देश में आचार्य शंकर जैसे अवतारी व्यक्ति सर्वज्ञ और ब्रह्मनिष्ठ विद्यमान हों, जो भारत माता आचार्य कुमारिल भट्ट जैसे श्रोत्रिय, मीमांसक, कर्मकाण्डी आचार्य उत्पन्न कर सकती है उस भारत माता की दुर्दशा विदेशी आक्रमणों के कारण इतने विकराल रूप में हो रही है कि न तो किसी महिला का सतीत्व सुरक्षित है न किसी देवालय और तीर्थस्थान की पवित्रता बच सकती है। दाहर के देशद्रोही सेनापति ने आक्रामक अरबों से मिल कर जो षड्यंत्र रचा, स्वार्थी बौद्ध भिक्षुओं ने तांत्रिक यंत्र-मंत्र द्वारा राजा को धोखा देकर अरबों को जिताने का जो प्रयास किया वह देश के लिए कितना घातक सिद्ध हो रहा है यह आप सब जानते हैं। दाहर शत्रु से लड़ते-लड़ते स्वर्गवासी बने। तदुपरान्त सारा भारत सिन्धवासियों की व्यथा कथा भी भूल गया। इसका परिणाम आज यह हो रहा है कि आर्यवंश की समाप्ति होने जा रही है। धर्म के नाम पर सम्प्रदाय की ओट में स्वार्थपरता का जो नग्न नृत्य इस देश में हो रहा है, भगवान जाने उसका क्या दुष्परिणाम होगा। अभी तक तो अरबों का साम्राज्य मूल स्थान तक ही पहुँच पाया है। पर धर्म का रहस्य बिना समझे साम्प्रदायिक कलह इसी प्रकार चलती रही तो देश की क्या दुर्दशा होगी यह कहा नहीं जा सकता। अत: आज सबसे बड़ी आवश्यकता इस बात की है कि जिस धर्म और गुरु परम्परा की रक्षा के लिए आचार्य कुमारिल भट्ट ने अपने प्राण उत्सर्ग किए हैं उसके लिए सब मिल कर कुछ-न-कुछ उपाय करें तो कोई मार्ग अवश्य निकल आएगा।''

''आप सबको विदित है कि आचार्य शंकर श्रोत्रिय ब्रह्मनिष्ठ संन्यासी हैं। वह माहिष्मती नगरी जा रहे हैं। यदि हम लोग धार्मिक सहिष्णुता, पारस्परिक एकता का संकल्प लेकर उनकी शरण में जाएँ, उनसे शास्त्रार्थ करें, तो सम्भव है कोई-न-कोई नया मार्ग, नया जीवन-दर्शन, देश की वर्तमान स्थिति को देखते हुए, उनकी प्रतिभा से फूट पड़े। इस गंगा-तट पर, जो हमारी सहस्त्रों वर्षों की सांस्कृतिक परम्परा का प्रतीक है, हम संकल्प लें कि इस भारत माता की शस्यश्यामला भूमि को उन्मत्त विदेशी आक्रामकों से पददलित न होने देंगे। सौ वर्ष में एक नए धर्म इस्लाम ने स्पेन से चीन तक अपनी सत्ता स्थापित कर ली है। ऐसा प्रतीत होता है कि हमारे वर्तमान धर्म के स्वरूप या सामाजिक गठन में कोई-न-कोई ऐसा अभाव है, कहीं-न-कहीं कोई त्रुटि है, जिससे हम शक और हूण, अरबी और ईरानी, चीनी और मंगोलों से निरन्तर पराजित होते आ रहे हैं। विदेशी आक्रमणकारी भारत के जिस भूभाग पर आक्रमणकारी करते हैं वहीं का दुर्बल शासक अपनी सीमित सैन्य शक्ति से उनका सामना करने जाता है किन्तु शेष देश के वीर योद्धा शासक, राजा-महाराजा यह समझते हैं कि विदेशी शत्रु एक जनपद की ही विपत्ति का कारण हैं, हम इस आग में क्यों कूदें? हम यह भूल जाते हैं कि जिस उन्मत्त आक्रमणकारी को एक बार विजय रस का स्वाद मिल जाएगा क्या वह अपनी सैन्य शक्ति से अन्य भागों पर आक्रमण न करेगा?

अगर आपस के वैमनस्य, रागद्वेष, ईर्ष्या, मात्सर्य का यही हाल रहा तो देश का विनाश अवश्यंभावी है। आइये, हम पुनः गंगाजल लेकर यह संकल्प करें कि उन्मत्त हाथी की तरह आक्रमण करने वाले विदेशियों की पराजय और निज विद्वेष-विलय के लिए हम तन-मन-धन से आजीवन प्रयत्नशील बने रहेंगे।''

इतना कहकर भारती चुपचाप बैठ गई। प्रत्येक सम्प्रदाय के प्रतिनिधियों ने मंच पर आकर इस संकल्प को दोहराया। ऐसा जान पड़ा कि देश में एक नयी जागृति आ गई है और विभिन्न सम्प्रदायों को मिलाने का जो कार्य कुमारिल भट्ट जीवित अवस्था में अधूरा छोड़ कर गए हैं उसे पूर्ण कर देशव्यापी एक राष्ट्र धर्म का संदेश देना है यह उनका संकल्प उनके जीवनकाल में पूर्ण न हो पाया, पर उनकी मृत आत्मा स्वर्गलोक से मानो ऐसा संदेश भेज रही है।

विभिन्न जनपदों से आए हुए साधु-महात्माओं, राजा-महाराजाओं का समुदाय माहिष्मती नगरी की ओर चल पड़ा। साधु-संन्यासी पदयात्रा करते हुए चले। साधन सम्पन्न व्यक्ति बैलगाड़ी, घोड़ागाड़ी, ऊँटगाड़ी तथा घोड़े-हाथी पर सवार होकर लम्बी यात्रा के लिए चल पड़े। सबसे पहले भारती और उनकी सखियों के लिए वाहन का साधन जुटाया गया। जिनके आगे-आगे वीर योद्धाओं का दल घोड़ों पर सवार होकर अस्त्र-शस्त्र से सुसज्जित हो चल पड़ा। प्रयाग से माहिष्मती तक अनेक स्थानों पर बीहड़ जंगल, अरावली और विध्याचल की दुर्गम पहाड़ियाँ, हिंसक पशुओं का आतंक उस काल में भीषण रूप में विद्यमान था। आचार्य शंकर तो अपने योगबल से अपने शिष्यों सहित गाँव-गाँव उपदेश देते हुए जा रहे थे। किन्तु राजा-महाराजाओं, सिद्ध-सामंतों का यह दल वाहन के मार्ग से चल पड़ा। अतः आचार्य के पहुँचने से पूर्व ही ये लोग माहिष्मती नगरी पहुँच गए। वहाँ नर्मदा तट पर दूर-दूर तक शिविर लगा दिए गए। साधु समाज के लिए पर्णकुटीरों की व्यवस्था की गई। देश के भिन्न-भिन्न जनपदों से आए हुए ये यात्री-दल माहिष्मती नगरी के चतुर्दिक विराजमान हो गये। कुछ ही दिनों उपरांत भाद्रपद की अमावस्या आ पहुँची।

आचार्य शंकर को लगभग डेढ़ मास लग गए पर भारती और उसकी राजकुमारी सखियाँ श्राद्ध पक्ष प्रारंभ होने से पूर्व ही माहिषमती नगरी पहुँच चुकी थीं।

द्वितीय उल्लास

भारती ने सर्वप्रथम आचार्य और उनके शिष्यों की सुख-सुविधा का प्रबन्ध करने के लिए अपनी सखी पांचाली को नियुक्त किया। वह एक वीरबाला प्राणों की बाज़ी लगाकर आचार्य की यात्रा में विघ्न-बाधाओं के निवारण का संकल्प लेकर कुछ अंगरक्षकों के साथ पैदल चल पड़ी। आचार्य और उनके शिष्य अपने भविष्य का कार्यक्रम किसी को नहीं बताते थे अत: अनुमानवश प्रयाग से माहिष्मती के मार्ग का अनुसंधान कर रास्ते में उनके ठहरने, भोजन आदि की व्यवस्था करने के लिए गाँव-गाँव भक्त जन और साधन-सम्पन्न व्यक्ति नियुक्त किये जाते थे। पांचाली, शंकराचार्य जी की शिष्य-मण्डली के आगे-आगे चलती हुई मार्ग की विघ्न-बाधाओं का निवारण करती चलती। और इस बात का ध्यान रखती कि आचार्य को इसका संकेत भी न मिल पाये कि हम उनके लिए अग्रिम रूप में व्यवस्था बनाते जा रहे हैं। भारती का इतना प्रभाव था, प्रयाग से माहिष्मती तक मण्डन मिश्र का इतना सम्मान था, राजा-महाराजाओं, समृद्ध व्यक्तियों को यज्ञ कराने के कारण स्थान-स्थान पर उनकी इतनी ख्याति फैल चुकी थी कि भारती और मण्डन मिश्र का नाम सुनते ही ग्रामवासी स्वत: आचार्य का दर्शन करने उमड़ पड़ते।

इस समय तक आचार्य की ख्याति घर-घर पहुँच चुकी थी। उनके चमत्कार की कहानियाँ, मृतक को जीवित करने का संवाद, गाँव-गाँव फैल चुका था। दीन-दुखी अपनी विपत्ति-गाथा सुनाने, रोगी अपना रोग निवारण कराने, निर्धन अपनी कंगाली दूर करने, संतानरहित संतान की आकांक्षा लिए आचार्य का दर्शन करने को उमड़ पड़ते। कहीं-कहीं इतना बड़ा जन-समुदाय एकत्र हो जाता कि उन्हें उस भीड़ से निकालना कठिन हो जाता। इसलिए आचार्य प्राय: बस्ती से दूर ऐसे मार्ग से चलते जहाँ लोगों को उनकी झलक न मिल सके। पर दर्शन को उत्सुक जनता सभी संभावित मार्गों पर खड़ी मिलती। इस प्रकार जो यात्रा 15 दिन में समाप्त हो सकती थी उसे पूरा करने में लगभग तीन-चार सप्ताह लग गये। इस अवधि में भारती और उसकी सहेलियों को माहिष्मती नगर में आने वाले साधु-अभ्यागतों, राजा-महाराजाओं के ठहराने की व्यवस्था करने का समय मिल गया। नर्मदा तट पर दूर-दूर तक शिविर बन गये। सबके भोजन, रहन-सहन, शयन आदि की विधिवत् व्यवस्था की गई। भारती और उनकी राजकुमारी सखियों ने दिन-रात परिश्रम कर अतिथियों के सुख-सुविधापूर्वक निवास

की व्यवस्था बना दी। भारती को ज्ञात था कि आचार्य और मण्डन मिश्र का शास्त्रार्थ एक-दो दिन में समाप्त होने वाला नहीं। इसलिए एक दीर्घ अवधि के लिए सहस्राधिक अभ्यागतों के निवास की व्यवस्था की गई। भारती और उसकी सखियाँ शास्त्रार्थ में सम्मिलित होने वाले पंडित-समुदाय की आवभगत में जुट गईं। सम्राट पुष्यमित्र द्वारा सम्पन्न बौद्ध राजा वृहद्रथ की दशम श्राद्ध शताब्दी मनायी जा रही थी। मित्रवंश के सभी योद्धा, विद्वान, कृषिकर्मी, भूमिपति, राजा-महाराजा इस विशाल महायज्ञ में सम्मिलित होने के लिए आ गये थे। लगातार 14 दिनों से श्राद्धकर्म, पितृपक्ष में चलता रहा। पन्द्रहवें दिन। आश्विन की अमावस्या थी। प्रात:काल नर्मदा तट पर सहस्रों पंडित श्राद्धकर्म सम्पन्न करा रहे थे। मध्याह्न के समय मण्डन मिश्र के विस्तृत राजप्रासाद में महायज्ञ प्रारम्भ होने वाला था। कर्मकाण्डी विद्वान देश के भिन्न-भिन्न भागों से एकत्र हुए थे। सांख्य, योग, न्याय, वैशेषिक, पूर्व मीमांसा और उत्तर मीमांसा के बड़े-बड़े विद्वान, अनेक वेदपाठी, यजुर्वेदी, सामवेदी, अर्थशास्त्री,धर्मशास्त्री, स्मृतिकार मण्डन मिश्र का निमंत्रण पाकर एक पक्ष से माहिष्मती नगरी में निवास कर रहे थे।

इस प्रकार देश, जाति, धर्म, राजनीति, समाजनीति, शिक्षा, नैतिकता की विविध समस्याओं पर सामूहिक रूप से विचार करने का सुअवसर प्राप्त हुआ। प्रतिदिन देश की वर्तमान समस्याओं पर विचार-विमर्श होता रहा। भारती के साथ सिन्ध से निष्कासित महिलाएँ माहिष्मती पहुँच चुकी थीं। इस समय विद्वत् मंडली के सम्मुख अनेक समस्याएँ आईं जिन पर जमकर विचार करने का अवसर प्रत्येक को प्राप्त हुआ। निर्णय तब तक के लिए स्थगित किया गया था जब तक श्राद्ध सम्पन्न न हो जाए। आचार्य शंकर के आगमन की भी प्रतीक्षा की जा रही थी।

आचार्य शंकर भट्टपाद कुमारिल की अन्तिम इच्छा के अनुसार प्रयाग से चल कर दो मास तक पदयात्रा करते हुए नर्मदा तट पर पहुँचे थे। संध्या समय नर्मदा और माहिष्मती के संगम पर स्थित ओंकारनाथ के निकट मन्दिर में ठहर गये। प्रात: नित्य नियम के अनुसार मन्दिर में पूजा-अर्चन के उपरान्त मण्डन मिश्र के निवास स्थान की खोज करते हुए चलते गए। खोजते-खोजते मध्याह्न बेला आ गई। आचार्य के शिष्य पद्म पाद ने एक पनघट पर खड़ी पनिहारिनों को देखकर पूछा कि मण्डन मिश्र के घर का मार्ग कौन-सा है ? एक परिहास प्रिय पनिहारिन मुस्कराते हुए बोली, ''क्यों युवा संन्यासी, क्या आप परदेश से आ रहे हैं ? इस देश में भला ऐसा कौन है जो पंडित समाज को मंडित करने वाले उस मण्डन मिश्र को नहीं जानता जिनके द्वार पर पिंजरों में बैठी सारिकाएँ जगत् के नित्य और अनित्य अथवा अनित्यानित्य होने के प्रश्न पर निरन्तर विचार करती रहती हैं ? जहाँ आपको 'स्वत: प्रमाणं परत: प्रमाणं' पर विवाद करने वाली सारिकाएँ दिखाई पड़ें, समझ लीजिए वही मण्डन मिश्र का विशाल राजप्रासाद है।'' उसने यह भी कहा, ''वह देखिए सिर पर कलश धारण किये हुए पनिहारिनें उन्हीं के घर के समीप जा रही हैं। जो पनिहारिनें शुद्ध संस्कृत में विवाद

करती हुई दिखाई पड़ें उन्हीं का अनुसरण करते हुए चले जाइये। आप लोग ठीक स्थान पर पहुँच जाएँगे।'' शिष्यों ने तद्नुसार मार्ग पकड़ा और उन नारियों का शुद्ध संस्कृत में तर्क-वितर्क सुनकर बहुत ही प्रसन्न हुए। चलते-चलते मण्डन मिश्र की विशाल अट्टालिका के द्वार पर पहुँच गए जहाँ विशालकाय प्रहरी आगन्तुकों को अन्दर प्रवेश से रोक रहे थे। द्वार बन्द थे। आचार्य शंकर शिष्यों सहित थोड़ी देर तक खड़े रहे। राजप्रासाद के द्वार पर पहुँचकर उन्होंने देखा कि वीरांगणायें धर्मशास्त्र पर चर्चा कर रही थीं। समझ गए, निश्चय रूप से यही मण्डन मिश्र का द्वार है। शंकराचार्य अब अपने शिष्यों सहित निर्दिष्ट स्थान पर पहुँच गये। वीरांगनाओं ने आचार्य का स्वागत किया, पर द्वार बंद मिला। प्रहरी किसी को भी घर में प्रविष्ट नहीं होने देते थे। आचार्य ने द्वार खोलने को कहा, तो द्वारपालों ने कठोर शब्दों में कहा, ''अरे युवा संन्यासी, पंडित मण्डन मिश्र और सैकड़ों कर्मकाण्डी पितृश्राद्ध में संलग्न हैं, किसी को भी अंदर जाने की अनुमति नहीं। यज्ञकर्म में बाधा डालने तुम कहाँ से आ गये?'' प्रवेश का कोई मार्ग न देख आचार्य ने सूक्ष्म शरीर धारण किया और आकाश मार्ग से उड़कर राजप्रासाद के उस विशाल प्रांगण में जा खड़े हुए जहाँ मण्डन मिश्र तथा पुष्यमित्र के अन्य वंशज श्राद्धकर्म में दत्तचित्त थे। थोड़ी देर तक आचार्य चुपचाप खड़े रहे। अचानक मण्डन मिश्र की दृष्टि संन्यासी की ओर गई। संन्यासी को देखकर उन्हें बड़ा क्रोध आया। श्राद्ध का नियम है कि मुण्डी संन्यासी का—श्राद्ध के समय—उपस्थित होना अपशकुन माना जाता है। आक्रोश भरे शब्दों में मण्डन मिश्र ने आचार्य की भर्त्सना करते हुए कहा, ''अरे मुण्डी संन्यासी, तू यहाँ कहाँ से आ गया?'' यद्यपि विश्वरूप अर्थात् मण्डन मिश्र के हृदय में शंकर को आकाश से उतरते हुए देख कर एक विचित्र भाव उत्पन्न हुआ किन्तु अपने आन्तरिक भावों को छिपाते हुए और एक संन्यासी को मुण्डी रूप में, गेरुआ वस्त्र पहने देखकर उन्हें अमंगल की आशंका हुई। उन्होंने कठोर शब्दों में आचार्य से पूछा, ''कुतो मुण्डी? ओ मुण्डी संन्यासी, तुम कहाँ से आ गये?'' शंकराचार्य ने कुतो मुण्डी का अर्थ लगाया, 'तुम कितना मुण्डित हो चुके हो।' उन्होंने विश्वरूप के व्यंग्य भरे प्रश्न का उत्तर देते हुए शान्ति भाव से कहा, ''मैं केवल कण्ठ तक मुण्डित हुआ हूँ।'' मण्डन मिश्र को झेंप-सी आ गई, बोले, ''मैं पूछ रहा हूँ कि तुम्हारा अध्यात्म मार्ग क्या है?'' शंकराचार्य ने उत्तर दिया, ''मेरा मार्ग तुम्हें क्या उत्तर देता है?'' आचार्य के इन उत्तरों को सुनकर विश्वरूप के क्रोध का ठिकाना न रहा। उसने चिल्ला कर कहा, ''तुम्हारा रास्ता यह बता रहा है कि तुम्हारी माँ विधवा है।'' आचार्य ने अपना कंधा हिलाते हुए कहा, ''हो सकता है।'' जिसका अर्थ यह है कि उनका मार्ग बता रहा है कि विश्वरूप की माता एक विधवा है। यह सच हो सकता है। अब तो विश्वरूप के क्रोध की कोई सीमा न रही। उसने चीत्कार करते हुए कहा, ''अरे मुण्डी, क्या तूने सुरा पी ली है?'' शंकर ने इसका अर्थ निकाला कि सुरा पीली है या अन्य किसी रंग की? विश्वरूप ने कहा, ''ऐसा जान पड़ता है कि तुम सुरा का रंग पहचानते हो। अर्थात् तुमने सुरा पी रखी है।'' आचार्य ने उत्तर दिया, ''मैं सुरा का रंग ही जानता हूँ पर ऐसा प्रतीत होता है कि तुम उसका

स्वाद भी जानते हो।'' अब तो विश्वरूप का मुखवर्ण आरक्त हो चला। उसने आचार्य को अपशब्द कहने प्रारम्भ किये। अपशब्दों की बौछार से आचार्य की इतनी भर्त्सना की कि उपस्थित पंडित-मण्डली सहन न कर सकी। उन्होंने किसी प्रकार विश्वरूप को शान्त किया। और उनसे आग्रह किया कि इस चमत्कारी संन्यासी का हम लोग स्वागत करें और इनको भिक्षा के लिए आमंत्रित करें। जब विश्वरूप का क्रोध शान्त हुआ और भारती ने उनके पास पहुँचकर आचार्य की चमत्कारपूर्ण एक-दो घटनाओं की चर्चा की तो विश्वरूप लज्जित हुए और उन्हें भिक्षा का आमंत्रण देने के लिए विनम्र भाव से बोले, ''महात्मन्, आप हमारे यहाँ भिक्षा ग्रहण करने की कृपा करें।'' आचार्य ने कहा कि ''मैं आपकी वाद-भिक्षा स्वीकार करता हूँ। अच्छा होगा कल से हम दोनों में शास्त्रार्थ प्रारम्भ हो।''

मण्डन मिश्र को क्रोधाभिभूत देख आचार्य शंकर हँसने लगे। मण्डन मिश्र का मुखमंडल आक्रोश से रक्तिम वर्ण का हो गया था। लाल-लाल नेत्रों से वे आचार्य की ओर निहार रहे थे। श्राद्ध कर्म के समय देश के बड़े-बड़े विद्वान्, कर्मकाण्डी, शास्त्रज्ञ विद्यमान थे। उनमें दो महात्मा अपनी तपस्या, दीर्घकालीन स्वाध्याय परकल्याणरत होने के कारण व्यास और जैमिनी नाम से सर्वत्र प्रसिद्ध हो गए थे। आचार्य शंकर के मुखमंडल की तेजस्विता का उनके हृदय पर ऐसा प्रभाव पड़ा कि उन्होंने मण्डन मिश्र को समझाया, ''मण्डन, यह तेजस्वी-यति संन्यासी हैं। अतिथि रूप से आने के कारण पूज्य हैं। इनका सत्कार वाञ्छनीय है।''

आचार्य के नेत्रों से निकलने वाली करुणा की धारा ने मण्डन मिश्र की क्रोधाग्नि शान्त कर दी थी। व्यास मुनि और जैमिनी के आदेशानुसार उन्होंने आचार्य से क्षमा प्रार्थना की। तदनन्तर नियमानुसार मण्डन और भारती ने पाद्य-अर्घ्य के द्वारा आचार्य की विधिवत् पूजा की। भारती ने बड़े विनीत भाव से निवेदन किया, ''पूज्य आचार्य देव, कृपा कर भिक्षा ग्रहण करने चलिए।''

आचार्य भारती की विनम्रता से बहुत प्रसन्न हुए। प्रयाग गुरुकुल में वह भारती की विद्वत्ता से परिचित हो चुके थे। उन्होंने कुमारिल भट्ट के महाप्रस्थान काल में भारती को देखा था और उसके शिष्टाचार से वे प्रभावित हो चुके थे। पर मण्डन मिश्र के प्रश्नों का उत्तर देना भी आवश्यक था। वह मण्डन मिश्र की ओर देखते रहे। मण्डन मिश्र ने भी हाथ जोड़कर प्रार्थना की, ''यतीश्वर, हमसे अपराध हो गया है, उसके लिए मैं अत्यन्त लज्जित हूँ, अब भिक्षा ग्रहण करने चलिए।'' आचार्य बोले, ''पंडित प्रवर, मैं आज अन्न प्रार्थी होकर नहीं आया हूँ, मैं आपके साथ शास्त्रार्थ के उद्देश्य से अभी उपस्थित हुआ हूँ। आचार्य कुमारिल भट्ट ने मुझे इसी उद्देश्य से यहाँ भेजा है। शास्त्रार्थ में पराजित व्यक्ति को विजेता का शिष्यत्व ग्रहण करना होगा। मुझे आज यही भिक्षा चाहिए। यदि आप पराजित हो जाते हैं तो मैं आपसे अपने प्रस्थानत्रय के भाष्यों पर वार्तिक की रचना कराना चाहता हूँ। मण्डन मिश्र थोड़ी देर तक मौन धारण किए रहे ? फिर विचार कर बोले—

''आज मैं श्राद्ध कार्य समाप्त कर रहा हूँ, कल प्रात:काल शास्त्रार्थ प्रारम्भ होगा। यह भी आज निश्चय हो जाना चाहिए कि इस शास्त्रार्थ का निर्णायक कौन होगा?'' आचार्य शंकर बोले, ''इसका निर्णय मैं आप पर ही छोड़ता हूँ। यहाँ एक-से-एक बड़े विद्वान् विद्यमान हैं। आप जिसे चाहें निर्णायक बना लें।'' मण्डन मिश्र ने महर्षि वेदव्यास और जैमिनी के सम्मुख यह समस्या रखी और उनसे निर्णायक बनने का आग्रह किया किन्तु दोनों विद्वानों ने मण्डन मिश्र का प्रस्ताव स्वीकार नहीं किया।

तब आचार्य शंकर ने हँसते हुए मण्डन मिश्र से कहा, ''सरस्वती स्वरूपा आपकी पत्नी भारती यहाँ विद्यमान है उससे अधिक योग्य निर्णायक कौन मिलेगा? उसे ही क्यों न यह दायित्व सौंपा जाए।'' मण्डन मिश्र ने मौन धारण कर लिया। तब आचार्य ने भारती की ओर दृष्टि डाली और बोले, ''देवी भारती, मेरा आदेश है कि तुम्हीं इस शास्त्रार्थ का निर्णय करने के लिए मध्यस्थ बन जाओ।'' व्यास और जैमिनी ने भी इस प्रस्ताव का समर्थन किया कि इस शास्त्रार्थ में भारती ही मध्यस्थ रहेगी। मण्डन मिश्र ने भी मौन के द्वारा अपनी स्वीकृति दे दी।

भारती के सामने एक विकट समस्या खड़ी हो गई। वह मन में सोचने लगी कि मैं निर्णय किस प्रकार दे पाऊँगी? यदि पतिदेव की पराजय होती है तो उन्हें संन्यासी बनना पड़ेगा और यदि आचार्य शंकर विजयी नहीं बनते तो उन्हें गृहस्थ धर्म में आना होगा। ये दोनों स्थितियाँ किसी के लिए भी कल्याणकारी न होंगी। आचार्य भारती की समस्या समझ गए। वह भारती को आश्वस्त करते हुए बोले, ''देवी भारती, ईश्वर में विश्वास रखकर जो कार्य किया जाता है उसका परिणाम सबके लिए कल्याणकर होता है। तुम क्यों व्यर्थ चिन्ता कर रही हो? मंगलमय विभु सब प्रकार मंगल ही करेंगे।''

भारती ने आचार्य के चरणों में प्रणाम किया और उनसे भिक्षा ग्रहण करने के लिए निवेदन करने लगी। आचार्य ने शिष्यों सहित भिक्षा ग्रहण की और नर्मदा तट पर स्थित मन्दिर की ओर चल पड़े। भारती अपनी सहतीर्थ्या सहेलियों से विचार-विमर्श करने लगी और अन्त में यही निश्चय किया कि मैं दोनों शास्त्रार्थियों को नित्य एक नई माला पहना दूँगी। जिसकी माला मुरझाती हुई प्रतिबिम्बित होगी उसी को पराजित घोषित करूँगी। शास्त्रार्थ काल में किसी की मुखमुद्रा निहारने और तर्कों पर विचार करने की आवश्यकता ही कहाँ रहेगी। माला में लटका हुआ दर्पण स्वयं निर्णय दे देगा।

2

शास्त्र के तारतम्य और निर्णायक के निश्चय हो जाने पर शास्त्रार्थ इस प्रकार प्रारम्भ हुआ। सबसे पहले भारतीय दर्शन के मूल सिद्धान्त का उल्लेख करते हुए शंकर ने कहा, ''ब्रह्म ही एकमात्र चिरंतन सत्य है। वही निर्विकार, निर्लिप्त परम चैतन्य और आनन्द रूप है। यह जगत् उसी की माया के रूप में व्यक्त हो रहा है। ब्रह्म निर्गुण, निराकार है। वही इस विराट् विश्व के रूप में माया के कारण साकार बन जाता है।

वास्तव में वही निराकार है, वही साकार है। जिस प्रकार सूर्य की ज्योति में चमचमाती रेत रजत कण के समान चमक उठती है उसी प्रकार यह सम्पूर्ण जगत उसी की ज्योति से आकर्षक प्रतीत हो रहा है। यही माया, जन्म और मृत्यु का कारण बनती है। ब्रह्म मायातीत है। जीव जन्म और मृत्यु से तभी छूट पाता है जब माया, ब्रह्म, जीवात्मा के पारस्परिक सम्बन्ध समझ लेता है। यही उपनिषद् का निष्कर्ष है। यही वेदों का सार है।''

मण्डन मिश्र, ''वेद का प्रयोजन यह नहीं है जो आप बता रहे हैं। अन्य किसी साधन से जो ज्ञान नहीं होता उस ज्ञान को प्रदान करने वाला, सबसे बड़ा अधिकारी वेद माना जाता है। यदि वेद अस्तित्व का ही अस्तित्व बताता है तो उसकी अपौरुषेयता और विशेषता क्या रही? यदि ब्रह्म सनातन है जो उपनिषदों का संदेश है तो सनातन को सिद्ध करने के लिए उपनिषदों की क्या आवश्यकता है? वेद की उपादेयता मेरे विचार से उन संदेश सूचक वाक्यों में है जो कर्त्तव्य-अकर्त्तव्य का धर्म और अधर्म के निर्णय करने के सिद्धान्त बताते हैं। अत: विधि-निषेध का स्पष्ट उल्लेख करना ही वेद का प्रयोजन है। यदि ब्रह्म आपके कथनानुसार किसी क्रिया का विषय नहीं तो वेद को ही इस दर्शन का अधिकारी क्यों माना गया है? अत: आपको यह स्वीकार करना चाहिए कि उपनिषद् केवल मांत्रिक स्वर का प्रभाव समझाने के लिए हैं। जिन स्वरों के उच्चारण से विविध यज्ञों के अंत में आध्यात्मिक शान्ति स्वत: आ जाती है।''

शंकर, ''आपका यह कथन अप्रमाणिक है क्योंकि शब्दोच्चारण का प्रभाव केवल ऐसे ही शब्दों से होता है जिनका कोई अर्थ नहीं। दूसरी बात यह है कि आपके कथनानुसार वेद का उद्देश्य केवल वह संदेश देना है जिन्हें हम पहले से नहीं जानते। तो भी उपनिषदों का अधिकारी होना इस कारण सिद्ध होता है कि वे ईश्वर का अस्तित्व निश्चय रूप से समझा देते हैं। यद्यपि ईश्वर का अस्तित्व सर्वदा है और रहेगा जैसा उपनिषद् बतलाते हैं पर बिना उपनिषद् के ज्ञान के ईश्वर का अस्तित्व हमारी समझ में नहीं आता। इसलिए यह अज्ञात ज्ञान अर्थात् ईश्वर सर्वज्ञ-सर्वव्यापी और चिरंतन है, केवल उपनिषदों से ही बुद्धिगम्य बनता है। इतना ही नहीं उपनिषद् का संदेश है कि जीव, आत्मा और परमात्मा एक है, 'तत् त्वमसि'—तुम्हीं परमात्मा हो। इसे उद्दालक ऋषि ने अपने शिष्य-श्वेतकेतु को सिद्ध करके दिखा दिया था।''

मण्डन मिश्र, ''मैं नहीं मानता कि उपनिषदों का यही सार है, जो आप बता रहे हैं। जहाँ ऐसे वाक्य आते हैं उन्हें केवल अर्थवाद मान कर आत्मा की प्रशंसा के लिए कहा गया है। व्यक्ति के विकास का यश गाने के लिए उसे परमात्मा कह दिया गया है। वास्तव में यज्ञकर्ता की प्रशंसा के लिए वेदों ने इस प्रकार के वाक्यों का प्रयोग किया है।''

शंकर, ''आपका सिद्धान्त मानने में एक बड़ी कठिनाई है। यज्ञों की प्रशंसा में ऐसे मंत्र नहीं आते। जहाँ ये मंत्र मिलते हैं वहाँ यज्ञों का कोई विवरण नहीं। अत: इन दोनों को एक में मिला कर वेद के अर्थ का अनर्थ करना उचित नहीं।''

मण्डन, ''आपका कथन ठीक नहीं। यज्ञ के प्रसंग में इन वाक्यों को जीवात्मा के साथ इसलिए जोड़ा जा सकता है जिस तरह सूर्य, वायु, अन्न के रूप में ब्रह्म की उपासना की गई है। इसलिए अर्थ वाक्य के रूप में 'तत् त्वमसि, अहं ब्रह्माऽस्मि' को जोड़ दिया जाए तो क्या हानि है ?''

शंकर, ''इसका कोई औचित्य नहीं। क्योंकि उन स्थानों पर न तो यज्ञों का कोई प्रसंग है और न यज्ञों के प्रसंग में ऐसे वाक्यों के जोड़ लेने की कहीं आज्ञा है। पूर्व मीमांसा में मूलतः क्रिया कर्म का विवेचन है। अतः उन स्थलों पर कर्म की महत्ता बताना ही वेद का उद्देश्य है। ज्ञानकाण्ड में कर्मकाण्ड का प्रसंग जोड़ना कहाँ तक उचित है ?''

मण्डन मिश्र, ''जिस प्रकार मीमांसा के इस प्रसंग में कि जो विविध यज्ञ करता है वह स्थायित्व को प्राप्त होता है। हम यह जोड़ लेते हैं कि जो स्थायित्व चाहता है उसे यज्ञ करना ही चाहिए। ठीक इसी प्रकार जब हम ज्ञानकाण्ड में यह पढ़ते हैं कि जो ब्रह्म को जानता है वह सर्वोच्च पद पाता है। अगर इसी के साथ हम वेद की यह आज्ञा जोड़ दें कि जो सर्वोच्च पद पाने का अभिलाषी हो वह ब्रह्म को अवश्य ही जाने तो क्या दोष है ?''

शंकर, ''ज्ञान आज्ञा का विषय नहीं बन सकता। ज्ञान तभी आज्ञा का विषय बनता है जहाँ वह ध्यान और धारणा का रूप धारण करता है। यदि केवल ध्यान धारणा और ज्ञान से मुक्ति कही गई है तो वेद की आज्ञा केवल ध्यान धारणा तक ही माननी चाहिए। कर्म तो वहाँ तक पहुँचने की एक सीढ़ी मात्र है। कर्म का तात्पर्य यह बताना है कि किस क्रिया को किस प्रकार उचित रीति से किया जाए अनुचित रीति से बचा जाए, अथवा किस क्रिया को बिना किए ही छोड़ दिया जाए किन्तु सत्य ज्ञान इस प्रकार के वैकल्पिक प्रयोगों का विषय नहीं हो सकता। इस क्षेत्र में ज्ञाता को विकल्प की कोई सुविधा नहीं है। जहाँ विकल्प है ही नहीं, वहाँ कर्त्तव्य और अकर्त्तव्य की छूट मिल कैसे सकती है ?''

मण्डन मिश्र, ''हम मान रहे हैं कि उपनिषदों का अधिकार कर्म से बँधा नहीं है। पर यह कैसे मान लिया जाए कि जीव और ब्रह्म की एकता उपनिषदों का तात्पर्य है ? हो सकता है कि दोनों में समानता दिखलाना ऋषियों का उद्देश्य रहा हो।''

शंकर, ''उपनिषदों में समानता स्पष्ट करने वाले शब्द हैं कहाँ ? यदि जीव, आत्मा और परमात्मा में समानता दिखलाना उपनिषद् का उद्देश्य है तो यह तो हम पहले ही जानते हैं। वेद हमें क्या नयी बात बता रहा है ? इसलिए जीव, आत्मा और परमात्मा में समानता दिखलाने के लिए नहीं अपितु अभेद, अद्वैत, अथवा ऐक्य स्थापित करना उपनिषदों का उद्देश्य है।''

मण्डन मिश्र, ''साम्य का अर्थ यह नहीं है कि दोनों में तादात्म्य मान लिया जाए। समान होते हुए भी ब्रह्म जीव से कहीं ऊपर है।''

शंकर, ''यदि समानता गुणों में स्वीकार कर रहे हो तो दोनों में एकात्म भाव स्वीकार करने में क्या आपत्ति है?''

मण्डन मिश्र, ''कारण यह है कि जीव अविद्यावश अल्पज्ञ है किन्तु ब्रह्म मायातीत होने के कारण अविद्या, माया से बहुत परे है।''

शंकर, ''आपके पास क्या प्रमाण है कि ब्रह्म अर्थात् परमात्मा जीवात्मा से कहीं श्रेष्ठ है? यह स्वीकार क्यों नहीं कर लेते और उपनिषद् का यह तर्क मान क्यों नहीं लेते कि जीव और ब्रह्म का पार्थक्य अविद्या के कारण है? वास्तव में जीव, आत्मा और परमात्मा एक ही है।''

मण्डन मिश्र, ''कारण यह है कि सांख्य शास्त्र के अनुसार संसार की सृष्टि मूलत: अचेतन तत्व के कारण हुई है। उपनिषद् का उद्देश्य इस सिद्धान्त का खंडन कर यह बताना है कि सृष्टि का मूल कारण चैतन्य की तरह आत्मा ही है।''

शंकर, ''इस प्रसंग में सदृश या समान शब्द का कहीं प्रयोग नहीं। चैतन्य ही सृष्टि का मूल कारण है। इस प्रकार का उद्घोष इससे पूर्व और पश्चात् आया है। यदि इनका कोई अर्थ नहीं तो ये व्यर्थ, निरर्थक, प्रयोजन-रहित माने जाएँगे।''

मण्डन मिश्र, ''जो भी हो, जीव, आत्मा और परमात्मा की एकता का प्रत्यक्ष अनुभव से विरोध पाया जाता है। कोई भी तर्क ऐसा नहीं जो उपनिषदों में अन्य स्थलों पर इस सिद्धान्त को प्रतिपादित कर सके।''

शंकर, ''आइये, पहले आपके प्रत्यक्ष अनुभव का विश्लेषण करें। आप यह मानते हैं कि जीव आत्मा से सर्वथा पृथक् है। पृथकता अपने आप में कोई अलग तत्व नहीं। यह अनुभव का ही विषय है। यह केवल गुण मात्र है। इसलिए विषय हो नहीं सकता। अर्थात्, गुण अनुभव का विषय होने से गुणी से भिन्न हो जाएगा। आत्मा यहाँ गुणी है अत: प्रत्यक्ष अनुभव का विषय नहीं बन सकता। इसलिए तुम यह कैसे कहते हो कि तुम दोनों का अंतर देख रहे हो?''

मण्डन मिश्र, ''आत्मा इन्द्रियजन्य अनुभव का विषय न भी हो पर अन्त:करण और बुद्धि का विषय तो हो ही सकता है।''

शंकर, ''यदि यह मान भी लिया जाए कि मन आंतरिक इन्द्रिय का सूचक है तो भी यह अवश्य मानना पड़ेगा कि प्रत्येक अनुभव के लिए इन्द्रियों का विषय से साक्षात् संबंध होकर ही रहेगा। अत: इस प्रकार के सम्पर्क की संभावना तभी हो सकती है जब उसका आकार-प्रकार मान लिया जाए। आत्मा अनन्त होने से आकार-प्रकार वाला हो नहीं सकता। इसलिए यह इन्द्रियों के अनुभव का विषय बनता ही नहीं। आपका यह कहना कि मन भी एक इन्द्रिय है, अपने आप में शास्त्रार्थ का विषय है। क्योंकि मस्तिष्क का कार्य इन्द्रियों में जागृति पैदा करना है, वह केवल प्रकाश देने का काम करता है।''

मण्डन मिश्र, ''आप मुझसे यह पूछिये कि अन्त: का प्रत्यक्षीकरण जीवात्मा

और परमात्मा के भेदभाव का अनुभव मुझे कैसे हुआ? हो सकता है कि मैं तर्कों के द्वारा इन्हें सिद्ध नहीं कर पा रहा हूँ। मेरा दृढ़ विश्वास है कि ब्रह्म इन्द्रियातीत है पर फिर भी मैं दोनों अर्थात् जीवात्मा और परमात्मा का अंतर प्रत्यक्ष देख रहा हूँ।''

शंकर, ''आपका कहना ठीक है। इस प्रकार के अंतर का अथवा दोनों के भेदभाव का एक कारण है। भेद का अनुभव ब्रह्म के सगुण रूप में आने पर होगा ही। श्रुति का ज्ञान वहीं पर हमें सहायक होता है। जब श्रुति कहती है कि सगुण ब्रह्म के गुणत्व भाव को हटा दो तो निर्गुण ब्रह्म और तुम्हारी आत्मा में कोई भेदभाव नहीं रह जाएगा। ब्रह्म के सगुण भाव ही जीव को आत्मा से भिन्न होने का मार्ग दिखाते हैं। जब भेदभाव वाला मिथ्या ज्ञान श्रुति के द्वारा दूर हो जाता है तो जीव आत्मा-परमात्मा के अभेद का उसी प्रकार प्रत्यक्ष ज्ञान हो जाता है जिस प्रकार अन्धकार में रस्सी को साँप समझ लेने का मिथ्या ज्ञान रस्सी का वास्तविक ज्ञान होने पर छिप जाता है। वह प्रकाश में रस्सी को देख लेता है तो सर्प भाव छूट जाता है।''

मण्डन मिश्र, ''मैं यह मानता हूँ कि इन्द्रिय-जन्य अनुभव में भूल हो सकती है पर तर्क अकाट्य है। वह आपके कथन के विरुद्ध जा रहा है। जो सर्वज्ञ नहीं है वह परमात्मा कैसे हो सकता है? जैसे एक घड़ा अपने को ईश्वर कैसे कह सकता है? जीवात्मा सर्वज्ञ है नहीं, इसलिए वह परमात्मा कैसे बन सकता है?''

शंकर, ''आपका यह कथन ठीक नहीं। आप ब्रह्म और जीव का संबंध दिखाने के लिए घड़े का उदाहरण दे रहे हैं। पर आपको किसने बताया है कि घड़ा ईश्वर से भिन्न है?''

मण्डन मिश्र, ''वाह, धन्य है आपका तर्क। प्रत्यक्ष देख रहे हैं घड़ा जड़ है वह परम चैतन्य ईश्वर कैसे हो सकता है? इन दोनों का भेद आत्मज्ञान होने पर भी नहीं मिट सकता।''

शंकर, ''आप यह कैसे कहते हैं? यदि आपकी आत्मा मानव के दुख-सुख के द्वारा परिभाषित हो रही है तो वह घटत्व से ऊपर उठ नहीं सकती। और इस प्रकार का ज्ञान घट और ब्रह्म के भेदभाव को मिटा नहीं सकता। लेकिन जो लोग यह अनुभव करते हैं कि हमारी आत्मा सुख और दुख से परे निर्गुण, निरामय है तो उन्हें यह अनुभव होता ही नहीं और घड़ा इस रूप में उन्हें कहीं पृथक् दिखाई ही नहीं पड़ता क्योंकि वे सब में एक ही आत्मतत्व को विराजमान पाते हैं। इसलिए आप नहीं कह सकते कि घड़ा ब्रह्म से अलग है।''

मण्डन मिश्र, ''आपका कथन कैसे मान लिया जाए? दो वस्तुओं में भेद तभी मिट सकता है जब उसके गुण एक जैसे हों। यदि दोनों में तत्वतः भेद है तो उन्हें एक कैसे मान लिया जाए? दोनों के ब्राह्य रूप और गुण में भेद स्पष्ट है। दोनों का स्वभाव एक-दूसरे से भिन्न होने के कारण इन दोनों का भेद मिट नहीं सकता।

शंकर, ''क्या प्रमाण है कि घड़े और ईश्वर के मूल तत्त्व में अन्तर है? यदि

घड़े के नाम और रूप को मिटा दो तो अन्तर कहाँ रह जाता है ? नाम, रूप तो माया का खेल है। माया अविद्या का कारण है, जिससे भेदभाव दिखाई पड़ रहा है। इस अविद्या को हटा दो, नामरूप को मिटा दो तो भेदभाव अपने आप मिट जाता है। अतः आत्मा और घट का उदाहरण तर्क पर नहीं टिकता।''

मण्डन मिश्र, ''घट का उदाहरण जाने दीजिए। मैं श्रुति का ही प्रमाण आपके सामने रखता हूँ। श्रुति कहती है कि एक वृक्ष पर दो पक्षी बैठे हुए हैं। एक आम का फल चख रहा है और दूसरा चुपचाप बैठा है। क्या इससे यह सिद्ध नहीं होता कि जीवात्मा और परमात्मा दोनों का अलग-अलग अस्तित्व है ?''

शंकर, ''आप यह मान चुके हैं कि जो प्रत्यक्ष अनुभव का विषय है वही बताना उपनिषद् का उद्देश्य नहीं। यदि श्रुति का वही अर्थ है जो आप बता रहे हैं तो इसमें श्रुति की विशेषता क्या है ? अंतर तो हम प्रत्यक्ष देख रहे हैं। वास्तव में श्रुति का वह तात्पर्य नहीं जो आप कह रहे हैं। यहाँ श्रुति अनन्त आत्मा और बुद्धिगत का अंतर स्पष्ट कर रही है। जो ब्रह्म सर्वव्यापक और सर्वज्ञ है वह एक शरीर में समा कैसे सकता है ? अतः यहाँ श्रुति का तात्पर्य व्यक्ति के शरीर में सीमित जीवात्मा से है। जब नाम और रूप का भेद मिट जाता है तो यही जीवात्मा परमात्मा बन जाता है।''

मण्डन मिश्र, ''आप यह कैसे कहते हैं कि अचेतन बुद्धि ही कर्म के फल को चिड़िया बन कर चख रही है ?''

शंकर, ''जब कोई लौहखंड अग्नि में जलता हुआ दिखाई पड़ता है तो हम यही कहते हैं कि लोहा जल रहा है। पर यह लौहखण्ड अग्नि में तभी परिवर्तित होता है जब वह जलती हुई ज्वाला का संसर्ग करता है। ठीक इसी प्रकार जब तक बुद्धि अचेतन अवस्था में है वह कर्म का फल चखती है। क्योंकि परम चैतन्य परमात्मा का सम्पर्क पाने से ही बुद्धि में चेतनता आती है जिससे वह फल का स्वाद ले पाती है।''

मण्डन मिश्र, ''आप श्रुति से कोई ऐसा प्रमाण, कोई ऐसा वाक्य दिखा नहीं सकते जिसके अनुसार जीवात्मा और परमात्मा में प्रकाश और छाया का सम्बन्ध सिद्ध हो सके।''

शंकर, ''आप जो प्रस्ताव रख रहे हैं इसमें कोई नूतनता नहीं है। इसमें किसी प्रमाण की आवश्यकता नहीं। पर जो वाक्य जीवात्मा और परमात्मा की एकता सिद्ध करते हैं उन्हें हम पहले से नहीं जानते थे। जिसका हमें प्रत्यक्ष ज्ञान नहीं है उसी का प्रकाश देने वाला वाक्य श्रुति वाक्य है।''

मण्डन मिश्र, ''आपका तर्क बड़ा ही विचित्र है। आप यह क्यों नहीं मानते कि जहाँ वेद वाक्य की संगति प्रत्यक्ष अनुभूति से संगत रखने वाली है वे उन वाक्यों की अपेक्षा अधिक विश्वसनीय है जो प्रत्यक्ष अनुभव का उल्लंघन करने वाले केवल अप्रत्यक्ष अनुभव का संकेत करने वाले हैं।''

शंकर, ''आप यह भूल रहे हैं कि प्रारम्भ में ही हम लोग यह स्वीकार करते

चले हैं कि श्रुति का तात्पर्य उन अनुभवों का ज्ञान कराना है जिनका प्रत्यक्ष रूप से हम अनुभव नहीं कर पा रहे हैं। जो ज्ञान अन्य किसी उपाय के द्वारा नहीं होता उस ज्ञान को देने के लिए ही वेदों की रचना की गई। इससे सिद्ध होता है कि प्रमाणों के अन्य मार्ग—प्रत्यक्ष, अनुभूति और तर्क श्रुति के सर्वाधिकार को उस समय निर्बल बना देते हैं जब वे वही सत्य दिखाना चाहते हैं जिसे श्रुति ने उद्घोषित किया है।''

मण्डन मिश्र, ''आपका कहना ठीक है पर मेरी एक कठिनाई है। यदि आपकी बात स्वीकार कर ली जाए तो यह मानना पड़ेगा कि जैमिनी ऋषि श्रुति के विरुद्ध विचार दे रहे हैं।''

शंकर, ''जैमिनी के विचार श्रुति के विरुद्ध नहीं। समझने की भूल है। जैमिनी ऋषि का उद्देश्य मूलत: कर्म के महत्त्व में विश्वास पैदा कराना है क्योंकि कर्म के महत्त्व को समझ लेने पर आत्मज्ञान की ओर जाने का ठीक मार्ग मिल जाता है। वास्तव में जैमिनी ऋषि ने वेदान्त के सत्य को कभी अस्वीकार नहीं किया।''

मण्डन मिश्र, ''यदि आपका कथन सत्य है और उन्होंने जीवात्मा और परमात्मा में अभेद माना है तो फिर उन्होंने कर्म के अन्दर यह शक्ति क्यों दिखलाई कि कर्म में स्वत: स्वर्ग दिलाने की सामर्थ्य है। इससे सिद्ध होता है कि उन्हें ईश्वर के अस्तित्व में विश्वास नहीं था।''

शंकर, ''जैमिनी का यह उद्देश्य था कि कर्म के फल की सिद्धि के लिए ईश्वर के अस्तित्व का मानना अनिवार्य नहीं। इसका यह अर्थ नहीं कि उन्होंने ईश्वर का अस्तित्व माना ही नहीं। वे कहना यह चाहते हैं कि केवल तर्क के द्वारा ईश्वर को सिद्ध करना कठिन है। जिस प्रकार उपनिषद् का उद्घोष है कि जो वेद को नहीं जानता वह ईश्वर को नहीं जान सकता।''

इतना कहते-कहते आचार्य शंकर ने जैमिनी ऋषि का ध्यान किया और वे स्वत: प्रकट होकर कहने लगे—

जैमिनी, ''मुझे आचार्य वेदव्यास के प्रत्यक्ष शिष्यत्व का सौभाग्य मिला। वेदव्यास ने वेद का तात्पर्य समझाते हुए यह स्पष्ट कहा है कि परमात्मा प्रत्येक जीव में व्याप्त है। जब मैं उनके चरणों में बैठ कर वेद का ज्ञान प्राप्त कर चुका हूँ तो मैं उनके मत का खंडन कैसे कर सकता हूँ।'' जैमिनी ऋषि ने मण्डन मिश्र को समझाते हुए कहा, ''यह देखो, आचार्य शंकर के रूप में भगवान् शिव ने स्वयं अवतार धारण किया है। इन्हीं के द्वारा वेद का वास्तविक ज्ञान अर्थात् वेदान्त का सत्य प्रचारित होगा। अत: इनका शिष्यत्व स्वीकार करो।''

इतना कहकर जैमिनी ऋषि विलुप्त हो गए। मण्डन मिश्र शास्त्रार्थ वृक्ष की जिस शाखा (डाल) पर बैठकर दूसरी शाखा काटने के लिए तर्क का कुठार चला रहे थे, वह एक झटके में धड़ाम से पृथ्वी पर गिर पड़ा। इस असम्भावित घटना से आहत होकर वह हतप्रभ रह गए। मुखमुद्रा मुरझाने लगी। वाणी कुंठित हो गई। नेत्रों

से उदासी झलकने लगी। आँखें स्वतः झुक गईं। नैराश्य उनकी मुखश्री हरण कर ले गया। भविष्य की चिन्ता सर्पिणी-सी फुँफकारती हुई सामने खड़ी दिखाई पड़ी। गृह-त्याग से अधिक वेदना अपमानित जीवन जीने में प्रतीत होने लगी।

भारती पतिदेव की क्षण-क्षण गम्भीर होने वाली मूर्ति को आचार्य की माला में लटके दर्पण से प्रतिबिम्बित होते देख रही थी। उसने उसी म्लान मुद्रा के आधार पर निर्णय लेते हुए आज दोनों (वादी-प्रतिवादी) से भिक्षा ग्रहण करने की प्रार्थना की। वह नित्य आचार्य से भिक्षा पाने की और मण्डन मिश्र से भोजन करने का आग्रह करती थी। अतः निर्णय स्पष्ट हो गया।

आज शास्त्रार्थ के उपरांत मण्डन मिश्र आचार्य के अन्य शिष्यों के साथ मठ की ओर चले। शिष्यों ने आज उन्हें भिक्षा नहीं माँगने दी। स्वयं द्वार-द्वार से भिक्षा लेकर नर्मदा तट पर पहुँचे। और आचार्य के साथ सबने भिक्षा ग्रहण की। राजा सुधन्वा आचार्य शंकर के परम भक्त थे। उन्हें यह ज्ञात था कि मण्डन मिश्र अवश्य ही हारेंगे क्योंकि आचार्य शंकर की प्रतिभा रूपी सूरज के सामने चंद्रमा और तारागण क्या कभी ठहर सकते हैं! मण्डन मिश्र भले ही शास्त्रविद् हों पर आचार्य ने योगाभ्यास के द्वारा जिस अध्यात्म स्थिति को प्राप्त कर लिया है वहाँ पर पहुँचना गृहस्थ के लिए सम्भव है ही नहीं। इसीलिए राजा सुधन्वा ने मण्डन मिश्र के लिए पहले से ही संन्यासियों का वस्त्र मँगवा रखा था। भिक्षा के उपरांत जब आचार्य के साथ शिष्य वर्ग और मण्डन मिश्र लौटे तो सुधन्वा ने उन्हें भगवा वस्त्र पहनाना चाहा। पर आचार्य ने यह उचित नहीं समझा। उन्हें यह आभास हो रहा था कि जब तक भारती और उसकी माँ मण्डन मिश्र को संन्यास की आज्ञा नहीं देतीं, उन्हें भगवा वस्त्र पहनाना उचित नहीं। सुधन्वा, आचार्य और शिष्यों में इस विषय पर वार्तालाप चल ही रहा था तब तक पूर्व मीमांसा के देश प्रसिद्ध विद्वान् जैमिनी वंशज पंडित मठ में आ पहुँचे।

शंकराचार्य के साथ मण्डन मिश्र के चले जाने पर अतिथियों ने भोजन करना उचित नहीं समझा। आज सबके चेहरे पर उदासी छायी हुई थी। मण्डन मिश्र की माता ने बार-बार सेवकों, अतिथियों से पूछा, "आज शास्त्रार्थ के उपरांत मण्डन नित्य की तरह चरण स्पर्श करने क्यों नहीं आया?" उनके हृदय में आशंका हो रही थी कि कहीं आचार्य शंकर, बेटे को संन्यासी न बना लें। भारती की आकृति भी बड़ी उदास थी। अतिथियों को दुखी देखकर उसका चित्त और भी खिन्न हो रहा था। वह चुपचाप भगवान कृष्ण की मूर्ति के समीप बैठकर विचार कर रही थी कि इस परिवर्तित परिस्थिति में हम लोगों का क्या धर्म है। थोड़ी ही देर में जैसे उसको अन्तर्ध्वनि सुनायी पड़ी, "अरी भारती, तू तो अर्धांगिनी बची है। अभी तो आधा अंग हारा है। तू आचार्य शंकर से शास्त्रार्थ कर। तेरी विजय होगी।" भारती के मन में नया उत्साह जगा। उसे नयी प्रेरणा मिली। देवालय से बाहर आते ही उसने सखियों को एकत्र किया और सबका अपनी अन्तर्ध्वनि से परिचय कराया। सखियों ने बड़े उत्साह से भारती का स्वागत किया। उपस्थित विद्वान मण्डली में नया उत्साह जगा। भारती ने

अपनी माँ के चरण स्पर्श किये। उन माँ मण्डन मिश्र की हार की आशंका से रोदन कर रही थी। भारती ने उनके आँसू पोंछे और हाथ जोड़कर बोली, ''आप चिंता क्यों कर रही हैं अभी तो आधा अंग हारा है। मैं उनकी अर्धांगिनी आचार्य से शास्त्रार्थ करूँगी। आप मुझे आशीर्वाद दें ताकि मैं आचार्य शंकर को निरुत्तर कर सकूँ। मैं जब हारूँगी तब न कहीं वह संन्यासी बनेंगे। नारी में भगवान ने अपूर्व शक्ति दी है। वही दुर्गा है, वही सरस्वती है; वही लक्ष्मी है, वही भगवती। कल से मैं आचार्य के साथ शास्त्रार्थ करूँगी। पंडित शिरोमणि जैमिनी को हम सब आचार्य के पास भेज रहे हैं। वही जाकर वहाँ हम लोगों का संकल्प सुनायेंगे।''

मण्डन मिश्र की माता ने भारती को गले लगाया; उसका मुँह चूमा; उसके सिर पर हाथ फेरते हुए कहा, ''बेटी, तू साक्षात् सरस्वती है। तुझे कौन पराजित कर सकता है। शीघ्र ही जैमिनी को शंकर के पास मठ में भेज। कहीं उन्होंने बेटे को भगवा वस्त्र न पहना दिया हो। फिर तो संन्यासी का गृहस्थ बनना धर्म-विरुद्ध माना जाएगा।'' उन्होंने जैमिनी को बुलाया। उनका हाथ अपने हाथों में लेकर प्यार से कहा, ''जाओ बेटा, आचार्य से कह दो कि अभी मण्डन को भगवा वस्त्र न पहनाये। कल से भारती उनके साथ शास्त्रार्थ करेगी। आचार्य के शिष्यों को मण्डन के साथ आज संध्या समय आमन्त्रित करो। मैं उन सबका पूजन करूँगी।'' पंडित जैमिनी ने बड़ी प्रसन्न मुद्रा में सम्पूर्ण अतिथियों को आश्वस्त किया।

भारती ने हाथ जोड़कर सबसे निवेदन किया, ''आप सब भोजन करने के लिए बैठ जाइये, अतिकाल हो रहा है। अतिथि का भूखा रहना गृहस्थ के लिए सबसे बड़ा अभिशाप है।'' नित्य सेवकों के साथ भारती की सहेलियाँ अतिथियों को भोजन कराती थीं और भारती को सबके साथ भोजन करने के लिए बाध्य होना पड़ता था। आज उसने पुरुषों की तरह साड़ी को लपेटा। महाराष्ट्रियन स्त्रियों की तरह बन गई। और स्वयं सबको भोजन परोसने लगी। सबको भोजन कराने के उपरांत सखियों सहित नित्य की तरह हँसते, विनोद करते भारती ने सखियों को भोजन कराया। पर माँ ने आग्रह करने पर भी भोजन नहीं किया। तब भारती ने भी अन्न ग्रहण नहीं किया।

पंडित जैमिनी ने मठ में पहुँचकर आचार्य को दण्डवत् करते हुए प्रणाम किया और उन्हें भारती की इच्छानुसार शास्त्रार्थ का निमन्त्रण दिया। उनसे यह भी निवेदन किया कि ''मण्डन मिश्र की माता आपकी शिष्य-मण्डली का पूजन करना चाहती हैं। कृपया उन्हें संध्या समय भारती के निवास स्थल पर देवालय में भेज दें।'' आचार्य ने शिष्यों को बुलाकर भारती, उनकी माता का संदेश सुनाया और उन्हें जैमिनी के साथ जाने की अनुमति दी। शिष्यों ने आचार्य से पूछा, ''क्या हम लोग मण्डन मिश्र को भी अपने साथ ले जाएँ।'' आचार्य ने मण्डन मिश्र को बुलवाया और उनकी इच्छा जाननी चाही। मण्डन मिश्र ने आचार्य को दण्डवत् प्रणाम किया। बोले, ''प्रतिज्ञानुसार मैं संन्यास ले चुका हूँ। संन्यासी का अपने घर पर जाना उचित नहीं माना जाता। अतएव मैं अब भविष्य में उस घर पर नहीं जाऊँगा।'' शिष्यों में से केवल पद्म पादाचार्य ने

जैमिनी के साथ प्रस्थान किया और वे भारती के निवास स्थान पर पहुँचे।

भारती, उसकी माँ तथा अन्य उपस्थित पंडित मण्डली ने द्वार पर संन्यासियों का स्वागत किया। देवालय के समीप चबूतरे पर सभा प्रारंभ हुई। मण्डन मिश्र की माँ ने देखा कि शिष्यों के साथ उनका बेटा तो आया नहीं है। उन्होंने स्वामी पद्म पादाचार्य से पूछा, ''क्या मेरे बेटे ने संन्यास ले लिया है? यदि संन्यास ले लिया है तो आप लोगों के साथ आया क्यों नहीं? यदि नहीं लिया हो तो भी उसे इस घर में आने का पूरा अधिकार है। जब तक भारती हार नहीं जाती और मैं आदेश नहीं देती, माँ का आशीर्वाद नहीं मिलता तब तक वह संन्यास ले कैसे सकता है? अत: आप लोग उसे अपने साथ लाये क्यों नहीं?'' इतना कहते-कहते उनकी आँखों से आँसुओं की धारा फूट पड़ी। भारती ने उन्हें चुप कराया और एक ओर ले जाकर उन्हें समझाने लगी कि माँ, तुम इतना अधीर क्यों हो रही हो? विधाता ने जो कुछ लिखा है वह तो होकर रहेगा। आप धैर्य धारण करें। मैं तो अभी आपके पास हूँ। आप चिंता क्यों करती हैं?

इतना कहकर वह माता को साथ ले उनके शयन गृह में गई। वहाँ जैमिनी के वंशज विद्वान माता को कथा पुराण सुनाने लगे। भारती पद्म पादाचार्य के समीप आ पहुँची। कर्नाटी, विनोदिनी, विजया आदि उसकी प्रतीक्षा कर रही थीं। भारती स्वामी पद्म पादाचार्य को साथ लेकर अपनी सहतीर्थ्या सखियों के पास पहुँची।

पद्म पादाचार्य भारती के साथ पहुँचे तो सारा महिला समाज प्रसन्न हो उठा। पर भारती सशंकित हो उठी। संन्यासी का अभिवादन कर स्त्रियाँ उनके चतुर्दिक बैठ गईं। भारती के साथ आचार्य शंकर के शास्त्रार्थ का प्रश्न उठा। पद्म पाद समझाने लगे कि संन्यासी का नारी के साथ शास्त्रार्थ उचित नहीं। कर्नाटी, पद्म पाद के साथ तर्क-वितर्क करने लगी। विनोदिनी विवाद के लिए पूरी तैयारी करके आई थी। वह अधीर हो उठी।

अत: विनोदिनी ने कर्नाटी को थोड़ी देर चुप रहने को कहा। कर्नाटी चुप हो गई तो वह स्वयं बोली, ''स्वामिन्! मैं जानना चाहती हूँ, आपके तीन महावाक्य क्या हैं?''

पद्म पादाचार्य, ''अहं ब्रह्मास्मि, तत् त्वमसि, सर्वं खल्विदं ब्रह्म।''

विनोदिनी, ''अहं ब्रह्मास्मि का क्या अभिप्राय है महाराज?''

पद्म पादाचार्य, ''मैं ब्रह्म हूँ।''

विनोदिनी, ''महाराज! ब्रह्म पुल्लिंग है या स्त्रीलिंग?''

पद्म पादाचार्य, ''ब्रह्म, शब्द न पुल्लिंग है, न स्त्रीलिंग, वह नपुंसकलिंग है।''

विनोदिनी, ''फिर तो अपने को ब्रह्म कहने वाले भी तो...''

भारती, ''विनोदिनी! तू किससे परिहास कर रही है? तू एक महात्मा से शास्त्रार्थ करने चली है।''

विनोदिनी, ''दीदी, हमारे गाँव में पुत्रोत्पत्ति के अवसर पर कई नाचने वाले आते हैं जो न पुरुष हैं न स्त्री। क्या वे ब्रह्मवादी हैं? पर वे तो हम लोगों की तरह साड़ी पहनते हैं।''

कर्नाटी, ''तू कहना क्या चाहती है? इतनी लम्बी भूमिका क्यों बाँध रही है?''

विनोदिनी, ''स्वामी महाराज कहते हैं, ब्रह्मचारी नारी से शास्त्रार्थ नहीं करते। क्यों बड़ी दीदी नपुंसक से शास्त्रार्थ करने जा रही है? कृष्ण ने तो अर्जुन को फटकारा था, 'अरे! बृहन्नला!

क्लैब्यं मा स्म: गम: पार्थ नैतत्त्वय्युपपद्यते।
क्षुद्रं हृदयदौर्बल्य त्यक्तोत्तिष्ठ परंतप।।

हे पार्थ! इस समय तू युद्ध में क्लीव बन रहा है। यह तेरे लिए उचित नहीं है। तू आज युद्ध क्षेत्र में भी क्लैब्य नपुंसक बन रहा है। नाच गृह में नपुंसक बनना तो ठीक है पर युद्ध क्षेत्र में नपुंसक क्या करेगा? शास्त्रार्थ युद्ध है।' क्यों दीदी, तुम क्लीव से शास्त्रार्थ करोगी? स्त्री-स्त्री या पुरुष से शास्त्रार्थ करती है न कि किसी क्लीव से या नपुंसक से शास्त्रार्थ! वह नाचता-गाता है।''

भारती, ''विनोदिनी! तू क्या कह रही है? महापुरुषों से परिहास नहीं करते। देश-काल पात्र के अनुसार परिहास प्रिय बनता है अथवा वितंडावाद है।''

आचार्य, ''विनोदिनी! चुप रहो। तू किसे शास्त्र की मर्यादा पढ़ाने चली है?'' सर्वत्र सन्नाटा छा गया।

भारती बोली, ''महाराज! हम लोगों का इतना ही निवेदन है कि केवल पति के हार जाने से विजेता की विजय पूर्ण नहीं होती जब तक उसकी अर्द्धांगिनी को पराजित न किया जाए। हम सबकी यही प्रार्थना है कि आचार्यवर पूर्ण विजयी होने के लिए अर्द्धांगिनी को भी शास्त्रार्थ में पराजित करें और तभी राष्ट्र की समसामयिक समस्याओं को सामने रखते हुए एक ऐसा नया जीवन दर्शन स्थापित करें जिससे श्रेयस् और प्रेयस् दोनों की सिद्धि हो। उनसे शास्त्रार्थ करने का एकमात्र उद्देश्य यही है। पति की तरह कल से आचार्यवर के साथ मैं अपनी शंकाओं, आधुनिक समस्याओं, और तदनुकूल उपस्थापन को उनके सम्मुख रखना चाहती हूँ। मेरी सहतीर्थ्या महिलाओं की यही आकांक्षा है। हम सबका निवेदन आचार्य प्रवर तक पहुँचाने की कृपा कीजिएगा।''

पद्म पादाचार्य कुछ देर तक चुप रहे। सहसा उन्हें एक प्रकाश जैसा दिखाई पड़ा, जिसमें लिखा था, 'तुम चिन्ता क्यों करते हो? आचार्य गुरुवर कोई-न-कोई मार्ग निकाल ही लेंगे।' इतनी प्रेरणा पाते ही पद्म पादाचार्य ने उठते हुए कहा, ''तथास्तु। आप जैसा कहती हैं वैसा ही होगा।''

यह कह कर पद्म पादाचार्य रामदास के साथ आचार्य शंकर के पास आश्रम चले गए।

3

आचार्य के शिष्य पद्म पादाचार्य ने भारती के निवास स्थान से लौटकर रात्रि को आचार्य की चरण सेवा करते हुए कल से नये शास्त्रार्थ की चर्चा की। उन्होंने भारती की सहपाठी सखियों के साथ अपने वार्तालाप का संक्षेप में परिचय दिया। उन्होंने आचार्य को अरबों के आक्रमणों की घटना का परिचय देते हुए यह बताया कि ''सिन्ध और मूलस्थान से आई हुईं नारियों की करुण कथा सुनकर मुझे बड़ा ही दु:ख हुआ है। उन्होंने अरबों की विजय और भारतीय राजाओं की पराजय के विविध कारणों का भी उल्लेख किया।'' शंकराचार्य की भी आँखें गलदश्रु हो गईं। पद्म पादाचार्य ने विषयान्तर करते हुए यह भी कहा कि भारती ने आज, आप और मण्डन मिश्र के शास्त्रार्थ का जो निर्णय दिया है उसके पूरक के रूप में वह यह कह रही हैं कि ''मिश्र की पराजय तभी पूर्ण मानी जाएगी जब उनकी अर्द्धांगिनी भी शास्त्रार्थ में हार जाएगी। अभी तो केवल आधा ही अंग हारा है। आप शास्त्र की मर्यादा पालन करने वाले हैं। शास्त्र कहता है—'आत्मनोअर्ध पत्नी' अत: मिश्र की पराजय अर्द्ध पराजय है और आपकी विजय अर्द्ध विजय है।'' भारती कल से आपके साथ शास्त्रार्थ करना चाहती है।

आचार्य शंकर कुछ देर तक मौन भाव से सोचते रहे। उन्होंने अपने शिष्यों को बुलाया और शास्त्रार्थ की चर्चा करते हुए बोले, ''स्त्री के साथ संन्यासी का शास्त्रार्थ करना कहाँ तक उचित है ? नारी जननी है। जननी और जनक के साथ संन्यासी का भी शास्त्रार्थ करना उचित नहीं माना गया है।'' शिष्य-गण इसका कुछ उत्तर न दे पाये। तब पद्म पादाचार्य बोले, ''महाराज! मैंने भी यही प्रश्न भारती और उसकी सखियों के सामने रखा कि संन्यासी का किसी नारी के साथ शास्त्रार्थ करना कहाँ तक उचित है !''

एक शिष्य ने पूछा, ''इसका उत्तर आपको भारती ने क्या दिया ?'' पद्म पादाचार्य बोले, ''भारती ने बड़े विश्वास के साथ शास्त्रों का उदाहरण देते हुए यह सिद्ध कर दिया था कि शास्त्रार्थ में पुरुष-स्त्री का, युवा-वृद्ध का, संन्यासी-गृहस्थ का, देशी-विदेशी का भेदभाव रखना दुर्बलता मानी जाती है। क्या याज्ञवल्क्य ऋषि ने गार्गी के साथ शास्त्रार्थ नहीं किया था ? राजर्षि जनक ने सुलभा को नारी जानकर क्या शास्त्रार्थ करने में मीन-मेख निकाला था ? यदि आचार्य, मिश्र पर शास्त्रार्थ में पूर्ण विजय घोषित करना चाहते हैं तो मैं उनसे शास्त्रार्थ की प्रार्थना करती हूँ। या तो वह मेरे साथ शास्त्रार्थ करें अथवा अपनी अर्द्ध पराजय स्वीकार करें।''

पद्म पादाचार्य के तर्कों से प्रभावित होकर सारी शिष्य-मंडली चुप हो गई। आचार्य शंकर भी कुछ न बोले। उन्हें बहुत देर तक मौन देखकर शिष्य वर्ग अभिवादन के पश्चात् एक-एक करके चला गया। प्रात: काल प्रार्थना के उपरान्त आचार्य ने अपना निर्णय सुनाया और शिष्य वर्ग को साथ लेकर नित्य की तरह आज भी भारती के साथ शास्त्रार्थ करने को चल पड़े। अभी मण्डन मिश्र शिष्य वर्ग में सिर मुण्डन कराये हुए ब्रह्मचारी वर्ग में सम्मिलित किये गए थे। उन्होंने अपने शिखा-सूत्र को

अभी नहीं त्यागा था। जब उन्हें यह संवाद मिला कि आचार्य को भारती ने शास्त्रार्थ के लिए आमंत्रित किया है तो वह कुछ काल तक विस्मय में पड़े रहे। उन्हें स्वप्न में भी यह आशा नहीं थी कि इतनी आज्ञाकारिणी भारती मेरी पराजय को अपनी पराजय नहीं स्वीकार करेगी। पर वे अब कर क्या सकते थे। एक संन्यासी को अपनी पूर्व पत्नी पर अधिकार ही कहाँ है? एक बार उनके मन में आया कि मैं भारती को पत्र लिखकर समझा दूँ कि आचार्य अवतारी पुरुष हैं। इनके शब्द ही अन्तिम प्रमाण हैं। शास्त्र का कार्य ऐसे महापुरुषों की नई व्याख्या का समर्थन करना है न कि उनमें शंका उठाना या उनका विरोध करना। उन्होंने अपनी इच्छा जब अन्य ब्रह्मचारियों के सामने रखी तो उन्होंने इसका विरोध किया। उन्होंने समझाया, ''परित्यक्ता पत्नी पूर्ण स्वतन्त्र है। अभी तक वह अर्द्धांगिनी थी अब पूर्ण स्वतन्त्र हो गई है। उसको पत्र लिखना आपके लिए उचित नहीं। यह तो शास्त्र-मर्यादा को भंग करना है।''

मण्डन मिश्र छटपटा कर रह गये। उनकी स्थिति उस मछली की तरह हो गई जो स्वत: पानी से कूद रेत में इतनी दूर जा पड़ी है कि उलट कर जलाशय तक पहुँच नहीं सकती। अब तो उसे एक नये सरोवर को ही ढूँढ़ना होगा। अथवा भूमि को इतने नीचे तक खोदना होगा जहाँ कूप-जल में सुखपूर्वक सदा के लिए निवास स्थान बना सके।

आचार्य शंकर अपने शिष्यों सहित भारती के राज-द्वार पर पहुँचे। भारती की सखियों ने आचार्य के शिष्यों का स्वागत किया। भारती ने आचार्य के गले में स्वयं माला डाली और उन्हें आदरपूर्वक ऊँचे आसन पर बिठाया। स्वत:भूमि पर बैठ गई। सखियों ने वेद मंत्र से नित्य की तरह प्रार्थना की। कुछ देर तक सब लोग मौन भाव से बैठे रहे। तब पद्म पादाचार्य ने मौन भंग करते हुए उपस्थित जनता को यह संदेश दिया कि यद्यपि हमारे गुरुवर आचार्य नारी के साथ शास्त्रार्थ करने में प्रसन्न नहीं हैं किन्तु शास्त्रार्थ मर्यादा के अनुसार भारती के शंकानिवारण और उनके विविध प्रश्नों का उत्तर देने के लिए आज प्रस्तुत हैं। अब गुरु आज्ञा से शास्त्रार्थ प्रारम्भ होने जा रहा है।

आचार्य शंकर ने कहा, ''मुझे आज भारती ने शास्त्रार्थ के लिए आमंत्रित किया है। शास्त्रार्थ का नियम है कि जो आह्वान करता है वही शास्त्रार्थ का प्रारम्भकर्त्ता भी बनता है। अत: प्रश्न पूछने, समस्या रखने का सर्वप्रथम अधिकार शास्त्रानुसार भारती का है।'' इतना कहकर वह चुप हो गये।

भारती ने बड़े विनीत भाव से दोनों हाथ जोड़कर आचार्य को प्रणाम करते हुए शास्त्रार्थ प्रारम्भ किया। वह बोलीं, ''योगिराज, आपने पूर्व घटित होने वाले शास्त्रार्थ काल में बताया था कि वेद का ज्ञान अनन्त है। वह अनादि काल से चला आ रहा है और अनन्त काल तक चलता रहेगा। क्योंकि इसमें सभी काल, सभी देश, सभी समाज, सभी जीव, अर्थात् प्राणी मात्र और मानव मात्र का धर्म निहित है। मैं यह पूछना चाहती हूँ कि क्या आधुनिक युग में जब भारत पर चारों ओर से आक्रमण हो रहे हैं; आन्तरिक कलह और बाह्य शक्तियों से यह देश खंड-खंड होता जा रहा है;

वेदों की रक्षा करने वाले तलवार की धार में डुबोये जा रहे हैं; पूजास्थल धराशायी हो रहे हैं; नारी जाति का सतीत्व निर्दयता से लूटा जा रहा है; पुस्तकालयों और ग्रंथागारों को अग्नि की ज्वाला में भस्मीभूत बनाया जा रहा है; नन्हे-नन्हे शिशुओं को उछाल-उछालकर तलवार की धार पर खण्डित किया जा रहा है; क्या वैदिक धर्म यही बताता है कि कर्मकाण्डी और देश के संगठन कर्त्ताओं को चीवर वस्त्र पहनाकर मठ में भेज दिया जाए! और उनकी पत्नियों को अनार्य विदेशियों के हाथों का खिलौना बनाया जाए! भगवन्! कहा जाता है कि सारे वेदशास्त्र और उपनिषद् का सार *गीता* में वर्णित है। मैं *गीता* के द्वारा यह सिद्ध करना चाहती हूँ कि आज भारत को कर्मसंन्यास की नहीं अपितु कर्मयोग की आवश्यकता है।''

4

भारती बोली, ''हमारी पीढ़ी अर्जुन की तरह विषाद-मग्न किंकर्त्तव्यविमूढ़ है। *महाभारत* के समय का अर्जुन और कृष्ण-संवाद, गुप्तवंशियों तक को बल देता रहा। आज आपका निर्णय नवीं शताब्दी के लिए ही नहीं अपितु आने वाली पीढ़ियों को भी पथ दिखा सकता है। अरब का आक्रमण रुकने वाला नहीं। महाराज, नया धर्म सदा नया उत्साह, नयी प्रेरणा, नया संदेश लेकर आता है। उसका सामना करना सरल नहीं। अत: भविष्य को ध्यान में रखकर व्यष्टि और समष्टि जीवन दर्शन की व्याख्या कीजिए। युग बदल गया है। लगभग दो शताब्दी पूर्व अरब देश में परम्परागत धर्म के विरुद्ध विद्रोह हुआ। नयी सभ्यता और संस्कृति अरब की जलजलाती रेत में जन्मी जो धर्म-प्रचार के लिए शुष्क और निष्ठुर बन गई है। दया धर्म जानती नहीं। जानती है तो मानती नहीं। मानती है तो अपनाती नहीं। सोचिए योगिराज, आपका कर्म-संन्यास, आपका निष्काम कर्म, आपका कोरा परमार्थ—चिन्तन, इस भारत देश को कहाँ ले जाएगा? उन कर्मवीरों को, पुरुषार्थी खड्गधारियों को अकर्मण्य और दण्डधारी बनाकर आप मानवता को कहाँ ले जा रहे हैं? बोलिए न महाराज, आप चुप क्यों हो गए?''

शंकराचार्य, ''कहती चलो भारती, अभी तुम्हारे मन में अनेक शंकाएँ हैं। सबको सुनकर ही बोलना उचित होगा।''

भारती, ''महाराज, आप अन्तर्यामी हैं। सच है, मेरी पीढ़ी के मन में अनेक शंकाएँ हैं। आपके वैराग्य-प्रधान विचारों के प्रति देश में चारों ओर चर्चा चल रही है। अन्न-वस्त्र का संकट, चारों ओर लुटेरों का भय, विभिन्न सम्प्रदायों का घोर कलह, अनेक सम्प्रदायों में फैला आडम्बर और भ्रष्टाचार, भूत-प्रेत का अंधविश्वास, देश-द्रोहियों का प्रभुत्व, राजन्य वर्ग में घोर प्रतिस्पर्धा और संघर्ष, सम्पत्ति शालियों की दीन दुखियों के प्रति घृणा,...कहाँ तक कहूँ, महाराज पूछिए इन मेरी सहेलियों से जो देश के कोने-कोने से आई हैं।''

शंकराचार्य, ''तुम्हीं सुनाओ भारती, तुम्हीं उनकी प्रतिनिधि बनाई गई हो न।''

सारा समाज अवाक् रह जाता है कि हमारी गोष्ठी का रहस्य इस संन्यासी को कैसे ज्ञात हो गया? सभी आपस में विस्मय से एक-दूसरे को देखती हैं।

भारती, ''महाराज, मैं तो उन महिलाओं की प्रतिनिधि हूँ, आप तो सारे देश के जन-नायक हैं। गाँव-गाँव घूम कर आपने देश की नाड़ी पहचानी है महाराज! आज सारा देश आठ-आठ आँसू रो रहा है। कदाचित् इतिहास में प्रथम बार एक ऐसी विदेशी शक्ति शताधिक वर्षों से हमें कुचलती जा रही है जो राज्यविस्तार और धर्म प्रचार की प्यासी है। अरबी आक्रान्ता, सिन्ध राज्य के मरुस्थल में अपनी प्यास न बुझा सके तो अब क्षिप्रा का निर्मल जल पीने, महाकाल को भी काल कवलित करने उज्जैनी तक आ गए हैं। आज सारी नारी जाति आँसू बहा रही है महाराज! नारी-अपहरण, तीर्थों का अपवित्रीकरण और बाल, वृद्धों का क्रंदन सहा नहीं जा रहा है महाराज! देश पर मानो समस्या का पहाड़ टूट पड़ा है।''

शंकराचार्य, ''समस्याओं के पर्वत, आँसुओं की धाराओं में विलीन नहीं हुआ करते। केवल आर्त क्रन्दन, समस्या-उद्घाटन और व्यर्थ रोदन से क्या होना है?''

भारती, ''आप ठीक कह रहे हैं महाराज! यह हम सब भी जानती हैं, तो क्या समस्या का विशाल पर्वत दण्डी-संन्यासी के पलाश-दण्ड से चूर-चूर हो जाएगा? उसको तो इन्द्र का वज्र ही तोड़ सकता है महाराज! इसलिए हमें राजशक्ति, शास्त्र शक्ति, सैन्य शक्ति के संग्रह की आवश्यकता है, न कि संन्यास-प्रचार की। अरब अपनी सैन्य और शस्त्र शक्ति के बल पर—स्पेन से चीन तक,—राजदुर्गों, देवालयों, नगरों और ग्रामों पर हरी पताका फहराता हुआ एक पर एक देश जीतता चला जा रहा है। हमें उस बड़ी शक्ति का सामना करना है। इसलिए हमें शक्र और उसका वज्र चाहिए महाराज!''

शंकराचार्य, ''मैं भी यही कहता हूँ भारती, पर यह तो समझो शक्र या इन्द्र हैं क्या? इन्द्र, वज्र और देवसेना का आशय क्या है? शक्र, और देवसेना का निर्माण कैसे होता है? जिस प्रकार भगवान् बुद्ध और महावीर की वाणी का बिना अर्थ समझे बौद्ध, अपने धर्म से विलग होते-होते हत्यारे तांत्रिक और विलासी युगनद्ध उपासक होते जा रहे हैं, उसी प्रकार पुराणों का अर्थ जब अद्वैत सिद्धान्त से विच्छिन्न होने लगा तो जनता भ्रम में पड़ गई और उसे कपोल कल्पित कहानी ही मानने लगी। हमारे वैदिक धर्म के अधोपतन का यही कारण हुआ। इन्द्र शक्र, वज्र, देवसेना आदि की इस समय भी हमें उतनी ही आवश्यकता है जितनी देवासुर संग्राम के समय थी। सदा की भाँति वर्तमान संकट में एक यही शक्ति देश को, मानवमात्र को, उबार सकती है।

भारती, ''बताइए महाराज, इनका रहस्य क्या है?''

शंकराचार्य, ''वेद कहता है 'इन्द्रो मायाभिः पुरुरूप ईयते।' वह मायावी इन्द्र (ईश्वर) ही समय-समय पर अज्ञान का अंधकार मिटाने, दुष्टों का दमन और सन्तों की रक्षा करने, विश्व को दु:खसागर से उबारने को नाना रूपों में अवतरित होता है। वही दशावतारी इन्द्र फ़ारस में जरथुष्ट्र, चीन में कनफ़्यूशस मिस्र में मूसा, ईसा

येरुशलम के बेथलहम में, अरब में मुहम्मद साहब, भारत में राम, कृष्ण, बुद्ध और महावीर के रूप में पैगम्बर हुए। उनका सदाचारमय शुद्ध आध्यात्मिक जीवन ही अमोघ वज्र के समान है। समय-समय पर देश की समस्याओं के पर्वत को ईश्वरीय शक्ति तोड़ती आई है। ऐसे ही वीर सदाचारी विश्व प्रेमी सैनिकों की सेना देवसेना है। इस देवसेना में ही ऐसी देवसेना सी संचालिका उत्पन्न होगी जो देश, जाति, धर्म का संचालन करेगी। इन्द्र का शक्र (साहस) है वज्र (अमोघ शस्त्र) साधन है। उनका सम्यक् उपयोग करने वाली राज शक्ति, देवसेना का जब संगठन होगा तो उस देश को कौन पराजित कर सकता है? हम संन्यासी गाँव-गाँव, घर-घर उसी अलख का गीत गाते फिरते हैं। देश को ही क्या, संसार को सुखी बनाने वाला दर्शन अद्वैत के ही पास है। संन्यासी किसी देश में बँधकर नहीं रहता है सम्पूर्ण संसार उसका देश है। किसी एक जाति पर आश्रित नहीं रहता, विश्व की सम्पूर्ण जातियाँ उसकी अपनी ही हैं। वह किसी वंश या सम्प्रदाय से आबद्ध नहीं होता। वह संसार में सभी प्राणियों को ईश्वर रूप समझकर विचरण करता रहता है। उसके लिए प्रत्येक तीर्थ, प्रत्येक पूजा स्थल समान रूप से सम्मान्य है। उसका न किसी से द्वेष है न राग। उसके लिए वैदिक, बौद्ध, जैन, यहूदी, ईसाई, पारसी सब एक समान हैं। तुम्हीं बताओ इसके अतिरिक्त मानव जाति की रक्षा का उपाय क्या है?''

आचार्य की सारगर्भित वाणी से भारती की बुद्धि चकित रह गई। इसका प्रतिवाद या विरोध उसकी समझ में कुछ भी नहीं आया। अतः भारती कुछ देर मौन रहकर बोली, ''महाराज आज मैं इसका कुछ उत्तर नहीं दे पा रही हूँ।'' शास्त्रार्थ का समय पूरा हो गया था अतः इसी स्थिति में सभा भंग हो गई।

17वें दिन शास्त्रार्थ में भारती की पराजय से विषम समस्या खड़ी हुई। युवा महिलाएँ युक्ति सोचने लगीं।

विनोदिनी बोली, ''इस योगीश्वर को शास्त्रार्थ में पराजित करने वाला एक ही शास्त्र है जिस पर नारी का एकाधिकार होता है। आज्ञा दें तो बताऊँ।''

राजमाता विजया, ''विनोदिनी, पहेली मत बुझा। तू कहना क्या चाहती है?''

विनोदिनी, ''मैं कहती हूँ कि विधाता ने अबला को एक ऐसा अमोघ अस्त्र दिया है जिससे वह बड़े-से-बड़े शस्त्रधारी योद्धा, सामन्त, सम्राट को जीत लेती है। इस चीवरधारी को हराना क्या कठिन है?''

विजया, ''फिर वही पहेली! वह अस्त्र है क्या? और उस अस्त्र की संचालन-कला तुझे आती है तो बताती क्यों नहीं? उस कला का कोई सूत्र तो बता।''

विनोदिनी, ''मेरे अस्त्र-शस्त्र का नाम है काम बाण, मेरे शास्त्र का नाम है काम शास्त्र! सूत्र है वात्स्यायन सूत्र।''

विजया, ''तूने पढ़ा है वह शास्त्र? जानती भी है सूत्र क्या होता है?''

विनोदिनी, ''क्या कहती हैं रानी, मांग में सिन्दूर की रेखा खिंचते ही सारा काम शास्त्र विवाहिता नारी एक झटके में ही पढ़ लेती है। सभी सूत्रों का अर्थ वात्स्यायन ऋषि स्वयं संकेत से समझा जाते हैं। मैं कहती हूँ कि भारती की जगह मुझे कल शास्त्रार्थ के लिए भेजो। देखो मैं विजय करके लौटती हूँ या नहीं? तपस्विनी भारती क्या जाने पुरुष को जीतना?''

विजया बोली, ''अच्छा बता, तू क्या प्रश्न करेगी?''

विनोदिनी, ''आप सबकी अनुमति हो तो मैं अपनी रत्न-पेटी खोलूँ। कोई क्रुद्ध तो न होगा?''

कर्नाटी बोली, ''आज तो विनोदिनी की जिह्वा पर साक्षात् रति रानी बैठकर बोल रही हैं। विनोदिनी, आज तेरी तीक्ष्ण करवाल के सामने कौन टिक सकता है? पर शास्त्रार्थ के लिए प्रश्न तो बता।''

विनोदिनी, ''मैं पूछूँगी संन्यासी महाराज, नवविवाहिता कामिनी सोलह शृंगार के साथ पायल की मंजुल गुँजार से जब कामदेव को ललकाती हुई रतिगृह में अर्द्धरात्रि को प्रविष्ट होती है तो पति की आकृति में क्या-क्या परिवर्तन आते हैं? एक रम्य प्रश्न। दूसरा प्रश्न पूछूँगी—नववधू के नेत्र-कटाक्ष, कपोलों की लाली, भौंहभंगिमा, ग्रीवा से लिपटी हुई नर्तनशील मुक्तावलियों से खेलने वाले युगल वक्षस्थलों में, सबसे अधिक प्रभावोत्पादक कौन है? कुसुमायुध-पंचशर का सबसे तीखा प्रहार कहाँ से करता है? तीसरा प्रश्न सबसे जटिल है। कहो तो बताऊँ? (चुप हो जाती है।) कोई नहीं बोलता है। अत: मौन-सम्मति लक्षणम् के अनुसार मैं पूछूँगी, कि 'अनाघ्रातं पुष्पं' के मसलन और 'अनाविद्धं-रत्न' के प्रथम बेधन काल में जो सुखानुभूति नवदम्पति को होती है उसकी तुलना योगियों के ब्रह्मानन्द से कीजिए।''

भारती विनोदिनी की भर्त्सना करती हुई बोली, ''विनोदिनी उन्मत्त की तरह कैसी वक्तृता झाड़ रही है? मुझे विद्वानों की मंडली में एक संन्यासी से शास्त्रार्थ करना है न कि विवाह मंडप में फूहड़ गीत गान! देश के मनीषियों, वृद्धजनों के सामने तुम्हारे प्रश्न पूछकर कहाँ मुँह दिखाऊँगी! ऐसी विजय से पराजय अच्छी। चर्चा, शास्त्र की करनी है न कि विवाह काल का ग्राम्य गीत गाना है।''

भारती की वेदना भरी वाणी सुनकर संगोष्ठी में सन्नाटा छा गया। थोड़ी प्रतीक्षा के उपरान्त भारती बोली, ''आप लोगों में से किसी का और कोई सुझाव है?''

कर्नाटी बोली, ''दीदी, आपका प्रातिभ ज्ञान ही यह समस्या सुलझा सकता है। हम लोग आपको क्या सुझाव दें? आज तक किसी ने कहाँ पराजित किया है आपको! हमारा पूरा विश्वास है कि आप इस परीक्षा में भी सफल होंगी। आप ही कोई युक्ति निकाल सकती हैं। विनोदिनी तो यों ही बकती है? पढ़ना-लिखना सीखा नहीं, मनमाना तर्क करती है। अश्लील...''

विनोदिनी कब चूकने वाली थी! वाक्य पूरा भी नहीं हो पाया था कि बीच में

झपटकर बोल उठी, ''रानी, मेरे तर्कों में अश्लीलता कहाँ है? मैं आप लोगों की तरह प्रयाग गुरुकुल में पढ़ने नहीं गई पर कथापुराण सुनती रहती हूँ। मैंने *शकुन्तला* नाटक कई बार राजभवन में देखा है। आप भी महाराज (भीमराज) के साथ बैठी थीं।''

प्रभा और विजया को प्रोत्साहन मिल गया। विजया ने विनोदिनी का समर्थन करते हुए पूछा ''क्यों विनोदिनी, तू *अभिज्ञान शाकुन्तल* नाटक समझ लेती है? 'अनाघ्रातं पुष्पं, किसलयमलूनं, अनाविद्धं रत्नं' का आशय समझ जाती है?''

विनोदिनी झट बोल उठी, ''आप लोगों ने कक्षा में बैठकर गुरुमुख से अर्थ समझा होगा पर हमारे जैसे नाट्य प्रेमियों को भरत मुनि स्वयं आकर रंगमंडप में अर्थ समझा देते हैं। शकुन्तला और दुष्यन्त की भावभंगिमा सारा रहस्य स्वयं उद्घाटित कर देती हैं। नाटक के पाठक से नाट्य दर्शक कहीं अच्छी तरह समझता है नाटक का वास्तविक रहस्य।''

कालिदास कृत *अभिज्ञान शकुन्तलम्* में काम-वर्णन पर विवाद चलता रहा। संगोष्ठी में दो पक्ष हो गये। एक पक्ष दुष्यन्त की कामातुरता को धर्म-विरुद्ध मानता रहा किन्तु दूसरा वर्ग युक्तियों से समर्थन करता रहा। दोनों पक्ष इस पर सहमत थे कि कामातुर स्थिति में सम्पन्न प्रेम-विहार अन्त में दुखदायी अवश्य होता है। यदि शकुन्तला अप्सरा कन्या न होती, मानव पुत्री होती तो उसकी न जाने क्या दुर्दशा हुई होती?

विनोदिनी और जयसेना अन्त तक शकुन्तला-दुष्यन्त के प्रेम विवाह की सराहना करती रहीं। विनोदिनी का बार-बार यही आग्रह था कि इस विलक्षण संन्यासी को केवल कामकला के प्रश्नों से ही पराजित किया जा सकता है। वह कला को नारी जाति की शोभादायिनी मानती थी। अतः इसकी उपासना को तप समझती थी। वह बार-बार नव दम्पति के प्रथम रात्रि मिलन का रंगीन चित्र खींचती जाती थी। रात्रिभोजन के लिए गोष्ठी स्थगित हो गई। भोजन के उपरान्त पुनर्विचार प्रारम्भ हुआ।

5

इस संगोष्ठी में केवल नवविवाहिता अथवा विवाहिता नवयुवतियाँ आमंत्रित थीं। जब विनोदिनी ने नवदम्पति का रात्रि मिलन बड़े सरस ढंग से संकेतित किया तो भारती बोली, ''आप सब सुन रही हैं इस विनोदिनी की तर्क-युक्ति को; ऐसा प्रश्न क्या किसी संन्यासी से पूछा जा सकता है? शास्त्रार्थ के विशाल सभा-मंडप में एक-से-एक वयोवृद्ध विद्वान्, ऋषि, महर्षि, अविवाहित-विवाहित, बालिकायें, बालक विद्यमान होंगे। उनके सामने एक संन्यासी से घोर श्रृंगार सम्बन्धी प्रश्न पूछकर मैं कहाँ मुँह दिखाऊँगी! ऐसी अश्लील चर्चा क्या किसी शास्त्रार्थ में संभव है?''

विनोदिनी बोली, ''यदि मेरा कथन अश्लील है, सभामंडप में वर्जित है तो महाकवि कालिदास का *शकुन्तला* नाटक उस काल में अभिनीत कैसे हुआ? क्या

नाट्य-मंडप में बड़े-बूढ़े, वृद्ध, युवा, विद्वान्, ऋषि, महर्षि, अविवाहित कन्याएँ आदि नाटक देखने नहीं जाते थे? साहित्य में शिष्ट, अशिष्ट, श्लील, अश्लील क्या होता है? जीवन की अनुकृति नाटक है। जीवन में काम का भी अपना विशेष स्थान है तो उसकी निन्दा क्यों?''

भारती ने समझाया, ''महाकवि कालिदास का *शकुन्तला* नाटक भारत के वैभव-विलासमय स्वर्णयुग की झाँकी प्रस्तुत करता है; गुप्त साम्राज्य विदेशी आक्रामकों को पूरी तरह पराजित कर चुका था। अन्तर्विद्रोह की अग्नि बुझ चुकी थी।'' कुछ देर चुप रह कर फिर बोली—

''यह तुम्हारा कहना ठीक है कि साहित्य में श्लील-अश्लील, शिष्ट-अशिष्ट नहीं हुआ करता है। साहित्य साहित्य है यदि वह देश-काल, समाज की स्थिति को दृष्टि में रखकर रचा गया हो। किसी देश के वैभव-विलास काल का साहित्य उसी देश के आपत्तिकाल में अनुकरणीय कैसे बन सकता है? भूखे को रोटी चाहिए, उसके लिए अप्सरा का नृत्य किस काम का? यह ठीक है कि नृत्य कला और शृंगारी साहित्य समाज के लिए आवश्यक है, पर कहाँ और किस काल में? कालिदास का स्वतंत्र भारत उस दुष्यन्त को नायक बना सकता है जिसमें काम-दुर्बलता के साथ-साथ देश के शत्रुओं को पददलित करने की सामर्थ्य है।

''जो अपनी दुर्बलता के क्षणों को स्मरण करते हुए शत-शत बिच्छुओं की डंक-पीड़ा से कराह उठता है और पाप के प्रायश्चित के लिए नाना प्रकार के शारीरिक कष्ट सहता हुआ अपनी परित्यक्ता पत्नी को अंतरिक्ष में ढूँढ़ निकालता है। आज देश में कालिदास-युग नहीं विदेशी आततायी का दासयुग है। भारत का पश्चिमोत्तर भाग विदेशियों के पगतल में लोट रहा है। भारत की कुसुम-कुमारियाँ बर्बरों के क्रूर पंजों से मसली जा रही हैं। ऐसे समय में 'अनाविद्धं रत्नं' और 'अनाघ्रातं पुष्पम्' को आधार बनाकर शास्त्रार्थ करना क्या उचित है? वही रचना साहित्य की परिधि में आती है जो देश-काल और समाज को ध्यान में रखकर जन-जन के जीवन में प्रेरणा, स्फूर्ति, जिजीविषा को जगा सके : या रघु, दिलीप, राम, लव, कुश के पुरुषार्थ की गाथा गाती रहे। आज *रघुवंश* का पाठ करना है। जो रचना समाज में नवजीवन डाल नहीं सकती, जन-जन में जागरण ला नहीं सकती उसे श्लील-अश्लील कहने की अपेक्षा साहित्येतर कहना उचित होगा। साहित्य उत्तम, मध्यम और अधम कोटि का तो हो सकता है परन्तु श्लील, अश्लील, शिष्ट, अशिष्ट, भद्र, अभद्र विभाजन हमारे देश की शैली नहीं।''

विनोदिनी, जयसेना, प्रभा को भारती की काम सम्बन्धी व्याख्या अप्रिय प्रतीत हो रही थी। प्रभा ने विनोदिनी को वैवाहिक जीवन पर प्रश्न पूछने के लिए प्रेरित किया। उसके मन में तो गुदगुदी स्वयं उठ रही थी। प्रोत्साहन पाकर पूछ बैठी, ''दीदी, आप कहती हैं कि देश के सामने सबसे बड़ा प्रश्न विदेशियों के आक्रमण से रक्षा का है। यदि गृहस्थ जीवन उपेक्षित होता रहा। बौद्ध भिक्षुओं के समान वैदिक संन्यासियों

की संख्या बढ़ती गई तो युद्ध क्षेत्र में जूझेगा कौन ? ब्रह्मचारी, वानप्रस्थी और संन्यासी की भिक्षा गृहस्थ ही तो देते आये हैं। यदि काम की उपेक्षा होती गई, साधु-संन्यासी बनने की प्रथा बौद्धों की भाँति प्रचलित होती गई तो सिन्ध ही क्या सारे देश पर विदेशी साम्राज्य स्थापित होते क्या देर लगेगी ? कल का शास्त्रार्थ केवल हम लोगों के लिए ही नहीं, सम्पूर्ण देश के भविष्य का निर्णय करने वाला होगा। गृहस्थ जीवन की धुरी है दाम्पत्य प्रेम; दाम्पत्य का सुख-दुख; पुरुष और नारी के प्रेम भाव पर अवलम्बित है। अतः दाम्पत्य प्रेम और काम की उपेक्षा क्यों ? ''

भारती बोली, ''भगवान् कृष्ण ने युद्ध-क्षेत्र में जीवन की विषम समस्याओं के साथ काम समस्या का दो रूपों में निरूपण किया है। काम जब धर्म का विरोधी बनता है तो वह शत्रु है और जब धर्म के अनुकूल है तो देव रूप है। इसीलिए भगवान् *गीता* में कहते हैं—अग्नि के समान कभी न पूर्ण होने वाला काम ज्ञानियों के लिए नित्य वैरी के समान है। विषय-भोगों की कामना रूपी अग्नि, विषय-भोग रूपी घृत डालने से कभी शान्त हो नहीं सकती। यहाँ काम से भगवान् का अभिप्राय आसुरी काम वासना है। काम जब अहंकार-दर्प और क्रोध-परायण होता है तब अत्याचार, द्वेष, परनिन्दा आदि दुर्गुणों को उत्पन्न करने वाला बन जाता है। अतः ऐसा काम शत्रुवत् होने से त्याज्य है। ठीक इसके विपरीत धर्म के अनुकूल शुद्ध कामतत्त्व सृष्टि का संचालक है। धर्म-साधन के लक्ष्य से पुरुष-स्त्री (दम्पति) का काम-सम्बन्ध तीर्थ-पीठ के समान पवित्र और ग्राह्य है।''

इसी समय आगे आकर विनोदिनी बोल उठी, ''काम-कला के क्षेत्र में धर्म की बातें अड़ाना कहाँ तक उचित है ? विदुषी भारती दीदी तो लम्बे-चौड़े भीषण भाषण किया करती है। यहाँ काम की बात नहीं करती है। कालिदास जब 'अनाविद्धं रत्नं' और 'अनाघ्रातं पुष्पं' की चर्चा करता है तो धर्म का पचड़ा नहीं गाने लगता। अर्जुन जब सुभद्रा को भगाने गया तो स्वयं कृष्ण ने उसकी सहायता की। उस समय भगाकर ब्याह करने के प्रसंग में काम ही कारण था। तुम्हारा धर्मशास्त्र अड़ंगा लगाने नहीं आया। कामसूत्र शुद्ध काम का शास्त्र है; न धर्म का, न अर्थ का। पर दीदी भारती मानेंगी कहाँ ? कोई-न-कोई तर्क ला पटकेंगी।''

भारती बोली, ''विनादिनी भूल जाती है कि इस देश में जीवन का मूल लक्ष्य क्षणिक सुख की उपलब्धि नहीं, शाश्वत सुख की प्राप्ति और दुख की नितान्त निवृत्ति माना गया है। जब जीवन की सफलता कामनायुक्त होने पर निर्भर है तो प्रारम्भ से ही मन को संयमित रखना पड़ता है। काम के मूल में धर्म का स्थान है। धर्म-सहित धनार्जन के द्वारा काम-पूर्ति से ही दुःख-निवृत्ति सम्भव है और यही शाश्वत सत्य है। रही कविता की बात। हमारे यहाँ शुक्राचार्य को असुरों का गुरु होने पर भी कवि माना गया है। तमोगुणी आसुरी वृत्तियों में डूबने-उतराने वाले दैत्यों से चतुर्दिक घिरे रहने पर भी शुक्राचार्य को सबसे बड़ा कवि क्यों माना गया है, जानती हो ?''

सभा मंडप में सन्नाटा छा गया। किसी की समझ में उत्तर नहीं आया। भारती

बोली, ''शुक्राचार्य ने घोर तपस्या करके भगवान् से संजीवनी विद्या सीखी थी। जिस कवि के पास मृतक जाति को संजीवनी लाकर पुन: जीवित करने वाला काव्य-तत्त्व विद्यमान हो, वही वास्तविक कवि है। वाल्मीकि, व्यास और कालिदास को वह संजीवनी तपोबल से मिली थी। इसीलिए वे महान कवि हैं। आज भी अरबों से पराजित भारत तेजस्वी रघुवंशियों के चरित्र से प्रेरणा लेकर पुन: अपनी मर्यादा सुरक्षित रख सकता है। इनके काव्यों में भोग, धन और वैभव आदि धर्म के आश्रित हैं। अत:धर्म से विच्छिन्न होने पर उनका कोई महत्त्व नहीं रहता। इसीलिए भगवान् कहते हैं—

धर्माऽविरुद्धो कामोऽस्मि''

अब विनोदिनी को कोई तर्क नहीं सूझ रहा था। प्रभा ने विनोदिनी की चुटकी ली। बोली, ''क्यों विनोदिनी, सट्ट क्यों मार गई? बोल न, दीदी से और तर्क कर।'' विनोदिनी झेंपते हुए बोली, ''और कोई दीदी के सामने बोलता नहीं पर सबके मन में मेरी ही तरह यह शंका उठा करती है कि काम के प्रसंग में धर्म का अड़ंगा क्यों? गृहस्थ जीवन में काम से बढ़कर कोई धर्म नहीं। संसार के मूल में धर्म नहीं काम है। धर्म उसकी सहायता करके ही जीवित रह सकता है।''

''अर्थ और मोक्ष सब उसी के पूजन-साधन मात्र हैं। यद्यपि मैं इसे तर्क द्वारा सिद्ध करने में असमर्थ हूँ पर सोचकर पुन: मैं इसी परिणाम पर पहुँच रही हूँ कि विधाता ने काम की सर्वप्रथम रचना इसी उद्देश्य से की कि सृष्टि का विस्तार हो, मानव जीवन सुखी रहे; दाम्पत्य प्रेम विकसित हो; पारिवारिक स्नेह कर्त्तव्य पालन की प्रेरणा देता रहे जाति, धर्म, जनपद, समाज और राष्ट्र की उन्नति होती रहे।''

भारती बोली, ''तुम्हारा कहना ठीक है विनोदिनी, पर प्रश्न है कि काम है क्या?''

जयसेना प्रभा बोल उठी, ''दीदी आप ही समझाइए काम और काम कला है क्या?'' भारती कुछ देर तक मौन बैठी रही। अन्दर से प्रेरणा उठी कि कल यदि कामशास्त्र पर शास्त्रार्थ करना है तो काम की विधिवत् व्याख्या हो जानी चाहिए। अत: गम्भीर स्वर में बोली—

''विनोदिनी की काम सम्बन्धी व्याख्या आप लोग सुन चुकीं। यह तो उसका निजी अनुभव है। पर काम का सामूहिक या समाजपरक अर्थ भी होता है। शास्त्रों में इस पर विधिवत् विचार किया गया है। काम आत्मभू माना जाता है पर काम का पिता धर्म, माता लक्ष्मी है। धन उसका छोटा भाई है और तृष्णा बहन है। *तैत्तरीय ब्राह्मण* में काम की पत्नी का नाम श्रद्धा है। इच्छा को भी काम की पत्नी कहा गया है, उसका पुत्र अनिरुद्ध (भाव) है जिसकी गति को कोई रोक नहीं सकता।

''आत्मभू (काम) मन का अधिष्ठाता, यौवन-सौन्दर्य का प्रतीक एक देवता है, उसकी सवारी तोता है जो मन की बोली समझकर तद्नुसार उड़ता फिरता है। काम

को अष्ट भुजाएँ मिली हैं, जिनसे वह आठों दिशाओं के समस्त प्राणियों को मारता है। उसको प्रजापति की ओर से सृष्टि विस्तार के लिए सिद्ध कुसुमायुध मिला है जिसमें सुगन्ध के साथ माधुर्य रस भरा है। उस काम–धनुष में भौरों की प्रत्यंचा लगी है जिस पर जूही, कमल, आम बौर (मंजरी) चंपक सिरिष के शायक चढ़े हुए हैं।

''महारानी कालरात्रि के साथ विश्व–विजयिनी सैन्य वाहिनी चलती है, जिसकी छवि त्रैलोक्य से न्यारी है। सेना में रूपमती, विश्व विमोहिनी अप्सरायें, नृत्य–संगीतमयी गंधर्व–कन्याएँ, दर्शकों का मन जीततीं, योगियों को ललकारतीं, ब्रह्मा, विष्णु, महेश पर भी मोहनी डालतीं वियोगिनियों के रक्त से रंजित ध्वज फहरातीं, अनिरुद्ध शक्ति के बल पर चौदहों भुवन को जीतकर विजयोल्लास में प्रेम संगीत सुनातीं निरन्तर अपना चमत्कार दिखा रही हैं। ऐसी अपूर्व शक्ति का पार कौन पा सकता है ? ऐसे गंभीर विषय पर शास्त्रार्थ का क्या कोई अन्त है ?

''मैं आप लोगों का आशय समझ गई हूँ। शास्त्रार्थ क्या रूप धारण करेगा कौन जानता है ? दोनों पक्ष सोचकर आते हैं। पर काल देवता शास्त्रार्थ को अपने अनुसार उल्टी दिशा में मोड़ देता है। कल शास्त्रार्थ के निर्णय का अंतिम दिन है, भगवान् के भरोसे हम अपनी नौका विशाल सागर में छोड़ रहे हैं। चाहें डूबे या पार लगें। इतना विश्वास है कि इस महापुरुष से पराजय में भी कल्याण है और विजय में अमंगल की संभावना हो सकती है। कह नहीं सकती कि पराज्य श्रेष्ठ है या विजय ? यही सोचती हूँ।'' मागधी बोली, ''दीदी भारती की रहस्यमय वाणी का कोई अन्त नहीं। चलो सोने चलें, उन्हें सोचने का समय दें।''

इस समय विनोदिनों धीरे से बोल उठी, ''बेचारी विरहिणी पर दया आती है पर यह विरह दुःख मेरी ही युक्ति से मिट सकता है। अन्य कोई उपाय नहीं। केवल कामदेव और रतिरानी ही इस समय सहायक हो सकते हैं।'' इसलिए विनोदिनी, प्रभा, विजया, मागधी, सैन्धवी जया के आग्रह पर गोष्ठी समाप्त नहीं हुई। पर भारती कर्नाटी चली गईं। कुछ काल उपरांत सभा अनिर्णीत रूप में समाप्त हो गई।

आज शास्त्रार्थ का अठारहवाँ दिन है।

आज भारती की वेशभूषा में बड़ा परिवर्तन दिखाई पड़ा। नित्य सभा–मंडप में आने के पूर्व वह सामान्य भूषण धारण करके आया करती थी। आज बनवासिनी नारी के समान कर्णाभूषण के रूप में केवल पुष्प धारण करके आई। नील चीनांशुक के मध्य उसका दिव्य गौरवर्ण दमक रहा था। मानो शरद पूर्णिमा का चन्द्रमा झीने श्वेत बादलों में चमक रहा हो। नियत समय पर शास्त्रार्थ प्रारम्भ होता है। शास्त्रार्थ के नियमानुसार आज प्रश्न पूछने की बारी भारती की ही है। नित्य की भाँति मंगलाचरण समाप्त हुआ।

भारती बोली, ''आचार्य, आज मैं कामशास्त्र और कामकला के सम्बन्ध में आपसे शास्त्रार्थ करना चाहती हूँ।''

शंकराचार्य मस्तक झुकाये मौन बैठे रहे। सारी सभा उत्कंठित होकर आचार्य

की ओर टकटकी लगाए देख रही थी। कुछ काल तक मौन रहने के पश्चात् आचार्य बोले, ''देवी भारती, शास्त्रार्थ में शास्त्रीय प्रश्न पूछे जाते हैं। संन्यासी से कामकला का प्रश्न कैसे पूछ रही हो?''

भारती बोली, ''योगेश्वर, कामकला को भी ऋषि वात्स्यायन ने एक शास्त्र समझ निर्मित किया है। क्या कामशास्त्र को शास्त्र नहीं मानते? आप तो सर्वज्ञ हैं।''

आचार्य शंकर ने पुनः मौन धारण कर लिया। बुद्धि में कोई भी युक्ति नहीं सूझ रही थी। आचार्य को देर तक मौन देखकर सखियों को विश्वास होने लगा कि भारती की विजय आज निश्चित है।

विनोदिनी तो मन-ही-मन मुस्करा रही थी। सखियों की ओर भारती ने दृष्टि डाली। उनकी प्रसन्न मुद्रा देख उसे प्रोत्साहन मिला। उसने उपस्थित जनता की ओर देखा। संन्यासी वर्ग की ओर दृष्टि डाली ही नहीं। आचार्य को निरुतर पाकर भारती का उत्साह और बढ़ा। बोली, ''सिद्ध संन्यासी जितेन्द्रिय होते हैं। आप योगेश्वर हैं। कामशास्त्र सम्बन्धी प्रश्नों का उत्तर देने में क्या जितेन्द्रिय के चित्त में विकार सम्भव है?'' आचार्य इस प्रश्न का उत्तर भी न दे सके। अब तो भारती की सहेलियों को विश्वास होने लगा कि आज हम लोगों की जीत अवश्यंभावी है। गृहस्थ जीवन की मर्यादा संकट से बच जाएगी। भारती का उत्साह द्विगुणित हो उठा। भारती विजय की पूर्ण संभावना लिए हुए उत्साह के साथ बोली, ''सुनती हूँ कि ज्ञानी महात्मा काम-क्रोध आदि पर पूर्ण विजय प्राप्त कर लेते हैं। यदि यह सत्य है तो कामशास्त्र के विवेचन, आलोड़न और आलोचन में चित्तविकार होगा ही क्यों? अर्थात् यदि चित्त में विकार है तो वह ज्ञानी ही नहीं है। यदि ज्ञानी है तो चित्त विकार होता कहाँ है?''

आचार्य शंकर प्रथम बार हतप्रभ हो रहे थे। उनकी बुद्धि ऐसी कुंठित हो गई कि एक प्रश्न का उत्तर भी उन्हें स्पष्ट नहीं सूझा। भारती ने पुनः उपस्थित मंडली की ओर दृष्टि डाली। उसने देखा कि नारी वर्ग की आँखों में प्रसन्नता नाच रही है। इस शास्त्रार्थ से सभी सहमत हैं। अब उसने काम-क्रीड़ा के गुह्य प्रश्न पूछने आरम्भ किए। भारती आचार्य से प्रश्न करती जा रही है।

मानो कामदेव तीखे-से-तीखे बाण छोड़ रहा हो। पूछने लगी, ''काम का क्या लक्ष्य है? कामकला कितने प्रकार की होती है? शरीर के किस अंग में काम रहता है? किन-किन क्रियाओं से उसका आविर्भाव और तिरोभाव होता है? शुक्ल पक्ष और कृष्ण पक्ष में पुरुष और नारी के शरीर में काम का ह्रास और विकास कैसे होता है? और नारी किस प्रकार पुरुष के ऊपर कामकला का विधिवत अचूक प्रभाव डालती है?''

आचार्य शंकर उसी प्रकार शान्त बैठे रहे जिस प्रकार शंकर क्रुद्ध रतिपति के पुष्प बाणों का प्रहार सहते समय अर्ध निमीलित नेत्र किए समाधि की स्थिति में अडिग विराजमान थे।

आचार्य का शिष्य-वर्ग भारती के अटपटे प्रश्नों से तिलमिला उठा। पद्म पादाचार्य के मन में ऐसा क्रोध आया कि उठकर भारती की अबाधगति से चलने वाली जिह्वा खींच लूँ। अथवा उसका मुँह किसी प्रकार बन्द कर दूँ। आचार्य शंकर की शान्तमुद्रा पर संन्यासियों को आश्चर्य हो रहा था। आपस में गुप-चुप परामर्श करके भारती को शाप देना चाहते थे। विद्वत्तमंडली उत्कंठित होकर शंकर की मुख-मुद्रा निहार रही थी और उनके उत्तर सुनने को लालायित थी। वृद्धा माताएँ भारती की ओर रोष भरी दृष्टि से देख रही थीं। युवक और युवतियाँ इन प्रश्नों में रस ले रही थीं। भारती की दृष्टि सामान्य कृषक किशोरियों की ओर गई। उसने देखा कि एक ओर नाना प्रकार के आभूषणों से सुसज्जित सम्पन्न घरों की महिलाएँ बैठी हैं। दूसरी ओर धनहीन कृषकों की किशोरियाँ केवल पुष्पों से शृंगार किये सामान्य वेश-भूषा धारण किए हुए विराजमान हैं। उसके मन में सहसा यह प्रश्न सूझा कि कामशास्त्र की व्याख्या अर्थशास्त्र और समाजशास्त्र से जोड़कर क्यों न की जाए। भारती ने पुनः प्रश्न पूछना प्रारम्भ किया। बोली, ''योगेश्वर! ऋषि वात्स्यायन जब *कामसूत्र* की रचना करने लगते हैं तो क्या उनके सामने एकमात्र राजपरिवार और सम्पन्न परिवार की नववधुएँ ही सम्पूर्ण समाज की प्रतिनिधि थीं? वे एक स्थान पर कहते हैं, 'विवाहोपरान्त वर- वधू स्वर्णाभूषण और रत्नजटित होकर रतिगृह में प्रवेश करें।'

''यदि वैवाहिक सुख की अनुभूति केवल उन्हीं धनी नवदम्पतियों ही को सम्भव है जिन्होंने स्वर्ण धारण कर रति गृह में प्रवेश किया हो तो क्या निर्धन कृषक दम्पति का स्वाभाविक सौंदर्य व्यर्थ है। क्या उसे रत्नाभूषण के मोल पर ही खरीदा जा सकता है? क्या आभूषणरहित कृषक-किशोरी का स्वाभाविक सौंदर्य सर्वथा हेय है? समाज में निर्धन और धनी की विषमता चाहे अन्य क्षेत्रों में भले ही हो पर काम क्षेत्र में सबकी सौंदर्यानुभूति क्या एकसमान नहीं होती? क्या धन के तारतम्य से कामदेव और रति की प्रसन्नता में भी समाज के ऊँच-नीच वर्ग की तरह अन्तर होता है?'' आचार्य शंकर ने उक्त प्रश्नों में से किसी का भी उत्तर देना संन्यासी अवस्था में उचित नहीं समझा।

अन्त में विवश होकर उन्होंने प्रसन्न मुद्रा में भारती से हँसते हुए कहा, ''माता भारती, इन प्रश्नों का उत्तर किसी संन्यासी के मुख से उचित नहीं जान पड़ता। मुझे एक मास की अवधि अपेक्षित है। शास्त्र का अनुशासन पालन करना हमारा धर्म है। मन-वचन-कर्म से काम का त्याग ही संन्यासी के लिए उचित है। ज्ञानी को भी व्यवहार के क्षेत्र में शास्त्राज्ञा का पालन अनिवार्य है।'' भारती ने पूछा, ''योगेश्वर! एक मास की अवधि के उपरान्त क्या आप इन प्रश्नों का उत्तर देंगे?'' आचार्य बोले, ''माता, भारती आपके प्रश्नों का उत्तर लिखित रूप में ही दे सकूँगा। आपको कोई आपत्ति तो न होगी?''

भारती ने पुनः अपनी सखियों की ओर दृष्टि डाली। उनकी मुख मुद्राओं से भारती ने अनुमान लगाया कि वे आज के शास्त्रार्थ में हमारी जीत से प्रसन्न हैं। यदि

उन्हें एक मास की अवधि और लिखित उत्तर देने में आपत्ति होती तो मेरी ओर आँखें तरेर कर देखतीं। अतः प्रसन्नता के झोंक में भारती ने विनम्र भाव से कहा, ''महात्मन्, हमें इसमें क्या आपत्ति हो सकती है? यह तो शास्त्रार्थ के नियम के अन्तर्गत है। आप एक मास के उपरान्त पुनः शास्त्रार्थ करें। मुझे यह स्वीकार है।''

आज नियत समय से पूर्व सभा समाप्त होने की स्थिति आ गई। आचार्य शंकर कुछ समय तक मौन बैठे रहे। आचार्य के शिष्यों, साधु-संन्यासियों, विरक्त महात्माओं को आज के शास्त्रार्थ पर बड़ा आक्रोश आ रहा था किन्तु युवा महिलाओं में प्रसन्नता की लहरियाँ नाच रही थीं। विषाद और उल्लास का एक स्थल पर ऐसा सम्मिलन किसी दूसरे शास्त्रार्थ में कदाचित् ही दिखाई पड़ा हो। आचार्य को सहसा एक ज्योति दिखाई पड़ी। उन्होंने आँखें खोलीं। शास्त्रार्थ का समय समाप्त हो रहा था। आचार्य एक मास की अवधि पाकर उठ खड़े हुए और चल पड़े।

शास्त्रार्थ के उपरान्त आचार्य का मुखमंडल आज नित्य की तरह विकसित नहीं था। आकृति पर चिन्ता की रेखाएँ उनके मनोभावों को लिखती जा रही थीं। भारती और उसकी सखियाँ आचार्य और शिष्यवर्ग से भिक्षा ग्रहण करने का आग्रह करती रहीं पर पद्म पादाचार्य तथा शिष्यों की रुचि पहचानकर आचार्य नर्मदा तट की ओर बड़े वेग से चल पड़े। भारती, कर्नाटी, विजया, मागधी आदि ने उन्हें अन्तिम द्वार तक पहुँचाकर विदा किया। आचार्य आज निराहार जा रहे हैं, यह अभाव भारती को असह्य सा प्रतीत हुआ। विदा होते समय आज आचार्य का मुखमंडल उदासीन दिखाई पड़ा। भारती के हृदय में आचार्य की वही मुखमुद्रा बार-बार नाचती। इस कारण उसको रह-रहकर अपनी भूल स्मरण हो आती, जिससे हृदय कचोट उठता। अपने मिथ्या अभिमान पर उसे क्रोध आता। उसे सारा वातावरण मानो काटने दौड़ रहा था। सोचने लगी कि 'पतिदेव को आज के शास्त्रार्थ का पता चलेगा तो न जाने क्या सोचेंगे। हे भगवान, हमने यह कैसी धृष्टता की। अब क्या होगा?'

आचार्य के जाते ही विनोदिनी और प्रभा ने भारती को गोद में उठाकर साधुवाद दिया। सारी सखियाँ बारी-बारी गले मिलने लगीं। वेद-शास्त्र-विदुषी भारती आज लोक व्यवहार में भी कुशल घोषित हुई। विजया साधुवाद देते हुए बोली, ''दीदी आज गार्हस्थ और संन्यास जीवन की श्रेष्ठता और उपादेयता का प्रश्न था। इसी पर शास्त्रार्थ था। विदेशियों से पददलित देश की हम रक्षा कैसे कर सकती हैं? अरब से युद्ध तो शूरवीरों की आवश्यकता है न कि भिक्षु-संन्यासियों की। वीर रस का सहायक रस श्रृंगार और करुण है न कि निर्वेद और वैराग्य। वीर युवा अपनी प्रियतमा का मौन आशीर्वाद लेकर युद्ध क्षेत्र में शत्रु को कुचलने जाता है तो सफल होकर लौटता है। देश-रक्षा के लिए प्राणोत्सर्ग करने वाले सैनिकों के सपनों में अपनी प्रिया देशभक्ति के रूप में प्रतिक्षण नाचा करती है। पारिवारिक प्रेम, देश प्रेम और विश्व प्रेम की एक साथ रक्षा करने वाला और दूसरा कोई सरल मार्ग है कहाँ? दीदी, आपने ह्रासोन्मुखी बौद्धयुग को शौर्यसूचक वैदिक भावना में बदलकर भारतीय इतिहास का नया अध्याय लिखा है।''

युवतियों में उत्साह उमड़ रहा था। वे उत्साहपूर्वक नाच रही थीं। पर ठीक इसके विपरीत साधु-संन्यासियों, धर्मशील वृद्धजनों, विशेषकर वृद्धा महिलाओं को भारती का आज का शास्त्रार्थ बड़ा कटु प्रतीत हुआ। वे मन-ही-मन मसोसती आपस में संकेत से, भारती को कोसती हुई घर जाने लगीं। साधु-महात्मा आपस में कहने लगे, ''अब साक्षात् कलियुग धरती पर लौट आया है। बालब्रह्मचारी संन्यासी से काम कला के प्रश्न भारती जैसी पढ़ी-लिखी रमणी का पूछना अब तक सुनने में नहीं आया था। पढ़ने और देखने को कौन कहे। हे भगवान, इस संसार का क्या होगा! तुम्हीं बचाओगे तो धर्म बचेगा, नहीं डूबा तो पहले ही है।''

घटना का कुछ-कुछ समाचार जब मण्डन मिश्र को मिला तो वे तिलमिला उठे। उन्होंने मध्याह्न की भिक्षा ग्रहण नहीं की। एकांत में नर्मदा तट पर बैठकर वीचियों पर नाचने वाली मुक्तावलियों को देखते रहे। मन को बार-बार विगत घटनाओं से हटाना चाहते थे पर वे हो स्मृतियाँ ऊपर-नीचे झूलती रहती हैं। सोचते थे कि किसी प्रकार भारती को सुबुद्धि मिलती जिससे वह आचार्य के चरणों में रो-रोकर क्षमा-याचना करती। इसके अतिरिक्त और क्या मार्ग हो सकता है?

आचार्य स्थिति समझ गए। उन्होंने मण्डन मिश्र को बुलाकर समझाया कि ''भारती का कोई दोष नहीं है। विधाता मेरी परीक्षा ले रहा है। वही मार्ग बताएगा। तुम इतने दुःखी होकर अपनी साधना को क्यों दुर्बल बना रहे हो?''

भारती ने सखी-सहेलियों को भोजन पर बिठा दिया और वह अभ्यागातों को अन्तिम दिन विदा कराने की व्यवस्था के बहाने उद्यान के मध्य चली गई। वहाँ वट वृक्ष की छाया में बैठकर उदास मन से सोचने लगी। उसने साधु-महात्माओं, वृद्धा महिलाओं एवं आचार्य के शिष्य-संन्यासियों की आकृति पर लहराती चिन्ता द्वारा, उनके हृदय-पटल पर लिखे लेख को पढ़ लिया था। उस परित्यक्ता के मन में बार-बार पति की स्मृति कचोट रही थी। वह देख रही थी कि शास्त्रार्थ के दुखद समाचार से वह खिन्नमना हो आक्रोश में बैठे हैं। उन्होंने आज भिक्षा भी नहीं ग्रहण की है। मैं भी उपवास के द्वारा प्रायश्चित करूँगी। सोचने लगी, ''मुझे क्या हो गया था। जैसे सन्निपात के ज्वर में रोगी बक-बक करता है वैसे ही कामशास्त्र के दुरभिमान ने मुझे अर्धविक्षिप्त बना दिया था। क्या करूँ? कुछ समझ नहीं आ रहा है। चारों ओर अन्धकार! भ्राता तुषाग्नि में जल मरे। माता-पिता पहले ही चले गए। वृद्धा सास अचेत पड़ी है। पतिदेव क्रुद्ध हो भूखे बैठे होंगे। सबसे बड़ा अभिशाप आचार्य की अप्रसन्नता का था। सहेलियों को प्रसन्न करके महिला मंडल के बल पर, विदेशी अरबों के अत्याचार से, देश बचाने चली थी पर अपना ही घर छिन्न-भिन्न हो गया। मैं देश का क्या कल्याण करूँगी? जो अपने आपको और अपने परिवार को नहीं संतुष्ट कर सका वह जनपद का क्या कल्याण करेगा? जनपद के सभी दर्शक रुष्ट होकर जा रहे हैं। जो अपने जनपद को नहीं प्रसन्न कर सका वह देश को क्या बचा सकेगा?'

6

भारती का मन चिन्ता की उत्ताल तरंगों में डूबता-उतराता खड़ा होने का सहारा खोज रहा था। इतने में कर्नाटी सैन्धवी प्रभा, विनोदिनी, मागधी आदि सहेलियाँ उसे खोजती वट वृक्ष के तले पहुँच गईं। गोविन्दा (कर्नाटी) ने पीछे से भारती की आँखें मूँद लीं। विनोदिनी परिहास करते हुए बोली, ''दीदी, बोलो ऐसा कोमल हाथ किसका हो सकता है? कहीं पंडित प्रवर आज की विजय-वार्ता सुनकर आपसे मिलने तो नहीं आ गए?'' भारती, गोविन्दा की अँगूठी, उसकी साड़ी टटोलती हुई बोली, ''यह कर्नाटी रानी का हाथ है। उसकी हीरे की अँगूठी आँखों में भी ज्योति जगमगा रही है।''

विनोदिनी, ''झूठ, झूठ। उन्होंने अपनी अँगूठी पंडित प्रवर से बदल ली है। दोनों ने अपना-अपना परिधान भी बदल लिया।'' (भारती अपने हाथ से कर्नाटी का सर टटोलती है) यह कर्नाटक की पाटम्बरी साड़ी पहने माथे पर बिन्दी कौन लगा रहा है? विनोदिनी, तुझे आज मार पड़ेगी। तू बहुत बोलने लगी है।''

सारी सखियाँ अट्टहास करने लगती हैं। कर्नाटी भारती का मुँह चूम लेती है। भारती का सारा विषाद परिहास में विलीन हो जाता है। सब उसे पकड़कर मिश्र की वृद्धा माता के पास ले जाती हैं। वह भारती को गले लगाकर रो पड़ती हैं। वृद्धा माता बोलीं, ''भारती, तू कहाँ चली गई थी? आज के शास्त्रार्थ में तेरी विजय हुई, तूने मुझे बताया नहीं। तुम्हारी सहेलियाँ कब से बेटे मण्डन के पास जाने को ललक रही हैं! कहाँ चली गई थी? भोजन किया?''

विजया बोली, ''माँ, विजयानन्द के मोदक से दीदी का पेट ऐसा भरा है कि वह खान-पान भूल ही गई हैं।''

विनोदिनी बोली, ''नहीं माँ, दीदी को आज हम पंडित के साथ ही एक आसन पर बिठाकर भोजन करायेंगी। आश्रम में वह हम लोगों की प्रतीक्षा में बैठे होंगे। आप आज्ञा दें तो हम सब दीदी को साथ लेकर नर्मदा तट से पंडित प्रवर को घर लौटा लाने के लिए आश्रम जाएँ। शास्त्रार्थ में दीदी जीत गई हैं।''

माता बोली, ''भारती स्वयं विदुषी है। उससे पूछो। वह जो कहे। मैं अनपढ़ वृद्धा शास्त्रार्थ क्या जानूँ। क्यों बेटी, यह क्या कह रही हैं?''

भारती बोली, ''माँ, विनोदिनी को सर्वत्र परिहास ही सूझता है। हमारी विजय कहाँ हुई है?''

विनोदिनी बोल उठी, ''झूठ-झूठ! माँ आप ही निर्णय कीजिए। दीदी, मुझे तो नितांत गंवार समझती है? जो शास्त्रार्थ में हारता है उसकी मुखमुद्रा उदास हो जाती है कि नहीं? आचार्य आज जब आए तो चन्द्र ज्योति के समान उनका मुखमंडल चमक रहा था। वही पराजय के उपरांत बादलों से मानो ढँक गया हो ऐसा प्रदर्शित हो रहा था। दीदी ने इसी सिद्धान्त के अनुसार तो पंडित प्रवर को पराजित घोषित किया था। माला के दर्पण में पंडित प्रवर का म्लान मुख देखकर ही तो इन्होंने निर्णय दिया था।''

(उल्लास से भरकर सभी उपस्थित सखियाँ करतल ध्वनि करने लगीं।)

उसी समय रामदास बड़ी उदास मुद्रा में पहुँचकर मातृ चरणों में प्रणाम करने लगा।

माता ने पूछा, ''क्यों रामदास, आचार्य शंकर की सेवा ठीक ढंग से कर रहा है न? वह प्रसन्न तो हैं? उन्हें कोई कष्ट तो नहीं? तुम इस समय यहाँ कैसे आए?''

रामदास बोला, ''गुरुकुल की आचार्या बहूरानी को अभी बुला रही हैं। मैं संन्यास आश्रम से आचार्या के नाम पत्र लेकर आया था।''

माता बोलीं, ''केवल बहूरानी को बुलाया है? क्या काम आ पड़ा? कोई नया समाचार है?''

रामदास, ''मुझे नव संन्यासी ने पत्र देकर आचार्या के पास भेजा है। वह आचार्या का समाचार जानना चाहते हैं।''

वृद्धा माँ उठकर बैठ जाती है। पास में बुलाकर उत्कंठा से पूछती है, ''यह बता रामदास, बेटा मण्डन कब आ रहा है? तुम साथ लेकर क्यों न आए? क्या योगेश्वर ने उन्हें घर लौटने का आदेश नहीं दिया है?''

रामदास की आँखों से झर-झर अश्रुधारा बह चली। सारा समाज स्तब्ध रह गया। समग्र उल्लास विषाद में बदल गया। विनोदिनी सहित सभी महिलाओं की आशा-अट्टालिका क्षण में ढहने लगी। भारती का अनुमान सत्य निकला। रामदास को मौन देख मातृ-हृदय काँप उठा। वह धक-धक करने लगा। पर वृद्धा माता साहस बटोरकर बोलीं, ''बोलता क्यों नहीं रामदास! तुम पंडित से मिले कि नहीं? उन्होंने मेरे विषय में क्या पूछा? वह प्रसन्न तो है न? मुझे पूछें या न पूछें आप तो सुख से हैं।''

रामदास, ''आज वह बहुत उदास थे! मुझे देखकर उन्होंने मुँह फेर लिया। पद्म पादाचार्य ने मुझे बुलाकर आचार्या को देने के लिए एक पत्र दिया। उसे पढ़ कर आचार्या ने मुझे यहाँ भेजा है। कुछ नहीं कह सकता इसमें क्या रहस्य छिपा है?''

वृद्धा, ''पत्र पढ़कर आचार्या की मुख मुद्रा क्या कह रही थी रामदास?''

रामदास, ''आचार्या बार-बार पत्र पढ़तीं और कुछ सोचती रहती थीं? पत्र पढ़कर उसे पत्र पेटिका में सँभालकर रख दिया। कुछ देर मौन धारण किए बैठी रहीं। मैं द्वार पर दूर खड़ा उनकी मुखमुद्रा निहार रहा था। उन्होंने कुछ देर सोचकर मुझे यहाँ भेजा है।''

वृद्धा माता का साहस टूट गया। वह रोती हुई बोलीं, ''बेटे ने दण्ड-कमंडल तो नहीं ले लिया? क्या उन्होंने भगवा वस्त्र पहन रखा था?''

रामदास को मौन देखकर माता विलाप करने लगीं, ''हाय भगवान् मेरा सुकुमार बेटा कुशासन पर कैसे सोएगा? द्वार-द्वार कैसे भिक्षा माँगेगा? संसार क्या कहेगा? भिखारियों के साथ वन-वन में कुश-काँटों पर कैसे चलेगा? हाय विधाता! मैं सोने

सी देवी बहूरानी को कैसे समझाऊँगी।'' भारती इस स्थिति का पहले ही अनुमान लगा रही थी। उसने साहस कर वृद्धा माता को गोद में बिठा लिया। उनके आँसू पोंछते हुए बोली, ''मैं आपके चरणों में सुखी रहूँगी माँ, आप क्यों रोती हैं ?'' प्रभा, मागधी, विनोदिनी, कर्नाटी आदि माता के पैर दबाने लगती हैं। थोड़ी देर में माता को कुछ शान्ति मिली। वह ध्यानमग्न सी हो गईं। भारती उठकर आचार्या के पास पहुँची। रामदास पहले से ही माता की वेदना का दुखद समाचार आचार्या को सुना रहा था। इतने में भारती पहुँच गई। उसने चरणों में प्रणाम किया। आचार्या बोलीं, ''भारती उत्ताल तरंगों से उद्वेलित इस संसार सागर की किस लहरी में मंगलमय-विभु अमंगलों के मध्य मंगल का मोती कहाँ छुपाए रहता है, कौन जानता है ? विपत्ति का सबसे बड़ा साथी धैर्य है। माता की सेवा करती रहना। आचार्य शंकर शिष्यों सहित आज ही तीर्थाटन पर जा रहे हैं। उनके साथ कई नये विद्वान शिष्य भी जाएँगे। सबको विदा करो। बालिका विद्यापीठ की छात्राएँ भी आचार्य का दर्शन करने तुम्हारे साथ जाएँ तो अच्छा रहे। सिन्ध, मूलस्थान, सौराष्ट्र से विस्थापित अनाथ अबलाओं की व्यवस्था तुम सबको करनी है। कर्नाटी, विजया, मागधी, जयसेना आदि समर्थ स्नातिकाएँ तुम्हारे संरक्षण में काम करेंगी। अब मैं प्रयाग जाऊँगी। न्यूनाधिक दो मास से बाहर हूँ। बालिका विद्यापीठ की गतिविधि का पता नहीं। सिन्ध मूलस्थान से विस्थापित अबलाएँ वहाँ आई होंगी। उनकी सहायता के लिए स्थान-स्थान पर महिला संगठन करना होगा। आचार्य शंकर को विदा कर तुम सबके साथ इसी पुण्य कार्य में जुट जाओ। मेरी प्रयाग यात्रा की व्यवस्था कर दो।''

इतना कहते हुए आचार्या ने भारती को कंठ से लगा लिया। भारती उनका चरण स्पर्श कर मातृ चरणों में पहुँची।

7

आचार्य शंकर ने *पातञ्जल योग शास्त्र* के अनुसार गुरु चरणों में रहकर परकाय-प्रवेश की प्रक्रिया का अभ्यास किया था। योग साधना से ऐसी सिद्धि प्राप्त हो जाती है कि योगी अपना अर्द्धमृतक शरीर त्याग कर किसी मृत शरीर में प्रवेश पा लेता है, बज्राली मुद्रा का उन्हें ज्ञान था। इस मुद्रा के द्वारा भी परकाय-प्रवेश सम्भव है। उन्होंने *महाभारत* के शान्ति पर्व में पढ़ा था कि सुलभा नामक संन्यासिनी राजा जनक के शरीर में प्रविष्ट हो गई थी। जिसके द्वारा शास्त्रार्थ में वह सफल हुई थी।

आचार्य शंकर इन्हीं प्रसंगों को सोचते-विचारते किसी मृतक युवक के शरीर में प्रविष्ट होकर भारती के प्रश्नों का उत्तर खोजने को बाध्य थे। माहिष्मती नगरी से शिष्यों सहित पूर्व दिशा में नर्मदा के किनारे चलते-चलते सन्ध्या होने लगी। उस सुनसान, निर्जन प्रदेश में सर्वत्र निस्स्ब्धता छायी हुई थी। चारों ओर घोर जंगल सांय-सांय कर रहा था। इतने में ही एक ओर से आर्त्त-क्रन्दन की करुण-ध्वनि सुनायी पड़ी। आचार्य एक वृक्ष के नीचे बैठ गए। शिष्य गण भी उनके चतुर्दिक खड़े होकर

नारी–विलाप सुन रहे थे। आचार्य के मन में ऐसी प्रेरणा उठी कि उन्होंने पद्म पादाचार्य को विलाप का कारण जानने के लिए भेजा। रोदन–ध्वनि के सहारे शिष्य घोर जंगल में उस स्थान पर पहुँच गए जहाँ राज–पुरुष और रानियाँ एक शव के चतुर्दिक रो रही थीं। पूछने पर ज्ञात हुआ कि युवराज अमरुक आखेट करने आये थे पर किसी वन्य पशु के स्वयं आखेट बन गए। इसी कारण उनका सब राजपरिवार घोर रोदन कर रहा है। पूरी स्थिति से अवगत होकर पद्म पादाचार्य आचार्य के पास लौट आये।

आचार्य स्वयं परकाय–प्रवेश की प्रक्रिया सोच रहे थे। इसे भगवद्–इच्छा समझ उन्होंने शिष्यों सहित समीपस्थ एक गुफा में प्रवेश किया। शिष्यों को समझाते हुए आचार्य ने कहा कि ''मेरा शरीर अर्द्धमृतक रूप में यहाँ पड़ा रहे तो तुम उसकी रक्षा करना। मैं एक मास उपरान्त पुनः इसी में प्रवेश करूँगा।'' वे योग–प्रक्रिया द्वारा अपना शरीर त्याग युवराज अमरुक के मृत शरीर में प्रविष्ट हो गए। शिष्यगण उनके शवसदृश शरीर की रक्षा में चारों ओर बैठ गए। सबकी मुखाकृति उदास थी। मण्डन मिश्र सारे अनर्थों का कारण अपने को मान चिन्ता–निमग्न हो रहे थे। भूखे–प्यासे शिष्य एक मास अवधि की प्रतीक्षा करने लगे। आचार्य के परकाय–प्रवेश का संवाद पाकर विनोदिनी साहवी के छद्मवेश में वहाँ पहुँचने की योजना बनाने लगी।

भारती बोली, ''छद्मवेश धारणकर पूज्यपाद कुमारिल भट्ट तुषाग्नि में जल चुके हैं। सामान्यतः आवरण हट जाने पर लोकनिन्दा ही होती है। छद्मधारण ऐसा पूज्य शस्त्र है जो दूसरी बार प्रयुक्त नहीं हो पाता। अतः उसका उपयोग जीवन–मरण की समस्या उठने पर ही किया जाता है।''

विनोदिनी, ''क्या आचार्य के जीवन–मरण की समस्या सामने नहीं आ पड़ी है ? उनके प्राण बचाने के लिए शुद्ध साध्वी वेश क्या उचित नहीं ?''

भारती, ''यदि साध्वी वेश सदा धारण की इच्छा हो तो मुझे वाञ्छनीय है। पर क्या विनोदिनी प्रस्तुत है ?''

विनोदिनी, ''दीदी मैं तो शुद्ध सती साध्वी हूँ, सती साध्वी। पूछ लीजिए मेरे पतिदेव से, जब मैं घर रहती हूँ तो मेरा पीछा एक क्षण को भी नहीं छोड़ते। नारी क्या जो पति पर जादू न डाले। पंडित–पंडितानी अलग रह सकते हैं। हमारी जैसी नारियाँ तो चकवी–चकवा की तरह साथ रहती हैं, हम सती साध्वी हैं ही। हम खेतों में जाते समय पुरुषों को प्रेमगीत सुनाती, मटकती–थिरकती, छेड़छाड़ करती, सिर पर पानी की मटकी रखे, कोख में रोटी छिपाये चलती हैं तो हमारी परछाईं की तरह हमारे पति, मझले मुन्ना को कन्धे पर लटकाये, छोटे को गोदी में दबाये, बड़ों को उँगली पकड़ाए, प्रेमसंगीत के रस में सराबोर, झूमते–झूमते, माघ की ओस और जेठ के भूभर को फूलों की सज्जा समझ परस्पर ठिठोली करते, रात की कहानियाँ सुनते–सुनाते, हमारे पीछे–पीछे चलते जाते हैं; सती साध्वी का और दूसरा लक्षण है क्या ?''

चंचला (कर्नाटी), ''सुना दीदी, विनोदिनी हम लोगों पर कैसा व्यंग्य कर रही है ?''

भारती, ''यह तो इसका स्वभाव ही है। यह तो सूली पर लटकते हुए भी व्यंग्य करती जाएगी।''

इतने ही में राजा का पत्र लेकर एक राजकर्मचारी आ पहुँचा। 'युवराज का शरीर वन्य पशु ने क्षत-विक्षत कर दिया है। जीवित होते ही पुन: आहत स्थलों से रक्त बहने लगा है। उपचार के लिए शीघ्र एक चिकित्सक और निपुण परिचारिका की आवश्यकता है,' पत्र में लिखा था। माहिष्मती-नगरी घटना स्थल से सबसे समीप थी, अत: यहीं का चिकित्सक तुरंत पहुँच सकता था। भारती को बड़ी प्रसन्नता हुई। उसने सखियों से परामर्श नहीं किया। भिषगाचार्य अपने वैद्य और चंचला के साथ आचार्य के अभिनव शरीर की चिकित्सा को पहुँच गई।

राजकर्मचारियों ने भिषगाचार्य और परिचारिकाओं का बड़ा सम्मान किया। भिषगाचार्य ने व्याघ्र के पंजों से आहत घावों को धोने के लिए जड़ी-बूटियों से औषधि तैयार की। भारती और चंचला शनै: शनै: घाव धोने लगीं। भारती आचार्य विरचित 'शिवापराध क्षमार्पण' स्तोत्र को कातर स्वर में गुनगुनाने लगीं। आचार्य की पूर्व चेतना अभी बनी हुई थी। भारती अपने अपराधों के लिए उन्हीं स्तोत्रों के माध्यम से क्षमा मांगती जाती और साथ ही साथ अश्रुधारा से हृदय-कालुष्य का प्रक्षालन करती रहती।

भारती बार-बार यही गुनगुनाती रहती, ''हे शंकर शम्भो, मेरे अपराध क्षमा करें।'' उसने सद्य: अपना निजी स्तोत्र बनाया जिसमें भारती में श्लेष होने से वह दो अर्थों का द्योतक था।'[1] इस स्तोत्र में भारती अपने अपराधों की क्षमा चाहती है और अपनी पराजय भी स्वीकार करती है। दूसरा अर्थ है शंकर की स्तुति से रोगी के दु:ख निवारण की प्रार्थना के साथ आचार्य से अपनी पूर्व काया में प्रविष्ट होने का आग्रह करती है। वह नहीं चाहती कि आचार्य को शास्त्रार्थ के लिए राजविलास में फँसना पड़े।

युवराज अमरुक की रानियाँ यही समझती रहीं कि परिचारिका मंत्रोच्चारण और औषधि लेपन द्वारा घाव का उपचार कर रही हैं। भारती के रोदन का अर्थ यह निकाला जा रहा था कि वह युवराज की पीड़ा का अनुभव कर सहानुभूति वश रो रही है। उपचार का तुरन्त परिणाम स्पष्ट होने लगा। रक्तस्राव बन्द हो गया। मांस-पेशियाँ जुड़ गईं। युवराज की मुखमुद्रा बदलने लगी। आकृति पर तेजस्विता नाचने लगी। अब तो मृतक शव की खोज अधिक उत्साह से प्रारम्भ हो गई और वैद्य को पुरस्कार देकर विदा करना था। चंचला टकटकी लगाए आचार्य का मुख निहार रही थी। उसने देखा कि भारती की स्तुति के साथ-साथ युवराज की मुखाकृति पर करुणा की रेखा खिंचती जा रही थी। उसे जब पूरा आश्वासन हो गया तो उसने वैद्य और भारती से निवेदन किया कि ''युवराज सोना चाहते हैं, अब उपचार अपेक्षित नहीं।''

राजन्य वर्ग को सान्त्वना देकर वैद्य, भारती और चंचला ने विदा ली। वे घर की ओर चल पड़े। जाते समय भारती के वाम-अंग फड़कने लगे। उसने समझ लिया कि

1. क्षोतव्योमे पराध: शिव शिव शिव भो:
श्री महादेव शम्भो॥

आचार्य अपना नया कलेवर छोड़कर पूर्व शरीर में प्रवेश कर रहे हैं। भारती ने शुभ शकुन की चर्चा सखियों से की। विभिन्न सखियों पर पृथक-पृथक् प्रभाव पड़ा। पर इस संवाद से सभी प्रसन्न हुईं कि आचार्य का शव चार दिनों से ज्यों-का-त्यों पड़ा है। गुफा की कठोर प्रस्तर भूमि, कुशासन की चुभन, आश्विन की गर्मी से उस पर कोई प्रभाव नहीं पड़ा था।

इधर युवराज के घाव तो भर रहे थे पर उसी रात्रि को धीरे-धीरे उनकी चेतना विलीन होने लगी। प्रात: होते-होते वह पूर्ववत् शव-स्थिति में आ गए। राजकर्मचारी दो दिन तक इस आशा में प्रतीक्षा करते रहे कि कदाचित् पहले की तरह पुनः चेतनता आ जाए पर जब शव से दुर्गन्ध आने लगी, वह स्थूल होते-होते विलीन होने लगा तो कर्मचारियों के साथ रानियाँ भी रोते-पीटते उज्जैन लौट गईं।

आचार्य गुफा में पुनः उठकर बैठ गए। किसी शिष्य की समझ में नहीं आया कि इसके पीछे रहस्य क्या है? आचार्य ने एक मास की अवधि दी थी। केवल रामदास ने कुछ-कुछ अनुमान लगाया कि देवी भारती की प्रार्थना से आचार्य उज्जैन के राजप्रासाद में नहीं गए होंगे। अन्य कोई कारण तो हो नहीं सकता किन्तु यह नहीं ज्ञात था कि किसी वैद्य के साथ परिचारिका बनकर भारती स्वयं आहत का उपचार करने गई थी और उस समय अवसर पाकर भारती ने स्वयं शास्त्रार्थ में पराजय स्वीकार कर आचार्य से अपने संन्यासी शरीर में प्रवेश करने का आग्रह किया था।

रात्रि के तीसरे पहर आचार्य को चैतन्य अवस्था में उठते देख रामदास प्रसन्न हो उठा। वह जाग रहा था। शिष्य वर्ग सोया पड़ा था। रामदास पुलकित हो रहा था। परन्तु किसी भी शिष्य को यह ज्ञात न हो पाया कि आचार्य की चेतना विगत तीन-चार दिनों में कहाँ और कैसे थी? यह एक मास से पहले ही कैसे और क्यों लौट आये?

8

आचार्य पाँचवें दिन 'ओ३म नम: शिवाय' और 'ईशावास्यमिदं सर्वं' का उच्चारण करते हुए उठ खड़े हुए। नित्य नियमानुसार ब्रह्म मुहूर्त में वह नर्मदा तट की ओर चल पड़े। शिष्यों ने उठकर देखा कि आचार्य का कुशासन रिक्त है। इधर-उधर सन्धान करने पर रामदास भी कहीं नहीं दिखाई पड़ा। रहस्य किसी की भी समझ में नहीं आया। मन में नाना प्रकार की शंकाएँ उभरने लगीं। कभी मन में संदेह उठता कि अर्द्धमृतक जान कोई वन्य पशु उठा तो नहीं ले गया। चिन्तावश सबकी मुख-मुद्रा धूमिल पड़ गई। रामदास की अनुपस्थिति से कुछ-कुछ सन्तोष हुआ। नित्य कर्म, सन्ध्या वन्दन, धारणा-ध्यान आदि से निवृत्त होते-होते आचार्य के पीछे-पीछे रामदास जा पहुँचा। शिष्यों में प्राण पड़ गए, सबने दण्डवत् प्रणाम किया। पद्म पादाचार्य ने साहस करके पूर्व घटित घटना के सम्बन्ध में जिज्ञासा प्रकट की। आचार्य ने हँसकर विषय बदल दिया, शिष्यों को सम्बोधित कर भारती से शास्त्रार्थ के लिए प्रस्थान किया। मण्डन मिश्र दु:खावेश में वहाँ से उठकर चले गए। पद्म पादाचार्य ने एक पत्र

लिखकर रामदास को भारती के पास भेजा।

पत्र पाते ही भारती का हृदय धक् से हो गया। उसने सोचा था कि आचार्य ने अपराध क्षमा कर दिया होगा और मेरी पराजय शास्त्रार्थ बिना ही स्वीकार कर ली होगी। पत्र पाकर वह गहरी चिन्ता में पड़ी थी कि सखियाँ पहुँच गईं। विनोदिनी को ज्ञात हुआ कि आचार्य कामकला पर पुनः शास्त्रार्थ करने आ रहे हैं तो वह बड़ी प्रसन्न हुई। कर्नाटी विनोदिनी को फटकारते हुए बोली, ''हम लोग चिन्ता में पड़े हैं और यह हिरणी की तरह उछल रही है। मानो वीणा बज रही हो।''

''रानी, आप तो मुझे मूर्ख, गँवार ही समझती हैं। सुनिए मैं बड़े पते की बात बताती हूँ। हमने बहुत सोचा है। हमारी सखी सहज बुद्धि ने मेरे कान में एक मर्म की बात कही है।''

प्रभा ने पूछा, ''हाँ विनोदिनी, बता तो सही, तेरी सखी क्या बता गई है?''

विनोदिनी बोली, ''मेरी सखी सहज बुद्धि कह गई है कि विनोदिनी, तू ही आचार्य शंकर और भारती के शास्त्रार्थ की निर्णायिका बन जा।''

प्रभा, ''और क्या बोली? तुझे शास्त्रार्थ का अर्थ तो आता नहीं, चली है दो दिग्गजों का निर्णय देने।''

विनोदिनी, ''मेरी सहज सखी ने निर्णय स्वयं लिखा दिया है। निर्णायक को शास्त्रार्थ समझने की क्या आवश्यकता है? पंच परमेश्वर होता है। उसकी वाणी ही अन्तिम निर्णय है।''

प्रभा, ''अच्छा, तू क्या निर्णय देगी? शास्त्रार्थ से पहले ही निर्णय?''

विनोदिनी, ''कामकला का मर्म क्या जाने भारती? क्या जाने आचार्य? उसका वास्तविक अर्थ मैं ही जानती हूँ। दोनों को मैं परीक्षा में अनुत्तीर्ण कर दूँगी।''

कर्नाटी ने हँसते हुए पूछा, ''शास्त्रार्थ का निर्णय क्या हुआ?''

विनोदिनी, ''वाह यह भी बताना होगा, इतनी आप सबको समझ नहीं? अनुत्तीर्ण छात्र जिस कक्षा में रहते हैं वहीं रह जाते हैं। उत्तीर्ण छात्र की उत्तम, मध्यम श्रेणी होती है।''

कर्नाटी, ''यह क्या पहेली बुझा रही है?''

विनोदिनी गंभीर होकर बोली, ''सुनो रानी—संन्यासी अपने मठ में रहे और गृहस्थ अपने राजप्रासाद के कक्ष में विचरण करे। 'यथा पूर्वमकल्पयत्।' पंडित मिश्र घर आ जाएँ और संन्यासी बाबा भिक्षा माँगने निकल जाएँ। इसी में देश, जाति, समाज-धर्म सबका कल्याण है।''

भारती बोली, ''सुनती हो रानी! इसको न्यायाधीश के पद पर बिठा दो तो यह समाज को न जाने कहाँ ले डूबेगी? क्यों विनोदिनी, यह तो समझ आचार्य को पूरा अधिकार है कि वे पुनः शास्त्रार्थ के लिए ललकार सकें। जो महात्मा मृत बालक को

दीर्घ काल जीवित कर सकता है : दरिद्र, धनहीन अनाथ नारी के घर स्वर्ण आंवलों की वर्षा करा सकता है। अपना शरीर जीवित रखते हुए परकाय-प्रवेश के द्वारा रनिवास सुख का अनुभव कर सकता है, क्या वह सामान्य पुरुष हो सकता है ? ऐसे अवतारी पुरुष से कामुक व्यक्तियों की भाँति शास्त्रार्थ क्या न्यायोचित है ? ऐसे महापुरुष संसार में कभी-कभी अवतरित होते हैं। मैं विजिगीषा के आवेश में न जाने क्या-क्या प्रलाप कर गई ! समझ में नहीं आता, इस पाप का प्रायश्चित कैसे करूँ ?''

इतना कहते-कहते भारती की आँखों से आँसू बरसने लगे। मानो उसका हृदय फूट-फूट कर रो रहा था। उसने कर्नाटी से परामर्श कर अपनी सहेलियों, सगे-सम्बन्धियों के साथ आचार्य की शरण में पहुँचने का निश्चय किया। पूरा समाज भारती के साथ आचार्य गुफा की ओर चल पड़ा।

9

भारती को आचार्य की गुफा का ज्ञान था। यद्यपि पतिदेव के रोष-भय से वह एक दिन भी अर्द्धमृतक आचार्य का दर्शन करने नहीं गई थी, पर आज उसकी शास्त्रार्थ में विजयेच्छा की आँधी शान्त हो गई है। अतः आचार्य और पतिदेव से क्षमा प्रार्थना करने जा रही है। बार-बार यही सोच रही थी कि मेरे दर्प का विषाक्त सर्प, हृदय की काली दह में काला नाग बनकर, कहाँ से आ गया था। वह कृष्ण उपासक योगेश्वर आचार्य को भी क्यों डसने जा रहा था। पर इतना संतोष है कि मैं समय रहते सँभल गई और आचार्य को सम्भोग के अपयश से बचा लिया। आचार्य कामक्रीड़ा से बच गए नहीं तो संसार को मैं क्या मुँह दिखाती ?

दुर्बलताओं की स्मृति और उन पर पश्चाताप की अश्रुधारा से उसका मनोमल धुल गया था, सिर लज्जावनत था। आचार्य की चरण पादुका के चिन्ह पहचानती, चरण-रज मस्तक पर मलती हुई विरक्त भाव से आगे चलती जाती। उसके साथ नारी-समाज को अपनी ओर आते देख पद्म पादाचार्य आचार्य से कहने लगे—

''गुरुदेव, ऐसा प्रतीत होता है कि शास्त्रार्थ के लिए भारती नारी समाज-सहित यहीं आ रही है। अभी तो 25 दिन की अवधि शेष है। विजय की ऐसी उत्कट अभिलाषा विजिगीषु बनने की इतनी आतुरता। नारी की गति विधाता भी नहीं जान सकता।''

मण्डन मिश्र पहले ही भारती पर क्रुद्ध बैठे थे। बोले, ''आचार्यवर, वर्षों तक साथ रहने पर भी नारी पुरुष को नहीं पहचान पाती। नारी हृदय का क्या अतल सागर है कि उसकी थाह पाना असम्भव सा है।'' इतना कहते-कहते मण्डन मिश्र का मुखमंडल तमतमा उठा। उन्हें आशा थी कि एक मास की अवधि में समाज की फटकार से स्वयं लज्जित होकर भारती क्षमा-याचना कर लेगी, पर सर्वथा प्रतिकूल परिस्थिति पाकर इतने आक्रोश में आ गए कि भारती की भर्त्सना कर ही बैठे। आचार्य

हँसते हुए बोले, ''मानसिक वृत्तियाँ अनंत लहरों की तरह हृदय प्रदेश में ऊपर-नीचे नाचती रहती हैं। मानव मात्र की यही गति है। इसमें नारी और नर का भेद सोचना व्यर्थ है। जो इस रहस्य को जानता है वही एक-दूसरे को समझ सकता है। प्रेमामृत के एक घूँट पर पत्नी सारे जीवन की समस्त विषमताओं का विष पीती रहती है। नारी के इस महान बलिदान को क्षण-भर भी विस्मृत करना उसके साथ अन्याय करना है। कब अभिशाप वरदान में बदल जाता है और वरदान अभिशाप में यह कौन जानता है? दोनों को एकसमान समझना ही पुरुषार्थ है। इसी में पुरुष की विजय है।''

इतने ही में भारती दूर से ही दण्डवत् प्रणाम करती हुई आ पहुँची। उसके साथ की अन्य महिलाएँ 'ओ३म नमो: नारायण' करते हुए अभिवादन करने लगीं। भारती, कर्नाटी, विनोदिनी, प्रभा, सैन्धवी, राजमाता जयसेना, गांधारी एवं सिन्ध से निर्वासित महिलाएँ सब भारती के चतुर्दिक बैठ गईं। मण्डन मिश्र भारती को आते देख क्रोधावेश में वहाँ से उठकर चले गए थे। भारती के सहसा आगमन का रहस्य शिष्यों की समझ में कुछ नहीं आया। सब अवाक् थे और सोचते रहे कि काम-कला पर शास्त्रार्थ के समय यहाँ रहना उचित होगा या नहीं। रामदास भी भारती के सहसा आगमन का रहस्य समझ नहीं पाया। उसने भारती को केवल इतनी ही सूचना दी थी कि आचार्य ने युवराज में परकाय-प्रवेश कर लिया है। युवराज के रक्तस्राव और भारती की उपचार प्रक्रिया से वह सर्वथा अनभिज्ञ था। ऐसी स्थिति में भारती का सहसा आगमन सबको चकित कर रहा था। सबका अनुमान यही था कि भारती काम-कला पर शास्त्रार्थ करने आई है।

आचार्य ने भारती और उसकी सखियों को एक-एक कर आशीर्वाद दिया। फिर बोले, ''भारती, मैं स्वयं तुम्हारे भव्य भवन पर जा रहा था। तुम लोग इस निर्जन अरण्य प्रदेश में कहाँ जा रहे हो? सिन्ध प्रदेश में सब कुशल तो है? कोई नई विपत्ति तो नहीं आई?''

भारती बोली, ''योगिराज, जिस देश में साक्षात् शंकर विद्यमान हों, उसका असुर क्या बिगाड़ सकते हैं? देश की विकट आपदा का कभी-न-कभी अंत होगा ही। आज हमारी आंतरिक शक्तियाँ बिखर रही हैं। आपका आशीर्वाद लेने हम सब आई हैं। आशीर्वाद दीजिए योगिराज, जिससे हम देशसेवा के योग्य बन सकें, हमें मार्ग दिखाइए जिस पर चलकर इन अनाथ अबलाओं का दुख दूर किया जा सके।''

आचार्य बोले, ''भारती, देश में ऐसा वातावरण बनाना है जिसमें प्रत्येक देशवासी मानव-कल्याण के लिए अपनी आंतरिक शक्तियाँ संयोजित कर सके। तभी बाहरी और भीतरी संकटों से देश बच सकता है; जाति जीवित रह सकती है। ऋषियों का अनुभव है कि अद्वैत साधना का लक्ष्य सामने रहने पर मानव निर्भर बन जाता है। अत: शत्रु मित्र, रागद्वेष की भावना त्याग 'सर्वभूत हिते रता:' की धारणा से कार्य करती चलो।''

भारती बोली, ''पूज्य जगद्गुरु, मैं अशरण हो गई हूँ, किसकी शरण जाऊँ?

आपका ही एकमात्र अवलम्ब है। माता गईं, पिता गए, देश-विश्रुत विद्वान आचार्य भट्टपाद जैसे भाई आपकी आँखों के सामने तुषाग्नि में भस्मसात् हो गए। पंडित-मंडली को मंडित करने वाले पतिदेव संन्यास आश्रम में आसीन होने जा रहे हैं। चारों ओर के आर्तनाद, कलहाग्नि की भीषण ज्वाला, विजेता विदेशियों की गर्व भरी फुँकार से हृदय काँप उठता है। ऐसी दशा में कहाँ जाऊँ? क्या करूँ? जिस पतिदेव का आधार लेकर आर्तजनों की सेवा का संकल्प लिया था वह भी प्रव्रज्या ग्रहण करने जा रहे हैं। अब मैं किसकी शरण में जाऊँ? इन श्री चरणों के अतिरिक्त शरणदाता और कौन है? मेरे अपराध क्षमा करें, गुरुदेव! आदेश दें, जिससे मंझधार में पड़ी मेरी नैया पार हो सके।''

आचार्य के नेत्रों के सामने देश, धर्म और मानव जाति की समस्याएँ कौंध उठीं। उन्होंने आँखें बंद कर लीं। उनके मुख पर ज्योति कौंध उठी। कुछ देर मौन बैठे रहे, और सारा समाज टकटकी लगाए उनकी मुख मुद्रा निहार रहा था। फिर आँखें खुलीं। बोले, ''देवी भारती, जब एक ही ब्रह्म सर्वत्र विद्यमान है तो कौन है अपराधकर्ता और कौन है क्षमा प्रदाता। किन्तु अद्वैत सिद्धि से पूर्व-माया जालिक की लीला समझने के व्यवहार काल में लौकिक सा व्यवहार करना ही होता है। बाह्य-कलह के निर्मूलकर्ता को पहले अपनी आंतरिक अशान्ति को मिटाना होता है। संन्यास मार्ग उसी का साधन समझाता है। तुम इतनी दुखी क्यों हो? दूरदर्शी को विगत का शोक कहाँ? अनागत की चिंता क्यों? वर्तमान को सुधार लिया जाए तो भविष्य स्वतः सुधर जाता है। उठो, धैर्य धारण करो। तुम्हारी नगरी में रहते न्यूनाधिक एक मास हो चला। अब हमें विदा दो। पतिदेव को संन्यास की अनुमति प्रदान करो। उसी में तुम्हारा, समाज और देश का, सर्वोपरि मानव जाति का कल्याण निहित है।''

भारती बोली, ''आपका आदेश शिरोधार्य है गुरुदेव। आप जगद्गुरु हैं। सबके हृदय का अंधकार निवारण करने वाले हैं। अपने पतिदेव के आत्म-विकास में बाधा डालते ही पत्नी नारीत्व की मर्यादा खो बैठती है। मैं कहाँ उनके पथ में बाधा डाल रही हूँ?''

आचार्य शंकर मण्डन मिश्र को चारों ओर देखने लगे। उन्हें न देख कर बुला लाने का संकेत किया। मण्डन मिश्र ने आचार्य को 'नमो नारायण' कह कर प्रणाम किया। उन्हें आते देख भारती ने अवगुँठन थोड़ा नीचे कर लिया। आचार्य ने 'नमो नारायण' कहकर आशीर्वाद दिया और कहा, ''देखो मण्डन, देवी भारती तुमसे कुछ कहना चाहती हैं। उसे सुन लो।''

मण्डन मिश्र की आकृति क्रोध से तमतमाई हुई थी। उन्होंने सोचा था कि वह आश्रम के समीप दल-बल सहित चढ़कर शास्त्रार्थ करने आई है। वह तमककर बोले, ''आप जैसे योगीश्वर से काम-कला पर शास्त्रार्थ की धृष्टता करने वाली नारी की अधर्ममयी वाणी क्या सुनूँ? 15 वर्ष की लंबी अवधि तक साथ रहने पर जो पत्नी पति को नहीं समझ पाई। अपने पांडित्य के गर्व में ही डूबी रही, उसकी वाणी क्या सुनूँ

और उससे क्या कहूँ? मैं इसकी वाणी सुनना भी पाप समझता हूँ।'' आचार्य समझ गए कि उसने भारती का हृदय 15 वर्षों में भी नहीं पहचाना है। और न आज भारती की करुण कहानी सुन पा रहा है। वह नारी जाति के दुख से सर्माहत भारती की सहेलियों की मुखाकृति पर लिखी भाषा ध्यान से पढ़ रहे थे।

आचार्य ने समझाया, ''पंडित मण्डन, भारती का शास्त्रार्थ गर्व-प्रेरित नहीं, अपितु धर्मप्रेरित था। वह सच्ची कर्मयोगिनी है। वह देशहित में कर्मयोग को कर्मसंन्यास से अधिक श्रेयस्कर समझती है। तुम्हारी माता के करुण रोदन से भारती का अन्त:करण इतना द्रवित है कि इसने फिसलन की चिंता ही नहीं की। तुम अद्वैत साधना के पथिक हो। अपने मन से ऐसी द्वैत भावना निकाल दो। भारती देवी है। इसे श्रेष्ठ दैवी शक्तियाँ प्राप्त हैं। इसका लक्ष सराहनीय है, निंद्य नहीं। उठो, अपने कलुषित मन को धोकर भारती से संन्यास की अनुमति माँगो।''

मण्डन मिश्र की भर्त्सना भरी वाणी नारी समाज चुपचाप तिलमिलाता हुआ सुनता रहा। भारती सिर नीचा किए आँसू बहाती रही। आँचल से आँसू पोंछ साहस कर मण्डन मिश्र के समीप पहुँचकर सोचने लगी कि पतिदेव के चरण पकड़कर उनसे क्षमा प्रार्थना करूँ! पर सहसा मन में विचार उठा कि चरण स्पर्श को अनुचित समझकर कहीं और अधिक क्रुद्ध न हो जाएँ। यही सोचकर उनके चरणों के समीप एक शिलाखण्ड पर मस्तक रखकर प्रणाम करते हुए बोली, ''देव, आपकी सहज करुणा से परिपालित मेरी धृष्टता, अविनय की सीमा पार करते हुए ऐसी दुर्विनीत बन गई कि मैं जगत्‌गुरु से शास्त्रार्थ कर बैठी। मैंने छात्र-जीवन से ही शास्त्रार्थ का दूध पिला-पिलाकर अपनी विजिगीषा सर्पिणी को पाल रखा था। नागिन ने शास्त्रार्थ काल में मेरी बुद्धि को इतना विषाक्त बना दिया कि मैं दिग्विजयी संन्यासी से कामशास्त्र पर शास्त्रार्थ कर बैठी।''

इतना कहते-कहते उसका कण्ठ अवरुद्ध हो गया। फिर सँभलकर कहने लगी, ''अनजाने में जो भूल-चूक हो गई है उसके लिए क्षमा कीजिए देव! मैं स्वप्न में भी कभी आपके आत्म-कल्याण में बाधक नहीं रही और न भविष्य में कभी आपकी साधना में बाधा डालूँगी। आप स्वयं समर्थ हैं और हम सबके सौभाग्य से जगद्‌गुरु आचार्य आपको पथ-प्रदर्शक मिल गए हैं। जब उनका आदेश और आपकी इच्छा प्रव्रज्या ग्रहण करने की है तो मैं किस मुँह से अस्वीकार करूँ। मेरी ओर से आपको पूर्ण स्वतंत्रता है। जो इच्छा हो वही कीजिए। मुझे आशीर्वाद दीजिए कि मैं मातृ-सेवा, देशकार्य और अपने कर्त्तव्य-कर्म को विधिवत् निबाह सकूँ।'' भारती के नेत्रजल से आचार्य के शिष्यों का भारती के प्रति मनोमालिन्य क्षण भर में धुल गया। भारती की करुण वाणी ने कठोर व्यक्तियों का हृदय दहला दिया।

मण्डन मिश्र भूल समझ गए। उनकी आँखें द्रवित हो जल बरसाने लगीं। दोनों में से किसी के मुख से वाणी बाहर आने का साहस नहीं कर पाई। सहतीर्थ्या नारियों की वेदना में पुरुष की निर्ममता के प्रति आक्रोश छिपा था। मण्डन मिश्र भारती के

दिव्य अलौकिक तेज में मानो तप रहे थे। और भूलें स्मरण कर स्वयं को प्रताड़ित कर रहे थे। तभी मौन भंग करते हुए कर्नाटी बोली, ''योगिराज, नितांत बुद्धिवादिनी दीदी भारती, आज आपकी शरण में आकर पूर्णतः श्रद्धा धारिणी बन गई हैं। इन्होंने शास्त्रार्थ, पांडित्य-प्रदर्शन के उद्देश्य से नहीं अपितु पंडित प्रवर की मरणासन्न माता की प्राण रक्षा के उद्देश्य से किया था। आप जानते हैं कि भारती के पितृगृह में न कोई पुरुष जीवित है और न पतिगृह में। भारती स्वयं संतान-विहीन है। आज नहीं तो कल, कल नहीं तो परसों, माता पुत्र शोक में राजा दशरथ की तरह इस लोक से जाने वाली हैं। नारी को माता की भी अन्त्येष्टि क्रिया करने का अधिकार नहीं। हम उन्हें श्मशान तक तो पहुँचा सकती हैं, पर अग्निदाह करना वर्जित है। बताइए इसका क्या उपाय है? भारती और हम सब यही चाहती थीं कि पंडित प्रवर माता के अन्त्येष्टि संस्कार के उपरांत जहाँ चाहें जाएँ।''

आचार्य भी थोड़ी देर के लिए चिंता में पड़ गए। समाज की सामान्य धारणा यही कहती है कि संन्यासी अपने किसी स्वजन का अग्नि संस्कार नहीं कर सकता। यही लौकिक नियम है।

आचार्य ने कुछ देर सोचकर कहा, ''इसकी चिंता क्यों करती हो, भारती! जननी माता का आदेश सर्वोपरि है। वह जो आज्ञा देकर जाएँगी उसी के अनुसार उनका संस्कार होगा। संन्यासी सबका पूज्य भले ही माना जाए पर जननी माता संन्यासी की भी पूज्या हैं। 'ईश्वरेच्छा बलीयसी।' ईश्वर जैसा चाहेगा तद्नुसार क्रिया स्वतः करा लेगा। फिर चिन्ता क्यों?'' आचार्य ने कर्नाटी की ओर देखकर पूछा, ''क्यों कर्नाटी, अब तो चिंता का कोई कारण नहीं? तुम सब संतुष्ट हो न?''

कर्नाटी बोली, ''हमारे लिए तो आप ही ईश्वर हैं। आपकी आज्ञा शिरोधार्य है। कृपया हम लोगों की एक प्रार्थना स्वीकार कर लीजिए।'' आचार्य शंकर ने पूछा, ''निस्संकोच होकर कहो आप लोग क्या चाहती हैं?'' कर्नाटी ने भारती से परामर्श किया, सभी सहतीर्थ्या सखियाँ उसके प्रस्ताव से सहमत हो गईं। तब उसने आचार्य से हाथ जोड़कर निवेदन किया, ''योगिराज, आप अन्तर्यामी हैं, स्वयं जानते हैं कि मण्डन मिश्र की माता के हृदय में पुत्र वियोग का ऐसा आघात पहुँचा है कि उनका हृदय आहत हो गया है। आप लोग अपने नव शिष्य के साथ यहाँ से जितनी दूर जाते रहेंगे उतना ही अधिक उनका घाव गहरा होता जाएगा। अतः आपसे यही निवेदन है कि नर्मदा तट पर यहीं आस-पास की जनता को अपने उपदेशों से लाभान्वित करने की कृपा करें। हम मातृश्री के साथ आपके प्रवचनों में सम्मिलित हुआ करेंगी। उन्हें सन्तोष होता रहेगा कि हमारा पुत्र हमसे दूर नहीं हुआ है। इस सान्त्वना की औषधि से कदाचित् उनके हृदय का घाव धीरे-धीरे भर जाएगा।''

आचार्य कुछ देर तक असमंजस में पड़े रहे। शिष्यों की प्रबल इच्छा थी कि दक्षिण भारत में तीर्थयात्रा करते हुए अद्वैत धर्म का प्रचार किया जाए किन्तु महिला समाज का आग्रह भी उपेक्षित करना उन्होंने उचित नहीं समझा। अतः आस-पास के ग्रामों में भ्रमण करते हुए शिष्यों को भाष्य पढ़ाना प्रारंभ कर दिया।

कुछ काल के उपरान्त गोकर्ण आदि तीर्थों से आचार्य शंकर के दर्शनार्थी आ पहुँचे। उनके आग्रह पर आचार्य ने माहिष्मती से प्रस्थान करना उचित समझा। प्रवचन में इसकी घोषणा कर दी और भारती आदि को बुलाकर कहा, ''तुम्हें जो कुछ पूछना हो पूछ लो। कल हम लोग यहाँ से प्रस्थान कर रहे हैं।''

भारती बोली, ''पूज्य योगिराज, अब तक हम सब अंधकार में भटकती रही थीं। मार्ग सूझ नहीं रहा था। आपने प्रकाश दिखाकर मार्ग सुझाने की कृपा की है। मझधार में डगमगाती नैया को आपने भ्रमर से पार कर दिया है। आप से एक और निवेदन है। आप अपने संन्यासोन्मुखी नव शिष्य की धन सम्पत्ति की व्यवस्था का भार किसी और पर डालिए। मैं आर्त्त बहिनों की सेवा में ग्राम-ग्राम घूमकर भिक्षान्न पर प्रसन्न रहूँगी। इनके एक सहस्त्र अश्व, पाँच सौ हाथियों, दो सौ कर्मचारियों की देख-रेख कौन करेगा?''

मातृचरणों का आश्रय जब तक भाग्य में लिखा है तब तक आभूषण बेचकर जीविका चल जाएगी। तदुपरान्त उनकी विशाल अट्टालिका मेरे किस प्रयोजन की? राजलक्ष्मी महारानी चंचला (कर्नाटी) हम सबको अपने राज्य कर्नाटक ले जाएगी। वहीं आश्रम स्थापित किया जाएगा। हम सबको आशीर्वाद दीजिए भगवन्! आपके त्यागमय जीवन का हम भी अनुकरण कर सकें।'' इतना कहते-कहते वह रो पड़ी। आचार्य के भी नेत्र सजल हो उठे। कुछ देर तक मौन रहकर बोले, ''देवी भारती—यह धन वैभव वंश परम्परा से चला आ रहा है। ईश्वर की ओर से न्यास रूप में तुम्हें मिला है। वही ईश्वर जैसे चाहेगा; उपयोग करायेगा। जाओ मातृचरणों की सेवा में लग जाओ। उन्हें आश्वस्त कर देना कि उनका पंडित प्रवर पुत्र विश्व मंगल के लिए तप करने जा रहा है। जो विश्व कल्याण में लगा है उसकी माता का संरक्षण मंगलमय विभु न करें यह कैसे सम्भव है! मण्डन का तप उनके पितृगण का स्वत: उद्धारकर्ता बन जाएगा। विश्वास रखो सब मंगलमय हो जाएगा।''

10

जिन दिनों माहिष्मती नगरी और ओंकारेश्वर में कर्मयोग और कर्म-संन्यास पर वाक्-युद्ध हो रहा था। उन दिनों—सम्पूर्ण उत्तर भारत के राजन्य वर्ग में शस्त्र-युद्ध चल रहा था। व्रात्य और ब्रह्मण्य के संघर्ष से चारों ओर कलहाग्नि सुलग रही थी। विशेषकर मगध, काशी, प्रयाग, पांचाल आदि जनपदों में खुलकर संघर्ष छिड़ गया था। मगध-राज धर्मपाल की कन्या मागधी पांचाल की महारानी थी। आचार्य के साथ शास्त्रार्थ के समय में वह भारती के पास आ गई थी। उसकी अनुपस्थिति में प्रतिहार नरेश नागभट्ट ने पांचाल पर आक्रमण कर उसके पति चक्रायुद्ध को युद्ध में पराजित कर दिया था। पर उसने अरबों को पराजित किया। सैनिकों ने उसके राज्य कच्छ पर धावा बोला। अरबी सेना को पराजित करने पर उसमें विजय का इतना उत्साह जगा कि उसने पांचाल और मगध पर पुन: सहसा आक्रमण कर ही दिया। उसने सोचा था कि पूर्वी राज्यों में बौद्धों और ब्रह्मण्य परस्पर एक-दूसरे का रक्त बहाने को उतारू हैं। उनको जीत लेने का

यही सबसे उपयुक्त अवसर है।

पांचाल-राज चक्रायुद्ध का राजदूत मागधी के पास पति का संदेश लेकर आया। उस पत्र के द्वारा उत्तर भारत की राजनीतिक उथल-पुथल का विस्तृत परिचय मिला। तब तक भारती और आचार्य का शास्त्रार्थ समाप्त हो चुका था। हार जीत का निर्णय भी हो चुका था किन्तु मण्डन की माता के आग्रह से आचार्य शिष्यों सहित ओंकरेश्वर के समीपवर्ती तीर्थस्थलों की ही यात्रा कर रहे थे। महाराज चक्रायुद्ध के पत्र ने महिला समाज में नई चेतना डाल दी। इतने ही में कच्छ से समाचार लेकर राजदूत मगध और माहिष्मती पहुँच चुके थे। कच्छ पर आक्रमण का समाचार पाकर नागभट्ट ने पांचाल और मगध से सेना हटाकर कच्छ भेज दी और स्वयं लौटते समय आचार्य शंकर का दर्शन करने आ गए। इसी अवधि में राष्ट्रकूट महाराज कर्क (सुधन्वा) भी कर्नाटी तथा आचार्य से मिलने आ गए थे। नागभट्ट के सहसा कच्छ लौटने का समाचार पाकर मगध महाराज धर्मपाल भी अपनी बेटी मागधी सहित आचार्य शंकर से मिलने माहिष्मती नगरी पहुँचे। पांचाल नरेश चक्रायुद्ध को भी नागभट्ट के पुनरावर्त्तन से शान्ति मिली। वह आचार्य के पास परामर्श के लिए आ गए। इस प्रकार उत्तर और दक्षिण भारत का प्रमुख राजन्य वर्ग परस्पर का वैर भाव भूलकर भारती आदि महिलाओं को साथ ले आचार्य के पास चलना चाहता था। किन्तु भारती ने मण्डन मिश्र (सुरेश्वराचार्य) की अप्रसन्नता के भय से स्वयं जाना उचित नहीं समझा। अतः कर्नाटी, मागधी, गुर्जरी, सैन्धवी, विनोदिनी, प्रभा, विजया, जयसेना, भिक्षु करुणमित्र, जैन वैष्णव साधु, राजन्य वर्ग आचार्य के पास पहुँचे।

आचार्य ने बड़े धैर्य के साथ सम्पूर्ण देश की बिगड़ती हुई परिस्थिति का वृत्तान्त सुना। इसी समय श्रीशैल से शास्त्रार्थ का समाचार आया। वहाँ कापालिकों का केन्द्र था। उन्होंने शास्त्रार्थ के लिए आचार्य को चुनौती दी। इस कारण आचार्य ने दक्षिण-पूर्व की यात्रा का ही निर्णय किया और राजन्य वर्ग तथा महिला समाज को अद्वैत दर्शन का सिद्धान्त समझाकर एक-दूसरे की सहायता करने का उपदेश देते हुए कहा, "प्रत्येक मनुष्य का धर्म है—'आत्मनः मोक्षार्थ लोकहिताय च।' अपने कल्याण और लोक मंगल के लिए सतत् प्रयत्नशील रहना मानव धर्म है।" इतना समझाकर आचार्य ने सबको विदा किया। सबने प्रणाम कर प्रस्थान किया।

गुर्जरराज पर आचार्य के दर्शन और उनके आदेशों का ऐसा प्रभाव पड़ा कि प्रतिहार, पांचाल, पाल और राष्ट्रकूट राजा एकमत होकर विदेशी सत्ता का सामना करने को तैयार हो गए। इसी को कहा गया कि महात्माओं के आश्रम में सर्प और मेंढक, सिंह शावक और छागल एक साथ रहकर एक-दूसरे की सहायता करते हैं। सर्प मेंढक पर छाया किए रहता है। सिंह शावक छागल के साथ खेलता है।

शंकर दूसरे दिन श्रीशैल पर कापालिकों के साथ शास्त्रार्थ के लिए जाने वाले हैं। आचार्य सर्वप्रथम मण्डन मिश्र की रुग्णा माता, भारती आदि महिलाओं को आशीर्वाद देने गए। तदुपरान्त शिष्यों सहित श्रीशैल की ओर चल पड़े।

तृतीय उल्लास

मण्डन मिश्र और भारती की विद्वत्ता से दक्षिण भारत भी परिचित था। काशी के पंडितों, विविध शास्त्रज्ञों, मण्डन मिश्र जैसे कर्मकाण्डियों को शास्त्रार्थ में पराजित करने के उपरान्त आचार्य की कीर्ति चारों ओर फैल गई। देश में वैदिक धर्म की पुन: प्रतिष्ठा बढ़ने लगी। आचार्य वर्षों तक उत्तर भारत में भ्रमण करते रहे। अब उनके शिष्यों की आकांक्षा दक्षिण भारत स्थित तीर्थस्थलों के दर्शन के लिए उमड़ उठी। दक्षिण भारत में बहुत बड़े-बड़े सिद्ध मुनि भी रहते थे। कई राज्यों में राजा स्वयं जैन धर्मावलम्बी बन गए थे। अत: राजा और प्रजा,धनी-निर्धन, विद्वान्-अनपढ़ सबमें अद्वैत की नव ज्योति जगाने के उद्देश्य से आचार्य के साथ यात्री दल चल पड़ा।

आचार्य चालुक्यराज में पहुँच गये और तीर्थस्थानों का दर्शन, देव मन्दिरों का पूजन करते हुए पंचवटी पहुँचे। वहाँ के श्रीराम मन्दिर का जीर्णोद्धार कराया गया और मन्दिर के समीप संन्यासियों की सुविधा के लिए मठ की स्थापना की। पंचवटी से चलकर चन्द्रभागा नदी के तटवर्ती स्थान पण्ढरपुर पहुँचे। यह स्थल महाराष्ट्र का बहुत प्रसिद्ध तीर्थ था। यहीं समीप में भीमरथी नदी के किनारे श्री पांडुरंग देव का भव्य देवालय है। यह वही स्थल है जहाँ पुण्डरीक महर्षि को साक्षात् भगवान् विष्णु ने दर्शन दिया। आचार्य ने 'सुललित स्तोत्र' की सद्य: रचना की और भाव विह्वल, श्रद्धा-समन्वित हो भगवान् की स्तुति की।

कहा जाता है कि चालुक्यराज में भ्रमण करते हुए आचार्य के शिष्यों को एक दिन यह ज्ञात हुआ कि महाराज स्वयं किन्हीं राजनीतिक कारणों से अपने पूर्वजों का धर्म त्यागते हुए अन्य धर्म की उन्नति में दत्तचित्त हैं। इस कारण राजपरिवार में कलह की स्थिति उत्पन्न हो गई है और महारानी इसी कारण चिन्तित रहती थीं। एक दिन महारानी अपने राजप्रासाद के मन्दिर में पूजा के उपरान्त ईश्वर की प्रार्थना कर रही थीं कि ''हे भगवान्, वैदिक धर्म की अधोगति सहन नहीं हो रही है। आप इसकी कब रक्षा करने आयेंगे?'' इसी समय आचार्य शिष्यों सहित वहाँ पहुँच गए थे। पद्म पादाचार्य बोल उठे, ''राजमाता,भगवान् अवतार लेकर आपके द्वार पर खड़े हैं। आप चिन्ता न करें।'' महारानी अत्यन्त प्रसन्न हुईं। उन्होंने आचार्य शंकर की चरण-वन्दना की। चालुक्यराज भी आचार्य की तेजस्विता से वशीभूत हो गए और उनके चरणों पर गिर पड़े।

चालुक्यराज की माता के आग्रह पर आचार्य राजपरिवार, शिष्य वर्ग और दर्शनार्थियों के साथ गोकर्ण तीर्थों का दर्शन करने चल पड़े। सर्वप्रथम गोकर्ण तीर्थ पर पहुँचे।

गोकर्ण पहुँचकर सर्वप्रथम आचार्य यहाँ के प्रसिद्ध गोकर्ण शिव मन्दिर में गये। विग्रह का आधा अंश नारी रूप है और अर्द्ध अंश पुरुष रूप है। मार्ग में ही आचार्य से एक भक्त ने प्रश्न किया था कि महाराज यहाँ के विग्रह का आधा अंश नारी मूर्ति क्यों है? आचार्य ने सद्यः एक स्तोत्र का निर्माण किया और विग्रह के सम्मुख पहुँच कर शिव वन्दना करते हुए बोले, ''हे भगवान्! शंकर, आपका दक्षिण भाग मेघ की शोभा से और वामभाग विद्युत प्रभा से जगमगा रहा है। दाहिने भाग में आपने ऐसे मृग का रूप धारण किया है जो नवनूतन तृणांकुरों के चरने में मस्त हैं। वाम भाग में पार्वती के हाथ में विराजमान शुक पक्षी शोभा दे रहा है। आपके कण्ठ में स्थित, हलाहल विष की कालिमा को आच्छादित कर कण्ठ से लिपटी हुई पार्वती ज्योतिर्मय बन रही है। मैं आपकी इस दिव्य ज्योति का स्मरण करते हुए सोचता हूँ कि यह तो मेरा ही स्वरूप है। भूमा ही आनन्द रूप है। उसी आनन्द ब्रह्म के साथ मेरा भी एकत्व स्थापित हो रहा है।''

उपस्थित जनता को शंकर के स्तोत्र से शिव विग्रह का अर्थ स्पष्ट हो गया। ''जब जीवात्मा को आत्मा त्वम् गिरजा मूर्तिः...अर्थात् जीवात्मा और परमात्मा का एकत्व भाव होने पर अद्वैत वादी की जो आनन्दमय स्थिति होती है उसी को स्पष्ट करने के लिए इस विग्रह का अर्द्ध भाग पुरुष का और अर्द्ध भाग नारी का विभक्त किया गया है।''

मन्दिर के प्रांगण में आचार्य शिष्यों सहित बैठे हुए थे। अद्वैत दर्शन पर विचार हो रहा था इतने में ही पंडित नीलकण्ठ अपने प्रधान शिष्य हरिहर के साथ आचार्य से शास्त्रार्थ करने पहुँच गये। पंडित नीलकण्ठ की गोकर्ण क्षेत्र में बड़ी ख्याति थी। उनसे आचार्य शंकर का यश सहा नहीं गया। ये शैव मत के जाने-माने विद्वान थे। इनका शास्त्र ज्ञान इतना अधिक था कि इन्होंने स्वयं अनेक ग्रन्थ रच डाले थे। इन्होंने आचार्य को शास्त्रार्थ के लिए ललकारा। दोनों में सारा दिन शास्त्रार्थ चलता रहा।

पंडित नीलकण्ठ शैव मत के प्रकांड पंडित थे पर शास्त्रानुसार जीवन में आचरण नहीं कर पाते थे। उनका वचन, कर्म और मन एक नहीं बन पाया था। इसलिए शैवमत सिद्धान्त की उन्हें सच्ची अनुभूति नहीं हो पाती थी। पंडित नीलकण्ठ में एक बड़ी विशेषता यह थी कि वे दुराग्रही नहीं, गुण ग्राहक थे। आचार्य की तेजस्विता, विद्वत्ता और शालीन्ता से वे ऐसे पराभूत हुए कि अन्त में आचार्य शंकर के चरणों में मस्तक रखकर अपनी धृष्टता के लिए क्षमा माँगने लगे। आचार्य ने उन्हें बरबस उठा कर गले लगा लिया मानो जीव-ब्रह्म से मिलकर आनन्द विभोर हो रहा हो। आचार्य की एक बड़ी विशेषता यह थी कि वे किसी भी प्रचलित मत को खण्डित करने का प्रयास नहीं करते थे अपितु अद्वैत के महासागर में प्रत्येक को विलीन कर देते थे। पंडित नीलकण्ठ

भावविभोर होकर आचार्य को साथ लेकर दर्शन कराने के लिए हरिहर तीर्थ पहुँचे।

मन्दिर में प्रवेश कर आचार्य ने स्तुति की, ''हे! देवाधिपति! ब्रह्मा और विष्णु भी आपकी आराधना करते हैं। आप अनन्त शक्ति-सम्पन्न हैं। आप ही सर्व व्यापक विभु हैं। सप्तर्षि भी आपकी ही वन्दना करते हैं।'' आचार्य की दिव्य ज्योति से मन्दिर जगमगा उठा। उस विलक्षण शोभा को देखकर उपस्थित दर्शक मण्डली अवाक् रह गई। भारत के भिन्न-भिन्न भागों से आयी जनता आचार्य शंकर की जय-जयकार करने लगी। इस प्रकार आचार्य के अद्वैत दर्शन की चमत्कार भरी कहानियाँ भारत के दूर-दूर के भागों में कही जाने लगीं।

उज्जैनी, गोकर्ण और हरिहर क्षेत्र में घर-घर आचार्य की ख्याति फैल चुकी थी। कर्नाटक-महाराज ने इनसे मूकाम्बिक तीर्थ पधारने का आग्रह किया। हरिहर क्षेत्र में राजा, श्रेष्ठि, धनी-मानी, बड़े-बड़े राज्याधिकारी, विद्वान् पंडित आचार्य का अनुसरण करते हुए चल पड़े। मार्ग में जिन गाँवों के समीप से होकर आचार्य निकलते नर-नारी बाल-वृद्ध मार्ग के दोनों ओर पंक्तिबद्ध दर्शनार्थ खड़े रहते। चलते-चलते आचार्य एक जगह पर विश्राम करने को रुके। वे प्राय: किसी-न-किसी अम्बिका देवी के मन्दिर के समीप पेड़ की छाया में बैठ जाते और उनके चतुर्दिक दर्शकों की भीड़ लग जाती। एक स्थान पर अम्बिका देवी मन्दिर में विश्राम करने जा ही रहे थे कि एक नारी अपनी गोद में मृतक शिशु चिपकाए हुए चीत्कार करती हुई आचार्य के चरणों में लोट गई। उस विधवा नारी का एकमात्र सहारा वही बेटा था जो अज्ञात कारण से मृतक पड़ा था। आचार्य ने योग बल से सब कुछ जान लिया। वे देवालय के सम्मुख दण्डवत् होकर भगवान् की स्तुति करने लगे। कहा जाता है कि शंकर की आत्मा परमात्मा से जब एकाकार हो गई तब शंकराचार्य की इच्छा परमात्मा की इच्छा बन गई। वह मृतक बालक वास्तव में पूर्णतया शव नहीं बन पाया था। उसकी किसी नाड़ी में प्राण बचा था। आचार्य की स्तुति से भगवान् इतने प्रसन्न हुए कि उन्होंने मृत-प्राय बालक को पुन: जीवित कर दिया। बालक के अंगों में स्पन्दन होते देख उपस्थित जनता विस्मय-विभोर हो उठी। शव रूप में पड़े बालक की धीरे-धीरे आँखें खुलने लगीं। ज्यों ही वह उठकर बैठा वह अपार भीड़ आचार्य की जय-जयकार करने लगी। फिर तो कहना ही क्या! वायु वेग से इस घटना का समाचार देश के कोने-कोने तक फैल गया। आचार्य देवी की स्तुति करने लगे।

आचार्य के मूकाम्बिका तीर्थ पहुँचते-पहुँचते उनके साथ पदयात्रा करने वाले तीर्थयात्रियों की संख्या बढ़ते-बढ़ते अनुमान से अधिक हो गई, पर चालुक्य और कर्नाटक महाराज ने ऐसी व्यवस्था की कि कोई भी भूखा-प्यासा न रहा।

2

आचार्य शंकर का आशीर्वाद पाकर भारती ने अपनी सहतीर्थ्या सखियों के साथ संगोष्ठी का आयोजन किया। भारती और आचार्य की ख्याति केदारनाथ से कन्याकुमारी और तक्षशिला से कामरूप तक फैल चुकी थी। नारी जाति के लिए शास्त्रार्थ सुनने का

एक अपूर्व अवसर था। जिस प्रकार प्राचीन काल में राजा जनक और सुलभा का शास्त्रार्थ सम्पूर्ण देश में जागृति लाने वाला सिद्ध हुआ था, उसी प्रकार आचार्य और भारती के एक मास तक के शास्त्रार्थ में यतिराज शंकर की हार और भारती की विजय की गाथा देश में क्रान्तिकारी सिद्ध हुई। नारी जाति का मस्तक ऊँचा करने वाला यह शास्त्रार्थ कितनी राजमहिषियों, राजकुमारियों, सम्पत्तिशाली श्रेष्ठ कन्याओं को बरबस माहिष्मती नगरी की ओर खींच रहा था। सैन्धवी और पांचाली के द्वारा भारत के उत्तर पश्चिमी भागों में व्याप्त अशान्ति का लेखा-जोखा सुनकर नारी जाति का हृदय रो रहा था।

भारती ने संगोष्ठी में आचार्य के आशीर्वाद, देश के प्रमुख राजा एवं राजकुमारों के—देश-रक्षा-सम्बन्धी—दृढ़ संकल्प का संदेश सुनाया। उत्तर भारत की राजमहिषियों और राजकुमारियों ने देश की रक्षा का दृढ़ संकल्प लिया था। यह निश्चय किया गया कि अपने-अपने राज्य में गाँव-गाँव संगठन का संदेश सुनाया जाए। सर्वत्र प्रार्थना सभाएँ स्थापित की जाएँ। प्रत्येक व्यक्ति को ईश्वरार्पण बुद्धि से अपने कर्त्तव्य पालन की शिक्षा दी जाए। देश-प्रेम और समाज हित की भावना जगायी जाए। ग्रामीण संगठनों का सम्बन्ध जनपद से जोड़ा जाए। इस प्रकार प्रत्येक राज्य की शक्ति संगठित करने के लिए 'आचारः परमोधर्मः' अर्थात् आचार ही परमधर्म है इसकी शिक्षा दी जाए।

उत्तर-दक्षिण-पूरब-पश्चिम चारों भागों में देश को संगठन के लिए विभाजित किया गया। एक-एक भाग के संगठन का पूरा दायित्व वहाँ की राजमहिषियों या राजकुमारियों और प्रसिद्ध समाजसेवियों के हाथों में समर्पित किया गया। उन्हें अपनी स्वतंत्र समिति बनाने का अधिकार दिया गया जो देश के बाहरी और भीतरी शत्रुओं से जनता को सावधान करती रहे।

भारती को किसी प्रकार यह पता चल गया था कि शास्त्रार्थ में पराजित बौद्ध भिक्षु, कापालिक, तांत्रिक, हिंसोपासक काली-पूजक, आचार्य का प्राण लेने में तनिक भी संकोच न करेंगे। उस संगोष्ठी ने ऐसे हत्यारों का ब्योरा तैयार किया जो धर्म की ओट में निर्दोष व्यक्तियों की हत्या करने में अपनी बड़ी विजय समझते थे। बौद्ध भिक्षु को श्री निकेतन[1] में हराने वाली श्रेष्ठि-कन्या प्रभा का विवाह चालुक्यराज के एक समृद्ध और प्रसिद्ध पोत-व्यापारी के परिवार में हुआ था। वह सुमात्रा, जावा, बाली लक्ष्यद्वीप सिंघल आदि राज्यों में व्यापार के द्वारा विशाल सम्पत्ति एकत्रित कर रहा था। अब वह प्रभा रानी के नाम से पुकारी जाती थी। उसने भारती को सूचना दी थी कि पराजित बौद्ध भिक्षु लज्जित होकर क्रकच नामक कापालिक का शिष्य बन गया है। उसने अपना नाम उग्रभैरव रख लिया है। श्रीशैल की देवी को प्रतिवर्ष नर-बलि के द्वारा प्रसन्न किया जाता है। क्रकच के शिष्यों का ऐसा आतंक और प्रभाव हो गया है कि राजा और शासक वर्ग भी उससे भयभीत रहते हैं। वह साधु-संन्यासियों का शत्रु बन गया है। मुझे ऐसा प्रतीत होता है कि वह आचार्य शंकर की प्रसिद्धि को सहन नहीं कर सकेगा।

---

1. प्रयाग के पास प्रतिष्ठानपुर के बालिका विद्यापीठ का छात्रावास।

भारती ने उसके परामर्श से अपने विश्वासपात्र सैनिक रामदास को सेवक के रूप में आचार्य की सेवा में भेज दिया। वह नैष्ठिक ब्रह्मचारी बनकर आचार्य के साथ छाया की तरह निरन्तर सेवा करता रहा। शंकराचार्य और उनके शिष्यों के भोजन, वस्त्र, शयन आदि की विधिवत् व्यवस्था वह गुप्त रूप से करता रहा। किसी को आभास भी न हो पाया कि भारती ने इसे आचार्य की शारीरिक रक्षा के लिए भेजा है। आचार्य शंकर की आज्ञानुसार प्रात:कालीन समाधि-बेला में कोई उनके समीप नहीं जा सकता था। भारती का भेजा हुआ विश्वासपात्र सेवक रामदास (जिसे गाँववाले हनुमान कहते थे) ही आश्रम की सफ़ाई के हेतु समाधि-बेला में जाता था क्योंकि प्रात: उठकर आश्रम की साफ़-सफ़ाई एवं गायों के गोबर की व्यवस्था का कार्य रामदास की ही ज़िम्मेदारी पर था। कापालिक उग्रभैरव ब्रह्मानन्द नाम से संन्यासी बनकर आचार्य का शिष्य बन गया था। इस रहस्य को रामदास के अतिरिक्त कोई नहीं जानता था।

रामदास, आचार्य के शयन कक्ष के समीप ही सोया करता था। आचार्य जब भी समाधि के लिए एकान्त में बैठा करते थे, वह किसी प्रकार छिपकर उनकी रखवाली करता था। जिस रात एकान्त में ब्रह्मानन्द (उग्रभैरव) आचार्य का सिर माँगने गया था और वृक्ष के नीचे आचार्य से बातें कर रहा था उस समय रामदास झुरमुट के पीछे से सब सुन रहा था। उग्रभैरव उस समय इतना प्रसन्न था मानो उसे ब्रह्मानन्द ही मिल गया हो। उसी रात्रि बेला में जब सब आश्रमवासी सो गये तो वह अर्द्धरात्रि को श्रीशैल पर्वत पर अपने पुराने गुरु क्रकच से मिलने पहुँचा। और आचार्य के साथ अपनी वार्ता विस्तार से कह सुनाई। क्रकच तो महीनों से इसी अवसर की प्रतीक्षा कर रहा था। तुरन्त मदिरा का घट खोला गया और भैरवदेव की तांत्रिक पूजा प्रारम्भ हुई। तांत्रिक विधान से पूजा करने के उपरान्त हवन की बारी आई।

उग्रभैरव (ब्रह्मानन्द) अपने वास्तविक गुरु क्रकच के हाथों से एक प्याला प्रसाद पीकर नाचता-कूदता शंकर के समीप पहुँचा। रामदास उसके पुनरागमन की आशा में पथ निहार रहा था। उसने देखा कि वह हाथों में खड्ग लपलपाता हुआ मदोन्मत्त भाव से चला आ रहा था। उधर आचार्य नित्य का साधना-स्थल बदल समीप स्थित भैरवपीठ की ओर चले जा रहे हैं। रामदास ने इससे पूर्व ही पद्म पादाचार्य को सावधान कर दिया था कि आज आश्रम के ऊपर घोर आपत्ति आने वाली है। आप सावधान रहें। नियमानुसार पद्म पादाचार्य एक पहर रात गये सो गये। उन्होंने स्वप्न देखा कि कोई हत्यारा आचार्य की हत्या के लिए लपलपाता खड्ग लेकर आ रहा है और प्रह्लाद की तरह सत्यनिष्ठ आचार्य की रक्षा के लिए नृसिंह भगवान आ पहुँचे हैं। मानो नृसिंह का गर्जन सुनाई पड़ रहा है। अत: वे चौंककर उठ बैठे। उसी समय रामदास भागता हुआ उनके पास पहुँचा और उनका हाथ अपने हाथ में पकड़ कर दौड़ता हुआ छिप-छिप कर आचार्य के समीप पहुँचा। उसके हाथ में एक लाठी थी जिसका सिरा लोहखण्ड से मड़ा हुआ था। पद्म पादाचार्य ब्रह्मानन्द के हाथ में लपलपाता खड्ग देखकर चीत्कार कर उठे। उग्रभैरव ने जैसे ही अपना खड्ग आचार्य का मस्तक काटने के लिए उठाया त्यों ही रामदास ने उसके (पहुँचे) हाथ पर ऐसी

कसके लाठी जमाई कि खड्ग हाथ से गिर गया। हाथ से गिरी हुई तलवार आचार्य के कंधे पर जा गिरी जिससे रक्त निकलने लगा था। ज्यों ही रामदास ने लाठी मारी त्यों ही पद्म पादाचार्य ने दौड़कर उग्रभैरव को ही पकड़ लिया। दोनों में छीना-झपटी होने लगी। उग्रभैरव ने पद्म पादाचार्य को तेज़ी से धक्का मारा जिससे वह सँभल न सके, अत: गिर गये। तुरन्त ही उग्रभैरव बाएँ हाथ से तलवार उठाकर रामदास की तरफ़ घुमाने लगा। रामदास तक तलवार पहुँची नहीं थी कि उसने एक लाठी उग्रभैरव के सर पर दे मारी जिससे वह विचलित हो गया। उसकी मुट्ठी से तलवार छूट गई और रामदास के पैर के समीप जा गिरी।

गिरी हुई तलवार को उग्रभैरव फिर बाएँ हाथ से उठाने चला। अप्रत्याशित रूप से अपने को पराजित पाकर वह आगबबूला हो रहा था। विविध प्रकार के मांस-भक्षण से उसकी चित्तवृत्ति बड़ी उग्र बन गई थी। उस पर अतिमादक मदिरापान से वह योंही विक्षिप्त था। अपने अहंकार पर भयंकर चोट पहुँचने से वह और भी उग्र हो गया था। वह क्रोधाभिभूत हो लपककर तलवार पकड़ना ही चाहता था कि दूसरी लाठी के प्रहार से उसका बायाँ हाथ भी झूल उठा। और वह खड्ग पकड़ न सका। अब निराश होकर भागने का उपक्रम करने लगा। रामदास को एक उपाय सूझा। उसने उसके दाहिने पैर पर एक लाठी कस कर मारी तो वह लँगड़ाते हुए भागने लगा। फिर दूसरी लाठी दूसरे पैर पर मारी। वह भागने में असमर्थ हो गया और कटे वृक्ष की तरह धड़ाम से ज़मीन पर गिर गया। इतना बड़ा काण्ड हो गया पर आचार्य समाधि में लीन थे।

उनकी मुखाकृति पर तेज चमक रहा था। अमावस्या की अंधेरी रात में मानो एक स्फटिक मणिराज दमक रहा हो। उनके अर्द्धनिमीलित नेत्र भगवान शंकर की समाधि स्थिति के समान परम-शान्ति की वर्षा कर रहे थे। अधखुले अधरों के मध्य चमकते हुए कतिपय मुक्ता दन्तों से मानो अमृत की वर्षा हो रही हो। पद्मासन लगाए हुए आचार्य शंकर ऐसे ध्यान निमग्न थे कि उन्हें वक्षस्थल पर बहती हुई रक्त की धारा का भी भान नहीं था। लाठियों की ठाँय-ठाँय की ध्वनि के साथ उग्रभैरव के मुख से सुरा की दुर्गन्ध आ रही थी। यह जानते हुए भी कि ब्रह्मानन्द आचार्य की हत्या करने आया था और उसी के कारण आचार्य के वक्षस्थल से रक्त बह रहा है, उसी ने मुझे धक्का देकर पृथ्वी गिरा दिया तो भी पद्म पादाचार्य के मन में कोई आक्रोश नहीं। उग्रभैरव के समीप बैठकर उसकी दोनों बाँहें अपने हाथ में लिए हुए उसके मुख की ओर करुणा भरी दृष्टि से देख रहे थे। रामदास एक हाथ में लाठी और दूसरे हाथ में खड्ग लिए आचार्य के पीछे खड़ा रहा। यह बड़ा मार्मिक दृश्य था।

पूर्व दिशा में अरुणिमा क्रमशः प्रगाढ़ बनती जा रही थी। धीरे-धीरे आचार्य की समाधि-स्थिति बदलने लगी। उनके मुख-मण्डल पर आनन्द लहरी खेल रही थी। धीरे-धीरे अर्द्धनिमीलित नेत्र विस्फारित होने लगे। खुले हुए होंठ क्रमशः उसी प्रकार बन्द होने लगे जिस प्रकार कुमुदनी की पंखुड़ियाँ प्रातःकाल होते बन्द हो जाती हैं।

पक्षी के कलरव मानो आचार्य की सहिष्णुता और शान्ति का यश गा रहे थे। प्रातः की प्राणप्रदायिनी वायु मानो उन पर चमर ढाल रही थी। प्रकृति उनके ऊपर धूप से अर्चना कर रही थी। आचार्य को अब ज्ञात हुआ कि वक्षस्थल में कुछ गीला पदार्थ रेंगता हुआ बह रहा है। आचार्य शंकर के नेत्र खुलते ही पद्म पादाचार्य ने अपने उत्तरीय से उनके वक्षस्थल का रक्त पोंछा। अब आचार्य को स्मृति आयी कि आज मेरा मस्तक लेने ब्रह्मानन्द को आना था। उन्होंने पद्म पादाचार्य से पूछा कि तुम कैसे? क्या यहाँ ब्रह्मानन्द आया था?

पद्म पादाचार्य बोले, ''आचार्यवर! यह ब्रह्मचारी ब्रह्मानन्द आपके समीप ही विराजमान है।'' आचार्य ने देखा कि ब्रह्मानन्द के मस्तक से रक्त की बूँदें टपक रही हैं। उन्होंने तुरन्त अपने उत्तरीय से उसका घाव पोंछा और उसका मस्तक अपनी गोद में रख लिया और पद्म पादाचार्य से बोले, ''आश्रम के समीप नीम की पत्तियों के ढेर लगे हैं। उन्हीं को जलाकर ले आओ।'' इतने में ही रामदास लाठी को पीछे रखकर आचार्य के सामने आया। दण्डवत् प्रणाम करके बोला, ''गुरुदेव! मैंने नीम की राख अपने घर में रखी है। और घाव को भरने वाली जड़ी भी पहचानता हूँ। मैं अभी नीम की पत्ती की राख और जड़ी का रस लाता हूँ। आपके कंधे पर खड्ग की धार से गहरा घाव हो गया है। अगर स्वामी पदम पादाचार्य चले जाएँगे तो रक्त की धारा फूट निकलेगी। उन्हें इसी प्रकार अपने उत्तरीय से रोके रहने दीजिए।'' आचार्य ने आज्ञा दी कि शीघ्र ही राख और जड़ी लेकर आ जाओ। यद्यपि आचार्य यह दृश्य देखकर घटना का कुछ अनुमान लगा रहे थे तथापि पद्म पादाचार्य से कुछ जिज्ञासा प्रकट की कि रामदास लंगड़ा क्यों रहा है? उसके पैर से रक्त क्यों बह रहा है? मेरे समाधि काल में तुम लोग यहाँ कैसे आ गये? इस स्थल का तुम्हें पता कैसे चला? पद्म पादाचार्य ने मस्तक झुकाकर विनीत भाव से कहा, ''गुरुदेव आप बोलिए नहीं। नहीं तो रक्त का प्रवाह और बढ़ जाएगा। ब्रह्मानन्द को स्वस्थ हो जाने दीजिए। वही अपने श्रीमुख से आपको सारी कथा सुनायेंगे।''

ये बातें हो ही रही थीं कि तब तक रामदास औषधि लेकर पहुँच गया। आचार्य ने ब्रह्मानन्द के मस्तक के घाव का विधिवत् उपचार किया। उस समय उनके नेत्रों से अविरल अश्रुधारा बह रही थी। ब्रह्मानन्द का क्रोध शान्त हो गया था। उसके मन में ग्लानि होने लगी थी। वह सोचने लगा कि जिस गुरुदेव की हत्या करने आया था वह अपने घावों की चिन्ता छोड़कर मेरा उपचार कर रहे हैं। पर अब वह करता भी क्या! जो होना था वह तो हो गया। साहस करके ब्रह्मानन्द उठने लगा पर आचार्य ने उसे उठने नहीं दिया। रामदास से रोगी शिविका (खटोली) मँगायी जिस पर लिटाकर आश्रम की ओर चलने लगे। अग्रभाग आचार्य ने स्वयं पकड़ा और पृष्ठ भाग को पद्म पादाचार्य और रामदास ने सँभाला।

आश्रम आते हुए रास्ते में कुछ शिष्य तुंगभद्रा नदी में स्नान के लिए जा रहे थे। उन लोगों ने देखा कि आचार्य आ रहे हैं। लेकिन रोगी शिविका कन्धे पर रखे हैं। वे

लोग कुछ सोचने लगे। जिज्ञासा बढ़ी। समीप आने पर सारी घटना का विवरण ज्ञात हुआ और वे लोग नदी स्नान के लिए चले गये। वहाँ पर वे सभी आपस में इसी घटना की चर्चा कर रहे थे कि कुछ लोगों ने सुन लिया। फिर क्या था। इस घटना का समाचार विद्युत वेग से सर्वत्र फैलने लगा।

राजा सुधन्वा को भी पता लगा। उन्होंने अमात्यवर्ग, श्रेष्ठि प्रधान, रक्षकवर्ग, प्रमुख प्रशासकों की संयुक्त बैठक की जिसमें क्रकच कापालिक के विभिन्न केन्द्रों पर विद्यमान उनके सशस्त्र सैनिकों, शस्त्रों, अन्य मतों के साथ संघर्ष, नित्यप्रति की हत्याओं पर गम्भीरता से विचार किया गया। आचार्य शंकर जैसे अवतारी पुरुष पर उग्रभैरव का घातक प्रहार सुनकर सारी सभा सन्न रह गई। अन्त में यही निश्चय किया गया कि क्रकच के सभी साधना केन्द्रों को चारों ओर से घेर लिया जाए। इसी उद्देश्य से केरल, चालुक्य, चोल राज्यों के चुने हुए सैनिकों ने कापालिकों के भ्रष्टाचार-प्रचारक केन्द्रों को घेर लिया। कापालिक और सैनिकों में खुलकर संघर्ष हुआ। दोनों पक्षों के सैनिक हताहत हुए। कभी-कभी तो ऐसा प्रतीत होता था कि कापालिकों की शक्ति अधिक बलवती हो गई है। इस प्रकार हार-जीत का क्रम कुछ दिनों तक चलता रहा। अन्त में कापालिक हार गये और उनके सभी प्रमुख नेता पकड़े गये। इस संगठन में धन से सबसे अधिक सहायता देने वाली विजया प्रभा नामक महिला थी। उसने चालुक्य राज्य के प्रमुख श्रेष्ठियों को संगठित किया था।

श्रेष्ठि-पत्नियों का एक संगठन था जिसमें अपनी वार्षिक आय के अनुकूल दान देना धार्मिक दृष्टि से अनिवार्य बन गया था। विजया सबसे अधिक शिक्षित और संगठनशीला थी। अतः उसी को संगठन का मुख्य सचिव बनाया गया था। उसने संदेश वाहक के द्वारा भारती के पास आचार्य के ऊपर प्रहार, रामदास के द्वारा आचार्य की आत्म-रक्षा आदि की सूचना भेज दी थी। इस प्रकार कापालिकों के प्रधान नेता क्रकच के अनेक प्रमुख सेनानी मारे गए और आचार्य ने तांत्रिक साधना का जो रहस्य समझाया उसके अनुसार दुर्गा और काली की पूजा होने लगी।

3

मार्ग में स्थान-स्थान पर भीड़ तथा एकत्र ग्रामीणों को उपदेश देते हुए आचार्य श्री वेली पहुँचे। श्री वेलीनगरी में संस्कृत विद्वानों का केन्द्र था। वहाँ संस्कृत का पठन-पाठन गुरु-शिष्य की परम्परा से दीर्घकाल से चला आ रहा था। वहाँ शिव-पार्वती का मन्दिर प्रख्यात देवालयों में माना जाता था जहाँ पवित्र पर्वों पर सहस्त्र विद्वान ब्राह्मण उपासना किया करते थे। वेद-ध्वनि और यज्ञ-हवन से इस नगरी में सदा चहल-पहल रहा करती थी। विभिन्न शास्त्रों के प्रकाण्ड विद्वान यहाँ आपस में शास्त्रार्थ भी किया करते थे।

आचार्य की चमत्कारपूर्ण घटनाओं से यहाँ के विद्वान परिचित थे। शास्त्रार्थ में सबसे निपुण प्रभाकर की आचार्य में पूर्ण श्रद्धा थी। इसी कारण अन्य पंडितों का

साहस आचार्य के साथ शास्त्रार्थ करने का नहीं हुआ। प्रभाकर पंडित का एकमात्र पुत्र जन्म से ही मूक था। अब उसकी अवस्था तेरह वर्ष की हो गई थी। दम्पत्ति ने पुत्र के मूकपन को दूर करने के लिए अनेक व्रत और उपवास किये। कितने ही तीर्थों के दर्शन किये, अनेक उपचार किये पर उनका पुत्र मूक का मूक ही बना रहा। आचार्य के आगमन से प्रभाकर एवं उनकी पत्नी को कुछ-कुछ आशा होने लगी कि आचार्य के आशीर्वाद से बालक बोलने लग जाएगा। आचार्य के मुखमंडल से निकलती दिव्य ज्योति को देखकर उन दोनों के निराशामय अन्धकार में आशा की किरण झिलमिला उठी। प्रभाकर बच्चे को साथ लेकर ज्यों ही आचार्य के समीप पहुँचे उस मूक बालक की आँखें विस्फुटित हो उठीं, उसके मुखमंडल पर उल्लास की लहरियाँ लहराने लगीं। उसका रोम-रोम पुलकित हो उठा। वह दूर से ही दण्डवत् करता हुआ आचार्य के चरणों में लेट गया। प्रभाकर विनीत भाव से अपनी विपदा सुनाते हुए बोले, ''पूज्य आचार्यवर, हमारी यही एकमात्र संतान है। यह तेरह वर्ष का बालक जनम से ही मूक है।''

आचार्य ने ध्यानपूर्वक बालक की ओर दृष्टि डाली। उन्होंने अपने योग बल से बालक के मूकपने का रहस्य समझ लिया। उन्होंने बालक से पूछा—

कस्त्वं शिशो कस्य कुत्रोऽसि गन्ता
किं नाम तेत्वं कुत आगतोऽसि
एतद् वद त्वं मम सुप्रसिद्धं
मत्प्रीतये प्रीतिविवर्धनोऽसि।

हे शिशु! तुम कौन हो? किसके पुत्र हो? कहाँ जा रहे हो? तुम्हारा नाम क्या है? कहाँ से आये हो? इन सब प्रश्नों का स्पष्ट उत्तर देकर हमें प्रसन्न करो। आचार्य के मुखमण्डल पर दृष्टि डालकर बालक ने मधुर कंठ से उत्तर दिया—

नाहं मनुष्यो न च देव यक्षौ,
न ब्राह्मण क्षत्रिय न वैश्य शूद्रः
न ब्रह्मचारी न गृही वनस्थो,
भिक्षुर्न चाहं निजबोध रूपः॥

न तो मैं मनुष्य हूँ और न यक्ष ही हूँ, ब्राह्मण, क्षत्रिय, वैश्य, शूद्र भी नहीं, न ब्रह्मचारी, न गृहस्थ, और न ही वानप्रस्थी हूँ। मैं भिक्षु भी नहीं हूँ, मैं केवल ज्ञान स्वरूप हूँ।

आचार्य ने बालक के विगत जन्म ही कहानी सुनाते हुए कहा कि एक बार आप दोनों बच्चे को साथ लेकर नदी स्नान करने गये। आप लोग नदी के समीप ही एक योगी की कुटी में बालक को रखकर स्नान करने चले गये। योगिराज ध्यानमग्न थे। इधर बालक खिसकते-खिसकते नदी में गिर कर मर गया। आप दोनों रोते हुए पुत्र का शव गोदी में लेकर योगी के पास आये। आप लोगों के रुदन से योगी का हृदय करुणामय हो गया। उन्होंने अपना शरीर छोड़कर योग बल से बालक के शरीर

में प्रवेश किया जिससे बालक जी उठा। आप लोग हर्षित हृदय से पुत्र को लेकर घर लौट आये। इस कारण यह बालक पूर्ण ज्ञानी है। इसे आप गृहस्थ नहीं बना सकेंगे।

आचार्य के रहस्योद्घाटन को सुनकर दम्पति की स्मृति जाग उठी। बालक ने अपनी माता को सम्बोधित करते हुए कहा, ''माता, अब मेरा परिचय तो आप लोग जान गये। आप लोग मुझे आचार्य के पास छोड़ जाएँ। मैं प्रसन्न चित्त से प्रार्थना करता हूँ कि आप जल्द ही एक सुपुत्र की जननी होंगी। बेटे की वाणी से मातृ-हृदय संतुष्ट नहीं हुआ और अश्रु बहाते हुए बालक की ओर माँ टकटकी लगाये निहारती रही। प्रभाकर ने साहस करके पत्नी को समझाया कि आचार्य की ही आज्ञा में हम सबका कल्याण है। अब यह बालक आचार्य के चरणों में रहकर केवल एक ही परिवार का नहीं अपितु सारे विश्व के मंगल कार्य में अपना जीवन यापन करेगा। इससे बढ़कर हम दोनों का सौभाग्य क्या होगा। माँ ने बच्चे के सिर पर प्रेम से हाथ फेरा और गद्‌गद कंठ से आशीर्वाद देकर अश्रुधारा बहाती घर लौट आयी। पंडित प्रभाकर आचार्य के साथ अद्वैत दर्शन पर विचार-विमर्श करने लगे। प्रभाकर की प्रेरणा से विभिन्न विचारक, पंडित अद्वैत सिद्धान्त से अविभूत हो उठे।''

आचार्य ने इस नये शिष्य का नाम हस्तामलक रखा, क्योंकि प्राणदाता योगिराज अनेक शास्त्रों के विद्वान थे। उन्होंने ही शिशु-काय में प्रवेश किया था। अत: बालक जन्म से ही प्रकाण्ड पंडित योगी बन गया था। आचार्य इस नव शिष्य को साथ लेकर कार्य समाप्त कर श्री वेली से शृंगेरी की ओर चल पड़े।

4

श्री वेली अग्रहार से आगे बढ़ने पर कर्नाटक के चालुक्य राजा अपने प्रसिद्ध कर्मचारियों के साथ आचार्य का अनुसरण करते हुए चले। कर्मचारियों ने यात्रियों के रात्रि विश्राम का विधिवत् प्रबन्ध कर दिया पर कभी-कभी ऐसा होता था कि आचार्य और उनके साथी ग्रामवासियों के आग्रह से किसी रम्य सरोवर या नदी-तट पर ही विश्राम करने को ठहर जाते। आचार्य की कीर्ति अब इतनी फैल चुकी थी कि भोली-भाली ग्रामीण जनता उन्हें भगवान् का अवतार समझकर पूजने लगी थी।

आचार्य सन्ध्या की सामूहिक प्रार्थना के उपरान्त उपस्थित जनता की विविध समस्याओं का समाधान करते। पंडित-मण्डली को अद्वैत सिद्धान्त का रहस्य समझाते। जिज्ञासुओं की विविध जिज्ञासाओं का उत्तर प्रस्तुत करते। दूर-दूर से आए आर्त प्राणियों के दु:ख निवारण का मार्ग बताते। रोगी, दीन-दुखी-प्राणियों की व्यथा सुनकर उनका करुण हृदय द्रवित हो उठता। इस प्रकार यात्रा करते-करते कुछ दिनों में उस स्थान पर पहुँचे जहाँ गुरु की खोज में आचार्य ने मेंढक के ऊपर साँप को छाया करते देखा था। आठ वर्ष की अवस्था में गुरु गोविन्द पाद का शिष्य बनने के लिए जिस समय आचार्य जा रहे थे, उन्हें उस स्थान पर ऐसी शान्ति मिली थी कि वे बिना प्रयास के ही समाधिस्थ हो गये थे। शैशव की वे स्मृतियाँ आज हृदय को आन्दोलित कर रही

थीं। दोपहरी में मेंढक पर छाया करने वाले सर्प को स्मरण करते हुए उसी वृक्ष की छाया में बैठ गये, जहाँ मेंढक पर छाया करने वाले सर्प को देखकर विस्मय-विभोर हो उठे थे। आचार्य के चतुर्दिक उनका शिष्य वर्ग बैठ गया। कुछ दूरी पर चालुक्य राज और उनके कर्मचारी यात्रियों की सुख-सुविधा की व्यवस्था में लग गए।

आचार्य का मन उस स्थान पर ऐसा रम गया कि उन्होंने अनिश्चितकाल तक वहीं रहना उचित समझा। उन्हें यह स्थान अपनी ग्रन्थ-रचना के लिए बहुत ही उपयुक्त जान पड़ा। चालुक्य राज आचार्य की इच्छा का संकेत पाकर तद्नुरूप सबके निवास के लिए कुटीर का निर्माण कराने लगे। देखते-देखते वहाँ साधक-जनपद बस गया।

शृंगेरी के समीप ग्रन्थ रचना में आचार्य शंकर का मन ऐसा तल्लीन हो गया, कि उन्होंने आगामी तीर्थयात्रा कुछ काल के लिए स्थगित कर दी, और वहीं एकाग्रभाव से ग्रन्थ प्रणयन में संलग्न हो गये। नियत कार्यक्रम के अनुसार प्रार्थना, प्रवचन और शिष्यों का अध्यापन कार्य चलता रहा। एक दिन विशेष घटना घटी। शृंगेरी की शिष्य मंडली में आनन्द गिरि नामक ऐसा छात्र था जो चुपचाप आचार्य के समीप बैठकर पाठ सुना करता था। पद्म पादाचार्य, सुरेश्वराचार्य, और हस्तालक बड़े ही मेधावी एवं प्रबुद्ध शिष्य थे। मौन भाव से आचार्य की निरन्तर सेवा करने वाला और चुपचाप पाठ श्रवण करने वाला गिरि अन्य शिष्यों से विलक्षण था। वह कभी न तो पाठ श्रवण करते हुए शंका प्रकट करता और न कोई प्रश्न ही पूछता। इस कारण अन्य शिष्य उसे अति सामान्य यहाँ तक कि शास्त्र-अनभिज्ञ विद्यार्थी समझा करते थे। पर आचार्य उसकी सच्ची लगन, निस्पृह सेवा एवं शान्त प्रवृत्ति से प्रभावित हो गये थे।

एक दिन विचित्र घटना घटी। गिरि आचार्य के वस्त्र धोने के लिए नदी-तट पर गया हुआ था। वस्त्र धोते-धोते आचार्य की महिमा का गुणगान गाता हुआ वह मन-ही-मन ऐसा भावविभोर हो गया कि उसे पाठ के समय का ध्यान ही नहीं रहा। नित्य नियम के अनुसार जब पाठ का समय हुआ सभी शिष्य आचार्य के समीप पहुँच गये। आचार्य ने देखा कि वस्त्र प्रक्षालन के लिए गया हुआ गिरि अभी तक नहीं लौटा। अत: उन्होंने पाठ प्रारम्भ नहीं किया और एकटक नदी की ओर निहार रहे थे। उन्होंने जब शिष्यों पर दृष्टि डाली तो सबको उत्कंठित मुद्रा में देखकर बोले, ''थोड़ी देर प्रतीक्षा करो, आनन्द गिरि को आने दो।''

शिष्यों ने आचार्य का अभिप्राय समझ लिया। अत: सब टकटकी लगाये नदी तट की ओर आनन्द गिरि का मार्ग देखने लगे। पद्म पाद ही आचार्य के सबसे पुराने शिष्य थे। अत: उनके मन में एक प्रकार का अभिमान भी था कि इन नये शिष्यों को आचार्य की शास्त्र व्याख्या पूरी तरह क्या समझ में आती होगी। उनसे मौन न रहा गया। उन्होंने प्रतीक्षा करना व्यर्थ समझा। अत: बोले, ''आचार्यवर, आपकी शास्त्र व्याख्या आनन्द गिरि समझता भी है! जो शास्त्र का मर्म समझ सकता ही नहीं उसकी प्रतीक्षा क्या करनी?''

उधर आनन्द गिरि की विलक्षण स्थिति थी। गुरु-गरिमा का स्मरण करते-करते जब उसका हृदय गद्गद हो गया, तो उसके अन्त:करण में अचानक विद्युत-सी ज्योति चमक उठी; जिसके अप्रतिम प्रकाश में अज्ञान का सारा अन्धकार ही दूर हो गया। उनका अन्त:करण विद्युत् ज्योति में जगमगा उठा। बस अब क्या था। वह धोया वस्त्र लेकर वायु गति से मठ की ओर चल पड़ा। गुरु के समीप पहुँचकर दण्डवत् प्रणाम करते हुए तोटक छन्द में आचार्य की महिमा का गान करने लगा। कविता उसके कंठ से फूट पड़ी। वह अप्रतिहत गति से स्वनिर्मित श्लोक पर श्लोक सुनाता चला गया। शिष्य समुदाय एवं दर्शक वर्ग सदा मौन रहने वाले इस शिष्य की विलक्षण प्रतिभा देख आश्चर्यचकित रह गये। पद्म पादाचार्य ने आनन्द गिरि के प्रति जो तिरस्कार सूचक शब्द कहे थे, उनका स्मरण कर सबसे प्राचीन इस शिष्य के मन में बड़ी ग्लानि हुई। उन्होंने प्रायश्चित के रूप में आचार्य से क्षमा माँगी। तदुपरांत आनन्द गिरि से उन्होंने प्रार्थना की कि अज्ञानवश मैंने आपके प्रति अपमान सूचक शब्द प्रयुक्त किये थे। उसके लिए मैं आपसे भी क्षमा याचना करता हूँ। पद्म पादाचार्य ने आचार्य से प्रार्थना की कि आनन्द गिरि को तोटकाचार्य की उपाधि प्रदान करने की कृपा कीजिए। सुरेश्वराचार्य व हस्तामलक ने भी इसका समर्थन किया। आचार्य को अपने शिष्यों की इस सहयोग भावना से बड़ी प्रसन्नता हुई। और उन्होंने पद्म पादाचार्य के प्रस्ताव को स्वीकार कर आनन्द गिरि को इस उपाधि से विभूषित किया। उपस्थित जनता के अनुरोध से तोटकाचार्य इनमें पद्म पादाचार्य सबसे प्राचीन होने के कारण शिष्य समुदाय में श्रेष्ठ माने जाते थे। आचार्य *ब्रह्मसूत्र* पर अपना भाष्य शिष्यों को पढ़ाया करते थे। शिष्य वर्ग आपस में आचार्य के भाष्य पर विचार विनिमय किया करते थे। प्राय: शिष्यों के मन में यह जिज्ञासा उत्पन्न हुआ करती थी कि आचार्य के भाष्य का जो अर्थ हम समझते हैं क्या वह आचार्य को अभीष्ट भी है? सभी अपनी-अपनी योग्यता के अनुसार भाष्य के पृथक -पृथक अर्थ लगाया करते थे।

आचार्य को किसी प्रकार से ज्ञात हो गया कि मेरे भाष्य का अभिप्राय समझने में विवाद चल रहा है। एक दिन शिष्यों को बुलाकर उन्होंने यह इच्छा व्यक्त की कि मेरे भाष्य पर वार्तिक लिखा जाए तो अर्थ स्पष्ट करने में पाठकों को सुविधा मिल जाएगी। मेरा यह विचार है कि सुरेश्वर को यह दायित्व सौंपा जाए।

सुरेश्वर अद्वैत दर्शन पर एक स्वतन्त्र ग्रन्थ लिखने में तल्लीन हो गये और इधर पद्म पाद, आचार्य के *शारीरिक भाष्य* पर टीका लिखने लगे। आचार्य शंकर आश्रम के नियमानुसार प्रतिदिन प्रात: और सन्ध्या की प्रार्थना में सम्मिलित होकर उपस्थित जनता को धर्म और दर्शन का रहस्य समझाते। कभी देवार्चन के विविध प्रश्नों पर विधिवत् विचार करते; कभी विग्रह का रहस्य समझाते; कभी यज्ञ और हवन की मार्मिकता और वास्तविकता पर तर्क-वितर्क करते हुए 'यज्ञो वै विष्णु:' का गूढ़ रहस्य समझाते। कभी तीर्थ-व्रत, कभी तांत्रिक साधना की शुद्ध पद्धति पर विचार करते।—तात्पर्य यह कि भारतीय धर्म और संस्कृति का कोई ऐसा पक्ष नहीं था जिस पर आचार्य ने अद्वैत दर्शन की दृष्टि से विचार न किया हो। श्रद्धालु दर्शकों की शंका का समाधान करते।

शिष्यों को नियमित रूप से पाठ पढ़ाने के अतिरिक्त जो समय बच जाता, उसका उपयोग आचार्य अपनी स्वतन्त्र रचना में किया करते। आश्चर्य होता है कि आचार्य देशोपकार का इतना कार्य करते हुए अनेक ऐसे स्वतन्त्र ग्रंथों की रचना कैसे कर डालते थे, जिनको समझाने में बड़े-बड़े पंडितों और साधु-महात्माओं का सारा जीवन समाप्त हो जाता है।

श्रृंगेरी मठ में रहते न्यूनाधिक एक वर्ष की अवधि बीत चली। इस समय में सुरेश्वर ने अपना ग्रन्थ *नैष्कर्मसिद्धि* परिपूर्ण कर लिया और पद्म पाद ने *शारीरिक भाष्य* पर टीका लिख डाली। दोनों ने अपनी-अपनी कृतियाँ आचार्य के सामने प्रस्तुत कीं। आचार्य ने ध्यान से पढ़कर *नैष्कर्मसिद्धि* पद्म पाद को और टीका को सुरेश्वर को उनका मत जानने के लिए दे दिया।

सुरेश्वर ने पद्म पाद की प्रतिभा की भूरि-भूरि प्रशंसा करते हुए अपना आह्लाद व्यक्त किया। किन्तु सुरेश्वर की इस अद्भुत कृति को देखकर पद्म पाद के मन में एक प्रकार का विषाद उत्पन्न हुआ। उन्हें स्वप्न में भी आशा नहीं थी कि सुरेश्वर जैसा नया शिष्य अद्वैत सिद्धान्त की ऐसी मर्म भरी व्याख्या कर सकेगा। आचार्य के सम्मुख उपस्थित होकर उन्होंने अपने कल्मष-निवारण के लिए प्रायश्चित रूप में तीर्थयात्रा की अनुमति माँगी।

आचार्य शंकर ने पद्म पादाचार्य को समझाते हुए कहा, "तुम स्वयं जानते हो—'तीर्थ्यतेअनेन वा तरन्त्यनेन वा'।" अर्थात् जिन स्थानों, सन्तों, देवालयों के दर्शन से मनुष्य सारे दुख रूपी सागर को पार कर जाता है, अथवा तैर जाता है, उन्हें तीर्थ कहते हैं। अर्थात् जहाँ जाने पर मन स्वतः सांसारिक कलह, ईर्ष्या-द्वेष, दम्भ; अभिमान, काम-क्रोध आदि को छोड़ बैठता है अथवा जिस स्थान पर साधु, सन्तों ज्ञानी महात्माओं के उपदेश सुनकर तीर्थयात्री को वह ऐसा मनोबल मिलता है और ऐसी अध्यात्म शक्ति आ जाती है, जिससे वह सांसारिक मोहमाया को पार करके उस पार पहुँच जाता है; जहाँ शोक नहीं, रोग नहीं। ऐसे तीर्थों के भेद शास्त्रों ने किए हैं—

पहला जंगम तीर्थ अर्थात् चलता-फिरता तीर्थ, दूसरा मानस तीर्थ है, जिसमें स्नान करके तीर्थयात्री को परम मंगल की प्राप्ति होती है। उनके लिए सत्य, क्षमा, इन्द्रिय-निग्रह, सर्वभूत दया, सरलता, दान, दम, सन्तोष आदि सहज सुलभ तीर्थ हैं। सबसे बड़ा तीर्थ तो ब्रह्मचर्य पालन, प्रियवादिता, ज्ञान, धृति माने जाते हैं। अर्थात् जिन गुणों के द्वारा मानसिक शुद्धि हो जाती है, वही तीर्थ है। तीसरा तीर्थ स्थावर तीर्थ है। पृथ्वी पर कभी-कभी बड़े ही पुण्यात्मा, उच्च कोटि के महात्मा अपने तप के द्वारा किसी विशेष स्थल को ऐसा पवित्र बना देते हैं कि वहाँ जाते ही उन ऋषि-महात्माओं की स्मृति मात्र से पाप क्षय हो जाता है। तीर्थयात्री शुद्ध, पवित्र बन जाता है। उन स्थलों पर पवित्र नदियों में स्नान करने, देव दर्शन करने तथा वार्ता सुनने एवं यज्ञ करने का विशेष महत्त्व इसीलिए माना जाता है कि वहाँ के वातावरण के प्रभाव से मन, बुद्धि, शरीर स्वतः निर्मल बन जाते हैं।

''सुनो पद्म पादाचार्य! भूखे, प्यासे, वर्षा,धूप, शीत सहन करते दूर-दूर तीर्थों में भटकने की अपेक्षा यहीं रहकर मानस तीर्थ में नित्य स्नान करो। तुम्हारे मन में अचानक यह भाव कहाँ से उत्पन्न हो गया? पद्म पादाचार्य की आँखों से अश्रुधारा बहने लगी। उनके हृदय में होने वाले कोलाहल को आचार्य की शान्ति ने स्वयं सुन लिया और उनकी मानसिक विक्षिप्ति का दृश्य अपनी दैवी दृष्टि से देख लिया। अत: आचार्य ने भी मौन धारण कर लिया। पद्म पादाचार्य ने धैर्य धारण कर आचार्य के चरणों में मस्तक रख दिया और उनका आशीर्वाद लेकर चलने लगे।

आचार्य ने कहा, ''शीघ्र लौटने की व्यवस्था करना। तुम्हारे सभी सहपाठी तुम्हारे पुनरावर्तन की प्रतीक्षा करेंगे।'' पद्म पादाचार्य उदास मन से चल पड़े और सब साथियों से विदा माँगी। दण्ड, कमण्डल, पुस्तक और मृगचर्म लेकर तीर्थयात्रा को चले। साथियों के प्रति की हुईं भूलें पद्म पाद के हृदय को विदीर्ण कर रही थीं। तोटक और सुरेश्वर के प्रति मुख से निकले हुए अपमान सूचक शब्द सर्प के समान फुँकार रहे थे। वे अचेतनता की लहरियों में डुबाते जा रहे थे। उनका मन वहाँ से भाग निकलने को हो रहा था। उन्होंने अपने हृदय का विषाद स्पष्ट करते हुए आचार्य से विदा ली और *शारीरिक भाष्य* की टीका अपने झोले में डाल रामेश्वर की ओर चल पड़े।

वैशाख की पूर्णिमा के दिन शंकराचार्य-आश्रम में प्रात:काल से ही जनता एकत्र होने लगी है। राजा सुधन्वा भी बन्धु-बान्धवों सहित तुंगभद्रा के संगम पर स्नान कर आचार्य के आश्रम की ओर चल पड़े। अपने घातक तांत्रिक के सामान्य घाव पर आँसू बहाने वाले आचार्य की यश गाथा गाँव-गाँव गूँज रही थी। इस पवित्र पर्व पर बौद्ध-जैन जनता भी अहिंसा के इस पुजारी के दर्शनार्थ उमड़ पड़ी थी। बहुत से लोग उस हत्यारे तांत्रिक उग्रभैरव की कहानी सुनने को उत्सुक थे। दिन का प्रथम प्रहर बीतते-बीतते आश्रम का परिसर खचाखच भर गया। रामदास भी अपना रक्षा कार्य सम्पन्न कर लौट आया था। उसने उमड़ती हुई भीड़ को शान्तिपूर्वक बिठाया। मंच पर आचार्य विराजमान हुए। उनके समीप विभिन्न भागों से पधारे राजन्य वर्ग, श्रेष्ठि सेनाधिकारी प्रथम पंक्ति में बैठ गए। कृष्ण, भगवान बुद्ध, भगवान महावीर के चित्रों से मंच सुशोभित था। संन्यासियों ने शंकर स्तोत्रों का पाठ किया। आचार्य ने वैशाख और पूर्णिमा पर्व का मर्म समझाया। तदुपरांत भगवान महावीर और बुद्ध के वचनों के अनुसार अहिंसा की महिमा समझाई।

सभा विसर्जित होने से पूर्व ब्रह्मानन्द ने यह विश्वास दिलाया और दृढ़ प्रतिज्ञा की कि अब मैं आजीवन गुरु के चरणों की सेवा में रहूँगा और उनके प्राणों की रक्षा में मेरे प्राण विसर्जित हो जाएँ तो मैं अपना जीवन सार्थक समझूँगा। राजा सुधन्वा आचार्य का आशीर्वाद लेकर कापालिक सेना से लड़ने चल पड़े। उन्होंने ब्रह्मानन्द को एकान्त में बुलाकर उज्जैनी के क्रकच का सब पता लगा लिया और उसे साथ लेकर युद्ध के लिए प्रस्थान किया।

5

पद्म पाद श्रृंगेरी से प्रस्थान करने पर विविध तीर्थों में भ्रमण करते रहे। पद्म पाद द्रविड़ (चोल) निवासी थे। काशी में विद्याध्ययन के समय आचार्य के शिष्य बन गए थे। उन्हीं के साथ-साथ श्रृंगेरी मठ पहुँचे थे। इसी मठ में *पञ्चपादिका* नामक अद्वैत परक ग्रन्थ की इन्होंने रचना की थी। पद्म पाद काल हस्तीश्वर, शिवकाञ्ची होते हुए पुण्डरीकपुर पहुँचे। वहाँ के तीर्थों में भ्रमण करते हुए रामेश्वर जा रहे थे कि मार्ग में संयोग से इनके सगे मामा मिल गए। वे स्वयं बड़े विद्वान् थे। पद्म पाद को बड़े आग्रह के उपरान्त अपने ग्राम ले आए। ग्रामिक एवं स्थानीय युवा, वृद्ध वर्षों के उपरान्त काशी में विद्वत्ता प्राप्त करने वाले सम्बन्धी पद्म पाद को पाकर गद्गद हो गए। ब्राह्मण विद्वानों के अग्रहार में विविध विषयों पर चर्चा होती रही। ग्रामिक और मामा के अनुरोध पर *पञ्चपादिका* की व्याख्या पद्म पाद को करनी पड़ी, जिसकी तरह-तरह की प्रतिक्रिया पंडित समाज पर पड़ी।

पद्म पाद काशी में ब्रह्मचारी बनकर गए थे। अब दिग्गज विद्वान संन्यासी होकर लौटे हैं। शास्त्रार्थ में उनको कोई पराजित नहीं कर पाया तो दो-चार पंडितों के मन में ईर्ष्या पैदा हुई। यद्यपि पद्म पाद सबको गृहस्थ धर्म की महिमा समझाते हुए कहते थे कि मानव जन्म पुरुषार्थ साधन के लिए हुआ है। चारों पुरुषार्थों की सिद्धि शरीर पर निर्भर है। शरीर अन्न पर और अन्नोपार्जन गृहस्थ जीवन पर अवलम्बित है। अत: सर्वफल प्राप्ति के लिए गृहस्थ रूपी वृक्ष का सिंचन समाज का परम धर्म है।[1] किन्तु *शंकर भाष्य* की टीका *पञ्चपादिका* में ऐसे अकाट्य तर्क विद्यमान थे जिनका प्रतिवाद कर्मकांडी पंडित कर नहीं सके। अत: अपनी प्रतिष्ठा वृद्धि के लिए उसी ग्रन्थ का पठनपाठन अर्चावन्दन करते रहे।

ग्राम में कुछ दिनों रहकर पद्म पाद ने रामेश्वरम् दर्शन की अभिलाषा प्रकट की। ईर्ष्यालु पंडितों ने पद्म पाद को समझाया, ''आप संन्यासी हैं। रामेश्वरम् की यात्रा में बीहड़ वन्य प्रदेश मिलेंगे। नाना प्रकार के प्रवंचकों से रामेश्वरम् का दुर्गम मार्ग भरा पड़ा है। यह अमूल्य ग्रन्थ कहीं लुप्त हो गया तो आप क्या करेंगे?''

पद्म पादाचार्य सीधे, सरल संन्यासी, जन-जन के विश्वासी, अद्वैत भावना के उपासक थे। उन्हें प्रपंची गृहस्थों के ईर्ष्या-द्वेष भरे छद्म व्यवहारों का क्या अनुभव! उन्होंने सहज भाव से पूछा—

''क्या किया जाए? कभी-कभी वर्षा में भीगते हुए दूर तक अरक्षित मार्ग पार करना पड़ता है। उस समय पुस्तक रक्षा की विकट समस्या सामने खड़ी रहती है।''

एक सज्जन बोले, ''हम इसकी कई प्रतिलिपियाँ निर्मित कर लेंगे। आपके पुनरावर्तन पर हम आपकी सेवा में समर्पित कर देंगे। आप हमारे परिवार के भाञ्जे, अत्तान हैं। क्या हम ऐसे संन्यासी सम्बन्धी की इतनी भी सहायता नहीं कर सकते?''

पद्म पाद ने सहर्ष प्रस्ताव स्वीकार कर लिया। दूसरे दिन निश्चिन्त भाव से

1. शरीरमूलं पुरुषार्थ साधनं

तीर्थयात्रा पर चले। ग्रामनिवासियों ने नदी तट तक साथ दिया। उन्हें नौका पर बिठाकर विदा किया। ग्राम लौटने पर पुस्तक की पूजा करने का मार्ग सोचने लगे। कुछ काल उपरान्त मामा से माँग कर प्रतिलिपि के बहाने ले गए। सबने पुष्प, अक्षत, धूप, दीप, नैवेद्य से पूजा की। निवासगृह के समीप एक पर्णकुटी बनाई गई। जहाँ पुस्तक की स्थापना हुई। विधिवत् नित्य पूजन होने लगा।

पद्म पादाचार्य की ख्याति उत्तरोत्तर बढ़ती जा रही थी। जब से श्रीशैल के कापालिक आचार्य शंकर से पराजित हुए हैं उसी समय से दक्षिण भारत में अद्वैत उपासक संन्यासियों की चमत्कार भरी कहानियाँ गाँव-गाँव गाई जाने लगी थीं। इसी प्रभाव से प्रभावित सहस्र-सहस्र जनता पद्म पाद को आचार्य शंकर का पट्टशिष्य मानकर पूजने लगी। रामेश्वरम् से पूर्व पहुँचते-पहुँचते रामनाथपुरम और धनुष्कोटि में सम्पूर्ण भारत के दर्शनार्थियों की अपार भीड़ होने लगी।

इसी समय एक विलक्षण ऐतिहासिक घटना विदेशों में घटित हो रही थी। कश्मीर महाराज ललितादित्य ने जब से सिन्धी अरबों, तिब्बतियों और चीनियों को युद्ध में पराजित किया था तभी से विदेशी अपनी राजशक्ति और सैन्य-शक्ति की उत्तरोत्तर वृद्धि करते जा रहे थे। साथ-ही-साथ अपने धर्म प्रचारकों को गुप्तचर के रूप में भारत के विभिन्न तीर्थों में भेजते रहे। दक्षिण भारत के पूर्वी और पश्चिमी समुद्रतटवर्ती तीर्थ विदेशी गुप्तचरों के मुख्य धर्म प्रचार केन्द्र बन चुके थे। वे भारत के मन्दिरों और राजप्रासादों से लूटी रत्न, स्वर्ण राशि से भारतीय संस्कृति और धर्म को विकृत बनाने के लिए कृत संकल्प थे।

विदेशी गुप्तचर विभाग पद्म पाद की प्रतिष्ठा और द्रविड़ पंडितों की दृढ़ धर्मनिष्ठा को अपने धर्म प्रचार में बाधक मान बैठा। अतः दोनों की प्रतिष्ठा मिटाने का मार्ग निकालने लगे। पद्म पाद के मामा का एक ग्रामनिवासी पंडित अनपढ़ था। वह रामनाथपुरम् के मन्दिर से सम्बद्ध होने से पूजा-सामग्री एकत्र करने में सहायता किया करता था। विदेशी धर्मप्रचारकों का मुख्य केन्द्र सिंहल द्वीप बन चुका था। वहाँ से प्रचुर मादक सामग्री गुप्तचरों को मिलती। मदिरा के कुंड-के-कुंड भारत आने लगे। मद्यपान के द्वारा उन्होंने उस अशिक्षित ब्राह्मण और उसके ब्राह्मणेता साथी को मद्यपान कराकर अपने विश्वास में ले लिया। वेश्या गृह ले गए। मिलकर वहीं पद्म पाद की प्रसिद्ध रचना *पञ्चपादिका* के विनाश की योजना बनाई। स्वर्ण लाभ के मोह से वे दोनों अशिक्षित ग्रामवासी पूजागृह को भस्मसात् करने पर तैयार हो गए। उन दोनों को साथ ले एक विदेशी गुप्तचर लम्बी चुटिया बढ़ाए ऊँचा टीका लगाए, जनेऊ लटकाए मद्रासी लुंगी पहन रथ पर सवार हुआ। अमावस्या की अर्द्धरात्रि को गाँव के समीप पहुँचा। रथ दूर छोड़ा, ग्राम से पूर्व एक उद्यान में अग्नि जलाकर लाल-लाल अंगारे एकत्र कर लिए गए। उन्हें मिट्टी के पात्र में भरकर गाँव की ओर चल पड़े। उस ग्राम निवासी मूर्ख ब्राह्मण को मार्ग का भेद ज्ञात था। चारों ओर दृष्टि डालते हुए, सशंक भाव से उस पूजागृह के समीप तीनों षड्यंत्रकारी पहुँचे। गुप्तचर ऐसे विनाशकारी कार्यों में अभ्यस्त था। तीनों ने अग्निपात्रों को तृण निर्मित छत पर ऐसी युक्ति से रखा

कि गृहदाह में बहुत विलम्ब न हो। वे जब तक गाँव की सीमा पार नहीं कर पाए, पीछे मुड़-मुड़कर देखते रहे। रथ तक पहुँचते-पहुँचते अग्नि की लाल-लाल लपटें धूम्र राशि के मध्य चमकती दिखाई पड़ीं। तीनों रथ पर बैठकर पुन: रामनाथपुरम पहुँच गए। गुप्तचर ने दोनों को स्वर्णखंड पकड़ा कर विदा किया।

प्रात:काल ग्रामनिवासी जब नित्य की भाँति पूजागृह पहुँचे तो वहाँ सारा भवन भस्म की राशि में परिवर्तित दिखाई पड़ा। पद्म पाद के मामा की प्रतिष्ठा से ईर्ष्या करने वाले कर्मकांडी पंडित ने इसका दोषी मामा को घोषित किया। चारों ओर यही चर्चा चलने लगी कि भाञ्जे के यश में अपनी प्रतिष्ठा विलुप्त होते देख इस पंडित ने *पञ्चपादिका* जला दी है। इसके कर्मकांड सम्बन्धी नवीन ग्रन्थ की महिमा *पञ्चपादिका* के सम्मुख गिरती जा रही थी। इसकी अशिक्षित सन्तान अपने सम्बन्धी (अत्तैपिल्लै) बुआ पुत्र की प्रतिष्ठा सहन न कर सकी। इसी परिवार ने पद्म पाद का दुर्लभ ग्रन्थ जला डाला है। इसने अपने घर से बाहर ग्रन्थ जाने ही क्यों दिया? भाञ्जा इनका विश्वास कर न्याय रूप में वर्षों के परिश्रम से लिखी कृति सौंप गया था। उसकी रक्षा का भार इस कर्मकांडी पंडित पर था।

मामा अवाक् रह गया। एकमात्र भवानी की कृपा का ही उसे अवलम्ब दिखाई पड़ा। उसने भगवती की स्तुति प्रारम्भ की। आर्त्तहृदय से शक्ति स्तोत्र का पाठ करने लगा। ग्रामवासी इस ईर्ष्यालु कर्मकांडी से दु:खी होकर अन्य पंडितों से यज्ञकर्म संस्कारादि कराने लगे। इससे विरोधी पंडितों की आय और प्रतिष्ठा बढ़ी। विदेशी गुप्तचरों का उद्देश्य पूरा हुआ। शिक्षित समाज में कर्मकांडी द्रविड़ पंडितों की प्रतिष्ठा गिरने लगी। सनातन धर्म में श्रुति-स्मृति, प्रस्थानत्रयी का जलाना सर्वाधिक पापकर्म माना जाता है। विदेशी जानते थे कि भारतीय समाज जब तक द्रविड़ तैलंग नम्बूदरी कर्मकांडी ब्राह्मणों का सम्मान करेगा तब तक इस देश में विदेशी संस्कृति मान्य बन नहीं सकती। अत: साधु-संन्यासियों, पंडित-पुजारियों, ऋत्विज अग्निहोत्रियों की मर्यादा नष्ट करने का उन्होंने दृढ़ संकल्प ले लिया था।

पद्म पाद रामेश्वरम् की यात्रा से लौटकर मामा के घर आ रहे थे कि मार्ग में ईर्ष्यालु पंडितों ने उनके ग्रन्थविनाश का बढ़-चढ़कर वर्णन किया। पद्म पाद बड़े चिन्तित हुए। उन्होंने पूछा, "क्या किसी ने उसकी प्रतिलिपि कर डाली है?"

दूसरे कर्मकांडी बोले, "वह भी उसी के साथ भस्म हो गई।"

वह मामा के घर नहीं गए। सीधे श्रृंगेरी का मार्ग पकड़ा। मार्ग में अपने साथियों से मनोव्यथा प्रकट करते हुए मामा को ही इसका दोषी घोषित किया। पर संन्यासियों को विश्वास नहीं हुआ। उन्होंने देखा कि इतने तीर्थाटन के उपरान्त भी पद्म पादाचार्य में कोई परिवर्तन नहीं आया।

इस प्रकार तीर्थाटन से भी दुखी होकर पद्म पाद श्रृंगेरी आश्रम में ही शान्ति प्राप्ति के लिए चलते गए। ज्यों-ज्यों श्रृंगेरी की ओर बढ़ते जाते त्यों-त्यों आश्रम की सुप्त स्मृतियाँ जागती जातीं। इस प्रकार नाना भावों, विचारों में डूबते-उतराते चलते शीघ्र ही आश्रम पहुँचने की आशा से उन्हें कुछ शान्ति मिलती।

चतुर्थ उल्लास

पद्म पाद की अनुपस्थिति से आश्रम, शिष्य वर्ग को कुछ दिनों तक सूना सा प्रतीत होता रहा। सुरेश्वर और तोटक के मन में कभी-कभी इस कारण उदासी छा जाती थी कि हम लोगों के कारण पद्म पाद जैसा विद्वान्, आचार्य का सबसे पुराना शिष्य, एकाकी यात्रा करते हुए न जाने कितने कष्ट सहन कर रहा होगा। आश्रम में किसी की समझ में यह नहीं आ रहा था कि पद्म पाद इतना म्लान मन और हतोत्साहित क्यों हो गया था? उन्होंने आचार्य की आज्ञा की अवहेलना क्यों की? कहीं हम लोगों के कारण उनके हृदय में चोट तो नहीं पहुँची? कहीं हम लोगों ने उनको उचित आदर देने में त्रुटि तो नहीं की? वे जब से आश्रम छोड़कर गए हैं तब से पाठ पढ़ते समय शंका समाधान के लिए खुलकर प्रश्न करने वाला दूसरा कोई छात्र नहीं आ पाया। उनके प्रश्नों से जो नए-नए विचार सुनने में आते थे वे अब दुर्लभ हो गए हैं।

एक दिन पाठ पढ़ाते हुए आचार्य के मुख में सहसा माता के दूध का वह स्वाद आने लगा जो उन्हें शैशव काल में मिल रहा था। पाठ शीघ्र समाप्त कर आचार्य अपनी कुटी में प्रविष्ट हुए। उनके मन में बाल्यकाल की स्मृतियाँ अठखेलियाँ करने लगीं। ध्यान लगाते ही उन्होंने अपनी माता को रुग्ण अवस्था में असहाय पाया। जब परमात्मा में ध्यान निमग्न हो गया तो मातृ-दर्शन की तीव्र इच्छा उमड़ पड़ी। देखते क्या हैं कि कोई अलौकिक शक्ति आकाश मार्ग से उन्हें उड़ाती हुई कालड़ी की ओर वायु वेग से पहुँचा रही है। पलकें खुलीं तो कालड़ी में मृत-प्राय माता की रोग शैय्या के पास अपने को खड़ा पाया।

आचार्य की माता दीर्घकाल से रुग्णावस्था के कारण नितान्त जर्जर हो गई थी। प्राय: मूर्छा जैसी अवस्था में पड़ी रहती। कभी-कभी जब चेतना अवस्था में आ जाती तो शंकर का नाम लेकर चीत्कार कर उठती। आचार्य माता की यह दशा देखकर रो पड़े। देखा कि उन्होंने जिन सम्बन्धियों को पिता की सम्पत्ति समर्पित कर माता की सेवा का अनुरोध किया था, उनमें से किसी भी सम्बन्धी का कहीं पता नहीं। केवल पड़ोसिन जानकी अम्मा (शुभ्रा) माता को गोदी में लिए हुए आँसू बहा रही थी। शुभ्रा इतनी ध्यानमग्न थी, भगवान् की स्तुति करते-करते इतनी भाव-विभोर हो गई थी कि उसने बहुत देर तक आचार्य की ओर दृष्टि डाली ही नहीं। आचार्य शंकर भी माता की मुखमुद्रा निहारते हुए आँसू बहा रहे थे। शुभ्रा आचार्य शंकर को देखकर चकित रह गई, वाणी मूक हो गई। माँ अचेत पड़ी थी। आचार्य माँ के चरणों में पहुँचे। शुभ्रा ने

माता के कानों में उच्च स्वर से कहा, ''आप जिनको स्मरण कर रही थीं—वह साक्षात् शंकर भगवान् आपके सामने खड़े हैं।'' माता को आचार्य शंकर के आगमन का शुभ समाचार सुनते ही न जाने कहाँ से जीवनी शक्ति आ गई। वह आचार्य के आलिंगन को हाथ फैलाते हुए उठ बैठी। बोली, ''बेटा आ गया।'' इतना कहते ही आँसुओं की धारा फूट पड़ी। आचार्य ने माता को साष्टांग दण्डवत् किया। माता में इतनी शक्ति आ गई कि वे उठकर खड़ी होने लगी। आचार्य के आगमन और आर्यम्बा में नवजीवन से जानकी अम्मा शुभ्रा का रोम-रोम पुलकित हो उठा। उन्हें आश्चर्य हुआ कि आचार्य को माता की अवस्थता का समाचार सैकड़ों कोस की दूरी पर कैसे मिला होगा?

आचार्य ने माता को अपनी गोद में सँभाल लिया और जानकी अम्मा से माता की रुग्णावस्था का वृत्तान्त पूछा। अद्‌भुत दृश्य था। जानकी अम्मा आचार्य के प्रति श्रद्धा से भाव-विभोर हो रही थी और माता, पुत्र स्नेहवश निरन्तर आँसू बहा रही थी। माता को प्रतीत हुआ कि मेरा रोग क्षण भर में ही न जाने कहाँ तिरोहित हो गया। उन्होंने आचार्य शंकर के सिर पर हाथ फेरा और गोद में लेकर मुख का चुम्बन करने लगी। फिर गले से लगाकर भावावेश के कारण रो पड़ी। बोली, ''चिरंजीव, तुम्हारे पिता तो मुझे छोड़कर चले गए थे। तुम भी मुझ अनाथ को इस विपत्ति में छोड़कर संन्यासी बन गए। कभी भूलकर भी मेरी सुध नहीं ली। शुभ्रा न होती तो गाँववाले न जाने कितने दिन पहले ही मुझे पूर्णा नदी में फेंक चुके होते। शुभ्रा का मेरी सेवा में रहना उन्हें असह्य है। उन्हें यह आशंका है कि मैंने जो धन इस घर में कहीं गाड़ रखा है वह जानकी अम्मा के ही हाथ लगेगा। जिनको तुमने सारी सम्पत्ति सौंप दी थी, उन्होंने मुझे अन्न-वस्त्र देना भी बन्द कर दिया।'' आचार्य ने माता को धैर्य धारण करने का आग्रह किया। उन्हें आश्वस्त करते हुए बोले, ''अब मैं सेवा में आ गया हूँ। आप निश्चिन्त रहें। अब मैं आपको छोड़कर नहीं जाऊँगा।'' इतना सुनते ही माता का हृदय आनन्दमग्न हो उठा। उनके मुख पर नई ज्योति आने लगी। पर आचार्य को यह आभास हो गया कि यह नवद्युति दीपक के बुझने के पूर्व की अन्तिम लौ है।

आचार्य ने माता को गोद में लेकर उनके चरण सहलाने प्रारम्भ किए। जानकी अम्मा और आचार्य ने ध्यान से देखा तो जान पड़ा कि मुख की वह ज्योति धीरे-धीरे बुझती जा रही है। माता की पुनः वही पूर्व दशा हो गई। आचार्य और जानकी अम्मा बारी-बारी माता को गोद में लिए बैठे रहे।

आचार्य के वायु मार्ग से आने की अलौकिक गतिविधि का समाचार चारों ओर विद्युत वेग से फैल गया। दूर-दूर से यात्री आचार्य के दर्शनों को उमड़ने लगे। राजशेखर, केरल महाराज को ज्यों ही सूचना मिली, उन्होंने आचार्य की रक्षा के लिए कर्मचारी कालड़ी गाँव में भेज दिए। आचार्य ने स्वयं माता का उपचार अपने ढंग से करना आरंभ किया पर माता का कण्ठ ऐसा अवरुद्ध हो गया कि मुख में कोई भी द्रव पदार्थ तक अन्दर जा नहीं पा रहा था और वह चुपचाप मूर्च्छित अवस्था में पड़ी रहती थी। आचार्य को आभास हो गया कि अब माता का अन्तिम समय दूर नहीं। वह पुनः मूर्च्छित होने लगी। पर उनके प्राण अभी निकलना नहीं चाहते थे।

देखते-देखते आर्यम्बा पुनः चेतनावस्था में आने लगी। आर्यम्बा के चतुर्दिक विचित्र घटना घट रही थी। कालड़ी के ब्राह्मणों ने आचार्य का पूरा बहिष्कार किया, सम्मान को कौन कहे। यह तर्क देखकर उन्हें पतित घोषित किया कि संन्यासी को पुनः अपने घर में आने का अधिकार कहाँ है ? अतः इन्हें गाँव से बाहर भेजो। आचार्य के दर्शन को आने वाले लोगों को ब्राह्मण लाठियाँ मार-मार कर भगा देते।

आर्यम्बा को इसकी आशंका थी पर आचार्य शंकर का साक्षात्कार कर उनको मानो डूबते को तिनके का सहारा मिल गया हो। वह जानती थी कि उनके गाँव और परिवार के ब्राह्मण उनकी सम्पत्ति हड़पने को इतने आतुर हैं कि मुझे जीवित देखना नहीं चाहते। दूसरे (शुभ्रा) जानकी अम्मा की सेवा से उन्हें भय था, कि मैं सारी सम्पत्ति इसी को दे दूँगी। उन्हें आभास मिल गया था कि उनके अन्तिम संस्कार के समय परिवार के लोग कलह और विवाद करेंगे ही। जब से शंकराचार्य उनके पास आ गए हैं उन्हें ऐसी शान्ति मिल रही है, मानो मरुस्थल का भटका हुआ प्यासा पथिक गंगा का दर्शन करके अमृत पान करता हुआ अघाता न हो।

जब आचार्य ने देखा कि माता अपने सामने कृष्ण भगवान् की प्रतिमा रख कर उन्हीं में ध्यान टिकाए रखती है तो उन्होंने कृष्ण और अर्जुन के महाभारत युद्ध क्षेत्र में हुए संवाद के द्वारा भगवान् के विराट् रूप का वर्णन किया। समझाया कि सूर्य, चन्द्र, नक्षत्र आदि लोकों का निवास उसी भगवान में है।'' रुग्णा-माता के मुख पर प्रतिक्षण नयी ज्योति चमकने लगती। ऐसा प्रतीत होता था कि माता उस विराट् रूप का दर्शन करते-करते सूर्य और चन्द्रलोक को भेदती हुई गोलोक धाम में पहुँच रही है, जिस गोलोक धाम की कथा वह सुना करती थी; जिसको ध्यान में देख रही थी; जीवन के उपरान्त जहाँ पहुँचने की कामना किया करती थी। वहीं मानो आचार्य शंकर के प्रभाव से अनायास ही देखते-देखते पहुँच गई। मुख की वह ज्योति धीरे-धीरे मुरझाने लगी। नेत्र मुँदे हुए थे, होंठ बन्द, नाक और कान की छवि ज्यों की त्यों! ऐसा प्रतीत होता था मानो ब्रह्मांड बेध कर प्राण वायु निकल गया हो। उनकी चेतना शक्ति जीवन के सारे दिव्य संस्कारों को उसी प्रकार साथ लेकर गोलोक पहुँच रही है, जैसे पवन देवता पुष्पों की सुगन्ध लेकर अंतरिक्ष में विलीन हो जाते हैं। ब्रह्म मुहूर्त में जब आचार्य शंकर भगवान् कृष्ण की स्तुति गा रहे थे और शुभ्रा आर्यम्बा का सिर गोद में लिए हुए माथा सहला रही थी, अचानक वह ज्योति लौट आई। आचार्य शंकर माँ के चरणों में मस्तक रखे हुए आँसू बहा रहे थे। सारे संसार को शोक से मुक्त कराने वाले आचार्य शंकर की अश्रुधारा बह रही थी। पर उनके अन्तःकरण में प्रसन्नता थी कि भगवान् ने माता की इच्छा पूर्ण की और प्रतिभा के अनुसार मुझे अन्तिम दिनों में मातृ सेवा का अवसर प्रदान किया।

प्रातः काल हुआ। आकाश में अरुणिमा छाने लगी और माता के मुख की अरुणिमा कुछ काल के लिए ज्योतिर्मय हो चुकी थी। विचित्र दृश्य था। आज शुभ्रा जानकी अम्मा आचार्य को साहस धारण करने का उपदेश दे रही है। यद्यपि शुभ्रा जानकी अम्मा के जीवन का एकमात्र सहारा देवता, 'मनोनीत पति' सिंदूर-बन्धन से पूर्व ही अरब देश चला गया था। तथापि आचार्य की माता की सेवा में जानकी अम्मा

का मन ऐसा रमा रहता कि वह अपनी सारी विपदा भूली हुई थी। आज उनके जीवन का यह भी सहारा विधाता छीन रहा था। फिर भी अपनी सारी चिन्ता भूलकर वह आचार्य को आश्वस्त करने लगी और उत्तम उपचार के लिए सामग्री जुटाने में संलग्न हो गई। माता आर्यम्बा ने जीवित अवस्था में ही अपना शव वस्त्र, चिता पर की हवन सामग्री आदि एकत्र कर रखी थी। अब प्रश्न केवल चिता के लिए काष्ठ का था। शुभ्रा प्रत्येक स्थिति को तैयार थी।

आचार्य के शिष्यों को इन सारी घटनाओं का आभास भी न था। कालड़ी का वातावरण आचार्य शंकर के विरुद्ध इतना विद्रोहमय था कि किसी की सहायता की आशा करना ही व्यर्थ था।

2

शंकराचार्य को सहसा पाकर माता का रोग-शोक, सब न जाने कहाँ चला गया था। माता विशिष्टा देवी (आर्यम्बा) की अन्तकाल में दो ही इच्छाएँ थीं; किसी तरह शंकर से भेंट, और उनके मुख से कृष्ण लीला का रहस्य समझना। आचार्य ने पहले निर्गुण-निराकार ब्रह्म, अनादि देव शंकर की स्तुति करते हुए, ब्रह्म का रहस्य समझाया।

माता को ऐसा प्रतीत हुआ कि मुझे लेने के लिए महादेव के शिव-दूत भीषण आकार बनाए चारों ओर खड़े हो गए हैं। माता भयभीत होकर बोली, "बेटा, ये भयंकर आकृति वाले मुझे लेने आ गए हैं। पर मैं इनके साथ जाना नहीं चाहती। मुझे तो वंशी विभूषित श्रीकृष्ण की लीला का रहस्य सुनाओ।" इतना कहते हुए माता ने आँखें बन्द कर लीं। शंकराचार्य ने माता की सेवा में रहने वाली शुभ्रा अम्मा से पूछा कि माता की अन्तिम अभिलाषा क्या थी? जानकी अम्मा बोली, "जब-जब कोई साधु-महात्मा मिलता, तो यही पूछती कि कृष्ण भगवान के सहस्र गोपियों के साथ में रहने का क्या रहस्य था? राधा क्या थी? कृष्ण की मुरली, शंख, गदा इत्यादि का क्या रहस्य है?" शंकराचार्य माता की समस्या समझ गए। यह सब तो सर्वसामान्य की समस्या है। अत: *श्रीमद्भागवत* का महत्त्व समझना उतना ही आवश्यक है जितना *ब्रह्मसूत्र,* उपनिषद्, *गीता* का। उन्होंने माता जी को सुनाने के बहाने उसी प्रकार कृष्ण-लीला का रहस्य समझाना प्रारम्भ किया जिस प्रकार शुकदेव मुनि ने राजा परीक्षित को उनके अन्त काल में बताया था।

आचार्य बोले, "माँ, सप्तलोक गोलोक कहलाता है। गोलोक का दूसरा अर्थ है—गौओं का लोक। सप्तलोक का निवासी पूर्ण ब्रह्म (सबका क्लेश खींचने वाला कृष्ण) अपने को अकेला पाकर एक दिन सोचने लगा, 'मैं कब तक एकाकी रहूँगा?' उसने अपने को श्याम और गौर अर्थात् 'अंधकार' और 'प्रकाश' रूप में बाँट दिया। श्याम रूप कृष्ण का हुआ और गौर प्रकाश रूप राधा बन गई। इन दोनों के प्रगट होने पर महतत्त्व की उत्पत्ति हुई। जिसके गर्भ में ज्योति पुँज हिरण्यगर्भ छिपा पड़ा था, जो सूक्ष्म शरीर का पूर्ण रूप हैं। कृष्ण परम पुरुष है, राधा प्रकृति। इन दोनों के एकत्व होने पर दृश्य जगत् की उत्पत्ति हुई। इस परम ब्रह्म और आराधिका राधा को मूर्त रूप

में लाने का श्रेय नन्द अर्थात् परमानन्द को है। अर्थात् नन्द के घर में ब्रह्म विद्या रूपी यशोदा अवतीर्ण हुई। ओम् प्रणव ध्वनि देवकी माता के रूप में प्रगट हुई। वासुदेव वेद रूप में, कृष्ण वेद के अर्थ रूप में। वैदिक साहित्य के छन्द गाय और गोपाल के रूप में प्रगट हुए। सृष्टिकर्त्ता ब्रह्मा कृष्ण की गदा बने, और रुद्र बांसुरी। इन्द्र देवता शंख रूप में प्रगट हुए जिन्होंने पापी और अपराधी असुरों का संहार किया। गौलोक नन्दन वन, गौचारण वन बना। गोलोक के संत-महात्मा ब्रज के वृक्ष हुए। शेष भगवान बलराम बने। और वेद की सोलह हज़ार एक सौ आठ ऋचाएँ गोपियाँ बनीं। घृणा का भाव चाणूर होकर जन्मा। ईर्ष्या, द्वेष, जय-विजय, अहंकार पक्षी के रूप में बकासुर राक्षस बना। बलराम की माता रोहिणी के रूप में विश्वव्यापिनी दया प्रगट हुई। सत्यभामा के रूप में पृथ्वी माता का जन्म हुआ। राजा कंस कलह का, सुदामा शान्ति का, अक्रूर सत्य का, उद्धव आत्मसंयम का अवतार लेकर जन्मे। शंख लक्ष्मी के रूप में अर्थात् विष्णु-प्रिया ही शंख बनकर पृथ्वी पर आ गई। भगवान का धनुष माया का अवतार बना, जिसके प्रभाव से कोई बच नहीं पाया। भगवान कृष्ण के हाथ में नाचने वाला लीला कमल बीज रूप से संसार की लीला दिखाने वाला है। इस प्रकार कृष्ण की लीला उस परब्रह्म की लीला है। गोलोक का ध्यान करते हुए कृष्ण की लीला समझी जा सकती है।'' इसी का ध्यान करते-करते कुछ समय उपरान्त माता ने आँखें मूँद लीं। फिर बोली, ''शंकर, मैं अशिक्षिता नारी हुई। यह ज्ञान-विज्ञानमय उपदेश मैं कहाँ समझ पाऊँगी? मुझे तो भगवान की लीला सुनने में आनंद आता है। उनकी किसी लीला के द्वारा ऐसा उपदेश दो, जिससे मेरी गति हो जाए। जहाँ भगवान ने महाभारत युद्ध में अर्जुन को अपना रहस्य समझाया है वही मुझे समझाओ।'' भगवान बोले, ''माँ, महाभारत का युद्ध समाप्त हुआ। भीष्म जैसे महारथी बाणों की शैष्या पर लेटे महान कष्ट सहन कर रहे थे। उस समय भगवान प्रगट हुए और उन्हें अपना पूरा परिचय देकर सांत्वना प्रदान की। उस प्रसंग से यह स्पष्ट होता है कि बड़े से बड़े तेजस्वी को भी अन्त काल में मार्मिक पीड़ा सहनी पड़ती है। भगवान ने कहा—हे भीष्म। बाणों के आघात से आपको जो पीड़ा हो रही है, मैं उसका अनुभव कर रहा हूँ। आपने आजीवन धैर्यपूर्वक जो धर्म का पालन किया है, उसके प्रताप से अन्त में आपकी स्थिति ऐसी हो जाएगी कि न तो आपको किसी प्रकार की ग्लानि होगी, न दाह और विषाद। कोई शारीरिक कष्ट न होगा। आपके अन्त:करण में सम्पूर्ण ज्ञान प्रकाशित हो उठेगा। आपका मन मेघ मुक्त चन्द्रमा की भाँति, रजोगुण और तपोगुण से सर्वथा पृथक् होकर एकमात्र सत्व गुण में निश्चित रूप से स्थित हो जाएगा। हे पराक्रमी, नर श्रेष्ठ, आपको ऐसी दिव्य दृष्टि मिल जाएगी कि आप स्वेदज, पिंडज, अण्डज, और जरायुज सब प्रकार के प्राणियों को एक समान देख सकोगे। जिस तरह मछली निर्मल जल में सब कुछ देख लेती है, उसी प्रकार सम्पूर्ण विश्व को प्रत्यक्ष देख सकोगे।''

''*महाभारत* के दो महायोद्धा भीष्म और अर्जुन हुए। कृष्ण ने अर्जुन को अपना वास्तविक रूप समझाते हुए कहा—हे अर्जुन! चारों वेद, पुराण, उपनिषद्, ज्योतिष, सांख्य, योग शास्त्र, और आयुर्वेद में मेरे अनेक नाम, मेरे गुण और कर्म के आधार पर

रखे गए हैं। उन सब नामों का मूल रूप मैं निर्गुण, निराकार, ब्रह्म हूँ। मैं कुछ नामों की व्युत्पत्ति समझाता हूँ जिससे तुम मेरा रहस्य समझ सकोगे। जिसे भगवान नारायण कहते हो, वह सम्पूर्ण देहधारियों के उत्कृष्ट परम आत्मा हैं। वही निर्गुण और सगुण से विश्व आत्मा भी हैं। उन्हीं से ब्रह्मा और रुद्र उत्पन्न हुए। अठारह गुणों वाली जो सत्व शक्ति है वही परा प्रकृति है। वही परा प्रकृति योग बल से चौदह लोकों को धारण करती है। वही परा प्रकृति मानवमात्र को कर्म फल देने वाली शक्ति है। उसी शक्ति के सृष्टि और प्रलय आदि विकार उत्पन्न होते हैं। वही नारायण विराट पुरुष के रूप में उत्पन्न हुआ। जब प्रलय की रात्रि हुई उस समय नारायण की कृपा से कमल प्रगट हुआ। उसी कमल से ब्रह्मा पैदा हुए। ब्रह्मा का दिन समाप्त होने पर अनिरुद्ध के पुत्र रूप में संहारकारी रुद्र का आविर्भाव हुआ। मैं सम्पूर्ण जगत की आत्मा हूँ। इसलिए मैं पहले अपने आत्मा रुद्र की ही पूजा करता हूँ। अम्मा, सृष्टि का संहार रुद्र की कृपा है। जो ऐसे रुद्र को जानता है वही भगवान कृष्ण को जानता है।'' इसी प्रकार आचार्य ने वासुदेव, विष्णु, दामोदर, केशव शिव आदि नामों की महिमा सुनाई। सुनते-सुनते आर्यम्बा सदा के लिए सो गई।

3

आचार्य शंकर को रोदन करते हुए बाहर आते देख पड़ोसी समझ गए कि इनकी माता की मृत्यु हो गई। सबने संगठन कर यह निश्चय किया कि यदि यह संन्यासी माता का संस्कार करता है, तो यह अपनी सम्पत्ति हम लोगों को नहीं लेने देगा। इसलिए किसी प्रकार इसे अन्तिम संस्कार करने ही न दिया जाए। परिवार और गाँव के ब्राह्मणों ने लाठियाँ सँभाल लीं। और गाँव के चारों ओर खड़े हो गए। बाहर से शंकर के दर्शनार्थियों का आना रोक दिया। कुछ नवयुवकों ने अपने अभिभावकों की आज्ञा से आचार्य का घर घेर लिया। माता विशिष्टा की मृत्यु का समाचार कहीं राजा राजशेखर के पास न पहुँच जाए। इसके लिए पूरी सावधानी बरती गई। कपड़े की दुकान वालों को शव वस्त्र देने से रोक दिया गया। अर्थी के लिए बाँस काटना वर्जित कर दिया गया। जंगल में सूखी लड़कियाँ काट-काट कर काष्ठ राशि एकत्र की गई और उसके चारों ओर प्रहरी बैठा दिए गए। इन ब्राह्मणों की योजना थी कि न तो शव की अर्थी बनने देंगे और न ही चिता के लिए लकड़ी लेने देंगे। और न शंकर को पूर्णा नदी के तट पर शवदाह करने या नदी में शव विसर्जन का अवसर देंगे। देखें यह संन्यासी हमारा क्या कर लेगा ?

आचार्य ने किसी प्रकार यह अनुमान लगा लिया कि ब्राह्मण समुदाय, परिवार के लोग, सम्पत्ति के लोभ से शवदाह नहीं करने देंगे। आचार्य के सहसा विलुप्त हो जाने पर शृंगेरी मठ के शिष्य समुदाय में बड़ी चिन्ता फैली हुई थी। पर आचार्य का कहीं कोई संकेत नहीं मिल रहा था। इस कारण शिष्य भी साथ न आ सके। आचार्य एकाकी ही कालड़ी आए हैं। युवकों को यह ज्ञात था।

इधर भारती के भेजे हुए सेवक रामदास को यह स्वप्न आया कि आचार्य की माँ का स्वर्गवास होने वाला है। हो न हो आचार्य किसी समय आकाश मार्ग से कालड़ी

गए। वह दूसरे ही दिन विक्षिप्त हो उठा और कालड़ी को चल पड़ा। आचार्य और शुभ्रा (जानकी) अम्मा आपस में अन्तिम संस्कार की बात कर ही रहे थे कि जानकी अम्मा ने बताया, ''आप शव-वस्त्र की चिन्ता न करें। आपकी देवी स्वरूपा माता ने पहले से ही अपने अन्तिम संस्कार की उपयोगी सामग्री संकलित कर ली थी। केवल चिता की लकड़ी की आवश्यकता है।'' शंकराचार्य ने जानकी अम्मा से कहा, ''कहीं कुल्हाड़ी मिल जाती तो जंगल से सूखी लकड़ियाँ काटकर चिता बना ली जाती।'' इतने में ही रामदास लट्ठ लेकर भीड़ को चीरता हुआ ग्राम के समीप आ पहुँचा। लगभग 6 हाथ ऊँचा, छड़ा जवान, रामदास राजस्थानी, लम्बी-चौड़ी पगड़ी बाँधे एक हाथ से विशाल मूँछों पर ताव देते, दूसरे हाथ में लंबा लौह जड़ित लट्ठ लिए निर्भीक भाव से जब भीड़ में घुसने लगा तो उसका विशाल गौर वर्ण देखकर किसी ने इसे इन्द्र समझा, किसी ने रुद्र समझा और किसी ने साक्षात् धर्मराज समझकर स्वत: मार्ग दे दिया। उसने आचार्य के चरणों पर मस्तक रख दिया। कक्ष में पड़ी हुई माता विशिष्टा के चरणों में लोट-लोट कर रोने लगा। उसने जो स्वप्न देखा था उसको साक्षात् होते देख रामदास विस्मित हो उठा। आचार्य, सेवक रामदास को पहचान गए। उन्हें यह आश्चर्य हुआ कि यह यहाँ कैसे पहुँच गया? आचार्य ने पूछा, ''रामदास तुम यहाँ कैसे पहुँच गए?'' रामदास का गला भर आया। रोते-रोते बोला, ''आचार्य, मैं स्वयं नहीं जानता कि ईश्वर ने मुझे यहाँ कैसे पहुँचा दिया! मुझे पश्चाताप हो रहा है कि मैं इससे पूर्व पूजनीया माताजी की सेवा में उनकी जीवित अवस्था में क्यों न पहुँच पाया। पूज्य आचार्यवर, अपना सारा वृत्तान्त पीछे सुनाऊँगा। आज्ञा दीजिए-इस समय क्या करना है? गाँव के चारों ओर लट्ठ लिए नंग-धड़ंग ब्राह्मण लम्बा-लम्बा टीका लगाए; जनेऊ लटकाए, लंगोट कांछे क्यों घूम रहे हैं?'' शुभ्रा (जानकी) अम्मा शव के समीप बैठी रो रही थी। बाहर से आचार्य और रामदास का वार्तालाप सुनकर उन्हें पहली बार ज्ञात हुआ कि गाँव के ब्राह्मणों ने आगंतुकों को रोकने के लिए घेरा डाल रखा है। उनका माथा ठनका, समझ गई कि शवदाह में बाधा डालने को गाँव और परिवार वाले तुले हुए हैं। उन्होंने कभी कल्पना भी नहीं की थी कि पास-पड़ोस के वन-विभाग से सूखी लकड़ियाँ काटकर परिवार वालों ने उन्हें अपने अधिकार में कर लिया होगा। अन्त्येष्टि क्रिया के लिए शव-वस्त्र, नारियल, घृत तथा अन्य आवश्यक पदार्थ तो माता आर्याम्बा ने जीवित अवस्था में ही संकलित कर लिए थे। पर उन्हें स्वप्न में भी यह ध्यान नहीं था कि गाँव वाले चिता के लिए सूखी लकड़ी भी न लेने देंगे। जो ब्राह्मण अपरिचित शव के अन्त्येष्टि संस्कार का उपक्रम करना धर्म समझते थे जो संस्कार कार्य में बाधा डालना परम अधर्म मानते रहे, उसी ब्राह्मणकुल में आज मानव दानव सा कैसे हो गया? विधाता की क्या लीला! आचार्य ने भी यह अनुमान नहीं लगाया था कि परिवार वाले सम्पत्ति के मिथ्या मोह में पतन की इस सीमा तक जाएँगे।

रामदास को देखकर जानकी अम्मा का साहस बढ़ गया। उन्होंने रामदास को समीप बुलाकर समझाया कि अन्त्येष्टि की सारी सामग्री विद्यमान है। किसी प्रकार पूर्णा नदी के तट पर चिता तैयार करनी है। और यहाँ मातृश्री का शव ले जाने के लिए अर्थी निर्माण करनी है। यह कुल्हाड़ा लो। हमारा अपना ही जंगल नदी के किनारे दक्षिण

दिशा में पहले नाले के उस पार स्थित है। वहाँ, बाँस का जंगल तुम्हें मिलेगा। उसमें से दो बाँस काटना। सूखा चन्दन का पेड़ मिल जाए, या आम, आंवला, बेल में से किसी का सूखा पेड़ मिल जाए तो उसकी लकड़ी एकत्र कर लेना। इस गाँव में किसी से विवाद न करना। गाँव वाले कितनी भी बाधा डालें, तुम किसी से लड़ाई मत करना। आज इस विषाद के अवसर पर किसी से कलह करना ठीक नहीं। किसी प्रकार केरल महाराजा राजशेखर को हमारा समाचार मिल जाए तो हमारा सारा संकट टल जाए।''

रामदास नाले के पास पहुँच गया और नाले के दोनों ओर सूखा पेड़ खोजता रहा। पर जंगल का जंगल पार करके भी कहीं पर सूखी लकड़ी नहीं दिखाई पड़ी। उसे बड़ा आश्चर्य हुआ कि यह कैसा जंगल है। बेचारा क्या जानता था कि सूखे पेड़ तो पहले ही एक-एक कर काटे जा चुके हैं। जंगल में घूमते-घूमते मध्याह्न होने लगा। उसकी समझ में कुछ न आया कि वह क्या करे। सोचते-सोचते उसे एक उपाय सूझा। अब वह सूखे पेड़ न खोजकर, हरे-हरे पेड़ों पर सूखी लकड़ियाँ ढूँढ़ने लगा। जहाँ कहीं सूखी डाल दिखाई पड़ जाती उसे काटने को पेड़ पर चढ़ जाता। इस प्रकार आधी सूखी, आधी गीली डालियाँ काट-काटकर एकत्र करने लगा। जब एक बड़ा गट्ठर बनने के योग्य लकड़ियाँ इकट्ठी हो गईं तो जंगल से एक प्रकार की घास काटकर उसकी एक रस्सी तैयार कर ली, जिससे लकड़ी का गट्ठर बाँध लिया और सिर पर लेकर पूर्णा नदी के तट पर रख आया। आचार्य के पास आकर सारा वृत्तान्त सुनाया। आचार्य सब समझ गए कि गाँव वाले सूखी लकड़ियाँ पहले ही काटकर अपने अधिकार में कर चुके हैं। आचार्य ने रामदास को समझाते हुए कहा, ''कुछ चिन्ता मत करो। मातृश्री के प्रताप से आज हरी लकड़ियाँ भी चिता पर चीड़ की सूखी लकड़ी के समान जलने लगेंगी। आओ मेरे साथ चलो। हम दोनों माता के जंगल से हरी झाड़ियाँ काटकर ले आयेंगे।'' रामदास पीछे-पीछे आचार्य आगे-आगे चल पड़े। रामदास के डर के मारे किसी ने आचार्य को नहीं टोका। उन्हें तो विश्वास था कि सूखी लकड़ियाँ तो मिलेंगी नहीं। चिता जलेगी कैसे ? चिता तो उस समय बनाने देंगे, सूखी लकड़ियाँ तब देंगे, जब शंकर अपनी सारी सम्पत्ति हम लोगों के नाम लिख देंगे। न तो हम इन्हें अन्तिम संस्कार करने देंगे और न ही स्वयं पूर्णा नदी के तट पर जलाएँगे, लाश इसी घर में सड़ती रहेगी।

आचार्य, रामदास के साथ चतुर्दिक फैले उपवन में पहुँचे। हरे झाड़-झंखाड़ में से मोटी-मोटी लकड़ियाँ काटीं, उनके गट्ठर बनाए। एक गट्ठर रामदास के सिर पर रखा और दूसरा अपने मस्तक पर। यह दृश्य देख उस अरण्यप्रदेश के पक्षी भी रो पड़े। जंगल में पत्तों की झोपड़ी बनाकर रहने वाला बनवासी समाज उस दिव्य मूर्ति का तेज देखकर चकित रह गया। मानो स्वर्ग लोक के देवता संन्यासी की अपूर्व लीला देखने को उतर आए हों। आचार्य और रामदास सिर पर गट्ठर रखे, घर की ओर चल पड़े। उन्हें यह आभास मिल गया था कि पूर्णा नदी के तट पर गाँव वाले ठठ के ठठ बैठे हुए हैं। वे चिता नहीं बनने देंगे। आचार्य ने कलह से बचने के लिए गृह द्वार पर ही चिता बनाने का विचार किया। रामदास और आचार्य ने चिता सजाई। रामदास ने कहा कि ''मैं एक बहुत बड़ा गट्ठर सूखी लकड़ी का पूर्णा नदी के तट पर रख आया हूँ। उसे

अभी ले आता हूँ।'' जब रामदास गट्ठर लेने पहुँचा, तो देखा कि गट्ठर वहाँ पर नहीं है। उसने पूछताछ प्रारम्भ की तो जवान लड़के तो उसका उपहास करने लगे, क्योंकि वे तो लकड़ियाँ उठाकर अपने घर ले जा चुके थे। रामदास निराश होकर लौट आया। उसने आचार्य से रो-रो कर सारी घटना सुनाई—बोला, ''महाराज, यदि यह ब्राह्मणों का गाँव है, तो क्या राक्षसों का गाँव कोई और हो सकता है?'' आचार्य बोले, ''रामदास, ब्राह्मण, ब्रह्मराक्षस और राक्षस—सब उसी परब्रह्म के रूप हैं। किसी के प्रति मन में दुर्भाव लाने से मनुष्य का अपना ही पतन होता है। इसलिए अपने मन में कोई दुर्भाव न आने दो। कौन जानता है कि मंगलमय विधाता अनेक अमंगलों में क्या मंगल छिपाए रहता है? कौन नहीं जानता है कि विपत्ति में धैर्य धारण करना चाहिए? पर मनुष्य के धैर्य की परीक्षा विपत्ति में ही तो होती है।'' रामदास बोला, ''महाराज नीचता की भी एक सीमा होती है और क्षमा की भी। आप आज्ञा दें तो इसी लठिया से एक-एक को ठीक कर दूँ।'' आचार्य हँस पड़े। सारा विषाद जाता रहा। बोले, ''रामदास, इस संसार में न नीचता की कोई सीमा है और न क्षमा का अन्त। जिन्हें नीचता प्रिय है वे सारी सीमा तोड़ सकते हैं। इसी प्रकार क्षमावान की भी क्षमाशक्ति असीम होती है। आओ धैर्यपूर्वक चिता सजाएँ और मातृश्री की अन्तिम क्रिया करें।''

दोनों ने चिता सजाई, शव को उठाने चले। मस्तक आचार्य ने पकड़ा। कटि प्रदेश जानकी अम्मा ने उठाया और नीचे का भाग रामदास ने गोद में रख लिया। शव को चिता पर रख दिया। पर चिता जलाने के लिए अग्नि की आवश्यकता थी। घर में कई दिन से आग जली नहीं थी। अग्नि आए तो आए कहाँ से? गाँव वालों ने अग्नि देना भी अस्वीकार कर दिया। जानकी अम्मा और रामदास चिन्ता में पड़ गए। आचार्य ने दोनों को आश्वस्त किया। दो काष्ठ खण्ड रगड़कर अग्नि पैदा कर ली। आश्चर्य, हरी-हरी लकड़ियाँ लहलहाती हुई जल उठीं। चिता जलने लगी। देखते-देखते शव राख में बदल गया।

शवदाह की यह अलौकिक कहानी गाँववालों को ज्ञात हो गई। उन्हें बड़ा विस्मय हो रहा था कि बिना आग और सूखी लकड़ी पाए इस संन्यासी ने माता का अन्त्येष्टि संस्कार कैसे कर लिया?

4

कालड़ी में आर्यम्बा का चिता-स्थल उनका तीर्थ बन गया है। सम्पूर्ण भारत में यह कहानी फैल चुकी थी कि माता आर्यम्बा के प्रभाव से चिता पर रखी हुई हरी-हरी झाड़ियाँ चन्दन की सूखी लकड़ी के समान जलने लगीं, और आचार्य शंकर के तेज से स्वत: अग्नि देवता उत्पन्न होकर शव जलाने लगे। देखते-देखते शव भस्मसात् हो गया। आर्यम्बा के शव की राख को,—शिव भभूत समझ कर बड़े-बड़े श्रेष्ठि, राज प्रतिनिधि, बड़े-बड़े विद्वान और उनका परिवार, मस्तक पर लगाने लगा। काशी विश्वनाथ की भभूत के समान चिता-भस्म पाप विनाशक एवं मनोकामना सिद्धिदायक बन गई।

माता का अन्तिम संस्कार करने के उपरान्त आचार्य ने पुन: उस घर में पग नहीं रखा। पूर्णा नदी के तट पर वृक्ष के नीचे मृग-चर्म बिछाकर बैठ गए। दिन में एक बार मध्याह्न के समय गाँव से दूर किसी बस्ती से भिक्षा माँग लाते और पूर्णा नदी के तट पर बैठकर क्षुधा मिटा लेते। और पूर्णा नदी का दो चुल्लू पानी पीकर सन्तुष्ट हो जाते। तदुपरान्त मन्दिर के जीर्णोद्धार और ग्रन्थ लेखन में जुट जाते। मातृश्री के चिता-स्थल पर जानकी अम्मा, शुभ्रा नित्य संध्या को दीपक जलाती। चिता के दक्षिण ओर—जहाँ शंकराचार्य ने माता के चरणों की अन्तिम वन्दना की थी, उसी स्थल पर बैठकर जानकी अम्मा आँसू बहाते हुए ध्यान करती।

एक दिन जब वह ध्यान में बैठी हुई थी, रामदास को लेकर भारती चिता स्थल पर चुपचाप जानकी अम्मा के पास बैठ गई। अनायास ही उनकी आँखों से अश्रुधारा बहने लगी। "हाय माँ, जीवित अवस्था में तुम्हारा दर्शन नहीं कर पाई" इतना कह-कहकर फूट-फूटकर रो पड़ी। जानकी अम्मा का ध्यान टूटा। उन्होंने सामने (सरस्वती) शारदा के समान दिव्य रूप वाली श्वेत वस्त्र धारिणी एक महिला को देखा—जिसकी माँग में सिन्दूर तो था, पर श्वेत साड़ी के नीचे काली एक वेणी चमक रही थी। जिसके मस्तक पर लाल रोली तो थी, पर सभी अंग आभूषण-रहित थे। यहाँ तक कि दोनों हाथों में केवल एक-एक लाक्षा वलय था जिसके मध्य से सौन्दर्य देवता झाँक रहा था। अप्सरा के समान लावण्य महिमामयी को देखकर वह चकित रह गई। रामदास ने परिचय कराया, "ये ही भारती देवी हैं।" उसने भारती को बताया कि "इसी जानकी अम्मा ने आचार्य के संन्यास लेने पर मातृश्री की सेवा-सुश्रुषा की थी।" भारती लपककर जानकी अम्मा के गले से लिपट गई। दोनों बहुत देर तक एक-दूसरे को आलिंगन किए हुए आँसू बहाती रहीं।

5

मण्डन मिश्र और आचार्य शंकर के माहिष्मती से प्रस्थान के उपरान्त कर्नाटी आदि अपने-अपने घर चली गई थीं। राष्ट्रकूट महाराज गोविन्दराज तृतीय की कन्या चंचला विद्युत के समान तेजस्वी होने के कारण उसका पारिवारिक नाम चंचला था पर कर्नाटक के परम तेजस्वी महाराज की कन्या होने के कारण उसका प्रसिद्ध नाम कर्नाटी था। कई चुलबुली सहतीर्थ्या उसे छेड़ने के लिए गोविन्दा भी कहती थीं। बालिका विद्यापीठ प्रतिष्ठान नगरी (वर्तमान झूसी) में वह उच्च शिक्षा के लिए भेजी गई थी। उस युग में कांची विद्यापीठ दक्षिण भारत का प्रसिद्ध विश्वविद्यालय ह्रासोन्मुखी हो चला था, यह निर्बल बौद्ध चालुक्य राज्य में अनाथ पड़ा था। उस काल में बौद्धों के विजेता कुमारिल भट्ट की ख्याति दक्षिण भारत के वैदिकों तक पहुँच चुकी थी। अत: गोविन्दराज ने अपनी पुत्री को उन्हीं के गुरुकुल में शस्त्र और शास्त्र की उच्च शिक्षा के लिए भेजा था।

चालुक्यों का राष्ट्रकूटों से युद्ध चल रहा था। अत: राजन्य वर्ग में एक-दूसरे के प्रति वैमनस्य भाव था। पर दोनों के राजवंशज सिन्ध पर अरबों के आक्रमण के कारण इस कलहाग्नि को बुझाना चाहते थे ताकि सम्मिलित शक्ति से उत्तर भारत के कायर राजाओं को जीतकर एक शक्तिशाली राज्य स्थापित किया जाए। इस प्रकार विदेशी

और स्वदेशी विद्रोहियों का डटकर सामना करने में देश समर्थ हो।

चालुक्य राज के ज्येष्ठ पुत्र विक्रमादित्य और द्वितीय पुत्र महिभीम भी कुछ दिनों तक आचार्य कुमारिल भट्ट के विद्यापीठ में वैदिक अध्ययन करते रहे। उन पर आचार्य की बड़ी कृपा दृष्टि थी। वे उत्तर भारत की सम्पूर्ण राजनीति का अध्ययन करते हुए सिन्ध, सौवीर, कपिशा, गान्धार आदि का इतिहास बड़े उत्साह से पढ़ते रहते। चंचला के भाई अमोघवर्ष भी महिभीम के साथ रहा करते थे। इन दोनों में बड़ी मैत्री थी। कुमारिल भट्ट के आशीर्वाद और सुधन्वा कर्क की इच्छा से राष्ट्रकूट महाराज गोविन्दराज ने बेटी का विवाह महिभीम के साथ कर दिया। युवराज विक्रमादित्य ने इस विवाह का विरोध किया। उसे भय था कि राष्ट्रकूटों की सहायता से महिभीम कहीं राजा न बन जाए। इसी कारण विवाहोपरान्त उसने महिभीम और चंचला को अपमानित करना आरंभ किया। राजकवि विल्हण के बहुत समझाने पर भी जब विक्रमादित्य अत्याचार से नहीं हटा तो राष्ट्रकूट राजनीतिज्ञ कर्क ने उस पर आक्रमण किया। जब तक संघर्ष चलता रहा तब तक चंचला शान्ति स्थापना का प्रयास करती रही। कवि विल्हण के प्रयास, युद्ध में विक्रमादित्य की पराजय से दोनों भाइयों में पुनः मैत्री हो गई और चंचला को राष्ट्रकूट और चालुक्य राजवंशों को मिलाने का श्रेय प्राप्त हुआ। भाई अमोघवर्ष और पतिदेव महिभीम के सहयोग से चंचला अपनी सखी भारती और आचार्य शंकर के निर्दिष्ट राष्ट्रकार्य में लगी रही।

विनोदिनी को चंचला अपने साथ पितृगृह से लाई थी। उसे साथ ले माहिष्मती से वह पति महिभीम (चालुक्य राज) के पास चली गई। उसके प्रयास से दोनों भाइयों में पुनः भ्रातृवत् प्रेम स्थापित हो गया। कर्नाटी अमात्य वर्ग को सिन्ध सौवीर और मद्र की दुर्दशा बताते हुए राष्ट्रकूटों और चालुक्यों को परस्पर मित्रतापूर्वक राज्य संचालन की प्रेरणा देती थी। इस प्रकार के मैत्री भाव का प्रभाव सम्पूर्ण दक्षिण भारत पर पड़ने लगा। कर्नाटी ने राज कर्मचारियों को भी सावधान कर दिया था कि सिंहल द्वीप विदेशी आक्रामकों का केन्द्र बन गया है। विदेशी गुप्तचर मादक द्रव्यों का प्रचार कर रहे हैं। इनका मूल उद्देश्य भारत की संस्कृति का संहार करना है। साधु–महात्माओं, पण्डित–पुरोहितों की प्रतिष्ठा गिराना ही इन्हें अभीष्ट है। वे अपने धर्म विस्तार में इन्हें ही सबसे बड़ा बाधक समझते हैं।

कर्नाटी इसी प्रयास में व्यस्त थी कि आचार्य शंकर के कालड़ी पहुँचने का उसे संदेश मिला था। वह विनोदिनी और कतिपय शंकर भक्तों के साथ कालड़ी चल पड़ी थी। ज्ञात हुआ कि भारती अन्य सहतीर्थ्या सखियों के साथ महाराज राजशेखर के यहाँ पहुँच रही है। वहाँ से पूरा समाज कालड़ी चल पड़ा था। कर्नाटी की यह कथा थी।

6

राज कर्मचारियों ने कालड़ी के उपद्रवी ब्राह्मणों के अत्याचार, शंकराचार्य की माता के अन्तिम संस्कार की मार्मिक घटनाएँ राजप्रासाद तक पहुँचा दी। ब्राह्मण–ब्राह्मण के

संघर्ष से राजा चिन्तित हुए। मंत्रिमण्डल की बैठक हुई। निश्चय किया कि दो सशस्त्र सैनिक भेजकर उस उपद्रवी दल के प्रमुख को बन्दी बना लिया जाए, जिन्होंने माता के अन्तिम संस्कार में विघ्न उपस्थित किया था।

सैनिकों ने राज कर्मचारियों की सहायता से विघ्न डालने वाले प्रमुख युवक को बन्दी बना लिया। कुछ समय बीत जाने पर देखते क्या हैं कि कालड़ी के कई नवयुवक सशस्त्र होकर उनका पीछा कर रहे हैं। वे रक्षक सैनिक वृक्ष के नीचे बन्दी युवक के साथ छाया में बैठ गए। इतने में युवक दल ने उन्हें चारों ओर से घेर लिया। सहसा बन्दी को बलात् छुड़ाकर राज सैनिकों को आहत कर दिया। किसी प्रकार प्राण बचाकर राज सैनिक, राजप्रासाद तक पहुँच पाए। परिणामस्वरूप राजा के क्रोध की सीमा न रही। वे स्वयं सशस्त्र चलने को तैयार हुए। किन्तु सेनानायक ने विश्वास दिलाया कि हम आपकी आज्ञानुसार ब्रह्म राक्षसों को दण्डित करेंगे और किसी भी प्रकार से नीति विरुद्ध कार्य नहीं होने देंगे।

राजा राजशेखर ने आचार्य के नाम पत्र देकर सेनानायक के साथ शताधिक सैनिकों की टोली कालड़ी भेज दी। वे अश्वारोही वेग से कालड़ी पहुँच गए। ब्रह्ममुहूर्त में उन्होंने गाँव को चारों ओर से घेर लिया, ताकि कोई अत्याचारी भागने न पाये। राज सैनिकों ने सूची के अनुसार प्रमुख विघ्नकर्ताओं का घर घेर लेने में सहायता दी। अश्वारोहियों से वे ग्रामवासी सावधान हो गए, जिन्होंने पूर्व आए हुए दोनों सैनिकों को आहत कर बलात् बन्दी को मुक्त करा लिया था।

गाँव में त्राहि-त्राहि मच गई। क्योंकि इन सैनिकों ने उपद्रवियों को इतना पीटा कि वे निरन्तर चीत्कार करते ही रहे। चीत्कार की ध्वनि करुणा के सागर आचार्य के कानों में पहुँची। यद्यपि रामदास ने उन्हें ग्रामवासियों की यह योजना बता दी थी कि वे पूर्णा नदी में अस्थि-विजर्सन भी नहीं करने देगे, तो भी आचार्य का कोमल हृदय ग्रामवासियों के क्रन्दन से करुणार्द्र हो उठा। उन्होंने यह निश्चय किया कि इनके अपराधों को राजा से क्षमा कराना ही उचित होगा। रामदास पैरों पर पड़ कर निवेदन कर रहा था कि "अपराधी को दण्ड न देना भी अपराध है।" महाराज क्षमा वहीं शोभा देती है, जहाँ अपराधी क्षमा का पात्र होता है। आप इन अपराधियों को निर्दोष की तरह छोड़ देंगे, मुक्त होने देंगे तो यह भविष्य में इससे कहीं अधिक क्रूरता के साथ अत्याचार करेंगे। महाराज, समाज की रक्षा के लिए एक गाँव का बलिदान करना होता है। और विश्व कल्याण के लिए प्रकृति अत्याचारी देश का संहार करती है। महाराज, मैंने आपके मुँह से यही सुना था। इसे ही अपनी गाँठ में बाँध रखा है। क्षमा का भी अवसर होता है। जैसे क्रोध का भी कभी-कभी क्षमा के समान उपयोग करना पड़ता है।"

आचार्य शंकर रामदास को समझाते हुए कहने लगे, "रामदास, क्या तुम भूल गए *गीता* को? अत्याचारी के साथ युद्ध करते हुए भी यदि मन में राग-द्वेष, काम-क्रोध, मोह-मात्सर्य का भाव उत्पन्न हो गया, तो वह युद्धक्षेत्र न होकर घृणा-क्षेत्र बन जाएगा। अत्याचार, दमन के समय अपनी मानसिकता पर अत्याचार मत होने दो। इसी का नाम अनासक्त योग है।

"अनाश्रित: कर्मफल कार्य कर्म करोति य: ।
स सन्यासी च योगी च न निरग्निर्न चाक्रिय: ॥

अत्याचारी के साथ व्यवहार करते हुए भी उसके प्रति घृणा का भाव नहीं, अपितु उसके कल्याण का भाव मन में जगाना होता है।" रामदास चुप हो गया। इतने में ही गाँव के कुछ वृद्ध ब्राह्मण पहली बार आचार्य से क्षमा प्रार्थना करने आये। यह वार्तालाप चल ही रहा था कि सेनानायक और रक्षक आचार्य के पास पहुँचे और उन्हें प्रणाम कर राजमुद्रा-अंकित एक पत्र हाथों में समर्पित किया।

पत्र में लिखा था—'पूज्य आचार्य देव, आपके देश भ्रमण के संवाद कभी-कभी मिलते रहे हैं। आपके *ब्रह्मसूत्र भाष्य* की रचना, देश के विभिन्न विद्वानों से शास्त्रार्थ में आपकी विजय, शृंगेरी मठ स्थापना, श्रीशैल पर उग्रभैरव द्वारा आपके प्राण संहार का षड्यंत्र, हत्याभिलाषी को भी स्वत: प्राणदान करने का आपका वरदान सर्वविदित हो गया है। आपकी इन अलौकिक घटनाओं का, केरल देश को भी कभी-कभी, संदेश मिलता रहा है। आपके कालड़ी आने का समाचार मुझे कुछ दिन पूर्व मिला। सुना है—आपकी माता के शवदाह में इन ब्रह्म राक्षसों ने नाना प्रकार की बाधाएं डालीं। मैं शीघ्र ही आपके चरणों में उपस्थित हो रहा हूँ। आपसे अनुरोध इतना ही है कि आप इन अपराधियों को दण्ड से न बचायें। अपराधी अत्याचारी पर करुणा, शासक के लिए अभिशाप बन जाती है। राज में अराजकता, समाज में उद्दंडता, देश में विशृंखलता का आधिपत्य जमने लगता है।'

आचार्य शंकर पत्र पढ़कर मौन हो गए। पत्रोत्तर पर विचार करने लगे। उन्होंने आँखें मूँद कर वर्तमान स्थिति पर विचार करते-करते उत्तर सोच लिया। उनके अन्त:करण में जैसे प्रकाश आ गया हो। उन्होंने अपनी अन्तर्दृष्टि से ईश्वराज्ञा का पत्र पढ़ लिया हो। सेनानायक स्तम्भ की भाँति खड़ा रह गया। कुछ समझ में नहीं आया कि क्या किया जाए। अद्‌भुत दृश्य सामने दिखाई पड़ा। एक ओर जर्जर शरीर वाले वृद्ध ब्राह्मण हाथ जोड़े खड़े हैं, दूसरी ओर अस्त्र-शस्त्र से सुसज्जित सैनिक आज्ञा की प्रतीक्षा में अपने आहत सैनिकों का बदला लेने के लिए कटिबद्ध, आँखें लाल-लाल किए हुए सेनानायक की आज्ञा की प्रतीक्षा कर रहे हैं। इधर आचार्य शान्ति से बैठे मानो समाधिस्थ हो रहे हों। ऐसे संकट के समय अचानक केरल राजा महाराज राजशेखर का रथ आ पहुँचा।

रथ से उतर कर महाराज ने अपने अंगरक्षकों को अलग हट जाने का संकेत करते हुए, आचार्य को साष्टांग प्रणाम किया। आचार्य की आँखें खुलीं तो उन्होंने राजा राजशेखर को दण्डवत् प्रणाम की स्थिति में पाया। उन्होंने सोचा था कि सैनिकों को समझा-बुझा कर राजा के पास भेजूँगा तब तक उनकी क्रोधाग्नि भी शान्त हो गई होगी। किन्तु यहाँ तो स्थिति ही बदल गई, राजा स्वयं विद्यमान हो गए। क्या करूँ ? एक ओर राजनीति के अनुसार अपराधी को दण्ड न देना अपराध है ? और दूसरी ओर शरणागत की रक्षा न करना, उनके अपराधों को स्मरण करते रहने, समदर्शी संन्यासी के लिए

सबसे बड़ा अधर्म है। यह सोचते हुए उन्होंने राजशेखर को उठाकर एक आसन पर बिठा दिया और स्वयं उनके समीप बैठकर कुशल समाचार पूछने लगे।

राजा का संकेत पाकर सेनानायक, और क्षमा–याचना करने वाले वृद्ध जन, कुछ दूर चले गए। अब ब्रह्मर्षि और राजर्षि, मानव जीवन विभीषिका पर परस्पर विचार करने लगे। राजा ने विनीत भाव से कहा—''पूज्य आचार्यवर, मुझे इस बात का बड़ा पश्चाताप है कि आप मेरे राज्य में इतनी कष्ट सहते रहे और मैं आपकी कुछ भी सहायता न कर सका। इसके लिए मैं अत्यन्त लज्जित हूँ। आपसे इतना ही निवेदन है कि आप अपने सहज औदार्यवश कुछ न कहें। इन क्रूर खलों को यदि दण्डित न किया गया तो आपका ही श्रुति मार्ग भ्रष्ट हो जाएगा। क्षमादान से इनकी अत्याचारी प्रवृत्ति और भी उग्र हो जाएगी।''

आचार्य ने समझाना प्रारम्भ किया, ''श्रुति और स्मृतियों ने सब वर्गों के लिए सोचकर विस्तार से विधान बनाया है। जब एक वर्ग भी श्रुति–विधान के पालन में बाधक होता है, तब प्रकृति का कोप उग्र हो उठता है। हमारा अद्वैत दर्शन हमें समदर्शिता, क्षमा, करुणा का आदेश देता है, क्योंकि वही सर्वान्तर्यामी सबके हृदय में निवास करता है। आत्मदृष्टि से न कोई अपराधी है, न कोई अपराधी का दण्डकर्त्ता।''

आचार्य शंकर राजा राजशेखर का संकट समझ गये। विचार करने लगे कि राजशेखर का निवेदन पत्र और गाँव के वृद्ध जनों की क्षमा–याचना दोनों एक साथ विचारणीय हैं। इसी स्थिति को स्पष्ट करते हुए राजा का सन्देह दूर करना होगा।

आचार्य बोले, ''राजन्, क्षमा–याचना के दो रूप हैं : एक रूप वह है, जिसमें राजशक्ति की प्रबलता देख अपराधी व्यक्ति वाणी से गिड़गिड़ा कर शरणागत बनने का आडम्बर करता है। दूसरी स्थिति है बाहरी शक्ति से बिना भयभीत हुए प्राणों की बिना चिन्ता किये, अपना वह अपराध स्वीकार कर लेता है जिसे किसी दुर्बलता के क्षणों में, उसने कर डाला था। भूल का ज्ञान हो जाने पर व्यक्ति हृदय से रो पड़ता है। वह बाह्य शक्ति या राजबल के कारण नहीं, अन्तरात्मा की पुकार के कारण, अन्तर्यामी भगवान् से क्षमा माँगता है। अन्तर्नाद सुनने पर भगवान् से शरण माँगता है। ऐसा शरणागत व्यक्ति वाल्मीकि, अजामिल की तरह पुनः किसी दुष्कृत में प्रवृत्त नहीं होता। फिर तो उसके सारे पाप कर्म उसी प्रकार पश्चाताप की अग्नि में जल जाते हैं, जिस प्रकार ज्ञानी के कर्म ज्ञानाग्नि में नित्य स्वतः दग्ध होते रहते हैं।''

राजा के मानो ज्ञान कपाट खुल गए हों। उन्होंने आचार्य का उद्देश्य समझ लिया और तद्नुसार दुष्टों के दमन और अपनी क्रोधाग्नि के शमन की समस्या का समाधान पा लिया। इसी मंत्र की कसौटी पर क्षमा और दण्ड का निर्णय करते हुए राजा ने राज्य के विकट प्रश्नों का उत्तर निकालना प्रारम्भ किया।

आचार्य के गम्भीर और सारगर्भित उपदेश से ग्रामवासियों को बड़ी सान्त्वना मिली। राजा ने गुप्तचरों से यह पता लगा लिया कि इस घटना के पूर्व किस व्यक्ति का कैसा चरित्र रहा है। किस–किस परिवार में विदेशों से स्वर्ण राशि और मदिरा का

प्रवेश हुआ है। उन्हें यह रहस्य भी उद्घाटित हो गया कि विदेशियों ने किन-किन स्थानों पर अपने केन्द्र खोल रखे हैं। अरबशासित सिन्ध, ईरान, इराक आदि बाहरी देशों से कैसे हमारी संस्कृति को नष्ट करने, हमारे धर्म को विकृत-वीभत्स बनाने का प्रयास किया जा रहा है। इस एक घटना ने अनेक उन गुप्त रहस्यों को उद्घाटित कर दिया जिससे राजा अनभिज्ञ थे। राजा के सैन्य भय से पूर्णा नदी के तट पर अस्थि विसर्जन करने वाले व्यक्तियों को बाधा डालने वाला कोई दिखाई नहीं पड़ा। आचार्य, राजशेखर—जानकी अम्मा शुभ्रा और सेवक रामदास ने चिता की राख में से चुन-चुन कर अस्थि खण्ड निकाले। आचार्य ने उन्हें मृत्तिका भाण्ड में—अश्रु बहाते हुए रखना प्रारम्भ किया। उसे सिर पर रख जब वे चलने लगे तो उनके पीछे-पीछे गाँव के वृद्ध जनों की टोली, युवकों का दल, नर-नारियों की भीड़ चल पड़ी। सैनिकों ने पंक्तिबद्ध होकर पूर्णा नदी के तट पर अस्थि-भाण्ड के प्रति सम्मान प्रदर्शित किया। राज पताका झुका दी गई। शोकवाद्य तब तक बजता रहा, जब तक पूर्णा के मध्य में अस्थि-भाण्ड विसर्जित नहीं कर दिया गया। राजा राजशेखर ने आचार्य के लिए सारी सुविधा का प्रबन्ध कर कुछ सैनिकों को वहीं छोड़ स्वयं अमात्य वर्ग के साथ राजधानी लौटने की मंत्रणा की और आचार्य का पुनः दर्शन करने गए। आचार्य ने कहा, ''मुझे कुछ दिन कालड़ी में निवास करना होगा। आप सुविधा के अनुसार किसी दिन आ जाइए। अब यहाँ सेना की कोई आवश्यकता नहीं। आप राज कार्य निश्चिन्त होकर सँभालिए।'' आचार्य की अनुमति पाकर राजा राजशेखर का सारा विषाद जाता रहा। आचार्य का ऐसा प्रभाव था कि कोई भी व्यक्ति कितना शोकातुर होकर उनके पास पहुँचता, दर्शन करते ही उसका शोक, संशय, चिन्ता, ग्लानि, एकदम न जाने कहाँ विलुप्त हो जाती थी। ये घटनाएँ भारती, कर्नाटी आदि के कालड़ी आगमन से पूर्व घट चुकी थीं जिन्हें रामदास और शुभ्रा ने उपस्थित जनता को सुनाया।

7

चालुक्य राज, पांड्य, चोल के राज-प्रतिनिधि भारती के साथ कालड़ी पहुँचे थे। महाराज राजशेखर ने इस प्रतिनिधिमंडल के साथ चलने से पूर्व ही कतिपय कर्मचारियों को प्रबंध करने के लिए भेज दिया था। इसलिए सबके निवास की सुविधा पूर्णा नदी के तट पर निर्मित शिविरों में कर दी गई थी। राज्य प्रतिनिधियों के परस्पर परामर्श के लिये एक बहुत बड़ा शिविर निर्मित कर दिया गया था। महाराज राजशेखर ने पूर्व भेजे हुए कर्मचारियों के द्वारा आचार्य के पास प्रतिनिधिमंडल के उद्देश्य का संकेत कर दिया था। जब महाराज राजशेखर का राजदूत आचार्य की कुटिया पर पहुँचा तो उसने रामदास को बहुत उदास पाया। रामदास उसी चिन्ता में रहा करता था कि मैं भारती को यहाँ की घटनाओं का वृत्तान्त कैसे सुना पाऊँगा। राजदूत से जब यह समाचार मिला कि भारती प्रतिनिधिमण्डल के साथ आ रही है, तो उसके हर्ष का ठिकाना न रहा। वह भागकर आचार्य के पास पहुँचा, आचार्य उस समय कुछ लिखने में व्यस्त थे। वह चुपचाप तब तक खड़ा रहा जब तक आचार्य ने मस्तक ऊपर नहीं उठाया। उन्होंने रामदास पर ज्यों

ही दृष्टि डाली और उसकी प्रफुल्लित आकृति, हँसती हुई आँखें, मुस्कराते हुए होंठ, प्रसन्नता से नाचती हुईं पुतलियाँ देखकर समझ गए कि रामदास को प्रसन्न करने वाला कोई शुभ समाचार मिला है। वह कई दिनों से रामदास का मुरझाया चेहरा देखकर सोचा करते थे कि वह किस कारण म्लान बना रहता है। उनके बार-बार पूछने पर भी वह अपने मन की उदासी का भाव प्रकट नहीं करना चाहता था।

रामदास की प्रसन्न मुद्रा देख आचार्य ने पूछा, ''कहो रामदास, तुम कब से खड़े हो, क्या समाचार है ? आज इतने प्रसन्न कैसे ? प्रातःकाल से तुम्हें कुछ अनमना सा देख रहा था।'' रामदास चरणों में प्रणाम करते हुए बोला, ''गुरुदेव, शारदा देवी भारती आ रही हैं। मैं उन्हीं से मिलकर स्वयं आपका कुशल समाचार सुनाना चाहता था। उन्होंने मुझे आदेश देकर माहिष्मती नगरी से भेजा था कि मैं आपकी सेवा करते हुए आपकी सुख-सुविधा का प्रबन्ध करता रहूँ। गुरुदेव, मेरे जीवित रहते ही आप और शुभ्रा जानकी अम्मा को इतना कष्ट उठाना पड़ा, इसका मुझे बड़ा दुख है। पता नहीं शारदा देवी को यहाँ की स्थिति का पूरा ज्ञान है कि नहीं ? उनके आने का समाचार सुनकर मेरा रोम-रोम खिल उठा है। गुरुदेव, महाराज राजशेखर का संदेशवाहक आपसे मिलने को आया है।'' आचार्य ने उसे अन्दर ले आने की आज्ञा दी। उस दूत ने पत्र देते हुए प्रतिनिधिमंडल के आगमन की सूचना दी। आचार्य ने पत्र खोला जो मुद्रांकित था। पत्र पढ़कर उन्हें देश की वास्तविक स्थिति का कुछ-कुछ परिचय मिला। उन्होंने रामदास को साथ लिया और पूर्णा नदी के तट पर बाहर से आये अतिथियों के निवास की व्यवस्था देखने चले। कर्मचारी शिविरों को सजाने, भोजन-शयन आदि की व्यवस्था में तल्लीन थे। आचार्य के दर्शन करते ही सबकी क्लान्ति दूर हो गई। आचार्य वार्तालाप कर रहे थे कि तब तक प्रतिनिधिमंडल कालड़ी आ पहुँचा था। शुभ्रा ने यह घटना सबको सुनाई।

8

विभिन्न राज्यों की राजकुमारियों, राजमहिषियों, देश प्रसिद्ध विद्वानों, श्रेष्ठि सामन्तों की पत्नियों तथा भारती आदि के कालड़ी आगमन से आस-पास के गाँवों में हलचल मच गई। रथों, घोड़ों पर सवार महिलाएँ महाराज राजशेखर के राज परिवार के साथ जिस मार्ग से यात्रा करतीं उसके दोनों ओर दर्शक नर-नारियों के दल के दल खड़े दिखाई पड़ते। धीरे-धीरे समूचे दक्षिण भारत की नारी जाति में नव जागरण-सा आ रहा था। कालड़ीवासियों ने ऐसे विशिष्ट नारी समाज की कभी कल्पना भी न की होगी। इन महिलाओं ने पूर्णा नदी में स्नान किया। स्वर्ण-रजत पात्रों में पूजन सामग्री लिए पंक्तिबद्ध हो स्वर्गीय आर्यम्बा की पर्णकुटी की ओर चलीं। उनके साथ-साथ कालड़ी की महिलाएँ पति विरोध होते हुए भी चल पड़ीं। चिता-स्थल के चारों ओर कुशासनों पर बैठ गईं। भारती ने मंत्रोच्चारण प्रारम्भ किया। आर्यम्बा द्वारा पूजित कृष्ण मूर्ति के पास उनके पूजा-पात्र और *श्रीमद्भागवत्* की प्रतियाँ रखी हुई थीं। जानकी अम्मा नित्य यहाँ ज्योति जलाती थी। भारती ने शुभ्रा अम्मा को पास बिठा लिया। मृतात्मा का

धर्मानुसार ग्यारह दिन का क्रिया–कर्म रामदास आर्यम्बा की इच्छानुसार कर चुका था। अब शुभ्रा अम्मा वहाँ नित्य एक अध्याय *गीता* पाठ किया करती थी।

भारती के साथ सभी महिलाओं ने पूजन–अर्चन किया। तदुपरान्त शान्ति के द्वितीय अध्याय का सामूहिक पाठ हुआ। शुभ्रा अम्मा ने कृष्ण की आरती की। चंचला के पूछने पर शुभ्रा अम्मा ने आर्यम्बा के अन्तिम दिनों की घटनाएँ सुनाईं। अन्त्येष्टि क्रिया सम्बन्धी बाधाओं का वर्णन करते हुए वह भावावेश न सँभाल सकी, अश्रुधारा बहने लगी। रोदन से कंठावरोध हो गया। वाणी मूक बन गई। सारा नारी समाज भाव–विभोर हो उठा। गाँव की महिलाएँ भी रो पड़ीं। उनका मस्तक लज्जा से नत था। भारती को रामदास ने गाँव के विरोध का कारण समझा दिया था। वह गाँव की सबसे वृद्धा माता के पास पहुँची। उन्हें धैर्य देते हुए बोली, ''माता आप लोग दुःखी न हों। विधाता की लीला कौन जानता है ? सबका अपना–अपना भाग्य होता है। कर्म से जो भाग्य बनता है उसी को भोगने के लिए जन्म होता है। भोग भोगने में अधिकार नहीं पर भोगते समय कर्म करने की पद्धति में अधिकार है।''

उपस्थित महिलाएँ अपना मत प्रकट कर रही थीं। सबकी जिज्ञासा यही थी कि इसमें दोष किसको दिया जाय ? जिस प्रकार प्रत्येक ब्रह्मचारी या गृहस्थ की साधना—भूमिका एक जैसी नहीं होती, उसी प्रकार प्रत्येक संन्यासी भी साधना की एक ही भूमिका में सदा नहीं रहता। यद्यपि सबका उद्देश्य एक ही ब्रह्मज्ञान है। जब तक एक संन्यासी ज्ञानी बनने के उद्देश्य से साधना पथ का पथिक है, तब तक उसे विधि–निषेध का पालन अनिवार्य है। गणित का पहाड़ा सीखने वाला छात्र ज्योतिष शास्त्र में वर्णित ग्रह नक्षत्रों की दूरी कैसे नाप सकता है ? उसी प्रकार साधना करते समय साधक कामना और संकल्प के संयोग से ही किसी कर्म में जुटता है। पर सिद्धावस्था में उसकी सभी क्रियायें अपने आप कामना और संकल्प से रहित हो जाती हैं। ऐसे महात्मा का कोई कर्म शास्त्र–विरुद्ध होता ही नहीं।

यस्य सर्वे समारम्भाः कामसंकल्पवर्जिताः ।
ज्ञानाग्निदग्धकर्माणं तमाहुः पंडितं बुधाः ॥गीता 4/15

इसी समय शिष्यगण आ गए। वे शृंगेरी से आचार्य को ढूँढ़ते पहुँचे थे। उन्होंने भारती के आग्रह पर आचार्य के शृंगेरी से अदृश्य होने की कथा इस प्रकार सुनाई—''हम लोगों को पढ़ा रहे थे। पाठ चल रहा था। ग्रन्थ अपने आप बन्द हो गया। अपूर्ण वाक्य ज्यों का त्यों कंठगत रह गया। नेत्रों से अश्रुधारा फूट पड़ी। मुख की चन्द्र ज्योति पर ग्रहण–सा लग गया। उन्हें पता नहीं क्या करने जा रहे हैं। हम शिष्यगण चकित रह गये, कुछ पढ़ने का साहस किसी का भी न हुआ। पद्म पादाचार्य की अनुपस्थिति सबको खलने लगी। आचार्य जब आसन से उठकर चले गये तो सुरेश्वराचार्य ने मन का दुःख प्रकट करते हुए कहा, ''विधाता की लीला समझ में नहीं आती। आज पद्मपादाचार्य होते तो साहस करके पूज्य गुरुदेव से लीला कारण पूछ लेते। शिष्यगण पुस्तकें अपनी कुटिया में रखकर आचार्य की पर्णकुटी की ओर दौड़े। देखा, आज द्वार

बंद है। आचार्य का द्वार कभी बंद तो रहता नहीं था। यह आज अभिनव घटना घटने जा रही है। हम सब शिष्यगण मठ, आश्रम मन्दिर के सभी निवासी कुटी के चतुर्दिक खड़े हो गये। कपाट खुलने की प्रतीक्षा करने लगे, सन्ध्या बेला तक हम सब वहीं खड़े रहे। आश्रम में भोजन नहीं बना। संध्या आरती के समय आचार्य अश्वत्थ वृक्ष के नीचे बैठकर दर्शकों से मिलते और उनकी समस्याओं का समाधान करते थे पर आज वहाँ भी न मिले। रामदास ने साहस कर कपाट खोलने का प्रयास किया। हाथ लगते ही कपाट खुल गया, द्वार तो खुला पर कुटिया रिक्त। कौपीन, उत्तरीय, अन्तरीय और कमंडल का कहीं पता नहीं। सबके प्राण सूख गये। किसी की समझ में नहीं आया कि आचार्य गये तो कहाँ गये। किसी को स्वप्न में भी ध्यान नहीं आया कि आचार्य कालड़ी अपने गाँव गए। क्योंकि संन्यासी का अपने गाँव की सीमा के अन्दर प्रवेश वर्जित है। अपने घर पर माँ की अन्त्येष्टि क्रिया करने की, प्रेरणा कैसे हो सकती है? आचार्य के साथ उनका प्रिय भक्त रामदास भी विलुप्त हो गया। सुनते हैं कि वह यहाँ आ गया था। हम लोगों को तो चालुक्य राज के द्वारा सूचना मिली। भागते आ रहे हैं।'' चंचला ने पूछा, ''क्यों रामदास, तुम्हें यह कैसे आभास मिला कि आचार्य कालड़ी में माँ के पास गए होंगे?'' रामदास कुछ कहने ही जा रहा था कि कालड़ी के बूढ़े पंच आ पहुँचे। जब ग्रामीण वृद्ध जनों को यह ज्ञात हुआ कि विश्व-विश्रुत वैदिक कर्मकांडी मण्डन मिश्र की पत्नी भारती भी कालड़ी आ गई है तो उनके मन में दर्शन की लालसा उमड़ उठी। कालड़ी के पुराने पंच प्रथम बार आर्यम्बा के चितास्थल के समीप पहुँचे। उन्होंने श्रद्धापूर्वक उस स्थल को दण्डवत प्रणाम किया। वृद्ध जनों को लाठियाँ टेकते आते देख भारती उठ खड़ी हुई। उसके साथ सारा महिला समाज उठ खड़ा हुआ। शुभ्रा (जानकी) अम्मा ने वृद्ध जनों का परिचय कराया कि किसी समय ये पंचजन गाँव की सारी आर्थिक, सामाजिक, धार्मिक, पारिवारिक समस्याओं का समाधान निकाल लिया करते थे। इस ग्राम का कोई व्यक्ति उस समय सरकारी न्यायालयों में जाता ही नहीं था, क्योंकि उनके निष्पक्ष निर्णय में सबका विश्वास था।

फिर शुभ्रा जानकी अम्मा ने भारती का परिचय देते हुए कहा, ''यही भगवती भारती हैं। माहिष्मती नगरी से दौड़े-भागे गुरुकुल की सहतीर्थ्या सखियों के साथ आई हैं। स्वर्गीय आत्मा को श्रद्धांजलि देने के लिए यह नारी समाज एकत्र हुआ है।'' सबसे वृद्ध मुख्य पंच के नेत्रों से अश्रु बहने लगे। वे कम्पित स्वर में कहने लगे, ''चार वर्ष पूर्व सुना था कि आपने अट्ठारह दिन आचार्य शंकर से शास्त्रार्थ किया। और एक बार तो उन्हें पराजित कर ही दिया। इसका तो विश्वास ही नहीं हुआ कि इस भारत भूमि पर कोई शारदा सरस्वती इस युग में अवतरित हो सकती है। हम आज साक्षात् शारदा को देखकर कृतार्थ हो गए। जीवन सफल हो गया।''

दूसरे पंच बोले, ''पर देवी बहनो, यह बताइए कि गोकर्ण, तिरुवल्वम पुरम आदि तीर्थों में विशालकाय विदेशी, मादक पदार्थों के व्यापार के बहाने हमारे नवयुवकों को पथभ्रष्ट क्यों कर रहे हैं? उन्हें हमारे साधु-संन्यासियों से इतना वैर क्यों है? खुलकर मादक द्रव्यों का प्रचार क्यों करते फिर रहे हैं? फिर कहाँ का ईश्वर? धन ही परमेश्वर

है, मादक मदिरा ही देवी है। इसी नए जीवन दर्शन ने माता आर्यम्बा को आजीवन कष्ट दिया। इन नवयुवकों ने बलात्, आर्यम्बा की अचल सम्पत्ति पर अधिकार कर लिया। जब हम वृद्धों ने युवकों का विरोध किया तो वे बोले, ''राजा-महाराजाओं से इस परिवार को स्वर्ण, रजत और अमूल्य रत्न मिले हैं। हम तो उनको छीनेंगे।'' जब हम लोगों ने समझाया कि उनकी अचल सम्पत्ति तुमने हड़प ली और मृत्यु के उपरान्त उनकी चल सम्पत्ति भी गाँव को ही मिलेगी। उनके भूखण्ड से उत्पन्न फल-फूल कुछ उन्हें भी तो दो। वे मदोन्मत्त हो हम पंचों को ही मारने-धमकाने लगे। देवी भारती, आर्यम्बा के हत्यारे उनकी अकाल मृत्यु का कारण हैं, उनकी चिता के अवरोधक ये नवयुवक विदेशियों की उँगलियों पर नाच रहे हैं। आचार्य का विरोध इसलिए कर रहे हैं कि कहीं आर्यम्बा की चल सम्पत्ति मठ-मन्दिरों को न दे दें। भगवती भारती अब आप आ गई हैं। आप सर्व समर्थ हैं। किसी तरह हमारे गाँव को ही नहीं सम्पूर्ण भारत देश को विदेशियों से बचाइए। अन्यथा अब उत्तर की तरह यहाँ की भी भारतीय संस्कृति नष्ट हो जाएगी। कोई धर्म-परिवर्तन सिखाता है और कोई रोज़ा का चाँद दिखाता है। पता नहीं केरल की संस्कृति का भविष्य क्या है?''

पंच भी जानना चाहते थे कि आचार्य शंकर को माता की असाध्य रुग्णावस्था का पता कैसे मिला? रामदास हाथ जोड़कर बोला, ''मुझे शारदा देवी ने आज्ञा दी थी कि तुम रात्रि में अवश्य ही आचार्य के आस-पास लेटे हुए जागते रहना। इसलिए दिन में आचार्य अध्ययन-लेखन कार्य में लग जाते तो मैं नींद पूरी कर लेता। रात में प्राय: जागता रहता। आचार्य का नित्य नियम है एक प्रहर रात्रि जाते ही मृगचर्म पर लेट जाते और चौथे प्रहर उठकर नित्य नियम के अनुसार मंत्रोच्चार करते ध्यान मग्न हो जाते। लेटते ही वह संबुद्धि समाधि जैसी सुषुप्ति अवस्था में पहुँच जाते और ब्रह्म मुहूर्त में उठते ही उनके मुख से मंत्र जाप फूट पड़ता। पर उस दिन रात्रि बेला में कई बार 'हे अम्ब! हे अम्ब!' पुकारते रहे। मैं सोचता रहा कि अम्मा दुर्गे या भगवती या शारदा को स्मरण कर रहे होंगे। पर जब पता चला कि वे अचानक लुप्त हो गए तो मैं बिना किसी से कुछ कहे गाँव-गाँव पूछता किसी तरह दौड़ता-भागता यहाँ पहुँच गया। ईश्वर की इतनी कृपा थी कि जीवित अवस्था में माता अम्मा देवी का दर्शन कर पाया।''

ग्रामीण स्त्रियाँ रामदास की दृढ़ निष्ठा से बड़ी प्रभावित थीं। उन्हें अब धीरे-धीरे आचार्य की महिमा का आभास मिलने लगा था। भारत के कोने-कोने से आई हुईं राजकुमारियों, राजमहिषियों, समाजसेवी महिलाओं से मिलकर वे अपना भाग्य सराहने लगीं।

प्रधान कर्मकांडी की पत्नी बोली, ''अक्का, आप हमारी अतिथि हैं। हम आपकी सेवा करेंगी। पुरुष हमारी सुनते ही नहीं। केरल के तीर्थ में कई वर्षों से चोगाधारी, पाँच-पाँच-छह-छह हाथ लम्बे भैंसे जैसे मोटे, कपास जैसे गोरे युवक—घूमते-फिरते दिखाई पड़ते हैं। उनकी मदमती आँखें, लड़खड़ाते पैर, मुख से निकलने वाली दुर्गंध और उनकी अटपटी वाणी से जान पड़ता है कि वे अभारतीय हैं। सुना है कि जलयानों के द्वारा बाहरी देशों से मानिक मदिरा के कुंड के कुंड तीर्थों में पहुँचाए

जा रहे हैं ताकि संयम का पुजारी यह देश आसानी से विदेशियों का दास बनाया जा सके। हमने अपनी विदुषी बहन भारती की विद्वत्ता का यश सुन रखा है। समाज सुधार के जिस काम में लगी हैं उसमें हमारा पूरा-पूरा सहयोग रहेगा।

9

कहते-कहते उस वृद्धा की साँस फूलने लगी। वह खाँसते हुए बैठ गई। सारा समाज स्तम्भित रह गया। कुछ देर मौन के उपरान्त भारती बोली, ''हमारे पूज्य गुरुजन जिस भू-भाग में आप लोगों जैसे न्याय धर्म प्रेमी वृद्धजन, आचार्य शंकर जैसे युवा संन्यासी और शुभ्रा जानकी अम्मा जैसी धर्मपरायण महिलाएँ जीवित हैं, उसका विदेशी शक्तियाँ क्या बिगाड़ सकती हैं? दक्षिण भारत के कोने-कोने से नारी समाज माता आर्यम्बा को श्रद्धांजलि देने आया है। आपको हम विश्वास दिलाती हैं कि आपका यह वेदना भरा सन्देश हम सारे देश में घर-घर पहुँचायेंगी और देश, धर्म, समाज की रक्षा का कोई-न-कोई मार्ग निकल ही आएगा। आइए हम सब आचार्य के पास चलें।'' पंच गण बोले, ''हम आचार्य के पास क्या मुँह लेकर जाएँ। हमारे जीवित रहते नवयुवकों ने विदेशी षड्यंत्र के बल पर चिता बनाने नहीं दी। सूखी लकड़ी लाने नहीं दी, अग्नि प्रज्ज्वलित करने में बाधा डाली। पर आचार्य के मन में इन अत्याचारों का प्रभाव नहीं। इन्हें दंडित करने को कौन कहे, क्षमा के लिए राज कर्मचारियों से अनुनय-विनय किया। कोई भी महापुरुष ऐसा नहीं हो सकता। निश्चय रूप से यह अवतारी महात्मा हैं।'' भारती बोली, ''अवतारी व्यक्ति बड़े से बड़ा अपराध क्षमा कर सकते हैं। आप लोगों के साथ ही हम उनका दर्शन करने चलेंगे। विपत्ति काल में ही व्यक्ति, समाज, और देश की परीक्षा होती है। परमेश्वर कभी-कभी इसी प्रकार की विपत्तियाँ हमारे विकास के लिए भेजता रहता है।''

सारा समाज पूर्णा नदी के तट पर स्थित उस वट वृक्ष की ओर चल पड़ा, जहाँ बैठकर आचार्य ग्रन्थ रचना कर रहे थे। रास्ते में विनोदिनी भारती को सुनाते हुए चंचला से कहने लगी, ''रानी चंचला! तोटक, मोटक, हस्तमल, मस्तमल संन्यासी तो आए हैं पर क्या सुरेश्वर, भुवनेश्वर नहीं आए? दीदी का वेदान्त सुनते-सुनते मैं तो थक गई। अपने मिश्र जी महाराज मण्डन जो सुरेश्वराचार्य हो गए थे, आ जाते तो चहल-पहल रहती। वह कौन आ रहा है रानी?''

चंचला बोली, ''मुझसे क्या पूछती है, पूछ न भारती दीदी से।'' विनोदिनी बोली, ''उनसे सीधे-सीधे, पूछते संकोच लगता है। बड़दी बड़ी कठोर है। उनका हृदय पत्थर का बना है क्या? समझ नहीं आता जिसके साथ विवाह से पहले का परिचय हो उसको एकदम कोई नारी कैसे भूल जाएगी? तुम्हीं बताओ रानी!''

चंचला बोली, ''मैं क्या बताऊँ, जिससे पूछना है, उससे पूछती नहीं, मुझसे पूछती है। मैं कहाँ भूली हूँ।'' गुर्जरी बोली, ''क्या है विनोदिनी? क्या पूछ रही है?'' विनोदिनी की परिहास भरी वाणी सुनकर सबकी थकावट जैसे दूर हो गई। सर्वत्र चर्चा

होने लगी कि इस अवसर पर मिश्र पंडित जी और भारती का मिलन अवश्य होगा। देखा जाए क्या होता है ?

विनोदिनी सैन्धवी का हाथ पकड़कर एक ओर खींच ले जाती है। सैन्धवी ने पूछा, ''क्या है विनोदिनी ? तू तो विवाह मंडप की चाल चल रही है। देख न दीदी (भारती) कितना आगे चली गई!'' विनोदिनी ने मुस्कराते हुए कहा, ''जानती है सैन्धवी, वह घोड़े की तरह कूदती क्यों जा रही है ?'' सैन्धवी बोली—''आज ही क्या, नित्य-प्रति इसी प्रकार वह भागती-दौड़ती देश-समाज विशेषकर नारी वर्ग की सेवा करती रहती है !''

विनोदिनी ने उसका हाथ झकझोरते हुए कहा, ''सैन्धवी तू क्या जाने ? सिंदूर पहना नहीं; ब्याही है नहीं; विवाहिता का मर्म क्या जानेगी ?'' सैन्धवी मुस्कराते हुए बोली, ''अच्छा तू बता विवाह करके क्या पा लिया ?'' विनोदिनी ने चार उँगलियाँ दिखाते हुए कहा, ''चार-चार लाल गोद में खिलाया। चार-चार। पगली ! अब भी विवाह कर ले, नहीं तो जन्म भर पछताएगी।''

सैन्धवी डाँटते हुए बोली, ''तभी तू मरियल की तरह चल रही है। वह देख दीदी कितना आगे बढ़ गई है।'' विनोदनी मुस्कराते हुए बोली, ''तू क्या जाने वह दौड़ी-भागी क्यों जा रही है। अरे वहाँ अपने गुरु का दर्शन करने पंडित जी आए होंगे।'' सैन्धवी ने पूछा, ''कौन पंडित रे ?'' विनोदिनी बोली, ''वही पंडित समाज को मंडित करने वाले मिश्र जी अब जो सुरेश्वराचार्य हो गए हैं।''

एक दिन कालड़ी में आचार्य शंकर के तीनों पट्टशिष्य-पद्मपाद तोटक, हस्तामलक नित्य की भाँति गुरुचरणों में प्रणाम करने प्रातःकाल पहुँचे। उस दिन आचार्य ने ध्यान से पद्मपाद की ओर दृष्टि डाली तो उनकी म्लानमुखमुद्रा देखकर पूछा, ''क्यों पद्मपाद, तुम चिन्तित कैसे ? शरीर में कष्ट तो नहीं ?'' पद्मपाद अपनी मानसिक वेदना छिपा न सके। हाथ जोड़कर बोले—

''मेरे मामा ने जब से *पञ्चपादिका* की पांडुलिपि अग्नि में स्वाहा कर दी है, मेरे मन में प्रतिक्षण एक प्रकार की अशान्ति, वृश्चिक की भाँति डंक मारती रहती है। प्रयास करने पर भी उस वेदना को छिपा नहीं पाता। आपने श्रृंगेरी से प्रस्थान करने पर तीर्थाटन की जो प्रक्रिया समझाई थी उसका पालन न करने का दुष्परिणाम भोग रहा हूँ।'' इतना कहते हुए आचार्य के चरणों पर मस्तक रख दिया।

आचार्य शंकर हँस पड़े। उन्होंने बड़े प्रेम से पद्मपाद को समझाते हुए कहा, ''बस इसी साधारण समस्या के लिए इतने अधिक चिन्तित हो ! तुमने एक बार अपना ग्रन्थ सुनाया था। मुझे पूरा स्मरण है। बैठो—मैं बोलता जाता हूँ, तुम लिखते जाओ।''

शिष्यगण बैठ गए। पद्मपाद वही लिखते गए, जो आचार्य बोलते रहे। उन्हें ही क्या सभी को आश्चर्य होने लगा। पद्मपाद को भी स्मरण हो आया कि यही सब तो मैंने लिखा था।

इस प्रकार पूरा ग्रन्थ आचार्य ने तद्वत् रूप में लिखा दिया। इससे पूर्व आचार्य ने महाराज राजशेखर के तीनों विनष्ट नाटकों को इसी प्रकार बोलकर लिखा दिया था। जब शिष्यों ने इस चमत्कार का रहस्य पूछा तो आचार्य हँसते हुए समझाने लगे—

''ध्यान की एकाग्रता में अपरिमित शक्ति निहित है। तुम लोग जानते हो—'योगश्चित्तवृत्ति निरोध:'। जब सांसारिक विषयों से सर्वथा ऊपर उठकर चित्त अनासक्त भाव से सर्वव्यापक अन्तर्यामी पर पूर्णतया टिक जाता है तब उसमें 'योग: कर्मसुकौशलम्' की शक्ति अनायास आने लगती है। इसी अलौकिक शक्ति के बल पर वह अग्नि, जल, वायु आदि पंचतत्त्वों पर नियंत्रण करने का अधिकारी बनता है।''

एक शिष्य पूछ बैठा, ''पूज्य गुरुदेव, आपने कमंडल में उमड़ते नर्मदा प्रवाह को किस प्रकार भर लिया था? बुद्धिवादी इस पर कैसे विश्वास करेगा?''

आचार्य बड़ी देर तक हँसते रहे। सामान्यतया उनके होंठों पर मृदु स्मित रेखा ही खिंचकर मधुर हास्य दिखा जाती। आज बुद्धिवादियों के विश्वास-प्रश्न पर कुछ देर हँसते ही रहे। फिर बोले—

''शास्त्र सम्मत जो वाणी बुद्धिगम्य न बन पा रही हो, उस पर अंधविश्वास का प्रयास मत करो। अन्यथा तत्कालीन समाज को पतनोन्मुख ही बनाओगे। अत: किसी समाज को बलात् विश्वास के लिए बाध्य करने वाला—शासक हो या संन्यासी, पंडित हो या पुरोहित-समाज, धर्म और देश के साथ द्रोह करता है। देशद्रोह या समाजद्रोह सबसे बड़ा अपराध है—शास्त्र विरोधी से भी बढ़कर वह दोषी और अपराधी है।''

दूसरा शिष्य बोल उठा, ''भगवान् कृष्ण कहते हैं, जो पुरुष शास्त्र विधि को त्यागकर मनमाना आचरण करता है वह न सिद्धि को प्राप्त होता है, न परमगति को और न सुख को ही। इसकी संगत कैसे बैठेगी, गुरुदेव?'' आचार्य बोले, ''आज का बुद्धिवादी यह तो मानता है कि बौद्धिक शक्ति सदा विकासोन्मुखी है। आज जो बुद्धिगम्य नहीं, वह कल भी असम्भव ही रहेगा, ऐसा तो कोई बुद्धिवादी कहना नहीं चाहता।'' शिष्य बोल उठा, ''ऐसा कहने वाले को बुद्धिवादी माना ही कैसे जाएगा?'' आचार्य बोले, ''भगवान् कहते हैं। मैं ही मन में, बुद्धि में, स्मृति में धृति में, जल-अग्नि में अर्थात् सर्वत्र विद्यमान हूँ। जब बुद्धि में भगवान का निवास है, भगवान अनन्त शक्ति वाला है तो बौद्धिक शक्ति का भी कहीं अन्त नहीं। पर जिस प्रकार विराट विश्व अपरिमेय है, सत्य अनन्त है, आनन्द असीम है, सर्वव्यापक ब्रह्म परिधि रहित है उसी प्रकार बौद्धिक शक्ति भी अपरिमित है। इसकी सीमा कौन जानता है? इसीलिए शास्त्र कहता है—पुरुष के लिए कोई भी कार्य असम्भव नहीं।''

य : शास्त्रविधिमुत्सृज्य वर्तते कामकारत:।

न सा सिद्धिमवाप्वाति न सुखं न परां गतिम्॥ गीता 23 प्राणाश्च मे ध्यानाश्च मे चितञ्च मे अधीतञ्य मे मनश्च मे ओजश्च मे आयुश्च मे आधिपत्यञ्च मे महिमाच मे धृत्तिश्च मे श्रद्धाश्च मे दीर्घायुश्च मे।

पंचम् उल्लास

कालड़ी में प्राय: सभी प्रमुख राजा-महाराजा अथवा उनके प्रतिनिधि, विभिन्न मतावलम्बी माता आर्यम्बा की मृत्यु का समाचार पाकर एकत्र हो गए थे। कर्नाट उज्जैनी के महाराज सुधन्वा तो आचार्य के शिष्य बन गए थे। केरल महाराज राजशेखर आचार्य शंकर के श्रद्धालु भक्त बन चुके थे। भारती के साथ केरल से कश्मीर तक की प्रमुख समाज सेविकाएँ पहुँच चुकी थीं। सबकी इच्छा समझकर आचार्य ने सम्पूर्ण भारत-भ्रमण का विचार किया। यात्रीदल शोभा यात्रा के लिए उत्कंठित था। आचार्य अपने शिष्यों सहित दण्ड-कमण्डल लेकर आगे-आगे चल रहे थे। उनका अनुसरण करते हुए मानो सम्पूर्ण देश का प्रतिनिधिमंडल एकता की ध्वजा और भारत की विजयपताका फहराता चला जा रहा था। यात्रियों के मन में भगवान् के प्रति पूरी आस्था, आचार्य के प्रति निष्ठा थी जो दृढ़ से दृढ़त्तर होती जा रही थी। शंख, डमरू, मुरज, तूर्य, दुन्दुभि:, मुरली आदि मागलिक वाद्यध्वनि से मार्ग का वातावरण पवित्र और उत्साहमय था जो जिजीविषा और विजिगीषा की भावना उद्दीप्त करता जा रहा था। वेदपाठी शिष्यगण सस्वर वेदपाठ करते, स्तोत्र गाते, आनन्द विभोर होते चले जा रहे थे। रह-रहकर ओंकार की ध्वनि गूँज उठती थी। मार्ग-स्थित ग्रामों से ग्रामिकों की अध्यक्षता में ग्राम-निवासी नर-नारियों का दल-का-दल श्रद्धाभाव की वर्षा करता हुआ रामकृष्ण की यश-गाथा के साथ आचार्य का गुणगान करता जा रहा था। आचार्य जिस गाँव में पहुँच जाते वहाँ की जनता देवता के समान उनकी आरती उतारती, पूजा करती; उनका चरण रज मस्तक पर धारण करने की होड़ लग जाती।

एक दिन विचित्र घटना घटी। आचार्य कुछ दिनों की यात्रा के उपरान्त शैव तीर्थ मध्यार्जुन पहुँच गए। देव दर्शन, अर्चन-पूजन विधिवत् सम्पन्न हुआ। नित्य नियमानुसार आचार्य पूजन के उपरान्त शास्त्र की व्याख्या समझाते हुए बोले, ''वेद के तीन महावाक्य 'अहं ब्रह्मस्मि, तत्त्वमसि, सर्वं खल्विदं ब्रह्म' इस देश की सबसे बड़ी सम्पत्ति है। अद्वैतवाद मानव भाव के लिए कल्याणकारी है।'' आचार्य ने विस्तार से इसका रहस्य समझाया।

मन्दिर प्रांगण दर्शनथियों से पूर्णतया परिपूर्ण था। मध्यार्जुन मन्दिर विद्वान कर्मकाण्डियों और विभिन्न देव पूजकों का मुख्य स्थल था। आचार्य की अद्वैतपरक वेद व्याख्या से पंडितों में एक प्रकार की खलबली मच गई। उपस्थित जनमंडली निस्स्तब्ध बैठी भगवान् की वाणी सुन रही थी और उनका मुखमंडल निहारते हुए धन्य

हो रही थी। आचार्य तत्त्व मुद्रा (अंगुष्ठ और तर्जनी का अग्रभाग जुड़ा हुआ) के साथ इसकी व्याख्या कर रहे थे। इसी समय निस्स्तब्धता को चीरती हुई कर्कश वाणी 'हम नहीं मानते' सुनाई पड़ी। उसका विरोध करते हुए दूसरा पंडित-समाज चिल्ला उठा, ''महाराज आप योगेश्वर हैं। आपकी शास्त्र-व्याख्या अमृततुल्य सुख दे रही है। युक्ति और प्रमाण पर आधृत वेद व्याख्या अद्वैत मत को सर्वश्रेष्ठ सिद्ध कर रही है। हमारे मध्यार्जुन शिव जाग्रत देव स्वरूप हैं। यदि उनकी स्वीकृति सुनाई पड़ जाय तो हम सब अद्वैत मत ग्रहण करने को प्रस्तुत हैं। हमें दृढ़ विश्वास हो जाएगा कि अद्वैत मत श्रेष्ठ और शाश्वत सत्य है।''

जनता ने करतल ध्वनि से इस प्रस्ताव का समर्थन किया। आचार्य अर्द्धनिमीलित नेत्र हो ध्यानमग्न बैठे रहे। उनका मुखमंडल प्रतिक्षण उत्तरोत्तर तेजस्वी होता जा रहा था। सम्पूर्ण श्रोता-समाज टकटकी लगाए आचार्य की मुखमुद्रा निहार रहा था। थोड़ी देर में ध्यान व्युत्थित हुए। आसन से उठकर मूर्ति के सन्मुख दण्डवत् प्रणाम करते हुए प्रार्थना करने लगे—

''हे भगवान्, सर्वेश्वर मध्यार्जुनेश, सभी वेद, उपनिषद् आपकी ही महिमा गाते रहते हैं। वेद एकमत होकर अद्वैत सिद्धान्त को शाश्वत सत्य मानता है। यदि आप कृपा कर स्वयं अपनी वाणी से कह दें तो सबकी जिज्ञासा स्वत: शान्त हो जाए और हृदय का संताप मिट जाए।''

आचार्य की प्रार्थना में अलौकिक शक्ति थी। उनकी सस्वर वाणी मंडप में गुँजरित हो उठी। ऐसा प्रतीत हुआ मानो उनके मधुर गायन पर प्रसन्न होकर भगवान् मध्यार्जुन शिव स्वयं बोल उठे—

''अद्वैत सत्य है, अद्वैत सत्य है।''

मन्दिर के गर्भगृह में ऐसा दिव्य प्रकाश चमक उठा, मानो विद्युत देवता स्वयं प्रकाश पुँज के साथ भगवान् शंकर और आचार्य शंकर का दर्शन करने, आरती उतारने आ गए हों। ऐसी देववाणी गूँज उठी जिसने सबके हृदय के संशय को दुन्दुभि बजाते हुए दूर कर दिया हो। आचार्य की अलौकिक शक्ति और उन पर देव-देवेश शंकर की अद्भुत कृपा देखकर सारा समाज निस्स्तब्ध, अवाक् और पुलकित हो उठा। कर्मकांडी, सांख्यवादी, अर्हत उपासक, बौद्ध, शाक्त सभी एकमत हो आचार्य के अनुयायी बन गये और उनके साथ रामेश्वर की ओर तीर्थयात्रा पर चल पड़े। मार्ग में तुला भवानी तीर्थ मिला। यहाँ के सरस्वती और महालक्ष्मी के उपासकों को सत्य धर्म का मर्म समझाया गया।

इस देश में भवानी की पूजा की अनेक पद्धतियाँ उस समय प्रचलित थीं। तुला भवानी में वामाचारियों का सुदृढ़ केन्द्र स्थापित हो चुका था। उनके विविध पन्थ मान्य बन रहे थे। उन पंथों में पशाचारी, कौलाचारी, वीराचारी पंथी अपने-अपने मत का घूम-घूम कर प्रचार कर रहे थे; पर सबसे अधिक प्रसिद्ध शाक्त वामाचारी माने जा रहे

थे। सामान्य मानव का यह सहज स्वभाव होता है कि वह भोगपरक जीवन व्यतीत करना सरल, सुगम और सुखकर मान तुरन्त ग्रहण करता है। उसे जीवनस्तर उच्च उठाने की उतनी लालसा नहीं होती जितनी सुगम साधनों से अपनी भोग प्रवृत्ति को सन्तुष्ट करने की रहती है।

जब किसी पंथ का प्रवर्त्तक भोगवादी आचार-विचारों द्वारा परलोक की भी सिद्धि प्राप्त कराने का बीड़ा उठाता है तो कुछ दिनों तक उसके अनुयायियों की संख्या बरसाती मेंढकों के समान स्थान-स्थान पर कोलाहल मचाने लगती है। तुला भवानी जनपद की यही स्थिति बन रही थी। धर्माचरण के नाम पर पंचमकारों—मद्य, मांस, मैथुन, माया, मुद्रा—का, स्थान-स्थान की जनता सेवन करने लगी थी। इस आसुरी प्रवृत्ति के प्रोत्साहन से समाज का जीवन कलुषित होता जा रहा था। धर्मानुष्ठान की ओट में अनाचार, व्यभिचार, भ्रष्टाचार पल्लवित हो रहा था और सदाचार उसी प्रकार मरता मिटता जा रहा था जिस प्रकार किसी खेत में कुश-कंकट, झाड़-झंखाड़, आक-धतूरा के प्राधान्य से पौष्टिक अन्न बीज का कोमल पौधा स्वतः विलीन होने लगता है।

आचार्य से स्थानीय वैदिक उपासकों ने प्रार्थना की कि ''महाराज कुछ दिन यहीं निवास कीजिए। किसी प्रकार असुरों की भ्रष्टाचारमयी पंचमकार साधना का संस्कार कीजिए। आप ही इन मिथ्याचारियों का संस्कार करने में समर्थ हैं।'' जनता ने भी आचार्य के सामने आकर समाज में व्याप्त भ्रष्टाचार को मिटाने का आग्रह किया। अतः वहाँ कुछ दिन निवास करना ही आचार्य को उचित जान पड़ा। आचार्य नित्य वैदिक रीति से देवी की पूजा-अर्चना करने के उपरान्त धर्म का रहस्य समझाते। कपटी-पाखण्डी वामाचारियों का दल अपना व्यवसाय बन्द होता देख एक दिन आचार्य से शास्त्रार्थ करने को एकत्र हो गया। उग्र स्वभाव वालों ने आचार्य को अपशब्द कहना प्रारम्भ किया। यहाँ तक कि उन्हें ही धूर्त, कपटी, मूर्ख, अज्ञानी आदि विशेषणों से संबोधित करने लगे और वामाचार पंथ की प्रशंसा और अद्वैत मत का घोर खंडन करते हुए आचार्य की हत्या करने के लिए कटिबद्ध हो गए।

आचार्य ने बड़े धैर्य से उनके तर्कों का उत्तर देना प्रारम्भ किया और 'इन्द्रो मायाभिः पुरुरूप ईयते' अर्थात् इन्द्र परमेश्वर हैं, वही माया के द्वारा नाना रूप धारण कर लेते हैं। हम लोग जिस शक्ति की उपासना करते हैं वह भी उसी परमेश्वर का माया निर्मित रूप है। वही ईश्वर सबकी आत्मा में विद्यमान है अतः प्रकृति से भी परे माया से अतीत जो चिदात्मा परमेश्वर है उसको भूलकर किसी रूप की उपासना करना कहाँ तक उचित है? वही परमात्मा अतीत और अनागत का स्वामी है। 'ईशानी भूतभव्यस्य' अतः उस परमेश्वर सर्वान्तर्यामी परब्रह्म की आराधना के बिना जीव का कल्याण नहीं हो सकता। शास्त्र, निषिद्ध वस्तु भक्षण और मद्यपान आदि पंचमकारों के सेवन को धर्म विरुद्ध मानता है। आचारहीन की रक्षा वेद भी नहीं कर सकता।''

आचार्य की सरगर्भित वाणी सुनकर प्रायः सभी शाक्त वामाचारी इतने प्रभावित हुए कि उन्होंने अपने पापों का प्रायश्चित् करना प्रारम्भ किया और आश्रमोचित

धर्मानुष्ठान का अनुसरण करने लगे। इस प्रकार यह जनपद वामाचारियों के भ्रष्टाचार से सुरक्षित बच गया। तुला भवानी से चलकर आचार्य शिष्यों सहित रामेश्वरम् पहुँचे। इसी स्थान पर भगवान् राम ने रामेश्वर मूर्ति स्थापित की थी और शंकर भगवान् ने इसी स्थान पर रामेश्वर शिव का पूजन किया था। आचार्य शंकर ने मन्दिरों में विधिवत् पूजा की और पंच देवता की उपासना पद्धति समझाई। इसी प्रकार पंच महायज्ञ के अनुष्ठान का महत्त्व समझाया। रामेश्वरम् में लगभग तीन मास रहकर दूर-दूर से आए हुए यात्रियों को विशेषकर शैवमतावलम्बी विद्वानों को अद्वैत मत का रहस्य समझाया।

रामेश्वरम् से चलकर आचार्य रामनाथपुरम् पहुँचे। यह तीर्थस्थल वैष्णव सम्प्रदाय का मुख्य केन्द्र था। इसी सम्प्रदाय के वैष्णव वहाँ विद्यमान थे। उन्होंने आपस में परामर्श कर आचार्य से शास्त्रार्थ करने का निश्चय किया। वैष्णवों के प्रतिनिधि नेता आचार्य के समीप बैठकर शास्त्रार्थ के लिए ललकारते हुए बोले, ''मैं वैष्णव हूँ, वैष्णवों का प्रतिनिधि होकर आपसे शास्त्रार्थ करने आया हूँ। मैंने विष्णु के शंख, चक्र आदि चिह्नों को अपने शरीर पर धारण कर रखा है। मैं निश्चित ही स्वर्ग जाऊँगा। आप भी इन चिह्नों को धारण कीजिए।''

इसी समय पद्मपाद के मातुल भी आचार्य शंकर और उनके शिष्यों का आगमन सुनकर पहुँच गए। मातुल प्रसिद्ध वैष्णव थे। उन्होंने पंडितों को शान्त कराया।

2

आचार्य शंकर के रामेश्वरम् निवास का समाचार सम्पूर्ण द्रविड़ प्रदेश में फैल चुका था। पद्मपाद के मामा की आराधना मानो भगवती ने सुन ली थी। मामा का सगोत्री लक्ष्मण नामक एक अनपढ़ ब्राह्मण गाँव में कुलक्षण नाम से प्रसिद्ध था। यह ग्रामीण प्रथा है कि वहाँ किसी का भी सम्बन्धी हो, उससे प्रत्येक व्यक्ति समान सम्बन्ध मानता है। अतः पद्मपाद के मामा की तरह सभी लोग उन्हें अपना भानजा समझते, और वे उन्हें अपना मामा मानते। इसी कारण पद्मपाद लक्ष्मण को मातुल ही कहकर पुकारते। *पद्मपाद पंचपदिका विजयडिंडिम* भाष्य टीका को अपने सगे मामा के आग्रह पर उन्हीं के पास छोड़कर रामेश्वरम् की यात्रा पर चले गए थे। उसे लक्ष्मण ने धन के लोभ से दो और व्यक्तियों के साथ मिलकर जला दिया था। और गाँव में बड़ी युक्ति से यह घोषित करा दिया था कि पद्मपाद के मामा ने ईर्ष्यावश अपने भानजे का धार्मिक ग्रन्थ जला दिया। उसका तथा दो अन्य साथियों का शरीर फोड़ों से फूट रहा था। अन्याय-अर्जित धन दोष और मामा की आराधना से तीनों की बुद्धि भ्रष्ट हो गई थी। वे निरंतर मद्यपान, मांसाहार, वेश्या गमन में निर्लिप्त रहते। एक निर्धन आस्तिक पुरोहित परिवार का ग्रामीण ब्राह्मण इस असह्य वेदना से जब अत्यन्त पीड़ित हो उठा तो प्रायश्चित करने के अतिरिक्त उसे अन्य कोई मार्ग नहीं सूझा।

इसी मध्य सिंहल-स्थित अरबी गुप्तचर केन्द्र से भेजे हुए, रामेश्वरम् में उत्पात मचाने वाले, कई व्यक्ति बन्दी बना लिए गए थे। पद्मपादाचार्य के ग्रन्थ के साथ श्रुति-

स्मृतियों के भस्मसात् होने से चालुक्य-राज के अधिकारी बड़े चिन्तित थे। उन्हें त्रेतायुगीन रावण के उत्पात याद आ गए। वह इस रहस्य की खोज में थे कि पुस्तकागार जलाने वाला कौन राक्षस हमारे राज्य में आ गया? इधर धार्मिक ग्रामिक भी महिला गुप्तचरों के द्वारा इस रहस्य के उद्घाटन में जुट गया था। एक दिन अचानक रहस्योद्घाटन हो गया। ग्राम के एक उत्सव में किसी निर्धन घर की महिलाएँ स्वर्णाभूषणों से सजकर आईं। स्त्रियों ने प्रथम बार उन्हें इस प्रकार शृंगार करते पाया तो सन्देह होना स्वाभाविक था। तब तक धीरे-धीरे तीनों श्रुति-दाहकों के व्रण फूटने लगे थे। शरीर से दुर्गन्ध आने लगी थी। अब रहस्य खुलने का समय आ गया। ग्रामिक की सहायता से चालुक्य महाराज ने उन दोनों को बन्दी बना लिया। अब तो पद्मपाद के मामा की प्रसन्नता का ठिकाना न रहा। वह सपरिवार आचार्य के दर्शन करने रामनाथपुरम पहुँचे। आचार्य कुछ काल तक रामेश्वरम् में निवास कर उत्तर भारत जा रहे थे। मामा ने आचार्य और उनके शिष्यों को दण्डवत् प्रणाम करते हुए अपना और परिवार का परिचय दिया। तब तक रक्षक दल (पुलिस कर्मचारी) तीनों श्रुति-दाहकों को बन्दी बना कर ले आए। महाराज के प्रतिनिधि भी वहाँ पर आ गए थे। श्रुति-दाहकों को मृत्युदण्ड, सुना दिया गया था। मृत्यु से पूर्व वे तीनों पद्मपाद से क्षमा माँगने आए थे।

पद्मपाद और अन्य शिष्यों को जब वास्तविक रहस्य ज्ञात हो गया तो वे स्तम्भित रह गए। सबके मन में यही चिन्ता बैठ गई थी कि अपना निजी पंडित कर्मकाण्डी मामा यदि भानजे का ग्रन्थ जला सकता है, उसे ईर्ष्यावश विषमय अन्न खिला सकता है तो देश-जाति-धर्म की रक्षा कैसे होगी? जब षड्यंत्रकारियों ने क्षमा माँगते हुए सारी घटना सुनाई तो पद्मपाद को मामा के प्रति अपने मन में छिपे दुर्भावों पर बड़ा खेद होने लगा। वह अपने ग्रन्थ विनाश का संवाद पाकर गाँव के बाहर से ही मामा पर रुष्ट हो चले गए थे। मामा के मन में इसका बड़ा ही खेद था। वह पद्मपाद के मन का संशय मिटाने को आतुर थे। वह पद्मपादाचार्य से इस कारण क्षमा याचना करने आए थे। उन्हें सदा यह चिन्ता अग्नि की तरह जलाया करती थी कि पद्मपाद ने मेरे आग्रह पर अपना जो ग्रन्थ यहीं छोड़ दिया था, मैं उनकी उस थाती को लौटा नहीं पाया। इस कारण उनके मन में आशंका और पीड़ा का होना स्वाभाविक था।

विचित्र स्थिति उत्पन्न हुई। दोनों व्यक्ति मामा और भानजे इस घटना से दुःखी थे और दोनों एक-दूसरे से क्षमा याचना कर रहे थे। अब वास्तविक स्थिति मालूम होने पर दोनों का मन हल्का हो रहा था।

तीनों दंडित व्यक्तियों-लक्ष्मण, श्री नारायण, परम काला नल (विदेशी गुप्तचर) को मृत्युदण्ड मिल चुका था। तीनों आचार्य का अन्तिम दर्शन करके अपराधों की क्षमा माँग रहे थे। आचार्य का करुणामय हृदय इन तीनों के दैन्य से द्रवित हो गया। उन्होंने कर्नाटक महाराज कर्क के राज प्रतिनिधि नन्द वर्मन के अतिरिक्त सबको विदा किया और समझाते हुए बोले, ''राजकार्य में हस्तक्षेप करना संन्यासी के लिए अनुचित है पर मुझे ऐसा आभास मिल रहा है कि इन तीनों अपराधियों ने अज्ञानवश ऐसा जघन्य कार्य किया। यदि इन्हें इनकी भूलें समझा दी जाएँ तो ये तीनों सतपथ पर चलकर सद्धर्म

पालन में संलग्न हो सकते हैं। अतः यदि आप अनुचित न समझें तो इन्हें मृत्युदण्ड से मुक्त कर दीजिए और देखते रहिए कि इनके जीवन की गतिविधि क्या और कैसे रहती है।''

राष्ट्रकूट राजा कर्क के राज प्रतिनिधि ने दण्डवत् प्रणाम करते हुए कहा, ''आचार्य, राजधर्म की व्याख्या करते हुए मनु महाराज कहते हैं कि ''गुरु बाल-वृद्ध-ब्राह्मण यहाँ तक कि वेद ज्ञाता पंडित भी यदि अत्याचारी हो गया है तो उसका वध करना ही धर्म है।* क्षमा उसके लिए अधर्म बन जाती है क्योंकि वह समाज में न जाने कितनी हत्याएँ गुप्त रीति से करता ही जाएगा। भगवान् कृष्ण ने अर्जुन को यही समझाया कि इन आततायियों का वध ही धर्म है। युद्ध-पलायन अधर्म।''

आचार्य शंकर हँसते हुए बोले, ''राजन्, कृष्ण बार-बार यही समझाते रहे-राग, द्वेष, घृणा, बैर को त्याग कर्त्तव्य बुद्धि से आततायी का वध धर्म है किन्तु जब तक सत्कर्मों द्वारा मन निर्मल नहीं हो जाता बुद्धि अनासक्त नहीं बनती, मन में घृणा, द्वेष है तब तक अहिंसा कर्म भी हिंसा ही है। ज्यों ही मन शुद्ध होता है और विवेक बुद्धि निस्संग हो जाती है तो कर्त्तव्य कर्म की ओर मानव स्वयं प्रेरित होने लगता है। हिंसा भी अहिंसा में परिणत हो जाती है। भगवान् समझाते हैं—'यस्य नाहंकृतो भावो बुद्धिर्यस्य न लिप्यते। हत्वापि स इमांल्लोकान्न हन्ति ननिबध्यते।' यदि आपके मन में अरबी भाइयों के प्रति द्वेष और घृणा का भाव भरा है तो वही विद्वेष भाव पाल, राष्ट्रकूट, चालुक्य, प्रतिहारों में परस्पर युद्ध कराएगा जिससे देश निरंतर दुर्बल होता जाएगा। जब ज्ञानी की आत्मशासन शक्ति और शासन की संगठित अनुशासन शक्ति मिल जाती है, राष्ट्रोन्नति के साथ जन-जन का कल्याण हो जाता है। यदि राज्य अनुशासित है तो ये तीनों व्यक्ति आपके राज्य को विदेशी षड्यंत्रों से बचाने में सहायक भी हो सकते हैं।''

भगवान् की कृपा से आचार्य की वाणी सत्य निकली। जब उन्हें मृत्युदण्ड से मुक्ति पाने का सन्देश मिला तो वे आचार्य के चरणों पर लेट-लेट कर रोने लगे और उनका शिष्य बनने को आतुर हो उठे। आचार्य ने उनकी प्रार्थना स्वीकार कर ली।

'परम कालानल' अरबी साम्राज्य का गुप्तचर था। उसके आग्रह पर सिंहल के अरबी गुप्तचर विभाग ने शहंशाह अरब को आचार्य शंकर का महत्त्व समझाया। परिणामस्वरूप दक्षिण भारत से अरबी गुप्तचर हटा लिए गए।

अरबी शहंशाह और इमाम दमिश्क को जब आचार्य शंकर की आत्मिक शक्ति के साथ देश की जनशक्ति का वास्तविक रहस्य ज्ञात हुआ तो दोनों ने एकमत होकर अपने-अपने प्रतिनिधि भारत से सन्धि के लिए भेजे। वे प्रतिनिधि चलते-चलते ईरान पार कर गान्धार देश के समीप पहुँचने लगे। इधर आचार्य भी रामेश्वर से उत्तर की ओर चल पड़े। आचार्य की यह भविष्यवाणी सत्य प्रतीत होने लगी कि कहीं की विदेश

---

*गुरु वा बाल वृद्धौ वा ब्राह्मणं वा बहुश्रुतम्।
आततायिनः मायान्तं हत्यादेवाविचारयन।
न आततायिनंबधे दोषो भवति कश्चन॥ मनु.

नीति तभी सफल होती है जब उसकी आन्तरिक चारित्रिक शक्ति और उसका सैन्य बल दृढ़ होता है।—तीनों गुप्तचरों की सहायता से भीतरी और विदेशी आततायियों का भेद खुलने लगा। (इसका सुपरिणाम आगामी पृष्ठों में दिया जा रहा है।)

वैष्णवों ने अब पुनः शास्त्रार्थ प्रारंभ किया, एक वैष्णव बोला, "मैं ब्रह्म हूँ, कहना दुःख का कारण है। आप वैष्णव हो जाएँ आचार्य ने वैष्णवों को समझाते हुए वेद का रहस्य बताया। उन्होंने समझाया, "भगवान् की पूजा उपासना वेद विहित विधान है क्योंकि इस कठोर तप के द्वारा मन की शुद्धि होने से पाप और कालुष्य अपने आप नष्ट होने लगते हैं। मन शुद्ध होने पर वेद का रहस्य समझ में आने लगता है और साधक क्रमशः यह अनुभव करने लगता है कि मनुष्य अहं ब्रह्मास्मि का निरन्तर चिन्तन करने से द्वैत बुद्धि, भेद ज्ञान को नष्ट कर सकता है।"

आचार्य श्री रंगम से शिष्यों के साथ चल पड़े और सुब्रह्मण्य देश के तीर्थ स्थानों का दर्शन करके कांचीपुरम पहुँचे। सुब्रह्मण्य देश में अनेक धर्म-पिपासु विभिन्न देवताओं के उपासक, तीर्थों में भ्रमण करते हुए पहुँच चुके थे। उनमें कार्तिकेय उपासक, सूर्योपासक, महागणपति भक्त, हरिद्रागणपति भक्त, उच्छिष्ट गणपति भक्त, हिरण्यगर्भोपासक प्रमुख थे। सभी अपने-अपने इष्ट देवता को अन्य देवताओं से सर्वश्रेष्ठ समझकर आपस में वैमनस्य रखते थे।

आचार्य ने सबको समझाते हुए पंचदेवोपासना का रहस्य इस प्रकार बताया, "प्रत्येक मनुष्य की रुचि पृथक्-पृथक् होती है। मनुष्य की रुचि, जीवात्मा के पूर्वजन्मों के संस्कार, माता-पिता की अभिरुचि, पारिवारिक संस्कार और कुल देवता के इष्ट पूजन, समाज की मूलबद्ध धारणा के मिश्रण से निर्मित होती रहती है। इस कारण एक ही परिवार, एक ही माता-पिता से उत्पन्न सन्तान की रुचि में अन्तर पाया जाता है। यही कारण है कि साधक वर्ग में एक ही देवता को अपनी रुचि के अनुसार सर्वश्रेष्ठ मान लिया जाता है। वेद बार-बार यही उद्घोष करता है—एको देवः सर्वभूतेषु गूढ़ः।"

आज यह आवश्यक बनता जा रहा है कि भारतीय और विदेशी विभिन्न धर्मों को एक ही अद्वैत सिद्धान्त में कैसे निरूपित किया जाए?

3

पद्मपाद के मातुल को सान्त्वना, तीनों श्रुति-दाहकों को मृत्युदण्ड से मुक्ति, चालुक्य राष्ट्रकूट राज प्रतिनिधियों एवं शासकों को धैर्य, जनता को आशीर्वाद प्रदान कर जब आचार्य सहस्र-सहस्र जन समुदाय के साथ चले तो अरब के गुप्तचर अधिकारी विस्मित रह गए। घूमने वाले गुप्तचर दक्षिण भारत में अपने मुख्य अधिकारी जिन्हें भारत में महामात्रापसर्प (खुफिया सरगना) ने यह महसूस कर लिया कि अब यह मुल्क जाग गया है। और मुल्कों की तरह इसे आसानी से नहीं जीता जा सकता। इसलिए उसने भारत का खुफिया विभाग—जिसमें भारतीय गृहस्थ, साधु, व्यापारी, फ़कीर, कलन्दर, भी शामिल थे और जिनको अरब से मदिरा, सोना, जवाहरात, औरतें

मिला करती थीं कुछ काल के लिए बन्द कर दिया गया अब वह अपने अरबी भाइयों के साथ बसरा बगदाद चला गया।

शंकराचार्य की करुणा ने क्रूरता को वशीभूत कर लिया। उनकी जन शक्ति और आत्मिक बल ने वह चमत्कार दिखाया जो सिन्धु और मद्र देश की सैन्य शक्ति भी नहीं कर पाई थी।

भारत और सिंहल के अरबी राज्याधिकारी जब बसरा पहुँचे, इसका समाचार शहंशाह को मिला तो उन्होंने उन्हें अपने दरबार में बुलाया। उनका आदर-सत्कार किया। बड़े प्रेम और मुहब्बत के साथ शंकराचार्य की कहानियाँ सुनीं। बादशाह बड़ा समझदार और नेक इन्सान था। सारी बातें सुनकर वह बोला, "मुझे ऐसा अहसास हो रहा है कि कोई फ़रिश्ता आसमान से हिन्दुस्तान उत्तर आया है। एक फ़कीर को इतनी बड़ी ताकत, अल्लाह के फ़ज़ल से ही मिल सकती है। जिसके हाथ में एक छुरा भी न हो, वह हथियारबन्द हत्यारों से बेखौफ़ जंगल-जंगल इबादत में फिर रहा हो, उसकी रुहानी ताकत का क्या ठिकाना? अब हिन्दुस्तान पर खर्च करना फ़जूल है। हमें अपनी सारी ताकत पश्चिम की ओर लगानी चाहिए नहीं तो ईसाई हमें स्पेन, फ्रांस, यूनान वगैरह से निकाल फेंकेंगे।"

आचार्य मधुरा के मीनाक्षी मन्दिर में पहुँचे। इस स्थान को दक्षिण की मथुरा कहते हैं। मीनाक्षी का मन्दिर विस्तृत भू-भाग पर निर्मित है जिसमें सत्ताइस गोपुरम विद्यमान हैं। सबसे ऊँचा गोपुरम 11 मंज़िल ऊँचा है। गोपुरम में से प्रवेश करने पर नगार मंडप, अष्ट शक्ति (अष्ट लक्ष्मी) मंडप, मीनाक्षी मंडप पुरुष मृग मंडप मिलता है। पुरुष मृग मंडप की मूर्ति का आधा भाग पुरुष और आधा मृग है। इसी मंडप के सम्मुख मीनाक्षी देवी का मन्दिर द्वार पड़ता है। जिसके दक्षिण ओर सुब्रह्मण्य मन्दिर है जिसमें स्वामी कार्तिक और उनकी पत्नियों की मूर्ति है। मीनाक्षी मन्दिर का दर्शन कर आचार्य सुन्दरेश्वर मन्दिर की ओर गए। मन्दिर के बाहर वीरभद्र एवं अघोर भद्र की विशाल उग्र मूर्तियाँ हैं। समीप ही मीनाक्षी कल्याण मंडप है जिसमें मीनाक्षी सुरेश्वर विवाह सम्पन्न हुआ था जहाँ अल्प व्यय में अनेक वर-वधुओं का विवाह संस्कार सम्पन्न होता है। आचार्य ने पांड्य नरेश राजा मलयध्वज और उसकी पत्नी कांचन माला की तपस्या और आराधना की कहानी सुनाई, उन्होंने राजा मलयध्वज की कथा सुनाते हुए कहा कि राजा अपनी रानी कांचन माला के साथ संतान के लिए तपस्या करने लगा। भगवान की कृपा से उनकी एक कन्या हुई। उस कन्या के सुन्दर नेत्र देख उसका नाम मीनाक्षी रखा गया। राजा के कैलाशवासी हो जाने पर रानी कांचन माला ने राज्यभार सँभाला। मीनाक्षी भगवान् सुन्दरेश्वर की नित्य पूजा किया करती थी, एक दिन उसे स्वप्न में भगवान सुन्दरेश्वर ने आदेश दिया कि तुम अपना जीवन देश कल्याण में लगा सकती हो। यदि वैवाहिक बन्धन में बँध गई तो समाज सेवा का तुम्हारा संकल्प अधूरा रह जाएगा। अतः तुम राजा की भाँति भगवान् को ही अपना पति मान लो और जगत् कल्याण में जुट जाओ। मीनाक्षी की इच्छानुसार रानी कांचन माला ने बेटी का विवाह भगवान् शिव के साथ कर दिया।

आचार्य शंकर के आगमन का समाचार पाकर कांचीपुरम के राजा नन्दी वर्मन उनका स्वागत करने पहुँचे। नगर प्रवेश के पूर्व स्थानीय विद्वानों, साधु-महात्माओं, शिल्पी-व्यापारियों, कृषक श्रमिकों की भीड़-की-भीड़ आचार्य का दर्शन करने पहुँच गई। सामान्य जनता की सुविधा के लिए आचार्य राजा को समझा-बुझाकर नगर के बाहर ही एक आम्रवन में ठहर गये। यह स्थान भगवती कामाक्षी देव-देवालय के कारण देशभर में प्रसिद्ध तीर्थ बन गया था। इस स्थान पर तांत्रिकों की बड़ी प्रतिष्ठा थी। आचार्य ने कामाक्षी देवी की पूजा के लिए देवी यंत्र की पहले प्रतिष्ठा की। जनता में यह प्रसिद्धि थी कि कामाख्या की मूर्ति स्थित नेत्र इतने तेजस्वी हैं, उनसे ऐसी प्रचंड दीप्ति निकलती है कि उनकी ओर टकटकी लगाकर कोई देख ही नहीं सकता। आचार्य ने नेत्रों की तेज शक्ति का अंश देवी यंत्र में इतना आकृष्ट कर दिया कि दर्शकों को मूर्ति को देखने और उसका ध्यान करने में कोई कठिनाई न हो।

स्थानीय तांत्रिकों को यह आशंका थी कि अद्वैतवादी आचार्य हमारी कामाक्षी तांत्रिक पूजा का विरोध करने आये हैं पर आचार्य किसी भी देव पूजन, देवी उपासना का विरोध करते ही नहीं। वह तो प्रत्येक देवी-देवता की सभी देव प्रतिमाओं में एक परब्रह्म का ही दर्शन करते हैं: और सभी उपासना पद्धतियों को उसी निर्गुण, निराकार ब्रह्म के सगुण साकार रूप की उपासना मानते हैं। वह यही समझाते हैं कि अपनी उपासना पद्धति का वास्तविक रहस्य समझने का प्रयास करो।

कामाक्षी देवी के मन्दिर में आचार्य ने देवी प्रतिमा की प्रतिष्ठा एक नए रूप में स्थापित की। इसी कारण उनकी स्मृति में मन्दिर प्रांगण के एक ओर शंकराचार्य मन्दिर की स्थापना की गई। किंवदन्ती है कि आचार्य यहाँ ऐसे समाधिस्थ थे मानो शरीर से उनका कोई सम्बन्ध रहा ही नहीं। सम्भवत: इसी कारण कामाक्षी मन्दिर में आचार्य के समाधिस्थ होने की कथा प्रचलित होगी।

आचार्य के अनुरोध से जनता के सहयोग और राजा की आर्थिक सहायता से शिव कांची और विष्णु कांची देवस्थानों की पूजा-अर्चा, पुनर्निर्माण आदि की सुव्यवस्था कर दी गई।

4

कांची से मधुरा तंजौर होते हुए आचार्य कालहस्ती पहुँचे। कालहस्ती इक्यावन शक्ति पीठों में प्रसिद्ध पीठ है। सती का दक्षिण स्कन्ध यहीं गिरा था, स्वर्णमुखी नदी के तट पर श्रीकालहस्तीश्वर मन्दिर है। कैलाश गिरि नामक पहाड़ी पर विशाल मन्दिर बना है, दो परिक्रमाएँ बाहर और एक अन्दर दर्शन के लिए बनी हैं। यहाँ शंकर की मूर्ति वायु तत्त्व लिंग है जिसका स्पर्श वर्जित है। मूर्ति के समीप स्थित स्वर्ण पट पर पूजा सम्पन्न होती है। इस मूर्ति में श्री (मकड़ी), काल (सर्प), हस्ती (हाथी) के दन्त के स्पष्ट चिह्न हैं। कण्णप्प की कथा प्रसिद्ध है जिसने शंकर की प्रसन्नता के लिए परकल्याण में अपने नेत्र प्रदान कर दिये थे। कण्णप्प की प्रशंसा में भगवान् शंकराचार्य ने निम्नलिखित श्लोक बनाया—'रास्ते में ठुकराई हुई चरण पादुका ही भगवान् शंकर के

अंग प्रक्षालन की कूची बन गई। आचमन का कुल्ले का जल शंकर का दिव्याभिषेक करने लगा। उचित मांस नैवेद्य बन गया, सत्य है भक्ति से क्या सम्भव नहीं, इसी के प्रताप से नील नामक जंगली भील श्रेष्ठ भक्त बन गया।

कण्णप्प पहाड़ी के सम्मुख दूसरी पहाड़ी पर दुर्गा मन्दिर है। और तीसरी पहाड़ी पर स्वामी कलिक का। आचार्य ने तीनों मन्दिरों में विधिवत् पूजन किया। विभिन्न मन्दिरों में अन्य देवी–देवताओं की मूर्तियाँ हैं। यहीं पर काल भैरव की मूर्ति है। आचार्य ने उपस्थित जनता को देवी–देवताओं के प्रतीकों का आशय समझाते हुए मानसिक पूजा पर विशेष बल दिया।

एक शिष्य पूछ बैठा कि महाराज जब नील कण्णप्प ने अपने नेत्र परकल्याण के लिए प्रदान कर दिए तो क्या वह आजीवन अंधा ही रहा?

आचार्य बोले, ''जनश्रुति है कि ज्यों ही नील ने अपने नेत्र बाण की नोक से निकालकर प्रदान किए मन्दिर प्रकाश पुँज बन गया। भगवान् शंकर प्रकट हुए और उसका हाथ पकड़कर अपने शिवलोक ले गये।'' आचार्य ने समझाया कि ''भक्तों की ये चमत्कार भरी कथाएँ अंधानुकरण के लिए नहीं मन में केवल निष्ठा भरने के लिए हैं।'' जब से क्रकच को यह ज्ञात हुआ है कि श्रीशैल के प्रधान कापालिक की योजना असफल रही और उग्रभैरव आचार्य की हत्या नहीं कर पाया तो वह बहुत ही क्रुद्ध हुआ। दूसरे दिन ये समाचार मिले कि उग्रभैरव ने कापालिकों का सारा रहस्य खोल दिया है, तब तो वह आगबबूला हो गया और दाँत पीसते हुए बोला, ''इसी करवाल से क्रकच स्वयं ही आचार्य से पहले उग्रभैरव का वध करेगा। क्रकच उग्र रूप बनाए हुए, सारे शरीर पर नर–कपाल की मज्जा मलकर, जटा जूट बाँधे मुंडमाल और नर–अस्थि के आभूषण पहने, कंठ में नर मुंडमाल लपेटे एक हाथ में चमचमाती करवाल दूसरे हाथ में सुरापूर्ण नर–कपाल लिए खच्चर पर सवार होकर युद्ध के लिए चल पड़ा। अशिव का घोर और उग्र रूप बनाए सेनापति के रूप में आगे–आगे क्रकच चल रहा था। उसके पीछे कापालिक शिष्यों की बड़ी सेना उसका अनुसरण कर रही थी। उसके सारे सैनिक भी नाना प्रकार के वीभत्स अशिव वेष धारण कर शत्रुओं को ललकार रहे थे। सबकी आँखें मद्यपान से लाल हो रही थीं। सबके हाथों में नाना प्रकार के आयुध लपलपा रहे थे। कापालिक उच्च स्वर में रह–रहकर उग्रभैरव की जय, घोर भैरव की जय, महाकाली की जय, भीम भैरव की जय चिल्लाते जा रहे थे।

राजा सुधन्वा की सेना को दूर से आता देख हुँकार की ध्वनि और तीव्र हो उठी। क्रकच कठोर स्वर में सुधन्वा को ललकारते हुए बोला, ''अरे सुधन्वा आज तेरी मृत्यु क्रकच के हाथों लिखी है। तूने और भिखारी शंकर ने कापालिकों के विनाश का जो संकल्प लिया है, उसका फल भोगने को प्रस्तुत हो जा। आज मेरे इस करवाल से तुम दोनों का संहार न हुआ तो मेरा नाम क्रकच नहीं। तुमने समझा था कि उग्रभैरव के द्वारा कापालिकों का भेद जानकर सबका विनाश कर सकोगे। श्रीशैल के कायर कापालिक को जीत कर तेरा साहस बढ़ गया है।''

कापालिक सेना उन्माद वश कोलाहल मचा रही थी। पर सुधन्वा के सैनिक शान्त

भाव से युद्ध व्यूह रच रहे थे। सेना की एक टुकड़ी पहले से ही क्रकच के शस्त्रागार को घेर चुकी थी। सभी कापालिक शस्त्रागार छोड़कर युद्ध क्षेत्र में पहुँच चुके थे। केवल कापालिकों की प्रेयसियाँ दुर्ग में विद्यमान थीं। सैनिकों ने महिला-वर्ग को सुरक्षित स्थान पर स्थित किया। कापालिक साधना के अनुसार नारी भोग अनिवार्य माना जाता है। मद्य, मांस, मैथुन उनके यहाँ विहित है। महिलाओं ने भयभीत होकर उस स्वर्ण-भंडार का रहस्य खोल दिया जो कापालिकों ने लूट-खसोट और शिष्यों को डरा-धमका कर एकत्र किया था। बलि के लिए एकत्रित विविध पशुओं का रेवड़ भी क्रकच के दुर्ग में मिला। सारा भंडार सैनिकों ने अपने अधिकार में कर लिया। सुधन्वा की सेना ने चारों ओर से कापालिकों को घेर लिया। युद्ध होने लगा। युद्ध होने लगा। कापालिकों के आक्रमण से पूर्व ही सुधन्वा की सुगठित सेना शत्रुओं पर टूट पड़ी थी। जिस समय कापालिक सुरा के घड़े उड़ेल रहे थे, सुधन्वा के सैनिक युद्ध का व्यूह रच रहे थे। सूर्यास्त होते-होते कापालिक सेना का अधिकांश भाग धराशायी हो गया। आहतों की संख्या बढ़ती गई। सारा युद्ध स्थल रक्तनिमग्न हो उठा। जो थोड़े से सैनिक बचे थे वे भागकर क्रकच के दुर्ग में शरण लेने आये। सुधन्वा को मारने के लिए जब क्रकच गया और क्रोध में आकर उन पर अपना अस्त्र चलाया, तो सुधन्वा और उसके सैनिकों ने उसे इतना घायल कर दिया कि वह धराशायी हो गया। उसके गिरते ही बची हुई सेना हताश हो गई। जो कापालिक भाग कर दुर्ग में शरण लेने आये थे, उन्होंने देखा कि सुधन्वा के सैनिक वहाँ पहले से ही दुर्ग को अधिकार में कर चुके हैं। दिन भर के थके-माँदे कापालिकों ने क्षमा प्रार्थना की। सुधन्वा के सेनानियों ने राजाज्ञा से उन्हें बन्दी बना लिया। इस प्रकार क्रकच की मृत्यु से देश के अन्य कापालिकों का साहस टूट गया।

आचार्य शंकर को इसकी सूचना उनके आश्रम में मिली। उन्होंने शिष्यों को बुलाकर समझाया कि "तांत्रिक परम्परा इस देश में दीर्घकाल से चली आ रही है। इसमें तंत्र शास्त्र की त्रुटि नहीं, दोष है तंत्र का नाम लेकर मनमाने भोग की इच्छा रखने वाले उन तांत्रिकों का जिन्होंने तांत्रिक-साधना का अनुसंधान करने वाले ऋषि सिद्धान्तों का यथार्थ अभिप्राय नहीं समझा।"

5

दूसरे दिन प्रात:काल प्रार्थना के उपरान्त आचार्य शिष्यों सहित उज्जैनी चल पड़े। मार्ग में स्थान-स्थान पर राजा सुधन्वा की प्रजा और ग्रामीण जनता की भीड़ की भीड़ उमड़ पड़ी। लोगों ने स्वयं आचार्य शंकर के चमत्कार की नई-नई कहानियाँ गढ़ डालीं। आचार्य जिस गाँव में रात्रि को निवास करते वहाँ के निवासी अपने को धन्य मानते। ब्रह्मानंद आचार्य के साथ चल रहे थे। जो लोग आचार्य से आशीर्वाद लेने का अवसर नहीं पाते थे वे उनके शिष्यों के पास अपनी दु:ख गाथा सुनाने पहुँच जाते। जब आचार्य एकान्त में समाधि-निमग्न होते तो कितने ही युवक ब्रह्मानन्द को घेर लेते और उनसे आचार्य के चमत्कार की कहानियाँ सुनकर भाव-विभोर हो जाते। कितने ही श्रद्धालु-भक्त आचार्य शंकर को 'भोले बाबा शंकर' का अवतार मानने लगे। इस प्रकार आचार्य

के चमत्कार की गाँव-गाँव, नगर-नगर, नई-नई कहानियाँ गढ़ी जाने लगीं। लोग उनके दर्शन कर जीवन को धन्य मानते। विभिन्न मतावलम्बी विद्वान प्रातः और सन्ध्या की प्रार्थना के उपरान्त आचार्य के प्रवचन सुनकर अवाक् रह जाते। बड़े-बड़े विद्वान शंका समाधान या शास्त्रार्थ के लिए आचार्य के पास आते और थोड़े ही समय में वे उनकी तेजस्विता, अकाट्य तर्कशैली एवं विलक्षण प्रतिभा से स्वयं पराभूत हो जाते। इस प्रकार पदयात्रा करते-करते आचार्य उज्जैनी के तांत्रिक कापालिक आश्रम में पहुँचे। यहाँ उत्तर और दक्षिण भारत के कतिपय कापालिक प्रतिनिधि आचार्य से शास्त्रार्थ करने आ पहुँचे।

कापालिकों के प्रकोप से जनता और राज्य की रक्षा करते हुए आचार्य, दक्षिण के विभिन्न तीर्थस्थलों की यात्रा करने लगे। मार्ग में क्षपणक साधु जैन मुनि, बौद्ध भिक्षुओं आदि से मिलकर विविध दार्शनिक सिद्धान्तों और मत-मतान्तरों में सामंजस्य स्थापित करते चले। कहीं वे चार्वाक मतावलम्बियों से कभी सौगत, विष्वक सेन उपासकों को शास्त्रार्थ में संतुष्ट करते। जन-जन में निर्गुण, निराकार ब्रह्म की अद्वैत भावना जगाते चले जा रहे थे। सभी प्रकार के उपासक उनमें अपने उपास्य देव की झाँकी पाकर भक्ति भाव से ओत-प्रोत हो जाते।

आचार्य कर्नाटक से आन्ध्रप्रदेश की ओर चले थे। यहाँ के प्रसिद्ध तीर्थों की यात्रा करते हुए विरोधियों को प्रेम से जीतने चले। उनकी दृष्टि में ब्रह्म के अतिरिक्त कोई दूसरा था ही नहीं तो वह किसको अयोग्य समझते और किसका विरोध करते। जब हृदय में दया, क्षमा, धैर्य, विनय, भक्ति, परकल्याण का भाव उमड़ रहा हो तो कठोर-से-कठोर विषमय वाणी भी अमृत के समान प्रतीत होती है। आचार्य त्रयताप से पीड़ित जनता को अपनी शीतल स्नेह छाया में विश्राम कराते चलते। फिर उनका विरोधी बने कौन?

आचार्य आन्ध्रप्रदेश की तीर्थयात्रा कर ही रहे थे कि कलिंग देशवासियों का एक प्रतिनिधिमंडल आचार्य की सेवा में पहुँचा और अपने जनपद तथा राज्य में ले जाने का आग्रह करने लगा। पुरी के मन्दिरों और देवी प्रतिमाओं की दुर्व्यवस्था सुनकर पद्मपाद आदि शिष्य बहुत चिंतित हुए और उन्होंने आचार्य से जगन्नाथपुरी चलने का अनुरोध किया। राजा आचार्य का स्वागत करने पहले ही पहुँच चुका था। आचार्य के निवास का उसने राजप्रासाद के समीप प्रबन्ध किया था, पर आचार्य शिष्यों के साथ मन्दिर में ही रहने लगे। कलिंग राज ने आचार्य के साथ चलने वाले तीर्थयात्रियों के ठहरने का प्रबन्ध समुद्र तट पर किया।

आचार्य शंकर शिष्यों सहित मन्दिर में पूजन-अर्चन करने गए। शालिग्राम शिला की विधिवत् पूजा की। जब स्तुति करने बैठे और ध्यान लगाकर देखा तो ज्ञात हुआ कि मन्दिर का श्री विग्रह कहीं है ही नहीं। उन्होंने पुजारियों से कारण पूछा तो ज्ञात हुआ कि "काष्ठमय विग्रह के स्थान पर शालिग्राम शिला रखने की आवश्यकता उस समय हुई, जब विधर्मियों ने मन्दिर पर आक्रमण कर देवविग्रह को भ्रष्ट करना चाहा। इतना ही नहीं जगन्नाथ देव की रत्नपेटिका को भी चिल्काह्रद के समीप पृथ्वी के अन्दर छिपा देना पड़ा। बहुत प्रयास करने पर भी उस रत्नपेटिका को पुनः प्राप्त करना सम्भव

न हो सका।'' आचार्य यह सुनकर ध्यान में बैठ गए। उन्हें भगवतकृपा से उस स्थान का आभास मिल गया जहाँ आज भी रत्नपेटिका विद्यमान है। नेत्र खुल गए। उन्होंने पुजारियों से कहा कि यदि रत्नपेटिका प्राप्त हो जाए तो क्या आप लोग श्री जगन्नाथ देव का विग्रह पुनः देवालय में प्रतिष्ठित करने को उद्यत हैं? पुजारियों को बड़ी प्रसन्नता हुई। उन्होंने कृतज्ञता प्रकट की। आचार्य ने पुजारियों से कहा कि चिल्काह्रद के पूर्वी तट पर सबसे बड़े वृक्ष के उत्तरी भाग में रत्नपेटिका मिल सकती है। मन्दिर में आचार्य और जगन्नाथ देव की जय-जयकार होने लगी। कलिंगराज ने शोभायात्रा की व्यवस्था बनाई। शंखध्वनि के साथ रत्नपेटिका निकाली गई और देव मन्दिर में विग्रह की पुनः प्रतिष्ठा हुई। आचार्य का कीर्तिगान पुरी धाम में सर्वत्र गूँज उठा।

आचार्य जगन्नाथपुरी में कुछ दिन तक निवास करते रहे। देश के भिन्न-भिन्न भागों से पुरीधाम के यात्री अपने-अपने जनपद में पहुँचकर आचार्य की चमत्कार भरी कहानियाँ सुनाने लगे। उस समय सिन्ध की ओर से सौराष्ट्र और उज्जैन पर अरबों का आक्रमण हो रहा था। जनता त्राहि-त्राहि पुकार रही थी। भारती, कर्नाटी, मागधी आदि महिलाओं के प्रयास से राष्ट्रकूट और प्रतिहारों का पारस्परिक वैमनस्य मिटता जा रहा था। अतः प्रतिहारों ने सुअवसर देखकर आचार्य को अपने राज्य में तीर्थयात्रा कराने की युक्ति निकाली। राजा के अमात्य पुरी पहुँच गए और उन्होंने आचार्य से सौराष्ट्र चलने का आग्रह किया। आचार्य शिष्यों सहित उज्जैनी होते हुए द्वारिका के पथ पर चल पड़े।

6

आचार्य शंकर जब क्रकच के प्रपंच से बचकर जगन्नाथपुरी की ओर चले तो कर्नाटी, सैन्धवी, माहिष्मती लौट आईं।

कालड़ी में भारतीय राजमहिषियों, राजकुमारियों, श्रेष्ठि सामन्तों, साधु-संन्यासियों की जो महती सभा हुई थी, जिसमें युवा पीढ़ी ने विदेशी संस्कृति के कुप्रभाव से देश को बचाने का संकल्प किया था, उसी की पूर्ति के लिए चंचला (कर्नाटी) को केरल, ट्रावणकोर, कोचीन, कालीकट, मालाबार का कार्य सौंपा गया था। मालाबार के राजा चेरामन पेरुमल सम्भवतः अरबों की सहायता से सम्पूर्ण दक्षिण भारत का सम्राट बनना चाहता था। ऐसा प्रतीत होता है कि कतिपय स्वार्थी मंत्रियों, छद्मवेशी फ़क़ीरों, सत्तालोलुप समुद्री व्यापारियों के रक्षक सेनानियों ने राजा को आश्वासन दिया कि यदि तुम अरब के खलीफ़ा से सन्धि के द्वारा उनकी सैनिक सहायता ले लो, तो उस महाशक्ति के बल पर सम्पूर्ण दक्षिण भारत क्या पूरे भारत के सम्राट बन सकते हो।

नवीं शताब्दी आते-आते अरब साम्राज्य स्पेन से चीन तक फैल चुका था। मुस्लिम धर्म के प्रारम्भ होने से पूर्व ही अरब व्यापारियों का व्यापार यूनान, मिस्र, दक्षिण-पश्चिम एशिया, भारत और चीन तक फैल चुका था। भारत के साथ अरबों का मैत्री भाव इतना दृढ़ हो चका था कि जब मुस्लिम सेना पश्चिम और पूर्व में दूर-दूर तक अरबी साम्राज्य स्थापित कर रही थी, उस समय अरब खलीफ़ा ने सेनापतियों

को यह निश्चित आज्ञा दे दी थी कि हमारे मित्र देश भारत पर कहीं कोई आक्रमण न करे। और न कहीं अपने इस्लाम धर्म के प्रचार के लिए किसी को बलात् धर्म परिवर्तन करने के लिए बाध्य करे। पर धर्म के दिवाने सैनिक और सेनानियों, इस्लाम प्रचारक छद्म फ़कीरों ने भारत के पश्चिमी समुद्री तट और आस-पास के व्यापारियों के साथ अपना गढ़ बना लिया था। उस समय देश की राजनैतिक, सामाजिक, धार्मिक, शैक्षणिक स्थिति का इतना पतन हो चुका था कि कोई भी विदेशी शक्ति यहाँ के राजा-महाराजाओं, सेठ-साहूकारों, पण्डे, पुरोहितों, शिक्षक और छात्रों को धन और पद का लोभ देकर कर्त्तव्य-च्युत बना सकती थी। राज-शक्ति और धर्म-शक्ति के निर्बल होने से नरमुण्ड मालाधारी कापालिकों के साथ उग्र लुटेरों और दस्युओं का दल बढ़ता जा रहा था। अत्याचारियों का यह वर्ग सबसे प्रबल होता जा रहा था। मालाबार के राजा चेरामन अरब में चार वर्ष रहकर मुस्लिम धर्म की शिक्षा लेता रहा। वहाँ से इस्लाम धर्म स्वीकार कर अरबी सैन्य-शक्ति के बल पर सारी प्रजा के विरोध करने पर भी राजाधिराज की उपाधि से विभूषित कर दिया गया।

राजा चेरामन पेरुमल ने अपना नाम बदलकर अब्दुल रहमान सिद्दीकी रख लिया। उसने अपने प्रशासकों को यह आज्ञा दी कि हमारे राज्य में और इस देश में नये मत के प्रचारक अरब के विद्वानों, सूफ़ी फ़कीरों, हाफ़िज़ों को प्रचार-प्रसार करने की पूरी स्वतन्त्रता दी जाए। तद्नुसार मालाबार तट पर ग्यारह मस्जिदें बनाई गईं, जहाँ सभी जाति-वर्ण के लोग निराकार ईश्वर की उपासना के लिए पूर्ण स्वतन्त्र थे। यह भी राजाज्ञा दी गई कि प्रत्येक भारतीय मल्लाह के घर का कम-से-कम एक बालक इस्लाम की शिक्षा के लिए अवश्य समर्पित किया जाए। जो बालक इस प्रकार इस्लामी शिक्षा प्राप्त करता था, वही महापिल्ला यानी ज्येष्ठ पुत्र माना जाता था। केवल पश्चिमी तट ही नहीं दक्षिण भारत का पूर्वी तट भी अरबी प्रवाह से बचा न रह सका। वहाँ भी छद्मवेशी फ़कीर धर्म प्रचारक, अरबी व्यापारियों के साथ-साथ प्रचार कार्य किया करते थे। चंचला (कर्नाटी) के सामने बड़ी भीषण समस्या थी। दक्षिण भारत के छोटे-छोटे राज्य आपस में राज्य सीमा को लेकर नित्य लड़ा-झगड़ा करते थे। उसने (कालीकट) मालाबार, कोंकण, चोल, केरल, चालुक्य एवं राष्ट्रकूट परिवार की महिलाओं का संगठन किया। सब महिलाओं ने विदेशियों के बढ़ते हुए प्रभाव से दक्षिण भारत को सुरक्षित रखने का दृढ़ संकल्प लिया। महिलाओं का एक नया वर्ग देश की रक्षा के लिए स्थान-स्थान पर शिविर लगाता। युवकों को देश पर आने वाली विपत्ति से सावधान करता। राजकुमारियों और राजमहिषियों से प्रेरित समाज में नव चेतना का संचार हुआ, जिससे अरबों की बढ़ती हुई शक्ति कुछ समय के लिए ठहर गई। और वे जिन स्थानों पर आधिपत्य जमा चुके थे वहीं पर रुक गए। आगे प्रचार करने का उनमें साहस न हुआ।

भारती और कर्नाटी, महाराज कर्क (कुमार अमोघवर्ष के संरक्षक), जिन्हें धनुर्विद्या में प्रवीण होने के कारण सुधन्वा कहते थे—की सहायता से सम्पूर्ण दक्षिण भारत को एकता के सूत्र में जोड़ने का प्रयास कर रही थीं। चेरामन पेरुमल की दुरभिसन्धि का भंडाफोड़ होता जा रहा था। उसकी विदेश नीति और अरबी रीति का

दुष्परिणाम सामने आ रहा था। संस्कृत के स्थान पर अरबी का प्रचार, मद्य, मांस का अतिशय व्यवहार, दाम्पत्य जीवन में तलाक की समस्या सामने आ रही थी।

शंकराचार्य के प्रभाव से अरब के शाह और खलीफ़ा, भारत-विजय की अभिलाषा छोड़ते जा रहे थे। ऐसे अनुकूल समय में सैन्धवी को साथ लेकर सिन्ध और मद्र राज्यों में तीर्थयात्रा की योजना बनाना उपयुक्त जान पड़ा।

संयोग से उन्हीं दिनों द्वारकाधाम वासियों के आग्रह पर आचार्य शंकर ने उज्जयिनी होते हुए पश्चिम भारत की पदयात्रा प्रारम्भ कर दी थी। भारती, कर्नाटी आदि को जब यह सूचना मिली तो उनके उल्लास का कहना ही क्या। वह अपने साथ पूरे महिला मंडल को लेकर द्वारिका धाम की ओर चल पड़ी।

7

आचार्य शंकर अपने संन्यासी शिष्यों, अनुयायी राजा-महाराजाओं एवं भक्त महिला वर्ग के साथ-साथ उज्जैन से द्वारिका तीर्थ की यात्रा को चल पड़े। उज्जयिनी से मेहसाणा होते हुए सौराष्ट्र का मार्ग चिरकाल से बना हुआ था। *स्कन्द पुराण* में द्वारिका धाम का ऐसा माहात्म्य मिलता है कि उस तीर्थ के प्रभाव से कीट-पतंग, पशु-पक्षी, सर्प आदि भी पाप से मुक्त हो जाते हैं। उर्ध्वरेता मनु को जो गति दुर्लभ है, वह यहाँ के निवासियों को सहज ही सुलभ है।

आचार्य जिन तीर्थों में पदार्पण करते, वहाँ उनके दर्शनों के लिए धूम मच जाती। प्रत्येक धर्मावलम्बी चाहे वह किसी सम्प्रदाय, मत अथवा धर्म को मानने वाला हो, आचार्य के दर्शनों को लालायित हो उठता था। सर्वत्र यह ख्याति फैल चुकी थी कि आचार्य की करुण दृष्टि जिस पर पड़ जाती है, उसके सम्पूर्ण मनोरथ पूर्ण हो जाते हैं। आचार्य के उज्जयिनी से प्रस्थान की सूचना पश्चिमी भारत में विद्युत गति से फैल चुकी थी। सिन्ध पर मुसलमानों का राज्य चल रहा था। अरबी और ईरानी, सुन्नी और शिया का कलह फैल रहा था। दोनों वर्ग सिन्धु पर अपनी सत्ता और शासन शक्ति बढ़ाना चाहते थे। शैव और वैष्णव, देवालय-ध्वंस के कारण बड़े खिन्न थे। महाराज कश्मीर ने अरबों को अपने राज्य में प्रविष्ट नहीं होने दिया, पर उन्होंने सिन्ध पर अरबों का अधिकार ज्यों-का-त्यों ही रहने दिया। आचार्य के यात्री दल में कश्मीर गान्धार, सौवीर और सिन्ध के तीर्थयात्री भी थे। उज्जैन से खम्भात का मार्ग बीहड़ जंगलों से पार होता था। कितने ही लुटेरे तस्कर साधु के छद्म वेश में यात्रियों को लूट लिया करते थे। आचार्य के साथ कितने ही राजा-महाराजा और श्रेष्ठि परिवार तीर्थयात्रा कर रहे थे।

रक्षा का समुचित प्रबन्ध होने से लुटेरों का कोई वश नहीं चल पाया। कहीं-कहीं तो लुटेरे आचार्य का दर्शन करते ही ऐसे भावविह्वल हो जाते कि लूट-मार की कौन कहे, आचार्य के चरणों में लोट-लोटकर अपने पाप कर्म पर रो-रोकर पश्चाताप करने लगते थे। जो औरों के लिए भक्षक और संहारक थे, वही आचार्य के अनुयायियों

के संरक्षक और परिपोषक बन जाते। इस प्रकार यह तस्करों और लुटेरों से भरा वन्य प्रदेश तीर्थस्थान सा बनता जा रहा था। आचार्य जिन गाँवों के समीप रात्रि में विश्राम करते, वहाँ के निवासी उनकी स्मृति में भव्य स्मारक बनवाने लगे।

सौराष्ट्र और खम्भात के राजाओं को अपनी क्रूर तस्कर प्रजा का हृदय परिवर्तन देखकर बड़ा विस्मय हो रहा था। राज्य के जिस अराजकदल को वह सम्पूर्ण सैनिक शक्ति से स्वाधीन नहीं कर पाए थे, वह अनायास ही स्वेच्छा से राज्यादेश स्वीकार करता जा रहा था। आचार्य चलते-चलते गोमती के उत्तरी तट पर पहुँचे। गोमती नदी नहीं अपितु एक बहुत बड़ा खाल है, जिसमें समुद्र जल भरा रहता है। गोमती और समुद्र के संगम स्थल पर नारायण का मन्दिर बना हुआ था, पास में ही वासुदेव घाट पर हनुमान का। उसके पश्चिम में नृसिंह भगवान् का दिव्य मन्दिर विद्यमान था। यात्रियों ने गोमती खाल के समीप निष्पाप सरोवर में स्नान किया। तत्पश्चात् रणछोड़ मन्दिर में दर्शन करने पहुँचे। मन्दिर में मुख्य पीठ पर श्यामवर्णा चतुर्भुजी मूर्ति है। और मन्दिर के चौथे तल—पर अम्बा का मन्दिर है। रणछोड़ मन्दिर की उत्तर दिशा में प्रद्युम्न की श्यामवर्ण प्रतिमा है। पूर्व की ओर दुर्वासा का मन्दिर है। मन्दिरों के दर्शन के उपरान्त द्वारिकापुरी की परिक्रमा प्रारम्भ हुई। निष्पाप कुण्ड होते हुए रणछोड़ मन्दिर में प्ररिक्रमा समाप्त हुई। यात्री दल ने समुद्र तट के समीप निश्चय किया कि वेट द्वारिका का भी दर्शन किया जाए, जहाँ भगवान श्रीकृष्ण का निवास था। गोमती द्वारिका से पूर्वोत्तर लगभग दस कोस की दूरी पर एक छोटा द्वीप कच्छ की खाड़ी में दिखाई पड़ा। सौराष्ट्र में द्वीप को वेट कहते हैं। अतः द्वीप द्वारिका का दूसरा नाम वेट द्वारिका है। यहाँ पहुँचते-पहुँचते संध्या हो गई थी। अतः यात्री दल रात्रि विश्राम के लिए चल पड़ा। प्रातःकाल श्रीकृष्ण भवन देखने की यात्रियों में लालसा जागी। द्वीप के मध्य एक विशाल चौक में दूर से ही राजप्रासाद-सा दृश्य, उच्च अट्टालिकाएँ दिखाई पड़ीं। द्वार में प्रविष्ट होते ही दाहिनी ओर श्रीकृष्ण भगवान् का और पूर्व की ओर प्रद्युम्न का राजमन्दिर दिखाई पड़ा। इस मन्दिर से कुछ आगे बढ़ने पर माता देवकी का राजमहल मिला। रणछोड़ मन्दिर के समीप सत्यभामा और जामवन्ती के मन्दिर दिखाई पड़े। और उत्तर में रुक्मिणी और राधिका जी का मन्दिर। इन मन्दिरों के दर्शन करने के उपरान्त यात्री दल ने रणछोड़ सागर, रत्न ताल, काचारी ताल, शंख ताल तथा आठ अन्य जलाशयों की परिक्रमा की। तदुपरान्त सागर स्नान की इच्छा देखकर पद्मपादाचार्य ने आचार्य से निवेदन किया कि यात्री दल द्वापर युग की द्वारिका के सृजन और विसर्जन की कथा सुनना चाहता है। यदि आपका आदेश हो तो हम सबको सूचित कर दें। यदि आज्ञा हो तो सागर स्नान के लिए उस स्थल के समीप पहुँचें जहाँ मूल द्वारिका थी।

आचार्य समझ गए कि शिष्य और यात्री दल मूल द्वारिका के निर्माण और संहार का कारण जानना चाहते हैं। उन्हें ऐसा प्रतीत हुआ कि सबके मन में सागर-निमग्न द्वारिकापुरी की दर्शन-लालसा उमड़ रही है। उन्होंने पद्मपादाचार्य से कहा कि इस मध्याह्न बेला में विस्तृत बालुका राशि पर चलने में कष्ट होगा। अतः संध्या समय सागर स्नान का कार्यक्रम रखा जाए आज पूर्णिमा की रात्रि है। चन्द्र किरणों से खेलती

हुई सागर की ऊँची तरंगें लहराती हुई मिलेंगी, जिन्होंने कृष्ण की द्वारिका नगरी को अपनी गोद में समेट लिया था।

यात्री दल मध्याह्न के भोजन के उपरान्त विश्राम कर रहा था। आचार्य कब अपने कक्ष से समुद्र तट पर गए किसी को पता नहीं। आचार्य के मन में कृष्ण की सागर-निमग्ना नगरी देखने की इच्छा कब, कैसे उत्पन्न हुई उन्हें भी ज्ञात नहीं। उन्होंने अन्तर्दृष्टि से यात्री दल की आकांक्षा देख ली थी। वे चुपचाप समुद्र तट पर ज्वार से उठने वाली ऊँची-ऊँची तरंगें देख रहे थे। समुद्र की लहरें आचार्य के पैरों को स्पर्श कर रही थीं, मानो उनकी चरण वन्दना कर रही हों। आचार्य ने वरुण देव की स्तुति प्रारम्भ की। मानो वरुण देवता साक्षात् प्रकट होकर आचार्य से वरदान माँगने को कह रहे हों। जिस योगिराज ने जीवन भर भिक्षा के अतिरिक्त कभी किसी से कुछ याचना की ही नहीं थी। वह आज अपने भक्तों के लिए वरुण देव से याचना कर रहा है। आचार्य बोले, ''हे वरुण देव, हम लोग भगवान श्रीकृष्ण की उस नगरी को देखना चाहते हैं, जिसको आपने उन्हीं की इच्छा से जलमग्न कर लिया है।'' वरुण देव प्रसन्न हुए और समुद्र की लहरें ज्वार-भाटा के रूप में वेग से दक्षिण की ओर खिसकती चली गईं। धीरे-धीरे द्वारिका नगरी के उच्च शिखर दिखाई पड़ने लगे। एक के बाद दूसरा, दूसरे के बाद तीसरा। तीन मन्दिर के कलश सूर्य की किरणों से मानो स्वर्ण राशि बिखेर रहे थे।

पूर्णिमा की संध्या बेला थी आचार्य के तपोबल से जल में मग्न द्वारिका नगरी जलराशि पर मानो नृत्य करती दिखाई पड़ रही थी। आचार्य, कृष्ण के जीवन उस योगिराज की महत्ता, आध्यात्मिक शक्ति की परिपूर्णता का चिन्तन कर रहे थे। उसी समय पद्म पादाचार्य आदि शिष्य यात्रियों के साथ पहुँच जाते हैं। आचार्य सबको साथ लेकर मूल द्वारिका नगरी के समीप पहुँचे। नगर के उच्च प्राचीर दूर से ही दिखाई पड़े। समुद्र की अनन्त लहरियों के थपेड़े खाता हुआ यह नगर-प्राचीर वरुण देव के लिए भी अभेद्य बना रहा। इसमें प्रवेश के अनेक द्वार थे। आचार्य शिष्य वर्ग के साथ राजद्वार से नगर के अन्दर प्रविष्ट हुए। उच्च अट्टालिकाओं के भग्नावशेष इस तथ्य के प्रमाण थे कि किसी समय यह नगरी अत्यंत समृद्ध, धन-धान्य से पूर्ण सब सुख-साधनों से सजी रही होगी। जहाँ-तहाँ विविध प्रकार के अस्त्र-शस्त्र, स्वर्ण-रजत-पीतल तांबा और लौह निर्मित बर्तन दिखाकर आचार्य ने कृष्ण काल की समृद्धि का परिचय दिया। देश की सप्त नगरियों में द्वारिका का प्रमुख स्थान था। इसी कारण बार-बार पुराणों में इस नगरी की महिमा गाई गई है। आगे चलते-चलते तीन विशाल मन्दिर के शिखर दिखाई पड़े। उन्हे देखने की उत्कंठा जानकर आचार्य सबके साथ एक-एक कर तीनों मन्दिरों में दर्शनार्थ पहुँचे। विधिवत देव पूजन किया। शंकर स्तोत्र से भगवान की वन्दना की। पूजन-अर्चन के उपरान्त यात्री दल आगे बढ़ा। चलते-चलते इस जलद्वार नगरी द्वारिका का वह स्थल दिखाई पड़ा, जहाँ अरब सागर से सिंहल जाने वाले विशाल जलयान लंगर डालकर विश्राम किया करते थे। नगर के भग्नावशेष देखते-देखते अर्द्धरात्रि होने लगी। यात्रियों को श्रांत-क्लांत समझ कर आचार्य सबको लेकर विश्राम स्थल पर पहुँचे। उनके जाते ही मूल द्वारिका जलमग्न हो गई। दूसरे दिन सिन्ध प्रदेश की ओर यात्री दल चल पड़ा।

षष्ठम् उल्लास

द्वारिका धाम पहुँचते-पहुँचते आचार्य के साथ विभिन्न राज्यों के अधिपति और राजप्रतिनिधि भी तीर्थाटन में सम्मिलित हो चुके थे। आचार्य की अजेय आध्यात्मिक शक्ति का अनुमान भारतीय और विदेशी शासक लगा रहे थे। जिस क्रकच को राष्ट्रकूट प्रतिहार और पालवंशी जैसे बड़े-बड़े राजा-महाराजा, सेनापति पराजित करने में असमर्थ सिद्ध हुए थे, उस कापालिक उद्दंड सेना को जो अरबी व्यापारी और सिन्धी विदेशी शासक निरन्तर शस्त्र प्रदान कर रहे थे, उनकी विद्यमानता में क्रकच जैसा क्रूर कापालिक आचार्य का एक पलाश दण्ड नहीं तोड़ सका। इसे ईश्वर की कृपा के अतिरिक्त और क्या कहा जा सकता है। उत्कल और बिहार में तीर्थाटन करते हुए जब आचार्य चन्द्रपाल जैसे बुद्ध धर्म प्रवर्त्तक, गणपति और स्थिर मति जैसे यशस्वी विद्वान्, प्रभामति जैसे कुशाग्रबुद्धि भिक्षु, जीनयति जैसे वाद-विवाद प्रख्यात महर्षि की शिष्य परम्परा को शास्त्रार्थ में पराजित कर द्वारिका लौटे थे तो उनकी ख्याति उत्तर भारत में भी उसी प्रकार फैलने लगी थी जिस प्रकार अरबी गुप्तचर विभाग के प्रधान को वशीभूत करने पर उनकी ख्याति दक्षिण भारत में फैल गई थी। सिन्ध की यात्रा का उपयुक्त समय जानकर सिन्धवासियों के आग्रह पर आचार्य पश्चिमोत्तर भारत की यात्रा पर चल पड़े।

भारती, कर्नाटी, महारानी, गुर्जरी जयसेना, विजया, मागधी आदि सहतीर्थ्या सखियाँ आचार्य की तीर्थयात्रा का कार्यक्रम बनाने एवं यात्री दल के निवास, भोजनादि की व्यवस्था के उद्देश्य से विविध वाहनों पर चल पड़ीं। आचार्य पदयात्रा करते हुए चले।

यात्री दल स्वर्णावल से सेहवान (सहवान) पहुँचा। यहाँ अरब से आए सूफ़ियों के शिष्य सिन्ध नदी की कोटरों में निवास करते हुए अनलहक की (खुदा एक है) (जीव ही ब्रह्म है) साधना में संलग्न थे। यहीं अरब के प्रसिद्ध इतिहासकार जिन्हें सदाकत अली नाम से पुकारा जाता था, कुछ दिनों से रह रहे थे। उन्हें भारत का इतिहास तैयार करना था। इससे पूर्व वे पश्चिमी देशों में भ्रमण करते हुए अन्य भू-भागों का इतिहास लिख चुके थे। उन्हें अरब और ईरान में भ्रमण करते हुए भारत की नवजागृति का सन्देश मिल चुका था। अतः सदाकत अली भारत के वर्तमान इतिहास की खोज में इस देश में आ गए थे। इन्होंने कुछ दिन सिन्ध में रहकर शाहसिन्ध और

सूफ़ी साधु-महात्मा के परामर्श से भारत का राजनीतिक, धार्मिक और सांस्कृतिक इतिहास लिखना प्रारम्भ कर दिया था। इसी सम्बन्ध में वह आचार्य शंकर के साथ-साथ कुछ दिन पदयात्रा में चलना चाहते थे। इससे पूर्व उन्होंने भारती और उसकी सहतीर्थ्या सखियों तथा स्वामी रामानन्द से सम्पर्क स्थापित कर लिया था।

सहवान में सूफ़ी महात्मा, आचार्य शंकर, स्वामी रामानन्द, सदाकत अली का सम्मिलन एक विचित्र संयोग था जो भारतीय इतिहास के निर्माण में बड़ा सहायक सिद्ध हुआ। सूफ़ी महात्मा और आचार्य शंकर दोनों एक ही लक्ष्य की ओर दो भिन्न-भिन्न मार्गों से पहुँच चुके थे। दोनों को सर्वव्यापक ब्रह्म, निर्गुण निराकार, अल्लाहताला का साक्षात्कार हो चुका था। दोनों परमहंस की कोटि में पहुँच चुके थे। दोनों के सम्मिलन से मानव प्रेम का एक नया अध्याय लिखाना—विधाता को इष्ट था। यहाँ से आचार्य सबके साथ मोहनजोदड़ो पहुँचे, जहाँ सदाकत अली ने प्राचीन सिन्धु सभ्यता के अवशेष दिखाकर विगत-इतिहास पर प्रकाश डाला। आगामी प्रकरणों में सिन्ध गान्धार की यात्रा का विवरण दिया जाएगा।

सैन्धवी दोनों यात्री दलों में मध्यस्थ का कार्य कर रही थी। उसका जन्म इसी सिन्ध राज्य में हुआ था। उसका शैशव और बाल्यकाल यहीं बीता था। उसके पिता एक संस्कृत विद्यालय के संचालक थे जिसे साधनों के अभाव, अरबी भाषा के प्राधान्य, शासकों की क्रूर दृष्टि और भारतीय जनरुचि की उपेक्षा के कारण बन्द कर देना पड़ा था। संस्कृत और भारतीय संस्कृति की रक्षा में इसके पिता ने प्राण बलिदान किया था। इसकी पैतृक सम्पत्ति छीन ली गई थी। सैन्धवी जैसी अनेक किशोरियाँ अरबी शासन का दुर्व्यवहार असह्य समझ कर प्रयाग और माहिष्मती में अध्ययन करने चली गई थीं। आचार्य शंकर के आगमन से भारती, कर्नाटी, विजया, मागधी आदि के हर्ष का ठिकाना न रहा। उन सबने शासकों का विरोध होने पर भी स्थान-स्थान पर सभा-संगोष्ठी की व्यवस्था की। सिन्ध के वास्तविक सूफ़ी महात्माओं, सिन्धी उदार हृदय वाले मुसलमान विद्वानों, संस्कृत, फ़ारसी के विद्वानों-आलिमों के सम्मिलन का आयोजन किया।

उन्हीं की कार्यकुशलता और प्रबन्धपटुता से सिन्ध में आचार्य शंकर के स्वागत समारोह का विधिवत् प्रबन्ध होने लगा। आचार्य शंकर से मिलने के लिए उनके गुरु भाई स्वामी रामानन्द भी मूलस्थान से स्वर्णावल को चल पड़े थे। यहीं आचार्य के स्वागत की व्यवस्था की गई थी। इन्हीं दिनों अरब और दमिश्क से खलीफ़ा का फ़रमान शाह सिन्ध के पास पहुँच चुका था। सिंहल के गुप्तचर विभागाध्यक्ष के अनुरोध से आचार्य के साथ सहयोग की आज्ञा आ चुकी थी। इस प्रकार सिन्ध में अनुकूल वातावरण बन रहा था। उल्मा ज्ञानी भी आचार्य का स्वागत करते। इसलिए शासक और शासित, विद्वान् और अनपढ़, किसान, वीर योद्धा और व्यापारी, वृद्धा, युवतियाँ और युवा सभी एकत्र हो गए थे। आचार्य का धूमधाम से स्वागत हुआ। उन्हें तीर्थस्थलों का दर्शन कराया जाने लगा।

2

सिन्धु नदी की धारा के साथ-साथ तटवर्ती प्रदेशों से होते हुए आचार्य सिन्ध राज्य की यात्रा पर आगे बढ़े। तटवर्ती गुफाओं में कितने ही साधु-महात्मा निवास करते थे। जो भी आचार्य की दिव्य मूर्ति एक बार देख लेता था वह तीर्थयात्रा में साथ-साथ चल पड़ता था। पूरा समाज स्वर्गीय दाहर के राज्य से होता हुआ एलोर पहुँचा, जहाँ सती का मन्दिर था। सैन्धवी ने राजा दाहर और इब्नकासिम के युद्ध की हृदय विदारक घटनाएँ सुनाईं और साथ ही खलीफ़ा के उदारतापूर्ण व्यवहार की चर्चा की। इतिहासकार सदाकत अली ने बताया, ''जिस समय दाहर की दोनों राजकुमारियाँ दमिश्क के खलीफ़ा के सामने तोहफ़ा रूप में लाई गईं, वे उत्तेजित हो उठे और तुरन्त इब्नकासिम को अरब बुलाने का हुक्म भेजा। जब उन्होंने राजकुमारियों के नेत्रों से निरन्तर अश्रुधारा बहती देखी तो सान्त्वना देते हुए बोले—

''बेटी, तुम दोनों यहाँ बेखौफ़ होकर रहो। तुम्हारा यहाँ बाल भी बाँका न होगा। तुम यहाँ अपने को हमारा मेहमान समझो। मैं उस ज़ालिम इब्नकासिम को तुम्हारे साथ जुल्म करने का मज़ा चखाता हूँ। इन फूल-सी राजकुमारियों को क्या समझकर उसने मेरे पास भेजा है? तुम्हें एक हिन्दू परिवार में रखा जाएगा। यहाँ भारत से बड़े-बड़े विद्वान्, दार्शनिक, ज्योतिषी, वैद्य बुलाए गए हैं। वे संस्कृत के ग्रंथों का अरबी में अनुवाद कर रहे हैं। हमारा मुल्क इल्म का प्रेमी है। हुनर की इज़्ज़त करता है। यहाँ भारतीय परिवार में जिसके यहाँ तुम रहना चाहो, खुशी से रहो। जब तुम्हारा जी चाहे, शादी के लिए अपना शौहर (पति) चुन लो।'' इतना सुनते ही दोनों राजकुमारियों ने खलीफ़ा के चरणों में सिर झुका दिया। फूट-फूट कर रो पड़ीं। आँसुओं की धार से ज़मीन भीग गई।

खलीफ़ा की आँखों में भी आँसू आ गए। बोले, ''मासूम बच्चियो, उठो। तुम्हारे माँ-बाप धन्य हैं, जिन्होंने अपने देश, अपनी जाति, अपने धर्म के लिए अपनी जान न्योछावर कर दी। हम बहादुरों की इज़्ज़त करना जानते हैं। जो मुल्क या जो कौम नेक इखलाक़ से गिरती हैं, उसके बर्बाद होने में देर नहीं लगती। जिस ज़माने में इब्नकासिम जैसे ज़ालिम, बदचलन मुसलमान की इज़्ज़त होगी, उसी वक्त इस्लाम खतरे में पड़ जाएगा।'' इतना कहते-कहते सदाकत अली की आँखें डबडबा उठीं। और उसने सतीत्वरक्षा में उन सतियों के आग में कूदने के भीषण दृश्य का वर्णन सुनाया, ''किस प्रकार उन विधवा नारियों ने पूरा विवाह जैसा शृंगार कर देश की मर्यादा के लिए अपने आप को स्वाहा कर दिया।''

एक पुरोहित कन्या ने स्वामी रामानंद से प्रश्न किया—''स्वामी जी महाराज, देश की रक्षा का भार क्या केवल क्षत्रियों के ऊपर ही है? दाहर का क्षत्रिय परिवार युद्ध करता रहा पर शेष समाज हाथ धरे बैठा, देश-विनाश का तमाशा देखता रहा। क्या युद्ध केवल क्षत्रिय का धर्म है!''

स्वामी रामानन्द बोले—''देश की रक्षा प्रत्येक का धर्म है। बाहरी आक्रमण

से देश को बचाना प्राणी-प्राणी का कर्त्तव्य है। इतिहास साक्षी है मित्र वंशी अमात्य सोपति ब्राह्मणों ने कायर भीरु राजा वृहद्रथ को स्वयं मारकर विदेशी देशों से देश की रक्षा की। ऐसी स्थिति में युद्ध यज्ञ बन जाता है।''

इस देश की एक विशेषता यह रही है कि आक्रमणकारी विदेशियों को भी कालान्तर में ऐसे ढंग से पचा लिया कि वे पूर्णत: भारतीय बनने में गौरव मानने लगे। जब वर्ण-व्यवस्था के पतन के दिन आए ब्राह्मण ज्ञानवर्धन और तप त्याग कर धन-संचय करते हुए प्रमाद के दास बन गए और क्षत्रिय युद्ध-भीरु होकर मिथ्या सामन्तवादी बनने लगे। जब वैश्य धन का दुरुपयोग व्यसन में करने लगे और शूद्र सेवा कार्य से च्युत होकर अत्यन्त उद्दंड बन गए तो जाति च्युत, समाज-बहिष्कृत, चाण्डाल वृषलों की एक नई जाति बड़ी संख्या में चारों ओर विस्तृत हो गई। तब आचार्य चाणक्य ने अपने तेज तपोबल से वीर योद्धाओं की प्रबल सेना निर्मित की और उन्हें अग्नि वंशी क्षत्रियों के नाम से अभिहित किया। चन्द्रगुप्त मौर्य ने दासी पुत्र होते हुए भी सिकन्दर जैसे वीर पर विजय प्राप्त की और देश यूनानी आधिपत्य से बच गया। इसी प्रकार विदेशी कुषाणों में से वीर योद्धा कनिष्क को पुन: बौद्ध और वैष्णव बनाकर महर्षि अश्वघोष ने सम्पूर्ण भारत को एक सूत्र में बाँध दिया और समग्र देश में संस्कृत को राष्ट्रभाषा, राजतंत्र की भाषा घोषित कर दिया। विदेशी भाषाओं के अनेक ग्रंथ संस्कृत में अनूदित हुए। इस प्रकार भारतीय विज्ञान, आयुर्वेद, ज्योतिष, दर्शन, समाज शास्त्र, युद्ध कला का विकास हुआ। देश धन-सम्पत्ति ज्ञान-विज्ञान से परिपूर्ण हो उठा।

गुप्तवंश के पतन के उपरान्त कोई ऐसा सशक्त शासक पैदा नहीं हुआ, जो सारे देश को अपने बाहुबल, नीति बल, चरित्र बल से एकता के सूत्र में जोड़ सके। यदि आज विभिन्न राजवंशों में ऐसा ही कलह बना रहा तो एक बार फिर सारा देश विदेशियों का दास बनकर रहेगा।

कुछ देर रुककर फिर बोले, ''पर आचार्य शंकर का आशीर्वाद पाकर देवी भारती समग्र देश में एक नया जागरण ला रही हैं। राष्ट्रकूटों और प्रतिहारों में कलह के कारण विदेशी (अरबी) पूर्व में उज्जैन तक पहुँच चुका था। पर भारती के प्रयास से दोनों राजवंश अब सम्मिलित प्रयास लगाकर विदेशियों को खदेड़ते जा रहे हैं। यदि कश्मीर, मगध, गुर्जर देश, चालुक्य और राष्ट्रकूट एकमत होकर विदेशियों को पराजित करना चाहें तो देश का संकट टलते देर न लगे और विदेशी आक्रमण के पंजे में फँसी, सिन्ध की भारतश्री सम्मान के साथ अपने देश में वापस आ जाए।'' यह चर्चा हो रही थी तो आचार्य समाधिस्थ हो गए थे। समाधि से उठने पर आचार्य शंकर गुफा से बाहर आए। उन्हें देखते ही सारी उपस्थित जनता उठ खड़ी हुई। आचार्य रामानन्द ने तथा उनके मित्र सूफ़ी फ़कीरों ने आचार्य का स्वागत किया और एक ऊँचे आसन पर बैठाया। स्वामी रामानंद ने सूफ़ी फ़कीरों, अरबी शासकों से आचार्य का परिचय कराया।

आचार्य शंकर जब समाधि से उठते थे तो उनकी मुखमुद्रा, नेत्र ज्योति, पहले से भी अधिक आकर्षणकारी बन जाती। मुखमंडल पर विलक्षण तेज चमकने लगता। सिन्ध प्रदेश में इस समय आचार्य के चतुर्दिक विभिन्न देशों के राजप्रतिनिधि, इतिहासकार,धर्म प्रेमी, सन्धिविग्रहिक आदि विद्यमान थे। सबकी एकमत हो यही धारणा बन रही थी कि हो न हो, यह शंकर एक सिद्ध संन्यासी ही नहीं कोई अवतारी महापुरुष हैं। विधाता ने जगकल्याण के लिए इन्हें भारत भेजा है। विश्व में व्याप्त रक्तपात से मानव जाति की रक्षा एकमात्र यही कर सकते हैं। इसी भावना से प्रेरित होकर विश्व के विभिन्न भूभागों के विद्वान् प्रतिनिधि सिन्ध में आए थे।

अरब तथा विजित देशों में खलीफ़ा उमय्याद के आदेश का बहाना लेकर अरबी शासक अत्याचार करने लगे। उनकी कट्टरता ज़ुल्म की उस सीमा तक पहुँचने लगी कि हजरत मुहम्मद की वाणी और *कुरान शरीफ़* की व्याख्या करने वालों पर भी ज़ुल्म की तलवार लटकने लगी। इस कारण इस्लाम धर्म में ध्यान धारणा वाले गम्भीर चिन्तकों, सादा, सरल और पूरी ईमानदारी से खुदा के प्रेम में डूबने वालों को अपमानित होना पड़ा। मुहम्मद साहब के दुनिया से जाने के बाद दो सौ वर्षों के अन्दर कई ऐसे बड़े विचारक पैदा हो गए जिनका चमत्कारी जीवन देखकर इस्लाम में वेदान्त जैसी नई चिन्तनधारा सूफ़ी मत के नाम से चल पड़ी। इराक सन्त इब्राहिम, और बसरा की महिला राबिया के सहस्त्रों अनुयायी देश–देशान्तर में फैल गए। अरब इराक इरान में जब कट्टरपंथी शासक उन पर ज़ुल्म ढाने लगे तो कितने ही सूफ़ी महात्मा वेदान्त की भूमि भारत आ गए। सिन्ध और मद्र (मध्य पंचनद) के भारतीयों ने उनका स्वागत किया। वे महात्मा भी भारत के दीन–दुखी समाज (बहिष्कृत) की सेवा में तन्मय हो गए। उनके चमत्कारी जीवन से प्रभावित हो रोगी, दीन–दुखी, शासन से संतप्त धनी–मानी सेठ–साहूकार भी उनके अनुयायी बन गए।

सम्राट ललितादित्य से हार जाने पर सिन्ध के अरबी शासक, भारतीय जनता और सैनिकों पर यह सन्देह करने लगे कि इन्हीं के कारण हमारी पराजय हुई है। इसलिए उन्होंने ग्रामीणों पर सख्ती करनी प्रारम्भ कर दी। जिन–जिन गाँवों में संस्कृत पाठशालाएँ थीं, वहाँ के ग्रामिक, ग्रामपति और शिक्षकों को दंडित किया गया। संस्कृत पाठशालाएँ तोड़कर मस्जिद के साथ मकतब खोले गए। अरबी पढ़ना अनिवार्य हो गया, क्योंकि सरकारी कामकाज और सरकारी नौकरी पाना अरबी के द्वारा सम्भव था। धीरे–धीरे अरबी का प्रभुत्व इतना बढ़ गया कि संस्कृत जानने वाला, वैदिक कर्मकाण्ड करने वाला, ढूँढ़ने पर भी नहीं मिलता था। स्थानीय भाषा और संस्कृत, प्राकृत जानने वाला अनपढ़ घोषित किया गया। प्रजा की ऐसी दुर्दशा देख दयालु सूफ़ी सन्त रो पड़ते। भारतीय हिन्दू–मुसलमान दोनों अरबी को यामिनी भाषा मानकर दुखी रहने लगे। ऐसे समय शंकर का पदार्पण हुआ। सिन्ध के अनेक विदेशी विद्वान आचार्य के साथ पदयात्रा को तत्पर हो गए।

उदार शासक और सहिष्णु शासित भी आचार्य और उनके अनुयायियों से मिलने आये। सक्खर के पास, जहाँ अटक नदी सिन्धु से मिलती है, एक संगोष्ठी आयोजित हुई जिसमें महाराज कश्मीर के साथ सिन्ध के अरबी शासक एकत्र हो विश्व और भारत की वर्तमान समस्याओं का समाधान खोजते हुए आचार्य शंकर से मिलने आये थे।

सिन्ध के नए अरबी हाकिमों को बगदाद शाह और दमिश्क खलीफ़ा अलमानून के हुक्म आते रहते थे कि फ्रांस में अरबों की बुरी तरह हार हो गई है। पश्चिम के जीते हुए मुल्कों को कब्ज़े में रखना मुश्किल हो रहा है। इसलिए वहीं भारत की सेना से सल्तनत की रक्षा करो, क्योंकि अरब या फ़ारस से फ़ौज भेजना मुमकिन नहीं।

अरबी हाकिम, ईरान और भारत के सैनिकों को अपनी फ़ौज में भर्ती करने से डरते थे। एक बार सिन्धी मुसलमानों को भी अरबों के साथ गांधार, कश्मीर और सिन्ध का सीमा-विवाद मिटाने को भेजा गया तो उन्होंने अपने भाइयों को मारने से इनकार कर दिया। इस प्रकार सिन्ध के मुसलमान भी अरब के लगभग एक सौ वर्ष के अत्याचारी शासन से ऊब चुके थे। इसलिए खलीफ़ा अलमानून भी सन्धि के पक्ष में थे। जब दो लौह खंड पृथक्-पृथक् रहते हुए आपत्ति की अग्नि में तपने लगते हैं और तपते-तपते ही जुड़ने को एक के ऊपर रखकर पीटे जाते हैं, तो दोनों यह नहीं देखते कि किस उत्तप्त खण्ड को ऊपर स्थान दिया जा रहा है और किसे नीचे रखा जाएगा। दोनों जुड़कर एक हो जाते हैं तो दोनों एक बनकर पहले से अधिक शक्तिशाली बन जाते हैं। ठीक यही दशा इस देश की तीन-चार या अधिक विदेशी शक्तियों या सभ्यताओं की थी। इसी सिद्धान्त के अनुसार भारत ने विदेशियों के लिए सदा अपना द्वार खुला रखा है। इसी के बल पर भारतीय संस्कृति और सभ्यता अब तक जीवित हैं। जबकि मिस्र, सीरिया, ग्रीक आदि प्राचीन सभ्यताएँ काल देवता के पेट में समा गईं। भारत की वैदिक मर्यादा बची है।

संगोष्ठी आचार्य के सान्निध्य में संयोजित करने का यही उद्देश्य था कि उनका मन्तव्य भी सुनने का अवसर मिल सके। पर आचार्य मौन-भाव से बैठे-बैठे सुन रहे थे।

3

शिष्यों, सन्त-महात्माओं, सार्थवाह व्यवसायियों के साथ आचार्य के देवल पहुँचने से पूर्व ही भारती, कर्नाटी, विजया, शुभ्रा, मागधी, विनोदिनी आदि नारियाँ पद्म पादाचार्य, स्वामी रामानन्द, सदाकत अली आदि के साथ पहुँच चुकी थीं। यात्री दल सिन्ध के गाँवों में घूमता हुआ समाज-सेवा में तल्लीन था और देवल से दूर-दूर के गाँवों में भ्रमण करते हुए वे सहवान गाँव में पहुँचे थे जहाँ एक बार अरबी सैनिक ग्रामीणों को इसलिए धमका चुके थे कि अरबी पढ़नी ही पड़ेगी। वहाँ के एक भग्न देवालय में संस्कृत शिक्षा दी जा रही थी। इतने में एक सरकारी अधिकारी वहाँ

पहुँचकर बलात् पाठशाला बन्द करा चुका था। ग्राम सभा की ओर से वह विद्यालय चल रहा था। उस पाठशाला और मन्दिर के लिए जो अग्रहार भूमि ग्राम की ओर से मिली थी उस पर अरबी सरकार ने बलात् अधिकार कर लिया था। केन्द्र की सरकार ने ग्राम सभा भंग कर दी थी। विरोध करने पर ग्रामिक, कुलाधिकारी, कुटुम्बिन और ग्राम अधिकारी (महत्तर) को बन्दी बना लिया गया था।

जब ग्रामीण जनता अरबों का यह अत्याचार नहीं सह पाई तो उनके प्रतिनिधि पंच विषयपति (ज़िलाधीश) के पास पहुँचे। उन्होंने अपनी असमर्थता प्रकट की। तब निराश हो वे भुक्तिपति (प्रान्तीय हाकिम) के पास पहुँचे। उसने ग्रामवासियों को कैद कर लिया। भुक्तिपति ने धमकाया कि "यदि तुम अरबी नहीं सीखते तो तुम्हें कोई सरकारी नौकरी नहीं मिलेगी। इतना ही नहीं तुम्हारे गाँव का सारा हिसाब-किताब, ज़मीन की नाप-जोख, मालगुज़ारी का कागज़-पत्र अरबी में रखा जाएगा। झगड़े का फ़ैसला करने वाला काज़ी तुमसे सिर्फ़ अरबी में सवाल-जवाब करेगा। सारा व्यापार अरबी में होगा। कचहरी, मकतब, थाना, कुतुबखाना में सिर्फ़ अरबी के कागज़ात रहें। दवाईखाने, अरबी जानने वालों के ही फ़ायदे के लिए होंगे। फिर तुम्हारा संस्कृत पढ़ना-पढ़ाना बेकार जाएगा। हम तो ईरान में भी फ़ारसी हटाकर अरबी रख रहे हैं। जब फ़ारसी ही को अरब के शहंशाह ईरान से निकाल रहे हैं तो संस्कृत की तालीम हम कैसे बर्दाश्त कर सकते हैं?" ग्रामीण माताओं ने रो-रोकर अपनी विपदा इस यात्री दल को सुनाई। सदाकत अली की आँखें भर आईं। उन्होंने मन में निश्चय किया कि सिन्धवासी उन मुसलमानों का संगठन किया जाय तो सिन्ध जो अपनी मातृभूमि और यहाँ की भाषा को अपनी मातृभाषा मान चुके हैं। अरब के कुरैशी वंश और फ़ारस से आए सूफ़ी महात्माओं के नेतृत्व से नव जागरण आ चुका था। महाराज ललितादित्य के विजयी होने पर अधिकांश अरबी परिवार भारतीय बनना श्रेयस्कर समझ रहे थे। इस प्रकार सिन्ध में एक गाँव के सत्याग्रह और कष्ट सहन से वातावरण बदलने लगा था। ऐसी स्थिति में इसी यात्री दल को गाँव-गाँव संस्कृत पाठशाला स्थापित करने, भग्न देवालयों के जीर्णोद्धार करने का स्वर्ण अवसर मिल गया। आचार्य के एकमात्र आगमन और अद्वैत दर्शन के प्रचार से अरबी, फ़ारसी, ईरानी, सिन्धी भाइयों में प्रेम बढ़ने लगा। सदाकत अली के प्रयास से अरबी विद्वानों ने भी आचार्य शंकर का स्वागत किया। अब उनके साथ विशाल जन-समाज सूफ़ी महात्माओं और साधु-संन्यासियों की सेवा करता हुआ चल पड़ा।

चलते-चलते यात्री दल प्रह्लादपुर पहुँच गया। वहाँ अभी संस्कृत का पठन-पाठन चल रहा था। इस प्रकार स्थानीय बोलियाँ और संस्कृत भाषा के सहयोग से आचार्य शंकर की वाणी कन्याकुमारी से तक्षशिला तक अमोघ अस्त्र सिद्ध हुई। देश को विखंडित करने वाली राक्षसी भेद-नीति आचार्य शंकर के एक मंत्र के द्वारा धाराशायी हो गई। वह मंत्र था 'कि स्मर्तव्यं पुरुषैःहरेर्नाम सदा, न यामिनी भाषा,' यह मंत्र किसी भी पराजित परतंत्र राष्ट्र को स्वतंत्र कराने में कहीं भी सफल हो सकता है, ऐसा आचार्य का कथन है।

इस चमत्कार के पीछे कई करुणोत्पादक घटनाएँ छिपी हुई हैं जिनका उद्घाटन सूर्यमुखी (सैन्धवी) और चन्द्रमुखी (मेहवान्) नामक दो सगी बहनों के मिलन के समय हुआ।

4

दोनों बहनें सूर्यमुखी और चन्द्रमुखी अपनी माँ के पास बैठकर परिवार का कुशल समाचार एक-दूसरे से कह रही थीं। इसी समय चन्द्रमुखी के बच्चे खेलते-कूदते आ गए। वे दोनों समीप के एक विद्यालय में पढ़ते थे। उन्होंने माँ को बताया कि ''हम लोगों को सभी विषय अरबी के माध्यम से पढ़ने को बाध्य होना पड़ा है तो हम ईरानी सिन्धी लड़कों ने यही निश्चय किया है कि हमें इस देश की कोई भी भाषा सिखाई जाएगी तो सीखने को तैयार हैं पर अरबी को माध्यम नहीं बनायेंगे। हमारी मातृभाषा पहलवी है जो संस्कृत की तरह जान पड़ती है। हम सिन्धी और संस्कृत के माध्यम से सभी विषय पढ़ सकते हैं पर अरबी को शिक्षा का माध्यम नहीं मानेंगे। ज्ञानवर्धन के लिए प्रारम्भिक ज्ञान अरबी का भी किसी प्रकार सम्भव भले ही हो पर परीक्षा का माध्यम अरबी कभी नहीं स्वीकार करेंगे।'' यह सुनकर चन्द्रमुखी प्रसन्न हुई। उसने भारती आदि का परिचय कराते हुए अपने बेटे-बेटियों को उन्हें नमस्कार करने की आज्ञा दी।

भारती और शंकराचार्य के शास्त्रार्थ की कहानी तीर्थयात्रियों के द्वारा सीमांत तक पहुँच गई थी। मूलस्थान नगरी तो पूर्व-पश्चिम से आने वाले व्यापारियों एवं यात्रियों का केन्द्र बन चुकी थी। सिन्ध से बहिष्कृत महिलाओं को भारती के आश्रम में ही शरण मिलती थी। इसलिए भी उसकी ख्याति फैल चुकी थी। भारती के यहाँ छात्र-छात्राओं को संस्कृत और प्राकृत के माध्यम से ऊँची शिक्षा भी दी जाती थी। भारती को बालकों के निश्चय से बड़ी ही प्रसन्नता हुई। उसने चन्द्रमुखी से निवेदन किया कि यदि यहाँ किसी प्रकार की कठिनाई हो तो बच्चों को सूर्यमुखी के साथ हमारे आश्रम में भेज दीजिए।

सूर्यमुखी और चन्द्रमुखी ने आभार प्रकट करते हुए कहा, ''आप सिन्ध की किन-किन समस्याओं को दूर करेंगी? यहाँ तो पग-पग पर समस्या नया-नया रूप ले रही है। यहाँ का सारा व्यवसाय, सभी शिक्षा संस्थान, धर्म स्थल, सारी हुकूमत, सारा शिल्प अरबों के हाथों में है। उनकी आज्ञा के बिना यहाँ पत्ता भी नहीं हिल सकता? आप से क्या कहें? यहाँ किसी को अपने संस्कार के अनुसार ईश्वर की बन्दगी का भी अधिकार नहीं।''

इसी समय सिन्धी युवक-युवतियों का एक वर्ग सूफ़ी माता सिन्धी राविया का दर्शन करने पहुँचा। चन्द्रमुखी की माता सिन्धी राविया के नाम से प्रसिद्ध हो गई थी। समाज की अनेक समस्याओं को समझाने के लिए सिन्धी वहाँ पहुँच जाते। तरुण-वर्ग प्राचीन वर्ण-व्यवस्था के पक्ष में था और संकीर्णमना पुरोहितों से रुष्ट होता जा रहा था।

ईरान से भाग कर आये हुए परिवार जो छिप-छिपाकर सिन्ध में बच गए थे, वे भारत को ही अपना देश मान चुके थे। अरबी उनको अपने धर्म में सम्मिलित कर लेते थे पर वर्ण-व्यवस्था के कारण सिन्ध के मूल निवासी भारतीय उनके साथ शादी-विवाह नहीं कर पा रहे थे। कई विवाह के आकांक्षी युवक-युवतियाँ, सिन्धी राविया से परामर्श लेने आ पहुँचे। चन्द्रमुखी ने विवाह एक साहसी राजपूत योद्धा से कर लिया था। यद्यपि उसके सामने पुरोहितों और मुल्लाओं ने अनेक बाधाएँ खड़ी कीं। काज़ी नहीं चाहते थे कि ईरानी बालायें सिन्धियों के साथ विवाह कर लें।

लगभग सौ वर्षों तक साथ-साथ रहने से अरबी शासक वर्ग की कट्टरता कुछ कम होती गई पर सिन्धियों के हृदय के घाव अभी भरे नहीं थे। पुरोहित वर्ग इतना भयभीत था कि उनसे खान-पान का भी सम्बन्ध जोड़ना नहीं चाहता था। कभी-कभी अत्याचारी अपने कृत्यों पर पश्चाताप करते हुए मज़लूम पर उतना ज़ुल्म नहीं करना चाहता—उतनी निर्दयता से कोड़ा नहीं मारता—पर निरपराध संतापित अपनी पहली पीड़ा नहीं भूलता। उसे विवश होकर सब कुछ सहना पड़ता था। यही दशा सिन्धियों की थी। उन्होंने विदेशियों के साथ सम्बन्ध रखने वाले अपने ही भाइयों को अस्पृश्य समझा। इस प्रकार कई कारणों से वर्णव्यवस्था, जाति-पाँति का बन्धन और जकड़ने लगा।

तरुण और युवा वर्ग इस बंधन को तोड़ने पर उतारू था। विदेशी सिन्धीवासी भारतीय युवतियों से विवाह करना चाहते थे पर पुरोहित वर्ग इतना आतंकित था कि ऐसे प्रेम विवाह को समाज के लिए हानिकर समझ रहा था। युवा वर्ग इस पक्ष में था कि प्राचीन कटुता मिटाकर परस्पर प्रेमपूर्वक रहा जाए। मुल्ला और पुरोहित दोनों इसके विरुद्ध थे। दोनों का स्वार्थ और प्रभुत्व वैरभाव बढ़ाने से ही सुरक्षित था, कटुता मिट जाने पर इन्हें कौन पूछता? मुल्ला, धर्म-विस्तार के लिए अपनी कन्याओं को अपने समाज से बाहर नहीं जाने देना चाहता था और पुरोहितों का तर्क था कि दो भिन्न धर्मों की सन्तान को ब्राह्मण, क्षत्रिय, वैश्य, शूद्र किस जाति में रखा जाएगा? ऐसी सन्तान से भविष्य में कौन विवाह सम्बन्ध करना चाहेगा? जब तक पुरोहित, पंडित विवाह मंडल में सप्तपदी संस्कार न कराये तब तक भारतीय ढंग से यह सम्बन्ध समाज-मान्य कैसे हो? पुरोहित वर्ग को भी इसका कोई विकल्प सूझ नहीं रहा था। इसलिए कट्टरता बढ़ती गई।

इधर मुल्ला तुले हुए थे कि यदि दोनों प्रेमी अरबी धर्म स्वीकार कर लें तो विवाह काज़ी की कचहरी में मान्य बन जाए। ऐसा विवाह एक मर्द चार औरतों से कर सकता है। इससे हमारी आबादी बढ़ेगी। इस प्रकार एक सौ वर्षों के अरबी राज्य में विदेशियों की संख्या लाखों तक पहुँच गई तो वर्ण व्यवस्था का उद्देश्य ही समाप्त हो जायेगा। ऐसी विषम समस्या भारती के सामने चन्द्रमुखी को रखनी पड़ी। वह स्वयं भुक्तभोगी थी?

भारती और उसकी सहतीर्थ्या बहनें सिन्धी राविया की ओर निहारती रहीं। उस

1. बसरा की प्रसिद्ध सूफी महिला राविया को अरबी मुल्लाओं ने धर्म विरोधी माना था।

वृद्धा ने समझाना प्रारम्भ किया, ''सिन्धियों का विदेशियों से सशंक होना स्वाभाविक है। अपनी परम्परा पर दृढ़ता से डटे रहना प्रत्येक देश का धर्म है। विदेशियों को धर्म प्रचार की स्वतंत्रता उसी सीमा तक देनी उचित है जो अपनी संस्कृति और राष्ट्रीय भावना को मिटने से बचाये रखे। ईरान से जो भूलें हुईं उनका दुष्परिणाम हम सब भोग रहे हैं। पूरी की पूरी जुरस्थियन जाति को देश से निकलना पड़ा। पर वहाँ की बची जनता ने न अपनी लिपि त्यागी, न अपनी पहलवी भाषा छोड़ी। इसी से प्राचीन ईरानी संस्कृति बच गई है। यद्यपि प्राचीन व्यापक धर्म कुछ काल के लिए लुप्त-सा दिखाई पड़ रहा है। कभी शुभ समय आयेगा, अवश्य आयेगा, क्योंकि, ईरानी संस्कृति को अरबी ज़ालिम मिटा नहीं सकेंगे।''

तरुणदल सिन्धी राविया सूफ़ी का आशीर्वाद लेने आया था। वे विवाह को तुले थे। चन्द्रमुखी की अपनी लड़की भी, माँ की तरह सिन्धी राजपूत से विवाह करना चाहती थी। उस युवक ने अपनी प्रेयसी को प्राणों की बाज़ी लगाकर ज़ालिम कोतवाल से बचाया था। कोतवाल की दस बीवियाँ पहले ही थीं पर वह इस राजपूत वीर किशोरी को हरम में रखने पर तुला था। कोतवाल की शक्ति का सामना करना कठिन जानकर तरुण-मंडली ने युक्ति निकाली कि किसी प्रकार कश्मीर महाराज अजितापीड़ को सूचना दी जाए वही रक्षा कर सकते हैं। अजितापीड़ ने सीमा संरक्षकों को रक्षा का दायित्व सौंपा। इधर कोतवाल के विरोधियों ने शाह सिन्ध से भी कोतवाल के उच्छृंखल व्यवहार की निन्दा की। अत: शहर भी कोतवाल से रुष्ट था। कोतवाल ने बलात् चन्द्रमुखी और उसकी पुत्री को पकड़ मँगवाया और मुल्ला और काज़ी निकाह की तैयारी करने लगे। इसी समय अजितापीड़ और शाह सिन्ध के सैनिक छद्म वेश में विवाह की खुशी मनाते हुए बाजा बजाते, गाना गाते हुए आ पहुँचे। फिर तो कोतवाल का विवाह मौत के साथ हमेशा के लिए हो गया। जान पर खेलकर कुमारियों के सतीत्व की रक्षा करने वालों को इससे बड़ा बल मिल गया था। पर उनके सामने वर्ण व्यवस्था की जटिल समस्या थी। संयोग से प्रसिद्ध कर्मकांडी पंडित मण्डन मिश्र की विदुषी पत्नी आ पहुँची थी इसलिए सिन्ध की इस नई समस्या का समाधान सम्भव जानकर तरुण और युवा वर्ग एकत्र हो गया था।

चन्द्रमुखी ने भारती से अनुरोध किया कि आप सम्पूर्ण भारत में तीर्थयात्रा करती आ रही हैं। आप ही वर्णाश्रम की वर्तमान सामाजिक समस्या का कोई रास्ता निकालिए।

भारती बड़े संकोच में पड़ गई। उसने बड़े विनम्र भाव से माता सिन्धी राविया को सिर झुकाते हुए निवेदन किया कि ''हमारा सामाजिक ज्ञान उस शून्य के समान है जो एक की खोज में लगा है। माता राविया और आचार्य शंकर उसी ब्रह्म निर्गुण निराकार का साक्षात्कार कर रहे हैं जो एक अकेला सत्य है। शेष सभी ज्ञानशून्य होते हुए भी उसके (ब्रह्म ज्ञान) साथ मिलकर मूल्यवान बनते हैं। हम आपके श्री मुख से ही सुनते आए हैं।''

माता राविया आँखें बन्द किए लेटे-लेटे भारती की मधुर वाणी सुनती रहीं। कुछ समय उपरान्त उठकर बैठ गईं। उसके समाधिस्थ चित्त में न जाने कैसे *जेंद अवेस्ता* कहाँ से निगम आगम, *जेंद अवेस्ता-कुरान, त्रिपिटक*-जैन सूत्रों की ब्रह्मज्ञान ज्योति आकर जगमगाने लगी।

5

प्रह्लादपुरी में गान्धार के राजदूत और उनके परिवार का सन्देश भारती ने बड़े ध्यान से सुना। उसने शकस्थान, काफ़िरस्तान और कम्बोज, गान्धार, नव गान्धार देशों के प्राचीन इतिहास का विधिवत अध्ययन किया था। उसने पढ़ा था कि सूर्यवंशी राजा रामचंद्र के भाई भरत के दो पुत्र बड़े ही पराक्रमी और बलशाली थे। उन्होंने सौवीर और गान्धार-कम्बोज में अपना राज्य स्थापित किया। पश्चिमोत्तर प्रदेश की राजधानी तक्षशिला में बनाई गई। तक्षशिला, राजा तक्ष के नाम पर स्थापित की गई थी। आगे चलकर यही स्थल भारत का सबसे बड़ा विद्या का केन्द्र बन गया। वैदिक शिक्षा का यह केन्द्र जब तक चन्द्रगुप्त, चाणक्य, चरक, अश्वघोष जैसे नीतिज्ञ, विद्वान, शूरवीर क्षत्रिय एवं ब्राह्मणों का निर्माण करता रहा, तब तक विदेशी इस देश का बाल भी बाँका न कर सके। चन्द्रगुप्त मौर्य, चाणक्य, अग्निमित्र, पुष्यमित्र, कनिष्क के उपरान्त तक्षशिला के दीक्षित गुप्तवंशी सम्राटों ने सम्पूर्ण भारत में एकता स्थापित की। अत: यह स्वीकार करना होगा कि गान्धार को ही इस देश का सिरमौर बनने का श्रेय है।

भारती के मुख से अपने राज्य सौवीर और गान्धार-कम्बोज की प्रशंसा सुनकर गान्धार-कम्बोज वासियों को बड़ी प्रसन्नता हुई और उन्होंने निवेदन किया, "देवि भारती, हमने दाण्डायन ऋषि और उनके शिष्य चाणक्य का कुछ-कुछ इतिहास पढ़ा है। ऐसा प्रतीत होता है कि भगवान शंकर या ऋषि दाण्डायन अथवा आदि शंकराचार्य अपने शिष्यों सहित पुन: अवतरित हो गए हैं और भारत की एक बार फिर दाण्डायन, चाणक्य और चन्द्रगुप्त की तरह, राष्ट्रीय एकता और अखण्डता स्थापित करने में समर्थ होंगे।

गान्धार-कंबोज के राजदूत की आस्था और विश्वास भरी वाणी से राज्यहीन पारसियों के राजा यज्दगिर्ज के वंशजों को बड़ा आश्वासन मिला। आज से लगभग डेढ़ सौ वर्ष पूर्व उनके पूर्वजों को अरबों ने बलात् ईरान (आर्यवान) देश से निकाल दिया था और जो देश छोड़ने में असमर्थ थे, उन्हें धर्म-परिवर्तन के लिए बाध्य किया था। कतिपय अग्नि पूजकों, पारसियों को नीतिवश अपनी शरण में रख लिया था। फ़ारस के अधिकांश अग्निपूजक समुद्र मार्ग से सिन्ध, सौराष्ट्र और कर्नाटक में आ बसे। वर्षों तक संजन में रहकर अनेक परिवार जीविका की खोज में नवसारी सूरत, भरौच आदि स्थानों पर फैल गए।

इस प्रकार भारत में पिछले डेढ़ सौ वर्ष की अवधि के अन्तर्गत *जेंद अवेस्ता* के अनुयायियों का एक बहुत बड़ा समुदाय भारतीय बन गया। आचार्य शंकर के

अनुयायियों में कितने ही अग्निपूजक साधक थे; जिनको आचार्य की ज्ञान-ज्योति में पूरा विश्वास हो गया था। उनके मन में यह पूरी आशा जम गई थी कि उनके धर्म की रक्षा इस देश में अवश्य हो जाएगी। जब उन्होंने अपने पूर्वजों की भूमि पारस देश से आये हुए प्रतिनिधियों को देखा तो उनके उल्लास का ठिकाना न रहा। भारती ने उनका परिचय करवाया और वे एक-दूसरे से गले मिले। सबकी आँखें करुणा से आर्द्र हो उठीं। बिछुड़े हुए पारसी भाइयों का लगभग दो शताब्दी बाद मिलन हुआ।

कश्मीर का निमंत्रण पाकर भारती यह निश्चय न कर पा रही थी कि पहले गान्धार-कम्बोज की यात्रा उचित होगी अथवा कश्मीर की। शिष्य मंडल एवं यात्री दल की एक बैठक हुई जिसमें इस समस्या पर विचार किया गया। पक्ष और विपक्ष दोनों में देशकाल के अनुसार यात्रा की सुख-सुविधा का विचार हुआ। अंत में सर्वसम्मति से यही निर्णय हुआ कि कश्मीर का वातावरण प्रत्येक दृष्टि से इस समय यात्रा के लिए अधिक अनुकूल है। अत: महाराज कश्मीर का ही निमंत्रण स्वीकार किया जाए भारती ने आचार्य पद्म पाद को यात्री दल का निर्णय सुनाया और पारस एवं गान्धार से आये हुए प्रतिनिधियों को आचार्य का दर्शन कराया। आचार्य की दिव्यमूर्ति थी। उनके मुखमंडल पर क्षण-क्षण झाँकती हुई दिव्य ज्योति देखकर पारस और गान्धार कम्बोजवासी मुग्ध रह गये। आचार्य की दृष्टि से ज्यों ही दृष्टि मिली, उन्हें ऐसा प्रतीत हुआ मानो कोई वशीकरण मंत्र अपनी ओर बरबस आकृष्ट करता जा रहा है। वह मानो अपनी सुधबुध भूल रहे हों। एक अद्भुत आनन्द लहरी उनके दृश्य में उमड़ रही हो। नेत्रों से निरन्तर प्रवाहित होने वाली स्नेहधारा उन्हें आप्लावित कर रही थी। आचार्य शंकर ने करुणा भरी वाणी में आगन्तुकों का कुशल समाचार पूछा और उनके रहने की व्यवस्था के विषय में जिज्ञासा प्रकट की। भारती ने चरणों में निवेदन किया कि महाराज कश्मीर ने इन अतिथियों की स्वत: व्यवस्था की है। आंगतुक आचार्य का दर्शन पाकर कृतकृत्य हो गए थे। उन्होंने उनके साथ पदयात्रा में शामिल होने की अनुमति माँगी। आचार्य का नियम था कि मध्याह्न काल में समीपवर्ती किसी गृहस्थ के यहाँ भिक्षा माँगने कमण्डल उठाकर चले जाते। भारती ने ऐसी व्यवस्था कर रखी थी कि आचार्य को भिक्षा माँगने के लिए बहुत दूर न जाना पड़े। आचार्य के साथ केवल पद्म पादाचार्य, तोटकाचार्य और हस्तामलकाचार्य ही भिक्षा माँगने जाते थे।

संध्या समय प्रार्थना का नित्य प्रति की तरह आयोजन किया गया। भारती दूसरे दिन का कार्यक्रम इसी समय आचार्य की आज्ञा से सुनाया करती थी। आचार्य प्रार्थना के उपरान्त प्रवचन किया करते थे। आज का प्रवचन सर्वधर्म की समानता के विषय में था। आज की विराट सभा में भारत के सभी प्रमुख राज्यों, सम्प्रदायों, धर्मों और राजवंशों के प्रतिनिधि विद्यमान थे। दक्षिण के राष्ट्रकूट और चालुक्य, मध्य भारत के परमार, प्रतिहार, पूर्वी भारत के पालवंशी और सिन्ध पंचमद्र के अरबी, सूफ़ी संत, पश्चिमोत्तर से गान्धार कम्बोजवासी, हिमालय के उत्तरी भाग तिब्बत, चीन, मंगोलिया वासी विद्वान भी आचार्य का यश सुनकर दर्शनार्थ आ गये थे। इस प्रकार पूरा समाज प्रात:काल कशमीर की यात्रा पर चल पड़ा। सुरेश्वराचार्य आचार्य की आज्ञा से मठ

सन्यास लेकर शृंगेरी में ही वेदान्त ग्रन्थ लिखने का संकल्प ले चुके थे। इसलिए वे शृंगेरी में थे। यहाँ आना सम्भव नहीं था।

चलते-चलते संध्यावेला आ गई। महाराज कश्मीर ने यात्री दल के निवास की व्यवस्था की। यात्री दल दूसरे दिन प्रार्थना के उपरान्त चल पड़ा। चलते-चलते सिन्ध मद्र प्रदेश का सिद्धाश्रम दूर से दिखाई पड़ा।

6

तीर्थयात्री दल यात्रा करते-करते सदाकत अली के साथ सिद्धाश्रम पर पहुँचा। यहाँ बौद्ध और वैदिक तांत्रिक 'महाविद्या साधना' किया करते थे। इन्हीं के प्रयास से दाहर और उसके पूर्ववर्ती राजन्य वर्ग और योद्धा अस्त्र-शस्त्र से अधिक विश्वास मातंगी साधना में किया करते थे। यहाँ के सिद्ध बाबा के शिष्य सिन्ध और समीपवर्ती राज्यों में यह प्रचार करते फिरते थे कि हमारे सिद्ध बाबा को मातंगी महामाता ऐसी सिद्ध हो गई है कि वह बड़े-से-बड़े अत्याचारी शत्रु को मंत्र-तंत्र-यंत्र के बल से सद्यः पराजित कर देते हैं और शत्रु के योद्धा सैनिक कुत्ते की तरह दुम दबाकर देश से भाग निकलते हैं। वह शास्त्रों से प्रमाण देकर सिद्ध कर देते हैं कि जो भी राजा या प्रजा मातंगी या दश महाविद्याओं में से किसी एक की सिद्धि कर लेगा, वह मोहनी शक्ति प्राप्त कर सकेगा। शत्रु उसके सामने प्रस्तर स्तम्भ की तरह जड़ खड़ा रह जाएगा। वह कुबेर के सदृश धनवान, भीम की तरह योद्धा, इन्द्र की तरह वज्रधारी बन जाएगा। यदि चाहे तो मोहनी शक्ति डालकर सुन्दरी से सुन्दरी अप्सरा जैसी रमणी को वशीभूत कर सकता है।

यात्रियों ने सिद्धाश्रम में प्रवेश करते समय देखा कि सिंह द्वार पर यह मंत्र उत्कीर्ण था :

मोहन स्तम्भनाकर्ष मारणोच्चाटनानिच।
मातंगी साधयेतस्य जायते साधकस्य तु॥

सदाकत अली को स्वामी रामानन्द और आश्रम के समीपवर्ती ग्रामवासियों ने इस जनपद की पुरानी कहानियाँ रोते-रोते सुनाईं। ग्रामीण भाइयों ने बताया, "यहाँ के सिद्ध बाबा की गुरु परम्परा में किसी समय एक ऐसे योगीश्वर थे जिन्हें सिद्धि प्राप्त रही होगी। उन्हीं के तप बल पर शताब्दियों से यहाँ के शराबी, मांसाहारी, भ्रष्टाचारी, महामाया के तथाकथित पुजारी छद्म योगाचार में लिप्त रहने पर भी पूजा पाते रहे। जिनकी छद्मलीला का रहस्य अब खुल रहा है।" कर्नाटी ने पूछा, "जब दाहर के राज्य पर अरबों का आक्रमण हुआ तो यहाँ के सिद्धों (महात्माओं) ने क्या चमत्कार दिखाया?"

बूढ़ा ग्रामीण रो-रोकर कहने लगा, "इन्हीं का पाप इस जनपद को ही नहीं सारे सिन्ध और पांचाल को खा गया।" उन्होंने दाहर के सेनापति और सामंतों को पूरा आश्वासन दिया कि "यदि वे एक-दो दिन भी मातंगी विद्या की उपासना कर लें तो

अरब की सेना अपने आप स्तम्भित रह जाएगी। फिर युद्ध बिना ही उनको बंदी बनाया जा सकेगा। इस प्रकार राजा और सैनिक हिंसा पाप से भी बच जाएंगे। किसी का एक बूँद रक्त भी न गिरेगा और शत्रु सदा के लिए दास बन जाएगा।'' वैदिक तांत्रिक भी यह भूल गए थे कि स्वयं पुरुषार्थ करने पर ही महामाया की साधना सफल होती है। अत: उन्होंने भी मौन सम्मति दे डाली।

विजया ने दूसरा प्रश्न किया। उसने पूछा कि ''क्या राजा और सामंतों को उनकी बातों पर विश्वास हो गया ?'' ग्रामीण बोला, ''हमारे योद्धा पूर्वजों ने राजा और सामंत की बड़ी गोहार की कि ये भ्रष्टाचारी दुरात्मा है, सिद्ध महात्मा नहीं। इनका विश्वास न कीजिए। युद्ध की पूरी तैयारी करके लड़िये पर सिन्ध नद के समीप बौद्धों का राज्य था। वे अरबों से संधि कर चुके थे। छद्म सूफ़ी वेश में अरब के गुप्तचरों ने उन्हें भरोसा दिया कि राजमहल और मन्दिरों की लूट में आधा भाग उनका रहेगा। उन्हीं बौद्ध वैदिक तांत्रिकों ने दाहर के दुर्ग का गुप्त मार्ग बता दिया। अरब की सेना तो बिजली की तरह भारतीय सेना पर टूट पड़ी। स्तम्भन और मारण का फल मातंगी उपासकों को मिला। क्रुद्ध होकर अरब सैनिकों ने बौद्ध विहार के विशाल संधाराम, देवालय और राजप्रासाद में लूटपाट करके आग लगा दी। पता चलने पर उन्होंने इस सिद्धाश्रम को भी जलाकर राख कर दिया। उन्हें यह भय था कि कहीं अरब के सैनिकों पर भी इन कायर तांत्रिक पाखंडियों का जादू चल जाए तो हमारी सेना भी न लड़ेगी। तभी से यह कलंकी आश्रम उजड़ा पड़ा है।''

''हम लोगों ने उसकी स्मृति में यह स्तम्भ खड़ा कर दिया है। इसी चबूतरे पर यह तांत्रिक साधना की सामग्री यादगार के रूप में रख छोड़ी है। यह देखिए यही पीला आसन है; ऐसे ही आसन पर बाबा बैठा करता होगा। ऐसी पीली धोती पहनता होगा। यह है रुद्राक्ष माला और स्फटिक माला। यह है जल पात्र, यहाँ है सुगन्ध अगरबत्ती आदि जलाने का आधार। यह है उस समय का दीपाधार जो किसी प्रकार बच गया है।''

इतना कहते-कहते ग्रामिक (ग्राम अधिपति) अपने भाइयों की दुर्दशा पर दुख प्रकट करने लगा। तीर्थयात्री भी दु:ख के मारे माथा ठोक-ठोक कर पश्चाताप करने लगे और तांत्रिक साधना को सिंध की पराधीनता का मूल कारण बताने लगे। ग्रामीण भाइयों ने उन्हें आश्वासन देते हुए कहा कि दाहर की घटना तो आज से सौ वर्ष पूर्व घटित हुई थी। पर वहीं इस तांत्रिक प्रपंच का अंत नहीं हुआ। तंत्र की योग सिद्धि के नाम पर सीधी-सादी, भोली-भाली जनता आज तक ठगी जा रही है। आइए हमारे साथ चलिए। हम आपको एक योगाश्रम ले चलते हैं। वहाँ की कहानी वहीं चलकर सुनिए।—देश का यात्री दल आपस में सिन्ध की दुर्दशा पर शोक व्यक्त करते हुए विभिन्न समस्याओं के विषय में परामर्श करता रहा।

आगे-आगे ग्रामिक चल रहे थे। उनके पीछे ग्रामीण नर-नारियाँ यात्रियों के साथ अपनी-अपनी टूटी-फूटी प्राकृत में भाव विनिमय कर रही थीं। सिन्ध राज में प्रथम

बार भारत के विभिन्न प्रदेशों से आये हुए पर्यटक, तीर्थयात्री एकत्र हुए थे। अरबी राज्य स्थापित हो जाने के उपरांत एक प्रकार से यह प्रदेश शेष भारत का अंग रह ही नहीं गया था। भाषा और संस्कृति, धर्म और कर्म, साहित्य और स्थापत्यकला की दृष्टि से भी यह निरंतर अरब से जुड़ता जा रहा था। यह सुनकर यात्री दल चिंतित होने लगा। उन्हें चिंता-निमग्न देख ग्रामिक महोदय कहने लगे, ''आप अभी से चिन्तित होने लगे। ऐसे न जाने कितने सिद्धाश्रम, योगाश्रम, शक्ति आश्रम, ज्ञान आश्रम सिन्ध में जगह-जगह बन गए हैं। चलिए आपको समीपवर्ती एक योगाश्रम का स्थान दिखाएँ।''

7

यात्री दल सिद्धाश्रम से आगे बढ़ा तो दूसरा योगाश्रम मिला। पूछताछ करने पर ज्ञात हुआ कि ऐसे कितने ही नये-नये सिद्धाश्रम और योगाश्रम, अरब, इराक और ईरान की सहायता से चल रहे हैं। तीनों देश धर्म प्रचार की ओट में अपनी-अपनी सत्ता जमाने का प्रयास कर रहे हैं। तांत्रिक चमत्कारों में सिन्धियों का दृढ़ विश्वास देखकर, भाँति-भाँति के सूफ़ी फ़कीरों के वेश में उक्त तीनों देशों के गुप्तचर, जगह-जगह योगाश्रम, सिद्धाश्रम, शक्ति आश्रम बनाते जा रहे हैं। भोली-भाली ग्रामीण जनता इनका चमत्कार देख चकित रह जाती है।

एक यात्री पूछ बैठा, ''क्या गुप्तचरों में चमत्कार शक्ति होती है?''

बूढ़ा ग्रामीण बोला, ''चमत्कारी बाबाओं की वास्तविक गाथा आपको सुनाता हूँ।''

सभी यात्री, ''हम वास्तविकता ही जानने इतनी दूर आए हैं।''

बूढ़ा, ''मद्र जनपद के उत्तर-प्रदेश में सम्पन्न परिवार की जनता बसती है। वहाँ एक बार योगियों के वेश में एक बाबा आए। ग्रामीण जनता ने उनका बड़ा सत्कार किया। उनके साथ शिष्य वर्ग चल रहा था जो उनके अद्‌भुत चमत्कारों की कहानियाँ सुनाया करता था। भोली जनता अपनी-अपनी विपत्ति गाथा सुनाने लगी। बाबा पहले तो प्रसाद में भभूत देते। फिर उनके शिष्य पिटारियों में भर-भर कर फल लाने लगे। बाबा जानते थे कि किसको क्या प्रसाद देने से उसकी श्रद्धा दृढ़ हो सकती है!''

एक यात्री पूछ बैठा, ''बाबा प्रसाद में और क्या-क्या देते थे?''

बूढ़ा, ''इसी प्रसाद वितरण में तो बाबा का चमत्कार छिपा था। मानव स्वभाव है, वह निर्धन से धनी होना चाहता है।''

''व्यापारी जगत् सेठ बनना चाहता है। रोगी मल्ल योद्धा को देखकर तरसता रहता है। सन्तान रहित पुत्र चाहता है। अविवाहिता पति को तरसती है। बाबा के प्रसाद से व्यापारी बड़ा श्रेष्ठि, रोगी स्वस्थ हृष्ट-पुष्ट हो जाता; सन्तान रहित नारी पुत्रवती बन जाती। एक पति को तरसने वाली के चतुर्दिक उसके कितने ही प्रेमी मंडराने लगते।

एक विवाह को कौन कहे फिर तो उसके कई विवाह हो जाते। ऐसा बाबा के शिष्यों का उद्घोष था कि योगी बाबा की जिस पर कृपा दृष्टि हो जाए उस निर्धन के घर सोने की वृष्टि होने लगे। उसे ही विविध रत्नों का भंडार मिल जाए। बाबा ने एक दिन भक्तों को स्वर्ण-रजत का प्रसाद दिया। धनी महिलाओं को अपनी गद्दी से रत्न-हीरा-पन्ना आदि निकाल कर देना प्रारम्भ किया। शिष्यों ने प्रचार किया कि 'बाबा जो चाहते हैं वह वस्तु स्वत: आकाश से उतर कर गद्दी में समा जाती है। हमारे बाबा पर अल्लाह ताला और ईश्वर की मेहरबानी है। उनकी वाणी पर सरस्वती बसती है। जिसको जो आशीर्वाद देते हैं, पूरा होता है। गुदड़ी में हीरालाल छिपे रहते हैं। मौज में आकर जिसको जो चाहते हैं दे देते हैं।' कुछ अनुयायी कहते थे कि बाबा सिद्ध हैं। उन्हें अरब की कीमियागिरी का ज्ञान है। उन्होंने पौधों के सिद्धाचार्य नागार्जुन के रसायन शास्त्र का विधिवत् प्रयोग किया है। वह तांबा-पारा और शीशा से सोना बना लेते हैं।

''बाबा की कृपा दृष्टि के लिए ग्रामीण जनता ललकने लगी। युवतियाँ बाबा कलंदर के प्यार को मचल पड़ीं। कुछ दिनों तक यही क्रम चलता रहा। धीरे-धीरे एक पीर की मजार पर बाबा बैठने लगे। बोले, ''यहीं मेरे बड़े पीर मुरशिद रहते थे। यहाँ आकर मैंने असली इबादत शुरू की। मेरे मुरशिद मुझे अरबी पढ़ाते, आयत याद कराते, कलमा पढ़ाकर हज़ारों का उन्होंने दु:ख दूर किया, जो दीन-दुनिया दोनों में कामयाब बनना चाहे उसे इन्हीं की रिवायतें माननी चाहिए। उन्हीं की तरह रहन-सहन, खान-पान, वेष तसबीह धारण करना होगा। दुनिया में यही सबसे आसान तरीका ज़िन्दगी को कामयाब बनाने का साबित हुआ है। इसमें जो आना चाहे आ जाए; जात-पाँत का बन्धन नहीं, तालीम की ज़रूरत नहीं। फिर क्या था। सिन्ध का गाँव का गाँव नई सभ्यता में रंग गया। पुरानी संस्कृति देखते-देखते मिटने लगी। असली योगी महात्मा सूफ़ी मार-मार कर सिन्ध से भगाये जाने लगे। अरबी का बोल-बाला होने लगा। ऐसा जान पड़ा कि यह प्रदेश भारत में था ही नहीं, यह तो अरब का एक भाग हो गया है।''

8

सभी धर्मों में कतिपय नियमों का पालन करना सर्व साधारण को ही होता है। सभी धर्म कहते हैं कि चाण्डाल से लेकर बड़े ज्ञानी का भी यह एक सामान्य धर्म है कि अपनी स्वार्थ-सिद्धि के लिए हिंसा न करें। 'न हिंसात् सर्वभूतानीत्याचांडालं साधारणो धर्म: ।' हिंसा का अर्थ केवल प्राण लेना ही नहीं अन्याय के द्वारा दूसरे की सम्पत्ति और उसकी जीविका छीन लेना भी हिंसा ही है। भगवान् कृष्ण भी धर्म में अहिंसा और सत्य का स्थान सर्वोपरि बताते रहे हैं।

मुहम्मद साहब कहते हैं, ''अल्लाह के दिए हुए सभी सन्देश—चाहे जिस देवदूत या रसूल पैगम्बर के माध्यम से आये हों—एकसमान माने जाते हैं, क्योंकि सभी पैगम्बर एक ही परिवार के सदस्य हैं। मेरे सहित सबको एकसमान समझो। न कोई बड़ा है न कोई छोटा।''

एक बार उनके शिष्य ने कहा, ''आप सबसे बड़े पैगम्बर हैं।'' हजरत मुहम्मद उसे डाँटते हुए बोले, ''रसूल इब्राहिम सबसे बड़े पैगम्बर हो चुके हैं।'' एक दिन उनके किसी शिष्य ने कहा ''नहीं महाराज, आप वंशगत बड़प्पन के कारण भी सबसे बड़े हैं।'' मुहम्मद साहब ने उसे फटकारते हुए कहा, ''तुम जानते हो कि रसूल यूसुफ़ भी पैगम्बर इब्राहिम के लड़के थे।'' एक दिन एक यहूदी ने मुहम्मद साहब से उस व्यक्ति की निन्दा की जिसने उसे थप्पड़ मारा था। हजरत मुहम्मद ने अपने चेलों और अनुयायियों को बुलाकर यह समझाया, ''कभी विभिन्न मतों के मानने वालों में भेदभाव मत करो, क्योंकि इस्लाम मानव धर्म सिखाता है। इसलिए मानव मात्र के साथ प्रेम, सहानुभूति, समानता, भाईचारे का व्यवहार करना चाहिए। सभी धर्म यही सिखाते हैं। ईश्वर अल्लाह एक ही है।''

हजरत मुहम्मद बार-बार समझाते थे। लेकिन मदीना में रहने वाले यहूदी और ईसाई आपस में लड़ा करते थे। वे अपने-अपने पैगम्बर को बड़ा मानते और दूसरे के सिद्धान्तों का खण्डन करते। दोनों वर्ग के लोग मुहम्मद साहब से प्रभावित होकर उनके पास निर्णय के लिए गये। मुहम्मद साहब ने समझाया, ''सभी पैगम्बर अल्लाह के रसूल हैं। अपने-अपने पैगम्बर की नसीहतों के अनुसार चलना हर एक का धर्म है।'' इस तरह दोनों वर्ग के लोग सन्तुष्ट होकर लौट आए और प्रेमपूर्वक रहने लगे तो लोगों को विश्वास होने लगा कि भगवान् एक है, चाहे उसको किसी नाम से पुकारो।

सैन्धवी ने पूछा, ''महाराज, मुहम्मद साहब ने जब हर पैगम्बर के हर मज़हब को एक दृष्टि से देखने का आदेश दिया तो सिन्ध पर इतना अत्याचार अरबों ने क्यों किया?''

स्वामी ने समझाया कि प्रत्येक धर्म प्रारम्भ में मूल स्रोत के समान निर्मल धारा के रूप में प्रवाहित होता है, किन्तु कालान्तर में अनुयायियों की निर्बलता, कट्टरता, अज्ञानता, स्वार्थपरता, पदलोलुपता के गन्दे नालों से वह अपवित्र हो जाता है।

जब इस्लाम के शुभचिन्तकों ने प्रजा पर अन्याय होते देखा तो उनकी अन्तरात्मा कराह उठी। विरोध और विद्रोह की आवाज़ उठी। उन्होंने असीम भौतिकतावाद और अन्याय के बल पर होने वाले राज्य-विस्तार का विरोध किया। मुहम्मद साहब के उन सिद्धान्तों पर बल दिया जिनमें अल्लाह से सच्चा प्रेम और व्यक्ति-व्यक्ति से मुहब्बत स्थापित करने का उपदेश दिया गया था। उन्होंने समझाया कि खुदा की बनाई हुई सारी सृष्टि है। इसलिए ईश्वर प्रेम का अर्थ है मानव मात्र से प्रेम करना। कुछ लोग उपवास, हज, प्रार्थना, दान-खैरात के द्वारा अपनी आत्मिक उन्नति का प्रयास करते हैं, माला जपते हैं, किन्तु कुछ ऐसे परोपकारी लोग हैं जो दूसरों का दुख दूर करना ही सच्ची इबादत मानते हैं। वास्तव में मानव सेवा ही ईश्वर की सच्ची इबादत है क्योंकि ईश्वर सबके हृदय में बैठकर जगत् का तमाशा देख रहा है। वह कर्ता नहीं, भोक्ता भी नहीं, केवल साक्षी है। मानव मात्र की सहायता सत्य धर्म है, यही सच्चा ईमान है। संसार में सूफ़ियों का यह सिद्धान्त सर्वत्र मान्य बना। वेदान्त और सूफ़ी दोनों की यही मान्यता

थी कि मनुष्य अपनी आत्मिक उन्नति करते-करते ईश्वर के जैसा बन सकता है।

इब्नविन कासिम को भारत से वापस बुलवाकर अरब में उसे फाँसी दे दी गई। आज देश पर अत्याचार करने वाले विदेशी नहीं, आपके भाई हैं। उन्होंने ही स्वार्थ, भय, पदलोलुपता, धन-सम्पत्ति के लिए विदेशी धर्म स्वीकार किया। दोष हमारे सारे समाज का है, उनका ही नहीं। हम भारतवासी एकजुट होकर विदेशियों का सामना नहीं करते। स्वार्थवश विदेशी आक्रमणकारियों की सहायता करते हैं तो परिणाम सुखद कैसे होगा? इसलिए गाँव-गाँव, घर-घर घूमकर राष्ट्र प्रेम,भाईचारे, सहिष्णुता और सहनशीलता का अलख जगाना है प्रेम ही परमेश्वर है, राष्ट्रसेवा भी प्रभु सेवा है।

9

आचार्य श्री शंकर अपने शिष्यों, अन्य अनुयायियों के साथ सिन्ध देश में यात्रा करते हुए सिन्धु नदी के तट पर पहुँचे थे। भारती तथा उसकी सहपाठी सहेलियों ने महाराज प्रतिहार द्वारा भेजे संरक्षकों के साथ आचार्य का पदयात्रा-कार्यक्रम पहले से ही निर्धारित कर दिया था। सिन्धु और पंचनद के दक्षिण भाग पर अरबों का राज्य स्थापित हो चुका था। देवालयों तथा संस्कृत विद्यालयों, आश्रमों, बौद्ध विहारों, जैन उपाश्रयों में विदेशी अपना अधिकार जमाए हुए विराजमान थे। उनके लगभग सौ वर्ष के शासन में यामिनी भाषा का सर्वत्र प्रचार बढ़ रहा था। संस्कृत, पाली और प्राकृत के स्थान पर यामिनी भाषा अपना अधिकार जमाती चली जा रही थी। शासन, सेना, संरक्षण, शिक्षा, स्वास्थ्य, लगान, न्यायालय आदि सभी सरकारी विभागों में यामिनी भाषा जानने वालों को ही (नौकरी) दी जा रही थी। विद्यालयों में प्रारंभ से ही यामिनी भाषा के पठन के कारण भारतीय भाषाओं का तिरस्कार होता जा रहा था। जनता में धीरे-धीरे भारतीय भाषा, देशी रहन-सहन और अपनी संस्कृति का प्रेम हटता जा रहा था। ऐसा प्रतीत हो रहा था कि पंचनद, सिन्ध अपने भारत देश की संस्कृति से असम्पृक्त होकर विदेशी रहन-सहन के अभ्यासी और प्रेमी बनते जा रहे थे। आचार्य और उनके साथ-साथ चलने वाले भारतीय संस्कृति के प्रेमी, सिन्ध की दशा देखकर अवाक् रह गए।

विदेशियों ने भारतीय महिलाओं के विवाह के द्वारा लाखों लोगों को विदेशी धर्म और संस्कृति में रंग लिया था। सौ वर्षों में उनकी संख्या इतनी बढ़ गई थी, मानो सिन्ध और मूलस्थान (मुल्तान) तक का भूभाग अरब देश का एक अंग बन चुका है। इन भूभागों में जो थोड़े से वेदानुरागी बच गए थे, वे अरण्य प्रदेशों में छिपे रहते थे। आचार्य के आगमन और उनके साथ भारतीय राजन्य वर्ग के आने का शुभ समाचार पाकर उनके नैराश्य अंधकार में एक ज्योति सी जगमगा उठी। उनके मन में यह विश्वास जमने लगा कि भारतीय धर्म और संस्कृति की रक्षा इसी महात्मा के द्वारा सम्भव है। आचार्य शंकर के चमत्कारपूर्ण कृत्यों का दूर-दूर तक यश फैल चुका था। सिन्ध देश में सती का चबूतरा भारतीयों का तीर्थ बन चुका था। वहाँ प्रति वर्ष लाखों भारतीय एकत्र होते। अग्नि में भस्मसात होने वाली सतियों की स्मृति में प्रतिवर्ष मेला

जुटता। जो भारतीय विदेशी धर्म और रहन-सहन स्वीकार कर चुके थे, उनकी रगों में भी पूर्वजों का भारतीय रक्त अभी विद्यमान था। विशेष कर जिन महिलाओं को धन के लोभ अथवा बल प्रयोग के द्वारा विदेशी संस्कृति में डुबाया जा रहा था। उनके हृदय में भी सती होने वाली बहनों के प्रति अबाध श्रद्धा उमड़ उठती थी। वे अन्य बहनों के साथ लोहित्य (सिन्ध) नदी में स्नान कर सती की पूजा करतीं और सती माताओं से संतान, धन, रोग निवारण की याचना करतीं। महिलाओं में परस्पर प्रेम था। भारती और उनकी सहेलियों का सद्व्यवहार और प्रेम भाव देख कर वह चकित रह जातीं। आचार्य के प्रति सबकी ही अगाध श्रद्धा दिखाई पड़ी। अत: उनके मन में भी शंकराचार्य के दर्शन की लालसा उमड़ रही थी।

आचार्य शंकर जिस मार्ग से निकल जाते उसके दोनों ओर विदेशी, देशी, बाल, वृद्ध, युवक-युवतियों की भीड़ उमड़ पड़ती। कर्नाटी और भारती ने स्वयं सेविकाओं का ऐसा दल तैयार किया था, जिसमें भारतीय और अरबी बौद्ध और वैदिक जैन और पारसी सभी सम्मिलित थे। उनकी प्रबन्ध-पटुता से बड़ी-से-बड़ी भीड़ आचार्य का मार्ग अवरुद्ध न कर पाती थी। राजा दाहर के संबंधियों ने आचार्य और उनके अनुयायियों के निवास, खान-पान आदि की सुन्दर व्यवस्था बनाई थी। उनके साथ अरबी शासक वर्ग के प्रतिनिधि भी आचार्य के साथ-साथ चल रहे थे। उन्होंने आचार्य और साथियों को सती का चबूतरा दिखाया। लगभग एक शताब्दी तक भारतीय और अरबी सिन्ध राज्य में साथ-साथ रहने से धीरे-धीरे कटुता भूलते जा रहे थे। आपस में मेलजोल बढ़ने लगा था। केवल वे ही अरबी अपने को भारतीयों से श्रेष्ठ और अधिक शक्तिशाली समझते थे, जो प्रति वर्ष विदेशों में अपने सम्बन्धियों से मिलने जाया करते थे। वे जब अरब से लौटते तो अपने को उन मुसलमान भाइयों से भी कहीं अधिक श्रेष्ठ समझते जो धीरे-धीरे भारतीय रंग में रंगते जा रहे थे। पर ऐसे अरबी परिवारों की संख्या गिनीचुनी थी। अरब और फ़ारस में शिया और सुन्नी के नाम पर घोर कलह छिड़ चुका था। योरोप में अरबों के विरुद्ध धर्मयुद्ध (क्रुसेड) छिड़ रहा था, जिसे कुचलने को अरब के खलीफ़ा की सैन्य शक्ति पश्चिम की ओर युद्ध में लगी थी। इसलिए अरब से नई सेना भारत पर आक्रमण के लिए नहीं आ रही थी। कश्मीर महाराज ने राज्य की सीमा पर एकत्र अरबी सेना को ऐसा पराजित कर दिया था कि उनका साहस टूट चुका था। इस कारण भारत के पश्चिमी भागों में ऐसा वातावरण बनने लगा था कि अरबी और भारतीय एक साथ प्रेम से शान्तिपूर्वक जीवन बिताने का स्वप्न देखने लगे हैं।

10

यात्री दल को देवल से मूलस्थान पहुँचने में दस दिन का समय लगा। मूलस्थान के आस-पास सूफ़ियों के कई साधना केन्द्र थे। यात्री दल को पता चला कि पास में कहीं जरुस्थियन राज परिवार की महिलाएँ सूफ़ी राविया की भाँति, गुरु परम्परा से उपासना कर रही हैं। सैन्धवी को बड़ी ही प्रसन्नता हुई। उसने भारती, पद्म

पादाचार्य, कर्नाटी, मागधी आदि को ईरानी सूफ़ी महिलाओं का दर्शन करने के लिए प्रेरित किया। इसी स्थल पर उसका बचपन बीता था। आज प्रथम बार उसके मन में अपने पूर्वजों और निजी बचपन का परिचय देने की प्रेरणा उठी। इससे पूर्व उसकी सहतीर्थ्या महिलाएँ उससे कितना भी आग्रह करतीं किन्तु अपनी बाल्य कहानी का रहस्य कभी नहीं खोलती थीं। पर उसका दिव्य रूप, लम्बा, छरहरा शरीर, गौर वर्ण, का ओज, नेत्र, भौंह और नासिका की सुन्दरता बिना कहे ही यह जता देती थी कि यह किसी राजपरिवार की भव्य महिला है। बोलचाल और शुद्ध उच्चारण से यह स्पष्ट प्रतीत हो जाता है कि यह देवी पश्चिमोत्तर के किसी देश से बिछुड़कर यहाँ आयी है।

कर्नाटी के आग्रह से सैन्धवी अपनी गाथा सुनाना आरम्भ करती है। आज वह बड़ी प्रसन्न है। इसी मूलस्थान में वह कुछ दिनों तक अपनी माँ और बहन के साथ किशोरकाल में रह चुकी थी। उसे आज एक-एक पेड़; प्रत्येक पौधा, हर वनस्पति—यहाँ तक कि ईंट, पत्थर—इतने आत्मीय लग रहे थे, मानो अपने सगे-सम्बन्धी हों। आज उसकी मुखाकृति उसी तरह खिली हुई थी जिस तरह सूरज को देखकर सूर्यमुखी की कली खिल जाती है। आज उसने पहली बार यह रहस्योद्घाटन किया कि मैं ईरान के अन्तिम जरथुस्ट्रियन यज्देगिर्द की वंशज हूँ। मेरे पूर्वज ईरानी सम्राट थे। वे आक्रमणकारी अरबों से लड़ते-लड़ते मारे गये। अरबी सेना के बर्बर सैनिक मनमानी लूटपाट तो करते ही थे, घरों में आग भी लगा देते। विशेष कर जहाँ पुस्तकालय देखते उसे तो अवश्य ही फूँक डालते। सम्राट पुस्तकों के बड़े प्रेमी और सूफ़ी मत को मानने वाले थे। वह सूफ़ी महात्माओं का आदर करने वाले एक धर्मात्मा राजा थे। उन्होंने इब्राहीम और राविया नामक दो प्रसिद्ध अरबी सूफ़ियों को अपने यहाँ उस समय शरण दी थी, जब उन्हें अरब और ईराक से भगाया गया था। अरबों को ज्यों ही पता चला कि वे दोनों सूफ़ी महात्मा ईरान के पर्वतीय प्रदेश की गुफाओं में छिप-छिपा कर अपनी साधना कर रहे हैं, तो उन्होंने ईरान पर आक्रमण कर दिया। सम्राट यज्देगिर्द के सैनिकों की पराजय के उपरान्त हम अग्निपूजक पारसियों का दल छिप-छिपा कर किसी प्रकार ईरान से निकल पड़ा, क्योंकि हमारा जीवन अरबों के कारण अपने ही देश में दूभर हो गया। वहाँ से प्रस्थान कर हमारे पूर्वज जल और स्थल मार्ग से सिन्ध पहुँचे; किन्तु सिन्ध पर अरबों का राज्य होने पर वहाँ भी रहना सम्भव नहीं रहा। अतः सिन्ध से भी भागना पड़ा।

आज से लगभग नब्बे सौ वर्ष पूर्व ईरान के शरणार्थियों को एक-एक कर निकाला गया। मेरी माता जी उस समय इसी मूलस्थान की गुफाओं में तपस्विनी की तरह रहने लगीं। हम दोनों बहनें उन्हीं के साथ रहती थीं। सिन्ध के अरबी शासकों को किसी तरह यह पता चल गया कि हम यज्देगिर्द के वंशज हैं और सिन्धी सूफ़ियों के साथ मिलकर अरबी राज्य का विरोध कर रहे हैं। अरब के सूफ़ी महात्मा भी बलात् धर्म-परिवर्तन के विरुद्ध थे। वे गाँव-गाँव में सूफ़ी और अद्वैत धर्म की एकता का प्रचार कर रहे हैं। इसी कारण शासकों की क्रोधाग्नि भड़क उठी थी। उन्होंने एक दिन

मेरी माता को बहुत पीटा। उस समय हम दोनों बहनें किसी काम से प्रह्लादपुरी गई हुई थीं। अरबी शासकों ने अन्य धार्मिक स्थानों को तहस-नहस कर दिया था पर अमंगल के डर से प्रह्लादपुरी के नृसिंह मन्दिर को अछूता छोड़ दिया था। हम लोग वहीं एक सिद्ध अद्वैत महात्मा का दर्शन करने गई हुई थीं। जब हम लौट कर माँ के पास पहुँचीं तो वह मूर्च्छित पड़ी थी। बर्बर सैनिकों ने सोचा था कि हमारे पूर्वज ईरान के सम्राट थे तो हमने अपने रत्नों का भंडार कहीं आस-पास छिपा कर रखा होगा। चारों ओर खोजने पर भी जब उन्हें कुछ न मिला तो क्रुद्ध होकर मेरी माँ को मारने लगे। जब तक वह मूर्च्छित न हुईं वे मारते ही रहे। हमने माँ का उपचार किया तो उनकी मूर्च्छा दूर हुई। हम दोनों को सकुशल देखकर वह बहुत प्रसन्न हुईं। हम लोगों को उस गुफा से हटा कर झेलम के तट पर एक निर्जन स्थान में ले गयीं, जहाँ अग्निपूजक पारसी छिप-छिपा कर किसी प्रकार जीवन बिता रहे थे। मेरी माता ने ईरानी पारसियों को एकांत में एकत्र किया। समझा-बुझाकर उन्हें सिन्ध से निकल जाने का आदेश दिया। हम सब नर-नारी अरबों का भेष बनाकर यहाँ से किसी प्रकार निकल पड़े। पर मेरी बहन चन्द्रमुखी (मेहरबान) माता के पास ही रह गई। मेरी माता जानती थी कि यह एक सिन्धी नवयुवक से विवाह करना चाहती है। वही युवक जान पर खेलकर अपने व्यापारी बेड़े को मूलस्थान से देवल बन्दरगाह ले गया था। वहाँ से किसी प्रकार छिप-छिपा कर हम लोग प्राण बचा सके। हमारा बेड़ा देवल से संजन पहुँचने वाला था कि आँधी आ गई। बचने की कोई आशा न देख हम सब भगवान की प्रार्थना करने लगे और संकल्प किया कि यदि इस प्रलय की आँधी से हम जीवित बच गये तो एक अग्नि-मन्दिर की स्थापना करेंगे।

ईश्वर की कृपा से हमारा बेड़ा सुरक्षित संजन पहुँच गया। उस समय संजन पर बादामी के सम्राट चालुक्यवंशी विजयादित्य यादव का राज्य था। उन्होंने हमें अपने राज्य में प्रविष्ट होने की अनुमति नहीं दी। हमारे बहुत आग्रह करने पर हमें अपनी विवशता बताने के लिये उन्होंने दूध से लबालब भरा हुआ एक पात्र भेजा, जिसका अर्थ यह था कि हमारे राज्य में बाहर से आने वालों के लिए कोई स्थान बचा नहीं है।

बेड़ानायक पवित्रात्मा दफ़्तर ने दूध के पात्र में थोड़ी शर्करा (शक्कर) डाल दी। महाराज चालुक्यराज जिसका अर्थ समझ गए कि यह यात्री दल अरबों की तरह आक्रामक नहीं है। ये लोग घुल-मिलकर हमारी संस्कृति को और अधिक समृद्ध बना देंगे। इसी कारण उन्होंने हमारे बेड़े को संजन के पास समुद्र द्वार (बन्दरगाह) पर रुकने की आज्ञा दे दी। वहाँ रहने पर मुझे भारती और आपके आश्रम का पता चला, अतः माहिष्मती पहुँची। पता नहीं इन पच्चीस-तीस वर्षों में हमारी माता और भगिनी का क्या हुआ ? यहीं मण्डन की विद्वता का परिचय मिला था। इसी से हम सब उसी स्थान पर चल रहे हैं जहाँ हमारी माता सूफ़ी महिलाओं के साथ साधना किया करती थी।

इतना कहते-कहते सूरजमुखी का मन अन्तरमुखी हो गया। प्राचीन स्मृतियों का

मेला सा लगा हुआ था। उनको देखते हुए पूरे समाज के साथ अपनी माता के आश्रम पर पहुँची। आश्रम में प्रवेश करते ही यात्री दल ने देखा कि एक वृद्धा ऊँचे प्रस्तर मंच पर विराजमान है। सूरजमुखी माता को देखते ही भावविह्वल हो उठी। उनके चरणों पर लेट गई। माता ने बेटी को पहचान लिया। पच्चीस वर्षों के बाद अपनी बिछुड़ी बेटी को पाकर उस अद्वैतवादिनी के विरागमय मन में राग और प्रेम का सागर उमड़ पड़ा। सूरजमुखी को छाती से लगाकर थोड़ी देर रोती रही। कुछ देर तक सारा समाज स्तब्ध भाव से यह दृश्य देखता रहा। साहस बटोरकर सूरजमुखी ने पूछा, "माँ, मेरी बहन मेहरबान (चन्द्रमुखी) कहाँ, कैसी है ? कैसे भेंट होगी ?"

माँ बोली, "बेटी सूरजमुखी, वह तुम्हारा कुशल समाचार ज़ानने के लिए सदा व्याकुल रहती है।"

इसी समय चन्द्रमुखी आकर बहन के गले से लिपट गई। दोनों आनन्द-विभोर होकर थोड़ी देर तक रोती ही रहीं।

सारी जनमंडली ऐसा अप्रत्याशित दृश्य देखकर चकित रह गई। सबके मन में यह विश्वास हो गया कि आचार्य को सिन्ध ले आने का यही उपयुक्त समय है। वृद्धा तपस्विनी, यात्री-दल को सिन्ध की वर्तमान स्थिति समझाने लगी। तब अवसर पाकर सूरजमुखी अपनी बहन चन्द्रमुखी को आश्रम के दूसरे कक्ष में ले गई। चन्द्रमुखी में सौभाग्यवती नारी का कोई लक्षण न देख, उसने इसका कारण पूछा।

चन्द्रमुखी बोली, "क्या कहूँ बहन! विधाता की लीला समझ में नहीं आती। मैंने उसी नवयुवक सिन्धी व्यापारी से विवाह किया जिसने प्राणों की बाज़ी लगाकर पारसियों को मूलस्थान से देवल पहुँचाया था। उन्होंने जब लौटकर हमें सूचना दी कि आप लोग खुरासान से आने वाले पारसी दल से देवल में मिल गये और हरमुर्ज से सौराष्ट्र की ओर चले गए तो हमें बड़ा सन्तोष हुआ। हमारे पूर्वज कहा करते थे कि कच्छ-सौराष्ट्र के भारतीय बड़े ही उदार होते हैं और वे विदेशियों का सम्मान, उनकी सब तरह से सहायता करते हैं। तब हमें बड़ी शान्ति मिली।"

सूरजमुखी ने पूछा, "चन्द्रा, तेरे शरीर पर सौभाग्य के पूरे लक्षण क्यों नहीं ? ऐसा वेश क्यों ?" चन्द्रमुखी रो पड़ी। उदास होकर अपनी करुण कथा कहने लगी। बोली, "मेरे पतिदेव का बहुत बड़ा व्यापार था। वे लाभ का अधिकांश भाग सूफ़ी महात्माओं की सेवा में अर्पण किया करते थे। अरबी शासकों को यह सहन नहीं हुआ। उन्होंने छलबल से हमारे पति की हत्या कर दी। पतिदेव जानते थे कि अरबी शासक किसी-न-किसी दिन हमारी सारी सम्पत्ति छीन लेंगे, अत: उन्होंने राजस्थान और कश्मीर के व्यापारियों तथा महाराजाओं के पास सारी सम्पत्ति न्यास के रूप में रखवा दी है। राजस्थान के सिसोदिया कुल में मेरी माता और मेरे पति का रत्न भंडार रखा हुआ है। उनकी यही अन्तिम इच्छा थी। उसी सम्पत्ति को देश, जाति और धर्म की रक्षा में अर्पण किया जाए माँ और मैं तुम्हारे कुशल समाचार के लिए व्याकुल थे।" हम सब मिलकर अब आचार्य शंकर का मार्ग प्रशस्त करें, सूरजमुखी और चन्द्रमुखी माता के

पास लौट आईं। चन्द्रमुखी ने यात्री-दल के भोजन आदि की व्यवस्था की। इस प्रकार सिन्ध के सूफ़ियों, सिन्धी व्यापारियों, ब्राह्मणों-पुरोहितों के सहयोग से सिन्ध का कटु वातावरण धीरे-धीरे बदलने लगा और वैदिक, बौद्ध, जैन, पारसी, यहूदी आपस में हिल-मिलकर आचार्य के स्वागत की तैयारी करने लगे।

11

श्रीनगर की सर्वोच्च पहाड़ी[1] पर आचार्य और उनके शिष्यों के निवास की व्यवस्था की गई। आचार्य नित्य प्रात:काल भगवान शंकर का पूजन करते, तदुपरांत जिज्ञासुओं का शंका निवारण करते। कश्मीर स्थित सर्वज्ञ पीठ अपने समय में विश्व का सर्वोच्च सम्मान का आसन माना जाता था। अत: प्रत्येक देश के दार्शनिक विद्वान उस पद पर आसीन होने के लिए लालायित रहते। भगवान बुद्ध और महावीर के उपरान्त दो दैवी शक्तियाँ ईसा मसीह और मुहम्मद साहब के रूप में अवतरित हुई थीं, जिनके सिद्धान्तों पर यूरोप और एशिया के देशों में विशेष चर्चा चल रही थी। अत: अद्वैत-सिद्धान्त का खण्डन करने के लिए देश-विदेश से विद्वान प्रतिनिधि कश्मीर पहुँच गए। महाराज कश्मीर ने विदेशियों का स्वागत सम्मान किया। और उनके निवास की सुन्दर व्यवस्था बनाई। महाराज अजितापीड़ विद्वानों का आदर करते थे।

विदेश से कश्मीर आए प्रतिनिधियों ने आचार्य से शास्त्रार्थ की अभिलाषा प्रकट की। नित्य नियम के अनुसार प्रश्नोत्तर काल नियत था। सर्वप्रथम अरबी प्रतिनिधि ने प्रश्न पूछना आरम्भ किया। वह बोले, "जब आप जीव और ब्रह्म में भेद नहीं मानते तो मन्दिर में पूजा और आरती करने, फल-फूल चढ़ाने क्यों जाते हैं? हमारे सूफ़ी फ़कीर भी 'अहं ब्रह्मास्मि' की तरह अनलहक को मानते हैं पर मन्दिर में घण्टा बजाने नहीं जाते। आपकी कथनी और करनी में अंतर क्यों है? यदि भेद-अभेद दोनों मानते हैं तो आप आचार्य नहीं प्रपंची हैं। हम लोग अल्लाह के उपासक और मूर्ति-भंजक हैं और आप अनेक देव पूजक। आप प्रमाणित कीजिए कि मूर्ति पूजा की ज़रूरत क्या है? दूसरा प्रश्न यह है कि एक ओर आप भगवान को निराकार और निगुर्ण कहते हैं। दूसरी ओर उसके रूपों का वर्णन करते हैं। एक ही ईश्वर निर्गुण, निराकार और सगुण, साकार कैसे हो सकता है? आपका अद्वैत सिद्धान्त क्या भ्रामक और फ़र्ज़ी नहीं?"

आचार्य ने बड़े विनम्र भाव से समझाते हुए कहा, "हमारे शास्त्र के अनुसार प्रत्येक तपस्वी महापुरुष की अनुभूति सत्य है। ईश्वर को निर्गुण, निराकार सबने स्वीकार किया। किन्तु इस देश के मनीषियों ने अनुभव किया कि सर्वसामान्य का स्तर इतना ऊँचा नहीं होता कि निर्गुण, निराकार ब्रह्म का एकदम साक्षात्कार कर सके। जिस प्रकार पक्षी आकाश में उड़ता हुआ पर्वत की ऊँची-से-ऊँची चोटी पर सहज ही पहुँच जाता है पर सामान्य मानव को क्रम-क्रम से एक-एक पहाड़ी पार करनी पड़ती है।

1. वही पहाड़ी आज शंकराचार्य के नाम से प्रसिद्ध है।

तब जाकर कैलाश पर्वत पर पहुँच पाता है। ठीक इसी प्रकार हंसमार्गी वैदिक 'अहं ब्रह्मास्मि' की अनुभूति सहज ही कर पाता है। पिपीलिका (चींटी) मार्गी उपासक किसी देव-प्रतिमा में अपने आराध्य देव की भावना करते हुए आध्यात्मिक क्षेत्र में आगे बढ़ने का प्रयास करता है। जिस प्रकार किसी महापुरुष के अपने घर आने पर हम उसके बैठने का आसन, रहने का स्थान, भोजन, वस्त्र की व्यवस्था, वस्त्राभूषण से अलंकृत करते हैं, उसी प्रकार किसी मूर्ति में मूर्तिपूजक ईश्वरीय शक्ति का भाव लेकर तद्नुसार उसकी सेवा-सुश्रूषा करता है। जिन मंत्रों से वह देव-पूजन करता है, उनकी ध्वनियों के स्पन्दन में एक प्रकार का संगीतात्मक आकर्षण होता है। जैसे हम संगीत में भाव-विभोर हो गीत सुनते हैं। जैसा गीत है तद्नुसार हमारे मानसिक चक्षु के सम्मुख एक भावात्मक बिम्ब या रूप बनता है। ठीक उसी प्रकार देव-स्तुति की शब्द-ध्वनि के द्वारा देव विशेष की दैवी शक्ति आँखों के सामने झलकने लगती है, जो इस मूर्ति में से प्रस्फुटित हो उपासक की जीवनी शक्ति बढ़ाती है। मूर्ति केवल माध्यम है, सिद्धि नहीं। सिद्धिदाता तो केवल एक दैवी भावना है, जो स्तोत्रों और मूर्ति के सहारे हृदय में उत्पन्न होती है। वे ही पवित्र भाव हमारे मानस पटल के मल को धो देते हैं। बुद्धि को निर्मल बनाते हैं। कर्त्तव्य कर्म की प्रेरणा देते हैं। 'अहं ब्रह्मास्मि' तक पहुँचने के लिए मन के मल को धोना, आवरण को हटाना और विक्षेप को मिटाना होता है। यदि मूर्ति-पूजक सारे जीवन मल ही हटाता रहा और अज्ञान आवरण तथा अन्तःकरण का विक्षेप नहीं मिटा पाया तो पुनर्जन्म लेकर वह साधना की दूसरी स्थिति में पहुँच जाता है। इस प्रकार 'अनेक जन्म संसिद्धिः ततो याति परां गतिम्।'

''ऋषियों का अनुभव है कि तीर्थ, व्रत, यज्ञदान, जप-तप पूजा-पाठ कथावार्ता से जब मन का कल्मश धुल जाता है तभी निर्गुण, निराकार ब्रह्म की जिज्ञासा जगती है। इसी से *ब्रह्मसूत्र* के प्रारम्भ में ही कहा गया—'अथातो ब्रह्म जिज्ञासा' अर्थात् नियम, आसन, प्राणायाम के द्वारा मल मिटने पर ही जिज्ञासुओं का ब्रह्म विद्या में प्रवेश सम्भव है। यह सिद्धान्त हंसमार्गी महात्मा साधकों के लिए नहीं पिपीलिका मार्गी भक्तों और कर्मकांडियों के लिए है।

''दूसरा प्रश्न विचारणीय और गम्भीर है। 'अहं ब्रह्मास्मि' अनलहक अर्थात् ईश्वर और अल्लाह तक पहुँचने के लिए समदर्शिता अनिवार्य है। एक सत्ता सर्वत्र विद्यमान है, ऐसा पूर्ण विश्वास होने पर ही कोई समदर्शी बन सकता है।'' अरबी प्रतिनिधि बीच में ही बोल उठा, ''समदर्शी की पहचान क्या है? मैंने फ़ारस में ऐसे सूफ़ियों को भी देखा है जो बड़े ढोंगी, नाख्वादा, अनपढ़ हैं, जो न नमाज़ पढ़ते न रोज़ा रखते हैं। ऐसे ही ढोंगी अद्वैत साधु भी होंगे। कैसे इसकी पहचान की जा सकती है?'' आचार्य ने समझाया कि जो कुत्ता, चांडाल और विद्वान में भेदभाव न माने। सबमें एक ही ब्रह्म को देखता रहे, वही महात्मा है वही अद्वैती है! किन्तु किसी भी उपासक में ज्ञानी भेद बुद्धि या अल्पता नहीं देखता, अपने आचरण से ही सन्मार्ग पर प्रेरित करता है—'न बुद्धिभेदं जनयेदज्ञानां कर्मसंगिनाम्।'

आचार्य के जीवन की घटनाएँ अरबी प्रतिनिधियों को मालूम थीं। अतः उन्होंने आचार्य शंकर का साधुवाद किया।

12

कश्मीर महाराज अजितापीड़ विद्वानों, कलाकारों, दार्शनिकों, विशेष कर विदुषी महिलाओं का बड़ा सम्मान करते थे। जब उन्हें यह ज्ञात हुआ कि तक्षशिला विश्वविद्यालय के कुलपति तथा प्राध्यापक, पण्डित कुल मंडित मण्डन मिश्र की पत्नी भारती के साथ आ रहे हैं, तो वे राज सभासदों और राज परिवार के साथ उनका स्वागत करने के लिए चल पड़े। पूरे समाज को साथ लेकर कुण्डल वन की ओर चलना तय हुआ।

कुण्डल वन अपने पूर्व वैभव को विस्मृत कर चुका था। भारती ने संध्या समय प्रार्थना के उपरांत कुण्डल वन का इतिहास सुनाते हुए कहा, ''आज से लगभग 740 वर्ष पूर्व इसी स्थल पर विश्व बौद्ध संगीति का महाधिवेशन हुआ। महाराज कनिष्क की पत्नी बड़ी विदुषी राजमहिषी थी। उन्हीं के प्रयास से हीनयान और महायान नामक बौद्ध सम्प्रदायों का शास्त्रीय विवाद इसी स्थल पर सम्पन्न हुआ। जब दोनों सम्प्रदाय परस्पर समझौता न कर पाए, और दोनों सम्प्रदायों का वैमनस्य पतन की अपनी सीमा तक पहुँचने लगा, तो उनके सुधार का कोई मार्ग न पाकर कनिष्क ने वैष्णव धर्म स्वीकार किया। दो-तीन सौ वर्षों में बौद्ध राजाओं की शक्ति क्षीण हो चुकी थी। बौद्ध राजा एक-दूसरे का उत्कर्ष सहन नहीं कर पा रहे थे। देश को खण्ड-खण्ड बँटते देखकर राजमहिषी और कनिष्क दुःखी हुए। दोनों ने जब वैदिक चरक जैसे महात्माओं का चमत्कार देखा और वैदिकों में चारित्रिक शक्ति का उत्कर्ष पाया तो उन्होंने प्रधानामात्य अश्वघोष से परामर्श किया। उनके प्रयास से उसने चीन, अरब, फ़ारस, तुर्किस्तान के प्रसिद्ध ग्रंथों का संस्कृत में अनुवाद कराया। संस्कृत को राजभाषा बनाया और अपनी प्रचण्ड शक्ति, अपने चारित्रिक बल, अपनी त्याग-तपस्या के द्वारा एक अखण्ड राज्य की स्थापना की। सम्राट चन्द्रगुप्त मौर्य के उपरान्त देश पुनः एक बार एकता के सूत्र में ग्रथित हो गया। उसने पालि के स्थान पर संस्कृत में राजाज्ञा उत्कीर्ण कराई और देश के भिन्न-भिन्न भागों में स्तूपों की स्थापना की। इस प्रकार किसी भी विदेशी का साहस इस देश पर आक्रमण करने का कहीं नहीं हो पाया। सारा देश शान्ति, सुख, वैभव से परिपूर्ण हो उठा।

''आज भी देश, कनिष्क-काल की तरह खण्ड-खण्ड में बँटा हुआ है। मैं अभी सिन्ध की यात्रा से आ रही हूँ। सिन्ध पर जब अरबों का आक्रमण हुआ तब अकेले दाहर को जूझना पड़ा। इसका भाई, सिन्ध नदी के उत्तरी भाग में राज्य कर रहा था और बेटा पूर्वी भाग में। अरबों के आक्रमण को उसका भाई और पुत्र खिलवाड़ समझकर तमाशा देखते रहे और दाहर अपने परिवार के साथ अकेला जूझता रहा। इब्नविन कासिम ने दाहर को पराजित कर उसके भाई और उसके बेटे के राज्य पर भी

आक्रमण किया। ईर्ष्या और अभिमान से भरे हुए भाई और बेटे वीरतापूर्वक लड़कर मारे गए। पार्श्ववर्ती सौराष्ट्र और पांचाल आदि देशों के राजा सोचते रहे कि दाहर मारा जा रहा है तो हमें क्या है! जब अरबी सेना उज्जैन तथा मूलस्थान की ओर बढ़ी और एक-एक मन्दिर तथा राज्यकोष से सहस्रों मन हीरे-जवाहरात लूटकर अरब देश भेजने लगी तब इनकी आँखें खुलीं। आश्चर्य है कि फिर भी गुर्जर प्रतिहारों ने जब उज्जैन की ओर बढ़ती हुई अरबी सेना पर आक्रमण करके बढ़ने नहीं दिया तो दक्षिण के राष्ट्रकूट राजा भी अरबों की ही सहायता करने लगे, प्रतिहारों की सहायता करना दूर रहा। जब किसी राष्ट्र के दुर्दिन आने होते हैं, तो भिन्न-भिन्न राजशक्तियाँ आपस के ही कलह की आग में जलकर भस्म हो जाती हैं। आज देश की स्थिति फिर वही हो रही है। उत्तर और दक्षिण के राज्य आपस में संग्राम कर रहे हैं। भगवान जाने इस देश का क्या होगा? इस अंधकार में आशा और प्रकाश के रूप में आचार्य शंकर अवतरित हुए हैं। उन्हीं के चमत्कार से देश फिर एकता के सूत्र में ग्रथित हो सकता है और भारत एक देश, एक भाषा, एक राष्ट्रीय विचार वाला बन सकता है।''

13

हम पूर्व कह आए हैं कि स्वामी रामानन्द अपने शिष्य सम्प्रदाय के साथ देवल के समुद्र द्वार पहुँचे थे। आचार्य शंकर कच्छ महाराज के जलपोत से देवल पहुँचने वाले थे। कश्मीर महाराज ने अपने राज्य के संन्यासियों के साथ राजमाता जयसेना को आचार्य शंकर की यात्रा सुविधा के लिए भेज दिया था। समुद्र तट पर विशाल जनसमूह देखकर अरबी शासक अवाक् रह गए। जब उन्होंने देखा कि इस भीड़ में भारतीय मुसलमानों, सूफ़ी फ़कीरों की भी बहुत बड़ी संख्या है तो जन समुदाय को सैन्य बल से छिन्न-भिन्न करने का विचार तो छोड़ दिया पर आचार्य शंकर की देशव्यापी ख्याति सिन्ध का हाकिम सहन न कर सका। उसने शंकराचार्य की प्रार्थना सभाओं में विविध विघ्न बाधाएँ डालनी प्रारम्भ कीं पर सिन्ध की प्रजा एक शताब्दी के विदेशी शासन विशेष कर अरबी भाषा और सर्वथा अपरिचित संस्कृति से इतनी ऊब चुकी थी कि वह सब प्रकार से जूझने को तैयार थी।

आचार्य शंकर जहाँ भी जाते, जहाँ भी प्रवचन करते उनकी सभा के चतुर्दिक अरबी सैनिक अस्त्र-शस्त्र से सुसज्जित होकर दमन को तैयार रहते। प्रवचन समाप्त होने पर प्रश्नोत्तर होता रहता। आचार्य सिन्ध देश की यात्रा समाप्त करके मद्र राज्य में पहुँचे। वहाँ मूलस्थान (मुलतान) के मार्तण्ड मन्दिर का दर्शन करने गए। उसकी भग्नावस्था पर स्थानीय जनसेवियों ने बड़ी चिन्ता व्यक्त की। वहीं स्थानीय सूफ़ी महात्मा भी आ गए थे जो अरब के प्रसिद्ध सूफ़ी इब्राहिम और राविया की पीर-परम्परा में थे। वे आचार्य को अपने औलिया गुरु के पास ले गए। दोनों अद्वैतवादी एक-दूसरे के गले मिले। सूफ़ी महात्मा और आचार्य बड़ी देर तक विश्व में फैली अशान्ति पर विचार करने लगे। सूफ़ी महात्मा ने आचार्य को अरब, फ़ारस और सिन्ध के सूफ़ी

फ़कीरों पर कट्टर अरबों के अत्याचार की विविध कहानियाँ सुनाईं। आचार्य ने दुर्योधन और दु:शासन की कथा की स्मृति दिलाते हुए कहा, ''भगवन्, आप तो सर्वज्ञ हैं। जिसने 'अनलहक', 'अहं ब्रह्मास्मि' की अनुभूति कर ली उससे विश्व का क्या रहस्य छिपा रह सकता है? आप ही यहाँ की स्थिति सुधार सकते हैं।''

सूफ़ी महात्मा बोले, ''मैंने कितनी बार प्रयास किया; कितना समझाया पर कट्टर अरबी शासक बलात् धर्म प्रचार बन्द करता ही नहीं। दाहर की कन्याओं की तरह आज भी सहस्राधिक कुमारियाँ बलात् विदेश भेजी जा रही हैं। शासकों की भोगलिप्सा का कोई अन्त नहीं। एक-एक शासक के घर में भेड़-बकरी की तरह नौकर-नौकरानियों की जमात रहती है। आर्त अबलाओं की पुकार कृष्ण भगवान क्यों अनसुनी कर रहे हैं? हम सूफ़ी फ़कीरों को ही नहीं सिन्ध मद्र के शिया—हजरत अली के अनुवर्ती—मुसलमानों को भी वे अपना कट्टर दुश्मन मान रहे हैं। क्या किया जाए आचार्य? मेरा ख़याल है कि इस देश पर जो अरबी यमन भाषा बलात्—ज़ोर-ज़बरदस्ती—पढ़ाई जा रही है उसका बहिष्कार किया जाए। फ़ारसी भाषा पहलवी से निकली है—जो संस्कृत से मिलती-जुलती है—यदि किसी को सीखनी हो तो उसकी व्यवस्था की जाए। इस प्रकार आर्यवान (ईरान) और भारत की मिली-जुली संस्कृति से देश की रक्षा हो सकती है। आइए चलें सूर्यदेव मार्तण्ड मन्दिर के प्रांगण में। वहाँ जनता आपका प्रवचन सुनने को व्यग्र है। वहीं देशोद्धार का नया कार्यक्रम जनता के सामने रखा जाए।''

दोनों अद्वैती महात्मा मार्तण्ड मन्दिर के विशाल प्रांगण में पहुँचे। जनता ने दोनों महात्माओं की जय-जयकार की। सूफ़ी महात्मा आचार्य शंकर का परिचय देते हुए बोले—

''आचार्य शंकर को बाल्यकाल से ही अद्वैतसिद्धि 'अनलहक' की उपलब्धि हो गई है। ऐसे महात्मा सदियों के बाद दुनिया के कलह मिटाने, ज़ालिमों से गरीबों को बचाने आया करते हैं। सुनते हैं कि जब शकों, पार्थियनों ने जहान पर ज़ुल्म करना न छोड़ा, वे कहर ढाने लगे तो अनादि शंकर भगवान् स्वयं आदि शंकर के रूप में अवतरित हुए। आज...''

(इस वाक्य को पूरा कर ही रहे थे कि चारों ओर से ''धांय-धांय, हाय-हाय, मरा रे मरा, पकड़ लो—'' का करुण क्रंदन और लाठी प्रहार की आवाज़ सुनाई पड़ी। ज्ञात हुआ कि सिन्ध शासक की आज्ञा से सैनिक दल सभा भंग करने आ गया है। अरबी शासक साधु-महात्माओं का प्रभाव नहीं बढ़ने देना चाहता था। सभा भंग कर दी गई और दोनों महात्मा और सभा के संयोजक बन्दी बना लिए गए, पर दोनों महात्माओं की तेजस्विता से प्रभावित सिन्धी सैनिकों के अनुरोध से दोनों महात्माओं को दूसरे दिन छोड़ दिया गया। उन्हें सिन्ध से बाहर जाने को बाध्य होना पड़ा। अतः दोनों महात्मा गान्धार देश की ओर चल पड़े।)

14

आचार्य पश्चिमोत्तर भारत के उन राज्यों में विचरण कर रहे थे जहाँ शक वंशी राजा राज्य करते थे। कुषाणवंशी और हूण सम्राटों को सम्राट स्कन्दगुप्त ने जब से पराजित किया था, तब से वे भारत पर आक्रमण करने में असमर्थ हो गए थे। अकर्मण्य बौद्ध भिक्षुओं के साथ पक्षपात से हर्ष के पूर्ण प्रयास करने पर भी सारा देश संगठित नहीं हो पाया था। वैदिक धर्मावलम्बी गुप्त सम्राट बौद्ध और वैदिक दोनों सम्प्रदायों को समान रूप से सहायता पहुँचाते रहे। बौद्ध महाविहारों के संचालन के लिए वैदिक राजा समग्र व्यय भार वहन करता पर हर्ष ने यह नीति नहीं अपनाई।

पश्चिमोत्तर प्रदेश के शासक शक अथवा कुषाण के वंशज अपने को दैव पुत्र शाही शाहानुशाही कहते थे और हिन्दू धर्म स्वीकार करके अपने को क्षत्रिय मानते थे। विदेशी उन्हें शकस्थान सइस्तान के शाही राजा कहते थे। इस वंश के राजा दो सौ वर्षों तक अरबों से लड़ते रहे और उनका आधिपत्य अपने राज्यों पर नहीं होने दिया। काबुल की घाटी में उद्‌भाण्डपुर इन्हीं क्षत्रियों की राजधानी थी। जब आचार्य उस नगरी शाही शाहानुशाही राजाओं की राजधानी में पहुँचे तो उन्होंने उद्‌भाण्डपुर के एक छोटे शैव मठ में विश्राम किया। दूसरे दिन बौद्ध महाविहार में उन्हें प्रवचन के लिए आमंत्रित किया गया। उनके अद्वैत सिद्धान्त की महत्ता और उनकी अकाट्य तर्क शक्ति से काबुल घाटी की जनता विशेष कर बौद्ध पंडित और शाहानुशाही राजवंशी इतने प्रभावित हुए कि आचार्य को 'सर्वज्ञ' की उपाधि प्रदान करने को लालायित हो उठे।

बौद्ध, महावीर के आचार्य भक्त पहले उनसे शास्त्रार्थ करना चाहते थे किन्तु थोड़े दिनों तक साथ रहकर उनकी जीवनचर्या को समीप से देखने पर उन्हें विश्वास होने लगा कि भगवान् बुद्ध ही आचार्य के रूप में अवतरित हुए हैं। बौद्ध महाविहार के धर्मकोष (आधुनिक चांसलर), कर्मदान (प्रोचांसलर), स्थविर (वाइसचांसलर) और द्वार पण्डित सबने एकत्र होकर आचार्य को 'सर्वज्ञ' की उपाधि प्रदान की। और आचार्य से कुछ दिन तक उसी महाविहार में व्याख्यान देने का आग्रह करके उनका प्रवचन सुनते रहे। आचार्य ने हेतु विद्या, अध्यात्म विद्या आदि समयोपयोगी विषयों पर प्रवचन किया, जिससे समस्त पश्चिमोत्तर प्रदेश अत्यन्त प्रभावित हुआ। आचार्य शंकर की तपस्या, विद्वता, कर्मठता, अध्यात्म शक्ति की चमत्कारपूर्ण कहानियाँ सर्वत्र फैल गईं। उद्‌भाण्डपुर पश्चिमी देशों का व्यापार केन्द्र था। उद्‌भाण्डपुर और तक्षशिला के विश्वविद्यालयों में संसार भर के विद्यार्थी शिक्षा पा रहे थे। इस प्रकार आचार्य का यशसौरभ सभी देशों, सभी धर्मों, सभी जातियों में व्याप्त हो गया।

कुछ दिनों तक तुषार राज्य में काबुल नदी के तटवर्ती प्रदेशों का भ्रमण करते हुए आचार्य कश्मीर के दर्दर प्रदेश की ओर चल पड़े। उनके साथ बौद्ध विहार के कुलपति, प्रदेश राज्य के प्रतिनिधि छात्र, शाहानुशाही राजा का परिवार शारदा पीठ की ओर चल पड़ा।

भारती को राष्ट्रीय संस्कृति और सैन्य शक्ति को संगठित करने का अवसर मिल

गया था। उसने तक्षशिला में बैठकर अपने भाषणों के द्वारा पश्चिमोत्तर देश के छात्रों, नवयुवकों और महिलाओं में ऐसी स्फूर्ति और प्रेरणा भर दी थी कि सबने विश्व-संस्कृति के अवतार आचार्य शंकर को अपना आराध्य पुरुष स्वीकार कर लिया और इस संस्कृति के रक्षार्थ विदेशी आक्रमणकारियों के विरुद्ध डटकर सामना करने का संकल्प ले लिया।

15

आचार्य की ख्याति गान्धार नरेश और शाह फ़ारस तक पहुँच चुकी थी। उन दोनों देशों से राजदूत आचार्य के समीप प्रस्तुत हुए और उन्होंने अपने-अपने देश में चलने का आग्रह किया। भारत के बौद्ध भिक्षुओं के द्वारा आचार्य की दैवी शक्ति का ज्ञान बौद्ध विहार के आचार्यों को मिल चुका था। वह भी आचार्य को अपने-अपने विद्यापीठों में प्रवचन के लिए आमन्त्रित करना चाहते थे। अत: आचार्य शंकर अपने शिष्यों के सहित पुरुषपुर की ओर चल पड़े थे। किन्तु भारती और उसके साथ की अन्य राजकुमारियाँ सैन्धवी, अवन्तिका, मागधी, मालविका, गुर्जरी, चंचला, विनोदिनी, कश्मीर की राजकुमारी और महाराज अजितापीड़ की पत्नी के आग्रह से तक्षशिला रुक गई थी। भारती कश्मीर स्थित (शारदा पीठ) या सर्वज्ञ पीठ नामक स्थान पर आचार्य को अधिष्ठित करने का उपक्रम कर रही थी। और सम्पूर्ण भारत की संगठित सैन्य शक्ति के द्वारा उन विदेशियों को भारत से पराजित करने की योजना बनाने के लिए रुक गई थी, जो इस देश को अपना देश नहीं मानते और भारतीय देश की संस्कृति को अपनी संस्कृति, भारतीय गरिमा को अपनी गरिमा, भारतीय इतिहास को अपना इतिहास मानने को तैयार नहीं थे। कुछ विदेशी (अरब) ऐसे थे जो भारत में बसकर यहाँ के अन्न-जल में पलने के कारण इस देश को अपना देश स्वीकार कर चुके थे। वे विदेशी शासकों से स्वयं पीड़ित होने के कारण उनके अत्याचारों से मुक्ति चाहते थे। इस देश को गुलामों और काफ़िरों का देश समझकर भारत से घृणा करने वाले अरबी शासक अपने उन शिया भाइयों को विधर्मी समझने लगे थे जो यहाँ की भाषा बोलते, यहाँ की रीति-नीति मानते, यहाँ का पहनावा पहनते, यहाँ की संस्कृति में रम रहे थे और इस देश को अपना ही देश समझते थे। सिन्ध की यात्रा के द्वारा भारती ने देशप्रेमियों पर जादू-सा असर डाल दिया था। भारती देवी की अभेद भावना और कुशल कार्यप्रणाली, स्नेहमयी वाणी से वशीभूत सिन्धी भारत की एकता और अखंडता के लिए कृत-संकल्प थे। उन्होंने भारती को यह आश्वासन दिया था कि वे इस योजना से पूर्ण प्रभावित हैं। विभाजन, भारतीय राजनीति में एक कोढ़ जैसा रोग है जो फैल रहा है। इसका यदि समय से उपचार न हुआ तो सारा शरीर रुग्ण बनकर गल जाएगा।

पूर्वकाल में सम्राट अशोक, कनिष्क, विक्रमादित्य और वीर समुद्रगुप्त का राज्य-विस्तार ब्रह्मपुत्र से काबुल नदी तक फैला हुआ था। वैदिक ऋषियों की यह

भूमि अनेक आक्रमणों की दैत्य लीला देख चुकी थी। यद्यपि बौद्ध राजा उत्तरोत्तर दुर्बल (शक्ति रहित) होते रहे पर भारतीय वीरयोद्धा दुर्बल शासन की उपेक्षा करते हुए अपने ही बलिदान के द्वारा इस आर्यभूमि की रक्षा करते रहे। सिन्ध के इतिहास में पहली बार विदेशियों के अत्याचार से पीड़ित राजकुमारियों और सती नारियों को जौहर की ज्वाला में जूझना पड़ा था। मुहम्मद इब्नविन कासिम के दुर्व्यवहार और दुराचार की कहानियाँ बाहलीक तक पहुँच चुकी थीं। वहाँ के बौद्ध राजा, सिन्ध की करुण कहानियाँ सुनकर बड़े क्षुब्ध हो रहे थे। सिन्ध देश में सत्य, अहिंसा, प्रेम और करुणा की वर्षा करते हुए आचार्य शंकर बाहलीक आने वाले हैं यह समाचार सुनते ही आचार्य शंकर के दर्शन की लालसा जन-जन के हृदय में उमड़ रही थी। उनके अद्वैत सिद्धान्त को स्वीकार करने वाले बौद्ध भिक्षु बाहलीक और काम्भोज पहुँच चुके थे। उन्होंने इन भू-भागों के राजाओं, सामन्तों में यह धारणा बिठा दी थी कि भगवान् बुद्ध ने ही शंकर के रूप में अवतार धारण किया है। यह चमत्कारी महापुरुष मृतक को जिला सकता है। दरिद्र निर्धन को धन सम्पन्न बना सकता है, प्रमादी कायरों में शूरवीरता और कर्मठता के भाव भर देता है। सत्य, अहिंसा, करुणा की साक्षात् मूर्ति शंकर के दर्शन करते ही सारे दुख-पाप मिट जाते हैं। उनकी वाणी में अमृत भरा है। नेत्रों से करुणा की धारा बरसती है। मुख की ज्योति से अज्ञान का अंधकार मिट जाता है। उसने जीवन में कभी द्वैत का भाव आने ही नहीं दिया। देशी-विदेशी, वैदिक-बौद्ध-ईसाई-मुसलमान, पारसी, यहूदी सब में वह अपनी ही आत्मा, अपने ही ईश्वर, अपने ही धर्म और अपनी ही जाति का दर्शन करता है।

आचार्य शंकर अपने लम्बे-लम्बे डग रखते हुए हाथ में दण्ड कमण्डल धारण किए तीव्र गति से नंगे पाँव ही पर्वत की तीखी चट्टानों को पार करते, ऐसे चल रहे थे, मानो पवन देवता उछल-उछल कर मेघ राशि (घटा) को पकड़ने के लिए दौड़ रहा हो। उन घटाओं में आचार्य शंकर की मुख ज्योति विद्युत के समान दमकती हुई दिखाई पड़ती थी। प्रत्येक व्यक्ति इसी ज्योति के दर्शन को लालायित रहता था।

आचार्य जिसकी ओर दृष्टि डाल देते, करुणा भरी दृष्टि से देख लेते, वह अपने को कृतार्थ मानता था। आचार्य की विलक्षण प्रतिभा थी कि वह प्रत्येक भाषा-भाषी से उसी की भाषा में कुशल समाचार पूछते। उनकी जिज्ञासाओं का निवारण करते। विश्व के विभिन्न भागों से भिन्न-भिन्न सम्प्रदायों के अनुयायी उनसे मिलते। उन्हें अपने धर्म, देश और जाति की कहानियाँ सुनाते, अपनी व्यक्तिगत समस्याओं के निवारण का मार्ग पूछते, उनसे परामर्श पाकर अपने को धन्य मानते। इस प्रकार इस महापुरुष के साथ चलने वालों में सभी धर्म, सभी वर्ग और सभी सम्प्रदाय के होने से, मानो पूरी पृथ्वी विश्वभर के प्रतिनिधि पीठ की ओर जा रही हो। सरस्वती उपासकों का यह जिज्ञासु मंडल विश्व कल्याण की खोज में तपस्वियों की तरह शान्त भाव से चल रहा था। ऐसा प्रतीत हो रहा था कि पूर्णचन्द्र नक्षत्र मंडल के साथ पृथ्वी को ही स्वर्ग बनाने के उद्देश्य से आकाश से नीचे अवतरित हो गया है।

16

जिन दिनों आचार्य शंकर गान्धार और काम्भोज राज्यों की बौद्ध प्रजा एवं उनके बौद्ध राजवंश को भारत की सांस्कृतिक एकता का सन्देश सुना रहे थे, उन दिनों भारती कैकेय प्रदेश की राजधानी तक्षशिला विश्वविद्यालय में अपने भाषणों के द्वारा सम्पूर्ण भारत की राजनीतिक, सामाजिक, धार्मिक और शैक्षणिक स्थिति पर भाषण दे रही थी। वह अपने भाषणों में आचार्य शंकर की नई अध्यात्म नीति, राजनीति, धर्मनीति, शिक्षा नीति, समाज नीति की व्याख्या करती और उनके आधार पर भारत के नव निर्माण की अभिनव योजना समझाने का प्रयास कर रही थी। अपने भाषणों में अरबों के सिन्ध पर पूर्ण विजय पाने का कारण विस्तार से समझाती। विदेशियों का दुष्प्रभाव कम करने और बाह्य आक्रमण से देश की रक्षा का उपाय बताती। एक दिन बोली, ''देश, विनाश की ओर बढ़ते-बढ़ते उसके कगार पर पहुँच गया है। जहाँ एक सामान्य धक्का लगते ही पतन के ऐसे गहरे गर्त में पहुँच जाएगा, जहाँ से शताब्दियों में भी न उभर पाएगा।''

हमारे 'देव तुल्य' वर्तमान आचार्य इस सोते हुए भारत को अद्वैत सिद्धान्त की धनुष टंकार से जगाते फिर रहे हैं। संदेश मिला है कि वह कश्मीर में शारदा पीठ की ओर जा रहे हैं। आइए हम लोग वहीं चलकर उन्हें सर्वज्ञ पीठ पर आसीन करायें। यहाँ विभिन्न देशों के प्रतिनिधि विद्वान विद्यमान हैं। विश्वस्त सूत्र से ज्ञात हुआ है कि शक स्थान (साइस्तान) गान्धार, अरब, फ़ारस, चीन, जापान, तुर्किस्तान के विद्वान उन्हें एक स्वर से सर्वज्ञपीठ पर बिठाना चाहते थे किन्तु कश्मीर के पण्डित उनका विरोध कर रहे थे। आइये, हम सभी लोग कश्मीर राज्य के पंडित-समाज को आचार्य की गरिमा का रहस्य समझाएँ और उन्हें देश की वर्तमान स्थिति का ज्ञान कराते हुए सम्पूर्ण भारत की एकता, अखण्डता और राष्ट्रीयता से विधिवत् परिचत करायें। जो लोग इस प्रस्तावना से सहमत हैं, वे कश्मीर चलने की स्वीकृति प्रकट करें।'' सम्पूर्ण उपस्थित जनता ने एक स्वर से प्रस्ताव का समर्थन किया और पूरा समाज कश्मीर यात्रा पर चल पड़ा।

पद्म पाद, प्रवचन के उपरान्त आश्रम में चले गए। नित्य नियम के अनुसार प्रश्नोत्तर का दायित्व भारती पर रहता था। आज विश्व के विभिन्न धर्मावलम्बी विद्यमान थे। हजरत मुहम्मद से पूर्व अरबों का व्यापार यूरोप, मिस्त्र, अफ्रीका से लेकर चीन के पूर्वी समुद्र तट तक फैला हुआ था। इन समुद्री व्यापारियों के साथ अरब के समुद्री सैनिक, ज्योतिषी एवं इतिहासकार भी चला करते थे। इसी परम्परा के अनुसार इब्नविन कासिम के समुद्री बेड़े में उस काल के इतिहास लेखक भी भारत आ गये थे। बहुतों ने यही सिन्धी कन्याओं से विवाह कर लिया था। उन्हीं के वंशज सदाकत अली ने अपने पितामह के इतिहास को समकालीन समस्याओं से जोड़ कर भारत का इतिहास लिखने का संकल्प लिया था। सदाकत अली के पीर (गुरु) वह सूफ़ी फ़कीर थे जो आचार्य शंकर के दर्शन करते ही उनके प्रशंसक बन गये थे। सदाकत अली विश्व के धर्म, भारतीय दर्शन, विभिन्न संस्कृतियों और सभ्यताओं के उत्थान-पतन के अध्ययन में लगे रहते थे। उनके मन में यह प्रश्न बार-बार उठता था कि हिन्दू धर्म

है क्या? और धर्मों के प्रवर्तकों के नाम और स्थान ज्ञात हैं पर हिन्दू धर्म कैसी पहेली है? इसका नाम सनातन क्यों है? यही प्रश्न लेकर वह कश्मीर अपने पीर मुरीद सूफ़ी फ़कीर के साथ श्रीनगर पहुँचे थे।

विभिन्न धर्मावलम्बियों से परामर्श करने के उपरान्त उन्होंने हिन्दू धर्म सम्बन्धी रहस्यों का उत्तर जानने की जिज्ञासा प्रकट की। महाराजा कश्मीर अजितापीड़ स्वयं वीर योद्धा के साथ शास्त्रवेत्ता भी थे। धर्म जिज्ञासुओं और भारतीय संस्कृत के पुजारियों का आदर करते थे। राष्ट्र की एकता और अखण्डता के विश्वासी थे। उन्होंने उपस्थित जनता को शंका निवारण और प्रश्न पूछने के लिए आमन्त्रित किया। आचार्य ने बौद्ध कापालिक मीमांसक, नैयायिकों आदि बहत्तर सम्प्रदाय के आचार्यों को पहले ही शास्त्रार्थ में पराजित कर दिया था। अतः उनमें से किसी ने कोई प्रश्न नहीं पूछा।

सदाकत अली कश्मीरी वेश में इस तरह निवास कर रहे थे, मानो वह भारतीय संस्कृति के एक अंग बन गए हों। उनका कशमीरी ढंग का रहन-सहन, खान-पान, वेशभूषा इस प्रकार का बन गया था कि कोई उन्हें अरबी वंशज समझ ही नहीं सकता था। उन्होंने खड़े होकर विनम्रभाव से पूछा, ''देवी भारती, मैं सिन्धु देश से आचार्य शंकर की सर्वज्ञता और आपकी अनुपम विद्वता सुनकर यहाँ अपनी शंका के निवारण के लिए आया हूँ। मेरे पूर्वज अरब निवासी थे। मेरे दादा और पिता भी अरबी शासकों की आज्ञा से विश्व का इतिहास तैयार कर रहे थे। हमने अरबी भाषाबद्ध यूनान, रोम, मिस्त्र, पारस, चीन आदि देशों का इतिहास अपनी ही भाषा में अनुबंधित कर लिया है। मैं भारत के धर्म, दर्शन और संस्कृति का इतिहास लिख रहा हूँ। मेरे मन में बार-बार यह प्रश्न उठता है कि हिन्दू धर्म और हिन्द देश का सर्वप्रथम नामकरण यूनानियों ने सिकन्दर के समय किया। सिन्ध नदी को हिन्द कहकर इसी के नाम पर देश को हिन्द देश और यहाँ के धर्म को हिन्दू धर्म के नाम से पुकारा। इससे पूर्व यहाँ धर्म किस नाम से जाना जाता था? दूसरा प्रश्न है कि अन्य धर्मों को महापुरुषों ने चलाया, जिनके सिद्धान्त आज भी स्पष्ट हैं पर हिन्दू धर्म का मूल आधार क्या है? किसे हिन्दू कहा जाए? आपके यहाँ कोई वैष्णव है, कोई शैव, कोई लिंगायत है तो कोई वीर शैव, कोई घोर नास्तिक है तो कोई पूर्ण आस्तिक है। कोई अपने को ब्रह्म समझता है, तो कोई ब्रह्म को मानता ही नहीं। आखिर, धर्म सम्बन्धी यह प्रश्न आप लोग न सुलझाएँगे तो कौन इनका समाधान निकाल पाएगा? यह हिन्दू धर्म है क्या? इस चक्रव्यूह में से कैसे निकला जाय? हम किसे हिन्दू धर्म कहें? इतना कहते-कहते भावुकतावश उनकी आँखें भर आईं। और वह चुपचाप बैठ गए। महाराज कश्मीर ने उनसे मंच पर आने का आग्रह किया। मंच के एक ओर भारती बैठी है, दूसरी ओर सदाकत अली।

श्वेत वस्त्र धारिणी सरस्वती स्वरूपा भारती महाराज कश्मीर की दाएँ ओर खड़ी होकर बोली, ''विद्वानों की इस मण्डली में एक से एक महान विद्वान दार्शनिक, इतिहास-वेत्ता विद्यमान हैं। मैं अपनी सामर्थ्य के अनुसार शंका समाधान का प्रयास कर रही हूँ। आज के प्रसिद्ध इतिहास लेखक मौलाना सदाकत अली विश्वव्यापी

धर्मों और संस्कृतियों का इतिहास लिख रहे हैं। उनका पहला प्रश्न है—हिन्दू धर्म के नामकरण के पहले भारतीय धर्म की क्या संज्ञा थी? निवेदन है कि प्राचीन ग्रंथों में कहीं भी धर्म के साथ न किसी व्यक्ति विशेष का नाम जोड़ा गया न किसी देश विशेष का। इसे वैदिक धर्म कहना भी ठीक नहीं है। जिन्होंने वैदिक धर्म कहा भी है, उनका अभिप्राय इन चार वेद ग्रंथों से नहीं था। वह सत्य, ज्ञान, अनन्त और आनन्द रूप ब्रह्म को ही वेद मानते थे। इसलिए वेद को सर्व व्यापक ब्रह्म का नि:श्वास कहा गया। अर्थात् जो ज्ञान किसी व्यक्ति के द्वारा निर्मित न होकर सत् चित् और आनन्द का प्रदाता (देने वाला) है जो अनन्त है—जिसका कोई अन्त नहीं। वही अनन्त ज्ञान वेद का सूचक है। अत: वैदिक धर्म केवल चार वेदों या चार वेद ग्रंथों में समा नहीं पाता, क्योंकि शास्त्रों में ऐसे स्थल आते हैं जहाँ आत्म-साक्षात् करने वाले को न कोई विधि है न कोई निषेध। वह न किसी का पालन करता है न किसी का खण्डन।

''इससे सिद्ध होता है कि हमारे प्राचीन ऋषियों ने धर्म के साथ कोई विशेषण नहीं जोड़ा। सर्वत्र धर्म के लिए केवल धर्म शब्द का प्रयोग मिलता है। सम्भवत: किसी समय मानव मात्र के धर्म को धर्म नाम से अभिहित किया गया था, जो किसी देशकाल की सीमा से बँधकर नहीं चलता था। वह सार्वभौम, सार्वदेशिक और सर्वकालिक था। उसी के मध्य से समय-समय पर देश काल के अनुसार विभिन्न धर्मों का आविर्भाव हुआ। क्योंकि नए धर्म, नए मत, नए सम्प्रदाय उसी मानव धर्म के कतिपय मौलिक सिद्धान्तों के आधार पर देशकाल की आवश्यकता के अनुसार नए-नए रूपों में अवतरित हुए।

''कुछ लोग इस धर्म को सनातन धर्म के नाम से पुकारते हैं। सनातन धर्म का अर्थ है—वह धर्म जो सनातन पुरुष (ब्रह्म) परमात्मा के साथ जुड़कर सृष्टिकाल से आज तक आवश्यकतानुसार नए-नए सिद्धान्तों को जोड़कर चला आ रहा है। पर इसे सनातन धर्म कहना भी ठीक नहीं, क्योंकि यह किसी एक देश तक सीमित हो जाता है। पर अद्वैत सिद्धान्त न किसी देश विशेष का है, न किसी एक जाति का। न किसी काल विशेष के लिए सीमित माना गया है। तीसरा लक्षण यह है कि अन्य धर्मों के परिचायक या सूचक कुछ विशेष चिह्न हैं। पर अद्वैत धर्म का कोई चिह्न विशेष नहीं है। शैव मस्तक पर राख मलेगा, तो वैष्णव विष्णु चरण को अपना प्रतीक (चिह्न) मानता है। सबका अलग-अलग वेश, सबकी अलग-अलग पूजा पद्धति, सबके अलग-अलग आराध्य देव माने जाते हैं। पर यह तो साधना के बाह्य उपकरण मात्र हैं। इस अनेकता में एक सूत्रता लाने वाला वही सर्वव्यापक ब्रह्म है, जो सबके हृदय में स्वयं बैठा है। चौथा लक्षण है कि भारतवर्ष के जिन ऋषियों ने भूगोल और खगोल दो नाम दिए, उन ऋषियों को सम्पूर्ण पृथ्वी के अण्डाकार होने का ज्ञान था। जिस प्रकार अण्डे के प्रत्येक भाग में संरचना शक्ति विद्यमान होती है, उसी प्रकार मानव धर्म के अनुसार इस भूगोल में नए-नए धर्म उत्पन्न करने की स्वाभाविक शक्ति है। प्रत्येक धर्म का मूल तत्व एक है। भारतीय धर्म यह शिक्षा देता है कि वह केवल भारतीय का ही धर्म नहीं है। जो मानव मात्र के लिए सदा सर्वदा और सर्वत्र कल्याणकर है वह सनातन

धर्म है। इसीलिए इसका नाम केवल धर्म है। न सनातन धर्म है न हिन्दू धर्म—वह केवल मानव धर्म है। हमारे आचार्य की शिक्षा यही है। इसी संदेश का प्रचार करते हुए वे देश-देश घूम रहे हैं।''

भारतीय नारियों की त्यागमयी वीरता-भरी कहानियाँ, सूफ़ी खलीफ़ा अपने शिष्यों के द्वारा पहले ही सुन चुका था। इन स्त्रियों के प्रयास से भारत में एक नई जागृति आ गई थी। उसके बाद जब से ललितादित्य ने विदेशी अरबों को कश्मीर की सीमा पर पराजित किया और बादामी के चालुक्य राजा ने उज्जैन के मुसलमानों को आगे बढ़ने से रोक दिया तब से सिन्धियों में और भी नया उत्साह आ गया था। अवन्ति के राजा नागभट्ट (गुर्जर प्रतिहार) और महाराज गोविन्द राज ने अरबों को पूर्वी और दक्षिणी भारत में बढ़ने से रोक दिया था। तब से भारतीय नारियों ने देवल की सतियों की पूजा का प्रचार सती पूजा के नाम से गाँव-गाँव में प्रारम्भ कर दिया था। स्त्री जाति की ऐसी धर्म-निष्ठा देख सिन्ध के सूफ़ी फ़कीर मन-ही-मन विस्मित रह जाते। संसार के किसी देश में भी इतिहास ने ऐसी सती नारियों का बलिदान न कभी देखा था न सुना था।

भारती ने सदाकत महर्षि से पूछा, ''जिस देश में ऐसी वीर नारियाँ हों वह बार-बार विदेशियों से पराजित क्यों हो जाता है? हमें कभी ग्रीक (यूनानी), कभी शक और कभी हूण पराजित कर जाते हैं। कभी अरबी और इराकी हमारी अनाथ नारियों पर अत्याचार का दुस्साहस करते हैं!''

सदाकत अली थोड़ी देर अन्तर्ध्यान कर चुप रहे। फिर बोले, ''देवियो, इस देश के स्वार्थी पुरुष चाहे बौद्ध हों या जैनी, वैदिक हिन्दू हों या मूर्ति-पूजक, कर्मकाण्डी पंडित हों या शस्त्रधारी क्षत्रिय, व्यापारी वैश्य हों या राजकर्मचारी सेवक; सब में स्वार्थ की भावना ऐसी भरी हुई है कि प्रायः सभी अपने धर्म, अपनी जाति, अपने कुल, अपनी राज्य व्यवस्था से देशद्रोह करते आ रहे हैं। इसी सिन्ध में जिस समय दाहर का पूरा परिवार आलोर दुर्ग की रक्षा के लिए प्राण बलिदान करते हुए जूझ रहा था; और दाहर के वीर पुत्र जयसिंह और योद्धा वीरता से लड़ रहे थे, उस समय भी इसी नगर में कुछ स्वार्थी नागरिकों ने विदेशी अत्याचारियों को दुर्ग का गुप्त रास्ता बता दिया। जिससे दाहर के पूरे परिवार के साथ-साथ सिन्ध के बहुत बड़े समाज को अत्याचारियों ने सिन्धुधार में डुबा दिया। मुलतान तक के सम्पूर्ण बौद्ध विहार, देवालय, मठ, आश्रम, विद्यापीठ संघाराम विदेशियों की क्रोधाग्नि में भस्म हो गए जिसका दुष्परिणाम अन्य राजाओं को भी भोगना पड़ रहा है।

''देवी भारती, इस देश की एक और बड़ी दुर्बलता मुझे यह दिखाई पड़ रही है जिसका साक्षी इतिहास है। जब विदेशियों का आक्रमण भारत के किसी भूभाग पर होता है तो देश के बड़े राजा-महाराजा एकजुट होकर लड़ने को कौन कहे, अपने भारतीयों का ही विरोध करते हैं और स्वार्थवश आक्रमणकारियों का साथ देते हैं, जिसका परिणाम उनको ही नहीं सारे देश की भावी सन्तति को भोगना पड़ता है।

अपने ही गान्धार राज का विरोधी इसी देश का एक मठाधीश शकों को स्वयं विदेश से आक्रमण के लिए बुला लाया। कश्मीर-सम्राट ललितादित्य से हारकर विदेशी सैनिक जब उज्जैन की ओर बढ़े तो उनका सामना गुर्जर प्रतिहार राजा जब करने लगा, तो राष्ट्रकूटों ने ईर्ष्यावश स्वयं विदेशियों की सहायता की। इसी से उनकी सत्ता बनी रह गई। इस देश, इस जाति, इस भूमि में पारस्परिक ईर्ष्या का यह बीज ऐसा विष-वृक्ष बन गया है कि इसके द्वारा नित्य नए प्रकार का देश-द्रोह फैलता जा रहा है।'' इतना कहते-कहते उनकी मुख-मुद्रा उदास हो गई और उन्होंने मौन धारण कर लिया।

कुछ देर उपरान्त अरब और भारत की तुलना करते हुए सदाकत अली बोले, ''प्रकृति का प्यारा, सृष्टि का दुलारा, स्वर्ण भरा शृंगार, छत्र धारी, सर्वोच्च नगराज से सुशोभित, हिमगिरि-सा श्रेष्ठ मुकुट वाला, सिन्ध ब्रह्म पुत्र जैसे विशाल नद के हिलोरों से सिंचित, गंगा-यमुना धार से सुशोभित, केसर-कस्तूरी से सुरभित, रामकृष्ण, बुद्ध महावीर के चरण-रज से विभूषित, मानव-प्रेम का पोषक, विश्वबन्धुत्व का उपासक यह भोला-भाला देश आज अपने सारे पूर्व गौरव और वैभव को पतन के गर्त में धकेलता चला जा रहा है। इसके विरुद्ध उन्नतिशील अरब देश है जो अपने जड़ मूर्ति पूजकों को एक ईश्वरवाद का मार्ग प्रदर्शक नारी, जाति का उद्धारक, नास्तिकों को प्रकाश दिखलाने वाला इस्लाम आज संसार में नए-नए साम्राज्य बना रहा है। हजरत मुहम्मद की भाई-चारे की शिक्षा ने पैगामों में नव जीवन का संचार किया। आपस में भाई-भाई की तरह मिलकर रहना सिखाया। एकजुट होकर दूसरे देशों को सैन्य बल से पराजित करने की शक्ति प्रदान की। उनके धर्म-प्रचार और राज्य-प्रसार में बाधक बनने वालों को पूरे अरब देश का शत्रु माना गया। देश-प्रतिष्ठा के लिए एक-एक बच्चा मर मिटने को तैयार रहा। कट्टरता की अतिशयता ने केवल सौ वर्षों में ही शिया और सुन्नी तथा अन्य सम्प्रदायों में अरबों को विभाजित कर दिया है और उनकी सैन्य शक्ति पश्चिम में ईसाई धर्म के नव जागण से दिन पर दिन क्षीणतर होती जा रही है। इसाइयों में देश-प्रेम है। भाईचारा है। ईसा के प्रति निष्ठा है। इसीलिए ईसाई अपने पराजित देश को पुनः स्वतंत्र करा रहे हैं। देशभक्त, कनिष्क, चन्द्रगुप्त और समुद्रगुप्त के घोर तप से सदा स्वतंत्र और अखण्ड भारत खण्डों में बँटता जा रहा है। मैं इसी देश में पैदा हुआ, यहीं का अन्न, जल इस शरीर का पालन करता रहा। यहाँ के प्राण-पद वायु में सुखी जीवन बिताता रहा। यही मेरी मातृभूमि है। अरबों ने अद्वैत-प्रचारक अपने पूर्वजों के गुरु खलीफ़ा यजीद को नास्तिक मानकर अपमानित किया। अरबों की अतिशय कट्टरता यदि उनकी अवनित का कारण बन रही है तो भारतीयों की अतिशय उदारता भी इनकी उन्नति में बाधक बनती जा रही है। यदि अरब अहंकारवश अपने ही शुभचिन्तक भाइयों को देश से निकालने पर उतारू है, तो भारत बिना समझे-बूझे विश्व बन्धुत्व के अभिमान में भारत-द्रोही विदेशियों का स्वागत करता रहा है। ये दोनों दुर्बलताएँ अरब और भारत को ले डूबेंगी। यदि आप भारत की वास्तविक संस्कृति समझना चाहते हैं तो हमारे गुरु भाई स्वामीचिदानन्द जी की गुफा में चलिए वहीं इनका आश्रम है।''

सारा समाज स्वामी जी के आश्रम में प्रविष्ट हुआ। स्वामी जी की दिव्य ज्योति से गुफा जगमगा रही थी। स्वामी जी को यह जानकर बड़ी प्रसन्नता हुई कि यह महिला-मण्डल उस शाहे फ़कीर से मिलकर आ रहा है जो हजरत मुहम्मद के दामाद मौलाना हजरत अली की शिष्य परम्परा में ज्ञान प्राप्त करने वाले सच्चे फ़कीर हैं। दोनों महात्मा अद्वैत वेदान्त के प्रचारक थे। दोनों ने ईश्वरीय ज्ञान के उच्च पद पर अपने को पहुँचा दिया था। दोनों महात्मा वेदान्त और *कुरान* के आधार पर मानव जाति की एकता में विश्वास रखते थे। सिन्ध में साम्प्रदायिक वैमनस्य समाप्त करने के लिए दोनों प्रयत्नशील थे। स्वामी महात्मा और सूफ़ी फ़कीर दोनों को *कुरान शरीफ़* और इस्लाम का स्पष्ट ज्ञान हो गया था। जिस प्रकार सूफ़ी फ़कीर वेदान्त के आधार पर 'अहं ब्रह्मास्मि', 'तत्त्वमसि सर्व खल्विदं ब्रह्म', 'प्रज्ञानं ब्रह्म' का रहस्य हिन्दू, मुसलमान सबको समझाया करते थे, उसी तरह स्वामी चिदानंद *कुरान शरीफ़* के आधार पर सबको धर्म का रहस्य समझाते। महिला-मण्डल को उन्होंने समझाना इस प्रकार प्रारम्भ किया, ''समस्त सृष्टि खुदा और ईश्वर की प्रजा के रूप में है। वही सबसे बड़ा न्यायी, सबसे अधिक शक्तिशाली और सबसे बड़ा मेहरबान है। उसके यहाँ जाति-वर्ण, देश-काल, धर्म सम्प्रदाय का कोई भेदभाव नहीं है। *कुरान शरीफ़* की आयत के अनुसार सारे धर्म एक ही ईश्वर की पूजा, अर्चना, आराधना, प्रार्थना का उपदेश देते हैं। चाहे जिस रूप में उसकी पूजा की जाए फल एक ही मिलता है। केवल एक ही शर्त है। मनुष्य में ईश्वर, सत्य, पवित्रता, दया, दान के प्रति दृढ़ विश्वास बना रहे। पूजा, नमाज़ रोज़ा, उपवास, तीर्थ-व्रत और हज—यह सब उस अल्लाह तक पहुँचने के अलग-अलग रास्ते हैं। किसी रास्ते से जाओ। जैसे अगर मानसरोवर और कैलाश पहुँचना चाहते हो तो अपने-अपने रास्ते पर ठीक-ठीक चलते जाओ। अगर रास्ते से भटक गये तो लक्ष्य की प्राप्ति सम्भव न होगी, रास्ता चाहे कितना ही सीधा क्यों न हो।''

स्वामी चिदानन्द सूफ़ी फ़कीर से प्राप्त अपनी अनुभूत बातें बता रहे थे। वह बोले, ''सूफ़ी फ़कीर का दावा है कि दुनिया के सभी धर्म परम सत्य और जीवन-रहस्य की खोज इसी प्रकार करते हैं। परम सत्य भी विस्तृत आकाश की तरह अनन्त है। ज्ञान की भी कोई सीमा नहीं। आनन्द की अनुभूति तो अनिर्वचनीय है। इसलिए केवल प्रतीकों के द्वारा रहस्यों को समझने की चेष्टा होती है। देवी-देवता भगवान की अनन्त शक्ति को समझाने के लिए प्रतीक मात्र हैं।''

17

विनोदिनी को छेड़छाड़ का अवसर मिल ही गया। उसने पता लगा लिया कि वाग्दत्ता पत्नी जानकी अम्मा शुभ्रा से मिलने पति स्वरूप ज्योतिषाचार्य ब्रह्मदत्त अरबी प्रतिनिधियों के साथ सर्वज्ञपीठ आ गये हैं। आचार्य के सर्वज्ञपीठ पर आसीन होने का समारोह चल रहा था। कश्मीर महाराज पूरे उत्साह के साथ इस कार्य में जुटे

थे। महारानी जयसेना भी दूरागत अभ्यागतों को सुविधा प्रदान करने में दत्तचित्त थीं। गान्धार और कश्मीर राजा को इसका गर्व था कि उनके राज्य में इतना वृहद आयोजन हो रहा है। बौद्धों की तीसरी संगीति के अवसर पर आज से सात शताब्दी पूर्व इसी स्थान के समीप कुण्डल वन में ऐसा ही वृहद्, आयोजन हुआ था। जब सम्राट कनिष्क के आदेश से सम्पूर्ण देश के बौद्ध और वैदिक एकत्र हुए थे और प्रधानामात्य अश्वघोष के प्रयास से महायानी और हीनयानी बौद्धों का पारस्परिक संघर्ष मिटाने का प्रयास हुआ था। उस समय चीनी, सीथियिन, शक आदि किस प्रकार भारतीय संस्कृति की मूलधारा के साथ मिलकर एकाकार हो गये थे। सम्राट कनिष्क ने समग्र भारत को एकता के सूत्र में ग्रथित कर लिया था। भारतीय बौद्ध, वैष्णव, शाक्त आदि एक परिवार की तरह आचार-विचार, रहन-सहन को नए रूप में ढाल रहे थे।

ठीक उसी प्रकार आचार्य शंकर के प्रयास से विभिन्न धर्मों, सम्प्रदायों और मान्यताओं में समायोजन होता जा रहा था। देशी-विदेशी विद्वानों, महात्माओं, साधु-सन्तों, धर्माचार्यों ने एकमत से आचार्य शंकर को सर्वज्ञपीठ पर आसीन कराना चाहा था। गान्धार-कश्मीर को इसका श्रेय मिल रहा था। इसलिए राज्य में उल्लास उमड़ रहा था। ऐसे शुभ समय में जयसेना और विनोदिनी नए प्रकार का विवाह मंडप सजा रही थीं। अरब, फ़ारस, चीन व भारत के विवाह मंडपों के विविध भित्ति चित्र तैयार करवाए गए। सभी सम्प्रदायों, धर्मों के अनुयायी आमंत्रित होने वाले हैं। विवाह मंडप भारतीय शास्त्रानुसार निर्मित हो रहा था। महारानी जयसेना और विनोदिनी दोनों प्रात:काल ही ज्योतिषाचार्य पं. ब्रह्मदत्त के पास उनका समाचार लेने पहुँच गई थीं। वहाँ से लौटते ही महारानी जयसेना ने विवाह मंडप की सामग्री संकलित करने का आदेश दिया था। राजकर्मचारी, कर्मकांडी पंडित के साथ विवाह सामग्री लेकर आने वाले थे। जानकी अम्मा को पहनाने के लिए वस्त्राभूषण, सिन्दूर और मंगलसूत्र देखते-देखते एकत्र कर लिए गए। सुन्दर मंडप बनने लगा। पुरोहित हवन सामग्री लेकर पहुँच गए। विनोदिनी और कश्मीरी स्त्रियाँ रंगों से चौक पूरते हुए गा रही थीं—

पैंसठ का दूल्हा, बासठ की दुल्हन
मंडप में झमके, नूपुर की रुनझुन।

चंचला कर्नाटी को किसी ने सूचना दे दी कि विनोदिनी तो विवाह-मंडप रचा रही है। वह दौड़ी जानकी अम्मा और भारती के पास पहुँची। विनोदिनी के नाटक रचाने का समाचार दिया। जानकी अम्मा को बड़ा धक्का पहुँचा। वह भारती से अपनी व्यथा छिपा न सकी। वह अब विवाह-बंधन को देश-सेवा कार्य में बाधक समझ रही थीं। भारती विनोदिनी का व्यंग्य परिहास भाँप गईं। उन्होंने चंचला रानी को तुरंत विनोदिनी के पास भेजा। चंचला ने सैन्धवी, प्रभा, मागधी को भी साथ लिया।

उन्होंने छिपकर विनोदिनी का गाना सुना। चंचला ने प्रभा और सैन्धवी को पहले समझाने को भेजा। प्रभा भी कविता बनाना जानती थी। उसने विनोदिनी की गर्दन झटके से झकझोरी और पूछा, ''क्यों री विनोदिनी, यह तू क्या कर रही है ? हम

सबने ज्योतिषाचार्य का वृत्तान्त जानने को तुझे भेजा था। तू यहाँ क्या कर रही है ? हम सब उनका समाचार सुनने को आतुर हैं।''

विनोदिनी बोली, ''प्रभा, देख नहीं रही है क्या कर रही हूँ। सुनाने वाला वृत्तान्त होता तो सुनाती। जो दर्शनीय है उसे तो आँखों से ही देखा जा सकता है कान, सुनकर क्या करते। यह देख 65 वर्षीया पंडित विवाह के लिए आतुर हैं।''

प्रभा ने पूछा, ''तू क्यों विवाह-मंडप सजाती और गाना गा रही है ?''

विनोदिनी बोली, ''मेरे प्रयास से दोनों का विवाह हो जाएगा। अन्यथा 65 के बूढ़े और 62 की बुढ़िया का विवाह कौन करेगा ? दोनों आजीवन अविवाहित रहकर जीवन-रस के लिए तरसते रहेंगे। समझी रानी। जिस समय ज्योतिषी अपनी दीन-दशा का वर्णन करते-करते अपनी व्यथा सुनाने लगे कि 'मैं ज्वलनशील उल्का की तरह स्पेन से ईरान तक मरुस्थलों, उपत्यकाओं, गिरिपर्वतों, नदी-सागरों में फिरता रहा पर कहीं शान्ति नहीं मिली। बार-बार वाग्दत्ता नारी की म्लान मूर्ति आँखों के सामने नाचती रही। इसी वियोगिनी के तपोबल पर मैं बड़े-से-बड़े प्रलोभनों को ठुकराने में समर्थ हुआ। अरब, पारस देश के उन्मत्त सत्ताधारियों की क्रोधाग्नि में भस्म होने से बच गया। मैं उसी श्रद्धा रूपिणी नारी के साथ शेष जीवन बिताने अपने देश में आया हूँ। व्यापारियों के द्वारा आचार्य शंकर और उनके अनुगामियों का समाचार प्रायः मिलता रहा है। कितनी बार भारत आने की अनुमति माँगी, पर वे मुझे अपनी संस्कृति में रंगकर भारत में उसका प्रचार करने को भेजना चाहते थे। उनकी संस्कृति अस्वीकार करने पर मेरे प्राणों के प्यासे बन जाते थे। किसी प्रकार एक शहज़ादी की सहायता से अपने देश आ पाया हूँ। मेरे यंत्र-मंत्र से उस राजकुमारी की आशा-आकांक्षा पूरी हुई थी। उसी ने अपने प्रभावशाली पिता द्वारा अरब का गणितज्ञ प्रतिनिधि बनाकर सर्वज्ञ पीठ भेजा है।' ज्योतिषी पंडित की व्यथा भरी कथा से मेरा हृदय द्रवित हो उठा। मैं वचन देकर आई हूँ। मेरी लाज जानकी अम्मा के हाथ है।''

प्रभा ने सारा समाचार भारती को सुनाया। भारती सोच में पड़ गई। विषम स्थिति थी। पता नहीं जानकी अम्मा और आचार्य क्या निर्णय लें। वह प्रभा, चंचला, सैन्धवी मागधी आदि को साथ ले विनोदिनी से मिलने गई। विनोदिनी को समझाया कि वर अपने आप विवाह करने मंडप में नहीं आता। उसे अपने साथ लाना होता है। अतः आओ चलें ज्योतिषाचार्य के शिविर में। वहीं विवाह मंडप में लग्न करने का निर्णय होगा। जयसेना अपने साथ अनेक कश्मीरी सुन्दरियाँ लेकर ज्योतिषी के पास चली। ज्योतिषी पंडित ने सबका आदर सत्कार किया। कुशल समाचार के उपरान्त प्रभा, जयसेना आदि ब्रह्मदत्त को निष्ठुर, निर्दय, पत्नी वंचक आदि उपाधियों से विभूषित करने लगीं। गोविंदी ने सबको वर्जित किया। सर्वत्र शान्त वातावरण बन जाने पर गोविंदी ने ब्रह्मदत्त से निवेदन किया, ''पंडित यवनाचार्य, आपकी वाग्दत्ता पत्नी यहीं बैठी है उन्होंने आपको पहचान लिया है। आप उसे पहचान लीजिए। फिर आपका आदेश पालन किया जाएगा।''

ब्रह्मदत्त ने केवल एक बार उसकी झाँकी देखी थी और दूसरी बार विदेश यात्रा के समय उसका म्लान-मुखमंडल देखा था। वृद्धा, अधेड़, युवती, किशोरी अनेक नारियों में जानकी को पहचान न पाए। बोले, ''आप लोगों में से तो मैं केवल इस महिला (विनोदिनी की ओर संकेत करते हुए) को पहचानता हूँ।'' इतना सुनना था कि सारा महिला-मंडल अट्टहास करने लगा। गम्भीर मना भारती के होंठों पर भी स्मिति नाच उठी। करतल ध्वनि से शिविर गूँज उठा। जयसेना विनोदिनी से परिहास करते हुए बोली, ''चल विवाह मंडप में, पं. ज्योतिषी तुझे ही चाहते हैं। बोल, विवाह कब होगा? ब्याह करेगी ना? ज्योतिषाचार्य अरब से प्रचुर स्वर्ण राशि लाये होंगे। तेरी पीठ खुजला रही थी ना? धन, यश, वैभव विलास सब प्राप्त होगा। अब तू प्रसन्न है ना?''

विनोदिनी कब चूकने वाली—वह मुस्कराते हुए बोली, ''पंडित प्रवर, विवाह से पूर्व यह निश्चय होना चाहिए कि आपने वहाँ कोई गौरांगी तो नहीं रख छोड़ी है? अब आप अरब तो नहीं जाएंगे? भारत में भी पुरुष कई विवाह करने के अधिकारी हैं। आप दूसरा विवाह तो नहीं करेंगे? कभी मेरी विगत गाथा सुनकर मुझे निकाल तो नहीं देंगे? आप अपनी धन-सम्पत्ति किसी और को तो न देंगे?''

उपस्थित महिला-मंडली विनोदिनी के तर्कों में रस लेकर करतल ध्वनि कर रही थी पर एकमात्र जानकी अम्मा के मुख मंडल से म्लानता के साथ खिन्नता प्रकट हो रही थी। ज्योतिषी का मनोविज्ञान संबधी ज्ञान समय पर काम आ गया। उन्होंने कहा, ''अरी परिहास प्रिय महिला? मैं अपनी वाग्दत्ता पत्नी को पहचान गया।'' पंडित ब्रह्मदत्त अपने स्थान से उठे। जानकी अम्मा के सामने खड़े होकर बोले, ''देवी जानकी! तुम धन्य हो।'' जानकी अवाक् रह गई। नत्मस्तक खड़ी होकर ज्योतिषी के चरणों में प्रणाम किया। उसकी वाणी मूक हो गई। ज्योतिषी ब्रह्मदत्त बोले, ''मैं तुम्हारे जीवन की गतिविधि का निरन्तर समाचार लेता रहा। भारत और अरब के व्यापारी आचार्य शंकर के चमत्कार की कहानियाँ देश-विदेश में प्रसारित करते रहे हैं। दमिश्क के खलीफ़ा को भारत के कोने-कोने की राजनीतिक, सामाजिक, आर्थिक सूचना मिलती रहती है। स्पेन से चीन तक स्थान-स्थान पर उनके गुप्तचर छद्मवेष में घूम रहे हैं। धनपिपासु अनेक भारतीय विदेशों की स्वर्णद्युति से अन्धे हो देश का गला घोंट रहे हैं। मुझे भी कई प्रकार के प्रलोभन देकर पथभ्रष्ट करने का प्रयास हुआ। पर इस देवी प्रति मेरी श्रद्धा ने मुझे संकटों से उबार लिया। अनजाने ही मेरे प्रति इनके दृढ़ विश्वास ने इन्हें भी अध्यात्म ज्ञान का पिपासु बना दिया है। हे देवि, मेरी अभिलाषा है कि शेष जीवन तुम्हारे साथ गृहस्थ बनकर बिताऊँ। चिरकुमार ज्योतिषी बनने की अभिलाषा मर मिटी।'' जानकी ने अपने अश्रुकणों से ज्योतिषी के चरण-रज का चन्दन बनाकर मस्तक पर धारण किया। फिर बोलो, ''देव! मेरे पिता ने मुझे आपको समर्पित कर दिया है। अत: मैं आजीवन आपकी आज्ञाकारिणी बनूँगी ही। मेरी दो प्रार्थनाएँ हैं। पहली प्रार्थना यह है कि जिस सन्ध्या को कमलिनी वल्लभ सूर्य देव और मेरे सौभाग्य दाता पतिदेव पश्चिम जा रहे थे उस समय वरुणदेव हमारे प्रणय के साक्षी बने। जब आप मेरे पितृपाद से विदा लेने गए तो उन्होंने अपने अश्रुजल से आपके

चरणों को धोकर मुझे आपको ही समर्पित कर दिया था। और उसी समय मेरे पिता ने समुद्र तट पर मेरा आपको कन्यादान कर दिया था। हम प्रणयाग्नि में भावाहुति डाल रहे थे। सागर लहरियाँ संगीत सुना रही थीं। समुद्र, पुरोहित बन हम दोनों पर आशीर्वाद सूचक जलकण छिड़क रहा था। सन्ध्या की लालिमा मेरे सौमन्त में सौभाग्य सिंदूर उड़ेल रही थी। मेरे साथ-साथ सागर की अनन्त वीचियाँ भी अपनी माँगों में सिंदूर पहन रही थीं। देव, आप सोच-विचार कर जो आज्ञा देंगे वह मुझे शिरोधार्य है! साठ के उपरान्त वानप्रस्थ आश्रम प्रारम्भ होता है। उसके अनुसार, वनप्रदेश में रहने वाले, नागरिक जीवन से सर्वथा अनभिज्ञ जनजातियों की सेवा और परमेश्वर का ध्यान करना है न कि संकीर्ण गृह प्राचीर में बन्द होकर घुटते रहना।''

ज्योतिषी (यवनाचार्य) बोले, ''पश्चिमी देशों में कितने ही बड़े-बड़े परिवारों में 70-75 वर्ष की ढलती अवस्था में सातवाँ-आठवाँ विवाह होता है। नव-विवाह से नूतन शक्ति पाकर वीर योद्धा उत्तरी अफ्रीका से काबुल नदी तक का विस्तृत साम्राज्य स्थापित कर सुख—भोग रहे हैं और आजीवन ब्रह्मचर्य धर्म का पालन करने वाला यह देश सिन्धु के प्रवाह में अपनी मान-मर्यादा, सभ्यता-संस्कृति, वेद शास्त्र, धर्म-कर्म विसर्जित कर पाश्चात्य देशों की दासता में ही सन्तुष्ट हो रहा है।

''मेरे स्वदेश लौटने का मूल उद्देश्य है जीवन के शेष पाँच-सात वर्ष सुख भोग में बिताना। विवाह-संस्कार में पत्नी के साथ कन्यादान करते हुए पिता कहते हैं—इमां कन्यां प्रदास्यामि, पितृणां तारणायच। मम वंश कुले जाता यावत् वर्षाणि पोषिता, तुभ्यं-वर मया दत्ता पुत्र-पौत्र विवर्धिनी। अर्थात् पितरों के ऋण से मुक्त होने के लिए संतानोत्पत्ति आवश्यक है इतना ही नहीं कन्या सप्तपदी करते समय मध्य में वर को यह विश्वास दिलाती है—शुचिः शृंगार भूषाहं, मैं वस्त्राभूषण से सुन्दर शृंगार कर आपके साथ रमण करूँगी। वह विवाह क्या जिससे नारी को शृंगार युक्त हो पति के साथ क्रीड़ा का अवसर न मिले। मुझे अरब देश न जाना पड़ता, तो हम दोनों का विवाह संस्कार आज से 35 वर्ष पूर्व हो चुका होता। जो युवावस्था सुख भोग में बीतती वह मुझे त्रयताप से जलाती रही। पर हम दोनों विवश थे। किसी प्रकार भाग्यवशात् प्रवास से मुक्ति मिली है। अब तो शेष जीवन गृहस्थ की भाँति बिताया जाना चाहिए। अन्यथा अन्त तक कामना अतृप्त बनी रह जाएगी। अन्तकाल की भावना ही पुनर्जन्म की भाग्य विधाता बनती है।'' इतना कहते-कहते उनकी आकृति तमतमा उठी। भावोद्वेगवश वाणी बन्द हो गई।

जानकी अम्मा ने यवनाचार्य के चरणों में झुककर अभिवादन किया। दोनों हाथ जोड़कर बोली, ''देव, मेरा यह भौतिक शरीर आपको अर्पित है ही। पर दासी की इतनी प्रार्थना सुन लीजिए—बुझी हुई अग्नि में आहुति वर्जित है, देव। क्या अब मैं वंश वृद्धि योग्य हूँ? अरब में विवाह पितृऋण के लिए नहीं किए जाते? भोग-प्रधान संस्कृति विवाह के विषय में ऐन्द्रिय सुख को ही सर्वोपरि मानती होगी। तभी तो 70-80 वर्ष की अवस्था में पुरुष नवोढ़ा से विवाह करते होंगे। उनकी विवाह-पद्धति को

आप विधिवत् जानते होंगे। हम तो उससे सर्वथा अनभिज्ञ हैं। आप तो सप्तपदी का पूरा माहात्म्य जानते होंगे ही पर आज्ञा हो तो मैं इस विषय में दो शब्द कहूँ?''

यवनाचार्य, ''कहो, अवश्य कहो। पैंतीस वर्षों में मुझे कभी वैदिक संस्कार करने का अवसर ही नहीं मिला। सम्भव है मैं यथार्थ न समझ पा रहा हूँ।''

जानकी अम्मा बोली, ''देव, हमारे देश में सम्पूर्ण जीवन की इकाई को चार भागों में विभाजित किया गया है। प्रत्येक भाग के उप विभाग किए गए हैं। युवावस्था का जीवन भी सप्तपदी के अनुसार सप्तस्थितियों में सप्त सोपानों से जोड़ा गया है। पच्चीस वर्षों का विद्यार्थी जीवन है तो अधिकतम साठ तक का गृहस्थ जीवन। तदुपरान्त सन्तान को गृहभार सौंप दीन-दुखी, अशिक्षित वनवासियों के कष्ट निवारण में जुट जाना होता है। इन पैंतीस वर्षों से गृहस्थ जीवन के पाँचवें सोपान अर्थात् 50 वर्ष की अवस्था तक की अवस्था तक सन्तानोत्पत्ति हो या न हो—एक दूसरे के दुख में सहायक सुख में सुखी रूप से सहवास करना ही है। पचास से साठ का समय होम-यज्ञ आदि धर्म-कर्म आदि में बिताना होता है। इसके उपरान्त पति-पत्नी सखा भाव से वानप्रस्थ में साथ-साथ अथवा मनोवृत्ति के अनुसार पृथक्-पृथक् जनसेवा कार्य में पूरा समय लगाते हैं। इस प्रकार वर-वधू दोनों इस व्रत का संकल्प लेते हैं जिसके साक्षी सम्पूर्ण उपस्थित जन होते हैं। यह है भारतीय विवाह पद्धति का रहस्य जो हमें बालिका विद्यापीठों में समझाया गया था। यह जानते हुए भी यह शरीर आपको अर्पित है। 'देहोमया अर्पित स्तुभ्यम्'—अब आप जैसे चाहें मुझे पत्नी रूप में ग्रहण करें। अन्त में इतना ही निवेदन है कि आप 35 वर्षों तक अरबी वातावरण में रहकर वहाँ के पार्थिव वैभव और उसके उपभोग से प्रभावित रहे हैं और मैं सर्वज्ञशंकर और देवी भारती के साथ आध्यात्मिक वातावरण में जीवन बिताती रही। किन्तु यदि सौभाग्य सूत्र और सप्तपदी आपको अभीष्ट है तो चलिए, संस्कार सम्पन्न हो जाए। भले ही जनता का व्यंग्य और परिहास सहना पड़े।''

जानकी अम्मा का आत्मसमर्पण भाव सोचकर यवनाचार्य मन-ही-मन लज्जित हो गए। जानकी अम्मा के तर्कों का कोई उत्तर उनकी समझ में नहीं आ रहा था। वाग्दत्ता पत्नी की वाणी ने उनका अन्तर्पटल खोल दिया। वह झेंपते हुए बोले, ''अरब के मरुस्थल में कामना रेत की झंझा ने मेरी आँखों के सामने जो पर्दा डाल दिया था; मैं जिस मृगमरीचिका को प्यास शान्त करने वाली नदी समझ रहा था, उसका रहस्य अब समझ में आया है। जानकी अम्मा की शास्त्रवाणी से मेरी आँखें विस्मय विस्फारित हो उठी हैं। अब मैं आप लोगों के साथ जन सेवा में ही शेष जीवन बिताऊँगा। अरब में रहते हुए मैं समझता था कि पूरा भारत देश पश्चिम के अधीन होकर रहेगा पर देख रहा हूँ कि इस देश की नारियों में नव जागरण आ गया है। जिस देश की महिलाएँ जग जाती हैं, देश की प्रहरी बन जाती हैं, उसे कौन पराजित कर सकता है? मुझे ईरान जाने पर यह तथ्य समझ में आया। ईरान पर आज से लगभग पन्द्रह शताब्दी पूर्व विदेशियों का आक्रमण हुआ। कुरुश नामक प्रतापी राजा राज्य कर

रहा था। ईरानी सेना की एक टुकड़ी शत्रु का सामना करने में अपने आप को असमर्थ पाकर भागती हुई समीपस्थ नगर में शरण लेने आई। वहाँ की स्त्रियों को ज्यों ही पता चला, वे संगठित होकर नगर द्वार पर चिल्लाने लगीं—

'भगोड़ों के लिए नगर में स्थान नहीं। जाओ युद्ध में मर मिटो।' वे लौट कर प्राणापन से लड़े, विजयी हुए। देश संकट से बच गया।'' इस समय सबके आग्रह पर भारती ने मानव धर्म की व्याख्या की।

18

आचार्य शंकर द्वारा प्रतिपादित और शास्त्र अनुमोदित मानव धर्म की विशिष्ट व्याख्या सरस्वती भारती के मुखकमल से निकलकर वातावरण में चारों ओर कस्तूरी और केसर की सुगन्ध की तरह फैलने लगी। उपस्थित जन मंडली में यहूदी, पारसी, बौद्ध, जैन, अरबी, ईरानी के अतिरिक्त भारत के प्रायः सभी सम्प्रदाय वाले विद्यमान थे। भारतीय धर्म और अद्वैत दर्शन की विलक्षण व्याख्या सुनकर प्रत्येक धर्मावलम्बी को यही प्रतीत हो रहा था मानो उसी के धर्म की व्याख्या हो रही है, कहीं किसी कोने से विरोध की ध्वनि नहीं आई, आनन्द की अनुभूति करते हुए प्रत्येक व्यक्ति का रोम-रोम पुलकित हो रहा था। साधुवाद का उद्घोष कम होने पर चंचला उठ खड़ी हुई। वह विश्व इतिहासवेत्ता सदाकत अली और सूफ़ी फ़कीर से उनके प्रवचन के लिए प्रार्थना करते हुए बोली, ''आप लोग चीनी यात्री फाह्यान ह्वेनसांग की भाँति देश-विदेश के धर्म, वहाँ की राजनीति, संस्कृति आदि का अध्ययन कर रहे हैं। आप ही लोग बता सकते हैं कि मानव धर्म का पुजारी यह भारत देश बार-बार विदेशियों के आक्रमण से क्यों पराजित होता आया है? क्या राजनीति और धर्म में कोई संबंध नहीं है? यदि हमारा धर्म मानव-मात्र का कल्याण चाहता है तो विदेशी हमें पददलित क्यों करते रहते हैं? मुट्ठी भर शक, हूण और अरबी सैनिक भारत आए और उन्होंने इस विशाल देश के बहुत बड़े भू-भाग पर अधिकार कैसे जमा लिया? भारतीय इतने क्लीव कायर और स्वार्थी कैसे हो गए?''

सदाकत अली को भारती ने मंच पर आमंत्रित किया। मंच के एक ओर भारती बैठी थी, दूसरी ओर सदाकत अली, दोनों के बीच में महाराज कश्मीर विराजमान थे जिनके मन में भी यह प्रश्न वर्षों से खलबली मचा रहा था। अतः इसका उत्तर जानने की उत्कण्ठा भी। वह इतिहास के प्रेमी थे। उनके पूर्वज ललितादित्य ने अरबों को कश्मीर की सीमा पर पराजित किया था। गान्धार से लेकर मगध देश तक कश्मीर साम्राज्य फैला हुआ था। उनकी बड़ी इच्छा थी कि सम्राट अशोक, कनिष्क, चन्द्रगुप्त, समुद्रगुप्त आदि की तरह सारा भारत किसी युक्ति से एकता के सूत्र में बँध जाए पर मगध के बौद्ध और दक्षिण के विभिन्न राज्य उनका विरोध कर रहे थे। चंचला का प्रश्न सुनकर उनके मन में भारत की एकता और अखंडता का प्रश्न पुनः जाग उठा। वह बड़े ध्यान से सदाकत अली का अनुभव सुनना चाहते थे।

सदाकत अली ने सबकी आकृति पर जिज्ञासा, उत्कण्ठा का भाव देखा। अत: बड़ी संयमित भाषा में इस प्रकार बोले, ''मैं जब *महाभारत* का अरबी में अनुवाद कर रहा था तो मुझे धृतराष्ट्र और दुर्योधन के विनाश का कारण समझ में आया। इस देश में भी प्रत्येक देश की तरह दैवी और आसुरी राज्य होते आये हैं। दुर्योधन की सैन्य शक्ति ही नहीं अपितु धन-बल, अस्त्र-शस्त्र पांडवों से कहीं अधिक था पर कौरव हारे पांडव जीते, क्यों? दुर्योधन ईर्ष्या-द्वेष का एक वृक्ष था जिसकी जड़ें पृथ्वी के नीचे धृतराष्ट्र की खाद-शक्ति से फैल रही थीं। इस जड़ का तना शकुनी था। दुस्शासन आदि उसकी शाखाएँ। वीर विद्वेषी कर्णफूल हैं जिसका फल अनिवार्य रूप से दुख, क्लेश, पराजय और पराभव है। ठीक इसके विरुद्ध युधिष्ठिर धर्म का वृक्ष हैं, कृष्ण जिसकी जड़ है, अर्जुन इसका तना, नकुल, सहदेव डालियाँ, अत: इस धर्मवृक्ष का फल है विजय अथवा आनन्द। भारत देश जब-जब *महाभारत* के सन्देश को भूलकर अहिंसा का वास्तविक अर्थ बिना समझे क्लैव्य और कायरता को उदारता नाम से पुकारता है तब-तब विदेशियों के हाथों से पराजित होता आया है।

''*गीता* बार-बार ईश्वर-अर्पण बुद्धि से काम करने की प्रेरणा देती है पर जब अभिमानी राजशक्तियाँ *गीता* का परम उत्कृष्ट धर्म भूलकर मिथ्या अभिमान के नशे में उन्मत्त हो जाती हैं तो कृष्ण के वंशजों की तरह आपस में लड़ मरते हैं। अभिमानी दुर्योधन की तरह भारतीय शासक ईर्ष्यावश होकर विदेशियों के आक्रमणकाल में भी अपने ही भाइयों को पराजित करने के लिए देश के दुश्मनों की सहायता करते रहे। सिकन्दर के आक्रमण के समय राजा आम्भीक ने चन्द्रगुप्त मौर्य के विरुद्ध यूनानियों की सहायता की। राजा गर्दमिल्ल और कालकाचार्य में कलह होने के कारण शकों को भारत पर आक्रमण का मौका मिला। कालकाचार्य अपने अनुयायियों सहित आक्रामकों के दल में सम्मिलित हो गया, जिससे भारत शताब्दियों तक शकों का दास बना रहा। इसी प्रकार हूणों ने आक्रमण किया तो महाराज चन्द्रगुप्त, समुद्रगुप्त, स्कन्द्रगुप्त ने अपने शौर्य, तेज, राजनीति और सैन्यशक्ति के बल से सारे भारत को एकता के सूत्र में ग्रथित किया। सम्पूर्ण देश की राष्ट्रभाषा संस्कृत बनी। इन्होंने बौद्ध, जैन और सनातनी देवी-देवताओं के पूजास्थल को समृद्ध और पवित्र बनाने का पूरा प्रयास किया। देश में एक बार पुन: स्वर्ण-युग आ गया। आप पूछेंगे कि हजरत मुहम्मद के दिवंगत होने पर केवल दस-पन्द्रह वर्षों में ही इतना बड़ा अरब साम्राज्य कैसे स्थापित कर दिया? और भारत मुट्ठी भर अरबों के हाथों कैसे पराजित हुआ? इतिहास की यह बड़ी दु:खद और मार्मिक घटना है।''

कुछ देर मौन रहकर पुन: सदाकत अली ने इतिहास की पुरानी कहानी प्रारम्भ की। उन्होंने कहा, ''जब अरबों ने फ़ारस पर आक्रमण किया और पारसियों को अरबी संस्कृति, धर्म और भाषा अपनाने को बाध्य किया तो अनेक पारसी देश छोड़कर अन्यत्र चले गये। जो बच गये उन्होंने अरबी लिपि को नए रूप में अपनाया पर अरबी भाषा को स्वीकार नहीं किया। उन्होंने फ़ारसी नाम देकर अपनी पैतृक भाषा में बोलचाल के कुछ अरबी शब्दों को जोड़कर एक नई भाषा बना ली। उन्होंने हजरत मुहम्मद के

दामाद हजरत अली के सूफ़ी सिद्धान्तों को अपने परम्परागत विचारों से संलग्न कर दिया। उन्होंने अपना यह जीवन-दर्शन विस्मृत नहीं किया कि समय-समय पर ईश्वर के दूत इस पृथ्वी पर आते रहते हैं। अरबों ने इसका विरोध किया। इसी कारण अरबी और ईरानियों में सदा युद्ध चलता रहता है। और ईरान (आर्यवान) ने अरबी आक्रमण के उपरान्त भी अपनी फ़ारसी संस्कृति को विस्मृत नहीं किया पर मुझे यह कहते हुए दुःख होता है कि भारतवासी एक सौ वर्ष के ही अरबी राज्य में अपनी भाषा, संस्कृति, परम्परा, धर्म, दर्शन, आदि को भूलते जा रहे हैं। यदि यही क्रम रहा तो देश पर विदेशी सत्ता दीर्घकाल तक बनी रह जाएगी। मेरी समझ में इसका समाधान आचार्य शंकर और उनके शिष्य ही कर सकते हैं। हम लोग भारती से कुछ सुनना चाहते हैं।''

भारती संकोच करते हुए खड़ी हो गई। बड़ी विनम्रता से कहने लगी, ''इतिहास के मर्मज्ञ भारत के प्रेमी, हमारे पूर्व विद्वान् वक्ता ने देश की वर्तमान स्थिति पर गंभीर चिन्ता व्यक्त की है। इन्होंने भारत को अपना देश, भारतीय परम्परा को अपनी सम्पत्ति, भारतीय रहन-सहन को पूर्णतः अपना लिया है। यह हमारे लिए बड़े सौभाग्य की बात है। इसी कारण कट्टर अरबी इनसे द्वेष करते हैं। ऐसा जान पड़ता है कि जिस प्रकार अरब और ईरान में संघर्ष हुआ वैसा ही संघर्ष अरब और सिन्ध में भी छिड़ने वाला है। यदि फ़ारस की तरह सिन्धी और पंजाबी भी अपनी परम्परागत संस्कृति, सभ्यता और जीवनपद्धति को सुरक्षित रखते हुए अरब के नए ज्ञान-विज्ञान से लाभान्वित होते हैं तो देश की समस्या का समाधान अपने-आप होने लगेगा। फ़ारस की भूल थी कि उन्होंने अपनी भूमि छोड़ दी। यदि भारत भूल सुधार का ऐसा आन्दोलन खड़ा कर दे कि विदेशी भाषा को जीवन के व्यवहार में न लाने दे, तो विदेशी शासन अधिक दिन टिक नहीं सकता। एक बार आचार्य शंकर ने स्वयं कहा था—

'न स्मर्तव्यं यामिनी भाषा।'

''आचार्य के सामने जब विदेशी-आक्रमण का प्रश्न आया तो उन्होंने अपने शिष्यों को समझाया कि कोई भी विदेशी सत्ता अपने शासनाधिकार के साथ अपनी संस्कृति, अपनी परम्परा, अपने धर्म, अपनी विचार-पद्धति को बलात् आरोपित करना चाहती है। विदेशी सत्ता और विदेशी दुष्प्रभाव से देश को बचाने का एक सीधा उपाय यह है कि उनकी भाषा के माध्यम से उनके नए-नए ज्ञान-विज्ञान को अवश्य सीखा जाए पर नित्य प्रति के व्यवहार में, शासन के कार्य संचालन में विदेशी भाषा का प्रयोग कदापि न किया जाए यदि पूरा समाज इस प्रकार का संकल्प ले ले तो विदेशी विजेता स्वयं हार मानकर या तो अपने देश लौट जाएगा अथवा इस देश की संस्कृति में रम जाएगा। मेरे हृदय पर आचार्य की इस अभिनव पद्धति का बड़ा प्रभाव पड़ा। ऐसा प्रतीत होता है कि सिन्ध और पंचनद को अरबी आक्रमण से बचाने का यही सबसे सीधा और सुलभ उपाय है। यह कार्य भाई सदाकत अली के सहयोग और परामर्श से सहज ही सम्भव बन सकता है। मैं उनकी शुभाकांक्षा के लिए अपने मुस्लिम भाइयों को हृदय से बधाई देती हूँ। आइए हम सब एकजुट होकर नगर-नगर, गाँव-गाँव,

घर-घर में आचार्य का सन्देश पहुँचाएँ।''

सदाकत अली इतिहास की सच्चाई जानने को सत्य के उपासक बने थे। उन्होंने ईरान, मिस्र, सीरिया आदि देशों में स्वयं भ्रमण कर यह निष्कर्ष निकाला था। अब वह भारत का इतिहास तैयार कर रहे थे। उन्होंने उपस्थित तीर्थयात्रियों को सिन्ध मद्र, कम्बोज के विगत सौ वर्षों का इतिहास समझाते हुए कहा, ''अरबी शासकों, ईरान और सिन्ध के शाही खानदानों ने इस देश में भी उन्हीं युक्तियों का प्रयोग किया जिनके बल पर डेढ़ सौ वर्षों से वे विभिन्न भू-भागों पर अधिकार जमाए हुए बैठे हैं। यदि इस देश ने भी आपस में वैर, विरोध, ईर्ष्या व द्वेष, धन और पद के लोभ से वही भूलें कीं तो यह देश भी किसी-न-किसी दिन विदेशियों से पूरी तरह पददलित होगा। इस नैराश्य की अमावस्या में एकमात्र आचार्य शंकर ही आशा की ज्योति जगा सकते हैं। मेरा यही अनुमान है क्योंकि जब-जब इस देश का नैतिक, सामाजिक, धार्मिक और राजनीतिक पतन होने लगा है, कोई-न-कोई लोकोत्तर ज्योति जगमगाती हुई सहसा आ पहुँची है।''

भारती सदाकत अली का आभार प्रकट करते हुए बोली, ''भैया, इस देश में आप जैसे सत्यान्वेषी जब तक विद्यमान हैं इसका विदेशी क्या बिगाड़ सकते हैं? पर इस समय हमारा क्या कर्त्तव्य है? विदेशियों के साथ हमारी क्या नीति हो?'' सदाकत अली बोले, ''विदेशी नीति की सफलता देश की आन्तरिक सैन्य और चारित्रिक शक्ति पर निर्भर होती है। देश की आंतरिक शक्ति संगठन और सहानुभूति से बनती है। संगठन-प्रेम पर निर्भर है।'' इसी के साथ सभा भंग हुई।

19

समस्त भारत के धर्म प्रतिनिधि एवं राजनेता महाराज कश्मीर के आमंत्रण पर एकत्र होकर विश्व की गतिविधि पर विचार कर रहे थे। सिन्धराज से सूफ़ी महात्मा एवं केरल के सेंट थॉमस चर्च के सन्त आ चुके थे। केवल अरब के खलीफ़ा अली के अनुयायियों का कोई प्रतिनिधि नहीं आया था। सम्भवत: अरब और फ़ारस में सुन्नी-शिया का प्रश्न उठाया गया था। सिन्ध राज्य पर प्रभुत्व के लिए कलह प्रारम्भ होने से दोनों में सीमा विवाद भी उठ खड़ा हुआ था पर किसी तरह अरबी विद्वान् और सूफ़ी पहुँच ही गए। रामदास को विदेशी प्रतिनिधियों के आतिथ्य का दायित्व सौंपा गया था।

एक दिन कश्मीरी महिलाओं में शुभ्रा-ब्रह्मदत्त के विवाह पर चर्चा चली तो इस प्रकार रहस्य खुला। रामदास के मन में रह-रहकर यह आशा कुलबुलाती रहती कि हो न हो आचार्य ब्रह्मदत्त जगद्गुरु शंकर का दर्शन करने अवश्य आना चाहेंगे। उसने देखा कि अरबी प्रतिनिधियों की हरी पताका पर द्वितीया का चन्द्रमा चमक रहा था। हरी पताका पर रजत रचित द्वितीया का चन्द्रमा मानो नीले आकाश में दैवीदीप्ति चमका रहा हो। अथवा नैराश्यमय जीवन में आशा की ज्योति जगमगा रही हो। उस पताका की दूसरी ओर लिखा था, 'अहं ब्रह्मास्मि, अनलहक' अर्थात् मैं और मेरे पिता

(ईश्वर) एक हैं। विदेशी भाषाओं के मर्मज्ञ पंडित ब्रह्मदत्त के हाथ में पताका थी। ब्रह्मदत्त श्वेतवर्ण का उत्तम परिधान पहने थे। उनके सिर पर लम्बी शिखा दूसरी पताका की तरह लहरा रही थी। कंठ में अरबी चोगा लटकाकर चले आ रहे थे। रामदास ने ब्रह्मदत्त को कभी नहीं देखा था पर कालड़ी में जन-जन से उनके रंग-रूप-गुण की चर्चा सुन रखी थी! उसे ज्ञात था कि सिन्दूर बन्धन की पूर्व संध्या को ही राजाज्ञावश उन्हें ज्योतिर्विद के रूप में अरब देश जाना पड़ा। अत: सौभाग्याकांक्षिणी शुभ्रा 35 वर्षों से कुमारिका जीवन बिता रही है। रामदास को विश्वास था कि वह भारती को संवाद देने चले तो विनोदिनी मिल जाएगी।

विनोदिनी और रामदास में अच्छी पटती थी। वह रामदास को हनुमान बन्दर कहकर छेड़ा करती थी। आजन्म ब्रह्मचर्य-व्रतधारी रामदास को भी उसकी छेड़छाड़ पर क्रोध नहीं आता। कोई उनसे पूछता तो वह आचार्य शंकर की ओर संकेत करते हुए मुँह पर उँगली खड़ी कर दिया करता था। पर विनोदिनी के पूछने पर नई-से-नई सूचना सर्वप्रथम विनोदिनी को देने के लिए उसके मन में न जाने क्यों एक तरह की गुदगुदी उठा करती पर वह सँभल जाता और विनोदिनी को सावधान करते हुए कहता, "देख हँसोड़ नारी, पहले मुझे यह सूचना देवी भारती को सुना लेने दे। तब तुम चंचला से कहना।" पर विनोदिनी उँगली चमकाती हुई कहती, "भला मैं रामदूत का रहस्य खोलूँगी। राम-राम! पर हनुमान सीता की सुध पहले राम को सुनाये या लक्ष्मण को, इनमें अन्तर क्या? भारती और चंचला सगी बहनों जैसी हैं। चाहे भारती से आप कहें, चाहे चंचला रानी से मैं कहूँ, चाहे एक साथ दोनों से, यह सन्देश कहें इसमें कोई अन्तर है रामदूत?" इतना कहते-कहते भागी फिर मुड़कर बोली, "वह देखिए! देवी भारती महाराज कश्मीर के साथ-साथ जा रही हैं। जाओ उनको पकड़ सकते हो तो पकड़कर सुनाओ। मैं तो अपनी रानी के पास जा रही हूँ। कल्याणी शुभ्रा को शुभ सन्देश मैं सुनाऊँगी। देखती हूँ उसके मुख पर कैसी लाली छा जाती है? मैं कविता बनाऊँगी तब आपको सुनाऊँगी। जाओ, आपका भला हो।"

इतना कहकर भागती हुई विनोदिनी चली गई थी। सभा मण्डप में प्रसन्नता से नाचती हुई पहुँची। उपस्थित जन मण्डली विश्व और देश की वर्तमान गंभीर समस्याओं में डूब-उतरा रही थी। विनोदिनी को हँसते-नाचते देख चंचला (कर्नाटी) समझ गई कि कोई नया समाचार लेकर आई है। चंचला ने पूछा, "क्या है विनोदिनी? क्या तेरे वह आ रहे हैं कि इतनी मगन हो रही है!" विनोदिनी बोली, "रानी, वह तो हमारे वश में हैं। उन्हें जब चाहूँ बुला लूँ। अरे आज 35 वर्ष के बिछुड़े आचार्य ब्रह्मदत्त वैदिक पताका की तरह शिखा फहराते, अरबी प्रतिनिधियों के साथ उत्सव में भाग लेने आ रहे हैं। रानी आज हम सब 60 वर्षीया ब्रह्मचारिणी शुभ्रा की सोहाग रात्रि का उत्सव मनायेंगे।"

चंचला की आँखें भर आईं। शुभ्रा उस समय भारती के साथ आचार्य के समीप चली गई थी। नारी समाज में समस्या उठी कि यदि पंडित ब्रह्मदत्त ने अरबी महिला

से विवाह कर लिया हो तो क्या शुभ्रा का परिणय वेद विदित होगा? विनोदिनी हँसते हुए बोली, ''रानी, पंडित ब्रह्मदत्त ने अगर अरबी महिला से विवाह किया होता तो उस आठ-दस लम्बी-चौड़ी हस्तिनी नारी ने अब तक उनके सिर का एक-एक बाल नोच लिया होता। वह मुण्डी संन्यासी बन गए होते। जो कर्त्तव्यपरायण युवक शुभ्रा (कल्याणी) जैसी अप्सरा पाकर भी देश जाति के कल्याण के लिए बुद्ध भगवान की तरह गृह त्याग कर सकता है, वह अरबी महिला के चक्कर में आ नहीं सकता है, वैदिक धर्म नहीं त्यागेगा।''

विजया (मागधी) बोली, ''भगवान् बुद्ध तो वैदिक धर्म विरोधी हो गए, विनोदिनी—पर समस्या आज राग-विराग की नहीं, श्रुति स्मृति पालन और उल्लंघन की है। क्यों रानी चंचला, आप इस पर सम्यक् प्रकाश डालें।''

चंचला बोली, ''आज दो प्रश्न सामने हैं। पहला प्रश्न है कि वाक्‌बद्ध पति का दूसरा विवाह क्या विहित माना जाएगा? दूसरी समस्या है—यदि 35 वर्ष पूर्व विदेश रहने वाले वाक्‌बद्ध पुरुष के साथ ब्रह्मचारिणी नारी विवाह को प्रस्तुत न हो तो क्या पुरुष नारी को विवाह के लिए बाध्य कर सकता है?''

विनोदिनी ने बीच में बात काटकर कहा, ''रानी दोनों ही यदि विवाह चाहते हों तो क्या सिन्दूर-बन्धन आवश्यक है? या उसके लिए मुहूर्त गणना पर या सप्तपदी, 35 वर्ष के उपरान्त भी अनिवार्य है? सप्तपदी में केवल सात प्रदक्षिणा आवश्यक हैं। यहाँ तो प्रकृति देवी अपने पति पुरुष के साथ 35 वसन्त का फाग खेल चुकी है फिर भी शुभ्रा कल्याणी का सिन्दूर-बन्धन शेष ही रहा क्या? आज हम सौभाग्यवती का सौभाग्य उत्सव नहीं मना सकतीं क्या? भारतीय धर्म में यह कैसा ढकोसला है रानी? विवाह, प्रेम का भूखा है न कि मंत्रोपचार का? इस पगली शुभ्रा कल्याणी को क्या कहूँ! इसने ब्रह्मदत्त को विदेश जाने ही क्यों दिया?''

रानी चंचला, ''विवाह से पूर्व कैसे बाँधे रखती? तूने तो न जाने कैसे उस भोले-भाले की टाँगें बकरे की तरह बाँध रखी हैं?'' विनोदिनी को अवसर मिल गया। बोली, ''रानी, वह नारी क्या जो पति को वश में न रख सके, मैंने सेवाभाव से पैर दबा-दबाकर उन्हें जीता है। पति को वश में रखना क्या कोई खेल है? पत्नी वह है जिसकी सेवा के प्रभाव से पति स्वयं पत्नी का सेवक बन जाए। वही सेवा सच्ची है जो स्वामी को सेवक बना सके, सेवा भाव भी प्रेम भाव की तरह उस उच्च कैलाश की तरह बनाया जा सकता है जहाँ पहुँच कर अन्य सारे धर्म छोटी पहाड़ियों की तरह नीचे बौने जैसे दिखाई पड़ते हैं।''

विजया बोली, ''अरी विनोदिनी, तू प्रेम का मंत्र हम सबको भी तो सिखा।'' वह बोली, ''यह क्या कोई खेल है? पति को वश में रखने की विद्या परमात्मा की कृपा से किसी-किसी को मिलती है। शास्त्रविद् विदुषी नारियाँ उस पति सेवा भाव की महिमा क्या जानें? वे तो अपनी विद्वत्ता के मद में डूबी रहती हैं। इस कला को केवल भोली-भाली, सीधी-सादी, प्रेम प्यासी, ग्राम वधुएँ ही जानती हैं, जिनके हृदय

में ईश्वर ने स्वाभाविक माया, ममता, प्रेम के आदान-प्रदान की शक्ति प्रदान की है। वे कामकला की बातें नहीं करतीं। स्नेह से उमड़ती नयन जलधारा में उनका पति स्वयं सराबोर हो उठता है। विद्या विहीन, काम कला से अनभिज्ञ, आडम्बर रहित हृदय वाली, सहज प्रेम भाव से भरी इन अबोध ग्राम वधुओं पर दयानिधान की करुण दृष्टि कब, कैसे पड़ जाती है कौन जानता है ? उनके लिए पति ही परमेश्वर है, वही सर्वस्व है। उसी के साथ जीना, उसी के साथ मरना, उनके जीवन का लक्ष्य होता है। इस मर्म को बड़ा-बड़ा पोथा पढ़ने वाली नागरी नारियाँ क्या जानें ?''

20

परम्परा के अनुसार शारदा पीठ की गद्दी पर वही आचार्य बैठ सकता था जो सम्पूर्ण पंडित मण्डली, साधु-संन्यासियों को शास्त्रार्थ में पराजित कर देता। पंडितों के आह्वान पर आचार्य शास्त्रार्थ के लिए उपस्थित हुए। प्रधान पंडितों ने एक-एक कर उनसे शास्त्रार्थ किया। कर्मकांडी, सांख्यवादी मीमांसक सभी ने अपने-अपने मत के समर्थन और अद्वैतमत के खण्डन के प्रमाण जुटाये थे पर आचार्य शंकर ने अकाट्य तर्कों से सबको पराजित कर दिया। यह निश्चय हो गया कि आचार्य ही सर्वज्ञ हैं। कोई शास्त्र, कोई वेद, कोई धर्म ग्रन्थ, श्रुति, स्मृति, दर्शन, पुराण ऐसा नहीं जिस पर आचार्य का पूर्ण अधिकार न हो। सर्वसम्मति से विद्वान आचार्य को पीठ स्थान पर बैठाना चाहते थे, कि एक वृद्ध ब्राह्मण उठकर बोला, ''आचार्य मेरे प्रश्न का उत्तर देकर ही सर्वज्ञ पीठ पर बैठने के अधिकारी बन सकते हैं। इस सभा के मध्य में मैंने लोहे की शलाका गाड़ी है, आचार्य मेरे हाथ से कंगन को लेकर इसे ऐसे फेंकें कि यह कंगन शलाका के बीचोंबीच में गिरे।''

सभा के लोग अवाक् रह गए। आचार्य हाथ में कंगन लेकर बोले, ''वही होगा। आपकी इच्छा पूर्ण होगी।'' आचार्य शंकर ध्यानमग्न हो गये और उसी अवस्था में कंगन को फेंक दिया। वह कंगन जहाँ गिरा लोगों ने जाकर देखा कि शलाका के बीचोंबीच में पड़ा है। आचार्य की अलौकिक शक्ति के सामने लोगों को सिर झुकाना ही पड़ा। पंडितों ने आचार्य के चरणों में गिरकर उनसे पीठ स्थल पर बैठने का साग्रह अनुरोध किया। आचार्य शंकर से स्थानीय लोग आग्रह करने लगे कि कुछ दिन आप यहाँ और रहें। आचार्य कुछ दिन वहाँ रहकर अपने शिष्यों सहित कामाख्या की ओर अग्रसर हुए।

सप्तम् उल्लास

सर्वज्ञ पीठ पर निर्विघ्न आसीन हो जाने के उपरांत आचार्य की ख्याति भारत के कोने-कोने तक फैल गई। भारत के अतिरिक्त विदेशी महात्माओं, विद्वानों, इतिहासकारों और दार्शनिकों के द्वारा ईरान, अरब से लेकर चीन तक आचार्य के जीवन की चमत्कारी घटनाओं का गुणगान होने लगा था। इस कारण आचार्य जिस स्थान पर पहुँच जाते वहाँ विभिन्न धर्म-सम्प्रदाय-मतमतान्तर के अनुयायी एकत्र हो जाते।

आचार्य शिष्यों के सहित सर्वज्ञपीठ से चलकर कश्मीर के भिन्न-भिन्न स्थानों का भ्रमण करते हुए श्रीनगर स्थित सर्वोच्च पहाड़ी पर पहुँचे, जहाँ भगवान् शंकर और भगवती देवी की प्रतिमा स्थापित थी। देवपूजन के उपरान्त देवी की महिमा में उन्होंने 'सौन्दर्य लहरी' स्तोत्र की रचना की। प्रथम श्लोक में स्तुति करते हुए कहते हैं—

अर्थात्—"शिव, शक्ति युक्त होने पर ही सृष्टि, स्थिति और संहार के योग्य बनते हैं। शक्ति-रहित-शिव, स्पन्दन रहित हो जाते हैं। इसी कारण ब्रह्मा, विष्णु शिव आदि देवता शक्ति-सहित शिव की आराधना करते हैं।" इसी प्रकार के एक सौ चार श्लोक रचकर आचार्य ने देवी की स्तुति की, जिसे सुनकर उपस्थित जनता आनन्द-विभोर रह गई। कश्मीर के राजा और प्रजा सबने एकमत होकर उस पहाड़ी का नाम शंकराचार्य शैल रखा।

शंकराचार्य शैल पर कुछ दिन निवास कर आचार्य शंकर शिष्यों सहित चन्द्रभागा नदी के तट पर होते हुए ज्वालामुखी तीर्थ का दर्शन करने पहुँचे। मार्ग में अनेक बौद्ध और जैन तीर्थस्थल मिले। सबका दर्शन करते हुए आचार्य क्रमसमुच्चयवाद का सिद्धान्त समझाते चलते। उनके उदार विचारों से बौद्ध और जैन जनता भी इतनी प्रभावित थी कि सबने एक स्वर से शिष्यों के साथ 'एकमेवद्वयं ब्रह्मनेह नानास्ति किंचन' की सामूहिक ध्वनि से उनका अभिनन्दन करना प्रारम्भ किया। जनता में यह चर्चा फैल गई कि आचार्य किसी को स्वधर्म का त्याग करना नहीं सिखाते। वह यही कहते हैं कि "बौद्ध हो या जैन, शैव हो या शाक्त, भारतीय हो अथवा अभारतीय—बचपन में जिस संस्कार में पले हो, उसका पालन करते हुए अपूर्णता से पूर्णता की ओर बढ़ते जाओ; जगत् में ब्रह्म सर्वत्र ओत-प्रोत है। वही एकमात्र नित्य सत्य है। जीवन-मुक्त व्यक्ति इसी जीवन में मुक्ति का आनन्द प्राप्त करता है, पर निर्वाण-मुक्ति में जीव ब्रह्म स्वरूप हो जाता है।"

इस प्रकार का उपदेश देते हुए आचार्य जैन, बौद्ध आचार्यों से मिलते, विभिन्न

तीर्थों का दर्शन करते नैमिषारण्य पहुँचे। यहाँ बौद्ध तांत्रिकों का प्रधान केन्द्र बन गया था। पास-पड़ोस की जनता ऋषि-आश्रमों की उपेक्षा के कारण दु:खी थी। आचार्य ने कुछ दिनों तक यहीं निवास किया और जनता को समझाया कि भगवान् बुद्ध ने अद्वैत वेदान्त के ही आधार पर ज्ञान मार्ग का उपदेश दिया था। दोनों का सादृश्य दिखाते हुए दोनों की उपासना पद्धतियों का रहस्य विस्तार से समझाया। जिसका परिणाम यह हुआ कि वैदिक और बौद्ध परस्पर प्रेमपूर्वक रहने लगे। ऋषियों के आश्रम पुन: वेद मंत्रों से गूँज उठे। आचार्य के प्रभाव से वहाँ दैनिक धर्म-कर्म और उपासना का प्रचार हो गया।

आचार्य नेमिषारण्य से चलकर शिष्यों सहित अयोध्या पहुँचे। भगवान् राम के मन्दिर में शास्त्रानुसार पूजन किया। उनकी प्रेरणा से पंचदेव उपासना में लोगों की श्रद्धा दृढ़ होने लगी। अयोध्या से चलकर मिथिला, मगध, नालन्दा आदि स्थानों से होते हुए आचार्य गयाधाम पहुँचे। यह वह स्थल है जहाँ विभिन्न प्रान्तों के निवासी अपने पितृ-पुरुषों का पिंडदान करने आते रहते हैं। इस प्रकार आचार्य का दर्शन करने वालों में प्रत्येक प्रान्त, प्रत्येक वर्ण, प्रत्येक धर्म के अनुयायी मिल गए। आचार्य ने सबको बौद्ध धर्म, वैदिक धर्म, जैन धर्म का रहस्य समझाते हुए यही उपदेश दिया कि सभी धार्मिक महात्मा उसी एक परब्रह्म को पहचानने का मार्ग बताते हैं।

बौधगया में स्थापित भगवान् बुद्ध की मूर्ति का दर्शन करते हुए उन्होंने अपने उस स्तोत्र के द्वारा भगवान् बुद्ध की स्तुति की जिसका सारांश यह है—"जो बुद्ध रूप से पृथ्वी मंडल पर अवतरित हो पद्मासन लगाए प्राण-संयमपूर्वक नासिका के अग्र भाग में दृष्टि स्थिर करके बैठे; और योगियों के अग्रगण्य होकर कलियुग में अवतरित हुए; वे बुद्ध रूपी भगवान् हमारे चित्त में निवास करें।" आचार्य ने बौधगया पर रहकर लोगों को समझाया, "बुद्धदेव ने वैदिक मार्ग के अनुसार साधना की जिसके द्वारा उन्हें सिद्धि मिली। निर्वाण का अर्थ केवल शून्यमय होना नहीं है; निर्वाण परिपूर्णता और पूर्णानन्द की प्राप्ति कराता है। विषय-तृष्णा त्याग देने पर जो शाश्वत शान्ति और परमानन्द की प्राप्ति होती है उसी का नाम निर्वाण है।" उन्होंने आर्य सत्यों का ही प्रचार किया। अत: वैदिक और बौद्ध-साधना-पद्धति बाहर से भले ही भिन्न-भिन्न दिखाई पड़े किन्तु वास्तव में विष्णु ही भगवान् बुद्ध के रूप में अवतरित हुए हैं। अत: बुद्धदेव की उपासना विष्णु उपासना है और विष्णु की उपासना बुद्धदेव की आराधना है। आचार्य के इन उपदेशों का ऐसा प्रभाव पड़ा कि गृहस्थ बौद्ध,भगवान् बुद्ध में विष्णु का अंश ही समझकर बुद्धदेव की प्रतिमा का पूजन करने लगे। इस प्रकार बुद्धदेव की उपासना करते हुए भी बौद्ध जनता अपने को हिन्दू मानने लगी। लोगों के आग्रह पर आचार्य को कुछ दिन गया रुक जाना पड़ा, जिससे सारे देश का धार्मिक वातावरण बदलने लगा। आपस की कटुता समाप्त हो गई। आचार्य के साथ करुणमित्र भिक्षु चल रहे थे। उनके सहयोग से कार्य सुगम हो गया। आचार्य शिष्यों-सहित गयाधाम से चलते-चलते बंग देश पहुँचे। बंग देश में बौद्ध तांत्रिकों का बड़ा प्रभुत्व था। शताब्दियों के बौद्ध प्रभाव से वेद शास्त्र का पठन-पाठन मन्द पड़ गया था। आचार्य के प्रभाव से संस्कृत भाषा, वैदिक ग्रन्थ शास्त्रों का पठन-पाठन पुन: स्थापित हो चला। आचार्य की

विद्वता, तेजस्विता, मुख मंडल की दीप्ति से प्रभावित जनता श्रद्धा भाव से उमड़ पड़ी और आचार्य को साक्षात् शंकर का अवतार समझकर पूजने लगी। वेद और वैदिक धर्म में पुनः विश्वास जमने लगा।

बंग देश के विभिन्न नगरों एवं ग्रामों में भ्रमण करते हुए आचार्य प्राग्ज्योतिपुर (कामरूप) पहुँच गए। समग्र आसाम प्रदेश में बौद्ध तांत्रिकों का ऐसा प्रभाव हो गया था कि वैदिक उपासना-पद्धति वेद का पठन-पाठन एक प्रकार से समाप्त होता जा रहा था। जब प्राग्ज्योतिषपुर के तत्कालीन राजा को आचार्य के आगमन की सूचना मिली तो वे अपने कर्मचारियों के साथ आचार्य शंकर का स्वागत करने पहुँचे और उनको अपने साथ लेकर देवीपीठ कामाख्या पर्वत की ओर चल पड़े।

2

जिस समय आचार्य को कश्मीर में सर्वज्ञ की उपाधि दी जा रही थी, उस समय उनका विरोध करने वालों में प्राग् ज्योतिष सबसे आगे लाल पताका फहराते, कोलाहल मचाते, शक्ति देवी की जय-जयकार कर रहे थे। उनमें भी असम के कामाक्षी देवी का पुजारी सबसे आगे था। उसके गुरु ने आचार्य को शास्त्रार्थ के लिए निमन्त्रित किया था। आचार्य उसी निमन्त्रण के आधार पर कश्मीर से कामाक्षी देवी के दर्शनार्थ चले थे। अब गया होते हुए अनेक कठिनाइयों का सामना करना पड़ा। ब्रह्मपुत्र नदी पारकर कामाक्षी देवी तीर्थ की ओर बढ़े।

असम तांत्रिकों का सबसे बड़ा गढ़ माना जाता था। तन्त्र शास्त्र के अनुसार करतोया नदी से लेकर ब्रह्मपुत्र नदी तक का त्रिकोणाकार भाग कामरूप कहलाता था। इस प्रदेश में सोमार पीठ, व्रती पीठ, रत्नपीठ, विष्णु पीठ, रुद्रपीठ, ब्रह्म पीठ आदि अनेक शक्ति पीठ, पूजा के प्रसिद्ध स्थल बने हुए थे। ज्यों ही आचार्य ने कामरूप प्रदेश में पदार्पण किया, त्यों ही शक्ति पीठों के उपासक उनकी तीर्थयात्रा में बाधा डालने लगे। कामरूप के सर्व प्रमुख पीठ कामाक्षी देवी में उस काल का सबसे बड़ा तांत्रिकों पुजारी नवगुप्त निवास करता था। आचार्य का आगमन सुनकर वह घोर हिंसक और सर्वभक्षक तांत्रिक शास्त्रार्थ की तैयारी करने लगा। उसने कामरूप के प्रसिद्ध तांत्रिकों को कामाक्षी मन्दिर में शास्त्रार्थ सुनने को बुलाया था। उसने अपने अनुयायियों के मध्य में बैठकर यह संकल्प लिया था कि हम इस देश के अहिंसक उपासकों का सर्वनाश किए बिना शान्तिपूर्वक नहीं रह सकते। वह कामाक्षी देवी के सामने रक्त रंजित खड्ग लपलपाता हुआ कहने लगा, ''शक्ति के उपासको, आज भगवती कामाक्षी देवी ने साक्षात् दर्शन देकर मुझे आदेश दिया है कि इस पाखण्डी मुण्डी शंकर को शास्त्रार्थ में पराजित करूँ और उसका एक-एक अंग काटकर भगवती को समर्पित करूँ। वर्षों की प्यासी भगवती कामाक्षी कब से रक्त की प्रतीक्षा में बैठी हैं। जिन बौद्धों ने तांत्रिकों की हिंसा का घोर विरोध किया था वे भी अब इसके समर्थक हो गए हैं। बौद्ध तांत्रिक और वैदिक तांत्रिक मिलकर अहिंसा के पाखण्डी पुजारियों का सर्वनाश करने को तुले हैं। आज मैं प्रतिज्ञा करता हूँ कि इस मुण्डी आचार्य शंकर के रक्त से अपने इस प्रखर

वाहन की प्यास बुझाऊँगा। आज तुम सब लोगों को इस चमत्कारी शंकर के चमत्कार के विरुद्ध विद्रोह करने का अवसर मिला है। हमारी आराध्या देवी भगवती कामाक्षी देवी शंकर जैसे आचार्य का शुद्ध रक्त पीकर तृप्त हो जाएँगी। आप सब लोग सावधान रहना। हो सकता है कि उसके शिष्य कुछ चमत्कार दिखाकर हम पर प्रभाव डालना चाहें। सुनते हैं कि इस शंकर ने मृतक को जीवित कर दिया था। नर्मदा के प्रलंयकारी जल प्रवाह को अपने कमण्डल में रोक लिया। मूर्ख गूँगे व्यक्ति को देश का प्रमुख वक्ता बना दिया। केले के शीतल खम्भे से उसी प्रकार अग्नि उत्पन्न कर दी जैसे खम्भे को फाड़कर नृसिंह भगवान पैदा हो गए थे।'' कुछ देर तक रक्तरंजित करवाल की ओर देखकर उसे घुमाता है। फिर बोला—

''आज मैं इस पाखण्डी चमत्कारी का सारा भण्डाफोड़ करूँगा।'' इतना कहकर वह लपलतापी करवाल को नचाता हुआ स्वयं नाचने लगा। कभी उसे रक्तकुण्ड में भिगोता; कभी पात्रों से निकाल मज्जा और मांस अपने शरीर पर मलने लगता, कभी मद्य का पात्र उठाकर गटागट पी जाता।

इसी समय आचार्य शंकर अपने शिष्यों सहित मन्दिर के प्रांगण में प्रविष्ट हुए। किन्तु उन्मत्त नवगुप्त मांस-भक्षण, मदिरापान और ताण्डव नृत्य में इतना मस्त था कि उसने अपने सामने खड़े आचार्य शंकर को देखा भी नहीं। देवी के प्रांगण में उपस्थित शाक्त-मण्डली आचार्य के बाल रवि जैसे मुखमण्डल से निकलने वाली ज्योति को देखकर इतना प्रभावित थी कि मन-ही-मन नवगुप्त को कोसती हुई उसके वीभत्स कृत्य की निन्दा कर रही थी।

जब नृत्य करते-करते नवगुप्त तांत्रिक बिलकुल थक-सा गया तो वह चक्कर खाकर पृथ्वी पर गिर गया। थोड़ी देर में जब उसकी आँखें खुलीं तो आचार्य को सामने खड़ा देखकर करवाल उठाकर खड़ा हो गया, कड़ककर बोला, ''क्यों रे मुण्डी, तूने हमारे इस नील पर्वत राज्य में पैर रखने का साहस कैसे कर लिया? तू नहीं जानता हमारे संकल्प को? हम लोगों ने देवी के सामने यह प्रतिज्ञा की है कि समाज के विनाशक अहिंसा प्रचारकों का जब तक हम नाश नहीं कर देंगे, तब तक चैन की नींद नहीं लेंगे। बौद्ध मुण्डी शताब्दियों से झूठी अहिंसा का ढोंग रचकर समाज को क्लीव और नपुंसक बनाते जा रहे थे। भगवती की कृपा से करवाल के धनी पैदा हुए, जिन्होंने मुण्डियों से समाज की रक्षा की। लगभग एक सहस्र वर्ष से रंडा और मुण्डी, पंडा और पिंर्डे, दण्डी और पाखण्डी समाज को दुर्बल बनाते जा रहे हैं। समाज मानो खड्ग की उपसना करना भूल ही गया था। बड़े श्रम से हम तांत्रिकों, सिद्ध पीठ के चंडी उपासकों ने पुनः हिंसा की प्रतिष्ठा की। पर देखता हूँ तू मुण्डी फिर बौद्धों की भाँति अहिंसा का प्रचारक बन रहा है। क्या तू समझता है इस पलाश-दण्ड की पूजा करने से समाज की रक्षा हो सकेगी!'' आचार्य शंकर के हाथ से पलाश-दण्ड खींचकर टुकड़े-टुकड़े कर देना चाहता था। पर पूरी शक्ति लगाने पर भी आचार्य के हाथ से दण्ड कमण्डल छीन न पाया। अपनी तलवार उठाकर बार-बार शंकर के पलाश-दण्ड पर प्रहार करता रहा और आचार्य शान्त भाव और करुण नेत्रों से उसकी ओर देख रहे

थे। वह दण्ड कमण्डल छीनने में असमर्थ होने से क्रोधित था। अत: उग्र से उग्रतर रूप धारण करता हुआ उग्रभैरव बनता जा रहा था पर आचार्य के होंठों पर स्मित रेखा (मुस्कुराहट) फैलती जा रही थी।

नवगुप्त (अभिनव गुप्त) सामान्य तांत्रिक नहीं था। वह ब्राह्मण कुल में उत्पन्न, पंडित परिवार में शिक्षित-दीक्षित होने के कारण शास्त्र-व्याख्याता विद्वान् भी था। वह मंत्र-सिद्धि, मारण, उच्चाटन, वशीकरण आदि तांत्रिक क्रियाओं में विशेष दक्षता प्राप्त कर चुका था। असम के अतिरिक्त दूर-दूर के तांत्रिक मंत्र सिद्धि के लिए उसके पास आया करते थे। इस कारण बिहार, बंगाल, उत्तरप्रदेश तक उसकी प्रसिद्धि फैल चुकी थी। प्राग् ज्योतिषपुर के राजा भी उसकी प्रसिद्धि से भयभीत रहते। उसके अत्याचारों को जानते हुए भी कामाख्या पीठ के सुधार-संस्कार करने में अपने को असमर्थ पाते।

आचार्य के आगमन से उनमें साहस आ गया था। इस कारण अब सैन्य सहित शास्त्रार्थ के समय महाराज विद्यमान थे। जब महाराज ने अभिनव गुप्त को दण्ड कमण्डल छीनने में असमर्थ पाया तो उनका हृदय प्रफुल्लित हो उठा। आचार्य के होंठों पर खेलती हुई मुस्कराहट कामाख्या प्रांगण में फैले हुए अज्ञान-अंधकार को दूर कर रही थी। मुख की ज्योति से जन-जन के हृदय में बैठा नैराश्य आशा में बदल रहा था। तांत्रिक अभिनव गुप्त हतप्रभ होकर अपने चतुर्दिक बैठे तांत्रिकों की ओर निराशा भरी दृष्टि से निहार रहा था। वह समझ नहीं पाया कि ऐसी दैवी घटना कैसे घटित हो रही थी। मानो कोई सधा हुआ तैराक अचानक मझधार के भंवर में डूबता- उतराता हुआ ऊब-चूब कर रहा हो। चारों ओर तांत्रिकों के मुख पर उदासी देखकर वह समझ गया कि अब आचार्य शंकर के अतिरिक्त और कोई शरणदाता नहीं। उसने अपने सामने महाराज प्राग् ज्योतिषपुर को और उनके सैन्य दल को अस्त्र-शस्त्र से सुसज्जित पाया। तांत्रिकों का समुदाय आचार्य को श्रद्धा भरी दृष्टि से निहार रहा था। आचार्य की करुणा, राजा का आक्रोश, तांत्रिकों का नैराश्य, भक्तों की आचार्य के प्रति अटूट श्रद्धा का अनुमान लगाते हुए उसने यही निश्चय किया कि इस समय आचार्य शंकर की शरण में रहकर अपने प्राणों की रक्षा की जाए। भविष्य में प्रतिशोध की कोई युक्ति निकाल ली जाएगी। यह सोचकर उसने प्रार्थना की, ''आचार्य ? मैं शास्त्रार्थ में अपनी पराजय स्वीकार कर आपका शिष्यत्व स्वीकार कर रहा हूँ।'' आचार्य ने उसे कंठ से लगा लिया।

नवगुप्त तांत्रिक अब आचार्य शंकर का शिष्य बन गया था। वह शंकर की सेवा में अपने को सबसे आगे रखना चाहता था। धीरे-धीरे आचार्य के भोजन, जलपान, शयन, रहन-सहन की व्यवस्था का भार बलात् अपने ऊपर लेता जा रहा था। इससे और उसके पूर्व जीवनवृत्त को सुनकर रामदास को शंका हो रही थी। वह बार-बार यही सोचता कि क्रकच के शिष्य की तरह यह तांत्रिक भी शिष्य बनकर कहीं आचार्य की हत्या का षड्यंत्र न रच रहा हो। उसने भारती और पद्म पादाचार्य से अपने मन की शंका प्रकट करते हुए कहा कि यह नवगुप्त कोई नई (हिंसक) पाशविक लीला करने जा रहा है। वह आचार्य को भावी विपत्ति की आशंका से अवगत कराना चाहता था। अत: भारती और पद्म पादाचार्य को साथ लेकर आचार्य के पास पहुँचा। यद्यपि

नवगुप्त तांत्रिक शंकराचार्य का सान्निध्य एक क्षण के लिए भी छोड़ता नहीं था, पर रामदास ने बड़ी युक्ति से उसे थोड़े समय के लिए कामाख्या के मन्दिर में जाने को बाध्य किया था। और एकान्त पाकर आचार्य से बोला—

"पूज्य गुरुवर, हमें सन्देह है कि आजन्म दुष्कर्म में तल्लीन यह हिंसक, मद्यप, परस्त्रीगामी, महाव्यभिचारी दो-चार दिनों में इतना बड़ा महात्मा कैसे हो गया! कल प्राग्ज्योतिष महाराज के रक्षाधिकारी यह बता रहे थे कि इस तांत्रिक ने पचासों व्यक्तियों की हत्या की है। कितनी नारियों का सतीत्व भंग किया है। इस मद्यप ने अपनी सती साध्वी पत्नी को जीते जी जला दिया। ऐसे दुरात्मा व्यक्ति का सहसा विश्वास कर लेना क्या समाज के लिए उचित है? हमें आशंका है कि कभी-न-कभी यह अवश्य धोखा देगा। आपके साथ एकाकी सेवक बनकर तीर्थाटन के लिए जा रहा है। हमें सन्देह है कि यह धोखा न करे। अतः हमारी प्रार्थना है कि आप हम लोगों को भी साथ चलने की अनुमति प्रदान करें।"

आचार्य के होंठों पर मुस्कराहट नाचने लगी। आँखें करुणार्द्र थीं। भावना की परीक्षा का समय जान रामदास, भारती और पद्म पादाचार्य को समझाते हुए बोले, "नवगुप्त ने शिष्यत्व ग्रहण कर लिया है। यह अद्वैत भावना की परीक्षा का समय है। शास्त्र कहता है कि दुरात्मा से दुरात्मा भी ईश्वराधना से देखते-देखते महात्मा बन जाता है। बड़े-से-बड़े दुष्कर्मी, दुराचारी का सुधार सत्संग से हो जाता है, हुआ है और होगा। कोई भी पामर व्यक्ति ऐसा नहीं जिसमें कहीं-न-कहीं सद्वृत्तियाँ झरोखे में छिपी झाँक न रही हों। माया का पर्दा हटाते ही वह बाहर आकर अन्तःकरण में रासनृत्य दिखाने लगती हैं। जब मैं ही सबमें और सब मुझमें हैं, तो व्यक्ति-व्यक्ति का भेद कहाँ? यदि नवगुप्त भविष्य में किसी दुष्कर्म के लिए प्रवृत्त हुआ तो उसके लिए मैं ही दोष का भागी बनूँगा। अतः तुम लोग निश्चिन्त रहो।"

रामदास पैरों पर गिर पड़ा और बोला, "भगवन् यह एकाकी आपके साथ क्यों जाना चाहता है? यदि आप इसके हृदय में हैं, और वह आपके हृदय में है तो हमारे हृदय में भी आप ही हैं। आप हमें साथ क्यों नहीं ले चलते?" आचार्य कुछ देर तक निरुत्तर से बैठे रहे। फिर बोले, "तुम लोगों की हमारे प्रति निष्ठा बन चुकी है। किन्तु नवगुप्त में अद्वैत की भावना भरनी है। वह कहता कि जिन तीर्थों में मुझे जाना है वह पर्वत की तंग गुफाओं में बौद्धों के चैत्य विहारों में ऐसी जगह स्थित है, जहाँ दो से अधिक व्यक्तियों के ठहरने की व्यवस्था सम्भव नहीं है। इन गुप्त स्थानों में होने वाली अनर्थकारी हिंसा को रोककर हिंसकों को सन्मार्ग दिखाना है। कोई भी सत्कर्म कठिनाई के बिना पूर्ण होता ही नहीं।" इतना कहते-कहते चुप हो गए। थोड़ी देर तक रामदास के तर्कों पर विचार करते रहे। फिर बोल उठे—

"सत्कर्म का लक्षण ही यह है कि उसके प्रारम्भकाल में अनेक बाधाएँ आती हैं, किन्तु परिणाम सुखद होता है। अभी त्रिपुरा के महाराज मेरे पास मिलने आए थे। मुझे अपने राज्य के तीर्थों का दर्शन कराना चाहते थे। किन्तु मैं तो नवगुप्त का आमन्त्रण पहले ही स्वीकार कर चुका हूँ। अतः तुम लोग महाराज त्रिपुरा के साथ त्रिपुरसुन्दरी

का दर्शन करने जाओ। वहाँ भारती और पद्म पादाचार्य आराधकों को देवी का रहस्य समझाएँगे। वही त्रिपुरसुन्दरी, ललिता, कामाख्या, मानव समाज का कल्याण करने में समर्थ हैं।''

पद्म पादाचार्य के नेत्र सजल हो उठे। आकुल भाव से चरणों में प्रणाम करते हुए बोले, ''पूज्यगुरुवर, वेदशास्त्र, देवी-देवता प्रतिमा के रहस्य हमें आपके समीप ही बैठने पर समझ में आने लगते हैं। शृंगेरी में रहकर और आपकी अनुपस्थिति में तीर्थाटन करते हुए मुझे इसका व्यक्तिगत अनुभव हो चुका है।''

आचार्य समझ गए कि हमारे प्रिय शिष्य भी व्यक्तिपूजा को आदर्श पूजा से अधिक महत्त्व देने लगे हैं। उन्होंने समझाना प्रारम्भ किया—

''देखो पद्म पाद, तुमने इतिहास पुराण पढ़ा है। शताब्दियों से प्राचीन भारतीय संस्कृति, आदर्शपूजा के द्वारा अभी तक जीवित है। आदर्शों को जीवन में चारितार्थ करने वाले व्यक्ति आते हैं; आदर्शों और शाश्वत मूल्यों की रक्षा में प्राणों की बलि देकर चले जाते हैं। जो समाज या देश व्यक्तिपूजा में उनके जीवन-आदर्शों को विस्मृत कर देता है और आदर्शों को एक-एक कर छोड़ने लगता है उसका अध:पतन (उपास्य व्यक्ति के देखते-देखते) उसके जीवनकाल में होने लगता है। कृष्ण का वंश उन्हीं के सामने नष्ट होने लगा। बुद्ध भगवान् के सामने बौद्ध-भिक्षुओं का चरित्र गिरने लगा। तुम्हीं लोगों पर अद्वैत प्रचार का दायित्व है। व्यक्तिपूजा केवल आदर्श प्रतिष्ठा की रक्षा के लिए होती है। अन्यथा व्यक्तिपूजा निन्द्य और समाज-घातक बन जाएगी। जाओ, जन-जन के हृदय में अद्वैत भावना जगाओ। इसी से व्यक्ति, समाज, देश और विश्व का कल्याण होगा।'' शिष्यगण हताश होकर चले गए।

3

नवगुप्त तांत्रिक ने आचार्य को भवानी, सुनन्दा और अपर्णा देवी का दर्शन कराने के लिए दक्षिण बंगाल की ओर यात्रा प्रारम्भ की। सर्वप्रथम सीता कुण्ड के समीप चन्द्रशेखर पर्वत पर स्थित भवानी मन्दिर का दर्शन कराने ले गया। इस स्थान पर पार्वती की दाईं भुजा आकाश से गिरी थी। इस मन्दिर का नाम भैरव चन्द्रशेखर है। इस स्थान को चट्टल कहा करते थे। वहाँ से ईश्वरीपुर नामक ग्राम में यशोरेश्वरी भगवती का दर्शन हुआ। यहाँ पर सती की बाईं हथेली आकाश से उतरी थी। यहाँ तक आचार्य का स्वास्थ्य जलवायु के दूषण और मारण प्रयोग के कारण गिरता ही गया। ऐसा प्रतीत होता है कि नवगुप्त तांत्रिक ने ऊपर से तो पराजय स्वीकार कर ली थी, पर उसका दूषित अन्त:करण अपना तिरस्कार सहन न कर सका। अत: वह अभिचार के तांत्रिक प्रयोगों के कारण मारण-क्रिया में दिन-रात लगा हुआ था। वह दूषित भोजन, मलिन से मलिन जल देता; रोगोत्पादक स्थलों पर भ्रमण कराता हुआ आचार्य को ले जा रहा था। साथ ही तांत्रिक प्रयोग भी आचार्य की शीघ्र मृत्यु के लिए करता रहता।

परिणाम यह हुआ कि तारा देवी के मन्दिर में सुनन्दा नदी के तट पर सुगन्धा

नामक स्थान पर पहुँचते-पहुँचते आचार्य को भगन्दर का रोग संतप्त करने लगा। आचार्य के रोग की सूचना जब बंग-नरेश को मिली तो उन्होंने आचार्य के उपचार का प्रबन्ध करने के लिए एक योग्य कविराज (वैद्य को) नियुक्त किया। पर कविराज के उपचार से कुछ लाभ न हुआ। रोग का भयंकर प्रकोप रुक तो गया, पर शरीर के अंग-अंग में इतना विकार व्याप्त हो चुका था कि आचार्य की उदरपीड़ा कम नहीं हो रही थी। कविराज तांत्रिक विद्या भी जानते थे। उन्होंने आचार्य से निवेदन किया कि आप पर अभिचार का प्रयोग हुआ है। इसका एकमात्र उपाय प्रत्यभिचार है।

कविराज ने बंगराज से निवेदन किया, ''यदि आचार्य की मृत्यु आपके राज्य में हुई तो सारे विश्व में आपको अपयश का कलंक लग जाएगा। अत: इनके शिष्यों को त्रिपुरा राज्य में सूचना दीजिए। और आचार्य को तुरन्त उनके शिष्यों के पास भिजवा दीजिए।'' बंगराज्य के महाराज ने कविराज के साथ आचार्य और नवगुप्त तांत्रिक को अपने राज्य से बाहर भेज दिया।

4

भारती ने त्रिपुर सुन्दरी की कथा सुन रखी थी। आचार्य के आदेश से त्रिपुरा महाराज के राज्य में शिष्य-वर्ग के साथ तीर्थाटन कर रही थी। त्रिपुरा-राज्य में राधा किशोर पुर नामक ग्राम से लगभग एक कोस दूर त्रिपुरसुन्दरी का शक्तिपीठ एक पर्वत पर निर्मित था। त्रिपुरा महाराज ने यात्री-दल के तीर्थवास (ठहरने का) की पूरी व्यवस्था कर दी थी। प्रात:काल संध्यावन्दन के उपरान्त दर्शनार्थी देवी त्रिपुरसुन्दरी के मन्दिर में पहुँचे। राजा ने त्रिपुरा-रहस्य जानने की जिज्ञासा प्रकट की। पूजन-अर्चन के उपरान्त ललित स्तोत्र का सबने स्तवन किया। सस्वर स्तवन करने से मन्दिर में एक विलक्षण प्रकार का वातावरण बन गया। ऐसा प्रतीत होता था कि भगवती त्रिपुरसुन्दरी स्तवन सुनने को स्वर्गलोक से स्वयं उतर आई हैं। राजा वहाँ के वातावरण की परमशान्ति देख विस्मय-विभोर हो उठा। उसने त्रिपुर-रहस्य जानने की तीव्र जिज्ञासा प्रकट की। पद्म पादाचार्य ने भारती से भगवती ललिता के अवतार की कथा सुनाने को कहा।

भारती ने त्रिपुरा रहस्य का उद्घाटन करना प्रारंभ किया। बोली, ''त्रिपुरा रहस्य में विविध अवतारों का वर्णन है। तन्त्र-शास्त्र में त्रिपुरसुन्दरी प्रसंग ललिता के गुणकथन के साथ समाप्त होता है। इससे सिद्ध होता है कि तंत्र आगम-शास्त्र ललिता देवी को अपने ग्रन्थ के उपसंहार काल में सबसे अधिक महत्त्व देता है।'' इतना कहकर भारती ने कुछ देर तक मौन धारण कर लिया। तदुपरान्त उसने उपस्थित जन-मण्डली से पूछा, ''आप लोग एक-एक करके अपनी शंकाएँ और जिज्ञासाएँ प्रकट करें। मैं उन्हीं के आधार पर त्रिपुरा-रहस्य, त्रिपुरसुन्दरी और आदि शक्ति का विवेचन प्रारम्भ करूँ।'' इतना कहना था कि प्रश्न पर प्रश्न पूछे जाने लगे। एक ने कहा, ''त्रिपुरसुन्दरी का रूप क्या है?'' दूसरे ने पूछा, ''यह शव का वाहन बनाकर और कंठाभूषण के रूप में मुण्डमाला क्यों धारण करती हैं?'' तीसरे ने पूछा, ''जो स्वयं शव उपासना या साधना में लीन हैं वह हमें जीवन का रहस्य क्या

समझाएँगी?'' चौथे ने पूछा, ''दस महाविद्याएँ क्या हैं? और शक्ति साधना का प्रारम्भ कब से हुआ?''

भारती ने अपना प्रवचन प्रारम्भ करते हुए कहा, ''मैं अन्तिम प्रश्न का उत्तर यहाँ सर्वप्रथम इसलिए देना चाहती हूँ ताकि अन्य प्रश्नों को समझने में सहायता मिले। भारतीय संस्कृति की यह विशेषता है कि वह प्रत्येक साधक के अनुरूप उसकी साधना का विधान बताती है। जिस जीवन दर्शन का वह अधिकारी होता है उसी के अनुरूप उपासना-पद्धति का निर्माण करती है। वेद यदि शक्तिवान रूप में शिव, विष्णु, गणेश, सूर्य, रुद्र आदि की उपासना का विधान बनाता है तो शक्ति शास्त्र भी शक्ति-उपासना के विविध रूपों का वर्णन करता है। परा शक्ति अनन्त है, किन्तु उसके अनन्त रूपों को दस भागों में विभाजित कर दिया गया है। वही दस महाविद्याएँ कहलाती हैं। आगम शास्त्र के अनुसार महाप्रलय के आरंभ से लेकर जगत्-प्रपंच की पूर्णता तक दस अवस्थाओं को पार करना पड़ता है। प्रत्येक अवस्था की संचालिका शक्ति चित्-शक्ति को दस भागों में बाँट कर दस महाविद्याओं को समझाया गया है। महाप्रलय-काल में जगत्-निर्माण की इच्छा करने वाली प्रथम अवस्था को आदि शक्ति कहा गया है। महाप्रलय काल में यह सम्पूर्ण प्रपंच सुषुप्ति दशा में होता है। आगम शास्त्र के अनुसार सम्पूर्ण विश्व ब्रह्माण्ड की सुप्त-अवस्था प्रकारान्तर से मृत्यु अवस्था मान ली गई है। उस समय न सूर्य होता है, न चन्द्रमा, न नक्षत्र। अतः सर्वत्र प्रगाढ़ अन्धकार छाया रहता है। इसी कारण आदि शक्ति का रूप प्रगाढ़ कृष्ण वर्ण का माना गया है। और उस आदि शक्ति के सभी उपकरण शव-निर्मित माने गए हैं। वह शव पर ही अधिष्ठित हैं। कण्ठ में शवों की मुण्डमाला पहने हैं। उसके कर्ण कुण्डल रूप में शव का मुण्ड है। उसकी कटि-कांची शव के निष्प्राण बाहु दण्ड से निर्मित है। जब यही आदि शक्ति सम्पूर्ण प्रपंच का पुनर्निर्माण कर देती है, उस काल में उसकी अधिष्ठात्री महाशक्ति को षोडषी उपाधि से अभिहित किया गया। क्योंकि सम्पूर्ण जगत में व्याप्त सोलह कलाएँ उसी की हैं, उसी से आविर्भूत हुई हैं। इस स्थिति में वही महाशक्ति रजोगुण प्रधान हो जाती है। रजोगुण प्रधान होने से रक्त वर्ण बन जाती है। इसी कारण षोडषी को रक्त वर्ण माना जाता है।

''सोलह कला परिपूर्ण इस प्रपंच जगत का उद्भव, पालन और संहार करने वाली महाशक्ति इस समय स्थूल, सूक्ष्म और कारण जगत अवस्थाओं में एक साथ विद्यमान रहती है। इसीलिए शक्ति को त्रिपुरा देवी (त्रिपुरसुन्दरी) कहा जाता है।''

5

त्रिपुरा-महाराज का निमंत्रण पाकर बौद्ध-भिक्षु भी त्रिपुरा के (मन्दिर) देवालय में पूजन देखने और तन्त्र शास्त्र का अर्थ समझने के लिए आए थे। भारती के समकालीन बौद्धों में तांत्रिक साधना बड़े व्यापक रूप से फैल रही थी। अतः वह भी तन्त्र शास्त्र का रहस्य समझना चाहते थे। उन्होंने तांत्रिकों को कामना-सिद्धि के लिए बलिदान करते देखा था। उन्होंने भारती से पूछा, ''देवी भारती, आपने त्रिपुर सुन्दरी के सौम्य रूप का विवेचन तो किया पर यह नहीं बताया कि उसे बकरे और भैंसे की बलि क्यों प्यारी है?''

भारती ने तन्त्र-शास्त्र का विधिवत् अध्ययन किया था। उसने तन्त्र-शास्त्र का रहस्य समझाते हुए कहा—

''तन्त्र-शास्त्र आचार-प्रधान शास्त्र है। मानव-समाज में भाँति-भाँति की प्रवृत्ति के लोग पाए जाते हैं। जो लोग निवृत्ति मार्गी हैं, उनके लिए दक्षिणाचार का विधान है। प्रवृत्तिमार्गी वामाचार का अनुसरण करते हैं। किन्तु जो प्रवृत्ति और निवृत्ति दोनों से अतीत हैं, वह दिव्य आचारी कहलाते हैं। सम्पूर्ण द्वन्द्वों से अतीत होने के कारण वे परमानन्दी माने जाते हैं। तामसी साधक वामाचार का ही अधिकारी बन सकता है।

''तन्त्र-शास्त्र के अनुसार यदि तामसिक और राजसिक उपासनाओं का लक्ष्य निवृत्ति की प्राप्ति हो तो घोर प्रवृत्ति की चेष्टाओं में भी आत्मोन्नति का मार्ग सूझ पड़ता है। वामाचारी तांत्रिकों को उन्नति के आठ स्तरों को पार करना पड़ता है। प्रवृत्ति-मार्गी मोक्ष नहीं चाहता, ऐश्वर्य चाहता है। जब तक मन में किसी भी प्रकार की वासना बनी रहेगी, मुक्ति का अधिकारी नहीं हो सकता। किन्तु ऐश्वर्य-प्राप्ति के लिए भी मन से काम और क्रोध को सर्वथा मिटा देना होता है। आप जानते हैं—बकरा (अज) काम का प्रतीक है और भैंसा क्रोध का। देव के सामने इन दोनों की बलि का तात्पर्य है कि मैं अपने मन के काम और क्रोध की बलि चढ़ा रहा हूँ। इस प्रकार बलि का रहस्य समझे बिना साधक बकरा (अज) और भैंसा (महिष) की हत्या करते हैं। वे अपने दुष्कर्म का फल पाएँगे ही। तन्त्र-शास्त्र तामसी प्रवृत्ति वालों को भी उन्नति का मार्ग बताना चाहता है। तन्त्र-शास्त्र कहता है कि संसार में कोई भी वस्तु न तो पूर्णतया विकार-रहित है न पूर्णतः दोष-युक्त। अधिकारी के अनुसार एक ही पदार्थ एक को लाभप्रद और दूसरे को हानिकारक हो सकता है। महातामसी वृत्ति वाला भी मद्य-मांस-मैथुन आदि का सेवन करते हुए धर्म भाव का लक्ष्य सामने रखने के कारण, अपने व्यवहार में मिथ्याचार और अनाचार से दूर हो जाता है। और क्रमशः दुर्वासनाओं को अपने हृदय से मिटा सकता है। आवश्यकता है—योग्य गुरु की। इस कारण समाज में मिथ्याचार का मूल कारण योग्य गुरु जनों का अभाव है, न कि तन्त्र-शास्त्र का इमसें कोई दोष है। इसमें सिद्ध होता है कि तन्त्र-शास्त्र का खण्डन करना व्यर्थ है। दमन उन पापिष्ट पाखण्डी तांत्रिकों का करना होगा, जो स्वार्थवश साधक-समाज को भ्रष्टाचार सिखा रहे हैं।''

6

भारती की तन्त्र-शास्त्र व्याख्या का त्रिपुरा निवासियों पर विशेष कर महाराज त्रिपुर राज पर बड़ा प्रभाव पड़ा। और उन्होंने निश्चय किया कि बौद्ध धर्म और वैदिक धर्म का सामंजस्य ही मानव समाज के लिए कल्याणकारी हो सकता है। इस प्रकार त्रिपुरा, प्राग् ज्योतिष आदि राज्यों में दोनों धर्मावलम्बी धार्मिक जनता भेदभाव भूलकर परस्पर प्रेम और सौहार्दपूर्वक रहने लगी।

भारती, पद्मपादाचार्य, रामदास तथा शंकर के अन्य शिष्यों को इस बात से प्रसन्नता हो रही थी कि आचार्य के अद्वैत सिद्धान्त का प्रभाव यहाँ के समाज पर पड़ने

लगा है। किन्तु भारती और पद्म पादाचार्य के मन में अकारण बेचैनी सी हो रही थी। पद्म पादाचार्य ध्यान काल में आचार्य को कंकाल रूप में देखकर व्यथित हो रहे थे। और भारती ने साक्षात् आचार्य शंकर को अत्यन्त कृशकाय रूप में आकाश से उतरते हुए देखा। रामदास भारती को अत्यन्त उदास देखकर चकित रह गया। उससे रहा नहीं गया। अपनी जिज्ञासा प्रकट करते हुए बोला, ''शारदा माँ, आज इतनी व्याकुल-सी क्यों हैं ?''

भारती की आँखों से टप-टप आँसू गिरने लगे। रामदास को समझाते हुए रुद्ध कण्ठ से बोली, ''मेरा अन्त:करण कह रहा है कि आचार्य अत्यधिक अस्वस्थ हैं। चिन्ता इस बात की है कि तुम भी इस समय उनकी सेवा में नहीं हो। सम्भव है कि नवगुप्त तांत्रिक क्रकच की तरह कहीं आचार्य से शास्त्रार्थ में पराजित होने का प्रतिशोध न ले रहा हो। मुझे ऐसा प्रतीत होता है कि उसने तांत्रिक अभिचार का प्रयोग कर डाला है। अथवा खान-पान में कोई विषाक्त पदार्थ मिला दिया है, जिससे पूरा शरीर रोग से जर्जर हो गया है। रामदास, त्रिपुरा महाराज से अनुरोध करो कि वह हमें किसी प्रकार आचार्य के सान्निध्य में पहुँचाने की कृपा करें।'' यहाँ दोनों में परामर्श हो ही रहा था कि प्राग्ज्योतिष महाराज का राजदूत बंग नरेश का संदेश सुनाने पहुँच गया, जिससे ज्ञात हुआ कि आचार्य काली घाट के शक्ति पीठ पर पहुँचने वाले हैं। वह नवगुप्त के साथ वारिसाल से जलयान द्वारा काली पीठ के शक्ति पीठ जा रहे हैं। इसी समय पद्म पादाचार्य भी भारती से अपनी आशंका व्यक्त करने उठे। वह भारती के पास चल रहे थे कि महाराज बलवर्मन बंग-नरेश का संदेश लेकर स्वयं पद्म पादाचार्य के पास पहुँचे थे। महाराज ने आचार्य के शिष्य-मण्डल के ठहरने की व्यवस्था कामख्या देवी के मन्दिर के समीप कर रखी थी। पद्मपादाचार्य बलवर्मन को रथ से उतरते देखकर भारती और रामदास स्वागत करने पहुँचे। उनकी उदास मुखमुद्रा देखकर भारती को आचार्य शंकर के संबंध में और भी चिन्ता हो गई। महाराज बलवर्मन ने बंग-नरेश का पत्र भारती के हाथ में पकड़ा दिया। देते समय उनका कण्ठ अवरुद्ध था। कुछ बोल नहीं पाए। आँखों से निरन्तर अश्रुधारा बहती जा रही थी। पत्र पढ़ते हुए भारती की भी वही दशा हुई। उसकी समझ में नहीं आ रहा था कि क्या किया जाए। सैकड़ों कोस की दूरी, आचार्य की सेवा करने वाला उन्हीं का प्राण-पिपासु, जलपोत पर कोई चिकित्सक भी नहीं होगा। यदि आचार्य का शरीर छूटा तो देश की क्या दशा होगी ? हम लोगों पर कितना कलंक लगेगा! संसार हमीं को उनका प्राणघाती मानेगा। उसके नेत्रों से निरन्तर अश्रुधारा बहती रही।

महाराज बलवर्मन ने आश्वस्त करते हुए कहा, ''देवी भारती, मैंने आचार्य से इतना निवेदन किया कि आप इस पाखण्डी, हत्यारे, कुपंथगामी, छद्म तांत्रिक को अपना शिष्य मत बनाएँ। इसने अनेक हत्याएँ की हैं। इसने देवालय को भ्रष्टाचार का केन्द्र बना रखा है। मारण, मोहन, उच्चाटन और सिद्धि प्रदान करने की आशा देकर यह दूर-दूर से साधकमण्डली एकत्र करता है। हम इस पर अनेक अभियोग चलाकर इसे मृत्युदण्ड देने वाले थे। पर आचार्य ने हमारी एक न सुनी। और इसका विश्वास कर इसे शिष्य बना लिया। इतना ही नहीं इसका इतना विश्वास कर लिया कि एकाकी

लिए उन्होंने कमलशील को रात्रि में सोते हुए काट दिया। तब से हमारे राज्य में इतना धार्मिक कलह मचा है कि गाँव-गाँव द्वेष की अग्नि धधक रही है। महाराज, कोई इसका उपाय बताइए।'' आचार्य ने अद्वैत सिद्धान्त का ऐसा विवेचन किया कि तिब्बत राज्य के महाराजा सहित सारा उपस्थित समाज आचार्य का अनुयायी बन गया। दूसरे दिन एक विशाल तिब्बती दल आचार्य के साथ-साथ मानसरोवर की ओर चल पड़ा।

टनकपुर से पिथौरागढ़, आस्कोर, धारचूल, गरव्यांग, कालापानी आदि स्थानों पर होते हुए लगभग सौ कोस की यात्रा करके मार्ग में कहीं चंवरी गाय, छोटे-छोटे कँटीदार पौधे और झाड़ियाँ देखते हुए यह दल एक सुनसान पहाड़ी में राक्षस ताल पर पहुँचा। आचार्य का संकेत पाकर पद्म पादाचार्य ने राक्षस ताल की उत्पत्ति गाथा सुनाते हुए कहा, ''पुराणों में ऐसा वर्णन मिलता है कि राक्षसराज रावण,भगवान शंकर को प्रसन्न करने के लिए यहीं बैठकर तपस्या करता रहा। वर्षों खड़े होकर तपस्या करने वाला रावण भगवान शंकर से वरदान पाकर बड़ा महत्त्वशाली राजा बना। इसी कारण रावण की तपोभूमि अभी तक पवित्र मानी गई है।'' राक्षस ताल से चलकर यात्री-दल लगभग छह कोस दूर मानसरोवर पहुँचा। कश्मीर महाराज ने यात्री-दल के ठहरने की पूर्व व्यवस्था कर रखी थी। साधु-संन्यासियों के ठहरने के लिए अलग शिविर था, जहाँ प्रत्येक सम्प्रदाय के बौद्ध और वैदिक संन्यासी एक साथ रहने लगे। आचार्य के संन्यासी शिष्यों के लिए पृथक व्यवस्था थी जिसके संरक्षण का भार रामदास पर था। नारी वर्ग कश्मीर-राजमहिषियों, भारती, चंचला, जानकी अम्मा आदि के साथ दूसरे शिविर में विश्राम करने लगा। सारा समाज मानसरोवर के तट पर एकत्र हुआ।

प्रकृति का विलक्षण सौन्दर्य निहार कर आचार्य समाधिस्थ हो गए। वहाँ से कुछ दूर हटकर पद्म पादाचार्य यात्रियों को मानसरोवर की छटा के दर्शन की महिमा का रहस्य समझाने लगे। उस समय मानसरोवर में हंस तैर रहे थे। सरोवर के नीलाभ जल में दो प्रकार के हंस मिलते हैं। राजहंस और सामान्य हंस। ऐसे राजहंस संसार में अन्यत्र कदाचित् दिखाई न पड़ेंगे। सामान्य हंस भी दो प्रकार के दिखाई पड़े। कुछ तो मटियाले श्वेत वर्ण के, कुछ बादामी रंग के। यद्यपि उन सामान्य हंसों का आकार-प्रकार बहुत कुछ बत्तखों जैसा था किन्तु उनकी पतली चोंच और पतला उदर प्रदेश इन्हें बत्तख से अलग जाति का सिद्ध कर रहा था। ग्यारह कोस में फैला यह अंडाकार सरोवर इक्वायन शक्तिपीठों में से एक शक्तिपीठ माना जाता है क्योंकि सती की दाहिनी हथेली किसी समय यहाँ पर गिरी थी। अपराह्न में उसके निकट झंझावात की विकराल लीला दिखाई पड़ती थी पर आज वातावरण बिलकुल शान्त था। जल में आकाश की छाया ऐसा वातावरण बना रही थी, मानो स्वर्ग की तरह पाताल लोक में भी निर्मल आकाश विराजमान है। जो दृश्य आकाश से आने वाली सूर्य की रश्मियाँ रच रही थीं वैसा ही दृश्य पाताल में दिखाई पड़ने वाले सूर्य की ज्योति भी प्रस्तुत कर रही थी। मानसरोवर के निर्मल जल में सारा वातावरण दर्पण के समान प्रतिबिंबित हो रहा था। ऐसे शान्त वातावरण में प्रकृति को अपना श्रृंगार करते हुए देख ऐसा प्रतीत होता था मानो एकांत में बैठी वह बाल संवार रही हो।

इसी को साथ लेकर तीर्थाटन करने चले गए। यह दुरात्मा प्रतिशोध लेने के लिए खाद्य और पेय पदार्थों में विष मिलाता रहा होगा। तभी आचार्य के शरीर से रक्त और पीप का स्राव निरन्तर हो रहा है।

''इस नवगुप्त तांत्रिक ने *ब्रह्मसूत्र* पर वेदान्त मत का खण्डन करते हुए शक्ति-भाष्य की रचना की है, जिसके आधार पर वह सर्वज्ञ-पीठ पर आसीन होने का स्वप्न देख रहा था। उसने सोचा था कि अन्य विद्वानों को पराजित करने वाले आचार्य शंकर का मैं इस कामाख्या मन्दिर में मुँह बन्द कर दूँगा, तो स्वाभाविक रीति से सारे देश में जगत्-विजेता विद्वान् के नाम से मेरी ख्याति हो जाएगी। इस प्रकार मैं राजा के सारे अभियोगों से, जनता के अपयशों से सरलतापूर्वक बच जाऊँगा।'' महाराज बलवर्मन इतना कहते-कहते द्रवित हो उठे। गलदश्रु भाव से बोले, ''आप लोग शीघ्र इस रथ पर बैठें। हम सब आचार्य के दर्शनार्थ कालीघाट प्रस्थान कर रहे हैं। सम्भवत: वह कालीघाट पहुँच रहे होंगे।''

आचार्य के असाध्य रोग की चर्चा सर्वत्र दावानल की तरह फैल गई। देखते-देखते सहस्रों की भीड़ एकत्र हो गई। कामरूप की स्त्रियाँ भारती से इतनी प्रभावित थीं कि उन्होंने भगवान बुद्ध के साथ पंच देव पूजा प्रारम्भ कर दी थी। आचार्य ने भगवान बुद्ध को नवां अवतार मान कर बौद्ध धर्म की इतनी गरिमा बढ़ा दी थी कि बौद्धों ने उन्हें (शंकराचार्य को)भगवान बुद्ध के अवतार के रूप में देखना आरंभ कर दिया था। इस प्रकार एक बड़ा समाज भारती के साथ चल पड़ा। रात्रि बेला में ठहरने का प्रबन्ध महाराज बलवर्मन ने नदी तट पर कर रखा था। वहाँ गाँववालों ने सबके भोजन और शयन की व्यवस्था की। रात्रि में स्त्रियों की एक गोष्ठी हुई। कामरूप में एक पुरुष कई स्त्रियाँ रख लेता था। इससे प्रत्येक परिवार में अनेक समस्याएँ उठ रही थीं। मद्यपान और द्यूत-क्रीड़ा का सर्वत्र प्रचार हो गया था। इस कारण समाज में बड़ी दुर्व्यवस्था हो रही थी। स्त्रियों ने भारती से कहा—

''हम आचार्य शंकर के सामने अपनी समस्याएँ रखना चाहती थीं। पर यह पाखण्डी नवगुप्त तांत्रिक आचार्य को धोखा देकर उनके प्राण लेने के लिए उन्हें ले उड़ा आप ही इसका कोई समाधान बताइए।'' भारती कुछ देर तक मौन रही। फिर बोली, ''बहनो, संगठन में बड़ी शक्ति है। इस भूमि में नरकासुर की कन्या डिमडिमा पैदा हुई। जिसने कृष्ण जैसे योद्धा के लहराते हुए केशों को अपनी हँसली से काटने का साहस किया। जिसकी वीरता पर रीझकर भगवान ने इस देश की स्त्रियों को अभय वरदान दिया है। आप लोग मदिरालय पर धरना दीजिए। मद्य बेचने वालों का सामाजिक बहिष्कार कीजिए। मद्य पीने वाले पुरुषों को मद्यपान से हानि समझाइए। कृषि, पशुपालन, कला आदि व्यवसायों में उनसे अपने साथ काम लीजिए। और सबसे बड़ी युक्ति यह है कि उन्हें भक्ति रस के संगीत में ऐसा विभोर कर दीजिए कि उन्हें मद्यपान की सुध ही न रहे।'' भारती के हृदय से निकले करुणामय शब्दों का ऐसा प्रभाव पड़ा कि पुरुषों ने स्वयं आकर उनके पाँव पर अपनी पगड़ी रख दी। और शपथ ली, ''आज से हम एक पत्नी व्रत पालन करेंगे। मद्यपान तथा जुए का बहिष्कार करेंगे।''

महाराज बलवर्मन अपनी प्रजा में ऐसा परिवर्तन देखकर चकित रह गए। उन्होंने उपस्थित समाज को आश्वासन दिया कि जो भी समाज-सुधार के कार्य में आगे बढ़ेगा, उसकी कठिनाइयों का निवारण राज्य की ओर से किया जाएगा। प्रात:काल प्रार्थना के उपरान्त सारा समाज कालीघाट को चल पड़ा।

7

पद्म पादाचार्य के साथ पूरा समाज कामाक्षा से कालीघाट पहुँच गया। आचार्य का शरीर असाध्य रोग के कारण कंकाल मात्र रह गया था, जिसे देखकर शिष्यमंडली शोकातुर हो उठी। पता चला कि कविराज के रूप में स्वयं अश्विनीकुमारों ने दर्शन देकर आचार्य से निवेदन किया है कि रोग का कारण तांत्रिक अभिचार है, जिसका एकमात्र उपाय प्रत्यभिचार है। पद्म पादाचार्य ने तन्त्र विद्या का भी अच्छा अध्ययन किया था। उन्हें प्रत्यभिचार की क्रिया ज्ञात थी। उन्होंने आचार्य से निवेदन किया। ''रोगमुक्ति के लिए हमें प्रत्यभिचार की अनुमति प्रदान की जाए।''

नवगुप्त भी आचार्य के साथ ही रहता था। वह अपनी मंत्र शक्ति का शंकर पर प्रभाव देख मन-ही-मन प्रसन्न हो रहा था। अपनी पराजय का प्रतिशोध लेने के लिए उसने जो अनुष्ठान किया था, उसकी सफलता देख अन्त:करण में पुलकित था। पद्म पादाचार्य ने नवगुप्त की उपस्थिति में यह प्रस्ताव इसलिए रखा था ताकि वह स्वयं लज्जित होकर अपना तांत्रिक योग आचार्य पर से हटा ले। नवगुप्त को विश्वास था कि आचार्य प्रत्यभिचार के लिए कभी आदेश न देंगे। वह उत्कंठावश आचार्य से दूर हटकर एक कोने में छिप गया, और दोनों का वार्तालाप सुनने लगा। आचार्य का मौन भंग करते हुए पद्म पादाचार्य ने पुन: निवेदन किया, ''भगवन्, आज स्वप्न में अमात्य नृसिंहदेव ने मुझे ओंकार मन्त्र के द्वारा प्रत्यभिचार का आदेश दिया है। यदि ऐसा नहीं किया गया तो यह असाध्य रोग आपका प्राण लेकर ही जाएगा। अत: मुझे प्रत्यभिचार की आज्ञा दीजिए।''

आचार्य बोले, ''पद्म पादाचार्य, यह नश्वर शरीर कभी-न-कभी नष्ट होगा ही। यदि इसे त्यागने से किसी व्यक्ति की अभिलाषा पूरी होती है, तो शरीर को रखकर क्या करना है! तुम्हारे प्रत्यभिचार से मैं रोगमुक्त भले ही हो जाऊँ किन्तु अभिचारकर्त्ता की मृत्यु को कोई रोक नहीं सकता। इस कारण नर हत्या का पाप क्यों ले रहे हो?''

पद्म पादाचार्य अधिक विवाद अनुचित समझ रोते हुए यात्री दल के पास पहुँचे। चंचला आचार्य के तर्कों का खण्डन करने के लिए भारती आदि सहेलियों के साथ उनके पास पहुँची। चंचला (कर्नाटी) के हृदय में आचार्य के प्रति अगाध श्रद्धा थी; अभिचारकर्त्ता के ऊपर परम आक्रोश था। देश की दुर्दशा के समय शंकर का प्राणत्याग-आग्रह मन में खलबली मचा रहा था। वह हृदय का भावावेग सँभाल न पाई। उसकी भवें तनी हुई थीं। क्रोध से मुँह लाल हो रहा था। वह वीरबाला क्षत्राणी अन्यायी को दण्ड-मुक्त देखकर उद्विग्न हो उठी। उसने आचार्य के चरणों में प्रणाम कर निवेदन किया—

''भगवन्, आपकी लीला समझ में नहीं आती। विश्व-कल्याण के लिए जन्म लेने वाले आपके इस मानव शरीर पर क्या एकमात्र अभिचारकर्त्ता और आपका ही अधिकार है ? विदेशी आक्रमणों से संतप्त समूचे भारत के एकमात्र आशा-केन्द्र आप हैं। सोचिए तो सही—कोटि-कोटि प्राणियों के आर्तनाद सुनने वाले, उनका दुख निवारण करने वाले आचार्य शंकर पर क्या केवल दो ही लोगों का अधिकार है ? निरपराध को दण्ड देना जितना बड़ा अपराध है क्या उससे बड़ा पाप अपराधी को दण्ड-मुक्त करना नहीं है ? क्या अभिचारकर्त्ता को क्षमा करके आप समाज में पापाचार और दुराचार को प्रोत्साहन नहीं दे रहे हैं ?''

भारती ने चंचला को चुप रहने का संकेत किया। इतने में नेपाल से वैदिकों का एक वर्ग आचार्य का दर्शन करने आया, जिसने निवेदन किया, ''महाराज, बौद्धों के द्वारा नेपाल में देवालय भ्रष्ट किए जा रहे हैं। इस विपत्ति-काल में पशुपतिनाथ का पूजन-अर्चन सब मिटता जा रहा है। यहाँ तक स्थिति आ गई है कि देवालयों को अपवित्र करने के लिए विरोधी दल देवालयों के सामने घृणित वस्तु फेंकने लगे हैं। शक्तिहीन, धनलोलुप, अकर्मण्य राजा विधर्मियों के सामने घुटने टेक रहा है।''

आचार्य के मुख पर अचानक एक ज्योति चमक उठी। उस रोग-जर्जर कंकाल में न जाने कहाँ से ऐसी शक्ति आ गई कि अपना कष्ट भूलकर पशुपतिनाथ चलने का विचार करने लगे। उन्होंने पद्म पादाचार्य, भारती, चंचला, मागधी आदि को नेपाल प्रस्थान का आदेश दिया और स्वयं भगवान् पशुपतिनाथ का ध्यान करते हुए समाधिस्थ हो गए।

कालीघाट से चलकर आचार्य समग्र शिष्य-मण्डली और यात्री-दल के साथ मगध होते हुए काठमांडू (नेपाल) पहुँचे। उनकी ख्याति चीनी भिक्षु करुणमित्र के द्वारा बौद्धों और वैदिकों में अवतारी पुरुष के रूप में फैल चुकी थी। नेपाल में प्रविष्ट होते ही विभिन्न सम्प्रदाय के लोग दर्शन के लिए टूट पड़े। शंकराचार्य की जय-जयकार की गुँजार से आकाश गूँज उठा। महाराज नेपाल अंशुवर्मन के कर्मचारियों ने यात्री-दल की सुख-सुविधा का प्रबन्ध करना प्रारम्भ किया। महाराज का रथ आचार्य को लेने आया पर उन्होंने शिष्यों सहित पदयात्रा का संकल्प ले लिया था। बौद्धों और वैदिकों के कलह की कहानियाँ पहले ही सुन चुके थे। अतः आचार्य ने सर्वप्रथम काठमांडू के निकट बुद्धनाथ बौद्ध मन्दिर में जाना उचित समझा। यह मन्दिर कलह का केन्द्र बना था। बौद्ध तांत्रिकों का प्रभाव यहाँ सबसे अधिक था। नेपालराज बौद्ध और वैदिक दोनों सम्प्रदायों के पोषक थे। पर तिब्बत और चीन में बौद्ध सम्राट थे। वे अपने धर्म के प्रचार और प्रसार के लिए सतत् जागरूक थे। नेपाल के वैदिकों को बौद्ध बनाने के विविध उपाय करते रहते थे। इस कारण नेपाल के दोनों धर्मावलम्बियों में कलहाग्नि सुलगती रहती थी। इसी को शान्त करने के उद्देश्य से आचार्य काठमांडू पहुँचे थे।

आचार्य की मुखश्री, उनके जीवन की पवित्रता-सरलता से दर्शक इतना प्रभावित हो जाता था कि स्वतः भेदभाव भूल जाता था। बौद्ध और वैदिक दर्शन कर

आचार्य शंकर की जय-जयकार करते हुए उनके साथ बुद्धनाथ मन्दिर के प्रांगण में पहुँचे। संध्या का समय था। यहाँ के पुजारी वज्रयानवादी थे। इनका विश्वास था कि बुद्ध भगवान अपनी शक्ति भगवती का नित्य आलिंगन करते हैं। वज्रयान के अनुयायी, शाक्तों की तरह मद्य-मांस और मैथुन में विश्वास करते थे। इन बौद्धों में गुह्य समाजी तंत्रवादी भी सम्मिलित थे। अष्टमीव्रत-विधान का इनमें बहुत अधिक प्रचार था।

आचार्य शंकर अष्टमी के दिन मन्दिर में प्रविष्ट हुए थे। धूमधाम से अष्टमी व्रत मनाया जा रहा था। 'हुं-हुं फट्-फट् स्वाहा'—का उच्च स्वर से उच्चारण करने वाले सैंकड़ों बौद्ध भिक्षु तथा उनके अनुयायियों का समूह प्रार्थना के उपरान्त आरती कर रहा था। नागार्जुन और इन्द्रभूत आदि तांत्रिक विद्वानों के ग्रन्थों के आधार पर योगिनियों तथा योग साधना का अर्थ बिना समझे ही मांसाहारी, मद्य और विलासी वज्रयानी साधकों के कारण नेपाल का सामाजिक वातावरण विकृत हो चुका था। सामान्य जनता इन साधकों का कलुषित जीवन देखकर खिन्न हो रही थी, पर मुक्ति का कोई मार्ग सूझ नहीं रहा था। आचार्य शंकर के तेज से मुग्ध जनता मानो अंधकार में प्रकाश का अनुभव कर रही थी।

आरती देखते-देखते आचार्य समाधिस्थ हो गए। इस समय दर्शकों को ऐसा प्रतीत हुआ मानो बुद्ध-प्रतिमा की दिव्य ज्योति आचार्य के मुखमण्डल पर खेल रही हो। दर्शकों ने उच्च स्वर से जय-जयकार करते हुए गाना प्रारम्भ किया—'तथागत की जय हो—शंकर की जय हो।' शंकर के प्रति जन मण्डली की श्रद्धा देख बौद्ध-तांत्रिकों का साहस आचार्य से शास्त्रार्थ करने का नहीं हुआ। वे स्वतः उनकी चरण-वन्दना करने लगे। इस प्रकार सत्य की विजय, जन-शक्ति का चमत्कार देखकर दर्शकगण विस्मय-विभोर रह गए।

आचार्य शंकर बुद्धनाथ से पशुपतिनाथ की ओर चल पड़े। उनकी जय-जयकार करने वाले बौद्धों और वैदिकों की अपार भीड़ देखकर ऐसा जान पड़ा कि नेपाल देश की कलहाग्नि को आचार्य की करुणा मेघघटा बनकर प्रेम-वर्षा से स्वतः शान्त कर गई।

आचार्य शंकर के अद्वैत सिद्धान्तमय जीवन से नेपाल की बौद्ध और वैदिक जनता इतनी प्रभावित हुई कि उन्हें पूर्णिमा तक नेपाल में रहने को बाध्य किया। प्रतिदिन कहीं-न-कहीं, किसी-न-किसी बौद्ध और वैदिक मन्दिर में उन्हें जाना पड़ता। आचार्य जिस देवालय में जाते उसकी पद्धति के अनुसार विधिवत् पूजन-अर्चन स्वयं करते थे। पूजा के उपरान्त प्रवचन में बौद्ध और वैदिक, ध्यान योग और ज्ञान योग का रहस्य समझाते। जनता को आचार्य के प्रवचन इस कारण प्रिय लगते क्योंकि वह किसी मत-धर्म-सम्प्रदाय का खण्डन न करके अनेकता में एकता का, विविधता में अभिन्नता का सूत्र समझा देते थे। एक स्थान पर धर्म की व्याख्या करते हुए बोले, ''मानव धर्म एक है। इस धर्म की महिमा सहस्रों वर्षों से चली आ रही है। और सृष्टि के विनाश तक गायी जाती रहेगी। इसी सनातन रहने वाले धर्म का नाम भारतीयों ने सनातन धर्म रखा है। इसके अनुसार मानव ही क्या, प्रत्येक प्राणी में विद्यमान एक ही चैतन्य सत्ता का समान रूप से अस्तित्व पाया जाता है। इसी

कारण यह देश 'है' अर्थात् 'अस्ति' को ही ईश्वर का रूप मानता है। वही अस्ति 'है' प्रत्येक धर्म, प्रत्येक सम्प्रदाय पर लागू होता है। द्वैत भाव को सर्वथा विलीन कर देना ही पुरुष का सबसे बड़ा पुरुषार्थ है। इसी को लक्ष्य कर वेद कहता है कि पुरुष से बढ़कर सृष्टि में कहीं कुछ नहीं है?''

आचार्य के उपदेशों का बौद्धों और वैदिकों पर इतना प्रभाव पड़ा कि वे आपस का भेदभाव भूलकर प्रेम के साथ जीवन बिताने लगे। एक सप्ताह में ही नेपाल का सारा वातावरण बदलने लगा। क्लेश और कलह की जगह सुख और शान्ति का वातावरण निर्मित हो गया।

नेपाल में शान्त वातावरण देख तिब्बत महाराज ने आचार्य को आमंत्रित किया। दोनों राजा एक-दूसरे के सम्बन्धी थे। किन्तु नेपाल नरेश के आग्रह पर उन्हें कुछ दिन उन्हीं के देश में रहना पड़ा। एक दिन वैदिक और बौद्ध जनता आचार्य को बुद्धमार्गी-स्थल का दर्शन कराने ले गई, जो चार सम्प्रदायों में विभाजित थे—इन चारों सम्प्रदायों का तिब्बत में भी बहुत प्रभाव था। अत: आचार्य ने तिब्बत जाने से पूर्व इन सम्प्रदायों के प्रसिद्ध स्थलों का तीर्थाटन कर लेना आवश्यक समझा। इन सम्प्रदायों के वर्तमान संचालकों से वार्तालाप करते हुए आचार्य बुद्धमार्गी तीर्थ की ओर चले जा रहे थे। सम्प्रदाय के संचालकों ने आचार्य को अपने मतावलम्बियों का परिचय देते हुए बताया—

(1) बौद्ध विहारों में रहने वाले भिक्षु (2) श्रावक यानी भिन्न प्रकार के विहारों में साधना करते थे (3) आचार्य कहलाने वाले तांत्रिक (4) बौद्ध धर्मावलम्बी गृहस्थ। बौद्ध विहारों के अनुयायी आचार्य शंकर की तेजस्विता, विद्वता और उनकी शास्त्रार्थ विजय की ख्याति से इतने प्रभावित थे कि उन्होंने शंकर के साथ शास्त्रार्थ करना उचित नहीं समझा।

गृहस्थ आचार्यों में से जो तांत्रिक क्रिया करते थे, उन्होंने आचार्य को शास्त्रार्थ के लिए ललकारा। नेपाल में यह प्रसिद्ध था कि गृहस्थ तांत्रिकों को सरस्वती का इष्ट है। वे जब शास्त्रार्थ के समय जलपूर्ण कलश साथ रखते हैं तो उन्हें कोई पराजित नहीं कर सकता, क्योंकि उनके कलश में सरस्वती स्वयं अधिष्ठित होकर उनकी सहायता करती हैं।

शंकर शास्त्रार्थ के लिए जाते समय सरस्वती का ध्यान करते चले। मन्दिर के दक्षिण द्वार में प्रविष्ट होकर उन्होंने सरस्वती की उपासना की। और शास्त्रार्थ में उन सबको पराजित किया। प्राय: अधिकांश गृहस्थ तांत्रिकों ने आचार्य का अद्वैत सिद्धान्त स्वीकार कर लिया। तद्नुसार जीवन बिताने का प्रयास करने लगे। इस प्रकार वैदिक धर्मानुयायी बन गये। किन्तु कुछ तांत्रिक द्वेषवश उनकी हत्या का प्रयत्न करने लगे। चलते-चलते आचार्य शिष्यों सहित मणि चूड़ा पर्वत पर पहुँचे। वहाँ उग्र तारिणी अथवा मणि योगिनी का मन्दिर था, जिसकी पूजा के समय वहाँ नाना प्रकार की हिंसा होती थी। आचार्य ने उस स्थान का नाम वज्र योगिनी रखकर बुद्ध की तरह शिव पूजन की परम्परा चलाई। परिणाम यह हुआ कि बुद्ध भगवान् के अवतार मान लिए

गये। इसी प्रकार विविध बौद्ध स्थलों का दर्शन करते हुए आचार्य शंकर ने वैदिक और बौद्ध कलह को सर्वदा के लिए तिरोहित कर दिया। इसी समय नेपाल नरेश के भाई वृषदेव वर्मा के घर शिशु का जन्म हुआ जिसका नाम शंकर वर्मा रखा गया।

स्मांग मैन गैम्पो का विवाह नेपाल राजा अंशुवर्मन की पुत्री रत्नाकुमारी से हुआ था। स्मांग मैन गैम्पो का पुत्र स्मांग बदसम्पो अपनी वृद्धा माता के साथ आचार्य के यात्री-दल में सम्मिलित था। उसके आग्रह पर यात्री-दल मानसरोवर चल पड़ा। ज्यों ही कैलाश मानसरोवर में ये दर्शनार्थी तिब्बत और उत्तराखण्ड की सीमा के समीप पहुँचे शास्त्रार्थ से विचलित वज्रयानियों का एक वर्ग आचार्य की हत्या का षड्यन्त्र रचने लगा।

आचार्य नित्य-नियम के अनुसार ब्राह्म मुहूर्त में जलाशय में स्नान कर साधना में बैठ जाते। एक वामाचारी बौद्ध रत्नसम्भव तांत्रिक, आचार्य शंकर को बौद्धों का शत्रु समझने लगा था। वह आराध्या देवी शक्ति को प्रसन्न करने के लिए मद्य, मांस, मैथुन आदि का सेवन किया करता था। उसने गुरुमुख से सुना था कि महामांस अर्पण से शक्ति तुरन्त प्रसन्न हो जाती है। इसलिए वह जगत् के सर्वश्रेष्ठ महापुरुष शंकर का मांस अपनी आराध्या को समर्पित करना चाहता था।

महारानी को गुप्तचरों से किसी प्रकार इसकी सूचना मिल गई। महारानी ने पद्म पादाचार्य से निवेदन किया कि आचार्य को अकेला न छोड़ा जाए पद्म पादाचार्य ने आचार्य को सूचित किया। रामदास तो सदा सावधान रहता ही था। आचार्य ज्यों ही काली नदी में स्नान करने उतरे बौद्ध तांत्रिक रत्नसम्भव खड्ग लपलपाता आगे बढ़ा। महारानी के रक्षक भी उसकी खोज में घूम रहे थे। ज्यों ही वह मदोन्मत्त तांत्रिक खड्ग से प्रहार करने को बढ़ा, रामदास ने उसके हाथ पर कसकर लाठी का प्रहार किया। और रक्षकों ने उन सभी षड्यन्त्रकारियों को दबोच लिया। रामदास आचार्य की रक्षा के लिए रुक गया। और रक्षकगण षड्यन्त्रकारियों को महाराज तिब्बत के शिविर में ले गए। इन षड्यन्त्रकारियों के साथ इनकी प्रेयसियाँ भी थीं जो नदी तट पर खड़ी होकर यह लीला देख रही थीं। वे रोने लगीं।

बौद्ध तांत्रिकों द्वारा हत्या का प्रयास इस प्रकार विफल हो गया। इस घटना का रहस्य केवल महादेवी, महाराज तिब्बत, रामदास और पद्म पादाचार्य ही जान सके। तिब्बत महाराज ने रामदास से परामर्श करके निश्चय किया कि आचार्य को इसकी भनक भी न पड़ने पाए। अन्यथा वे इन हत्याकारियों को क्षमा कर देंगे। राज्य को बाध्य होकर इन्हें मुक्त करना पड़ेगा। दण्ड-विनिर्मुक्त हत्यारे राज्य में पुनः आतंक मचाएँगे, निरपराधों की हत्या करेंगे।

आचार्य स्नान करके एक गुफा में समाधिस्थ हो गए। उन्हें आभास होने लगा कि अब मेरा बत्तीसवाँ वर्ष चल रहा है। इस संसार से विदा लेने का समय समीप है। उन्होंने ध्यानावस्थित स्थिति में हत्यारों को अपने चतुर्दिक घूमते देख लिया था। मानो धर्मराज के गण उनके प्राण ले जाने के लिए आने लगे हों।

नित्य-नियम के अनुसार प्रार्थना सभा हुई। महादेवी और उनका पुत्र तिब्बत राज स्मांग षड्सम्पो की आकृति पर आज चिन्ता की रेखा खेल रही थीं। वे यही सोच रहे थे कि यदि आचार्य का वध हमारे राज्य में हो गया होता तो हम संसार को क्या मुँह दिखाते। आचार्य में उनका विश्वास दृढ़ होने से, मन में श्रद्धा उमड़ उठी।

आचार्य ने आज प्रवचन में कहा कि आत्मा अमर और अजर है। शरीर नश्वर है, किन्तु शरीरी अनश्वर है। आत्मा न पैदा होता न मरता है। यह शरीर पंच तत्त्वों का बना है। और इन्हीं में विलीन हो जाता है। विश्व व्यापिनी शिव शक्ति सृष्टि का संचालन करती है। उसकी ही शिव और शक्ति रूप में पूजा की जाती है। इस संसार का सारा प्रपंच मायाजाल के समान है। जिस प्रकार जागृत होने पर स्वप्न में भोगे हुए दुःख-सुखों को हम भूल जाते हैं, उसी प्रकार आत्मज्ञान होने पर हम अज्ञान की रात्रि में भोगे विषय भोगों को विस्मृत कर जाते हैं। जीवन के व्यवहारों में राग-द्वेष, काम-क्रोध पर विजय पाने से ही मानव जीवन सफलता की ओर बढ़ता है। प्रवचन के बाद यात्रा की तैयारी हुई।

8

यात्री दल कैलाश की ओर चल पड़ा। तिब्बत उन दिनों कश्मीर साम्राज्य का एक भाग था जहाँ बौद्ध धर्म विशेष रूप से प्रचलित था। उन दिनों भगवान बुद्ध की वाणी से अधिक महत्त्व चमत्कार दिखाने वाली सिद्धियों को दिया जा रहा था। मारण, मोहन, उच्चाटन, वशीकरण आदि का विधान बताने वाले भिक्षुओं का बोलबाला था। अति मानवीय सिद्धियों को पाने के लिए तरह-तरह के मार्ग बताए जा रहे थे। वज्रमार्गी साधना की विशेषता यह समझाई जा रही थी कि पतित-से-पतित, दुराचारी-से-दुराचारी, पापी-से-पापी को भी निर्वाण सुख की प्राप्ति कराने वाला एकमात्र मार्ग वज्रयानी ही है। वज्रयानी बुद्ध की चार शक्तियों लोचना, मामकौ, पांडरा, तारा (पृथ्वी, जल, अग्नि, वायु) में विश्वास करते थे। प्रत्येक शक्ति के उपासक अपने को सर्वश्रेष्ठ मानते थे। प्रत्येक के महन्त आचार्य को अपना चमत्कार दिखाने पहुँचे। इनमें आपस का कलह इतना बढ़ गया था कि वे भगवान बुद्ध का अहिंसा का सिद्धान्त भूलकर एक-दूसरे की हत्या करने लग गए थे।

काठमांडू से चलकर आचार्य टनकपुर से पूर्व एक बौद्ध विहार में रात्रि व्यतीत करने के लिए ठहर गए। भिक्षु करुणमित्र साथ थे। उन्होंने सबके साथ आरती और प्रार्थना में भाग लिया। प्रार्थना के उपरान्त उपस्थित जनता अपनी शंकाओं के समाधान और रोग-शोक आदि के निवारण के लिए आचार्य से प्रश्न करने लगी। सबसे पहले तिब्बत राज्य के अमात्य ने हाथ जोड़कर निवेदन किया, ''महाराज, हमारे सामने विकट समस्या खड़ी हो गई है। ध्यानी सम्प्रदाय के भिक्षुओं ने वज्रयानियों के साथ शास्त्रार्थ के लिए कभी महात्मा कमलशील को बुलाया था जो नालन्दा विश्वविद्यालय के पट्टशिष्य थे। यहाँ करुणमित्र के समकालीन वज्रयानी भिक्षुओं ने कमलशील से कई दिन तक शास्त्रार्थ किया। अन्त में वज्रयानी पराजित हुए जिसका प्रतिशोध लेने के

भारती ने मानसरोवर का रहस्य समझाते हुए कहा—

"*वाल्मीकि रामायण* में कैलाश और मानसरोवर का वर्णन करते हुए विश्वामित्र ने कहा, 'हे राम, कैलाश पर्वत पर ब्रह्मा के मन से निर्मित एक सरोवर है। मन से निर्मित होने के कारण जिसका नाम मानससर या मानसरोवर पड़ा है। *स्कन्द पुराण* और *श्रीमद् भागवत्, देवी भागवत, हरिवंश पुराण* में भी कैलाश मानसरोवर का माहात्म्य इस प्रकार वर्णित किया गया है कि केवल सिद्ध पुरुष, तपोधनी, योगीजन, किन्नर, गंधर्व, अप्सरा एवं मुनि-वृन्द ही यहाँ निवास कर सकते हैं। हम लोग पूर्व राक्षस ताल का दृश्य देखते आए हैं। राक्षस ताल और मानसरोवर के मध्य स्थित ऊँची पहाड़ी मानो दो आँखों के मध्य स्थित नासिका की शोभा है।"

भारती से मानसरोवर का माहात्म्य सुनकर यात्रियों को बड़ी प्रसन्नता हुई। उन्होंने भारती से निवेदन किया कि इसी प्रकार यहाँ के प्रसिद्ध स्थलों का इतिहास समझाते चलिए। ऐसा प्रतीत होता है कि जितना पुरातन यह हिमगिरि है उतनी ही प्राचीन हमारी संस्कृति, हमारा धर्म, हमारा वेद रहा होगा। जब तक हिमगिरि की हम पर छाया है, गंगा-जमुना, सिन्धु, सरस्वती जैसी पवित्र नदियाँ हमारी संस्कृति को सींच रही हैं। इस हरी-भरी भूमि को कौन उजाड़ सकता है?

यात्री-दल परस्पर मानसरोवर और हिमालय का गुणगान करते हुए शिविर की ओर चल पड़ा।

9

मानसरोवर के तट पर रात्रि शिविरों में व्यतीत हुई। प्रात:काल पूजन-अर्चन के उपरान्त, यात्री दल कैलाश पर्वत की ओर चल पड़ा। आचार्य अपने शिष्यों सहित दण्ड कमण्डल लिए हुए आगे-आगे चल रहे थे। शेष समुदाय द्रुतगति से चलते हुए भी आचार्य से बहुत पीछे छूट जाता था। अत: उन्हें रुक-रुक कर यात्रियों को साथ लेना पड़ता था। मानसरोवर से कैलाश की दस कोस की यात्रा समाप्त कर, कैलाश पर्वत की तलहटी में शिविर लगाया गया। जहाँ रात्रि विश्राम की व्यवस्था की गई थी, वहाँ के सभी पर्वत लाल रंग के कच्चे, मटमैले पत्थरों से बने थे। यहाँ से कैलाश पर्वत एक कोस दूर था, जिसकी सीधी चढ़ाई होने के कारण वहाँ तक सबका पहुँचना संभव नहीं था। कैलाश पर्वत के चारों ओर फैली हुई लाल पत्थर की कमलाकार आकृति बड़ी ही मनमोहक लग रही थी। इस कमल की सोलह पंखुड़ियों वाली रक्त वर्ण चोटियों के बीच एक विशाल काला पहाड़ दिखाई दे रहा था जिसका आकार शिवलिंग जैसा था। यह काले रंग का पर्वत दुग्धोज्ज्वल बर्फ़ से ढँका होने के कारण, ऐसी अनुपम छटा बिखेर रहा था जैसे वह सभी को अपनी ओर देखने का आमंत्रण दे रहा हो। इसके चारों ओर के पहाड़ों पर ऐसी मन्दराकृतियाँ बनी हुई थीं, मानो विश्व के समस्त देवालयों के ऊँचे-ऊँचे शिखर यहीं आ गए हों। इस श्याम वर्ण कैलाश के चारों ओर लिपटी हुई दुग्धोज्ज्वल बर्फ़ पिघलकर इस षोडश दल कमल के मध्य से

होती हुई, गौरीकुण्ड में गिर रही थी। उसके गिरने से ऐसा शब्द गुँजायमान हो रहा था, मानो देवगण कैलाश की महिमा का गुणगान कर रहे हों। अस्ताचल की ओर जाते हुए सूर्य की इन्द्रधनुषी किरणों और कैलाश की दुग्धोज्ज्वल बर्फ़ीली चोटियों के सामंजस्य से स्वर्ग के सदृश ऐसा मनमोहक दृश्य उपस्थित हो रहा था जिससे सभी मन्त्रमुग्ध हो रहे थे। इसी अनुपम सुन्दरता का आनन्द लेते हुए यात्री–दल कैलाश की महिमा का गुणगान करते हुए रात्रि व्यतीत करता रहा।

दूसरे दिन प्रात:काल कैलाश की परिक्रमा शुरू हुई। यह दल कैलाश की परिक्रमा करते–करते थक गया तो एक रमणीक स्थल पर बैठकर विश्राम करने लगा। पुरुष वर्ग को पद्मापादाचार्य और स्त्री वर्ग को भारती ब्रह्मा, विष्णु, महादेव परिवार की कहानी सुनाने लगे। पतिगृह में नारी कलह का कारण पूछने पर भारती ने समझाया, ''पुरुष तो अपनी वंश परम्परा में जन्म लेता, पलता, शिक्षित होता और कर्मरत रहता है। अत: स्वार्थवश भाई–भाई में लड़ाई भले ही हो किन्तु सबका एक पारिवारिक संस्कार होता है; नारी की स्थिति इसके विपरीत है। वह पितृकुल में जन्म लेकर माँ के संस्कार में पलती है और पारिवारिक वातावरण में शिक्षित होती है। उन्हीं सारे संस्कारों को लेकर वह ससुराल में पहुँचती है। जब वह पतिगृह में अपने पितृगृह से प्रतिकूल विचार, रहन–सहन का ढंग, हितैषियों का संसर्ग पाती है तो उसके अन्त:करण में एक विचित्र प्रकार का द्वन्द्व उठता है। पुराणों में इसी द्वन्द्व को दिखाने वाली बड़ी मनोरंजक कथाएँ मिलती हैं। कहा जाता है कि विष्णु की बहन भगवती का कन्यादान भाई ने शिव को दिया। विष्णु धन–सम्पत्ति के देवता, संसार का पालन करने वाले, लक्ष्मी जिनकी पत्नी, ऐसे संस्कारों में पली पार्वती जब शिव के घर में जाती है तो केवल भांग–धतूरा ही खाने को मिलता है। वल्कल वस्त्र पहनने को, भूमिशय्या सोने को, बूढ़ा बैल सवारी को उपलब्ध देखकर उसका हृदय द्वन्द्व से भर जाता है। शिव की बहन सरस्वती अपने भाई की तरह संसार की आसक्ति से रहित ज्ञान के द्वारा सांसारिक प्राणी को अनात्म तत्वों से हटाने वाली ननद के रूप में मिलती है? अत: ननद भौजाई के संस्कारों में अन्तर होने से झगड़ा स्वाभाविक है। विष्णु की बहन भगवती देवी शिव और सरस्वती को सांसारिक वैभव बढ़ाने तथा सांसारिक पदार्थों का अभ्युदय करने की प्रेरणा देती है। इसी प्रकार ब्रह्मा की बहन लक्ष्मी का विवाह विष्णु से होता है। विष्णु के घर में लक्ष्मी पिता और पति के समृद्धिमय संस्कार को मानने वाली है। वे धन वैभव पूर्ण सुखी जीवन में विश्वास रखती हैं। पर उनकी ननद पार्वती शंकर के यहाँ से अर्थात् पतिगृह से विरक्ति अनासक्ति का संस्कार लेकर जब पितृगृह में आती है, तो लक्ष्मी उसका तिरस्कार करती हैं। इस प्रकार विष्णु के घर में कलह छिड़ जाता है। ब्रह्मा का ब्याह सरस्वती से हुआ, सरस्वती शिव की बहन हैं। वह अपने भाई के घर से विरक्ति का संस्कार लेकर आती है। वह प्राणियों को ज्ञान के द्वारा संसार से मुक्त करना चाहती हैं।''

कैलाश पर्वत की परिक्रमा समाप्त हुई। तिब्बत वासियों ने कितनी ही बार कैलाश मानसरोवर की परिक्रमा की थी। पर मन को इतनी शान्ति कभी नहीं मिली थी। परिक्रमा सकुशल समाप्त कर लेने पर यात्रियों के मन में परम उल्लास हिलोरें

ले रहा था। संध्या समय यात्री–दल शिविरों में लौट आया। रात्रि विश्राम के उपरान्त, नित्य नियम के अनुसार एक बड़े शिविर में सब लोग एकत्र हुए और आचार्य के आगमन की प्रतीक्षा करने लगे। आचार्य शिष्यों सहित उस शिविर में प्रविष्ट हुए। सबने आचार्य की जय–जयकार के साथ आचार्य का अभिनन्दन किया। आज का दिन यात्रा का सबसे महत्त्वपूर्ण दिन था। आचार्य का भावी कार्यक्रम आज नियत होना था। अत: यात्री–दल को दो भागों में बँट जाना था। जो लोग नेपाल, तिब्बत, काठमांडू और ह्लासा लौटना अधिक आवश्यक समझते थे उनको आज आचार्य से विदा लेनी थी। अत: आज नेपाल, और तिब्बत के यात्रियों को आचार्य के साथ शंका समाधान करने का अन्तिम अवसर उपलब्ध था। दैनिक प्रार्थना के उपरान्त प्रवचन की बेला आयी। पद्मपादाचार्य ने उपस्थित मण्डली में विशेष कर तिब्बत और नेपाल के यात्रियों से अनुरोध किया कि वे अपनी जिज्ञासा प्रकट करें जिस पर आचार्य का प्रवचन हो। तिब्बत–महारानी महादेवी ने हाथ जोड़कर जिज्ञासा प्रकट की कि महाराज कैलाश का जो दृश्य हमने आज देखा है उसी का प्रतिरूप शिवालयों में पाया जाता है। इसका क्या रहस्य है ? ऐसा सुनने में आया है कि अरब का एक नया सम्प्रदाय शिवलिंग को अश्लील समझकर प्रतिमा खण्डन को ही अपना धर्म मानता है। पता चला है कि वे लोग सिन्धु की घाटी पर अपना अधिकार स्थापित कर चुके हैं। और कश्मीर की ओर बढ़ने का प्रयत्न कर रहे हैं। हम जानना चाहती हैं कि शिवलिंग का रहस्य क्या है ?'' अस्सी वर्षीया वृद्धा महारानी यह कहकर बैठ गईं। सारा समाज आचार्य के मुख से कैलाश और शिवलिंग का रहस्य जानने को उत्सुक था।

आचार्य के मुखमण्डल पर एक ज्योति सी नाचने लगी, उन्होंने प्रारम्भ करते हुए शिव का एक स्तोत्र पढ़ा; जिसकी व्याख्या करते हुए वे बोले—''ऐसा जान पड़ता है कि हमीं लोगों की तरह किसी समय वैदिक ऋषियों ने विश्व का रहस्य खोजते-खोजते इस कैलाश की यात्रा की होगी। उन्होंने ध्यानावस्थित होकर विश्व ब्रह्माण्ड का रूप, इसकी सृष्टि का उद्भव जानने के लिए, घोर तप किया होगा। उनके अन्त:करण में सर्वान्तर्यामी परब्रह्म की जो अनुभूति हुई उसका साक्षात् रूप उन्होंने कैलाश पर्वत पर देखा। उन्होंने अनुभव किया कि यह विश्व ब्रह्माण्ड अण्डाकार रूप में दिखाई पड़ रहा है। उसके अन्तर्निहित रहस्य को, सृष्टिकर्ता ब्रह्मा ने इस कैलाश के द्वारा स्पष्ट करने का संकेत किया है। यह कैलाश पर्वत ही विश्व ब्रह्माण्ड का प्रतीक है। सोलह कमलवत पंखुड़ियों के मध्य में स्थित यह कैलाश मानो सृजन का लिंग रूप है और पहाड़ियों से घिरा अर्धाकार यह स्थल योनि स्वरूप है। इसी को स्पष्ट करने के लिए यज्ञ वेदी को प्रकृति स्वरूपिणी नारी और हवन कुण्ड को योनि माना गया है। अर्थात् कैलाश पुरुष बीजप्रद पिता है। अर्धा सदृश घिरी हुई पर्वत श्रेणियाँ प्रकृति तुल्य हैं। इसी प्रकृति और पुरुष के संयोग से संसार की सृष्टि हुई। इसी को भगवान *गीता* में कहते हैं—

सर्वयोनिषु कौन्तेय मूर्तय: सम्भवन्तिया: ।
तासां ब्रह्म महद्योनिरहं बीजप्रद: पिता।। गीता : 14/4

''शुक्ल, *यजुर्वेद, वाजसेनीय संहिता* और *श्वेताश्वरतर* उपनिषद के ऋषियों ने यह स्पष्ट किया है कि शिवलिंग सृष्टि-सृजक-पिता के सदृश है और योनि सृष्टि उत्पन्न करने वाली प्रकृति देवी का प्रतीक है।

''तात्पर्य यह है कि उस अव्यक्त, सर्वव्यापी, अमूर्त ब्रह्मतत्व को मूर्त रूप में स्पष्ट करने के लिए, ऋषियों ने भौतिक चिन्हों का संकेत करना आवश्यक समझा। उस समय उन्हें कैलाश की स्थिति सहायक सिद्ध हुई और उन्होंने इसी को शिवलिंग के रूप में स्वीकार किया तथा यही शिवलिंग जल, वायु, अग्नि, पृथ्वी और आकाश रूप में सारे भारत में स्थापित किए गए ताकि सम्पूर्ण देश की एकता और अखण्डता स्थायी बनी रहे। नेपाल में यही शिव प्रतिमा पशुपातिनाथ के रूप में स्थापित हुई।

''कैलाश पर्वत की ही महिमा है कि हम अव्यक्त सृष्टि रहस्य और मूर्तिविहीन ब्रह्मा को समझ पाते हैं। जिस प्रकार सूर्यज्योति समस्त प्राणियों की नेत्र ज्योति का पुँज रूप है। ठीक इसी प्रकार यह शिवलिंग उस सृजन शक्ति का मूल रूप है जो जीवों के अन्दर छिपी हुई है। जब हम सूर्य की उपासना करते हैं तो किसी एक नेत्र ज्योति की आराधना नहीं करते, अपितु समस्त प्राणियों को ज्योति प्रदान करने वाले उस देवतत्व को प्रणाम करते हैं, जो सब में देखने की शक्ति प्रदान करता है। जिस प्रकार नेत्र-ज्योति प्रदाता सूर्य है उसी प्रकार इस विश्व में सृजन प्रदाता यह शिवलिंग है। यह शिवलिंग शाश्वत चिह्न है जिसकी उपासना महाभारत काल के पूर्व से चली आ रही है, जिसके अनुसार हवन की अग्नि जननी, प्रेमाग्नि की सूचक है। सोम आहुति रूप है, जो बीजप्रद पिता रूप है। इस अध्यात्म रहस्य को पुराणों में एक विस्मयकारी कथा के रूप में समझाया गया है।

''अनादि शंकर के ज्योतिर्लिंग के प्रथम बार प्रकट होने की कथा पुराणों में पायी जाती है। एक बार ब्रह्मा-विष्णु का आपस में इस बात पर विवाद छिड़ा कि दोनों में मतभेद होने पर किसके विचारों को सर्वोपरि माना जाएगा। ब्रह्मा का तर्क था कि मेरे विचार, मेरे आदर्श मान्य होंगे, क्योंकि सारी सृष्टि का सृजक मैं हूँ। उन्होंने विष्णु से कहा—यदि मैं सृष्टि करता ही नहीं, तो आपको रक्षा का अधिकार मिलता कैसे, अतः आपको अधिकार दिलाने वाला मैं हूँ। विष्णु ने यह तर्क दिया कि मैं ही व्यापक शक्ति वाला हूँ। मेरी ही व्यापक शक्ति पाकर आप सृष्टि करने में समर्थ हुए। अतः शक्ति प्रदाता की बातें माननी चाहिए।

''दोनों का विवाद इस सीमा तक बढ़ा कि आपस में कलह उत्पन्न हो गया। निर्णय के लिए दोनों भगवान शंकर के पास पहुँचे। शंकर के तेज से निकलकर अण्डाकार रूप में एक परम ज्योतिपुँज प्रकट हुआ। भगवान शंकर ने यह निर्णय दिया कि जो इस ज्योतिपुँज का आदि और अंत दोनों सिरे खोज लेगा, वही बड़ा माना जाएगा। दोनों उस ज्योतिर्लिंग के आदि और अन्त का पता सहस्रों वर्षों तक लगाते रहे। पर न आदि का पता चला न अन्त का।

ईश्वरो गुरुरात्मेति मूर्ति भेद विभागिने।
व्योमवत् व्याप्त देहाय दक्षिणामूर्तये नमः ॥''

आचार्य के साथ सामूहिक रूप से यही कहते हुए सभा विसर्जित हुई।

अपराह्न में आचार्य ने अपने प्रमुख शिष्यों तथा प्रमुख व्यवस्थापकों को अपने शिविर में बुलाया। आज उनके मुख पर विलक्षण रूप से प्रसन्नता नाच रही थी। उन्होंने गत रात्रि में अपने पूज्यदेव स्वामीगौड़पाद के दर्शन किये थे। जिन्होंने अपने शिष्य को स्मरण दिलाया था कि तुम्हारा बत्तीसवाँ वर्ष समाप्त होने वाला है, तुम्हारी आयु केवल बत्तीस वर्ष की है। इसलिए विश्व में अद्वैत सिद्धान्त के प्रचार-प्रसार के लिए इस देश को संगठित करना आवश्यक है। अब तुम बद्रीनारायण के उसी स्थल पर चले जाओ, जहाँ तुम्हें अद्वैत का सर्वप्रथम सम्यक् दर्शन हुआ। आचार्य ने गुरु के साथ हुए अपने संवादों का संक्षेप में परिचय दिया, और सबको बद्रीनारायण की यात्रा के लिए प्रेरित किया। संध्या की प्रार्थना के समय पद्म पादाचार्य ने आचार्य की अनुपस्थिति में उनके साथ हुए वार्तालाप का सारांश उपस्थित जनमण्डली को समझाया। इस समय उनकी आँखें भर आयीं। उन्हें बार-बार यह स्मृति सता रही थी कि अब आचार्य हमें सदा के लिए छोड़ कर जाने वाले हैं। सारा समाज यह सुनकर स्तब्ध रह गया। कभी किसी ने यह सोचा भी नहीं था कि आचार्य की यह दिव्य मूर्ति कुछ ही महीनों में उनसे सदा के लिए ओझल हो जाएगी। पर विवश होकर विषम परिस्थिति का सामना करने का साहस करना ही पड़ा। अत: बद्रीनारायण यात्रा की तैयारी होने लगी।

10

कैलाश से बद्रिकाश्रम जाते समय उत्तराखण्ड के अनेक जीर्ण-शीर्ण, ध्वस्त मन्दिरों को देखने का अवसर मिला। आचार्य जिस स्थान पर शिष्यों तथा अन्य यात्रियों के साथ पहुँच जाते वहाँ की जनता में नया उत्साह उमड़ उठता और स्थानीय सम्पन्न व्यक्ति मन्दिर के जीर्णोद्धार का संकल्प लेते और स्थानीय पंडित वर्ग पूजा-अर्चा, कथा-वार्ता के द्वारा वैदिक धर्म का प्रचार करने लगते। आचार्य के साथ भारत के कितने ही प्रमुख राजा-महाराजाओं का परिवार चल रहा था। इसलिए जहाँ स्थानीय व्यक्तियों की सहायता से धार्मिक कार्य सम्पन्न होना न सम्भव होता, वहाँ राज परिवार की महिलाएँ अपने आभूषणों के द्वारा आर्थिक व्यवस्था कर देतीं। भारती जिस गाँव, उपनगर या नगर में पहुँच जाती, वहाँ की महिलाओं को संगठित करती, और उनमें धार्मिक भावना जागृत कर देती। इस प्रकार पंच देवता की पूजा और पंच यज्ञ का माहात्म्य समझाते हुए यात्री-दल बद्रीनाथ पहुँचा।

कैलाश-परिक्रमा के समय आचार्य ने अपने गुरु गौड़पाद का मानो साक्षात्कार कर लिया हो। तब से गुरु की मूर्ति आँखों के सामने नाचती और उनका आदेश कानों में गुनगुनाता रहता। इस कारण वे प्राय: ध्यान-मग्न रहा करते। ऐसी अवस्था में उनके शरीर की रक्षा का भार रामदास के ऊपर विशेष रूप से आ पड़ा। आचार्य के शिष्य विशेष कर भारती, जानकी अम्मा शुभ्रा, चंचला, रामदास चिन्तित रहने लगे। किसी की समझ में कुछ न आता कि आचार्य के उपरान्त देश और समाज का क्या होगा। उत्तराखण्ड के अनेक तीर्थों, मठों, मन्दिरों का उद्धार करते हुए आचार्य बद्रीनाथधाम

पधारे। आचार्य के अन्तिम दिन समीप आने का समाचार सारे देश में विद्युत गति से फैल चुका था। श्रीनगर से कन्याकुमारी और गान्धार से कामरूप तक आचार्य यात्रा कर चुके थे। जिन लक्ष-लक्ष लोगों ने आचार्य के साक्षात् दर्शन किये थे उनका तो कहना ही क्या। जिन व्यक्तियों को उनकी चमत्कारमयी घटनाओं का समाचार भी मिला था वे भी आचार्य का अन्तिम क्षण निकट आने का संवाद सुनकर दुखी हो उठे। दूर से आए राजा, महाराजा, पंडित, पुजारी, श्रेष्ठि, महाजन, वहाँ पहुँचने लगे। सभी लोग आचार्य के अंतिम दर्शनों और उनकी सेवा के लिए आतुर हो रहे थे। बदरी क्षेत्र में पूरे भारत से आए हुए दर्शनार्थियों का समागम देख, वैदिक धर्म के विद्रोहियों का भी हृदय दहल उठा। बौद्ध, जैन, शाक्तों का कहना ही क्या, अन्य धर्मावलम्बियों पर भी आचार्य के तपोमय जीवन का इतना प्रभाव पड़ा कि चीन से अरब तक अद्वैत सिद्धान्त की महिमा गूँजने लगी। देश-विदेश से यात्री आचार्य के अंतिम दर्शनों को आने लगे। सर्वत्र यह चर्चा फैल चुकी थी कि समस्त ज्ञान-विज्ञान, श्री शोभा, बल-वीर्य, तेज-ऐश्वर्य पुँजीभूत होकर आचार्य में अवतरित हो रहे हैं। आठ वर्ष की अवस्था में केवल अवतारी पुरुष ही सम्पूर्ण शास्त्र, विभिन्न मत-मतान्तरों का रहस्य इस रूप में समझ सकता है जैसा आचार्य के प्रवचनों में सुनाई पड़ रहा था।

शताब्दियों से वैदिक धर्म के प्रति अनास्था का भाव देश-विदेश में फैल गया था और उसी प्रकार विलीन हो गया था जिस प्रकार आकाश में तीव्र वायु के प्रवाह से मेघ खण्ड अदृश्य हो जाते हैं। अब आचार्य इतने अधिक अन्तर्मुखी रहने लगे कि शिष्यगण बहुत प्रयत्न करने पर भी उनको सांसारिक कर्मों की ओर ले जाने में असमर्थ रहे। आचार्य ने शिष्यों तथा दर्शनार्थियों का उदास मुखमण्डल देखकर यह निश्चित किया कि देश की बिखरी हुई शक्ति को संगठित कर देने का समय आ गया। प्रार्थना के उपरान्त उन्होंने शिष्यों को एकान्त में बुलाया और उन्हें समझाते हुए बोले—

''संसार में जो जन्म लेकर आता है उसे किसी-न-किसी दिन जाना ही पड़ता है। दैवी शक्ति किसी-न-किसी प्रयोजन से जन्म देती है। प्रत्येक प्राणी से उसे कुछ-न-कुछ काम लेना अभीष्ट होता है। देह धारणा का प्रयोजन ज्यों ही पूरा हो जाता है, दैवी शक्ति उसे कहीं अन्यत्र दूसरे कार्य के लिए बुला लेती है। मेरा कार्य अब समाप्त हो रहा है। वेदान्त की महिमा तुम सब विधिवत् समझ गए हो। उसी के अनुसार जीवन बिताते हुए अद्वैत सिद्धान्त का विश्व में प्रचार और प्रसार करो। संसार में रक्तपात और दुःख-शोक के निवारण के लिए इससे बढ़कर इस समय दूसरा मार्ग नहीं है। 'अहं ब्रह्मास्मि', 'सर्वं खल्विदं ब्रह्म' 'तत् त्वमसि' आदि वैदिक सिद्धान्तों का पालन करते हुए आचार-विचार को स्वयं नित्य शुद्ध रखो और अपने जीवन द्वारा ईश्वरार्पण बुद्धि से कर्म करने की शिक्षा समाज को देते रहो।''

शिष्यों की आँखें भर आईं। आचार्य ने कुछ क्षणों तक मौन धारण किया। फिर बोले, ''तुम लोगों को यदि कोई शंका हो तो पूछते रहो। धर्म-प्रचार में अनेक कठिनाइयाँ आती हैं इसलिए संगठन कार्य बड़ा आवश्यक है।'' पद्म पादाचार्य के नेत्रों में आँसू भर आए। मन अनेक प्रश्न पूछना चाहता था पर बोल नहीं पाते थे।

आचार्य ने उनकी स्थिति भाँप ली। आचार्य ने भिक्षु करुणमित्र को अपने समीप बुलाकर समझाया, ''जब बौद्ध भिक्षुओं और वैदिक संन्यासियों में कभी शास्त्रार्थ अनिवार्य हो जाए तो मध्यस्थ बनकर निर्णय देते रहना। दोनों प्रकार के संन्यासी अनासक्त भाव से जगत्-कल्याण के लिए विचरण करते रहेंगे तो विश्व रक्तपात से बचता रहेगा। अभ्युदय और निःश्रेयस की सिद्धि होती रहेगी। आप कभी-कभी इन चारों मठों में आते-जाते रहना।'' कुछ सोचकर—आचार्य मुस्कराते हुए बोले, ''किसी भी सिद्धान्त के द्वारा जन कल्याण के लिए प्रचार से पूर्व निजी जीवन परिशुद्ध रखना तो आवश्यक है ही पर उतना ही आवश्यक है अपने संगठन कार्य को निर्भय होकर पवित्र बनाए रखना। ऊँचे-से-ऊँचे सिद्धान्त के प्रचारकों के जीवन में यदि कहीं कालुष्य बचा है तो वह उसी प्रकार नीचे गिर कर चूर-चूर हो जाता है जिस प्रकार ऊँचे-से-ऊँचा उछाला हुआ मिट्टी का डला पतनशील होने पर चूर्ण हुए बिना नहीं रहता। जिस प्रकार मानसरोवर या गंगोत्री से निकली हुई निर्मल जलधारा, तटवर्ती नगरों, गाँव की मलिन नालियों तथा मृतक प्राणियों के जल में सड़ने से दूषित हुए बिना बच नहीं सकती, उसी प्रकार धार्मिक सिद्धान्त भी कलुषित प्रचारकों-अनुयायियों के दुष्कर्मों से मिश्रित होने पर अवश्य ही दूषित होंगे। इसीलिए हमारे प्राचीन ऋषियों ने सामान्य जनता के चरित्र बल को सुधारने का कार्य सबसे अधिक महत्त्वपूर्ण माना है। भगवान बुद्ध ने जब मन्दिरों, मठों, यज्ञशालाओं तथा अन्य धार्मिक स्थलों पर भ्रष्टाचार देखा तो उनका हृदय विदीर्ण हो उठा और उन्होंने समाज का चरित्र बल ऊँचा करने के लिए अपना सारा जीवन विपत्ति में झोंक दिया। कालान्तर में बौद्ध विहारों, भिक्षु-भिक्षुणियों और उनके अनुयायी राजा-महाराजाओं, श्रेष्ठि महाजनों तथा विभिन्न व्यवसायियों में जब भ्रष्टाचार फैलने लगा, तो गुप्त काल में कितने ही महात्मा भारत की रक्षा के लिए गाँव-गाँव घूमने लगे। गरुड़ध्वज के नीचे बौद्ध-वैदिक-जैन सभी धर्म सम्प्रदाय क्रमशः सदाचार की ओर बढ़ते गए और इस देश में पुनः एक बार स्वर्ण युग आ गया। पर कालचक्र बड़ा प्रबल है। राजा-महाराजाओं के ईर्ष्या-द्वेष से, विभिन्न मत प्रचारकों से, वैदिक धर्म निष्प्राण हो गया। परिणाम यह हुआ कि विदेशी वीर शत्रुओं के सामने इस देश का आचारहीन जनसमुदाय संगठनहीन होने के कारण टिक न सका। आज मानव समाज की दुर्गति से तुम सब परिचित हो, उठो! संकल्प लो। मानव कल्याण के लिए कटिबद्ध हो जाओ। भारत को संगठित करो। इस पवित्र भूमि को चार भागों में विभाजित कर धर्म प्रचार के लिए उद्यत हो जाओ। पूर्व के पुरी धाम में गोवर्धन मठ का संचालन-भार पद्म पादाचार्य के कंधों पर रख रहा हूँ। पश्चिम भारत के द्वारिका धाम में शारदा मठ का दायित्व हस्तामलक के ऊपर होगा। दक्षिण के रामेश्वरम् धाम में शृंगेरी मठ के अधीश्वर सुरेश्वराचार्य रहेंगे। उत्तर के ज्योतिर्धाम में ज्योतिर्मठ के आचार्य तोटकाचार्य होंगे। प्रत्येक मठ के अन्तर्गत सम्प्रदायों की स्थापना होगी—गोवर्धन मठ के अधीन वन और अरण्य सम्प्रदाय होंगे। शारदा मठ के अन्तर्गत तीर्थ और आश्रम होंगे। शृंगेरी मठ के अन्तर्गत सरस्वती भारती और पुरी सम्प्रदाय रहेंगे। ज्योतिर्मठ के अधीन गिरि पर्वत और सागर होंगे।''

इन्हीं चारों मठों द्वारा चारों वेदों की भी विशेष शिक्षा का प्रबन्ध रहेगा। गोवर्धन में *ऋग्वेद* की, शारदा मठ में *सामवेद* की, शृंगेरी में *यजुर्वेद* की और ज्योतिर्मठ में *अथर्ववेद* की शिक्षा की प्रधानता रहेगी। वेद के चार महावाक्य प्रज्ञानं ब्रह्म, तत्त्वमसि, अहं ब्रह्मास्मि, अयं आत्मा ब्रह्म ये चार महाकाव्य मूल प्रेरक रहेंगे। मठाधीशों को मठ संचालन की पूरी स्वतंत्रता होगी किन्तु मठों के नियमों अर्थात् मठाम्नाय का पालन करना उन्हें अनिवार्य होगा। जिस प्रकार आम्नाय अर्थात् वेद के प्रमाण अकाट्य हैं, उसी प्रकार आम्नाय भी अनिवार्य माने जाएँगे। मठाधीशों को नए मठों की स्थापना का अधिकार होगा। प्रत्येक वर्ण, जाति, समाज को सदाचार के नियमों की पालन पद्धति समझाना, तद्नुसार व्यवहार करने का दायित्व मठसंचालकों पर होगा। जब तक मठाधीश जितेन्द्रिय, वेद शास्त्र पारंगत योगी बने रहेंगे तब तक अद्वैत सिद्धान्त का प्रचार होता रहेगा। इसी के प्रचार से समय-समय पर मानव समाज भीषण विपत्तियों से बचता रहेगा। यदि कोई मठाधीश मठाम्नाय के नियमों का पालन करने में शिथिलता दिखाएगा तो उसके स्थान पर योग्य व्यक्ति का निर्वाचन अनिवार्य रूप से करते रहना होगा। संन्यासियों का धर्म केवल स्वयं आत्मज्ञान प्राप्त कर निश्चेष्ट बैठे रहना नहीं है उनका यह भी दायित्व है कि उसने जिस सत्य के दर्शन किये हैं उसका साक्षात्कार समाज को भी कराता रहे। इस प्रकार संन्यासी के ये कर्त्तव्य हैं।

"आत्मनोमोक्षार्थ, वह अपने आत्म कल्याण के लिए प्रयत्न करे ही जगत कल्याण का भी सदा ध्यान रखे—'आत्मनो मोक्षार्थं जगत्हिताय च।' मठाधीश को प्रचार के लिए स्थान-स्थान पर परिभ्रमण करते रहना होगा।" जब से आचार्य का आगमन ब्रदी क्षेत्र में हुआ है यह स्थल केवल भारत का ही नहीं एक प्रकार से विभिन्न देशों का तीर्थ बन गया है। प्रत्येक धर्मावलम्बी आचार्य के मुखमण्डल में अपने देवदूतों का मानो साक्षात्कार करना चाहता था। देश का कोई ऐसा मत सम्प्रदाय नहीं, कोई ऐसी धार्मिक संस्था नहीं जिसके प्रतिनिधि आचार्य के दर्शनों के लिए न पहुँचे हों। न जाने क्यों आचार्य के दर्शन करते ही लोगों के मन से राग-द्वेष, मद-मत्सर, काम-क्रोध आदि दुर्गुण विलीन हो जाते थे? आचार्य के पदार्पण के उपरान्त बद्री क्षेत्र मानो स्वर्गलोक में परिणत हो गया था। धर्मपिपासु अपने मन में अनायास ही कर्त्तव्य पालन के प्रति पूर्ण विश्वास, एवं अतुल उत्साह का अनुभव करने लगे थे। जीवन के अन्धकार से मानो वे ज्योतिरूप प्रकाश में पहुँच गए हों।

आचार्य शंकर ने महाप्रयाण के लिए केदारधाम को सबसे उपयुक्त समझा था जिसका संकेत कभी-कभी शिष्यों को मिला करता था। आज के उपदेश के उपरान्त आचार्य ने केदार यात्रा का आदेश दिया। अत: समस्त बद्रीधाम में यह समाचार गूँज उठा कि आचार्य केदारधाम की हिम राशि में विलीन होने जा रहे हैं।

11

भारती तथा उसकी सखियाँ केदारनाथ के समीप एक ग्रामीण बस्ती में चली गईं। गाँववाले महाराज गढ़वाल के अतिथियों का हार्दिक स्वागत करते थे। भारती ने

महिलाओं को एकत्र किया, उनके साथ पुरुष भी दर्शनार्थ आ पहुँचे। भारती ने सबको समझाया कि प्राचीनकाल में पांडव जिस मार्ग से हिमाद्रि में महाप्रयाण के लिए गए हैं, उसी मार्ग से आचार्य अपनी जीवन यात्रा का समापन करने जा रहे हैं। क्या आप लोग जानते हैं वह मार्ग कहाँ है ?

एक वृद्ध दीर्घकाल तक काशी में पढ़कर आया था। उसने पूर्वजों से पूछताछ एवं अनुसंधान करके वह मार्ग खोजा था। उसका शुभ नाम धर्मशास्त्री था। वह भारती के समीप आकर बोला, ''हमें आचार्य भगवान, इस अवतारी शंकर का समीप से दर्शन करा दो। हम तुम्हें पूरा मार्ग बता देंगे। हमारे बड़े भाग्य हैं कि इस घोर जंगल में हम पामरों को दर्शन देने स्वयं भगवान् शिव आ गए हैं। त्रेतायुग में इक्ष्वाकु वंशी राजा, द्वापर में युधिष्ठिर आदि यहीं होकर परलोक सिधारे। कलियुग में भगवान् शंकर स्वयं आ गये हैं। कोई-कोई कहते हैं कि शताब्दियों पूर्व एक और स्वामी आचार्य शंकर इसी मार्ग से स्वर्ग सिधारे थे। तब से न जाने कितने झाड़-झंखाड़ इस मार्ग पर उग आये हैं। कितने स्रोतों ने जलमार्ग बदल लिया; कितने सूख गए; कितने नए निकल आए। हिमराशि गल-गलकर कहाँ, कब, कैसे अंत:सलिला बनकर मंदाकिनी, अलकनन्दा और भागीरथी में मिल जाती है, कौन जानता है ? मैं उन सबका अनुसंधान करता रहा हूँ। अतएव हमें सूर्यवंशी और चन्द्रमुखी राजाओं के महाप्रयाग का मार्ग कुछ-कुछ ज्ञात है।'' भारती को विस्मय के साथ बड़ी प्रसन्नता हुई। मानो घोर जंगल में भ्रमित प्राणी को मार्ग मिल गया हो। उसने कहा, ''बाबा, आप लोगों का परम सौभाग्य है कि आचार्य यहाँ स्वयं आ गए हैं। दर्शन ही क्या उनके अन्तिम चरण स्पर्श का शीघ्र अवसर मिल सकता है।''

एक वृद्धा आश्चर्य से बोली, ''आचार्य हमें चरण स्पर्श करने देंगे बिटिया। हम मैले-कुचैले, कुचिष्ट संसारी जीव हैं। हमारे स्पर्श से अपवित्र न हो जाएँगे ? इनके साथी हमें चरण छूने देंगे ? हमें दर्शन करा दो बिटिया, जैसे भी हो हम अपना जीवन सफल समझेंगे।''

भारती बोली, ''मैं देखती हूँ कि यहाँ पुरुषों के समकक्ष स्त्रियाँ भी परिश्रमी हैं। आइये हम सब नर-नारी मिलकर आचार्य शंकर के महाप्रयाण का मार्ग सुगम बना दें। हम हिमकुठार, सोपान, हिम पदत्राण, चमक से बचने के लिए उपनेत्र, पीठ पर लादने वाले छोटे झोले साथ लाई हैं। चलिए सूर्य के प्रकाश में कंटक मार्ग को निष्कंटक बना दें! यद्यपि आचार्य के प्रसाद से वन्यजन्तु भी पालतू बन जाते हैं पर संध्या से पूर्व कार्य सम्पन्न कर लौटना हितकर होगा।''

पर्वतीय नारियों के साथ भारती और उसकी सहेलियाँ मार्ग की खोज में चल पड़ीं। काशी में रहकर संस्कृत का विधिवत् अध्ययन करने वाला विद्वान ब्राह्मण आगे-आगे चला। उसने *महाभारत* में पढ़ा था कि युधिष्ठिर ने अर्बुद-शिला, अनंग शिला, कूर्म शिला, गोमती शिला, वेत्रवती शिला को पार किया था। वह इन शिलाओं की खोज में बर्फ़ में भटकता रहा। कहीं-कहीं गुफाओं में तप करते हुए महात्मा उसे मिल जाते, जिनके द्वारा उसे इन शिलास्थलों का संकेत मिल जाता था। हिमाद्रि

के पर्वतारोहण का वह प्रेमी था। उत्तराखंड के महाराज के सहयोग से उन्होंने हिम शिखरों को पार करने की आवश्यक सामग्री संकलित कर ली थी। जिनकी सहायता से हिमाच्छादित शृंगों पर वह प्रतिवर्ष यात्रा किया करते। उन्हीं की देख-रेख में इस महिला-मंडल एवं युवकों ने बीहड़ मार्ग को सुगम बनाया। यह संकीर्ण पर्वतीय मार्ग शताब्दियों तक लताद्रुमों, वन्य विषाक्त वनस्पतियों से आच्छादित था। संकीर्ण पगडंडी ऐसी ढँक गई थी कि कहीं सूझता ही नहीं था। बड़े धैर्य और प्रयास से झाड़-झंखाड़ वाला मार्ग दूर तक स्वच्छ कर दिया गया जिसके आगे हिमाच्छादित श्रेणियाँ स्पष्ट झलकने लगीं। उनकी सहेलियाँ दिन में मार्ग का निर्माण करतीं और केदारनाथ के भयंकर शीत से बचने के लिए रामवाड़ा संध्या को लौटतीं।

इस प्रकार स्थानीय महिलाओं और उत्साही युवकों के सहयोग से केदारनाथ से लेकर वेत्रवती शिला तक का प्रयाण मार्ग निर्दिष्ट हो गया। लौहखंड के खूँटे स्थान-स्थान पर बर्फ़ में गाड़ दिये गये जिसमें रस्सियाँ बाँध दी गईं। हिम-झंझा से बचाव के लिए पर्वतों की ओट में शिविर लगा दिये गये। सारा प्रबन्ध हो जाने पर भारती सहयोगियों सहित गौरीकुंड लौट आई, जहाँ आचार्य के साथ भारत के प्रमुख राजा-महाराजा, सन्त महात्मा, शास्त्रज्ञ-विद्वान-देश-विदेश के इतिहासकार, धार्मिक नेता, दार्शनिक चिन्तक विभिन्न समस्याओं पर विचार-विमर्श किया करते थे। आचार्य ने भारती और उसके सहयोगियों को कई दिनों से नहीं देखा था। रामदास ने आचार्य को उनकी अनुपस्थिति का कारण बताया। मिलने का समय निश्चित कर भारती को आने की सूचना दी। वैशाख की त्रयोदशी का दिन था। भारती के साथ महिला-मंडल ने आचार्य के सम्मुख सामाजिक सुधार की योजनाएँ रखीं। राष्ट्र के निर्माण में नारी जाति के कर्त्तव्य कर्म पर विस्तार से विचार होता रहा। वैधव्य समस्या, पुनर्विवाह व्यवस्था, पारिवारिक जीवन, नारी शिक्षा पर आचार्य ने अपना मत प्रकट किया जो *आचार संहिता* के नाम से महाराज राजशेखर ने संकलित कर लिया। देश, जाति, धर्म, राष्ट्र निर्माण के विविध पक्षों पर जनता ने आचार्य से परामर्श किया। आचार्य ने त्रयोदशी से मौन धारण कर लिया। अब वह प्रतिक्षण समाधि की स्थिति में रहा करते। चतुर्दशी को प्रातःकाल पूरा समाज गौरीकुंड से रामवाड़ा होते हुए केदारनाथ पहुँच गया। संध्या समय विधि-विधान से मन्दिर में आरती हुई। आचार्य ने भी उसमें भाग लिया। उत्तराखण्ड के महाराज ने केदारनाथ में दूर-दूर तक शिविरों की व्यवस्था कर दी थी। शीत से बचने का भी उपाय कर दिया गया था। राजा-महाराजाओं तथा दूरागत अतिथियों ने रामदास को सुझाव दिया कि आचार्य प्रातःकाल जिस समय महाप्रयाण के लिए प्रस्थान करें उस समय शंखध्वनि के द्वारा हम सबको सूचित करना, जिससे हम सब उनके महाप्रयाण काल में कुछ दूर तक संकीर्तन करते चल सकें।

वैशाख पूर्णिमा आ ही गई। आचार्य नित्य की भाँति ब्रह्ममुहूर्त में उठे। रामदास भी उसी समय उठ गया। उसने शंखध्वनि का बड़ा प्रयास किया पर या तो शंख बजा ही नहीं या उसकी ध्वनि आचार्य के शिविर से बाहर पहुँची ही नहीं। आचार्य नित्य नियम के अनुसार शिव का दर्शन करने गये। मन्दिर द्वार अपने आप खुल गया। दर्शन

कर ज्यों ही बाहर निकले तो देखा भारती और उसकी सहेलियाँ सामने खड़ी हैं। भारती को यह आभास हो गया था कि आचार्य भीड़-भाड़ और कीर्तन के विरुद्ध हैं। हो-न-हो वे महाप्रस्थान के लिए चुपचाप एकाकी चल पड़ेंगे। आचार्य जानते थे कि भारती ने महाप्रयाण का पथ प्रशस्त कर दिया है। पांडवों के महाप्रयाग मार्ग से परिचित एक वृद्ध सज्जन साथ थे। स्थानीय महिलाएँ आचार्य के साथ चलने को लालायित थीं। भारती के मना करने पर भी वे चल पड़ीं। भारती के सहयात्री सदाकत अली, रामदास, शुभ्रा (केरली), महाराज अमोघवर्ष (कर्नाटी के भ्राता) आचार्य के पीछे-पीछे चल पड़े। आचार्य ध्यानमग्न स्थिति में द्रुतगति से चले जा रहे थे। शेष समाज 'ओ३म नमः शिवाय, ओ३म नमः शिवाय' करता जा रहा था। सूर्य उदय होते-होते यात्री-दल ऐसी ऊँचाई पर चढ़ने लगा जहाँ वनस्पतियाँ धीरे-धीरे अदृश्य होने लगीं। अरुणिमा देवी हिमाच्छादित पर्वतों पर आचार्य के स्वागत के लिए केसरिया चादर बिछा रही थी। इस निर्जन प्रदेश में प्रकृति देवी प्रभा की धारा से मानो आचार्य का अभिषेक कर रही थी। आचार्य ऐसी द्रुतगति से जा रहे थे कि यात्री-दल क्रमशः पिछड़ता ही गया।

प्रहर भर दिन चढ़ते-चढ़ते अधिकांश यात्री बहुत पीछे छूट गए। पर्वतीय महिलाएँ भारती के साथ आचार्य से कुछ पीछे थीं। अर्बुद-शिला तक आचार्य के पहुँचते-पहुँचते एक वृद्ध माता का हृदय इतना करुणामय हो गया कि वह दौड़कर आचार्य के चरणों में लोटकर रोने लगी और स्वनिर्मित पदत्राण (खड़ाऊँ) उनके पैरों में पहनाने लगी। पर्वतीय नारियों ने उन पर पुष्प वर्षा की और शीत से बचाने वाला याक चर्म उनके दोनों कंधों पर डालकर निवेदन किया, ''योगिराज महात्मा, शीत का प्रकोप बढ़ता जाएगा। कहाँ जा रहे हो? लौट चलिए, हम आपकी आज्ञा के अनुसार अपना जीवन बितायेंगे। हमें अपना आशीर्वाद दीजिए।''

आचार्य ने उनके मस्तक पर वरदहस्त रख दिया। होंठों पर शुभ्र स्मित रेखा खिंच गई। पर्वतीय स्त्रियाँ धन्य हो गईं। मानो उन्हें साक्षात् ईश्वर का दर्शन हो गया पर अपने पशुओं और परिवार का मोह उन्हें घर की ओर खींच रहा था। अपने को कृतार्थ समझ कर लौट आयीं। लौटते समय मार्ग में उन्हें राजा-महाराजाओं, अश्वारोहियों के दल दिखाई पड़े। जिन्होंने पूछा, ''माताओ, आचार्य कितनी दूर चले गए होंगे?'' एक युवती बाला व्यंग्य करते हुए बोली, ''आप लोग अब जा रहे हो? अभी तक सो रहे थे? महाराज तो हिमराशि में गलने ही वाले होंगे। विलम्ब मत करो, भाग्य में होगा तो दर्शन हो जाएगा।''

राजन्य वर्ग अर्बुद-शिला पहुँच गया, जहाँ से उन्हें एक उत्तुंग शिखर पर अद्भुत दृश्य दिखाई पड़ा। ऐसा प्रतीत होता था कि एक नन्हा प्रकाशपिंड अंतरिक्ष की ओर बढ़ता चला जा रहा है। यह यात्री-दल उसी अर्बुद-शिला पर रुककर अभूतपूर्व दृश्य देखने लगा। विनोदिनी, जयसेना, प्रभा तीनों वहीं ठहर गई थीं जहाँ किसी समय द्रौपदी श्रान्तक्लान्त होकर चल बसी थी।

आचार्य मानो आकाश में पवन वेग से उड़ते जा रहे थे। उनके पीछे-पीछे भारती, शुभ्रा, रामदास और वृद्ध ब्राह्मण धर्मशास्त्री चल रहे थे। उस दल के पीछे

चंचला (कर्नाटी), देव अर्च के भिक्षु, करुणमित्र, सम्राट अमोघवर्ष चलते-चलते इतने क्लान्त हो गये कि आगे पर्वतारोहण का साहस छूट गया। और वे गोमती शिला पर विश्राम करने को बाध्य हो गये। यहीं धनुर्धारी अर्जुन महाप्रयाण के समय थककर गिर गये थे।

इनके पीछे-पीछे राजमाता विजया, मागधी, सैन्धवी चल रही थीं। वे कूर्म शिला तक पहुँचते इतनी शिथिल हो गईं कि आगे चलना असम्भव-सा हो गया था। अत: वे वहीं बैठकर आचार्य की ओर टकटकी लगाये देखने लगीं। यह वही शिला है जहाँ किसी समय नकुल थककर बैठ गये थे। उनके पीछे वाला यात्री-दल अनंग शिला पर पहुँचते-पहुँचते साहस छोड़ बैठा। उन यात्रियों में ब्रह्मदत, विदेशी यात्री, कर्मकांडी पुजारी, वेदपाठी थककर बैठ गये और आचार्य की ओर टकटकी लगाये देखते रहे। इसी शिला पर सहदेव रुक गये थे।

मध्याह्न होते-होते आकाश में एक विलक्षण दृश्य दिखाई पड़ा। सूर्य, चन्द्रमा और नक्षत्र एक साथ एक सीध में दृष्टिगोचर हो रहे थे। यह समय आचार्य के महाप्रयाण का अन्तिम क्षण था। आचार्य यात्री-दल से इतनी दूर चले गये थे कि अब उनकी आकृति नन्हे बिन्दु-सी आकाश में चलती प्रतीत हो रही थी। इतने में ही प्रकाशमयी हिम-झंझा का ऐसा झोंका आया कि उसमें वह नन्हा प्रकाश समा-सा गया। प्रबल वेग से ऊपर उठता वह प्रकाशपुँज, सूर्य, चन्द्र, और नक्षत्र मंडलों को बेधता हुआ अदृश्य हो गया। दिव्य ज्योति सदा के लिए विलीन सी हो गई।

भारती को ऐसा प्रतीत हो रहा था कि तांडव नृत्य करता हुआ एक प्रकाशपुँज अनेक सूर्यों की ज्योति समेटे त्रिगुणात्मक लोक से ऊपर अनन्त की ओर बढ़ता जा रहा है। थोड़ी देर में वह ज्योति चन्द्रमा को निगलती हुई सूर्य की ओर बढ़ने लगी। देखते-देखते सूर्य भी उस अलौकिक ज्योतिपुँज में तिरोहित हो गया। चन्द्रमा से सूर्य लोक होता हुआ वह प्रकाश स्तंभ नक्षत्रों की ओर बढ़ा। नक्षत्रों को आत्मसात् करने में तनिक भी विलम्ब न लगा। नक्षत्र लोक के उपरान्त प्रकाशपुँज किस ज्योति लोक में चला गया? कौन जानता है? भारती स्तंभित रह गई। फिर उसे ऐसा प्रतीत हुआ मानो आचार्य का वरदहस्त पृथ्वी लोक को आशीर्वाद देता जा रहा है। भारती, शुभ्रा अम्मा, रामदास, कुछ देर हाथ जोड़े आकाश की ओर निहारते रहे।

सूर्य अस्ताचल की ओर ढलता जा रहा था। वेत्रवती को छोड़ यह यात्री-दल गोमती शिला पर पहुँचा जहाँ कर्नाटी स्वयं भारती, शुभ्रा और रामदास की प्रतीक्षा कर रही थी। वहाँ से यात्री-दल नीचे उतरा और अनंग शिला तथा कूर्म शिला होते हुए अर्बुद-शिला पर सब एकत्र हो गए। कुछ लोगों ने एक ज्योति को हिम-झंझा की काली घटाओं में विलीन होते देखा था। केवल ज्योतिषी ब्रह्मदत्त को कभी-कभी टिमटिमाती ज्योति हिम के वात्याचक्र से झाँकते हुए दिखाई पड़ जाती थी। जो यात्री आचार्य की अन्तर्ज्योति को परमदिव्य ज्योति में समाते समय देख नहीं पाते थे, वे मनमाना अनुमान लगा रहे थे।

12

अर्बुद-शिला पर पहले प्रभा, जयसेना, मागधी, सैन्धवी पहुँची थीं। उनके उपरांत चंचला, विनोदिनी, धर्मशास्त्री, भारती और रामदास एक साथ पहुँचे। अर्बुद-शिला पर एकत्र राजमंडली वैशाख पूर्णिमा के दिन निद्रा प्रमाद या प्रकृति प्रकोपवश आचार्य शंकर के दिव्य दर्शन से वंचित रह गई थी। अत: उन सबका मन मसोस रहा था। पर उनके मन में यह जिज्ञासा उमड़ रही थी कि अन्तिम क्षण में आचार्य की देह, प्राण, मन, बुद्धि, अहंकार आदि का विसर्जन कैसे हुआ? सबसे अधिक उत्सुक एवं खिन्नमना महाराज उत्तराखंड थे। ज्यों ही उन्हें ज्ञात हुआ कि सर्वज्ञ आचार्य शंकर की अन्तिम झाँकी केवल भारती, जानकी अम्मा और रामदास को हुई तो उन्होंने पहले सूफ़ी महात्मा से पूछना उचित समझा। उन्होंने सूफ़ी के चरणों में विनयपूर्वक प्रणाम करते हुए पूछा, ''महात्मन् आचार्य के जीवन की अंतिम झाँकी कैसी थी?'' सूफ़ी महात्मा उस अद्‌भुत दृश्य का वर्णन करना चाहते थे पर वाणी मौन थी। अत: नेत्र मूँद कर थोड़ी देर चुप बैठे रहे, फिर बोले, ''जो अंतिम गति परमहंसों की होती है वही उन सबकी होती है जिनका दृढ़ विश्वास है कि एक हक खुदा या अद्वितीय सत्ता में ही सारा संसार प्रतिष्ठित है और चैतन्य घन सबमें विराजमान है। वे अन्तकाल में उसी अनन्तसत्ता में मिल जाते हैं, जिस प्रकार एक घटपात्र के भीतर जगमगाती सीमित ज्योति, घटपात्र के टूट जाने पर चारों ओर की ज्योति में समा जाती है या घटाकाश महाकाश में मिलकर एकमएक हो जाता है। इसी प्रकार आचार्य की जीवात्मा ज्योति परमात्म ज्योति के साथ मिलकर अभिन्न हो गई।'' महारानी ने पूछा, ''पर उनके शरीर, अंग, प्रत्यंगों का क्या हुआ? मगध में हम तो शव को चिता अग्नि में भस्म कर देते हैं और अस्थियाँ जल में विसर्जित कर देते हैं।'' सूफ़ी महात्मा बोले, ''आप लोग अपने रत्न ग्रन्थों का महत्त्व भूल गए। सामान्य व्यक्ति का पंच-भौतिक शरीर पंचभूतों में मिल जाता है पर आचार्य शंकर जैसे अवतारी पुरुष का व्यष्टि शरीर समष्टि में मिलकर नाशवान देह अनन्त विराट पुरुष का अंश बन जाता है। शास्त्र कहते हैं कि पृथ्वी लोक के ऊपर जो देख रहे हैं, वह विराट पुरुष का ही शरीर है। विराट पुरुष का चरण रसातल है। तलातल, सुतल, टखना-घुटना है; वितल जंघा की मोटी रान है महातल जंघा है, आकाश गंगा उसकी नाभि, स्वर्गलोक वक्षस्थल, महर्लोक ग्रीवा, जनलोक मुख, तपलोक मस्तक, सत्यलोक उसकी मेधा है। दिशाएँ कान हैं और अग्नि उसका मुख; आकाश में देदीप्यमान अनेक सूर्य उसके चक्षु हैं। उसके दाड़स्थान में यम का निवास है। सागर उसकी कुक्षि है और पर्वत समूह अस्थि पिंजर, नदियाँ उसकी नसें हैं। मेघ घटाएँ केशराशि हैं। चन्द्रमा है उसका मन। वृक्ष वनस्पतियाँ रोमावली हैं। वेदों की क्या महिमा है!

''ऋषियों ने सम्पूर्ण पृथ्वी तल को एकता के ऐसे रूप में ग्रथित किया है कि प्रत्येक समाज स्वतंत्र रहते हुए भी एक-दूसरे पर अवलम्बित है और आपस में उसी प्रकार ग्रथित है जिस प्रकार मानव शरीर के प्रत्येक अंग एक-दूसरे से जुड़े रहते हैं। इसी संदेश को विश्वव्यापी बनाने के लिए आचार्य ने अपना पार्थिव शरीर केदारमंडल

के समीप हिमराशि में विगलित कर दिया। जहाँ केवल एक ही तत्त्व की प्रधानता है। जहाँ हिमजल के अतिरिक्त और कुछ है ही नहीं। अद्वैत सिद्धान्त के अनुसार व्यवहार में भी निरन्तर अभेद जीवन बिताने वाला योगीश्वर सशरीर ब्रह्मलोक का वासी बन जाता है। आचार्य के जीवन का यही सन्देश मानवता का एकमात्र कल्याणकारी बन सकता है।'' इतना कहते-कहते सूफ़ी महात्मा तन्मयता की स्थिति में पहुँच गए। तेजस्वी मुखमंडल और भी उद्दीप्त हो उठा, सारी सभा स्तब्ध रह गई।

उत्तराखंड के महाराज तथा अन्य राजन्य वर्ग आचार्य के साथ-साथ जाने वाले यात्री-दल के लौटने की प्रतीक्षा कर रहे थे। वेत्रवती शिला, गोमती शिला, कूर्म शिला, अनंग शिला से लौटते हुए यात्री अर्बुद-शिला पर पहुँचे। उत्तराखंड के महाराज को यह जानकर बड़ी शान्ति मिली कि उस भयंकर शीत से जीवित बचकर सभी सकुशल लौट आये। जब राजन्य वर्ग को यह ज्ञात हुआ कि भारती, शुभ्रा अम्मा, कर्नाटी (चंचला), विनोदिनी जैसी सुकुमारी नारियाँ वेत्रवती शिला तक पहुँच गई थीं जहाँ पहुँचते-पहुँचते अर्जुन और भीम जैसे साहसी वीर शीत के प्रकोप से गल गये थे। वहाँ से ये साहसी स्त्रियाँ सकुशल लौट आईं, इनमें कितना आत्मबल है। विस्मय के साथ महाराज को लज्जा का अनुभव होने लगा। सबके मन में यह जानने की उत्कंठा थी कि आचार्य की अन्तिम क्षण में क्या स्थिति थी ? अर्बुद-शिला वालों को आचार्य के प्रयाण का अन्तिम दृश्य देखने का सौभाग्य नहीं मिला था, अत: सबने उस दृश्य के दर्शकों को अपना अनुभव सुनाने को कहा। सबसे पहले रामदास को अपना अनुभव सुनाना पड़ा। रामदास की आँखों में पूरा दृश्य नाच रहा था। वे बोले, ''राजन्, उस दृश्य का क्या वर्णन करूँ ? आचार्य के मस्तक से एक ज्योति-सी निकली जो आकाश मंडल को भेदती हुई चली जा रही थी। उस समय देवलोकवासी प्रभा की धारा से आचार्य का मानो अभिषेक कर रहे थे। गिरिराज सुगन्धित पुष्पों के पराग से जो धूप दान कर रहा था, उससे धूम्र-जनित कुहेलिका का एक विशाल स्तम्भ बन गया था। आकाशमंडल से श्वेत हिम कण की वर्षा हो रही थी। मानो विविध-श्वेत पुष्पों के द्वारा देवलोक के प्राणी आचार्य के ऊपर पुष्प वर्षा कर रहे हों। उस ज्योतिपुँज को चन्द्र-सूर्य भेद कर त्रिलोक समेटते हुए नक्षत्र लोक में पहुँचते हमने देखा। उसके उपरान्त प्राण ज्योति कहाँ गई कह नहीं सकता। उस दृश्य का वाणी से वर्णन नहीं किया जा सकता। अनुभवगम्य है। वह दृश्य सुनने का विषय नहीं है।'' इतना कहते-कहते उसका कंठावरुद्ध हो गया, रोम-रोम पुलकित हो उठा। भारती और जानकी अम्मा तो इतनी भाव-विभोर थीं, आचार्य के महाप्रयाण का उनके हृदय पर ऐसा आघात पहुँचा था कि उनकी वाणी मूक बन गई थी। रह-रहकर उनकी आँखों से अश्रुधारा फूट पड़ती थी। प्रतिहार महाराज नागभट्ट और सदाकत अली में बड़ी घनिष्ठता थी। सदाकत अली भारतीयों के प्रेम से अत्यन्त प्रभावित थे। महाराज नागभट्ट ने उनसे निवेदन किया कि वे आचार्य शंकर के महाप्रयाण का अनुभव सुनाने की कृपा करें।

सदाकत अली बोले, ''आचार्य योगिराज थे। उन्हें अद्वैत की ऐसी सिद्धि प्राप्त थी कि जीवनकाल में उन्होंने कभी भेदभाव रखा ही नहीं। मैंने उन्हें सिन्ध देश में

आततायी अरबों के मध्य निर्विकार भाव से आर्तजनों का दुःख निवारण करते हुए देखा। वे बार-बार यही कहा करते थे—'नेह नानास्ति किंचन।' अर्थात् संसार में केवल एक ब्रह्मतत्त्व सत्य है वही ब्रह्मतत्त्व भिन्न-भिन्न आकार में दिखाई पड़ रहा है। उनको इसका ऐसा सम्यक् बोध हो गया था कि उनकी दृष्टि में द्वैत कहीं था ही नहीं। उन्होंने अपने आपको पूर्णतया दीन-दुःखियों को समर्पित कर दिया था। हिन्दू, मुसलमान, ईसाई, पारसी, बौद्ध, जैन उनके लिए एक बन गए थे। वे ऐसे पूर्ण प्रेम स्वरूप बन गए थे कि उनके व्यवहार-आचरण में कहीं भेद दिखाई ही नहीं पड़ता था, इतना ही नहीं उन्होंने सारा जीवन समाज के भेदभाव को मिटाने में लगा दिया। देश में व्याप्त स्पृश्यता, छूतछात, ऊँच-नीच, सम्प्रदाय-विवाद को मिटाने में उन्होंने सारा जीवन लगा दिया। देशी, विदेशी, अरबी, ईसाई, यहूदी, साधु-सन्तों की संगति से उन्हें सुख मिलता। जिसमें भेदभाव है ही नहीं, वह सत्य की खोज में वैदिक-अवैदिक, भारतीय, अरबी, ईसाई, फ़ारसी, यहूदी का भेदभाव कर ही कैसे सकता है? उनके धर्म समन्वय की यह एक विलक्षण शैली थी। वह मानव मात्र की मूल एकता के आधार पर देशकाल-समाज के अनुसार बाहरी आचरण की पूरी स्वतन्त्रता देते थे। पर मानवतावादी दृष्टि यदि केन्द्र में है, जिसे वह अद्वैतवाद कहते थे तो उसकी परिधि पर स्थित विभिन्न अलग-अलग प्रतीत होने वाले धर्म सम्प्रदाय एक ही चतुष्पथ पर उसी तरह मिल जाते हैं जिस प्रकार भिन्न-भिन्न दिशाओं से चतुष्पथ को आने वाले मार्ग एक स्थान पर केन्द्रित होते हैं। जैसे हिमगिरि के उच्च कैलाश पर पहुँचने के विभिन्न दिशाओं से अनेक मार्ग हैं, उसी प्रकार आचार्य के अनुसार संसार में मानवतावादी दृष्टि से विश्व मंगल का कार्य करने वालों का गन्तव्य एक होता है।

''जगद्गुरु की आत्मा लघुपिण्ड से निकलकर विश्व ब्रह्माण्ड में उसी प्रकार व्याप्त हो गई जिस प्रकार घट के टूट जाने पर घटाकाश महाकाश में विलीन हो जाता है। उनकी आत्मा गई कहाँ है? वह तो सर्वव्यापी बन गई है। उस स्वरूप का स्पष्टीकरण उनके शिष्यों के मुख से कल सुनने को मिलेगा।'' इतना कहते-कहते सदाकत अली का कंठावरोध हो गया। अन्त में इतना ही कह पाये कि ''एक अद्वितीय रोशनी आचार्य के रूप में संसार में दिखाई पड़ी थी जो अब सदा के लिए आँखों से ओझल हो गई।''

13

अर्बुद-शिला पर बैठा यात्री-दल जिस समय आचार्य के महाप्रयाण पर विचार कर रहा था, केदारनाथ मन्दिर के समीप अलकनन्दा के किनारे एक विचित्र घटना घट रही थी। आचार्य की हत्या का प्रयत्न करने वाले—नवगुप्त, तिब्बत के बौद्ध तांत्रिक, सिन्ध के छद्मवेशी सिद्ध तटवर्ती ऊँची पहाड़ी से कूदकर अपना प्राण विसर्जन कर रहे थे। केदार स्थित शिविरों में आचार्य के शिष्य कई ऋषि-महात्मा ध्यान-निमग्न अवस्था में अपने हृदयाकाश में आचार्य की महाप्रयाण-लीला ध्यान की आँखों से देख रहे थे। किसी को यह आभास न मिला कि आचार्य की हत्या का प्रयास करने वाले तांत्रिक और विदेशी गुप्तचर आचार्य के जाते ही आत्महत्या कर लेंगे। पर न जाने

कैसे, रामदास का हृदय धक्-धक् कर रहा था। वह व्याकुल होकर उठा। सारा समाज केदारनाथ मन्दिर आने को उद्यत था। भीड़ को चीरता हुआ रामदास जब वेग से आगे बढ़ा तो विनोदिनी ने उसका विशाल लट्ठ पकड़ लिया और बोली—

''क्यों भाई रामदास, हम लोगों को छोड़कर कहाँ भागे जा रहे हो? अंधेरा होने वाला है। हम लोगों की रक्षा कौन करेगा? ऐसी व्याकुलता क्या है? तुम इतने उद्‌विग्न क्यों हो?''

रामदास बोला, ''विनोदिनी, न जाने क्यों मेरा हृदय बड़ा धक्-धक् कर रहा है। तुम लोगों की रक्षा करने वाले महाराज उत्तराखण्ड अपने परिवार सहित यहीं हैं। छोड़ दो मेरा दण्ड। आचार्य अपने हत्याकारियों की रक्षा का भार मेरे ऊपर डाल गए हैं। पता नहीं क्यों मेरा हृदय धक्-धक् कर रहा है! हो-न-हो कोई अघटित घटना हो रही है। कहीं आचार्य के हत्याकारियों का राज सैनिकों ने वध तो नहीं कर दिया? इसलिए भागा जा रहा हूँ। छोड़ो मुझे जाने दो।'' विनोदिनी ने हँसते हुए कहा, ''जा भाई जा!''

रामदास छलाँगें लगाता अपने लट्ठ के सहारे पहाड़ियाँ, नदी-नाले पार करता, बड़े वेग से केदार मन्दिर के समीप पहुँचा। उसने चारों ओर दृष्टि डाली। सभी महात्मा ध्यानावस्थित अवस्था में अपने-अपने शिविर के अन्दर विराजमान थे। वह भागा-भागा नवगुप्त के शिविर में पहुँचा। शिविर को सूना देख कर उसका माथा ठनका। चारों ओर दृष्टि दौड़ाई पर शिविर में रहने वालों का कहीं पता न चला। वह पूछे भी तो किससे पूछे। वह दौड़ा-दौड़ा शिविर रक्षक सैनिकों के पास पहुँचा। उन्होंने रामदास को एक पत्र देते हुए कहा, ''आचार्य के साथ जब सारा समाज उच्च पर्वत श्रेणियों पर चढ़ रहा था, तो तीन व्यक्ति यह पत्र देकर अलकनन्दा के प्रवाह के प्रतिकूल पहाड़ी पर चढ़ने चले गए।''

रामदास की आशंका और भी प्रबल हो उठी। वह व्याकुल होकर पूछने लगा, ''क्या वे तीनों लौटकर नहीं आये? तुमने उन्हें फिर देखा कि नहीं?''

एक रक्षक बोला, ''इतने व्याकुल क्यों हो रहे हो? क्या वे बच्चे हैं कि मार्ग भूल जाएँगे? सैर-सपाटा करने गए हैं। जब चाहेंगे, लौटेंगे।'' रामदास ने कहा, ''इस पत्र से मेरी व्याकुलता बढ़ रही है।''

एक रक्षक बोला, ''पत्र को खोलकर पढ़ क्यों नहीं लेते?'' रामदास ने पत्र खोलना प्रारम्भ किया। पत्र बहुत ही विस्तृत था। प्रत्येक ने अपनी पूरी-पूरी जीवन-गाथा रो-रोकर लिखी थी। रामदास ने प्रारम्भ और अंत का अंश ध्यानपूर्वक पढ़ा। उसकी आँखें सजल होने के कारण अक्षरों को स्पष्ट देख नहीं पा रही थीं। आँसू पोंछकर अन्तिम वाक्य पढ़ने लगा—जिसमें लिखा था—

'भाई रामदास हम अपने पापों का प्रायश्चित करने जा रहे हैं। माता मन्दाकिनी की गोद में शरण लेने का यही अवसर सूझ पड़ा। इसी कारण हम लोग आपके साथ महाप्रयाग की यात्रा में सम्मिलित न हो पाये।'

रामदास भागा-भागा, अलकनन्दा के किनारे-किनारे ऊपर चढ़ता हुआ ऊँची

पहाड़ी पर पहुँचा। वहाँ उसने देखा कि नवगुप्त तथा उसके साथियों के वस्त्र पड़े हुए थे। उस सुनसान जंगल में कहीं कोई प्राणी दिखाई नहीं पड़ा। वह समझ गया कि इस निर्जन स्थान से कूदकर प्रायश्चितकर्ताओं ने अपने प्राणोत्सर्ग किए होंगे। अलकनन्दा उसी प्रकार उमड़ती-उछलती, पत्थरों को तोड़ती, धाँय-धाँय की ध्वनि करती अपनी मौज में नाचती-कूदती चली जा रही थी। पर निर्दोषों की हत्या के लिए दौड़-धूप करने वाले आज इसी प्रखर धारा के अन्दर कहीं सोये पड़े होंगे। रामदास वहीं बैठा-बैठा रोता जा रहा था और समय के चक्र, काल की गति, मानव मन की विचित्र स्थिति पर बड़ी देर तक विचार करता रहा। अन्त में उदास होकर शिविर को लौट आया।

रामदास को अनुपस्थित पाकर यात्री-दल चिन्तित हो रहा था। तब तक रामदास पत्र लेकर पहुँच गया। उसने नयी घटना का वर्णन करते हुए पत्र सामने रख दिया। रामदास के अनुरोध पर उसी रात्रि को विशेष प्रार्थना सभा आयोजित हुई। संन्यासी शिविर में सभी यात्री एकत्र हुए। सामूहिक *गीता* पाठ के उपरान्त पद्मपादाचार्य के आदेश से पत्र ऊँचे आसन पर रख दिया गया। यात्रियों की सामूहिक इच्छा के अनुसार पद्म पादाचार्य ने रामदास को पत्र लेखकों के विषय में प्रकाश डालने का आदेश दिया। सुरेश्वराचार्य ने इसका अनुमोदन करते हुए कहा—

''जगद्गुरु आचार्य शंकर की सेवा करने का सबसे अधिक सौभाग्य रामदास को मिला। मैंने इन्हें प्रयाग गुरुकुल में बचपन से देखा है। समाज के सबसे निचले वर्ग में उत्पन्न, निर्धन, सेवक परिवार में परिपालित रामदास आचार्य की सेवा के द्वारा कहाँ-से-कहाँ पहुँच गया! आचार्य के सबसे अधिक विश्वसनीय, प्रतिक्षण सेवा में रहने वाले रामदास को आचार्य के जीवन की गुह्य से गुह्य घटना का ज्ञान प्राप्त हुआ।''

यात्री-दल में से एक शूद्र-जन्मा साधक जिज्ञासावश बोल उठा, ''महाराज, हम रामदास की भी जीवन गाथा सुनना चाहते हैं।''

पद्म पादाचार्य ने कहा, ''हम सभी इस पत्र के लेखकों की जीवन घटनाओं के साथ रामदास की साधना का वृत्तान्त सुनना चाहेंगे।'' रामदास ने जगद्गुरु आचार्य शंकर के शिष्यों को प्रणाम किया। थोड़ी देर आचार्य शंकर का स्तुतिगान करता रहा। तदुपरांत हाथ जोड़कर विनम्र भाव से बोला, ''इस आत्मघाती दिवंगत पत्र लेखकों की विविध-घटनाओं के वर्णन का यह अवसर नहीं। परिस्थितियों के मारे और आडम्बरी साधना-पद्धतियों में पले, इन भोले-भाले तांत्रिक साधकों और सिन्ध के कपटी सिद्ध की वीभत्स घटनाएँ आचार्य जगद्गुरु प्रकट नहीं होने देते थे। एक दिन तिब्बत से बद्रीनाथ की यात्रा में आचार्य ने एकान्त में मुझे बुलाया। ईश्वर की कृपा से तिब्बती तांत्रिकों के प्रयास असफल रहे। और आचार्य की हत्या का षड्यंत्र किसी प्रकार उद्घाटित हो गया, जिससे आचार्य के प्राण बच गए थे। उस हत्याभिलाषी पर आचार्य की करुणा का इतना प्रभाव पड़ा कि वह बुद्ध के अवतार मानकर उनकी उपासना करने लगा। आचार्य ने मुझे समझाया, 'देखो रामदास, मैं जानता हूँ कि तुम मेरी हत्या का प्रयास करने वाले तीनों व्यक्तियों से सदा सशंक रहते हो। अपने मन से शंका निकाल दो।' मैंने आचार्य के चरणों में पड़कर निवेदन किया, 'महाराज ये षड्यंत्रकारी हत्यारे क्या विश्वसनीय

बन सकते हैं ?' आचार्य ने समझाया, 'देखो रामदास, भगवान् कृष्ण स्वयं कहते हैं—

अपि चेत्सुदुराचारो भजते मामनन्यभाक्।
साधुरेव स मन्तव्यः सम्यग्व्यसितोहि सः ॥ *गीता* 9/30

'' 'अतिशय दुराचारी भी अनन्य भाव से जो ईश्वर को भेजता है वह साधु जैसा माननीय है। वह जब एक बार यथार्थ को पहचान जाता है तो निश्चय और अटल भाव से सत्कर्मों में संलग्न हो जाता है। फिर उसे अपने दुष्कर्मों पर इतना पश्चाताप होता है कि वह अपनी अश्रुधारा से समस्त कल्मष धो डालता है, क्योंकि वह सत्य को पहचान लेता है। वह जान जाता है कि ईश्वर की आराधना के समान जीवन में और कुछ भी बहुमूल्य नहीं। जो न पापकर्म से बचना चाहता, न भगवान् में विश्वास रखता वही नराधम दण्डनीय है, क्योंकि परपीड़ा के समान कोई दूसरा पाप नहीं।'

''मैंने आचार्य से निवेदन किया, 'महाराज, दुराचारी को सदाचार की ओर प्रेरित करना क्या कभी सम्भव भी है ? दुराचारी का कभी सुधार नहीं हो सकता। भ्रष्टाचारी को सदाचारी बनाना सम्भव है ही नहीं।'

''आचार्य ने हँसते हुए कहा, 'देखो रामदास, इसी असम्भव को सम्भव करने वाला साधु-संन्यासी जनता में चमत्कारी व्यक्ति कहलाता है। मैंने फिर पूछा, 'महाराज, मुझे क्या आज्ञा है ? क्या हम इन हत्या प्रेमियों को मुक्त विचरण करने की स्वतंत्रता दे दें ?' आचार्य बोले, 'देखो रामदास, अपने हृदय का विश्वास दूसरे में भी विश्वास उत्पन्न करता है। घृणा से घृणा पैदा होती है और प्रेम-प्रेम को आकर्षित करता है। मुझे इतना ही कहना है कि मेरे उपरान्त इनके जीवन की रक्षा का भार तुम्हारे ऊपर है। देखना, सावधान रहना। मेरे उपरान्त इन्हें किसी-प्रकार का अपमान न सहना पड़े; कोई इन्हें दंडित न करे।' ''

इतना कहकर रामदास रो पड़ा। कुछ सँभलकर बोला, ''आचार्य के जाते ही इन व्यक्तियों ने आत्महत्या कर ली, जिनका दायित्व जगद्गुरु मुझे सौंप गए थे।'' इतना कहकर रामदास चुपचाप बैठ गया। उसने अपने विषय में कुछ भी नहीं कहा। सबकी दृष्टि रामदास की ओर लगी थी, पर रामदास मन-ही-मन आचार्य का ध्यान कर रहा था।

❑❑❑